A Rosa Acorrentada

JULIE SOTO

A Rosa Acorrentada

Tradução
Laura Pohl

HARLEQUIN
Rio de Janeiro, 2025

Título original: Rose in Chains

COPIDESQUE Anna Clara Gonçalves
REVISÃO Natália Mori e Rebeca Benjamin
CAPA Nikita Jobson
ADAPTAÇÃO DE CAPA Juliana Ida
ILUSTRAÇÕES DE GUARDA Shutterstock e Freepik
DIAGRAMAÇÃO Abreu's System

Dados Internacionais de Catalogação na Publicação (CIP)
(Câmara Brasileira do Livro, SP, Brasil)

Soto, Julie
A rosa acorrentada / Julie Soto; tradução Laura Pohl. – Rio de Janeiro: Harlequin, 2025.

Tradução de: Rose in chains.
ISBN 978-65-5970-529-0

1. Romance norte-americano I. Título.

25-275604 CDD-813.5

Índice para catálogo sistemático:
1. Romances : Literatura norte-americana 813.5

Bibliotecária responsável: Eliete Marques da Silva – CRB-8/9380

Rua da Quitanda, 86, sala 601A – Centro,
Rio de Janeiro/RJ – CEP 20091-005
Tel.: (21) 3175-1030
www.harpercollins.com.br

Para as garotas de sábado...

Etérnia

Árvore genealógica da família Rosewood

Rei Marlowe Rosewood (falecido) --- Lady Helena Loven (falecida)

Lady Caroline Dunn (falecida) --- Rei Jacquel Rosewood (falecido)

West Rosewood (falecido) --- Aria Nottingdale (falecida)

Rory Rosewood

Briony Rosewood

Finola Rosewood

Phoebe Rosewood

Bomard

A Sede de Bomard – Veronika Mallow

Linha de sucessão à Sede

1º – Riann Cohle	sucedido por Del Burkin
2º – Aron Carvin	sucedido por Lucille Piken
3º – Genevieve Trow	sucedida por Canning Trow
4º – Hap Gains	sucedido por Stance Green
5º – Moira Locklin	sucedida por Rowan Locklin
6º – Caspar Quill	sucedido por Liam Quill
7º – Alba Twindle	sucedida por Collin Twindle
8º – Orion Hearst	sucedido por Toven Hearst
9º – Florence Kleve	sucedida por Ryden Kleve
10º – Cal Gidrey	sucedido por Evelyn Gidrey

Parte I

Alguns de nós argumentariam que a fonte de nossa magia está em nosso sangue — no coração —, mas acredito que seja uma explicação leviana. Não somos nós que a invocamos? Com a mente? Com intenção?

Serei enforcado por dizer tal coisa, eu sei, mas acredito que invocar o poder da mente é como elevaremos a magia para além dos nossos ancestrais. Dizer que o invocamos no nosso coração é simplório.

Porque aqueles entre nós que amaram, fizeram isso com o coração, sim — mas também por culpa do querer da mente.

— Dos primeiros escritos de Vindecci,
por volta de 1507 depois do Registro, também
conhecido como ano 8 A.V. (Antes de Vindecci)

Capítulo 1

Presente

BRIONY ACHOU ESTRANHO NÃO ter sentido nada quando seu irmão morreu. A rachadura na barreira de proteção sacudiu suas costelas, e a pedra arranhou as pontas dos dedos enquanto ela se segurava no parapeito, olhando para o que restara da nação de Etérnia — mas não sentiu nada em sua alma quando Rory morreu.

Como sua irmã gêmea, sentira o fio que ligava os dois muitas vezes — quando ele estava machucado, quando precisava de ajuda. Briony tentou fazer o mesmo agora, procurando no peito a veia de magia que era reservada somente para Rory. Um silêncio sombrio foi a única resposta. Ela refletiu que também não teve nenhuma premonição quando o pai morrera quatro anos antes, e a mãe já estava morta quando tiraram Briony do seu corpo.

Mas, no momento em que a poeira subiu como uma nuvem em uma tarde de verão a pouco menos de um quilômetro, e a calma que cercava ela e Cordelia colapsou em um caos retumbante, Briony soube que Rory morrera.

A barreira de proteção em volta do castelo sumira. Ele morrera.

Ainda assim, sua alma não se partiu ao meio.

Briony observou a lua se afastar do sol, o eclipse acabar tão repentinamente quanto começou.

Que estranho, pensou, entorpecida.

— Não... — sussurrou Cordelia.

Briony olhou para a direita e encontrou os dedos pálidos, quase translúcidos, da amiga sobre os lábios. O vento chicoteava o cabelo ruivo da mulher por todo o seu rosto, como se tentasse poupá-la daquela visão. Do outro lado de Cordelia, da varanda, Anna deu um passo em direção à beira do abismo como se estivesse em transe, boquiaberta. A luz do sol reluziu o brasão da rosa púrpura na armadura.

Briony olhou outra vez para a nuvem de poeira e cinza que se elevava mais e mais até cobrir a dança da lua e do sol. Conseguiu enxergar o reflexo do eclipse à esquerda, na água do lago.

A última dragão bateu as finas asas e se afastou do caos humano no campo de batalha, voltando ao norte.

— Fiquem aqui — mandou Anna, correndo rapidamente na direção da escadaria da varanda. Então se virou, mudando de ideia. — Não... voltem para o castelo. Vocês devem ir para algum lugar seguro e esperar lá.

Briony a encarou. Cordelia soltou um soluço engasgado.

Anna olhou para trás, e Briony observou a mente da guarda repassar os planos e estratégias. Ela deveria ficar ao seu lado; a mulher a segurara ainda bebê e prometera ao pai dela que daria sua vida pela de Briony.

Antes que pudesse pensar demais, Anna desceu correndo a escada.

Voltando-se para a nuvem de poeira, Briony se perguntou se na fumaça estavam contidas as cinzas do irmão. Ele, que deveria ter acabado com a guerra. Aquele que foi profetizado.

Ela ofegou então, como se a ideia de uma profecia fracassada fosse o tapa de que precisava para acordar.

Rory se fora. Lágrimas encheram seus olhos ao inspirar, trêmula, e ela imaginou como estaria o fronte. Mil soldados percebendo que sua esperança cultivada, o chamado Duas Vezes Herdeiro, era, afinal, apenas um homem.

Briony tirou a capa. Fugir não ajudaria em nada. Tampouco as sapatilhas e o vestido de seda drapeado, mas ela não tinha tempo para se trocar.

Já estava com um pé no degrau quando Cordelia a segurou pelo pulso, puxando-a de volta.

— Aonde você vai? — O pânico estremecia sua voz. — Precisamos nos esconder!

Briony colocou a mão sobre o pulso da amiga.

— Se nos escondermos, restará apenas nós — afirmou, a voz firme.

Cordelia arregalou os olhos azuis com a resposta. No instante em que o aperto relaxou, Briony deu a volta e desceu correndo a escada, os passos leves da amiga ressoando atrás dela.

CAPÍTULO 2

Seis horas antes

BRIONY ESTAVA SENTADA EM seu quarto, observando a fumaça que subia da xícara como chamas dançantes. Com um gesto distraído dos dedos, ela imaginou seu salgueiro favorito na beira do lago e observou o vapor obedecê-la, elevando-se para formar um tronco e então espalhar-se em centenas de galhos finos que beijavam a água.

Às vezes, era mais fácil manipular coisas sem importância do que encontrar o feitiço necessário para fazer com que o mundo entrasse no eixo. O vapor formava uma bela paisagem, mesmo que aquela do lado de fora das muralhas do castelo não fosse nada bonita.

Briony segurou o fio de magia vibrante entre os olhos. A névoa translúcida do chá quente se esparramou para representar o lago, e a mente dela forneceu a silhueta de um jovem esguio sentado ao pé da árvore. Tinha acabado de confeccionar um livro nas mãos dele quando a porta se abriu. Briony se sobressaltou e o salgueiro desapareceu, o vapor voltando a rodopiar normalmente.

Ao se virar, sentindo como se tivesse sido pega fazendo algo de errado, viu Rory parado no batente.

— Já está na hora? — perguntou Briony, verificando o relógio.

— Não, estou só... de passagem.

Ela fez uma careta.

— Não faça isso.

— O quê?

— Não venha dizer adeus.

— Tudo bem, então não direi.

— Ótimo.

Os lábios dele estremeceram. Sendo gêmeos, os dois compartilhavam os mesmos lábios cheios e olhos castanhos, assim como o mesmo tom de marrom do cabelo. O nariz dele era mais largo, como o do pai, e o cabelo dela era ondulado, como o da mãe, mas as diferenças na aparência dos dois eram sutis.

Rory enganchou os dedões na calça feita especificamente para a batalha.

— Mas eu deveria avisar que Didion quer dizer adeus. Talvez queira fazer mais do que isso...

Briony grunhiu e virou o rosto na direção do teto alto.

— Isso é sua culpa. Se você não tivesse pedido Cordelia em casamento, Didion nunca teria ficado com essas ideias.

Rory se jogou na cama dela.

— Na verdade, acho que ele teve essa ideia quando você começou a passear com ele depois de meia-noite...

Ela arfou.

— Quem contou isso para você? Isso foi ano passado, e nós só caminhávamos!

Rory ergueu o olhar para ela.

— E não dava para encontrar uma hora melhor para essas caminhadas?

Briony mordeu o lábio inferior.

— Tudo bem, talvez tenhamos feito mais do que caminhar...

Rory cobriu os ouvidos.

— Pode parar.

— Mas juro que minha virtude continua intacta.

Ele virou de costas no colchão, fechando os olhos com força.

— Pare de falar, eu imploro.

Rindo, Briony se sentou do outro lado da cama e ajeitou a fluida saia de veraneio ao redor das pernas.

— Tem *mais* alguém que deseja me dizer adeus? Outro pretendente que eu deveria saber?

Rory sorriu, mas então a expressão se desfez como cera.

— Não sei. Tem? — perguntou, baixinho.

Briony sentiu a respiração ficar presa no peito.

— Do que você está falando?

Rory procurou os olhos dela, buscando uma resposta.

— Se não é Didion, então quem tem sua atenção?

— Ninguém. — A voz dela saiu estridente e apressada. — Estamos... estamos em *guerra*, Rory, caso você não tenha notado. Por que alguém teria tempo para esse tipo de coisa?

— Bem, alguns de nós encontram tempo bem fácil. Enfim, depois de hoje, talvez as coisas mudem.

Briony observou Rory se sentar e remexer o cordão de couro comprido que normalmente usava embaixo da camisa; o pingente prateado na ponta pertencera à mãe dos dois.

Rory sempre era modesto quando a possibilidade de uma vitória era levantada. Como se a profecia não tivesse o declarado vitorioso. Como se ele próprio não conseguisse acreditar.

— Sim. Talvez hoje seja o dia em que tudo mude. — Briony se esticou e segurou a mão do irmão. — Quer repassar outra vez?

Ele a encarou e assentiu, e ela percebeu que sempre seria assim entre os dois.

No primeiro dia na escola de magia, quando o pai pedira para ela cuidar de Rory, Briony não compreendera por que precisava tomar conta do irmão gêmeo de 16 anos. Não deveria ser o contrário?

"Ele pode ter dificuldade nas matérias em que você se sai bem", dissera o monarca. "Prefiro que os filhos de Bomard não vejam o futuro rei de Etérnia ser superado pela irmã."

Briony ainda assim não compreendera, até que os resultados dos primeiros exames apareceram, e o pai pediu para que trocassem as tarefas escolares. Durante os cinco anos em que frequentaram a instituição, as horas e horas de trabalho de Briony eram, com frequência, trocadas com Rory, e ela precisava fazer milagre com as migalhas do garoto.

Nunca perdoou o pai por isso, nem mesmo após sua morte.

Briony respirou fundo e curvou os dedos na palma da mão, invocando um frasquinho cheio de água, que estendeu para Rory.

— Esta é a água do lago. É a mesma água do poço do castelo, e do poço da escola etérnera. — Briony engoliu em seco, pensando nas milhares de famílias de Etérnia que estavam abrigadas na escola até que a guerra acabasse. — Quando invocar a proteção, derrame o líquido sobre as mãos e deposite a última gota na boca. O lago, o castelo Claremore e a escola vão se conectar para formar um único escudo protegendo você.

Rory aceitou o frasco, assentindo.

— Aliás, o general Meers não gosta desse plano.

— Porque não o entende. Ele não é um Rosewood — respondeu Briony.

A linhagem sanguínea dos Rosewood era forte em magias protetoras — escudos, barreiras e égides. Era um dos principais motivos de serem predestinados a governar, de acordo com o antigo rei. O pai dos gêmeos, o avô e todos os homens que vieram antes foram celebrados como governantes de tempos de paz. Rory era o primeiro Rosewood a conhecer a guerra em mais de quinhentos anos.

— O general valoriza magia ofensiva. Esse é o trabalho dele — continuou Briony. — Mas é o seu trabalho, Rory, como rei e como Rosewood, proteger nosso povo.

— Ou o que restou dele — emendou o irmão, a exaustão evidente na voz.

Durante os últimos quatro anos de guerra, o exército tinha sido forçado a recuar mais e mais ao sul, perdendo terreno e pessoas. Mas não era a terra que Bomard queria. Não eram aqueles que faziam de prisioneiros no caminho — embora essa sempre fosse uma vantagem para os bomardinos gananciosos. Era Rory. Era o fim do Duas Vezes Herdeiro.

Briony colocou a mão sobre a do irmão.

— Logo vai acabar. Hoje é o dia.

— E se não for? — perguntou Rory, as palavras escapando em desespero, os olhos suplicantes.

— É hoje. — A voz de Briony era mais forte do que ela se sentia. Ela abriu um sorriso reconfortante. — O eclipse. Todos sabem que é hoje. *Quando o sol brilhar à noite, aquele que trará o fim da guerra...*

Rory afastou sua mão de supetão.

— Não cite a profecia para mim. É uma bobagem de seiscentos anos.

De pé, ele foi até a janela onde ficava a escrivaninha. Briony o observou se inclinar sobre a beirada, como uma criança desejando brincar lá fora. Ela passou os dedos no cobertor, pensando na antiga profecia que assombrava Rory havia quatro anos.

Quando o sol brilhar à noite, aquele que trará o fim da guerra na terra triunfará. Ele será duas vezes herdeiro, e o soberano por direito do continente.

A profecia datava de mais de meio milênio. Quando não se concretizara ao fim da guerra civil de Terrérnia, que dividiu o continente entre as nações de Etérnia e Bomard, muitos se esqueceram dela. No entanto, quatro anos antes, com o início de um novo conflito, todos começaram a se perguntar se Rory não era o objeto da profecia.

Os olhos de Briony pousaram nos papéis e na correspondência sobre a mesa — as cartas que recebera de países além-mar, declarando que não poderiam enviar ajuda, mas que aceitariam gentilmente os Rosewood e sua corte caso precisassem de asilo; a página do *Diário* que era atualizada todos os dias com notícias do reino; o discurso de vitória que escrevera para Rory; e os mapas com as localizações dos abrigos para os etérneros.

Ela pigarreou.

— Você precisa matá-la — disse Briony, baixinho. — Precisa acabar. Completamente.

Briony nem sequer dissera o nome de Mallow, e ainda assim, um vento gélido encontrou lugar no peito dela.

Rory apertou os lábios.

— Eu sei.

— Você precisará conjurar o *Rompe-coração* se nada mais funcionar...

— Eu sei, Briony — respondeu ele com aspereza, e depois fungou. — Desculpe. Eu... eu vou. General Meers e eu estivemos praticando em...

Silêncio. A princesa não queria saber quais pequenos animais ou pássaros em volta de Claremore vinham desaparecendo.

Rompe-coração era um feitiço proibido em Etérnia. De todas as magias de coração, o esmagamento do órgão dentro do peito de outra pessoa era a que cobrava o preço mais alto em um mago. Tirar a vida de alguém pela primeira vez rasgava o coração daquele que lançava o encantamento, e as mortes subsequentes feriam mais e mais. Rory aprendera aquela magia complexa do zero, já que apenas bomardinos usavam magia de coração. Assim como apenas etérneros usavam magia de mente.

Foi dessa divisão entre os dois reinos que Veronika Mallow se aproveitara. Bomard foi radicalizada sob o comando dela, acreditando que a magia de mente etérnera era *controle* de mentes, em vez do que era de verdade: uma fonte alternativa para a magia. Havia diferenças entre os ensinamentos também — certos feitiços da mente nunca poderiam ser aprendidos por magos de coração e vice-versa, mas a verdadeira distinção era a origem da magia. A proveniente da mente não exauria o corpo, enquanto a tirada do coração custava um dano físico. Magos de coração sempre dependiam de animais, ou familiares, para garantir o uso prolongado de magia.

Ou coisa pior.

Sob a influência de Mallow, alguns bomardinos tinham decidido ir além. Por que usar um animal quando se poderia usar uma pessoa? Um cardiariz, outra pessoa, cujo poder era maior do que um animal e com quem um laço era formado, assegurando que o coração do mago original não acabaria exaurido.

Um grito soou do lado de fora da janela e, no silêncio tenso que se seguiu, os irmãos observaram o familiar de Mallow bater as asas pretas no céu. Até onde sabiam, a última dragão do mundo, a criatura cujo nome fora perdido no tempo, começara a circundar o castelo ao amanhecer.

Houve um tempo em que Briony não culpara os bomardinos por seguirem Mallow. Também teria depositado sua fé em uma maga que conseguira se vincular com a última dragão existente. Sem mencionar a confiança no poder incalculável que Mallow recebia daquele vínculo — a força da magia e o acesso a habilidades que um mago de coração jamais adquiriria de um animal comum ou até de um cardiariz. Ao se vincular a um dragão, Mallow poderia viver duas vidas inteiras, como o último mago que se vinculara a uma criatura como aquela. O Soberano do Dragão, como foi chamado nos livros de história, e que vivera mais que 150 anos. E não era só uma vida longa que Mallow teria com o vínculo. Era sabido que ela conseguia ler pensamentos, um traço que até então só aparecera entre os mais experientes magos de *mente*.

Os gêmeos observaram a dragão voar até desaparecer ao longe outra vez.

Briony se voltou para Rory enquanto ele se afastava da janela. Foi recebida com a mesma expressão de quando eram mais jovens, como se ele precisasse das respostas para a pergunta de um professor.

— Você acredita que a profecia é sobre mim? De verdade? No seu coração, Briony?

Imóvel, ela respondeu sem tremular a voz:

— Sim, eu acredito.

Rory a observou à procura de hesitação, mas não houve nada.

Uma batida ressoou na porta, e Briony deu um pulo.

O irmão suspirou.

— Deve ser Didion.

Os lábios de Briony se curvaram em uma carranca. Rory riu.

— Não seja má! — pediu o irmão. — Ele pode morrer hoje, sabe.

— Não diga uma coisa dessas.

— Mas é verdade! — afirmou Rory e se apressou até a porta, escancarando-a. — Não é, Did?

A silhueta esguia de Didion estava na porta, onde esperava, tímido.

— O que é verdade? — perguntou ele, encarando os irmãos sob o cabelo preto e bagunçado.

— Que você pode morrer hoje — disse Rory, singelo.

— Ah. Isso. Sim, muito triste.

Briony revirou os olhos e ajustou a postura.

— Que bom que vocês dois estão sendo tão otimistas.

Didion sorriu e pigarreou, e Rory juntou as mãos.

— Preciso encontrar Cordelia. Tudo bem se deixar vocês dois a sós, sem supervisão?

Briony abriu a boca para protestar, mas o irmão já estava saindo.

— Nós já ficamos a sós muitas vezes — comentou Didion, com uma risada.

Rory segurou o batente e voltou com um impulso para o quarto.

— Você *com certeza* vai morrer hoje se continuar falando coisas desse tipo.

Briony soltou um gritinho, e Didion corou, apesar da pele marrom-clara.

— Como se *você* também não estivesse andando por aí *sem supervisão*! — gritou ela de volta.

Então pegou um dos travesseiros e o atirou na cabeça do irmão. Com um gesto, o travesseiro foi rasgado no ar. As penas voaram por toda parte e Rory se foi, desaparecendo na nuvem de penugem.

Grunhindo, Briony virou as palmas da mão na direção do peito, reunindo as penas e fazendo com que todas voassem até o lixo.

Assim que o quarto ficou limpo outra vez, percebeu que estava a sós com Didion pela primeira vez em um ano. Ele inspecionava o cômodo, olhando a escrivaninha e as pinturas penduradas na parede.

— Você fica confortável aqui? — perguntou, erguendo as sobrancelhas cheias para Briony.

— Sim. Sinto saudade do palácio de Biltmore, mas o que podemos fazer?

Ela deu de ombros, e imediatamente se sentiu constrangida. *O que podemos fazer?*, como se tivessem perdido o palácio costeiro em uma aposta, e não em um cerco.

O olhar dele se voltou à xícara de chá ao lado dos livros. A mesma xícara cujo vapor a princesa estava manipulando à lembrança de um jovem diferente dez minutos antes. Didion pairou o dedo indicador sobre líquido e aumentou a temperatura outra vez. Logo que o vapor subiu, ele estendeu a xícara para ela.

— Aqui — ofereceu, com um sorriso tímido.

Briony tentou não estremecer ao aceitar e Didion se sentar ao lado dela.

— Já faz um tempo desde que estivemos de fato a sós.

A princesa assentiu. Os passeios tinham sido ideia sua. Quando o estresse das reuniões estratégicas e a tensão entre as paredes do castelo eram demais, ela e Didion caminhavam juntos à noite nas docas perto do palácio de Biltmore, escapando dos olhos curiosos e ouvidos inquisitivos. Ele a escutava contar sobre sua frustração com a estratégia do general Meers, e logo, as caminhadas passaram a terminar com beijos suaves, como os que tinham compartilhado na escola. E então as carícias se tornaram mãos perambulando embaixo de tecido.

Didion era gentil e paciente. Parecia passar horas procurando o lugar exato entre as coxas dela e, se o encontrava, rapidamente o perdia de novo, mas Briony só sorria quando era perguntada se tinha sentido prazer. Ela imaginava que deveria existir mais... prazer. Ao menos *esperava* que sim. Era possível que, quando uma cama estivesse envolvida, as coisas fossem mais fáceis, mas ela se recusara a deitar com Didion. Como a irmã do rei, já lhe cedera liberdades demais, coisas que deveriam ser reservadas a um marido.

Briony decidira pôr um fim nas coisas depois de deixarem o palácio de Biltmore, embora Didion fosse uma escolha cômoda. Segura. Gentil. O pai teria ficado feliz em vê-la casada com Didion Winchester. O irmão também. Mas Briony se perguntava com frequência por que *não* queria comodidade, segurança e gentileza.

— Gostaria de pedir um favor a você hoje — falou ele, encarando as próprias mãos unidas.

Tomando um gole do chá para enrolar, Briony observou Didion mover os polegares em movimentos circulares.

— Ah, é?

— Será que eu poderia usar seu broche no campo de batalha hoje?

Ela levou os dedos à prataria.

— É da minha mãe — respondeu rapidamente, ignorando o fato de ter falado dela no presente. — Eu nunca tirei. Não posso me separar dele, sinto muito.

— Não, claro que não. Verdade — balbuciou ele. — Não precisa ser seu broche, então. Uma mecha de cabelo, talvez?

— Isso... também tem a ver com minha mãe — comentou ela, constrangida.

Todos os retratos da mãe dela representavam a semelhança surpreendente da mulher com a filha à medida que Briony se aproximava de seus 25 anos de idade. Coincidentemente, a mesma idade que a mãe morrera ao dar à luz aos filhos.

— Eu não... — Briony pigarreou. — Isso é mesmo necessário? Não posso só desejar o melhor? Para você e meu irmão?

Didion assentiu, corando de leve.

— Pode ser. Eu só queria... Bem, se eu soubesse que eu teria alguém para quem voltar depois...

— Voltar? — Ela riu. — Você vai estar a menos de dois quilômetros...

Ele passou a mão pelo cabelo escuro, frustrado.

— Estou tentando fazer um pedido formal, e você está dificultando as coisas.

— Não tem nada a se pedir — afirmou Briony, firme. — Até isso acabar, não sabemos se precisarão de mim para alguma coisa.

Didion ergueu o olhar rapidamente.

— Como um tratado nupcial? Rory nunca faria isso com você.

— Ele não teria escolha! Nos últimos quatro anos meu irmão não trabalhou em nada além de táticas de batalha, mas, depois de hoje, Rory precisará pensar como o rei de Etérnia. — Ela deixou a xícara de lado, lembrando-se do garoto no vapor. — Já aconteceram muitos casamentos entre Bomard e Etérnia para sustentar a paz.

— Não precisa parecer tão empolgada — murmurou Didion.

Briony se virou com rapidez para encará-lo.

— O quê?

Ele suspirou e se levantou.

— Briony, por favor, só me diga que vai ficar feliz se eu sobreviver. Isso é tudo o que eu peço.

— É claro que vou ficar feliz se você sobreviver...

— Excelente. Obrigado — disse Didion.

E, antes que alguma outra frase pudesse ser dita, ele já tinha deixado o quarto, fechando a porta atrás de si com um leve clique.

Briony grunhiu e se jogou de costas na cama. Não estava sendo evasiva de propósito. Fora as duas primas, ela era a única mulher na linhagem de Rosewood que poderia ser oferecida para um casamento político. Rory provavelmente não daria margem a esse pensamento, mas a alternativa poderia ser de grande ajuda para restaurar a confiança entre as nações quando o dia terminasse. Havia muitas famílias na linha de sucessão de Bomard que não eram sedentas por vingança e pelo derramar de sangue. Um matrimônio entre ela e um jovem bomardino da linhagem nobre não precisava significar uma vida torturante.

Na época da escola, havia alguns que desdenhavam dos etérneros, mas não tinham sido tão desprezíveis. Finn Raquin, com a pele escura e olhos ainda mais escuros era metade etérnero; os pais se uniram em um tratado nupcial. O patriarca Raquin era o décimo quarto na linhagem para a posição mais alta em Bomard — a Sede. Finn era um cafajeste, mas não era maligno.

Por outro lado, o mal ganhava um rosto com Canning Trow. Pálido demais e com olhos afastados, Canning era feio e tinha uma alma ainda mais horrível. Era de conhecimento geral que era melhor ficar longe dele nos corredores escuros da escola. Andava como se fosse o dono do lugar porque de fato era. Sua mãe era a terceira na linha de sucessão para a Sede, e a família do pai era proprietária das terras montanhosas onde a escola fora construída.

Muitos jovens de lá eram cruéis apenas quando lhes era conveniente, como Lorne Vult e Liam Quill, embora boatos dissessem que Liam Quill estava mais interessado em Lorne e Finn do que estender a própria linhagem, mesmo que seu pai fosse o sexto na sucessão.

E então havia uma pessoa muito mais difícil de decifrar. Quase sempre exibindo a personalidade glacial, era também alguém cujo gelo parecia derreter nos momentos mais estranhos. Com mãos fortes e olhos opacos, uma boca perversa e uma língua de prata. Alguém capaz de inspirar tanto medo e incerteza quanto desejo dentro de Briony.

Ela sacudiu a cabeça para afastar tais pensamentos. Era inútil ruminar aquilo.

Ela olhou para a xícara de chá. Estava fria outra vez. A fumaça desaparecera com um suspiro.

* * *

Algumas horas depois, no pátio do castelo, Briony observava o irmão se despedir de Cordelia com um beijo. Sua melhor amiga tinha jogado os braços ao redor dos ombros de Rory de forma mais afetuosa do que era apropriado, mas não havia muitos que se importassem com boas maneiras em tempos sombrios.

— Nojento — reclamou uma voz à esquerda.

Briony abriu um sorriso para a prima, Finola. Ela remexia nas luvas e fazia uma carranca brincalhona diante da demonstração de afeto entre Rory e Cordelia.

— Um dia a sua hora chega, sabia? — disse Briony, rindo.

— Não se eu puder evitar — respondeu Finola, dando uma piscadela e jogando a trança loira-escura por cima do ombro. — Vejo você quando isso tudo acabar, certo?

Briony assentiu. Finola foi até o canto do pátio, a única localização no castelo onde era possível sair por um portal. A princesa queria muito perguntar para onde a prima estava indo, mas, para sua decepção, não tinha acesso a esse tipo de informação.

À direita, o general Billium Meers falava baixinho com Anna Wevin, a guarda pessoal de Briony. Anna era, na verdade, a única mulher além de Finola que Briony já vira o general respeitar. Ele certamente não demonstrara qualquer consideração por Briony nas vezes em que a princesa comparecera às reuniões de estratégia, que sempre pareciam terminar em discussão. Meers priorizava os ataques a ponto de correr riscos absurdos, enquanto ela estava sempre pronta para lembrar Rory sobre a importância da defesa, de escudos e da proteção. Em algum momento dos dois anos que se passaram, o general Meers convencera o rei de que, por cautela e eficiência, as reuniões de estratégia militar deveriam apenas envolver conselheiros essenciais, e Briony fora barrada. Rory lhe repassava as informações em particular. Poderia tê-la nomeado conselheira, mas não o fez, e ela não sugeriria algo do tipo.

Anna prestou continência ao general e ficou três passos atrás de Briony, como fizera durante toda a sua vida. O general Meers assentiu brevemente para a princesa, e ela respondeu com um olhar cortante.

O filho dele, por outro lado, não poderia ser mais diferente do pai.

Sammy Meers, com um cabelo castanho arruivado, pele rosada e olhos azuis alegres parou diante de Briony. Ele se abaixou em uma mesura profunda e segurou a mão dela antes que a princesa pudesse puxá-la para trás.

— Senhorita Briony Rosewood — proclamou, alto demais —, embora tenha me oferecido seu favor hoje, não posso aceitá-lo.

Briony puxou a mão.

— *Pare* com isso! — sibilou ela, as bochechas corando ao ver Didion revirar os olhos com a brincadeira.

— Eu sei que deseja que eu a peça em casamento quando voltar — prosseguiu Sammy, gritando para todo o pátio ouvir —, mas meu coração pertence a outra.

Ele voltou os olhos enamorados para Anna atrás de Briony, que era vinte anos mais velha do que ele, e fez outra mesura profunda.

— Por favor, afaste-se da princesa — pediu Anna, secamente.

— Como eu adoro essas pequenas demonstrações de ciúme — disse Sammy, piscando, ainda no personagem.

Ele deu outra piscadela para Briony e foi se juntar à fileira de tropas do lado de fora dos portões. Sammy segurava a bandeira de Etérnia, com a rosa púrpura — o brasão da família Rosewood — destacada no fundo branco.

Briony correu os olhos pelo pátio, notando os rostos tranquilos e as conversas relaxadas. Havia um zumbido no ar — a sensação de que era o dia profetizado, e que logo acabariam os quatro longos anos de guerra depois da morte do pai, o rei Jacquel. O governo de Rory se estenderia sobre os dois reinos quando ele se provasse o herdeiro da profecia.

Briony tentou sentir aquela tranquilidade e relaxar da mesma forma. A lua se aproximou mais do sol, como profetizado. Um grito de dragão rasgou o céu. Mesmo assim, todos continuaram a conversar, se abraçar e brindar uma última vez.

Quando chegou a hora de as tropas partirem, Rory se aproximou dela para um abraço.

— Não — afirmou Briony. — Não é necessário.

Ele baixou os braços e franziu o cenho.

— Briony.

— Vejo você em algumas horas — falou ela com firmeza. — Qualquer outra coisa que dissermos um para o outro é desnecessária.

O irmão encostou a testa na dela.

— Vejo você daqui a pouco, Biney.

— Vou mandar preparar um banquete para nós dois, Role.

Ele deu uma piscadela ao ouvir o apelido de infância e se virou na direção do cavalo, pronto para guiar os homens para fora do pátio.

Didion a olhou uma última vez antes de seguir.

Anna deu um passo para a frente, parando ao lado de Briony.

— Nem mesmo uma migalha para o pobre Didion, não é?

Cordelia riu, e Briony bufou.

— Como eu disse, não é necessário — reforçou ela, cruzando os braços. — Vão estar de volta antes do anoitecer.

Os portões do castelo fecharam atrás dos soldados, e Briony se virou para guiá-las até a varanda para assistir e esperar.

O mundo ficou escuro por um instante enquanto algo bloqueava o sol. Briony ergueu o rosto para ver se o eclipse já começara.

A dragão preta batia as asas acima do castelo, sem poder invadir por causa da barreira de proteção de Rory.

A criatura uivou, e Briony sentiu o grito reverberar nos ossos.

CAPÍTULO 3

Presente

BRIONY TINHA CERTEZA DE que seu coração explodiria para fora do peito. Ela desceu correndo a escada do terraço, rápido demais para se questionar se o silêncio era essencial. Uma ofegante Cordelia estava apenas a três passos atrás dela quando chegaram à galeria do quarto andar.

Briony voou por um dos arcos e parou no seguinte, olhando na direção do lago. A nuvem de poeira e ossos começara a flutuar para longe, e a lua deixara o sol com um último beijo. A dragão não estava à vista no horizonte, mas, ao olhar para baixo, para o pátio, o sangue congelou nas veias.

Um mar de casacos azul-escuros passava pelos portões, esparramando-se como águas desaguando em um afluente.

Os homens de Mallow estavam dentro do castelo.

Cordelia arfou com aquela visão. Alguns dos bomardinos entraram em combate com o parco número de guardas e criados que ficaram para trás, mas alguns corriam para o castelo como se suas ordens fossem tão simples quanto capturar uma bandeira.

Trinta metros acima, Briony viu um homem de casaco azul rasgar o ar com os dedos, e uma criada levou a mão ao pescoço, que jorrava sangue enquanto ela caía.

A princesa se perguntou se era Sofia, sua criada pessoal.

Havia uma muralha em sua mente. Enquanto Cordelia se engasgava em soluços amedrontados, Briony sentiu um muro se erguer entre o cérebro e os olhos, impedindo-a de chorar. Talvez houvesse uma represa em sua garganta, impossibilitando que o corpo e o cérebro interagissem.

Observou o mesmo homem encontrar um dos valetes e se inclinou sobre o parapeito, esticando o braço na direção da estátua de Vindecci, o pai da magia de mentes, na torre mais alta. Ela fez um movimento firme com o braço, deixando a magia fluir a seu comando, e então observou o filósofo santificado deslizar em declive do posto. Enquanto a estátua caía, a princesa uniu as mãos. O mármore explodiu, e ela guiou um pedaço maior na direção do homem no instante em que erguia o braço para cortar o pescoço do valete. A pedra bateu com tudo no ombro dele, fazendo-o gritar e jogar a cabeça para trás com a dor.

Briony o reconheceu. Reighven. Um dos soldados mais cruéis de Mallow, que parecia nutrir um interesse pessoal em Briony desde o dia em que a guerra começara na escola bomardina. O rosto dele assombrava muitas de suas noites ansiosas.

Os pedaços de pedra restantes caíram ao redor do homem, alguns derrubando outros casacos azuis. O ataque aos criados ou o fluxo da entrada parou. Então, cinquenta pares de olhos se voltaram para cima.

Briony puxou Cordelia para trás tarde demais.

Os homens já sabiam onde encontrá-las.

Ela pegou a mão da amiga e correu. Precisavam sair daquele andar, daquela ala do palácio.

Briony as guiou por um labirinto de aposentos da criadagem e passagens turvas que ela conhecia de memória. Subiram correndo metade de uma escada, atravessaram um lugar acima da cozinha e então correram de volta pelo corredor que dava vista para o lago. Uma escadaria estreita que servia para os criados subirem e descerem rapidamente estava escondida em algum lugar ali. Briony só precisava se lembrar atrás de qual parede ficava a passagem. As duas dispararam por tantos lugares por onde tinha corrido com Rory na infância, e onde aprenderam juntos a magia reservada apenas para crianças mais velhas. A represa na garganta de Briony continuou firme enquanto pensava no irmão.

Onde estava o corpo dele?

Por que a profecia errara?

Por que Briony encorajara o pensamento que ele era invencível?

Um baque ressoou em frente, atrás da porta até onde corriam. Diante do som de pedra explodindo e madeira rachando, Briony e Cordelia pararam abruptamente. Algo se sobressaltou no cérebro dela. Aquela era a direção para onde estavam indo. A *única* direção para qual sabia ir.

E então, foi a vez de Cordelia puxá-la. Ela seguiu os passos para trás da amiga, entrando em uma alcova e em seguida em um armário de lençóis.

Estamos respirando alto demais.

Era a única coisa que Briony conseguia pensar enquanto as portas da escadaria eram escancaradas e os homens que invadiram o castelo marchavam pelo corredor.

A princesa segurou um fio de magia na mente e puxou, forçando seu coração a desacelerar. Segurando o pulso de Cordelia, esfregou o dedão em uma de suas veias e fez o mesmo com a amiga.

O som de respiração ficou mais silencioso, e então tudo que Briony ouvia era o bater das botas na pedra.

— Vá com Gains, verifique todos os quartos. Cerque elas.

Briony engoliu em seco ao ouvir a voz. Aquela aspereza pertencia a Caspar Quill. E ela percebeu algo terrível.

Os homens bomardinos que estavam no castelo do pai dela...

Os homens que assistiram ao irmão dela morrer...

Os homens que estavam caçando etérneros...

Eram os homens que conhecia desde pequena, para quem fizera mesuras, que cumprimentara em solenidades, aqueles que tinham apertado a mão do pai dela apenas semanas antes de Mallow reivindicar a Sede e matá-lo.

Briony provavelmente conhecia todos eles.

Liam Quill e Larissa Gains — dois bomardinos com quem estudara durante cinco anos. Eram os pais deles do outro lado da porta.

A princesa se perguntou se algum dia teriam imaginado os próprios filhos escondidos do pai dela da mesma forma.

Briony escutou enquanto duas pessoas recuavam na direção do corredor. À direita, ela conseguia distinguir os sons de uma sala, provavelmente a dos criados, sendo destruída...

Um grito invadiu seus ouvidos.

— Não! Por favor! Por favor, eu sou só uma criada!

Cordelia arfou, e Briony apertou ainda mais os dedos no pulso da amiga para manter o batimento cardíaco constante e a respiração silenciosa.

Outro grito, seguido pelo ressoar do barulho de algo quebrando.

— Os q... quartos são lá em cima! Quinto andar! — chorou a mulher.

Briony mordeu o lábio. Uma mentira. Todos os aposentos principais ficavam no terceiro andar.

— Talvez não seja o quarto delas que estamos procurando — respondeu uma voz profunda, carregada de maldade. Era Gains. — Acha que temos uns minutinhos para um pouco de diversão?

— Qual o propósito de saquear o lugar se não podemos *saquear* alguma coisa? — perguntou o parceiro.

A criada gritou. Fez-se o barulho de um corpo se chocando na parede. Depois rasgos de tecido.

Então Briony saiu do esconderijo antes de Cordelia conseguir fazer uma súplica com os olhos.

A porta do armário bateu na parede de pedra quando ela avançou pelo espaço. Foi até a sala, virando-se para observar o cômodo.

A adrenalina fez seu corpo tremer. A respiração acelerada a deixou ofegante e, no pequeno sofá, ela viu dois homens em cima de uma jovem.

Briony direcionou a magia à porta do armário de onde Cordelia saía. Ela se entregou por completo e arrancou a porta das dobradiças com um baque, puxando-a em sua direção. A madeira se rachou, e Briony ergueu as mãos para levitar os dois pedaços. Empurrou com a magia, e a madeira afiada voou com força para dentro da sala dos criados.

Dois uivos idênticos de dor ressoaram quando as estacas de madeira perfuraram as coxas dos homens.

Cordelia se aproximou e torceu os pulsos para controlar outros dois pedaços afiados. Os olhos dos homens se arregalaram, entendendo o que aconteceria, e Cordelia os atacou, enviando a madeira no peito deles desta vez.

Gains fez um movimento com a mão no ar e a lasca de madeira mudou o caminho, mas o parceiro ainda assim recebeu uma estaca no ombro. Antes que pudesse revidar, a criada tinha saído do sofá e batido na cabeça dele com um candelabro pesado da mesinha lateral. Gains cambaleou, e Cordelia ergueu os pedaços finais da porta, mirando na barriga dessa vez.

O barulho de órgãos penetrados assombraria os sonhos de Briony para sempre.

A criada saiu correndo, puxando Briony e Cordelia pelas mãos.

— Temos uma passagem! Vocês precisam ir! — O sotaque dela era pesado, carregado de vogais de outras terras.

— Era a passagem que eu estava tentando encontrar — confessou Briony, olhando para trás para se certificar que os homens não iriam persegui-las.

Gains estava vivo, revirando de dor, mas ao menos aquilo o impediria por algum tempo. O outro... ela não tinha certeza.

Elas seguiram a criada através de uma parede de pedra que desaparecia quando era pressionada, e, de súbito, Briony se viu tropeçando na escada úmida. Cordelia iluminou o caminho delas com um gesto dos dedos — uma bolinha de luz que lançava sombras em cima da cabeça loira-avermelhada da criada.

Briony reconhecia a mulher, e um turbilhão de pensamentos a invadiam a cada degrau. Ela estava ali havia poucos meses e viera de Shurtarth com o irmão, que tinha se voluntariado no dia anterior para se juntar ao exército de Rory, o único homem shurtarthiano sem magia disposto a isso.

A mente de Briony focou outra vez quando a escadaria começou a fazer uma curva. Ao chegar na base, a criada parou na porta.

— Estamos no terceiro andar. Existe outra passagem para descer ao segundo...

— Atrás do retrato da minha mãe. Eu me lembro agora! — exclamou Briony. — Precisamos ser rápidas.

A criada assentiu, e Briony fez a porta de calcário sumir com um giro do pulso. Olhou para os dois lados e saiu.

Não encontraram ninguém no largo corredor, mas alguém ateara fogo na bandeira de Etérnia. O tecido caía no chão em pedaços chamuscados, a rosa de sua família transformada em cinzas. A criada as guiou depressa até a galeria de retratos, e em pouco tempo Briony afastava da parede o quadro da mãe — que parecia observá-las com os olhos escuros e um queixo forte que ela não herdara. A princesa o segurou como uma porta aberta, e a criada entrou primeiro, seguida por Cordelia.

Briony estava prestes a fechar o retrato enquanto ouvia os passos das outras mulheres já descendo a escada e então...

Bum!

Uma explosão sacudiu o firmamento. Ela se apoiou entre as duas paredes da passagem e viu Cordelia se virar, uma dúzia de degraus abaixo, o branco dos olhos ressaltado na escuridão.

E então o teto desabou, e Cordelia desapareceu.

Capítulo 4

Briony pulou para fora da passagem antes de ser esmagada.

O coração batia forte quando ela caiu no chão. Uma nuvem de poeira e destroços subiu atrás de si, o que a fez lembrar de Rory. Como ele estivera dentro de uma nuvem cinzenta igual àquela.

Cordelia estava naquela, será?

Ela se jogou para a frente, tentando usar magia para retirar as pedras do caminho.

— Cordelia! — chamou, inalando a fumaça.

Atrás de si, Briony ouvia as pinturas caindo das paredes, os efeitos da explosão que ainda sacudia tudo. O castelo não se sustentaria mais sem a proteção mágica de Rory. Estava desmoronando ao redor dela enquanto a magia nas pedras se esvaía.

Sem ouvir uma resposta vinda dos escombros, ela estava prestes a lançar um feitiço para estreitar a audição para uma única área quando o som de botas pesadas correndo a alcançou.

Briony estava no chão da galeria de retratos, à vista, sem nenhuma saída segura.

Ficou em pé e começou a correr. Ela passou pelo salão de jantar, ouvindo uma mulher gritando do outro lado do corredor. Seguiu até a escadaria principal, sem saber para onde mais iria. Virou em um corredor e tropeçou, parando. O corpo de Anna estava caído em um ângulo retorcido no topo da escada, os olhos abertos e vazios. Briony engoliu a dor e tentou passar pela guarda para continuar a descer.

Mas outra explosão estremeceu as paredes, e ela cambaleou, quase perdendo o equilíbrio enquanto o chão tremia. Quando se estabilizou, voltou o olhar para o corpo da guarda.

Por que Anna estava vindo daquela escadaria? Ela deveria ter descido do outro lado do castelo.

Não havia nada daquele lado, a não ser os quartos.

E, como um relâmpago clareando a mente, Briony se lembrou dos papéis na escrivaninha. A correspondência secreta dos países que concederiam abrigo aos Rosewood. A lista de lugares seguros no continente onde os espiões do general se encontravam.

Ao pé da escadaria, quatro homens de casacos azuis estavam prestes a subir, mas não pareciam ter visto Briony ainda. Por isso ela voltou, seguindo pelo corredor à direita.

Na verdade, correu o mais rápido possível por ele, o único plano em mente era chegar aos papéis. Não havia outra saída naquela direção. Precisaria verificar como estava o exterior do castelo para saber se escalar até o térreo sequer era uma opção.

Briony passou por sua antessala e entrou no quarto, trancando com magia as duas portas atrás de si. Uniu as mãos com um estalo, e os papéis na escrivaninha pegaram fogo.

Conseguiu ouvir pelas paredes de calcário quando uma porta foi aberta no quarto ao lado.

Briony congelou no lugar, por tempo o bastante para tomar uma decisão: não poderia mais sair por onde entrou.

Correu até a janela e olhou para baixo. Cinco dos homens de Mallow patrulhavam a área. Seria possível derrubá-los antes de descer, ela só precisaria ser esperta.

Deu uma olhada no quarto, em busca de um lugar para se esconder por um momento. A sala de banho anexa era esparsa de um modo que naquele momento a frustrou. O baú no pé da cama seria óbvio demais. Ela correu até o armário, sabendo que era uma tolice, mas ao menos ganharia tempo para conjurar.

Feitiços para se camuflar eram dificílimos, mas, nos últimos quatro anos, Briony dominara um enquanto o irmão ia para as batalhas. Precisava de foco total na magia de mente para iludir os olhos alheios.

Ela entrou no armário e empurrou as roupas para o lado. Fechou a porta e imaginou um fio de magia atrás da testa. Briony esticou os dedos, fazendo o feitiço, e se mentalizou invisível, misturando-se às cores do armário. Um olhar rápido não mostraria nada, desde que não perdesse o foco.

As portas do quarto foram escancaradas, batendo com força na pedra. Pela fresta do armário, Briony observou um homem entrar apressado e então parar de imediato.

Sentiu o coração se apertar e um suspiro escapar de seus lábios.

O feitiço de camuflagem se desfez.

Ele parecia mais alto. Os braços compridos e pálidos pareciam densos com os músculos sob a camisa preta e o colete ajustado, mas a cintura ainda se afunilava daquela forma frustrante que chamara a atenção de Briony por tantos anos.

A princesa observou quando ele se virou em um círculo, os olhos percorrendo cada canto do quarto — cada parte de si que nunca pensou que ele veria.

E, enquanto o homem parecia se acalmar, Briony focou outra vez o feitiço de camuflagem, segurando com firmeza aquele fio entre os olhos até sua forma física desaparecer.

Observou quando ele se aproximou da escrivaninha onde os papéis ainda se desfaziam em cinzas. Sem olhá-los duas vezes, ele correu até a sala de banho. Voltou depressa, e então escancarou o baú no pé da cama.

Um calafrio de satisfação tomou conta dela. Estivera certa, aqueles *eram* mesmo os dois lugares mais óbvios.

Só que então ele correu até o armário, e Briony precisou se concentrar ainda mais no feitiço, prendendo o fôlego.

Ele escancarou as portas, e Briony ficou cara a cara com Toven Hearst.

Os olhos que não eram inteiramente cinzas, e, sim, pontilhados de azul, como ela percebera anos antes, encaram-na diretamente.

Deveria ter lançado outro feitiço para ocultar seu batimento cardíaco. Toven devia estar ouvindo.

O cabelo dele caiu sobre a testa, tão fino e tão claro que o tom de cinza era quase prateado.

Da última vez que o vira, aquele homem a caçava pela floresta e tinha matado todos que entraram em seu caminho.

Briony estremeceu com a proximidade e disse a si mesma que era porque estava com medo.

Ele deu um passo para a frente, olhando de um lado ao outro.

A base do armário a deixava mais alta, e os dois estavam quase da mesma altura. Se vasculhasse o guarda-roupa mais de perto, Toven tocaria nos lábios dela.

Havia algo nos olhos dele quando se afastou, como se estivesse tentando lembrar de alguma coisa. Encarou o armário outra vez, esticando a mão.

Briony estremeceu. Aquele seria o fim.

Então, ele desceu os dedos pela lateral de um vestido verde à esquerda dela. Um que ela não usava havia muitos anos.

— Toven.

Os dois estremeceram.

Toven lhe deu as costas, a mão quase roçando no corpo de Briony.

Finn Raquin, melhor amigo de Toven, estava parado no batente.

— Precisamos ir embora — pediu Finn. O peito subia e descia rapidamente. — Mallow sabe que você está aqui.

O outro se afastou do armário, foi até a escrivaninha e olhou pela janela.

— Toven — repetiu Finn, esfregando o rosto. — Não faça isso.

Briony observou os dedos pálidos de Toven se esticarem e tocarem algo sobre a mesa. A xícara de chá que ela tomara mais cedo.

— Eles ainda não soaram o toque de recuar — afirmou Toven. A voz era um barítono profundo que sempre fazia algo na barriga dela vibrar. — Ainda tenho tempo.

Ele saiu com pressa do quarto e Finn suspirou, seguindo-o.

Briony mal conseguia pensar. Ela escutou os passos se afastando com firmeza. Só então soltou o feitiço de camuflagem e respirou fundo.

O aroma de hortelã e especiarias invadiu o nariz dela.

Briony saiu do esconderijo e correu até a porta do quarto, espiando. Finn estava desaparecendo no corredor ao longe, atrás de Toven.

Ainda tenho tempo. Para quê? Era óbvio que queria alguma coisa. Então ela pensou no baú ao pé da cama e o armário. Procurando por *alguém.*

Era como se tivesse mergulhado em um banho de água fria.

Toven estava procurando por ela.

Estava à caça outra vez. Assim como todos os outros.

Briony sempre soube que valia menos do que um grão de poeira para ele — como toda a Etérnia —, mas tinha esperanças de que Toven não estaria na linha de frente naquele dia.

Será que ele assistira ao irmão dela morrer? Toven teria se gabado caso tivesse a capturado?

Briony respirou fundo, virando-se na direção da outra ala do palácio.

Foi quando esbarrou em alguém.

Ela arfou, e uma mão se fechou no pescoço dela. Teve um segundo para reconhecer o sorriso triunfante no rosto de Gains antes de ele fazer um feitiço. Os olhos de Briony se fecharam, e tudo virou escuridão.

Capítulo 5

Oito anos antes

Briony sentia que demorara mais do que a maioria para se acostumar com o frio de Bomard. Quando os jovens de Etérnia chegaram durante a primavera do primeiro ano da educação compartilhada, ela presumira que a estação lhes proporcionaria um clima quente, brisas e árvores frescas e aromáticas. Ao menos era assim em Etérnia.

Em Bomard, a primavera era apenas o fim do inverno. A neve ainda derretia, e ainda se vestia casacos de pele pesados. As atividades ao ar livre eram limitadas. Com o pai, Briony e Rory tinham visitado outras vezes a nação em viagens políticas, mas nunca foram tão ao norte. Ali, entalhada na lateral da cordilheira que protegia Bomard dos reinos além-mar, a escola bomardina estava cristalizada na neve.

Briony ansiava pelas brisas quentes de Etérnia. Ela apertou mais o casaco e tamborilou os dedos no rosto, incentivando com magia o sangue a aquecer sob a pele.

— Cuidado — disse Rory, passando atrás dela na mesa compartilhada em que tomavam desjejum. — Vi Simon Leatherby tentando esse feitiço semana passada, e acabou com uma febre.

— Eu sou cuidadosa — retrucou ela, batendo os dentes e lançando um olhar ansioso na direção da lareira fraca. — Acha que estão fazendo uma pegadinha conosco? Como dão aos herdeiros de Etérnia só três toras de lenha por dia?

Rory se sentou na frente dela, colocando os dedos ao redor da xícara de chá quente.

— Sim. Acho que esperam rir da nossa fraqueza. Talvez eles queiram que imploremos por ajuda.

Briony revirou os olhos.

— Bem, pelo menos isso será só uma lembrança quando voltarmos para casa ano que vem. Talvez, quando estiverem em Etérnia, devêssemos fundir as janelas dos quartos deles para deixá-los morrer de calor.

Por quinhentos anos, parte do tratado de paz entre Etérnia e Bomard determinava que a juventude dos dois reinos fosse educada em conjunto, alternando as temporadas entre eles, durante os últimos cinco anos de sua formação mágica. No ano seguinte, os bomardinos seriam educados perto dos lagos temperados em Etérnia, mas, por ora, era a vez de Bomard de hospedá-los.

Por mais que existisse uma divisão clara entre aqueles que praticavam magia da mente e os que praticavam magia de coração, os princípios básicos eram quase idênticos. Apenas a fonte de poder e a conexão que tinham eram diferentes. Por exemplo, para um mago de coração, levantar uma pedra no ar se iniciava no músculo. Para um mago mental, o movimento começava na fonte: o cérebro. Magos de coração sentiam uma veia pulsante de magia no peito, enquanto magos de mente sentiam um fio entre os olhos, conectando-os ao mundo externo.

Sempre ensinaram a Briony que a magia de mente etérnera era uma técnica evoluída; magos de mente não se cansavam com tanta facilidade quanto os outros, e os bomardinos não tinham a paciência necessária para a magia de mente. Era verdade que magos de coração poderiam acidentalmente esgotar sua magia, mas também era sabido que precisavam de menos treinamento para obter bons resultados. Consistência, por outro lado, era a maior aliada da mente.

— Vamos só agradecer por termos recebido quartos separados por sermos Rosewood — disse Rory.

— Eu não sei de que adianta isso. Ao menos nos dormitórios teríamos mais calor humano.

Briony alcançou a xícara de chá e aqueceu o líquido a uma temperatura escaldante. Estavam em Bomard havia um mês, e ela era a última etérnera que ainda tremia nas salas de aula.

Encarou Rory do outro lado da mesinha repleta de frutas e pão enquanto ele se empanturrava. O irmão já estava bem mais alto e comia o dobro de comida. Finalmente, a poucos meses de completarem 17 anos, estavam menos parecidos. Ele ganhara músculos durante o treinamento de inverno com a infantaria, e Briony passara as férias ganhando massa corporal em todos os lugares que não queria ganhar. Só precisou de uma olhadela para a cintura fina e os pulsos delicados de Larissa Gains para perceber que um inverno à base de leitura e docinhos de mel não ajudaram em nada.

— Vamos? — perguntou Rory, enfiando mais um biscoito na boca.

Briony se apressou e tomou o restante do chá, deixando que queimasse a língua. Ela pegou um cachecol de lã do guarda-roupa, odiando o peso gélido na pele antes que o tecido se aclimatizasse à temperatura dela.

A garota seguiu Rory pelo saguão principal no primeiro andar, onde os alunos do primeiro ano tinham aula todas as manhãs das nove ao meio-dia. Os do segundo ano ficavam no andar acima, e os do terceiro ano no terceiro andar e assim por diante. Os dormitórios ficavam acima das salas de aula. Os aposentos particulares do herdeiro etérnero ficava no andar mais alto, em uma torre. No primeiro dia de aula, Rory e Briony chegaram dez minutos atrasados, e os tutores bomardinos foram incrivelmente desagradáveis sobre o assunto. O pai deles enviara uma carta no dia seguinte instruindo Briony a focar a pontualidade do irmão.

No sétimo andar, encontraram Didion no dormitório masculino, e no sexto, Cordelia se juntou ao grupo.

— Quantos pedaços de lenha vocês recebem no dormitório? — perguntou Briony para Cordelia, enganchando o braço no da amiga.

— Esperem! Estou indo! — chamou uma voz atrás deles.

Briony e Cordelia grunhiram. As duas abriram sorrisos falsos e se viraram.

Uma garota de olhos verdes brilhantes e cabelo loiro cor de palha cambaleou até alcançar o grupo.

— Bom dia, Katrina — disse Briony.

— Está começando a esquentar, né! — exclamou Katrina, a voz, como sempre, alta demais. Briony franziu o cenho, reprimindo um calafrio. Então os olhos de Katrina se arregalaram. — Esqueci minhas anotações!

Ela se virou e correu de volta até o dormitório.

Briony olhou para Rory e Didion, que se afastavam e já desciam o próximo lance de escada.

— Imagino que não possamos mais deixar ela para trás agora — afirmou Cordelia, seca.

Briony suspirou, concordando. O pai tinha forçado Briony a ter amizade com Katrina Cove um ano antes, embora as duas não tivessem nada em comum. Katrina era filha de um tratado nupcial. Ela morara em Bomard durante quinze anos, mas, depois da morte da mãe, foi para Etérnia com o pai. Não havia nada *errado* com a garota, de um modo geral, mas ela era barulhenta, atrapalhada e falava sempre sobre como estava feliz por estar em Bomard de novo enquanto Briony resmungava e estremecia.

Cordelia e Briony esperaram por Katrina e observaram os outros alunos que também acordavam cedo deixando os quartos, começando a encher as escadarias.

Briony sentiu os ossos tremerem quando uma brisa passou por elas.

— Ainda está com frio, Vossa Graça?

O ar no peito dela pareceu congelar. Não precisava se virar para ver quem falara. Havia apenas um grupo de pessoas que sentia necessidade de zombar da realeza Rosewood.

Toven Hearst e seu grupinho de bomardinos desciam a escada, vindo do dormitório do sétimo andar.

Briony sofrera mais ofensas e humilhações no último mês nas mãos de Toven e daqueles garotos do que durante toda a vida. Eles a chamavam de "princesa" ou "Vossa Graça". Jogavam rosas púrpuras, o símbolo do brasão Rosewood, pelos corredores quando ela passava. Faziam mesuras profundas quando ela entrava em uma sala. Para alguém que passara os primeiros 16 anos de vida sendo instruída a não ofuscar o irmão — a ser modesta e imperceptível —, aquilo era aterrorizante. Briony tinha chorado no travesseiro durante a primeira semana, se questionando se o próprio povo também a achava metida e condescendente como os bomardinos faziam parecer.

Briony ergueu o queixo e, sem olhar na direção dos garotos, esperou que passassem.

— Ah, rochas, o frio afetou a audição dela também — zombou Liam Quill, um garoto bonito de cabelo preto e pele cor de cobre, cuja arrogância arruinava a boa aparência.

— Ei, princesa! — chamou uma voz grossa. — Eu sei o que pode te esquentar rapidinho.

Briony franziu o nariz e se virou para encará-los enquanto riam. O garoto obsceno era Canning Trow. Era três anos mais velho que todos ali e não deveria falar daquela forma com nenhuma garota de 16 anos, na opinião dela.

Briony lançou um olhar feio para o rosto desdenhoso e largo à medida que o grupo passava.

— Mas vocês não souberam? — Uma voz estridente veio de um dos quartos. — O irmão dela é quem costuma esquentá-la. É por isso que eles dividem o quarto.

Larissa Gains foi até o grupo de garotos. De algum modo, um aroma florido sempre anunciava sua chegada em vez de apenas segui-la, e as mechas espessas de cabelo loiro balançavam de maneira quase hipnotizante, acompanhando os quadris.

As gargalhadas ressoaram pela escada enquanto desciam. Toven Hearst se demorou com mais um sorrisinho afiado na direção de Briony e esperou até Larissa segurar seu braço antes de acompanhá-la escada abaixo.

Briony aprendera desde muito cedo que, como uma mulher na linhagem de Rosewood, a coisa mais valiosa que ela poderia fazer era sorrir, quando preferia gritar.

Cordelia, por outro lado...

— Que coisa mais depravada de se falar! — gritou Cordelia às costas de Larissa. Briony segurou o pulso da amiga, tentando calá-la, mas ela prosseguiu: — E você não tem nem coragem de dizer isso na cara dela!

Larissa parou no degrau superior e disse:

— Mas eu falei na cara dela, só a acho feia demais para olhar diretamente.

A garota soltou um suspiro dramático e voltou a descer a escada requebrando.

Toven jogou a cabeça para trás e riu, um som profundo ecoando da garganta.

— Você é *má* — falou ele, o som desaparecendo enquanto eles andavam.

Briony fechou os olhos e respirou fundo algumas vezes. Cordelia resmungou ao lado dela.

— Cadê a Katrina, cacete? — sibilou Briony.

Katrina enganchou o braço nas outras duas e as puxou pela escada.

— Aqui! Desculpa! Mais alguém teve dificuldade com a tarefa?

Briony se permitiu ser arrastada. Havia muito movimento por ali, como sempre tinha se os alunos mais novos demorassem muito para descer. Elas logo alcançaram Toven e Larissa, e Briony desacelerou Katrina. Enquanto a escadaria fazia a curva, o garoto ergueu o olhar e deu um sorrisinho convencido. Briony desviou o rosto e franziu o cenho para os sapatos. Havia uma nova corrente de ar na escadaria, e ela precisou concentrar-se com toda força para impedir que o corpo inteiro tremesse de frio.

— É uma pena não termos uma realeza em Bomard — lamentou Larissa para Liam Quill, alto o bastante para que todos ouvissem. — Eu gostaria de ter sido uma princesa.

— Nossos governantes seguem uma linhagem sanguínea — afirmou Cordelia, cortante. — A de vocês depende de ouro e poder. É puro acaso.

— Ah, não sei — retrucou Toven, a voz dele alcançando o ouvido das garotas. — Meu pai é o homem mais rico em Bomard. Na verdade, no continente inteiro de Terrérnia, e ele só está em oitavo na linha de sucessão da Sede.

Liam bufou.

— Ele só é o mais rico se contar as propriedades e bens além-mar...

— O que contamos — disse Toven, em tom condescendente. — Todos contamos.

Restava apenas mais um lance de escada, e então estariam livres do grupo. Briony apertou o cotovelo de Cordelia, implorando para a amiga segurar a língua por mais uns instantes.

— Katrina, querida, não sei como você aguentou nos deixar — comentou Larissa. — Você *deve* preferir Bomard a Etérnia.

A garota alternou o olhar entre ambos os grupos, incerta de como responder sem ofender ninguém.

— Bem, eu de fato sinto saudade...

— É claro que sente. Eu prefiro Bomard a Etérnia fácil — continuou a outra. Os olhos de Larissa subiram pelo vestido de lã bordado de Briony e foram até o rosto. — Ao menos em Bomard aboliram a sucessão patriarcal. Uma mulher jamais poderá governar Etérnia, apesar da superioridade com a qual se comportam...

— Eu também me sentiria superior se tivesse ouro correndo nas veias — disse Toven.

Briony manteve a expressão neutra, embora a energia ao redor deles estalasse, eletrizante.

Quando finalmente chegaram à sala de aula, um corredor comprido com tapeçarias de um lado e janelas grandes do outro, viram que o lugar estava irreconhecível. Três dúzias de pinheiros imensos estavam no centro do cômodo, como se tivessem surgido do dia para noite. Agulhas longas enchiam a base dos troncos grossos.

Briony encontrou Rory e Didion encarando uma das árvores e foi se juntar a eles.

— Vamos... subir nas árvores? — perguntou Didion.

— Não, sr. Winchester. — A voz sofrida da tutora Amelia surgiu atrás deles.

Ela caminhou até a frente da sala. Era uma mulher ríspida de 40 anos que não parecia gostar muito de lecionar.

Didion corou e fingiu examinar suas anotações.

Enquanto Briony sorria com a vergonha de Didion, um arrepio correu por seus ombros, e ela sentiu a respiração estremecer. Aconchegou-se mais no manto e no cachecol.

Toven Hearst parou na árvore ao lado, e Finn e Liam se juntaram a ele.

— Está um clima bastante brando aqui, não concorda, Finn? — apontou Toven em tom casual.

Briony franziu o cenho. Então ele a vira estremecer.

— Me faz querer tirar toda a roupa — disse Finn.

— Queria eu ter alguns tecidos etérneros nesse momento — respondeu Toven, tirando dramaticamente o próprio manto e o jogando perto da parede da sala. — Aquelas *sedas*.

Ela lhe lançou um olhar feio e o viu arregaçando as mangas da camisa como se fosse um dia quente de verão. As veias sob a pele pálida pareciam se destacar.

— Com certeza — concordou Finn. — Eu faria qualquer coisa por uma taça gelada de vinho feérico. Tão frio que faz o vidro rachar.

Briony virou para a frente de novo, esperando a aula começar. Ela enfiou o queixo no cachecol, soprando ar quente no tecido e deixando que aquecesse a parte inferior do rosto.

Rory franziu o cenho para a irmã.

— Você está com frio?

— Você não?

Ela sentiu a corrente de ar de novo. E, então, compreendeu.

No mesmo instante, Briony se virou para Toven. Ele estava enrolando a outra manga, os olhos divertidos a focando. As pontas dos dedos na lateral do corpo estavam rodopiando em pequenos círculos.

Estava enviando uma brisa na direção dela. Ela sentia frio por causa de Toven Hearst.

Os olhos de Briony faiscaram ao observar os lábios de Toven formarem um sorriso presunçoso.

— Está confortável, Vossa Graça?

Ela corou, com raiva, mas, apesar de tudo, o corpo estremeceu sem permissão.

Briony ouviu Finn disfarçar uma risada com uma tosse.

A garota arrancou o cachecol e decidiu imitar Toven, descartando com audácia o próprio manto e o jogando no canto da sala. O ar soprou sobre ela em um arroubo, passando pelos braços e ombros descobertos, mas Briony encontrou o fio de magia entre os olhos e começou a puxar o calor do sangue ao girar os dedos, aquecendo-se.

Como sabia o que a afetava, poderia reverter o feitiço com facilidade.

A tutora Amelia pediu a atenção de todos. Briony se virou para a frente, apesar de ainda sentir os olhos de Toven grudados nela.

— Hoje, nós vamos colocar em prática a lição da semana passada — informou a tutora. — Como sabemos, toda magia é feita com gestos. Vocês já devem ter aprendido magias simples que trazem objetos ou os afasta, mas essas ações são no máximo rudimentares. Na semana passada, identificamos os oito gestos mágicos originais, que são...?

Uma dúzia de mãos foi levantada. A de Briony continuou parada ao lado do corpo, mesmo quando Rory ergueu timidamente a dele.

Ela sabia a resposta, mas isso era parte do acordo com o pai. Tinha permissão para receber notas boas, mas nunca melhores que as de Rory. Não podia ser melhor do que ele em sala de aula. Se Rory estava com dificuldade, era dever dela se certificar de que o irmão teria sucesso. Não importava como.

— Senhor Rosewood — chamou a tutora Amelia, virando-se para o quadro.

— Empurrar, puxar, arremessar, esmagar, rasgar, erguer, arrastar... — Então Rory pigarreou, dando uma olhada nas anotações.

Ele estava se esquecendo de algo que, naquele momento, Briony (e Toven, também) estava fazendo. Ela parou de girar o dedo que a aquecia e se conectou ao fio entre os olhos mais uma vez. Com uma curvatura dos dedos, destacou as palavras na página diante de Rory, fazendo-as formarem novos formatos, novas letras.

Ela o viu focar as palavras manipuladas.

— Reunir — falou ele, terminando a lista.

Briony largou a tinta, permitindo que voltasse para a forma que tinha antes. Rory a concedeu um sorriso breve e grato.

— Muito bem. — A tutora Amelia escreveu as primeiras oito palavras no quadro. — E Vindecci identificou mais dois com o advento da magia de mente. Quais foram os gestos, srta. Rosewood?

— Não sei, tutora Amelia.

A tutora abaixou o braço de onde acrescentava a palavra *reunir* ao fim da lista no quadro. Ela se virou, e a sala de aula prendeu a respiração.

— Dois gestos. Que não estão na lista — exigiu, apontando para o quadro.

Briony sentiu a pele esquentar, e não tinha nada a ver com o feitiço de aquecimento que usava. Ela balançou a cabeça e encarou as anotações de Rory outra vez, sabendo bem o que aconteceria a seguir. Ela tremulou o dedo e arrastou a tinta pela página mais uma vez.

— Um deles, ao menos, srta. Rosewood?

As letras se reorganizaram. A... L...

— Senhor Rosewood, pode auxiliar sua irmã? Ela parece ter dormido durante as aulas da semana passada — disse a tutora Amelia, desdenhosa.

Rory olhou para a página, acompanhando as letras que Briony manipulava. Até nos primeiros anos da educação que receberam em casa, ela o ajudara com matemática e história daquela forma. Quando os dois eram mais novos, ele dizia que estavam respondendo às perguntas *juntos*, como um time. Aquele espírito de trabalho em equipe continuava na escola.

— Alcançar — disse Rory, erguendo o olhar das letras que se mexiam na página.

— Senhor Hearst? O último gesto acrescentado? — A tutora Amelia se virou para o quadro.

Briony ergueu o olhar, observando a palavra *alcançar* sendo acrescentada à lista. O silêncio que se instalou antes de Toven falar fez com que Briony olhasse na direção dele.

Ele estava inclinado, apoiado no tronco de árvore mais próximo, os braços cruzados, o olhar semicerrado na direção da garota.

Não. Não era para Briony que olhava, e sim para as anotações de Rory.

Toven ergueu o olhar cinzento para ela, cheio de desconfiança, e respondeu com a voz sedosa:

— Penetrar.

Briony desviou o olhar, as bochechas ardendo.

— Excelente. Por favor, preste atenção, srta. Rosewood. — A tutora Amelia bateu palmas. — Hoje, vamos aplicar os gestos de forma prática. Primeiro vamos esculpir a palavras ou o desenho na madeira. Depois, cortaremos os galhos. E, por fim, o passo mais avançado: cortar o tronco, como fariam com um machado.

— Que desperdício — resmungou Cordelia. — Pobres árvores.

— Estavam destinadas a se tornar lenha para as lareiras, srta. Hardstark — avisou a tutora Amelia. — Em Bomard, não consideramos o nosso aquecimento um "desperdício".

Cordelia apertou os lábios, ouvindo os sussurros e risadinhas dos colegas bomardinos.

— Agora, reúnam-se. Quatro por árvore — instruiu tutora Amelia.

Briony se aproximou da árvore à direita, mas, infelizmente, Rory, Didion, Katrina e Cordelia e ela própria formavam um grupo de cinco. Eles se remexeram, procurando por um espaço vazio. Quando virou para trás, viu Toven Hearst, Liam Quill e Finn Raquin dando sorrisinhos para ela ao redor da árvore deles.

— Ah, Briony, querida — chamou Finn com a voz adocicada. — Temos espaço para uma pessoa aqui.

Ela suspirou e se resignou a se separar dos amigos.

— Comecem escolhendo qual gesto é o mais adequado para a tarefa — aconselhou a tutora Amelia. — Devem desenhar suas iniciais no tronco da árvore. Primeiro, de perto. Depois, a uma longa distância.

Briony ficou a sessenta centímetros da árvore e franziu o cenho para o tronco. Do outro lado, conseguia ver Toven Hearst fazendo o mesmo. Finn estava à sua esquerda, e Liam à direita.

Empurrar, puxar, arremessar, esmagar, rasgar, erguer, arrastar, reunir, alcançar, penetrar. Qual deles?

— Assim que escolherem um dos gestos, invoquem sua magia. A veia no peito para os magos de coração. O fio na testa para magos de mente.

Ela imaginou uma faca em sua mente. Colocou-a no tronco e arrastou. A primeira linha do *B* se destacou ali. Era leve, mas estava presente.

Briony sorriu ao obter sucesso na primeira tentativa. A alegria durou pouco, porque, quando virou o rosto, viu que Toven a encarava, os olhos estreitos. Ela ergueu o queixo e se concentrou outra vez para talhar as curvaturas da letra *B*.

Tinha acabado de conseguir os contornos e começara a repassar as linhas outra vez quando ouviu Liam bufar exasperado à direita. Ela olhou para o lado dele da árvore, sem encontrar nenhum traço da letra *L*.

No mesmo instante, Briony vasculhou atrás dela. Não havia nenhuma letra entalhada na árvore que Rory, Didion, Cordelia e Katrina trabalhavam.

Ao redor, colegas de classe olhavam feio para suas respectivas árvores. Alguns deles até tinham veias saltadas na têmpora de tanta concentração.

A tutora Amelia estava dando a volta, chegando cada vez mais perto da árvore em que ela trabalhava.

Briony se apressou para devolver o casco de volta no lugar, curando a árvore e escondendo sua inicial. A tutora Amelia se aproximou deles, parada atrás de Toven.

— Pouco visível, sr. Hearst, mas *existe*. Muito bem — aprovou a tutora Amelia. — Trabalhe no *H* agora.

Briony ergueu as sobrancelhas. De todos eles, era Toven que fazia progresso? Não deveria ter sido uma surpresa, na verdade. A família Hearst tinha uma linhagem sanguínea bastante poderosa. A cada poucas gerações, um Hearst manifestava um dom poderoso — alguma força ou habilidade que outros demoravam anos para obter. O pai de Toven, Orion, conseguia dividir seus feitiços. Em geral, um mago só conseguia lançar um feitiço em cada mão, mas Orion Hearst conseguia dividir um gesto mágico em dois feitiços diferentes.

Enquanto a tutora Amelia dava a volta na árvore, fazendo um estalo de língua diante da falta de progresso de Liam, Toven deu um sorriso presunçoso para Briony.

Talvez Toven Hearst manifeste uma habilidade de cortar árvores, Briony pensou, petulante. *Ele seria um ótimo lenhador*. A garota quase riu em voz alta ao pensar em Toven recebendo uma tarefa tão braçal quanto aquela.

Ela deu uma espiada nos antebraços expostos antes de focar no tronco quando tutora Amelia parou ao lado dela.

A instrutora deu um suspiro pesado.

— Preste mais atenção nas aulas teóricas, srta. Rosewood, e talvez você obtenha algum progresso.

— Sim, tutora Amelia.

Briony encarou o pedaço no tronco onde escondera o seu *B*. Enquanto a mulher se afastava, sua atenção foi captada pelo olhar cinzento do outro lado do tronco. Toven unia as sobrancelhas, encarando-a como se ela fosse uma pedra em seu sapato.

— A primeira pessoa a entalhar duas iniciais retas na árvore receberá nota máxima na lição de hoje *e* também na lição do mês — anunciou a tutora Amelia. — O sr. Hearst está muito à frente de todo o resto até agora.

A classe grunhiu, mas Toven ainda a observava.

Briony desviou o olhar, virando-se para ver como Rory estava indo. Sem progresso. Ela suspirou. O pai não ficaria feliz em ouvir que o irmão perdera para um bomardino no primeiro mês.

Briony girou para a frente, encarando o tronco e relaxando o olhar. Havia uma veia no peito que pulsava com magia não usada. Ela imaginou uma fita entre ela e Rory, conectando seus corações, conectando sua magia.

Não era a primeira vez que amplificava o irmão. De modo inconsciente, ele aceitava o empurrão da magia de Briony havia anos — durante as lições, quando precisava se curar de ferimentos, em raras brigas de infância. Ela não conseguia se lembrar como fizera aquilo pela primeira vez e não era como se pudesse perguntar sobre aquele tipo de magia para muitas pessoas em Etérnia. Devia ser algum tipo de magia de *coração*, que supunha vir de um elo com o gêmeo.

Briony pulsou a própria magia em uma fita até o coração de Rory, e esperou. Ela ouviu um suspiro atrás dela.

— Ah, uau — sussurrou Rory. — Eu consegui.

A garota olhou para a árvore. Não tinha certeza de qual gesto ele usara, mas ali estava um *R* perfeito.

Didion esticou o pescoço para ver.

— Bom, então faça de novo! — sussurrou o amigo, empolgado.

Briony observou Rory se concentrar e, uma vez que abrira a conexão, sentiu o irmão puxar. A casca da árvore rachou. Um *R* idêntico apareceu ao lado do primeiro.

O canto da boca de Rory subiu em um sorriso estupefato. Ele não olhou para a irmã em agradecimento daquela vez. Ele pensava que a ajuda de Briony só era necessária com os livros e as tarefas de casa. Ela olhou para os próprios sapatos.

Didion ergueu a mão.

— Tutora Amelia! Rory conseguiu!

A sala inteira se virou para olhar a árvore de Rory e Didion. Todos na sala, exceto por uma pessoa.

Toven Hearst ainda encarava Briony.

A tutora Amelia parabenizou Rory e disse a ele para tentar a três metros de distância. Briony observou enquanto o irmão se afastava e focava de novo. A mulher parou ao lado dele.

Como Rory sentira aquela explosão de poder, mesmo sem saber de onde viera, ele sabia de onde deveria puxar sem hesitar.

R R apareceu outra vez como um estalo de chicote. A sala ofegou em surpresa, e o sorriso de Rory era tão brilhante que Briony não se conteve em acompanhá-lo.

Naquela manhã, o irmão entalhou um poema inteiro na lateral da árvore enquanto os outros ainda trabalhavam para fazer as iniciais. No geral, os bomardinos eram mais rápidos em fazer os entalhes, mas os etérneros eram mais precisos. Com prática e paciência, magia de mente era mais eficiente, mas a magia de coração sempre seria a primeira a demonstrar força.

Mesmo assim, Liam Quill foi o último a conseguir o feito. O suor escorria pelas têmporas e a respiração estava ofegante quando fizera o rabicho do Q. Mais uma vez, Briony ficou agradecida por tirar a magia da mente em vez do coração. Liam não era o único mago de coração que parecia pior depois do exercício.

— Senhor Quill — chamou a tutora. Ela depositou uma mão gentil no ombro dele. — Excelente trabalho, mas precisará descansar agora. Sua magia logo ficará drenada.

Ele se afastou do conforto, resmungando.

— Não vou descansar. Quero cortar todas essas árvores!

Briony sentiu a vergonha e a raiva irradiando dele em ondas. Ela olhou para os amigos dele e viu que Finn mordiscava a parte interna da bochecha, preocupado, e Toven revirava os olhos.

— Você parece perto demais da depleção, Liam — avisou Toven.

Depleção era o que acontecia com um mago de coração que drenava sua magia. Ficavam vivos, mas depletos de todo o resto; a magia usada por completo. Magos da mente não corriam riscos do tipo.

— Isso não seria um problema se permitissem usar familiares na escola — resmungou Liam.

— E ter ursos e lobos perambulando pela escola? Não, obrigado — disse Finn.

A tutora Amelia chamou a atenção de todos, para que iniciassem a tarefa de cortar a árvore, golpeando o tronco.

— Isso não significa que as árvores vão cair em nossas cabeças? — questionou Larissa, parecendo pálida com o uso excessivo da magia.

— Vou ficar muito surpresa se alguém de fato conseguir cortar uma árvore hoje, srta. Gains — respondeu a tutora, condescendente. — Essa lição testará sua habilidade, assim como a mira, então por favor, tomem cuidado para não lançar a magia nos seus colegas.

Briony observou Toven erguer uma mão e cortar o ar, como se tivesse um machado em mãos. A árvore estremeceu.

— Excelente, sr. Hearst.

Liam fez o mesmo gesto, mas foi atrapalhado.

— Cuidado aí — reclamou Finn. — Foco, ou vai acabar *me* cortando ao meio.

Briony olhou para o irmão, que fazia um gesto de rasgar com as mãos, tentando separar o tronco ao meio.

Quando Rory ergueu as mãos para tentar outra vez, ela empurrou o pulso de magia pela veia até ele.

Fez-se um estalo estrondoso, e a sala se calou. Todos se viraram para encarar a árvore, que tinha se partido ao meio, duas metades que partiam do centro do tronco. Os alunos gritaram enquanto as duas partes tombavam, mas a tutora desacelerou a queda até depositá-las sobre o chão suavemente.

— Muito bem, sr. Rosewood. Quanto ao resto de vocês, sigam para outra árvore.

Katrina logo se juntou à arvore deles, e Briony abriu um espaço entre ela e Liam.

— Rochas, é tão mais difícil usar magia de mente do que magia de coração — disse Katrina, afastando o cabelo do rosto. — Mas é incrível ver o poder de Rory!

Briony ouviu um bufo exasperado e se virou, deparando-se com Toven as encarando. Ele golpeou o ar com o braço, e a árvore estremeceu outra vez.

Liam se virou para Toven e sussurrou:

— Você está inflamando?

— Você sabe que isso não é permitido na escola — respondeu Toven, e virou-se para Briony. — Não é mesmo, Rosewood?

A garota estreitou os olhos com aquela conversa. O que era "inflamar"? Uma técnica de magia de coração?

— Não vou deixar todos os etérneros ganharem de mim — disse Liam baixinho.

Com uma espiada para se certificar de que a tutora Amelia estava ocupada com outra coisa, a mão esquerda dele estremeceu na direção de Katrina.

— Liam — disse Finn, severo.

Briony observou confusa quando Katrina ofegou, a mão indo ao peito. Antes que pudesse entender o que estava acontecendo, Liam golpeou o ar com o braço direito na direção da árvore, e uma marca como o de uma machadada apareceu no tronco.

Katrina cambaleou, e Briony a ajudou permanecer em pé.

— O que aconteceu? — perguntou a ela.

A garota olhou para Liam, com medo nos olhos, e ele devolveu um sorrisinho.

— Nada — balbuciou Katrina. — Só dor de... barriga.

Briony estava prestes a perguntar por que a mão dela apertava o peito e não a barriga quando a tutora Amelia se aproximou.

— Senhorita Cove? Pensei que estivesse aprendendo magia de mente, e não magia de coração. Não há motivos para seu corpo estar exausto.

— Eu... sim, tutora Amelia. Eu deveria estar usando magia de mente. Peço desculpas.

— A depleção é muito séria — informou a tutora Amelia. — Vá descansar.

Katrina se retirou para o canto da sala, e Briony olhou de Liam para Toven e Finn, tentando entender o que o garoto fizera com ela. Então sentiu algo e viu Larissa Gains encarar de modo convencido a árvore no centro, depois esticar a mão esquerda na direção da pessoa que estava ao lado, uma menina etérnera. A menina ofegou, e então a árvore foi cortada com um movimento sólido, a rachadura do tronco se partindo chamando a atenção de todos. Larissa sorriu enquanto a etérnera tossia, ofegante.

— Qual é, Toven? — disse Liam. — Só é contra as regras se você for pego.

Liam olhou para Briony, e o viu estender a mão até ela. Briony esperou o choque. A dor. Qualquer coisa.

O garoto franziu o cenho. Ela olhou para Toven, que não pareceu demonstrar surpresa com a falta de resultados e ainda a observava de forma quase reprovadora.

Liam tentou outra vez.

— Ei! — chamou uma voz, e o grupo se virou, encontrando Rory encarando Liam em fúria. — Você está se inflamando? — sibilou Rory. — Com a filha do rei!

— Essa é boa, vindo de você — disse Toven.

Rory virou o olhar furioso para ele.

— Do que você está falando?

Toven olhou para Briony, como se esperasse uma explicação.

Ela estava inflamando Rory? Era isso que estava fazendo quando enviava magia para o irmão? Mas mandar magia para Rory não causava dor ou exaustão, como Katrina sentira quando Liam a arrancara dela.

— Estou ouvindo conversas sobre inflamação por aqui — disse a tutora Amelia quando se aproximou. — Espero que todos saibamos que o uso de inflamação por meio de um humano é motivo para expulsão para bomardinos, sem mencionar o fato de que é *ilegal* para etérneros.

Briony piscou aturdida, o choque tomando conta. Ela olhou para as próprias botas, mastigando os lábios.

Os bomardinos murmuraram desculpas e, como grupo, ao que parecia pararam de fazer seja lá o que faziam. Quando a aula terminou, ninguém, com exceção de Rory, conseguiu derrubar uma árvore. Briony ficou para trás com Katrina, que parecia estar com as forças quase recuperadas.

— Katrina, o que é inflamar? Nunca ouvi falar disso.

Katrina suspirou.

— É uma ampliação rápida da magia de coração, só que sem permissão.

Briony franziu o cenho, esperando o resto.

— Magia de coração pode ser compartilhada, como quando duas pessoas se casam e decidem compartilhar sua magia — continuou Katrina. — Eles se tornam cardiarizes um do outro, em uma cerimônia que em geral é incorporada nos votos matrimoniais. — Katrina pareceu pensar antes de completar a explicação: — Meio parecido com combinar fortunas quando duas famílias se juntam, a magia de coração é unificada, fazendo com que cada pessoa seja melhor e mais forte. Já que magos de coração ficam fracos mais rápido, é como uma alternativa a criar vínculo com um familiar animal. Ou uma adição, na verdade, já que dá para fazer as duas coisas.

— Já ouvi falar de casais compartilhando magia de coração, mas pensei que era um ciclo mútuo de poder — disse Briony, enquanto as duas chegavam à escada. — Liam *tirou* algo de você, não foi?

Katrina gemeu. A mão esfregou o peito de forma quase inconsciente.

— Isso. Parece um choque, um estalo de eletricidade. É isso que a inflamação me lembra quando a magia é tirada de você. Se ele tivesse pedido permissão, ou se eu tivesse dado minha magia voluntariamente, não seria dolorido.

A pele de Briony formigou. Ela cedia magia a Rory o tempo todo. Nunca pensou que era algo que poderia ser arrancado dela, apenas compartilhado.

— Então você pode pegar ou tirar magia de coração sem estar unido com um cardio... cardia...

— Cardiariz, isso. O elo oficial mantém a magia fluindo o tempo todo. Em geral, é vinculado a alguma joia. Meus pais... — Katrina engoliu em seco. — Mesmo que meu pai, por ser etérnero, não usasse magia de coração, ele ainda cedia voluntariamente à minha mãe por meio das alianças de casamento.

Briony olhou para ela. O rosto de Katrina estava pálido com o esforço de subir a escada, e os olhos ficaram úmidos ao mencionar os pais. Uma dor percorreu o corpo dela quando pensou qual seria a sensação de perder a mãe com quem convivia havia quinze anos, em vez de uma que jamais conhecera. Pensando melhor, talvez ela e Katrina tivessem algumas coisas em comum, afinal.

— Parece que o elo de cardiariz é sinônimo de amor, de certa forma — disse Briony, sorrindo. — Não temos nada parecido em Etérnia. Parece poético.

— Não é sempre ligado ao amor. — Katrina olhou ao redor do salão para se certificar que não havia nenhum fuxiqueiro ali por perto antes de abaixar a voz. — Existem algumas pessoas em Bomard, na floresta ou longe das cidades, que, assim como Liam, não pedem permissão. No interior, alguns casamentos são feitos só pela magia da pessoa, como um dote. Não existe um ciclo de magia entre os cônjuges, só excesso para um. Está ficando cada vez mais comum, na verdade. Existem até algumas pessoas que são mantidas como criadas, e sentem a magia enfraquecida por serem drenados diariamente.

As duas pararam entre os lances de escada para Katrina descansar. A mente de Briony estava a mil.

— Como permitem isso em Bomard? Por que não é ilegal em todos os lugares? — questionou Briony.

Katrina ergueu as sobrancelhas.

— O que você acha que fez nossos reinos se separarem seiscentos anos atrás? Nós fomos um país feliz e indivisível no continente por bastante tempo...

— Até Vindecci descobrir a magia de mente e os bomardinos se recusarem a aprendê-la — disse Briony, recitando a história.

Katrina franziu o nariz.

— Foi isso que ensinaram a você? De verdade? Para a filha do rei?

Uma fúria escaldante tomou conta do peito de Briony. Ela odiava quando parecia desinformada. Engoliu aquela raiva e focou aquele momento.

— Eu não entendo. Meu pai não sabe o que está acontecendo em Bomard? — perguntou Briony.

— Tenho certeza de que ele sabe. Mas por que começar outra guerra por causa disso? — Katrina deu de ombros e começou a subir os degraus outra vez. — Foi muito gentil você ter me esperado, aliás.

Briony abriu um sorriso fraco e assentiu.

Ela tinha tantas perguntas, mas o que a preocupava acima de tudo era a consciência de que esteve "inflamando" Rory durante toda a vida. E não era apenas ilegal no seu reino e proibido na escola... mas Toven Hearst descobriu o que ela fazia.

Capítulo 6

Presente

Briony despertou, ofegando. O corpo foi impelido para a frente, e ela piscou, deparando-se com um quarto escuro que se mexia, ondulava e contorcia.

E então Cordelia estava diante dela, segurando seu rosto entre mãos geladas.

— Briony, sou eu!

O som estalou em seus ouvidos. O cômodo estremecia, contorcia-se na direção dela.

Não. Eram corpos. O lugar estava cheio de corpos. Pessoas. Ela não estava sozinha.

— Está tudo bem com você?

— Do que ela se lembra?

— Está machucada?

A princesa empurrou Cordelia para longe e inspirou, sentindo-se sufocada pela escuridão.

— Água! — gritou a amiga.

Os olhos de Briony se ajustaram, e uma silhueta avançou na luz fraca. O som de água sendo despejada ecoou.

Ela colocou a mão sobre o peito, tentando desacelerar o coração. Não estava mais no castelo Claremore.

— Onde estou? — perguntou.

— Não sabemos.

Briony se virou para a mulher de cabelo preto à direita dela. Era Phoebe, uma das primas da família Rosewood. Irmã mais nova de Finola.

Cordelia pegou o copo d'água e o levou aos lábios de Briony, que, ao esticar as mãos para segurá-lo, viu que estavam algemadas. Ela tossiu, cuspindo a água.

— O que é isso? — perguntou e tentou afastar as mãos.

As correntes concediam apenas alguns centímetros entre as palmas. Aquilo poderia limitar seus feitiços...

— Tem alguma coisa diferente no colar — disse Cordelia.

Briony viu uma coleira no pescoço de Cordelia. Ela tateou tentando encontrar a sua, notando que era um aro de metal frio sem nenhum fecho distinguível. Todas as mulheres ali tinham coleiras e algemas idênticas.

— Pode ter sido feito com a erva gowarnus de Shurtarth, ou pode ser alguma coisa totalmente nova, mas seja lá o que for, corta o fluxo da nossa magia.

Briony piscou diante da revelação, a mente a mil. A erva gowarnus funcionava para abafar e dissolver a conexão entre magos e seu fio de magia. Nunca experimentara nada daquilo em primeira mão, mas o pai descrevera seu contato com a erva na região de Shurtarth como perturbador.

"Nunca tinha me sentido tão vulnerável na vida antes de aquela erva maldita cortar minha magia."

Briony respirou fundo, tentando encontrar o fio entre os olhos, o zumbido da magia. Porém, tentar alcançá-lo era como tentar lembrar de um sonho depois de acordar. Tinha desaparecido.

Ela ergueu o olhar para Cordelia e encontrou a própria devastação refletida nos olhos azuis da amiga. O que fariam com elas?

Ela avaliou o cômodo. Havia cinquenta pessoas ali. Todas mulheres, e a maior parte delas Briony reconhecia da corte Rosewood. Katrina estava sentada do outro lado do cômodo, abraçando uma menina que não devia ter mais do que 16 anos.

— Onde está todo o resto? E os homens?

Phoebe esticou o braço dela e disse com gentileza:

— Rory não...

— Eu sei que Rory morreu — interrompeu Briony, afiada. Ela escutou o silêncio ecoar em seguida, e pigarreou. — Didion e Sammy? Os generais?

— Eles os prenderam em celas separadas. Avistamos eles alguns dias atrás.

Briony arregalou os olhos.

— Dias? Quanto tempo fiquei inconsciente?

Cordelia e Phoebe trocaram um olhar.

— Você foi deixada aqui hoje — disse Cordelia.

Briony ficou boquiaberta. Ela avaliou a si mesma. Sem ferimentos. Porém, havia algo no seu braço. Uma marca feita com tinta preta que parecia brilhar em dourado quando retorcida sob o luar.

Hap Gains. Um tipo de estampa. A assinatura dele.

Ela sentiu uma tontura repentina.

— Foi quem capturou você.

Phoebe indicou a marca. Briony examinou o braço da prima e leu o nome *Lag Reighven*.

Cordelia limpou a garganta.

— Qual é a última coisa que você se lembra?

A mente de Briony repassou as imagens — a barreira de Rory caindo, a criada que as ajudara, o corpo de Anna na escada, os olhos de Toven Hearst a centímetros do dela, os fragmentos azuis nas íris...

— O dia da batalha. A barreira caindo.

Um arfar de surpresa geral ecoou no cômodo.

— Briony, isso já faz *dias*...

— Três dias? Talvez quatro?

— Você comeu alguma coisa?

Phoebe ordenou silêncio sobre todas, colocando-se de pé.

— Vamos arrumar um pouco de comida.

A voz dela era autoritária, e Briony viu um vislumbre da prima mais velha que a ensinou magia de defesa nos dias que se seguiram ao assassinato do rei Jacquel.

A mente da princesa clareou.

— Comida?

Na mesma hora, uma bandeja de frutas foi empurrada diante do rosto dela. Uvas, maçãs e peras.

— Estão nos alimentando? — perguntou. — O que em nome das águas estão planejando fazer conosco?

— Ah, contem logo a ela. Isso está me enlouquecendo.

A voz ecoou tão clara quanto um sino, e Briony se encolheu ao reconhecer. Ela se inclinou para a frente, para olhar além de Cordelia e Phoebe, e ali — do outro lado do cômodo, isolada em um canto, sem nenhum amigo a cercando pela primeira vez na vida — estava Larissa Gains, com coleira e algemas como o resto delas.

Briony não a via desde que a guerra começara quatro anos antes, mas reconheceria aquele rosto perfeitamente simétrico mesmo cheio de sujeira e sangue. O cabelo dela ainda estava sedoso na luz fraca, embora sem volume. Os olhos frios de Larissa faiscaram na direção dela.

Os pensamentos se atropelavam com os possíveis motivos de Larissa estar ali, em uma cela, com ela, mas Briony se concentrou na conversa primeiro.

— Me contar o quê? Por que estamos presas aqui?

Larissa abriu um sorriso cruel.

— Para o leilão.

Um calafrio percorreu a pele de Briony. Gostaria de poder indagar "Como assim leilão?", mas lembranças borbulharam à superfície da mente, e mais uma vez voltou aos corredores familiares da escola bomardina.

* * *

Acontecera pouco mais de seis anos antes, nas semanas anteriores ao assassinato do homem que ocupava a Sede bomardina. O nome de Veronika Mallow já era dito por todas as línguas em Bomard, e aquilo teria sido a primeira dica de que mudanças aconteceriam se tudo não parecesse uma ideia tão completamente absurda. Um monarca bomardino não era assassinado havia dez gerações.

Porém, Veronika Mallow encontrara uma forma de falar com pessoas relevantes da linha de sucessão.

"Nós somos a verdadeira magia", dissera. "Magia de mente não é magia evoluída. É traiçoeira e ardilosa. Os etérneros querem manter vocês fracos, acabar com os familiares e romper as conexões aos elos cardiarizes. Porém, somos mais fortes do que eles, e sabem disso. Precisamos fazer de tudo para mantê-los controlados."

No terceiro ano de estudos juntos, todos os bomardinos vibravam com as palavras dela, ameaçando os etérneros por todo lado.

Foi Liam Quill que mencionou a ideia de um leilão primeiro.

— Meu pai diz que é só uma questão de tempo até decapitarmos o rei Jacquel — disse o garoto em voz alta em uma primavera, quando estava quente o bastante para comerem do lado de fora. Estavam reunidos no canto mais distante do pátio da escola bomardina, onde o sol era mais forte, e a brisa, inexistente. Ele estava reclinado sobre os cotovelos bronzeados, mastigando uma maçã enquanto pensava, e balançava a cabeça o tempo todo para tirar o cabelo preto dos olhos. — E o que acha que vai acontecer com você, princesa?

Briony estava lendo em uma alcova protegida. Ela tinha chegado primeiro, mesmo assim Liam, Finn, Toven e um garoto bomardino corpulento, bobalhão e de pele branca chamado Collin Twindle se sentaram a menos de três metros dela. A princesa virou uma página do livro em vez de responder.

— Vamos decapitar ela também — sugeriu alguém.

— Tenho algumas ideias melhores do que fazer com a cabeça dela...

— Você vai precisar de mais ouro para colocar essas ideias em prática, Collin — disse Toven, espreguiçando-se como um gato.

— Você não soube? — perguntou Liam, mais para ela do que para Collin Twindle. — Vamos vender todas elas para quem der o maior lance. Assim como faziam em Daward nos tempos antigos.

Briony ergueu os olhos e viu o grupo sorrindo com malícia para ela. A camisa de Toven estava fora da calça, expondo um trecho de pele pálida enquanto os braços dele estavam esticados acima da cabeça. Era impossível ignorá-lo nos corredores agora que completara 18 anos, tinha uma altura gigantesca e cabelo branco-acinzentado que parecia brilhar como prata. Briony subiu o olhar pelo tórax dele antes de desviá-lo outra vez. Se fosse embora, eles ganhariam.

— Eu não me incomodaria de ter minha própria etérnera — continuou Liam. — Obrigaria ela a limpar minha casa *e* meu pau.

Briony apertou os lábios ao som das risadas.

— Você não entendeu direito, Liam — disse Toven, em reprovação. — Você não estaria comprando uma *prostituta*. Você estaria comprando um poder. Uma cardiariz só para si. Um suprimento secundário de onde tirar magia.

— Acho que *você* não entendeu direito, Tove — corrigiu Collin, dando uma risadinha. — Está esquecendo da magia sacra.

— Sim, *Tove* — zombou Liam. — A magia de cardiariz seria boa, mas magia sacra só pode inflamar...

— ... quando concedida por livre e espontânea vontade — completou Toven, corrigindo-os. — Boa sorte fazendo a sua etérnera implorar por isso.

Briony fechou o livro com força.

— Vocês estão falando de pessoas. Seres humanos.

— Um etérnero não é um ser humano, querida — disse Liam.

A única pessoa que não riu entre eles foi Finn, que descascava uma maçã com uma faca. A mãe dele era etérnera.

* * *

Briony sacudiu a cabeça com aquelas lembranças, voltando para o presente, reajustando-se à escuridão da cela.

Cordelia nem sequer virou para Larissa.

— Não escute o que ela diz. Se soubesse o que estava acontecendo, ela não estaria conosco.

— O *que* ela está fazendo aqui? — perguntou Briony, a voz rouca.

— Trouxeram ela com você — disse Phoebe.

Briony observou Larissa examinar as unhas como se não estivessem sujas de terra, então virou-se outra vez para Cordelia.

— O que aconteceu com você?

Cordelia suspirou.

— A passagem desmoronou, e aquela criada e eu tentamos tirar um pouco das pedras. No fim, ela fugiu quando eu disse que não ia embora sem você.

Briony fechou os olhos, sentindo as lágrimas aparecerem.

— Você deveria ter ido com ela.

— Agora é tarde — respondeu Cordelia, afastando o cabelo da amiga do rosto.

Os dedos de Briony voaram até o broche da mãe, escondido entre as dobras do vestido, e agradeceu em silêncio às águas por ter conseguido mantê-lo consigo.

Olhando para a única porta, disse:

— O que sabemos? Quantas vezes aparecem para deixar pessoas aqui?

Phoebe fungou e limpou o nariz com o dorso do pulso pálido.

— No começo, era a cada hora, mas agora é só uma vez por dia. Trazem uma bandeja de comida todas as manhãs. Estamos racionando.

Briony assentiu. Esticou as pernas e conseguiu se levantar. Ainda usava o vestido leve que usara no dia da batalha, embora estivesse coberto de sujeira. Todos os olhares na sala acompanharam os movimentos dela.

— Todo mundo já tentou usar magia?

As mulheres se entreolharam, assentindo.

Briony considerou as possibilidades. Os bomardinos não as matariam se estavam trazendo comida. Se um leilão fosse mesmo acontecer, havia um tempo limitado até serem separadas — até que a força coletiva delas acabasse.

— Alguém recebeu treinamento de combate? Corpo a corpo? — indagou Briony a todas.

Larissa soltou uma risada rouca e recebeu um olhar feio em resposta.

— Quer chutar e empurrar os guardas para sair daqui? — perguntou Larissa. — Com essas correntes? Você é louca.

— Por que você está aqui? — retorquiu Briony, impaciente. — Para nos espionar?

A outra revirou os olhos.

— Você não é importante o bastante para valer um espião. Não mais.

— Então você é uma traidora? — rebateu Cordelia, ficando em pé como Briony. — Eu não acredito nisso.

Larissa as ignorou, olhando para as unhas outra vez.

— Acredite no que quiser.

Uma mulher levantou no canto da sala. Era alta, tinha ombros largos e a pele marrom-escura. Ela lembrava Briony de Anna na forma como ficava em pé, atenta.

— Senhorita Rosewood, eu me chamo Velicity Punt. Servi no exército de Etérnia pelos últimos sete anos. A maior parte do meu treinamento foi com magia defensiva e ofensiva, mas ficarei feliz em servir à senhorita, assim como servi ao seu irmão e seu pai antes disso.

Briony engoliu em seco. Além de Anna, ninguém nunca fizera um juramento de aliança a ela. Todos os juramentos eram dados ao rei e ao herdeiro homem em Etérnia. Antes que pudesse dizer a Velicity que não era necessário, outra mulher ficou de pé.

Ela tinha um olho roxo, e o cabelo preto estava trançado.

— Fiquei apenas um ano no exército, mas, se formos tentar combate corpo a corpo, estou dentro.

Briony começou a avaliar as opções, perguntando-se quantos guardas estavam do lado de fora da cela.

— Eu sou muito rápida — disse uma voz mais jovem. Era a menina de 16 anos que Katrina estava reconfortando. Tinha cabelo cacheado e um espaço entre os dentes. — Tipo, *muito* rápida. Meus irmãos nunca conseguem me pegar.

Briony abriu a boca para dizer que ela não precisava se preocupar, que não a forçariam a lutar.

Bam!

A sala inteira estremeceu, e as mulheres se abraçaram, encarando a porta onde os ferrolhos emitiam um grunhido conforme eram destrancados. Quando se abriu, dois homens em casacos azuis entraram.

Lag Reighven era magro e alto, tinha sobrancelhas pretas espessas e um nariz torto. Era ao menos quinze anos mais velho do que Briony, e todas as interações que tivera com aquele homem a deixaram com pesadelos. Ele tinha conexões com o mercado de magia clandestina e era conhecido por vender e comprar cardiarizes para se tornarem familiares humanos. A antiga Sede de Bomard o regulava, mas Veronika Mallow lhe dera permissão para fazer o que bem quisesse desde que fosse do interesse dela. O uso de humanos como cardiarizes em Bomard explodira durante os últimos quatro anos, e todos sabiam que Reighven tanto tinha liderado aquela mudança como também lucrava muito com ela.

O outro homem era Hap Gains, quarto na linha de sucessão da Sede e o homem que a capturara no dia em que Rory morrera. Além de ser o pai de Larissa. Briony olhou para a mulher e a encontrou apenas encarando o chão.

— Exames médicos hoje.

A voz de Gains era grossa e baixa. Exibia uma cicatriz rosada na sobrancelha loira que não estivera ali antes.

Reighven encarava Briony sem hesitar e mantinha um sorriso zombeteiro.

— Veja só quem acordou.

Ela ergueu o queixo em resposta.

— Vocês cinco — chamou Gains, apontando preguiçosamente para um grupo que incluía Phoebe e Cordelia. — Venham.

Ninguém se mexeu.

— Vou arrastar vocês se precisar.

Devagar, Phoebe deu um passo à frente, voluntariando-se para ser a primeira. Cordelia e as outras três entraram na fila, as correntes tilintando. O coração de Briony bateu com pesar quando a amiga a olhou por cima do ombro um segundo antes de a porta se fechar atrás dela.

A sala ficou em silêncio depois.

— Isso é bom — disse Velicity. — Podem nos contar o que espera do lado de fora. E serão dois deles contra duas de nós.

Ela indicou com a cabeça para a mulher de cabelo preto.

— Nós três — adicionou a garota de cabelo cacheado, lembrando às outras que estava disposta a lutar. — Meu nome é Eden — apresentou-se, tentando imitar a postura ereta de Velicity.

Briony não sabia como escolher quem arriscaria a vida naquele dia. Então se virou para Larissa.

— Larissa, você pode nos ajudar de alguma forma? Sabe onde estamos?

A outra ficou em silêncio, os olhos desfocados. Por fim, voltou o rosto para Briony.

— Acho que é a mansão Trow. Eles têm uma masmorra.

Briony sentiu o coração acelerar.

— Pode nos contar alguma coisa sobre esse lugar? Conhece alguma saída?

Larissa crispou os lábios.

— Ah, para você sair saltitando pela porta e me deixar para trás? Não, muito obrigada.

— Quem disse que eu te deixaria aqui?

Briony encarou até a outra desviar o olhar.

— Eu acho... — Larissa pigarreou. — Acho que estamos cinco andares abaixo do térreo. É preciso subir quatro lances de escada até a saída principal.

A esperança se esvaiu um pouco de Briony. Eram andares demais.

— Obrigada.

Ela olhou para as outras mulheres, que pareciam aguardar ansiosas que Briony dissesse o que deveriam fazer.

— Rory morreu mesmo?

Ela se virou para a esquerda. Não sabia qual das mulheres tinha falado, mas fizera a pergunta que estava em seu coração.

Ela engoliu em seco.

— Eu não...

— Sim — afirmou Velicity, fitando Briony e logo desviando o olhar. — Ele morreu.

— Mas como? — questionou uma mulher. — E quanto à profecia?

Briony se perguntou a mesma coisa. Havia seiscentos anos, quando uma guerra civil começou, um dos videntes fizera uma profecia: *Quando o sol brilhar à noite, aquele que trará o fim da guerra na terra triunfará. Ele será duas vezes herdeiro, e o soberano por direito do continente.*

Porém, cem anos depois, quando o ancestral de Briony se sentara ao lado do primeiro a ocupar a Sede de Bomard para concordar com a secessão dos dois reinos e assinar o Tratado Primaveril, nenhum "duas vezes herdeiro" negociara os termos ou tivera qualquer papel na formulação. A profecia tinha sido esquecida, assim como a maior parte daquelas que não se cumprissem seriam.

Até essa bagunça com Mallow começar. Até Rory.

Como único filho homem, Rory era o herdeiro de Etérnia. Dez anos antes, o pai deles tinha encerrado um conflito na maior das três ilhas ao sul e formado uma aliança com o país. Assim, Rory herdaria a ilha também.

Aquilo o fez herdeiro, duas vezes, como a profecia declarara.

— Era uma profecia muito antiga — disse Briony com suavidade para as outras. — Não se concretizou na primeira vez que o continente de Terrérnia entrou em guerra também.

Na boca dela, o gosto era de cinzas, de traição. Quantas vezes dissera a Rory que ele era o escolhido? Quantas vezes prometera ao povo que a guerra acabaria no dia do eclipse e que Rory os levaria unidos à paz?

Ela tentou alcançá-lo usando aquela veia no peito, tentando com desespero sentir a magia dele responder. Nada. Briony respirou fundo e guardou Rory em seu coração.

O ar ficava cada vez mais denso enquanto esperavam a volta do primeiro grupo. Apenas o som de uma das mulheres chorando rompia o silêncio.

Quando o *bam* da porta sendo destrancada ressoou outra vez, todas pularam e olharam para a porta. Cordelia, Phoebe e as outras voltaram recém-banhadas, aparentemente bem. Gains e Reighven levaram cinco outras mulheres. Assim que a porta foi trancada outra vez e os passos recuaram, Phoebe voltou a atenção ao chão empoeirado e, com o sapato, começou a desenhar um mapa do que lembrava.

— Primeiro, banho — disse Cordelia, apontando para o desenho. — Depois, médicos. A sala de banho fica dois andares acima. Vão precisar se despir enquanto são observadas. — A voz dela fraquejou, mas logo prosseguiu: — Eles nos deixam com as correntes o tempo inteiro. Os médicos ficam no mesmo andar. Os testes foram de gravidez, o que foi... inesperado.

Briony engoliu o nó na garganta. Phoebe ficou de joelhos e pegou as uvas e outras frutinhas para marcar a localização dos guardas.

— E Reighven confirmou — revelou Cordelia. — Vão fazer um leilão de cardiarizes. Vão nos usar. — A voz dela oscilou de novo. — Vão pegar a nossa magia e usá-la para si mesmos.

Cordelia olhou para Briony, fungou, e então se voltou para Larissa — a única pessoa que não se mexera para ver o mapa.

— Não tem nada que você possa falar para o seu pai? — esbravejou Cordelia, a paciência claramente esgotada.

Larissa devolveu o olhar feio da outra.

— Tem algo que você possa falar para o seu?

A sala toda pareceu prender o ar. O pai de Cordelia fora assassinado no ano anterior. O principal suspeito do crime era Hap Gains.

Cordelia deu um passo para a frente, com uma expressão de ódio, mas Phoebe se apressou e colocou uma mão no ombro dela.

— Isso é o que sabemos — disse ela, para todas na sala.

Briony se aproximou, parando ao lado de Phoebe. Velicity e a outra mulher com o olho roxo se juntaram a elas.

— Tem uma janela nesse andar e no andar com as banheiras. Não sei o que fica entre os dois andares. Não vimos nada da escadaria.

— Uma janela? — Briony se virou para Larissa. — Achei que estávamos no quinto andar das masmorras?

— A mansão dos Trow foi construída do outro lado das montanhas Tampet, assim como a escola bomardina. Nós *estamos* nas masmorras, mas todos os andares têm uma vista.

— Qual a altura da propriedade? Estamos muito longe do pé da montanha? — perguntou Briony.

Larissa apertou os lábios.

— Centenas de metros.

Um murmúrio percorreu o cômodo. A esperança estava escorrendo pelo ralo. Como alguém conseguiria descer a encosta montanhosa de mãos atadas?

— Tudo que você vai ter a seu favor é o elemento surpresa — disse Phoebe baixinho para Briony. — Não desperdice isso. — Ela se virou para Velicity. — Tire-a daqui. Não volte para nos buscar.

Briony se virou para a prima.

— O quê? Não. Vamos encontrar os homens, e então vamos...

Cordelia segurou a mão dela.

— Você precisa ir, Briony. Você tem que encontrar o que restou do exército de Rory. Eles precisam de um Rosewood para guiar os que restaram.

— Minha linhagem não importa mais — sussurrou Briony. — Uma mulher não pode governar Etérnia.

Antes que Cordelia pudesse argumentar, o primeiro *bam* dos ferrolhos da porta sendo destrancada ressoou.

Phoebe e algumas outras pegaram as frutas do chão. Velicity segurou o cotovelo de Briony e a arrastou pelo cômodo até onde Gains escolhia mulheres para a próxima rodada de exames médicos. A mulher de trança e olho roxo se juntou a elas. No segundo antes de a segunda porta ser destrancada, uma silhueta correu pela sala, quase derrubando Briony em um esforço de se juntar ao grupo. Era Eden. Katrina a seguia de perto.

A porta se abriu, e cinco mulheres voltaram à cela. Uma delas tremia tanto que caiu de joelhos.

Gains gesticulou para as próximas cinco: Briony, Velicity, a mulher de trança, Katrina e Eden.

Velicity deu um passo à frente, voluntariando-se para ser a primeira da fila, e Briony de repente percebeu que não tinham um plano. Apenas... lutariam? Não era o suficiente. Não combinaram um sinal. E o que *ela* sabia sobre lutar sem magia?

Katrina avançou para ser a seguinte da fila, e então Briony. Eden e a mulher de trança ficaram atrás dela na fila.

Reighven mordeu o ar quando a princesa passou.

Ela observou cada detalhe do lado de fora da masmorra quando saíram em uma pequena antessala de paredes escuras. A luz era quase clara demais depois de toda a escuridão, e ela precisou apertar os olhos no cômodo iluminado por tochas. Enquanto Reighven trancava a porta do cômodo com um giro das mãos, Gains abriu a seguinte. Briony tentou se lembrar do mapa de frutas nas pedras sujas.

Elas o seguiram pela segunda porta e encontraram um labirinto de corredores. Não sabia como Phoebe lembrara de tudo. Um medo repentino a acometeu: talvez a prima não tenha lembrado. E se cometera algum erro? Duas curvas à esquerda deveriam levá-las para perto da janela, mas e se não as levasse?

Reighven trancou a segunda porta com um som alto, e Briony virou-se para observar que tipo de gesto de tranca ele estava usando para tentar reproduzir quando tirasse a coleira. Reighven a pegou olhando e abriu um sorriso de dentes amarelos.

— Não banque a espertinha.

Briony se apressou para seguir o cabelo loiro de Katrina, que saía da antessala.

Gains as guiou por duas curvas à esquerda, e então...

Briony viu uma janela. Amanhecia.

Estavam a dez passos da janela quando Velicity recuou e virou as mãos acorrentadas com força no crânio de Gains. Ele caiu de lado com a força do golpe, batendo na parede.

Briony se virou no momento em que a mulher de trança dava um soco bruto na barriga de Reighven, fazendo-o se dobrar, surpreso. Eden correu os dez passos até a janela e começou a abri-la.

Gains se recuperou e empurrou Velicity com magia, prendendo-a na parede de pedra. Briony tentou acertá-lo com as correntes do mesmo jeito que Velicity fizera, mas sentiu um gancho ao redor da cintura, controlando-a. Ela bateu em um peito duro, e a mão pálida de Reighven se enroscou no torso dela para segurá-la pelo pescoço.

Ela o chutou, tentando fazer com que a soltasse. O homem grunhiu, mas se manteve firme, prendendo em seguida a mulher de trança na parede com magia. Katrina chutou a barriga de Gains, e Briony observou o feitiço que segurava Velicity se desfazer.

Eden abriu a janela.

Reighven esticou a mão, e a garota foi puxada para longe da janela pelo cabelo. Ela gritou ao cair, batendo as costas no chão.

Briony se jogou para a frente o máximo que conseguia e lançou as mãos acorrentadas por cima da cabeça. O metal atingiu o rosto de Reighven com um baque, e ele a soltou com um gemido.

Eden correu de volta para a janela, ligeira, desviando de todos no corredor e dos feitiços sendo lançados. Ela *era* muito rápida.

A mulher de trança estava com as correntes em volta do pescoço de Reighven, enforcando-o. O sangue pingava da cabeça dele no lugar que Briony acertara as algemas. Eden gesticulava para que Briony corresse até a janela, mas Katrina e Velicity ainda lutavam contra Gains.

— Basta! — berrou ele.

O pai de Larissa esticou a mão e contorceu o braço. Velicity gritou e foi ao chão. O joelho dela estava em um ângulo errado. Ele o deslocou.

Gains agarrou Katrina pelo pescoço e bateu a cabeça dela na parede. Briony arfou quando a outra desmoronou.

O coração da princesa pulsava em fúria e medo. Sem lógica alguma, ela cortou ar com o braço, como em um instinto mágico.

Algo pulsou em seu peito.

Gains ofegou, segurando o esterno. O sangue floresceu vermelho no casaco azul.

O tempo pareceu desacelerar enquanto Briony olhava entre Gains e a própria mão. A mão que acabara de rasgar o peito dele com magia. O rosto de Velicity era uma mistura de dor e espanto.

Briony se virou na direção de Reighven, que estava acima da mulher de trança e tinha desistido da magia, chutando-a nas costelas. A princesa estremeceu os dedos, e o coração pareceu enviar magia por suas veias. O corpo de Reighven voou do chão, batendo no teto, e ela o prendeu ali.

Gains a encarou em choque enquanto começava a se curar, fazendo a pele se costurar novamente.

Velicity pulou em cima dele, enfiando os dedos na abertura da ferida para abri-la de novo, algo que o fez uivar de dor, e a mulher gritou:

— Vá, Briony!

Ela puxou a magia — magia de *coração* — e fez um escudo ao redor de si, a maior força da linhagem Rosewood. Depois correu até a janela, sentindo a magia alheia atingir a barreira de proteção.

Briony se aproximou de Eden na janela e olhou para baixo. Era uma queda e tanto até as pedras afiadas.

Um grito ecoou ao lado dela, e Eden foi puxada da janela mais uma vez. Briony se virou e encontrou Velicity no chão, quase inconsciente, Katrina desmaiada e a mulher de trança rolando de dor. Reighven estava no meio de tudo aquilo, segurando Eden no peito dele como um escudo.

Uma mão segurava a menina pelo pescoço; a outra estava estendida diante dele, a palma erguida.

Briony arregalou os olhos, reconhecendo o início do feitiço *Rompe-coração* — o feitiço que esmagava o órgão.

Gains estava pálido, mas curava o ferimento no chão enquanto Briony encarava Reighven.

— Acabou a brincadeira, princesa — rosnou Reighven. — Não sei como está resistindo à coleira, mas somos dois contra um. Saia de perto da janela, e essa aqui continua viva.

A mulher de trança ficou em pé com movimentos desequilibrados e tentou pular em cima de Reighven. Ele chutou o quadril dela com a bota pesada, fazendo-a ser jogada em direção à parede.

Briony observou os dedos dele começarem a se fechar. Eden ofegou, debatendo-se enquanto o coração começava a ceder dentro do peito.

Os olhos de Eden imploravam. Briony começou a descer do parapeito.

— Não...

A voz de Velicity a deteve.

Reighven fechou as mãos em um punho, e Briony gritou quando Eden respirou pela última vez — e então o coração cedeu, os olhos a mirando. O homem largou o corpo e foi na direção da janela. Gains estava se levantando.

Os guardas apareceram do outro lado do corredor, e Briony saiu correndo à esquerda, subindo a escada. Ela encontraria uma janela em um andar mais alto, e talvez daria uma chance para as outras mulheres se estivessem separadas.

Ouviu os passos rápidos e pesados de Reighven na perseguição. Sentiu diversos feitiços ricochetearem no escudo.

Ela saiu em um andar idêntico ao anterior. Um pedaço de pedra caiu da parede, atingindo Briony. Ela foi ao chão. O escudo servia apenas para magia, e não para golpes físicos.

As costelas ardiam doloridas, mas rolou e ficou em pé outra vez. Os pés descalços batiam nas pedras enquanto corria pelo corredor, procurando pela próxima escadaria ou a janela. Ela tentou encontrar o fio da sua magia de mente, mas estava tudo silencioso. Estava usando o coração para fazer a magia.

Briony se atirou por um corredor e parou, deslizando. Era um beco sem saída. Tentou abrir duas portas, mas não obteve sucesso.

Quando se virou, Reighven estava na entrada do corredor, ofegando e sorrindo para ela.

— Vai ser muito bom acabar com você — ameaçou.

Ele não se deu ao trabalho de atravessar o corredor. Briony estava encurralada.

Com a palma da mão estendida, ela puxou a veia de magia no peito, pronta para destruir o próprio coração se isso significasse fazer com que Reighven não existisse mais no mundo.

O homem arregalou os olhos.

Ela nunca fizera um *Rompe-coração* antes, mas pensava que a mecânica do feitiço era bastante clara.

Briony curvou os dedos em um punho, concentrando no que significava matá-lo. Tirar a vida de alguém.

O corpo de Reighven ficou imóvel, e Briony esperou. Mesmo com a pulsão de magia no peito, nada aconteceu.

Ele sorriu para ela com os dentes amarelos embaixo do nariz retorcido.

— Precisa querer de verdade, princesa. Vai conseguir da próxima vez — zombou ele.

Reighven estendeu a mão, e a magia afiada como uma faca afundou em cada centímetro da pele dela. Ela se ouviu gritar através do túnel da dor, caindo de joelhos, tentando segurar qualquer magia dentro de si para fazer aquilo parar.

Um corpo esguio de cabelo da cor de palha se jogou em cima de Reighven, atirando os dois para longe de vista. Katrina.

A mente de Briony se libertou da dor.

Ela se colocou em pé e correu na direção deles enquanto Katrina gritava.

Reighven segurava a mulher pelo cabelo, colocando-a na mesma posição que Eden estivera quando ele parara o coração dela nas mãos.

— Não...

— Vamos tentar isso de novo, srta. Rosewood.

Gains estava atrás de Reighven, ofegante por ter corrido escadaria acima.

— As mãos acima do coração, de joelhos — ordenou Gains.

A mente de Briony estava a mil enquanto via Katrina com dificuldade para puxar ar.

— Já devo a Caspar Quill e Riann Cohle alguns milhares por essa brincadeirinha — disse Reighven, sorrindo. — Trow não vai se importar de desperdiçar essa aqui também, tenho certeza.

Eden estava morta. Havia outra? Velicity, ou a mulher de trança? Katrina estava prestes a morrer. Cinquenta mulheres sem magia trancafiadas em uma sala dois andares abaixo.

Os homens estavam vivos em algum lugar, mas Rory morrera.

— No chão, Rosewood — berrou Gains.

Ele se aproximou dela, enquanto Briony olhava entre ele e Reighven. As mãos estavam estendidas o máximo que as correntes permitiam, preparadas para engajar com qualquer um dos dois.

Ela poderia matar os dois. Poderia demorar um pouco, mas conseguiria. E então o quê? Quem tinha sobrado?

— Vou matar essa aqui também, princesa.

Ela poderia tentar *Rompe-coração* outra vez. Matar Gains. Só que não conseguiria antes de Reighven acabar com Katrina.

Poderia matar um, e depois o outro quando ele derrubasse o corpo de Katrina.

E então, estaria sozinha.

— Está tudo bem, Briony.

Katrina sorriu, sangue manchava seus dentes.

Briony piscou na direção da amiga com quem nunca fora muito gentil, e ela assentiu.

— Não pense em mim. Só vá.

Reighven resmungou, começando a curvar os dedos na direção da palma da mão. Katrina ofegou, mas tentou continuar sorrindo.

— Vá, Briony — sussurrou.

Ela precisava... Ela deveria... Ela...

Briony caiu de joelhos e ergueu as mãos acorrentadas acima da cabeça.

Katrina caiu com o aperto de Reighven, ofegando no chão. Viva.

Gains puxou a corrente de Briony e a atirou de costas. Ele colocou a bota pesada no peito dela, segurando-a ali.

— Avise a Orion que vamos precisar do elixir de gowarnus afinal — ordenou Gains a Reighven. — E limpe essa bagunça.

Briony gemeu enquanto Katrina tossia, segurando o peito. Será que tinha feito a coisa certa?

Não sabia o motivo de ter magia. Será que aquela teria sido sua única oportunidade? E ela tinha desperdiçado?

Gains se abaixou para pegar a corrente de Briony e então a arrastou de costas pelo corredor. A princesa observou Katrina respirar fundo, sabendo que a amiga teria feito o mesmo por ela, talvez muito mais.

Briony tentou se reconfortar com aquele pensamento até ser arrastada para longe de vista.

Capítulo 7

Eles a colocaram em uma cela sozinha. Gains a prendeu na parede fria da pedra, forçando-a a ficar com os braços acima da cabeça. A partir daquele momento, seus tornozelos também estavam algemados. Estava sozinha exceto por um pássaro preto que a observava de perto de um poleiro ao lado da porta. Ela o reconheceu como sendo o familiar de Reighven.

Havia uma meia dúzia de feitiços de magia de coração que poderiam ser feitos daquela posição, mas tudo em que conseguia pensar era na vida esvaziando dos olhos de Eden. E as outras? Velicity, e a mulher de trança cujo nome ela nem sequer sabia? O que devia ter acontecido?

Ela pensou no *Rompe-coração* que não conseguira completar. "Precisa querer de verdade, princesa." Foi o que Reighven dissera. Briony sabia que aquilo era um fato. Para usar magias sombrias, era preciso canalizar as sombras que existiam dentro de si.

Reighven matara Eden porque a vida da garota não significava nada para ele. O ódio que queimava no coração dela agora era o suficiente para espremer a vida do corpo do bomardino. Se tivesse outra oportunidade, não fracassaria.

Parada em pé, com a dormência das mãos já começando a se espalhar, finalmente tinha um momento para pensar.

Por que ela ainda conseguia fazer feitiços? Não, aquela não era *sua* magia. A sua era a magia de mente. Aquela outra era uma coisa que raramente fazia, e só quando precisava ajudar Rory.

Será que a coleira funcionava apenas com magia de mente? Não. Larissa também estava de coleira, e ela era uma maga de coração. A não ser que estivesse lá para enganar as outras...

Briony puxou a magia em seu coração. Ela girou a ponta dos dedos e sentiu uma brisa entrar pelo cômodo escuro e vazio. Sentiu o pulsar no peito, denso como mel.

Fez com que se lembrasse de Rory.

Rory morrera. O pai deles morrera. Não havia outro Rosewood, pelo que sabia. A linhagem acabara. O seu reino inteiro acabara. Embora muitos outros países estivessem afastando-se da sucessão patriarcal em um processo lento, Etérnia nunca tinha cedido nesse quesito. Havia apenas o rei, e seu herdeiro homem. Nunca haveria uma rainha. Qualquer época no passado em que Etérnia acabara em uma posição como aquela, sem um herdeiro homem, as mulheres na família se apressaram para gestar um enquanto o gabinete governava como regente. Briony nem sequer sabia quantos conselheiros de gabinete sobraram. Será que algum deles? Mesmo assim, precisariam de um herdeiro homem de Briony, Phoebe ou de Finola para reestabelecer a linhagem.

Onde estava Finola? Ela não estava nas masmorras com as outras mulheres. Da última vez que Briony a vira, ela estava saindo de um portal no pátio de Claremore com uma missão. Será que podia ter esperanças de que a prima não tivesse sido capturada?

Ela criou listas e mais listas de perguntas para as quais não tinha respostas. Pensou em pessoas que possivelmente sobreviveram. Sammy, Didion... O pai de Sammy ainda estava vivo? Não conseguia imaginar que deixariam alguém como o general Billium Meers vivo. Talvez estivesse sendo torturado para entregar todas as informações militares do reino.

Briony tentou fazer com que a mente se concentrasse em problemas imediatos, como o leilão.

Será que os bomardinos realmente as venderiam como animais?

Para esta pergunta, não precisou pensar muito. Ela sabia que era verdade. No último ano na escola bomardina, antes do ataque, os meninos cochichavam sobre o assunto. Ela ouvira mais do que alguns valores sendo discutidos quando uma das colegas mais bonitas passava por eles. Valores que pagariam para se tornarem donos da garota.

Briony estremeceu.

Talvez tivesse visto Toven Hearst participar menos das discussões do que os outros. Talvez tivesse imaginado tudo — a forma como ele dizia aos amigos para deixarem de graça, e como falava para Collin Twindle calar a boca sobre a quantia de ouro que tinha para gastar.

Talvez só desejasse muito que fosse verdade.

Liam Quill tinha entrado em uma briga com Didion no último ano em Bomard, e quando os dois foram separados — Liam sendo o perdedor —, ele soltara uma última frase como golpe:

"Quando as muralhas de Etérnia caírem, é melhor eu não encontrar você por lá", sibilara ele. "Eu nem vou vender você. Vou prendê-lo e acorrentá-lo, sangrar a sua magia até secar...", ele apontara para Briony no grupo, "e fazer você ficar olhando enquanto eu como ela todas as noites."

Briony mal entendeu o que Liam estava falando na época, apenas que repentinamente tinha se tornado parte da narrativa.

Didion surtara, lutando contra os tutores que o seguravam. Toven interferira, empurrando Didion com magia e, rápido como um relâmpago, colocou as mãos no pescoço de Liam. Ele sussurrou algo para Liam que o fez reclamar, e Briony fora levada pela multidão que recuava enquanto outros tutores apareciam para apartar a confusão. Todos os garotos receberam deméritos. Ela pensou muito na reação de Toven, tanto na época quanto nos anos que se passaram. O garoto odiava vulgaridades; sempre as detestara. A mãe de Toven tinha sido uma socialite estrangeira, a filha de um dignitário além-mar. Briony pensou que talvez Serena o tivesse criado de maneira bem diferente dos outros garotos bomardinos.

Porém, é claro, em alguns momentos ele a provara o contrário...

O pássaro preto grasnou, fazendo com que ela desse um pulo. A porta se abriu com um rangido, e a adrenalina invadiu o corpo exausto de Briony. Ela se endireitou.

Reighven entrou na cela com um sorriso fingido, recostando-se na porta para fechá-la. Ele cruzou os braços, e Briony não deixou de notar que agora estava sozinha com um homem lascivo e perigoso.

— Aprecio o quanto você lutou, princesa.

Ela não disse nada, apenas o encarou.

Reighven se aproximou mais, e os olhos de Briony foram para a abertura na porta, implorando para alguém entrar.

— Eu sempre apreciei — continuou ele, inclinando a cabeça. — Apreciei você, quer dizer. É uma pena que não tenha conseguido me matar agora há pouco. Para você, no caso.

Ela apertou as costas na pedra para não encostar nele quando o homem parou na sua frente. Reighven ergueu a mão, e o sangue de Briony pareceu congelar nas veias. Então ele traçou um dedo sobre o ombro dela, na manga fina do vestido.

— Gains não quer vender você para mim por fora. Ele acha que a princesa de Etérnia vai alcançar um preço muito alto no leilão. — O dedo dele deslizou pelo vestido, acompanhando o tecido. — Mas não se preocupe, coisinha. Eu estou guardando ouro para isso há muito tempo. Você será minha. — A mão de Reighven passou pelas costelas dela, descendo pela cintura. — Então eu não acho que vai ser um problema se eu te provar mais cedo.

As correntes sacudiram quando ela estremeceu.

— Tire as mãos de mim — bradou Briony com mais coragem do que sentia.

Ele abriu um sorrisinho, o hálito rançoso a alcançando.

— Vamos nos divertir muito juntos.

A mão dele deslizou por entre as pernas dela, por cima do tecido.

Briony arfou enquanto todos os músculos no corpo dela se transformavam em gelo.

— Não sabia que Gains estava aberto a negociações — disse uma voz da porta.

Reighven retirou a mão e deu um passo para trás, e os joelhos de Briony cederam em alívio. Até reconhecer a quem a voz pertencia.

Orion Hearst estava parado na entrada da cela. Era o pai de Toven, e não havia dúvidas quanto a isso. O filho herdara o cabelo branco-prateado sobrenatural e a altura considerável. Orion não era apenas o homem mais rico em toda Bomard, mas também o mais impiedoso. Nos quatro anos em que o continente estava em guerra, Orion estivera em todas as principais linhas de frente. Com a habilidade incomum de dividir os feitiços entre múltiplos oponentes, era o lutador mais temido em Bomard. E, desde que Mallow ascendera ao poder, o homem começara a aumentar seu poderio, sem mais sentir o próprio coração se despedaçar a cada morte. O preço do feitiço *Rompe-coração* era algo que Orion Hearst não precisava mais pagar.

Rory uma vez perguntara a Briony por que Orion Hearst era apenas o oitavo na linha de sucessão à Sede.

"Com tanto poder e ouro, por que ele se mantém em um lugar tão baixo na sucessão?"

"Autopreservação", deduzira Briony. "Se estivesse em uma posição mais alta, ele se tornaria um alvo."

Rory não entendera, mas Briony, que passara a vida toda se escondendo como alguém a ser ignorada, tinha certo respeito por aqueles que sabiam que mereciam mais, mas se continham por alguma razão. O motivo de Briony era Rory. Ela se perguntava qual era o de Orion.

Reighven franziu o cenho para Orion.

— Recebeu minha mensagem?

Orion tirou um frasco do bolso, virando-o de leve. Sua silhueta era iluminada pela luz das tochas do corredor às costas.

— A mistura de erva gowarnus. É muita bondade da sua parte fazer companhia a ela, Reighven — disse ele, com uma voz sedosa. — Vou me certificar de avisar a Gains que o lote dele despertou interesse em você.

Lote. O lote para a leilão.

Reighven fez um som desdenhoso e se afastou de Briony.

— Logo, logo ela vai ser minha. Eu teria pago a Gains cinco mil em ouro.

Briony ergueu as sobrancelhas ao ouvir a soma.

— Tenho certeza disso — concordou Orion ao se virar para Briony, colocando-se diante dela. — Senhorita Rosewood. Que adorável vê-la de novo — disse, em tom de zombaria. — Acredito que a última vez que nos encontramos foi no dia em que a escola bomardina foi tomada. — Ele ergueu as sobrancelhas, fingindo ter se lembrado de algo. — Ah, não. Estou pensando em outra pessoa completamente diferente, não estou?

Briony apertou os lábios. Outra coisa que diziam de Orion Hearst era que ele gostava de brincar com sua presa.

Ela sustentou o olhar dele com mais coragem do que sentia.

— Senhor Hearst, que gentileza a sua vir me visitar — respondeu, a voz firme mesmo enquanto a barriga gelava.

Ele estreitou os olhos e, por um instante, Briony se sentiu sendo examinada, rasgada por dentro. Orion Hearst parecia tanto com o filho, mas, enquanto Toven era impulsivo, seu pai era, acima de tudo, paciente.

Ele destampou o frasco e o virou nos lábios dela. Briony apertou a boca para fechá-la, balançando a cabeça, mas Orion a abriu com um leve tremular dos dedos. Ela tentou fechar a garganta, mas tossiu ao engolir o elixir amargo até o fim. Fechando os olhos com força, Briony tentou se segurar na veia que canalizava a magia de coração, procurando pelo pulsar no peito. Porém, com um tremular final, sentiu-a desaparecer. Não havia nada ali. Estava tudo dormente.

— Por que a coleira não funcionou com ela? — perguntou Reighven.

Orion ergueu o indicador pálido e o passou no metal ao redor do pescoço da prisioneira. Um anel com uma pedra preciosa preta brilhava no dedo.

— Poderia ser uma série de motivos. Os Rosewood são conhecidos por terem magia protetiva. Ela pode ter bloqueado a coleira de alguma forma. — Orion olhou para Reighven. — Será um dilema para quem for seu futuro guardião. Por enquanto, o elixir gowarnus vai deixá-la inofensiva.

— Por quanto tempo? — quis saber Reighven.

Orion voltou os olhos para Briony.

— Todas precisarão ser dosadas a cada três dias. Só por garantia. — Ele tampou o pequeno frasco e inclinou a cabeça, dirigindo-se a Briony. — A srta. Eden Wincet morreu. A srta. Velicity Punt está lesionada. A srta. Katrina Cove também está muito ferida. Por que insiste em machucar seu próprio povo, srta. Rosewood? Diriam que é um desperdício de sangue etérnero... Isso se alguém se importasse com etérneros, como você própria gosta de declarar.

Briony engoliu em seco, sabendo que tipo de joguinho ele fazia.

— Eden Wincet não era mais do que uma criança — sibilou ela. — E vocês, bomardinos leais e orgulhosos, venderiam essa menina como se fosse gado.

O homem franziu as sobrancelhas, fingindo confusão.

— Não, não. Trato minhas vacas muito melhor do que trataria qualquer etérnero. Lembre-se disso.

Briony cuspiu na cara dele.

Orion Hearst não piscou.

Ele tirou um lenço do bolso e limpou a saliva dela sem desviar o olhar.

Ela cuspira no filho dele uma vez.

Toven tivera uma reação bem diferente.

Orion baixou o rosto para dobrar o lenço e o devolveu ao bolso.

— Eu deveria matá-la por isso. — Ele ergueu o olhar. — Porém, não desperdiço meu ouro com escravos, e odiaria ter que pagar a Gains trinta mil só por ter cortado seu pescoço.

Briony respirou fundo, trêmula, e Orion prosseguiu, erguendo a voz para Reighven:

— É assim que homens como eu continuam ricos, entende. Não desperdiçamos ouro em cardiarizes mágicos.

— Apenas um entre os motivos de eu querê-la, mas agradeço a dica — retrucou Reighven, em tom venenoso.

Orion olhou para o outro homem.

— Ah. Homens como eu também não pagam por *isso*. — Ele abriu um sorriso seco para Reighven. — Agora, srta. Rosewood. Alguém gostaria de vê-la. Espero que demonstre um pouco mais de respeito.

O coração de Briony se retorceu. Ela ergueu os olhos para Orion e viu apenas Toven, se perguntando se ele estava ali, se a visitaria...

A porta se abriu, e Veronika Mallow entrou na cela.

Os músculos de Briony travaram, em pânico.

— Briony. É bom vê-la de novo.

A voz de Mallow era suave e sinuosa, como se pudesse se enroscar ao redor de uma pessoa e espremê-la. Ela avançava pela cela como uma ninfa na água, o vestido preto e longo fluindo atrás de si.

Gains a seguiu, e então quatro das pessoas mais perigosas em toda Bomard olhavam para Briony.

A adrenalina tomou conta, mas ela engoliu o medo que pulsava na garganta.

Mallow inclinou a cabeça como um gato. Ela era mais magra do que a princesa se lembrava. O longo cabelo preto era reto como um alfinete e caía como uma cortina. Usava um colar de pedras de ônix e brincos combinando. Os olhos traçaram o corpo de Briony, examinando o vestido sujo de sangue e terra.

— A tentativa de fuga aconteceu antes do banho, presumo.

A mulher matara o pai e o irmão dela, e ainda tinha a audácia de se importar com a sujeira na pele e nas roupas de Briony.

— Estávamos a caminho da sala de banho e dos médicos quando ela organizou a pequena façanha — informou Gains.

— Ela é esquentadinha — zombou Reighven. — Fez com que outra morresse...

— Silêncio — ordenou Mallow, em um sussurro.

Briony notou a reação, a forma imediata como os homens se calaram. A forma como a respiração se fechou no peito, aguardando instrução.

Mallow pareceu sorrir. Deu um passo à frente, e Briony viu apenas os túneis infinitos que eram seus olhos.

— Não é fascinante ver que ela sangra da mesma forma que nós? — comentou para os outros. Ela segurou o queixo de Briony e virou o rosto dela, examinando as manchas de sangue. — Não há nenhum traço de ouro em qualquer lugar. Isso nos faz questionar a razão para falarem tanto da linhagem Rosewood, afinal.

Briony arrancou o rosto do aperto de Mallow. Era uma lenda comum que o rei e a família sangravam ouro. Uma lenda fundada em nada a não ser a presunção de que o monarca estava destinado a governar pela nobreza de seu sangue.

Mallow inclinou a cabeça.

— Senhorita Rosewood, estou deixando que viva apenas porque meus seguidores pediram. Aparentemente, chamou a atenção de todos os homens bomardinos desde a última vez em que nos encontramos.

Briony estremeceu.

Mallow esticou uma mão esquelética, traçando um dos cachos de Briony.

— Ainda tem intenção de colocá-la a leilão, Gains? — perguntou ela.

— Sim, Mestra.

Os olhos de Briony se voltaram para ele ao ouvir o título. As Sedes de Bomard costumavam ser endereçados como "Alta-Sede", ou "Senhor" ou "Dama".

— Certo — disse Mallow. — Precisaremos castrá-la.

A barriga de Briony embrulhou. Ela abriu a boca. Mallow não podia estar falando...

— Espere. — As palavras saíram apressadas. — Por favor...

— Deseja ter filhos com Reighven, Briony? — questionou a bomardina, sorrindo de leve. — Ouvi dizer que ele é o favorito a vencer o seu lote. E acredito que ele terá dificuldades em manter as mãos longe de... um prêmio como você.

Briony engoliu em seco, recusando-se a olhar para o homem em questão, que provavelmente sorria para ela.

— Ele não... ele poderia usar proteção — murmurou.

Ela sempre quis ter filhos, sempre ansiou pela família que não tivera. Mas não daquela maneira.

Além disso, Briony queria acreditar que aquilo não seria o fim de Etérnia. Que, um dia, eles se levantariam das cinzas. Que encontraria uma forma de salvar o futuro da sua família.

Mallow a encarou, percebendo todos os desejos mais profundos de Briony.

— Ah. Não, Briony — disse ela, suavemente, passando os dedos frios pela bochecha da prisioneira. — Não. Acabou, querida. Eu o matei. Queimei o corpo dele. — Ela se inclinou no ouvido de Briony e sussurrou: — Você não tem mais um lar para o qual voltar.

A visão de Briony foi tomada de vermelho. Impelindo-se para a frente, esticou-se para alcançar com os dentes a pele de Mallow. Ela sentiu ossos sob seu aperto e mordeu com força, fazendo a mulher gritar.

Magia foi lançada na direção dela na mesma hora. Briony foi atirada na pedra, batendo a cabeça. A mandíbula foi aberta à força, quase a ponto de se deslocar.

Orion se prontificou ao lado de Mallow, mas ela afastou o braço protetivo. Um círculo perfeito de dentes estava marcado no canto do queixo esguio.

Se não estivesse com a boca escancarada, Briony teria sorrido.

Os homens começaram a falar por cima um do outro, resmungando ameaças, mas Briony só tinha olhos para Mallow. *Eu mesma vou matar você um dia*, pensou ela, torcendo para que sua intenção ficasse clara.

Mallow a encarou com fascínio, erguendo a mão para deter os homens. Os feitiços de repente a soltaram. A mulher estreitou os olhos e sorriu.

— Essa vai dar trabalho, Reighven. Eu gosto dela.

Com um giro das mãos de Mallow, a boca de Briony se fechou, os dentes batendo alto, e ela não conseguiu mais separá-los. Como se usasse uma focinheira.

Mallow deu um passo na direção dela outra vez, parando apenas a centímetros de distância.

— Só para que fique claro: vou mantê-la viva porque você é interessante e porque esse é o desejo dos meus homens. — Ela deu de ombros. — Eu também acredito que seu destino será pior do que a morte. Mas entenda que não há promessas feitas para as outras mulheres. Se tentar fugir outra vez, vou matar todas as etérneras naquela cela e começarei com Cordelia Hardstark.

O peito de Briony estremeceu, mas ela se recusava a chorar.

— Estamos entendidas?

— Sim — disse ela, com os dentes trincados.

— Ótimo. — Mallow tamborilou os dedos no ar, e Briony sentiu a garganta aquecer. — Essa é a última palavra que gostaria de ouvir de você.

Mallow tinha tomado a voz dela.

Capítulo 8

Briony foi solta da parede, e então entregue a Reighven e Gains. Esfregou os pulsos doloridos, finalmente livre das algemas. A coleira não foi retirada. Com uma mão em cada cotovelo, os dois a guiaram escada acima, passando por janelas manchadas de sangue até o andar da sala de banhos.

Eles a empurraram para dentro.

— Você tem dois minutos — avisou Reighven.

As torneiras foram ligadas, e água escaldante começou a encher a banheira.

Ela olhou para os dois, e então para a porta.

— Vá — disse Reighven, dando um sorrisinho.

Briony engoliu em seco, a mandíbula apertada com o feitiço de silenciamento. Eles não a concederiam privacidade para se despir.

Ela encarou a banheira que enchia. Não era limpa havia anos, pela aparência. A sujeira grudava nas laterais, e diversas linhas escuras mostravam o nível da água em banhos anteriores.

Briony ergueu as saias do vestido e entrou na água quente. A temperatura a queimou, deixando a pele em vermelho vivo. Abaixando-se, ela deixou que o vestido a cobrisse ao descer. Ao olhar para os dois homens, viu que Gains desviara o rosto, quase entediado, mas Reighven encarava o peito dela enquanto a água encharcava o vestido.

Ele se aproximou lentamente, e Briony apertou as laterais da banheira. O homem pegou um sabonete e o jogou dentro da água com um respingo alto.

— Certifique-se de esfregar *todos* os lugares — avisou ele, piscando. — Ou vou fazer isso por você.

Briony voltou os olhos para a banheira. A pele queimava, e a água já estava manchada de sujeira e sangue. Então, inclinou a cabeça para trás e passou o sabonete pelo cabelo e pela pele da melhor forma que podia. Reighven estava em pé na beirada da banheira e ergueu uma sobrancelha preta espessa. Briony pegou o sabonete e o passou por entre as pernas, ignorando a forma como ele estalou a língua.

Reighven esticou o braço, e ela congelou, horrorizada, temendo que ele a tocasse. O homem puxou o vestido molhado na altura do ombro, e então recolheu a mão com algo prata cintilando entre os dedos.

O broche da mãe. A última lembrança dela.

Reighven sorriu enquanto guardava o objeto no bolso. O coração de Briony se partiu.

Gains jogou uma toalha quando chegou a hora de sair, mas não seria o suficiente para secar o vestido. A água escorria pela bainha quando os dois a guiaram por um corredor até uma sala diferente.

Gains bateu à porta e uma mulher mais velha de pele marrom-escura a abriu. Vestia um uniforme médico bomardino. Quando seus olhos pousaram em Briony, pareceram se demorar por tempo demais.

— A última para os exames — disse Gains.

Briony sentia arrepios com o vestido e o cabelo molhado. Os homens a empurraram adiante. Outra médica jovem estava em um canto, aparentemente apenas pouco mais velha que a princesa, e tinha cabelo vermelho-claro e pele pálida. Que perdeu ainda mais a cor quando viu Briony. A mulher mais velha apontou para a mesa, pedindo que se sentasse.

Gains se virou para Reighven.

— Vá ver como está o garoto do Meers.

Briony se virou para eles. Sammy estava por perto.

Reighven pareceu irritado, mas obedeceu, fechando a porta ao sair.

As médicas fizeram Briony se deitar e passaram os feitiços sobre o corpo, as mãos pairando acima, esperando a luz e o calor faiscarem. Uma delas secou o cabelo e o vestido, murmurando sobre hipotermia.

A médica mais nova colocou as mãos sobre a barriga de Briony, os dedos pálidos espalmados. Ela ergueu o olhar para Gains.

— Não está grávida.

Briony engoliu em seco, percebendo então que jamais ficaria.

A médica mais velha colocou um maço de plantas com flores brancas em galhos compridos acima da barriga dela, cantarolando uma melodia antiga.

Aquela, Briony conhecia. Sempre soubera que cantariam na véspera do seu casamento.

As mãos da mulher pairaram em círculos, e os galhos pegaram fogo antes de chamuscarem o vestido rapidamente. O calor e a luz permaneceram, iluminando tudo embaixo da pele dela.

Ela encarou o teto com os dentes grudados, a voz roubada, enquanto a médica confirmava para Gains:

— Virgem.

O homem deu uma risadinha.

— E mais cinco mil para mim.

Briony fechou os olhos com força. Uma única noite valia mesmo cinco mil em ouro? Um único momento? Ela supunha que existiam rituais antigos que podiam ser realizados com sangue virginal. Reighven sem dúvida saberia o valor da troca no mercado clandestino, mas a forma como falava com ela, olhava para ela... Briony não achava que ele a queria só pelo sangue.

As médicas estavam terminando o exame quando Gains disse:

— Ela precisa ser esterilizada.

Uma lágrima escorreu do olho esquerdo de Briony.

O silêncio perdurou tempo demais no cômodo. Ela abriu os olhos, voltando o olhar para a médica mais jovem, que encarava a mais velha.

— Algum problema? — questionou Gains.

— Ela... — A ruiva olhou para o chão. — Ela não é a última da linhagem?

— Etérnia foi derrotada — disse Gains com frieza enquanto se endireitava, afastando-se da parede na qual estivera inclinado. — Mestra Mallow requisitou que todas as mulheres e homens com alguma conexão à linhagem Rosewood sejam esterilizados. Você não questionaria a decisão da Mestra, certo?

A ruiva olhou para a outra médica, impotente. A mulher mais velha não demonstrou nenhuma emoção. Depois de pigarrear, a jovem ergueu o queixo e disse:

— Eu não vou fazer isso.

Briony arfou, observando a mulher que vestia roupas médicas azuis bordadas, que mesmo assim se opunha a Mallow. Talvez houvesse esperança.

Mas a mão de Gains se esticou, os dedos começaram a se fechar em um punho enquanto a mulher segurava o próprio peito, os olhos arregalados. Ela gaguejou, caindo de joelhos.

— Eu faço — disse a médica mais velha, de forma quase preguiçosa. — Não a mate. Preciso dela.

Os dedos de Gains aliviaram a pressão na magia que esmagava o coração. A jovem ofegou em posição fetal no chão.

A médica mais velha se colocou ao lado de Briony e formou um triângulo com os dedões e os indicadores sobre a pélvis da princesa, fechando os olhos. Briony se preparou, escutando a respiração ofegante da ruiva. Então sentiu um beliscão e uma queimadura na lateral esquerda da barriga, e estremeceu. A tuba uterina esquerda fora cauterizada.

Enquanto a médica dava a volta na mesa até o outro lado, Briony agradeceu que o rosto sorridente de Gains não estava mais em seu campo de visão.

— Quantos outros precisaremos esterilizar? — perguntou a médica, em tom casual.

Lágrimas escorriam dos olhos de Briony enquanto a mulher colocava as mãos em forma de triângulo sobre a barriga outra vez, do lado direito. Ela se preparou para a sensação.

— Só tem mais uma aqui — respondeu Gains.

— Bem, não podemos ficar esperando o dia todo.

De costas para Gains, a mulher beliscou com as unhas a barriga de Briony da forma mais afiada possível.

A princesa se sobressaltou, chutando as pernas. Olhou para a médica, confusa, mas a mulher já tinha se virado.

— Está feito. As duas tubas uterinas foram cauterizadas. Ela não ficará grávida.

Briony tentou relaxar o rosto. O lado direito não fora cauterizado.

E as duas sabiam disso.

Gains deu um passo à frente.

— Vamos — disse ele para Briony. — E você. — Ele se virou para a médica ruiva, que ainda estava recuperando o fôlego. — Se fizer um bom trabalho aqui, não vou pedir que seja decapitada quando não precisarmos mais dos seus serviços.

A jovem assentiu, chorando.

Briony saiu da mesa. A médica mais velha voltou a examinar a papelada. Como se nada tivesse acontecido.

Quando seguiu Gains pela porta, Briony sentia o coração martelando. Foi algemada de novo, mas os pensamentos estavam presos em outro lugar.

Havia bomardinos que ajudariam Etérnia. Só precisava encontrá-los.

A mente dela estava a mil conforme Gains a guiava por duas escadarias, voltando para a cela com as mulheres.

Ele não disse uma única palavra enquanto abria as portas, o que foi ótimo. Briony estava ocupada demais construindo a esperança no peito como se fosse um palácio sagrado.

Quando entrou na cela, as mulheres deram um pulo, correndo até ela. Gains as trancou outra vez. Então perguntas surgiram de todas as direções, mas Briony não conseguiu focar em nenhuma delas.

Cordelia se colocou em sua frente.

— Briony?

Ela indicou o pescoço com os dedos e balançou a cabeça. Deu uma batidinha na mandíbula e fez um gesto com a mão representando a boca fechando.

Havia, porém, um fogo que ardia dentro dela. Encontrou o olhar de Velicity do outro lado do cômodo. Estava acorrentada na parede com os braços erguidos, assim como Briony estivera, mas o sangue secara em todo o rosto. Katrina estava ao lado dela na parede. Uma das mulheres a ajudava beber água.

Briony examinou o lugar.

As mulheres a encaravam com expectativa, mas ela não tinha mais voz para dizer que tinham apoio. Que existiam pessoas que ainda as apoiariam — em voz alta, como a ruiva, ou em silêncio, como a outra médica.

Ela encontrou a cesta de frutas e se lembrou de Phoebe as esparramando no chão sujo.

Briony ficou de joelhos, pegando um cacho de uvas e rapidamente tirando-as das hastes.

— Briony? — chamou alguém, mas ela não estava prestando atenção.

Precisava contar às outras.

Começou a soletrar o que não conseguia dizer, as uvas rapidamente formando letras. Pegou outro cacho enquanto as mulheres compreenderam e começaram a se juntar atrás dela.

A primeira palavra se formou, e ela pensou naquela ruiva quase morrendo por ela. Por *ela*. Uma etérnera.

Alguém começou a tirar as uvas do cacho para ela, fazendo uma pilha. Briony escreveu a segunda palavra, trabalhando com pressa para dizer uma coisa tão pequena.

Porém esperava que aquilo faria as outras entenderem sobre a médica mais velha que desafiara Mallow bem debaixo do nariz de Gains.

Por fim, só havia uma uva restante, e ela a acrescentou ao fim da frase. Um ponto-final. Uma declaração.

Briony ficou em pé e deu um passo para trás enquanto as mulheres avaliavam o trabalho.

Não estamos sós.

Capítulo 9

Sete anos e meio antes

BRIONY DETESTAVA JANTARES OFICIAIS, ainda mais os que aconteciam no solstício de inverno. Àquela altura já tinha aprendido — no inverno entre o primeiro e o segundo ano — que estudar com os bomardinos já era mais do que suficiente para ela. Não precisava vê-los fora da escola também.

Ela parou diante da entrada do salão de baile, ao lado de Rory e do pai, recebendo os dignitários de Bomard e Etérnia e suas famílias. O salão de baile estava decorado com os pinheiros nativos das montanhas de Bomard, e uma nova tapeçaria fora pendurada, exibindo uma manhã nevada em uma floresta. Tudo aquilo parecia destoar bastante dos arcos abertos do palácio de Biltmore, que tinha pórticos decorados e espelhos d'água. Eles recepcionariam a todos e dançariam até a meia-noite, então o banquete começaria e duraria até o amanhecer.

Só tinham se passado vinte minutos, e Briony já vira dez pessoas de quem não gostava.

E o vestido dela dava coceira.

— Briony, pare com isso — ralhou o pai quando ela ajustou as mangas pela terceira vez. — Você já tem 17 anos. Precisa se vestir como tal.

— Aos 17 anos todos nós sentimos coceira? — resmungou ela.

Havia um local entre as escápulas que queria pedir para Rory coçar por ela, mas se conteve. O vestido era feito de renda verde, o corpete apertado da cintura até os ombros e rendado até os pulsos. Era tão diferente dos trajes fluidos e soltos que os etérneros preferiam que ela pensava que o pai estava se esforçando demais por aqueles vira-latas gélidos.

Briony olhou para os bomardinos que já tinham entrado. Seria seu incômodo conectado a magia, assim como a brisa fria que sentira na escola? Um deles estava tentando fazer ela ficar com coceira? Não. Toven ainda não chegara.

Quando Finola e Phoebe entraram, Briony as abraçou com força.

Finola se inclinou na direção dela e de Rory.

— Já souberam que os Vult trouxeram familiares?

Briony olhou para o lugar onde os Vult estavam na fila da recepção.

— Por quê? — questionou Rory. — Estão esperando uma luta?

— Foi o que eu perguntei — respondeu Finola, rindo.

Briony olhou para ver quem eram os próximos: Hap Gains e a filha, Larissa. Ela suspirou.

Era costume para o rei de Etérnia e sua família fazerem uma mesura antes dos convidados, para demonstrar respeito e acolhida. Pela expressão no rosto de Larissa, aquela seria claramente sua parte favorita do evento.

A garota parou bem na frente de Briony com um sorriso calculista, e observou enquanto ela se abaixava em uma mesura profunda.

— Bem-vinda, Larissa — disse a princesa, entredentes. — Como esteve desde o fim do ano letivo?

— Bem, obrigada, Briony. Achando um *horror* tremendo ter que ficar em Etérnia durante o segundo ano. — Ela olhou para a decoração, todo o trabalho que os etérneros tinham feito, e acrescentou: — Não tem jeito, Etérnia não é tão confortável quanto Bomard. É quente demais, e temos pouco o que fazer.

Briony mordeu a língua para não retrucar, e Larissa virou-se para Rory, indicando que ele deveria fazer a mesura em seguida. Ele suspirou e se curvou. Larissa retribuiu com a menor e menos respeitosa mesura do mundo para os dois, fazendo um aceno de mão distraído enquanto os Gains seguiam adiante.

Gin Pulvey, o Alta-Sede de Bomard, vinha a seguir. Era um homem corpulento que tinha um bigode grande cobrindo a maior parte do rosto rosado. Sede Pulvey tinha uma boa relação com o rei Jacquel, para o espanto de muitos bomardinos. Atrás dele estavam Sammy e o pai, Billium Meers, o general-mor dos exércitos de Etérnia. O pai de Briony se ergueu da mesura e fez uma careta exasperada para o general em um momento raro de camaradagem tranquila.

— Acho que sua primeira dança de hoje deveria ser minha, Briony — disse Sammy quando ela se endireitou da mesura.

A voz dele era alegre e travessa.

— O quê? — Ela crispou os lábios. — Por quê?

— Porque acho que vai incomodar o Didion.

Rory bufou e levou a mão ao rosto para esconder o sorriso. Briony olhou entre os dois, corando. Então, virou-se para onde Didion estava no salão de baile ao lado de Katrina e Cordelia, observando-a. Ele desviou os olhos.

— Bom, é claro que vou dançar com você — disse Briony. — Mas por que precisa ser a primeira dança?

As primeiras danças normalmente eram reservadas ao rei de Etérnia e sua esposa (Jacquel se abstinha, já que não tinha intenção de se casar outra vez), ao Sede e sua esposa e quaisquer jovens casais que queriam causar um alvoroço na temporada primaveril do cortejo.

Sammy levou a mão ao peito, num gesto dramático.

— Eu fico feliz em aceitar a segunda, terceira e quarta também, mas acho que vão ser requisitadas bem rápido.

Ela piscou.

— Eu não estou entendendo.

Sammy riu e pegou a mão dela, levando os nós dos dedos aos lábios.

— Amo que você não sabe como está deslumbrante. Se você fosse seis anos mais velha, nós já estaríamos noivos, querida.

Ela puxou a mão com força e fez uma careta. Sammy riu, e Rory fez um barulho como se fosse vomitar.

— Vai precisar se acostumar, Role — disse Sammy, usando o apelido de infância que Briony designou ao irmão por não conseguir pronunciar o nome dele corretamente. — Só mais alguns anos antes de ela ser dada para algum garoto bomardino em nome da paz e unificação.

— Sammy, já basta — repreendeu o general Meers, com bondade. Ele lançou um sorriso de desculpas para Jacquel. — Vamos deixar o próximo grupo entrar.

Sammy prestou uma continência ao pai, deu uma piscadela para Briony e disse:

— Primeira dança.

Depois, seguiu para o salão.

Briony ajustou a postura, mesmo com o vestindo ainda coçando. *Deslumbrante*, dissera Sammy. Foi uma gentileza, nada mais. Gostava de Sammy como se fosse um irmão, e tinha certeza de que ele sentia o mesmo. Porém, ela não amava o lembrete de que, por ser filha do rei, não poderia se casar por amor. Ela de fato invejava os bomardinos naquele aspecto. Não tratavam suas mulheres como peões em um tabuleiro. Uma mulher poderia se sentar na Sede de Bomard com tanta facilidade quanto um homem.

Quando Briony se virou para a linha de recepção, viu que estava cara a cara com as feições zombeteiras de Toven Hearst. Na verdade, mais para cara a peitoral. Ele estava ainda mais alto do que no final do ano letivo, um mês antes.

— Já cedeu a primeira dança? — comentou Toven, com ironia. — Ora, ora, você não perde tempo, não é?

Briony se recuperou e olhou para a esquerda. Orion Hearst estava de frente para o pai dela, e Serena Hearst estava diante de Rory. Como uma unidade, os Rosewood fizeram uma mesura.

Ela se ergueu, encontrando os olhos de Toven sobre si. Ele mordiscava alegremente o lábio inferior.

— Bem-vindo — murmurou ela.

Toven usava um terno cinza pálido da mesma cor do cabelo. Enquanto o rei trocava cordialidades tensas com Orion, e Serena examinava o salão de baile com o que parecia ser desgosto, Briony encarou o rosto de Toven com um ódio maldisfarçado. Ele irradiava arrogância, e ela não conseguia acreditar na audácia dele de desprezá-la dentro de sua própria casa.

— Meers está certo — pontuou Toven em tom jovial, que acabava traído pela expressão entediada. — Já decidiu em qual filho de Bomard você vai se agarrar quando chegar à maioridade? Como uma sanguessuga.

Ela bateu os cílios.

— Bem, espero que seja você, é claro.

Toven sorriu abertamente.

— Ah. Esplêndido. Vai ser uma adição excelente à minha prateleira de troféus. Vou pendurar você na parede.

— Troféus? Quais? — perguntou ela, fingindo inocência. — Não deve ter sido pela aula de elixires. Foi Rory quem recebeu a nota máxima no ano passado.

Ela deu um sorriso afetado.

O garoto a encarou, sério.

— Foi ele mesmo?

O tom deixava claro que Toven sabia bem como Rory continuava recebendo notas máximas.

O sorriso de Briony fraquejou, e ela desviou o olhar para o salão de baile onde os amigos estavam reunidos. Ele não a dedurara por ajudar Rory nas lições da escola nem por continuar a inflamá-lo, mas aproveitava oportunidades como aquela para provocá-la. Só mais algumas apresentações, e então Briony poderia se esconder de todos os bomardinos até o jantar à meia-noite.

— Então quem é que vai ficar com a segunda dança da princesa? — perguntou Toven baixinho enquanto os pais dele continuavam a conversar com Rory e o rei. Ele observou os convidados. — Didion Winchester, presumo?

— Não tenho intenção de dançar a primeira ou a segunda...

— Mas é claro que tudo isso pode ser debatido — continuou, ignorando-a, e voltou os olhos cinza-claros para ela. — Alguém na linha de sucessão tem preferência nesse tipo de situação.

Ela estreitou os olhos. Por que alguém de Bomard pediria para Sammy ceder a primeira dança?

— O que está insinuando?

— Só estou reafirmando a tradição, é claro — disse Toven, em tom melódico. — Se alguém dentre os Dez pedisse a primeira ou a segunda dança, Meers e Winchester precisariam ceder, não é verdade?

Os Dez eram os primeiros dez bomardinos na linha de sucessão, o que lhes dava um certo status de superioridade. Entre eles, estavam Orion Hearst, a mãe de Canning Trow, Hap Gains e o pai de Liam Quill.

Briony sentia que alguma peça de um grande quebra-cabeça não estava encaixando, mas, antes que pudesse perguntar, Orion Hearst falou alto:

— Ah, aqui está ela. Jacquel, deixe-me que apresente nossa convidada, Veronika Mallow.

Uma mulher alta de pele branca muito pálida e cabelo preto liso deu um passo à frente. Os olhos também eram pretos, como fossas sem fundo, mas eram muito próximos um do outro, o que a fazia parecer uma raposa. Parecia ter por volta de 50 anos, mas então a luz refratou em um ângulo diferente, e ela pareceu ser vinte anos mais jovem.

— Senhora Mallow. Bem-vi...

— *Senhorita* Mallow — corrigiu ela, interrompendo-o na metade de uma mesura atrapalhada. — Diferente dos etérneros, as mulheres de Bomard não precisam estar casadas para serem apresentadas.

Os olhos pretos se voltaram para Briony, e a garota sentiu um calafrio nos ombros.

— Mas é claro — concordou o rei Jacquel. — Aceite meu pedido de desculpa pela presunção.

Ele terminou de completar a mesura, e os filhos o acompanharam.

— É uma tradição peculiar — pontuou Mallow. — Curvar-se diante de um desconhecido em seu próprio palácio. Parece tão antiquado.

A mesura que ela própria ofereceu em troca foi parecida com a de Larissa — mal abaixou a cabeça elegante, o que era uma grosseria extrema ao rei.

Briony piscou. Ela viu os lábios de Orion estremecerem, suprimindo um sorriso.

— Suponho que é por isso que chamam de tradição — ofereceu Rory em tom gentil.

Serena sorriu para ele. Ninguém mais fez o mesmo.

Briony olhou para Toven e notou que ele desviava o rosto, virando-se para o salão de baile.

Quando os Hearst e Veronika Mallow se afastaram, a princesa continuou observando a mulher examinar o salão. Ela parecia profundamente insatisfeita.

— Quem é ela? — perguntou Briony ao pai.

— Mallow é filha de um soldado. É tudo que sei. É a quadragésima na linha de sucessão, acredito.

Rory bufou.

— E age como se estivesse entre os Dez.

— Quadragésima na linha de sucessão, e ainda assim foi convidada para um jantar oficial? — sussurrou ela.

— Briony, não seja elitista.

Na mesma hora, ela olhou para o pai.

— Não sou. Eu... não queria soar assim.

Briony corou e desviou o rosto. Afastou as lágrimas de vergonha enquanto os Raquin davam um passo adiante.

Finn deu uma piscadela para ela e recebeu de volta uma encarada feia.

— Espero que guarde uma dança para mim esta noite, srta. Rosewood.

Briony deu um sorriso condescendente.

— Prefiro me jogar da torre mais alta.

— Briony. — A voz afiada do pai a pegou de surpresa; os Raquin e a família dela ouviram a conversa. — Está esquecendo do seu lugar — emendou o pai, mordaz.

Toven a deixou atrapalhada. A vergonha corou as bochechas. Já tinha levado duas broncas do pai naquela noite.

Finn parecia em êxtase.

— Vossa Graça, não foi nada. Fazemos esse tipo de brincadeira o tempo todo na escola. Não é verdade, Briony?

Ela assentiu sem falar, sem conseguir confiar na própria voz.

Briony e Rory cumprimentaram a mãe de Finn, Ember, uma mulher etérnera que tinha pele marrom-escura e olhos verdes. Fora amiga da mãe dos dois antes de Briony e Rory nascerem e dada em casamento ao pai de Finn, um bomardino, para selarem um tratado nupcial. Pelo que diziam, Ember tinha sido a primeira pessoa a segurar Rory quando ele nasceu, enquanto a mãe dos gêmeos sangrava aos poucos com Briony ainda na barriga. Eles só a viam poucas vezes no ano, durante os jantares oficiais. *Um futuro semelhante me aguarda*, percebeu Briony, quando só retornaria a Etérnia para aqueles jantares. Seu coração desmoronou.

Ember esticou a mão e tocou as bochechas de Rory e Briony com um sorriso bondoso.

— Meu filho está se comportando bem na escola? — perguntou.

— Nem um pouco — disseram Rory e Briony em uníssono.

Ember bufou, exasperada, e lançou um olhar de reprimenda ao filho. Ele piscou para a mãe, fingindo inocência.

— O que posso dizer? Eu sou incorrigível.

Ele ofereceu o braço para a mãe, que aceitou, revirando os olhos.

Assim que terminaram a recepção, Briony e Rory finalmente puderam se juntar a Didion, Katrina e Cordelia. A última entregou uma taça de vinho disfarçadamente para a amiga, que se virou para a parede, bebendo quase tudo em um único gole. O arauto anunciou que as danças começariam em cinco minutos, e Briony se escondeu atrás de Cordelia, torcendo para que Sammy tivesse pedido a dança por brincadeira.

Didion pigarreou ao lado dela, e ela o encarou enquanto tomava o último gole da taça.

— Briony, eu estava me perguntando se você me concederia a primeira dança.

Ela piscou, aturdida, as bochechas coradas pelo vinho, e se concentrou no ato mecânico de engolir. Rory tossiu, escondendo um sorriso com as mãos, e se virou para falar com outra pessoa.

— Eu... Sammy já pediu — balbuciou ela. — Desculpe, eu quis dizer que eu adoraria aceitar a segunda dança com você, Didion.

Ele franziu as sobrancelhas.

— Sammy? Ele é seis anos mais velho que você.

— Pediu como amigo, certamente — apressou-se em dizer.

— Não só como amigo. — A voz jovial de Sammy ecoou atrás dela. Briony se virou para ele com uma carranca. — Como ávido admirador.

Sammy fez uma mesura exagerada e piscou para Didion.

Briony crispou os lábios.

— Não desperdice seu tempo flertando comigo, Sammy.

Ele abriu um sorriso, mas, antes que pudesse rebater, uma voz barítono profunda ressoou atrás dela.

— Vossa Graça.

Briony virou e se deparou com Toven, as mãos às costas em uma imitação estranha de civilidade. Ela o encarou, rezando para que o garoto não estivesse ali para fazer o que pensava que ele faria.

— O quê? — retrucou, brusca.

— Sua primeira dança — disse Toven. — Como discutimos.

E abriu um sorriso iluminado.

Cada um dos amigos de Briony se calou.

Ela ergueu as sobrancelhas.

— Nós não discutimos nada. Vou dançar a primeira com Sammy.

Olhando para Sammy em busca de socorro, Briony estendeu a mão, esperando que ele a tomasse. Porém, o amigo só olhou feio para Toven.

— É sério, Hearst? — questionou Sammy.

— Muito — disse Toven. — Estou *acostumado* a ter as melhores coisas em qualquer lugar, afinal.

Briony voltou-se para ele. O olhar de Toven desceu pelo corpete do vestido dela, onde a renda se esticava sobre os seios, encaixando-se com perfeição até a cintura.

Didion deu um passo à frente.

— Tudo bem. Já chega...

— A primeira e a segunda dança — lembrou Toven, olhando para Didion por cima do ombro dela, e depois encarando Briony. — Vossa Graça.

Atrás dele, os casais iam em direção à pista, prontos para a dança iminente.

— Vou dançar a primeira com Sammy, e a segunda com Didion — afirmou Briony, a voz neutra e pétrea. — Não aceito a sua mão.

Ela começou a passar por ele, e Toven esticou o braço e a segurou pelo cotovelo, puxando-a para si.

— E *eu* — disse ele baixinho — estou exercendo meu direito como oitavo na linha de sucessão de passar na frente.

— Seu pai é o oitavo — sibilou Briony. — Caso ele me peça para dançar, ficarei feliz em aceitar esses termos.

Ela olhou para Sammy, tentando encorajá-lo a segui-la até a pista de dança. Porém, estava parado com as mãos nos bolsos, parecendo resignado.

— Ele é um membro dos Dez, Briony — disse Sammy.

— Ele *não* é! É *sucessor* do oitavo. Ele é, no máximo, o décimo sexto!

Toven a virou gentilmente para si, e o horror a preencheu quando ele levou uma mão à bochecha dela. Os dedos eram quentes, e os olhos pareciam carinhosos para qualquer um que não o conhecesse de verdade. Katrina arfou atrás deles.

Briony piscou confusa para Toven, sem ousar se mexer. Se ele a beijasse em um jantar oficial, seria o mesmo que fazer uma declaração de cortejo. Porém, se dançassem a primeira música, não seria um anúncio equivalente?

— Não tente me fazer de idiota na frente de todos — avisou ele.

— Você consegue fazer isso sozinho perfeitamente. Tire as mãos de mim.

— Ou o quê? — perguntou Toven, com leveza. — Vai fazer uma cena? Não olhe agora, mas estamos sendo observados.

Briony sentiu a respiração travar no peito. O ar na sala pareceu ficar denso, e ela soube, sem precisar olhar, que era verdade. Estavam sendo vigiados.

Toven sorriu e se inclinou na direção dela. Briony prendeu o fôlego até que ele se virou no último instante, levando os lábios ao ouvido dela.

— Você virá comigo agora para a pista, ou vou fazer um requerimento formal com seu pai para cortejá-la. A decisão é sua.

A princesa arregalou os olhos. Ela encontrou o olhar de Katrina por cima do ombro dele. A amiga também estava congelada. A mandíbula de Didion estava cerrada. Do outro lado do salão, viu Canning Trow os analisando de forma calculista.

Briony percebeu que não faria diferença. Toven tinha se aproximado dela em público. Mesmo que não dançassem a primeira dança juntos, todos já presumiriam que estavam se cortejando.

A música começou, dando início a uma valsa. Briony engoliu em seco. Ela poderia conceder duas danças, e então não precisaria mais lidar com Toven até a primavera.

— Claro — disse Briony, afastando-se. — Toven, seria uma honra.

O sorriso dele pareceu quase genuíno, e por um instante ela se lembrou de como o garoto era estonteantemente lindo. Toven estendeu a mão com um floreio, virando o corpo para a sala, para que ficasse claro para todos que fora escolha dela.

A pista de dança enchia com os casais, e ela encontrou o olhar do pai enquanto tomava seu lugar em frente a Toven. O rei inclinou a cabeça, questionador, e Briony balançou a dela com rapidez, torcendo para que ele entendesse que não deveria levar aquilo a sério.

Depois encarou Toven e notou o sorrisinho satisfeito no rosto dele quando os músicos começaram a contagem.

A coceira entre as escápulas tinha voltado — sem mencionar na maior parte do corpo — quando ele se aproximou dela, passando uma mão pela cintura, e com a outra pegou a mão de Briony, que a mantivera imóvel ao lado do corpo.

Foi só no instante em que repousou a palma no ombro dele que Briony percebeu o que significava dançar com Toven Hearst. Significava tocar nele. Respirar seu perfume. Observar o rosto dele mais de perto — ou *não* observar o rosto dele, como decidiu naquele instante. Em vez disso, fixou o olhar em um ponto ao lado da orelha dele.

— Você deve estar empolgada para ser instruída em Etérnia no nosso segundo ano — disse ele.

— Nós não precisamos conversar — retrucou Briony.

Um sopro de ar tocou a testa dela, e ela se perguntou se era possível que tivesse feito Toven Hearst rir.

Enquanto ele a rodopiava, mudando a pressão na cintura com habilidade para guiá-la pela pista, Briony deixou que os olhos percorressem os outros cantos, vendo quem os observava.

Sammy, Katrina e Didion os assistiam do canto da pista de dança, mas Cordelia não estava lá. Quando Briony viu uma cabeleira ruiva flutuando na pista, mal acreditou no que via.

A valsa tinha levado Cordelia e o parceiro para mais perto. Ela encarou boquiaberta o irmão, que guiava nos braços a melhor amiga dela.

— O que é isso? — perguntou ela para Rory, incrédula.

— O que é *isso*? — retrucou ele, olhando para Toven.

Cordelia abriu e fechou a boca.

Toven deu uma risada.

— Você não sabia?

Briony ergueu o olhar para Toven, e os dois rodopiaram para mais longe. Ele parecia exultante. Ela voltou a atenção para o irmão. O herdeiro do rei escolhendo uma parceira para a primeira dança era uma declaração tão impactante quanto a bagunça em que Briony se encontrava.

— Ah, essa é boa — cantarolou Toven. — Os dois passaram o ano inteiro trocando olhares apaixonados e você não percebeu nada?

Briony fechou a boca. Ele ergueu o braço e a girou, e então a puxou de volta.

— Tenho certeza de que vão ficar desaparecendo pela escola durante o ano, encontrando-se em todas as alcovas escondidas...

— Você é nojento.

— Acha mesmo que as pessoas vão se comportar no segundo ano? — Toven riu. — Agora você vai precisar de proteção nas escadas, princesa.

— Está se voluntariando, por acaso? — perguntou Briony, seca. — É disso que se trata?

Ele quase sorriu ao olhar para algo atrás dela.

— Talvez eu bata na porta da sua suíte particular quando seu irmão estiver ocupado com a srta. Hardstark.

— Talvez eu bote fogo em você se tentar uma coisa dessas.

— Eu deveria requisitar a sua presença em Hearst Hall durante o feriado do solstício de verão, creio — continuou, como se estivesse falando sozinho. — Não adianta adiar o inevitável.

— Que tal se mandarmos ajustar a aliança da sua mãe também? — zombou ela, fingindo entrar na brincadeira para o bem da própria sanidade.

— Ótima ideia, querida — disse Toven, virando os dois na pista. — Suas mãos não são assim tão delicadas, não é?

No esforço de não olhar para ele, Briony encontrou Finn e Larissa ao longe na pista de dança, ambos os observando com atenção. E ela se lembrou...

— Você e Larissa estão com problemas, não é? — Briony quase suspirou em alívio. — Pelas águas! — praguejou. — E você está *me* usando? Que plano mais imbecil!

Toven a encarou, e a princesa notou quase sem querer o ângulo afiado da mandíbula, ou a forma como as mechas cinzentas caíam sobre a testa.

— E que plano é esse?

— Não tenho a mínima ideia — respondeu Briony. — Mas, você está tentando deixar Larissa irritada, e está funcionando.

Ela observou o rosto dele se voltar de um modo distraído para onde a loira estava, como se não tivesse pensado naquela ideia até aquele instante.

— Eu posso garantir, Vossa Graça — afirmou Toven. — Só estou tentando fazer jus ao vestido incrível que você está usando.

— Você não precisa me chamar assim — falou Briony, de súbito exaurida daquele joguinho. — Posso ser filha do rei, mas meu título não tem nenhum pronome de tratamento formal.

— Ah, mas você tem — rebateu ele, com rapidez. A dança diminuiu o ritmo, e os girou mais uma vez. — Você é uma *etérnera*, e isso já não é uma formalidade em si?

Briony franziu a testa enquanto os músicos terminavam a valsa e as pessoas aplaudiam. Ela abaixou as mãos e deu um passo para trás.

— Do que você está falando?

— Sua magia vem da mente — disse Toven, em tom de zombaria. — Você se acha tão melhor do que nós. Evoluídos, não é isso que gostam de dizer?

— É, sim, evoluídos — retrucou ela. — Tirar magia da própria mente sem drenar a si próprio, e sem precisar de um familiar para inflamá-lo nem ir contra qualquer lei para drenar um cardiariz também.

A segunda dança começou, e Toven a puxou para seus braços outra vez. *Ainda mais perto*, pensou Briony.

— E ainda assim, sangue é importante para vocês, não é? Uma linhagem sanguínea. Um único rei.

Briony ergueu o olhar, os rostos mais próximos do que antes. Ela sabia que havia um desentendimento distinto entre a maioria dos etérneros e bomardinos, mas aquela discussão parecia pessoal para ele.

— Você sabe tão bem quanto eu que não tenho vantagem nessa linhagem. Eu vou ser entregue para um de vocês, e meu irmão vai se tornar rei.

— E é por isso que acho tão fascinante quando as mulheres etérneras defendem isso tudo. — Ele deu um passo para a frente e ela deu um passo para trás, seguindo-o na dança. — Nem todos os bomardinos drenam outros magos para se inflamar.

Briony notou a maneira que Toven observava seu rosto.

— E nem todos os etérneros tentam invadir pensamentos.

Ele deu um sorrisinho.

— Não? — Toven abaixou a cabeça, para que seus olhares se encontrassem. — Você não sabe o que estou pensando neste instante?

Os olhos de Briony estavam fixos nos dele enquanto os pés os guiavam pela pista. Percebeu que pontos azuis se misturavam ao cinza em sua íris. Sentia a respiração dele no rosto.

— Eu nunca sei o que você está pensando — sussurrou ela.

O olhar de Toven ardia à medida que a encarava.

Briony sentiu uma batidinha no ombro e deu um pulo.

Liam Quill estava parado atrás dela, um sorriso convencido estampado no rosto.

— Toven — disse ele. — Acredito que seja minha vez de dançar com a srta. Rosewood. — Os olhos dele faiscaram, zombeteiros. — Como sexto na linha de sucessão.

Briony encarou Liam, confusa, até Toven, lançando adagas pelo olhar para o amigo, dar um passo para o lado.

Por tradição, era preciso cedê-la para o outro.

A princesa odiou que sentiu falta dos braços e dos passos firmes de Toven.

Liam abriu um sorriso condescendente para ela.

— Que espetáculo está dando hoje, Briony.

— Sim, todos os garotos de Bomard certamente querem me honrar — respondeu, sarcástica.

Ela aproveitou a oportunidade para olhar pela pista. Rory ainda dançava com Cordelia, o que fez sua barriga revirar.

— O que Toven queria falar com você? — perguntou Liam.

— Não faço ideia — disse ela. — Todo tipo de coisa.

Liam estreitou os olhos para Briony, que desviou o rosto, e então viu Larissa falando com Toven, a expressão irritada. Ele parecia entediado.

Briony provavelmente estivera certa. Briguinha de namorados.

Liam tentou pedir por uma terceira dança depois de quase não conversar com Briony, e ela estava prestes a dar uma desculpa quando uma mão grossa pousou no ombro de Liam.

Os dois ergueram o olhar e encontraram Canning Trow abrindo um sorrisinho convencido para ela.

— Senhorita Rosewood.

A mãe dele era a terceira na linha de sucessão. Ela nem sequer poderia implorar dizendo que precisava dançar com Sammy ou Didion.

Liam se afastou, e Briony aceitou a mão de Canning. Ele a puxou para perto demais, e pousou a mão nas costas dela, cerca de doze centímetros mais abaixo do que era considerado apropriado.

Canning estava indo para o quarto ano da escola e agia quase como um líder para os meninos bomardinos. Ele tinha uma mandíbula larga, olhos afastados e um nariz grande, mas andava por aí como se fosse um presente das águas para todas as mulheres.

— Você está muito bonita hoje — comentou Canning, enquanto a dança começava.

Briony não falou nada, já cansada disso.

— Onde esteve escondendo esse corpo?

Briony se voltou para ele e o encarou feio conforme era girada.

— Precisa ser grosseiro assim? Só dance comigo e pronto.

Os dois seguiram os passos, afastando-se e então dando uma volta ao redor um do outro.

— Vou entrar para o quarto ano nesta primavera e vou começar a especialização em elixires.

Ela poderia bocejar, mas se conteve.

— Ah, é?

— Mas ficaria feliz em escoltar você até as aulas.

— Eu sei como descer a escada sozinha, obrigada.

Canning riu e a puxou para mais perto. Mais casais ocupavam a pista, e eles estavam escondidos no meio de todos. Briony conseguia sentir que ele ficava mais ousado no toque.

— Minha mãe é a terceira na linha de sucessão, sabe?

— Você não deixa ninguém esquecer disso — comentou Briony.

— Faríamos um bom par.

— Você acha? — Ela abriu um sorriso sem mostrar dentes. — Quanta gentileza.

Briony viu Didion na beirada da pista, ainda esperando para dançar com ela. Não sabia se sequer tinha energia depois de tudo aquilo.

— Você de fato é muito bonita.

Canning olhava para baixo, para os seios dela.

— Já disse isso.

— Nós todos estivemos falando sobre isso. Em como você é bonita.

Ele desceu a mão nas costas ainda mais para baixo.

— Pode parar com isso? — sibilou Briony.

Ele a puxou ainda mais para perto.

— Pense na honra que é ser desejada pelo terceiro na linha de sucessão.

— Filho da terceira na linha. — Ela empurrou as mãos dele para longe no instante em que a música acabou. — Obrigada pela dança.

Briony deu as costas e se afastou rapidamente dos dançarinos antes que mais alguém pudesse se aproximar.

Ela foi até a beirada da pista, perto da saída. Assentiu para um dos guardas, que se afastou do posto para encontrar Anna, que a escoltaria para cima.

— É tão estranho para mim — disse uma voz à esquerda dela.

Veronika Mallow estava em um canto, quase escondida na escuridão.

Briony alisou o vestido e abriu um sorriso fraco.

— O que é estranho, srta. Mallow?

— Você pode escolher qualquer um dos garotos de Etérnia, mas insiste em chamar a atenção de todos os bomardinos elegíveis.

Mallow a observava sem piscar.

Briony estava cansada. Cansada demais para isso.

— O que posso dizer? Eu sou um excelente partido.

A mulher ergueu o queixo para ela, examinando-a.

— Penso que casamentos arranjados entre as nossas nações são tão arcaicos.

Briony estava inclinada a concordar, mas tinha a sensação de que estavam falando de coisas muito diferentes.

— De que maneira? — perguntou.

Mallow tomou um gole do vinho, examinando a pista de dança.

— Bem, se os dois reinos de fato estivessem em paz, por que precisaríamos entregar nossas mulheres como garantia? Ou nossos jovens, a propósito?

Briony semicerrou os olhos.

— Garantia? Está falando de alternar os anos na escola?

Virando o olhar escuro para Briony, Mallow respondeu:

— Bem, sim, é claro. Por que outra razão nós ensinaríamos nossos jovens juntos, se não como uma eterna promessa de não os ferir? — Mallow inclinou a cabeça para ela. — Afinal, promessas são só palavras. Podem ser quebradas.

Briony a encarou até Anna tossir levemente atrás dela, pronta para escoltá-la de volta ao quarto. Lançando um último olhar para Mallow por cima do ombro, elas partiram.

Três anos e meio depois, Briony se lembraria daquela conversa quando os bomardinos atacassem a escola, buscando por etérneros para tomarem como reféns. E ela saberia exatamente de quem fora aquela ideia.

Capítulo 10

Presente

Briony passou o dia bebendo água com a mandíbula fechada e tentando encontrar jeitos criativos de fazer as frutas mais macias passarem por entre os dentes. Ela ainda não tinha voz, mas isso parecia o de menos quando alguém não se alimentava direito havia dois dias.

Depois que Briony retornara, levaram Phoebe para ser esterilizada. Ao voltar, a jovem se enroscou em um cantinho e chorou a noite inteira. O elixir de Orion Hearst foi entregue a todas elas como precaução, caso o motivo misterioso para a resistência de Briony à coleira fosse contagioso.

Ninguém verificou como estavam naquele dia, e algumas mulheres começaram a se perguntar se apenas definhariam e morreriam ali. Briony não conseguia parar de pensar em Eden, morta. No entanto, começou a olhar em volta da sala, questionando...

Pouco antes que todas começassem a se deitar para dormir, Briony se aproximou de Velicity. Ela tentou usar gestos, contando cinco na mão, para fazer a pergunta: *Onde está a quinta mulher?*

Velicity assentiu em compreensão.

— Disseram que ela morreu. Você não viu a hora que a mataram?

Briony balançou a cabeça em negativa. Orion Hearst também não dissera nada sobre a mulher de trança e olho roxo quando listara as casualidades das decisões idiotas que ela tomara. Velicity franziu o cenho, percorrendo a sala com o olhar.

— A última vez que eu a vi, estava subindo pela janela. — Ela se deteve, lembrando. — Talvez tenha caído.

Velicity e Briony trocaram um olhar. *Talvez não.*

Esticando a mão de dedos compridos, Velicity pegou uma uva da tigela e a colocou na boca com um sorriso, provavelmente pensando nas palavras que Briony tinha soletrado com aquelas frutas.

Em silêncio, a princesa concordou. Havia mais motivos para acreditarem que não estavam sozinhas.

* * *

Na manhã seguinte, banharam as mulheres de novo. Quando foi a vez de Briony, eles a levaram sozinha e retiraram as correntes. Então, Gains a deixou com Reighven na sala de banho.

Ele não lhe deu a escolha de continuar vestida daquela vez.

— Tire a roupa, ou eu tiro por você. Confie em mim, Rosewood, eu vou gostar de fazer isso.

Briony virou-se para encarar a banheira. Se relaxasse, poderia imaginar que estava no palácio de Biltmore. Talvez aquelas paredes de pedra fossem arenito, talvez a água corrente fosse o murmúrio dos riachos que corriam pelo palácio, talvez estivesse em seus aposentos particulares.

Ela esticou a mão para as fitas nos ombros e deixou que deslizassem pelos braços.

Talvez Sofia aparecesse logo para avisar quanto tempo teria até o jantar.

Briony entrou na banheira, imaginando as torneiras delicadas, a banheira sem nem uma única linha indicando o nível da água dos banhos anteriores. A alta temperatura queimava a pele, e ela focou isso.

Talvez pudesse mergulhar ali e fingir que era uma sereia, como fazia quando era criança...

— Não leve o dia todo.

E, como se algo estourasse na mente, ela voltava à masmorra dos Trow, acompanhada do primeiro homem a ver seu corpo nu.

Briony afundou na água e, quando Reighven se aproximou da banheira e a encarou, ela se perguntou se aquela era mesmo sua pele. Se aquele não era seu corpo de verdade. Talvez estivesse na banheira de Biltmore, afinal.

— Precisa que eu te ensaboe, coisinha?

Ela o ignorou, pegando o sabonete e se lavando o mais rápido possível.

Quando era hora de sair, Reighven gesticulou para a toalha que deixara perto da porta. Briony saiu da banheira e forçou as pernas a atravessarem o cômodo.

Quando finalmente terminou de se secar, percebeu que uma tenda se formava na calça dele. Por isso, manteve os olhos no chão enquanto se vestia.

Ao ser devolvida à cela, Briony queria ficar sozinha, mas não podia. Por mais que quisesse um momento longe das mulheres, precisava continuar estoica por elas.

Quanto mais tempo passava, sentada, acorrentada e amordaçada, sabendo exatamente onde aquilo acabaria, mais difícil era ter esperanças.

Um pouco depois, um grupo de cinco mulheres voltou do banho com certa animação. Assim que a porta se fechou atrás delas, uma explodiu:

— Vimos Sammy e Didion. Eles ainda estão vivos.

Briony sentiu algo tremular no peito para em seguida minguar, dormente outra vez. A emoção mais prevalente era fadiga. Era difícil ficar feliz com apenas o vislumbre de um rosto familiar — não quando a vida diante delas era uma de servidão e drenagem mágica, sem que ninguém encontrasse uma maneira de sair daquilo.

Elas descobriram que o leilão aconteceria na noite seguinte, mas metade das mulheres ainda tinha energia para ter esperança, incluindo Cordelia.

— Tudo bem, precisamos fazer alguma coisa. Podemos tentar a vantagem de sermos maioria de novo. Normalmente, dois deles entram por vez, então talvez sejam cinquenta contra dois. Depois, encontramos nossos homens, e aí teremos o dobro de pessoas! — exclamou Cordelia, e olhou para a amiga. — Briony?

Briony sentiu cinquenta pares de olhos a encararem. Por algum motivo, foi o olhar de Larissa Gains que ela sustentou.

O cabelo loiro estava colado na cabeça, oleoso, e ela estava constantemente cutucando as unhas, como se verificasse a manicure que acabara de fazer. Larissa devolveu o olhar, erguendo uma sobrancelha.

Briony olhou para baixo e deu de ombros. Ela não sabia se valia a pena tentar o plano de Cordelia ou se sequer era uma coisa inteligente a fazer. Estava tão cansada.

A amiga a encarou, boquiaberta.

— Nada? Só... — Ela imitou o dar de ombros de Briony, incrédula. — Você vai desistir?

Briony apertou os lábios, como se contivesse as palavras apesar de ainda não ter voz. Cordelia não vira Eden morrer. Cordelia não aguentara os olhos de Reighven no corpo nu ou sentira a mão dele entre as pernas. Cordelia não encarara Mallow enquanto ouvia que estava tudo acabado.

O único propósito que teriam naquele novo mundo era tornar a magia de algum bomardino mais forte. Briony deixaria de ser uma etérnera, deixaria de ser uma Rosewood, deixaria de ser humana. Estava começando a entender isso, mesmo que Cordelia não estivesse.

— Não pode só desistir de nós — sibilou a amiga. — Você trabalhou durante *quatro anos* para manter Etérnia segura, para sustentar nossa fé enquanto perdíamos batalhas... e *agora* você desiste? A profecia não era verdade, mas e daí? — Cordelia engoliu em seco, com força, e os olhos eram impiedosos. — Rory morreu — disse ela, a voz fraquejando. — E daí? Você não morreu.

Phoebe ficou em pé.

— Cordelia, já chega. Deixe ela descansar um instante.

Cordelia afastou o braço de Phoebe, e as correntes tilintaram uma na outra.

— Não! Quero saber por que ela não vai mais lutar. Porque *todas* nós perdemos pessoas, e eu não posso perder ela...

Um soluço engasgado soou dela, que se interrompeu, os olhos cheios de lágrimas.

Briony ficou em pé e a puxou para junto de si, sem conseguir abraçá-la direito com as correntes. Ela sussurrou promessas sem som de que lutaria, de que se encontrariam, de que reconstruiriam tudo. Cordelia chorou no ombro da amiga.

A primeira porta se abriu com um estrondo, e elas saltaram para longe uma da outra. As mulheres correram para os cantos como ratos fugindo da luz no instante em que a segunda porta se abriu.

Canning Trow entrou com um sorrisinho orgulhoso no rosto largo, os olhos avaliando a sala.

Briony deu um passo para trás, surpresa. Ver alguém com quem estudaram em uma postura *orgulhosa* diante delas... evocava lembranças demais. Fez com que ela se lembrasse que, poucos dias antes, Toven Hearst e Finn Raquin vasculharam o quarto à sua procura.

— Senhoritas — cumprimentou ele, alegre. — Quantos rostos familiares. — O olhar percorreu a sala, parando em Briony por fim. — Senhorita Rosewood, é sempre um prazer. — Ele segurou um papel nas mãos e olhou para baixo, consultando-o. — Ah, claro que não. — Canning ergueu o olhar para ela outra vez, suspirando de forma dramática. — Teria sido bom demais para ser verdade.

Briony encarou o papel apreensiva enquanto ele respirava fundo.

— Velicity, dê um passo à frente. Coral, um passo à frente. E... — Ele elevou as sobrancelhas conforme observava a sala, buscando. — Larissa Gains — disse ele, alegre. — Um passo à frente.

— Para quê? — perguntou Larissa, e Canning finalmente a encontrou no canto que ela reivindicara para si.

— Tenho um novo elixir que precisa ser testado — respondeu, balançando o corpo para a frente e para trás como uma criança no solstício de inverno. — É tudo meio secreto por enquanto, mas acho que vai ser incrivelmente lucrativo nesta circunstância política, para ajudar a... iniciar a magia sacra. Disseram que eu poderia escolher qualquer uma nesta lista, ou acabaria devendo cinco mil para alguém.

Briony sentiu o coração disparar. Era algo sexual, então. Ele tinha uma lista das mulheres que não eram virgens.

— Então aproximem-se — disse ele, em tom sombrio.

Velicity e Coral, uma mulher ruiva de cabelo curto, obedeceram. Larissa permaneceu no lugar. Canning as olhou e consultou a lista, estalando a língua. Briony olhou para a porta aberta atrás dele e conseguiu identificar o perfil de Reighven através da fresta.

— Hum, Velicity, um passo para trás. Vamos ver... ah, Jellica Reeve! — Ele procurou pela sala até encontrar uma mulher loira alta que Briony reconheceu dos tempos de escola. Ela era alguns anos mais velha. — Jellica, querida, faz séculos que não a vejo. — Ele abriu um sorriso, arreganhando os dentes. — Venha, um passo à frente.

Jellica andou, apesar das pernas tremerem. Ela também era bonita na escola, com olhos azuis grandes e lábios cheios. A mulher parou diante de Canning, erguendo o queixo.

— Lembra quando eu te beijei no quinto ano e recebi um tapa na cara? — sussurrou Canning, inclinando-se para a frente. Então, riu, o rosto largo jubilante.

A mulher não respondeu, só continuou com a cabeça erguida.

Mais rápido do que um relâmpago, Canning esticou o braço e deu um tapa nela, fazendo-a virar a cabeça.

Briony deu um pulo enquanto as outras ofegavam. Velicity deu um passo adiante antes de ser detida.

Lentamente, Jellica virou o rosto de volta para Canning, encarando-o de frente.

— Vou levar essas duas — disse ele, gesticulando para Coral e Jellica. — E Larissa, caso alguém prefira uma garota bomardina. — Ele piscou para Larissa. — Você conhece uns bons truques, se eu bem me lembro.

Larissa lhe lançou um olhar feio, e foi só depois que Reighven a puxou para a frente com magia que ela se juntou às outras.

As portas se fecharam atrás delas.

Cordelia se virou para Katrina e perguntou baixinho:

— Do que ele estava falando? O que é magia sacra?

— É... é para uniões amorosas — respondeu Katrina, a voz trêmula. — É um tipo de... intensificação de um elo de cardiariz. Parecido com se inflamar, de certa forma. — Ela olhou de soslaio para Briony. — Da mesma forma que compartilhar uma união física fortalece o casamento em alguns casos, a magia de cardiariz fica mais forte quando você... — A respiração falhou, e ela piscou muito enquanto era tomada por pânico e repetia: — É feita para uniões amorosas.

— E quando não é amorosa? — perguntou Cordelia, a voz tensa. — Quando acorrentam a sua magia e drenam o seu poder? O que a magia sacra se torna?

Katrina engoliu em seco.

— O poder obtido com uma união física... só funciona quando é concedido. Não dá para... *forçar* alguém a compartilhá-lo com você.

— Mas Canning acha que encontrou um jeito? — indagou Cordelia. — Uma forma de se beneficiar da magia sacra mesmo quando não é concedida?

Phoebe, que até então estava em silêncio, virou-se para elas, falando com uma voz monótona:

— Passei cinco anos na escola com Canning Trow. Aposto o que quiserem que esse elixir vai fazer alguma coisa com essas mulheres... Algo que vai fazê-las "conceder".

Briony mordeu o lábio ao notar que Cordelia finalmente percebia o que ela soubera desde o instante em que Reighven colocara as mãos nela: por mais que houvesse algum tipo de benefício em manter etérneros como prisioneiros para tornarem-se cardiarizes, para alguns bomardinos elas ainda seriam mulheres trancadas na casa de um homem. E Canning Trow encontrara uma forma de se aproveitar disso ao máximo.

Ela só torcia para que o comentário de Canning sobre o elixir ser "meio secreto" significava que não seria distribuído por Bomard inteira. Briony conhecia o próprio futuro — Reighven deixara as coisas bem claras —, mas as amigas talvez não sofressem da mesma forma. Muitos bomardinos, em especial as mulheres na linha de sucessão, achariam isso uma coisa de mau gosto. Ela refletiu sobre a audácia de Canning em distribuir um elixir como aquele enquanto uma mulher estava na Sede.

— Por que em nome das águas importa se algumas de nós são virgens, então? — questionou Cordelia, os olhos úmidos, a voz fraquejando. — Sangue e lágrimas de virgens são importantes para alguns elixires obscuros e sombrios, mas por que pagar mais por uma virgem se só vai... só vai...?

Cordelia se interrompeu. Briony segurou a mão dela.

A voz de Katrina parecia oca quando falou:

— Quando éramos pequenas, diziam que a magia cardiariz com nossos futuros maridos seria mais forte se fôssemos virgens, mas eu sempre presumi que isso era...

— Uma grande mentira — completou Phoebe por ela. — Uma mulher pode estar na Sede ou na linha de sucessão em Bomard, mas, no fim, é a mesma merda que acontece em Etérnia.

Briony observou a chama de Phoebe arder, enquanto a de Cordelia se extinguia.

Coral e Jellica foram devolvidas quatro horas depois. Elas não falaram com ninguém. Apenas se deitaram em um canto, sem querer que tocassem nelas.

Larissa não voltou.

* * *

No dia do leilão, Briony acordou com a sala em silêncio. O único som era de choro abafado. Ela afastou o sono, abrindo os olhos.

Larissa Gains estava sentada ao lado dela, encarando seu rosto com uma expressão vazia, como se tivesse adormecido com as pálpebras abertas. Quando viu que Briony acordara, a mulher se fechou, fazendo o biquinho familiar nos lábios e o arquear da sobrancelha.

Briony a examinou. Ela ainda estava acorrentada. Não sabia quanto tempo Larissa passara longe e queria muito perguntar o que continha no elixir, mesmo que não fosse obter uma resposta.

Larissa continuou encarando Briony.

— Eu costumava sentir inveja de você — disse baixinho.

Briony a observou, sem compreender. E esperou que Larissa começasse a rir ou zombasse do cabelo e das roupas. Alguma coisa familiar.

— Quando eu tinha 9 anos, meu pai me disse que não deixaria a posição na linha de sucessão para uma mulher, então era melhor eu encontrar um marido bem rápido. — Ela jogou o cabelo por cima do ombro, encarando a sala. Havia marcas de mordidas no pescoço dela. — Pensei que era uma coisa estranha para dizer a alguém que ainda nem menstruara, mas o que é que eu sabia? Naquele jantar oficial entre o primeiro e o segundo ano, ele ficou furioso ao ver todos os garotos bomardinos se matando para dançar com você. Disse que deveria ter sido eu a encantá-los. E me mandou para uma dama da noite, para eu aprender a seduzir os homens. Eu tinha 17 anos.

Briony piscou, atônita.

Larissa suspirou.

— Mas ela era boa. — Ela deu um sorriso quase secreto. — *Muito* boa. As duas semanas que passei com ela foram... — Larissa assentiu, rindo. — Quando eu voltei, o segundo ano já ia começar. Meu pai se despediu de mim e disse que era para eu estar noiva até o fim do verão. E se não estivesse, então, no mínimo, deveria estar grávida.

Briony apertou as mãos na perna, a ansiedade inundando as veias.

— Mas eu disse: "Não se preocupe, papai. O filho dos Hearst come na palma da minha mão. Até o fim do ano, ele vai ser meu".

Larissa deu uma risada sombria, como se existisse camadas e camadas naquela piada.

Briony continuou encolhida na mesma posição que dormia, sem querer interromper aquele sonho — aquele sonho em que Larissa... dividia coisas com ela? Expressava seus sentimentos? Tentou pensar o que poderia ser tão engraçado. Como é que Larissa e Toven terminaram aquele ano? Ela estava com dificuldade para lembrar.

A outra mordeu o lábio, ainda rindo sozinha.

— E agora, aqui estamos nós. No fim do mundo. Na mesma fila para sermos vendidas e drenadas de magia. Sem mencionar as que serão estupradas. E ainda assim, não consigo nem dormir de tanta inveja que tenho de você. De como sua vida vai ser.

Larissa inclinou a cabeça na parede, encarando o teto. Briony queria poder falar algo, perguntar o que ela queria dizer com aquilo.

Mas ficou apenas observando enquanto Larissa se virava preguiçosamente para olhá-la. Parecia examinar cada centímetro do rosto dela. Os lábios de Larissa abriram, e ela respirou fundo para falar outra vez.

— Saia de perto dela! O que está fazendo? — esbravejou Cordelia, acordando, puxando Briony para longe de Larissa.

O barulho acordou diversas outras mulheres.

Larissa revirou os olhos e ficou em pé.

— Nada. Era só uma conversa entre garotas. Relaxe.

E voltou para o canto que costumava ficar.

Cordelia perguntou a Briony se ela estava bem. A princesa apenas observou Larissa, que encarava as unhas e cutucava as pontas duplas do cabelo, até que, horas depois, a porta se abriu.

O pai de Larissa entrou acompanhado de um homem mais velho, de cabelo branco e óculos. Ele tinha um rosto gentil que lembrava Briony do avô, que morrera quinze anos antes. As sobrancelhas brancas rebeldes subiram quando ele avaliou o cômodo. Ele pigarreou e evitou fazer contato visual com qualquer uma das prisioneiras de propósito.

— É todo mundo? — perguntou a Gains.

— Tem mais uns vinte homens no outro corredor.

O homem mais velho assentiu e tirou os óculos para limpar as lentes.

— Se quiser começar às oito hoje, talvez devêssemos dar início às avaliações com os homens enquanto as mulheres são... preparadas.

Gains anuiu.

— Trow vai encontrar você no andar de cima com o primeiro grupo de homens daqui a cinco minutos. Princesa — chamou ele, gesticulando para Briony —, você vem comigo.

O homem mais velho rapidamente saiu da sala, enquanto Gains esperava Briony caminhar até ele.

Gains a tirou da sala, levando-a para a escada. Quando passaram por Reighven de guarda no corredor, ele deu um sorrisinho para Briony.

— Diga a Trow para pegar Meers para a avaliação, e depois levem o resto, cinco por vez.

Briony sentiu o coração dar um salto. Sammy estava logo atrás de uma daquelas portas.

Reighven assentiu e assobiou para Gains antes de virarem o corredor. O pai de Larissa olhou para trás.

— Diga a eles para tirarem tudo — disse Reighven, lascivo. — Gosto delas sem nada.

— Como todos nós — afirmou Gains, monótono.

Foi só depois que Briony tinha tomado banho e estava vestida com um robe, acompanhada por duas mulheres que tinham sotaques de terras além-mar, que percebeu que os pelos do seu corpo estavam sendo removidos, a pele, esfoliada, o cabelo, penteado. Muitas coisas estavam sendo feitas nela, e muitas das outras mulheres prisioneiras entravam e saíam da sala durante o tempo que demorou para a pele de Briony ficar sedosa. Ela tinha a sensação distinta de que Gains era o responsável por aquela demanda.

Quando as mulheres de rostos angulosos e sorrisos condescendentes terminaram o serviço, Gains deu roupas de baixo limpas e uma camisola para Briony vestir e então a levou por outro lance de escadas. Ela o seguiu, curiosa. Ninguém mais subira até aquele andar. Ele a guiou pela cozinha, cheia de criados. Em Bomard e Etérnia, tal espaço em geral era ocupado por pessoas que não eram magos e que imigravam em busca de trabalho, vindos do além-mar.

Quando chegaram a uma sala maior, Briony se deu conta imediatamente de que estava usando apenas roupa de baixo em uma sala de estar na mansão

Trow. Porém, mais importante que isso, a elite bomardina estava sentada ali, em frente às lareiras, fumando charutos e bebendo um álcool âmbar.

Enquanto era levada até a plataforma de sessenta centímetros no centro da sala, ela contou quantos eram.

Mallow não estava presente, mas o homem que era o primeiro na linha de sucessão à Sede estava ali: Cohle. Era um homem corpulento que amava poder mais do que amava liderar, e Etérnia suspeitava que por isso mantivera seu lugar na linha quando o Alta-Sede Pulvey foi assassinado. A mãe de Canning, Genevieve Trow — terceira sucessora — conversava com duas outras mulheres, que Briony reconheceu como sendo a quinta e a sétima da linha, respectivamente. O pai de Liam e sexto na linha, Caspar Quill, gargalhava ruidosamente ao ouvir algo dito por Gidrey, o décimo. Florence Kleve, uma mulher de cerca de 70 anos cochichava com Carvin, segundo da linha. E Orion Hearst, oitavo na linha, bebia o líquido âmbar enquanto mantinha os olhos fixos nela. Com Gains sendo o quarto na linha e a guiando até a plataforma, Briony deduzia que todos os Dez estavam presentes. Parecia que os sucessores receberiam uma exibição adiantada dos bens a serem leiloados.

O homem mais velho de óculos que vira antes deu um passo à frente. Parecia que não querer fazer contato visual com ela de forma alguma.

Briony sentiu arrepios com o ar frio da manhã quando chegou na plataforma, a cerca de dez metros dos Dez.

Gains esticou a mão para as algemas no pulso e a coleira que usava no pescoço, e, para a surpresa de Briony, ambas foram removidas. Ela mal teve tempo de memorizar o feitiço usado para destravá-las antes que estivesse livre. Pegando-a pela mandíbula, Gains afastou os lábios dela repuxando as bochechas. Os dentes ainda estavam colados, mas ele derramou o elixir na boca dela, deixando o líquido escorrer até o pescoço. Briony engasgou, reconhecendo o elixir de Orion que suprimia magia.

Então foi empurrada à força para subir na plataforma, tropeçando nos próprios pés e caindo nos cotovelos. Uma das mulheres riu enquanto ela se levantava. Os outros estavam conversando entre si, sentados em cadeiras confortáveis, e mal a olhavam.

O homem mais velho ajeitou os óculos no nariz e perguntou:

— Nome?

Como Briony não tinha voz, Gains respondeu por ela. O homem escreveu em um pedaço de papel. Ele olhou para a marca na parte interna do cotovelo esquerdo, e Briony o observou anotar a referência à propriedade de Gains.

— Idade?

— Vinte e cinco — disse Gains.

— Vejo que o histórico médico está limpo.

O homem mais velho — o avaliador — olhou para Briony rapidamente, como se preferisse não ver o rosto dela, ou sua alma. Ele tremulou os dedos, e uma fita medidora surgiu da bolsa que levava. Anotou a altura dela com rapidez e, depois de uma pausa mínima e um olhar feio de Gains, a fita foi amarrada nos quadris, cintura e seios de Briony antes de ser devolvida à bolsa.

O avaliador estendeu os braços na frente de Briony e invocou um feitiço que ela não reconhecia. Uma luz brilhou entre as mãos dele, pulsando mais forte a cada segundo.

Um murmúrio a alcançou vindo das poltronas de couro em que os bomardinos estavam sentados. Alguma coisa naquela luz pulsante chamara a atenção deles.

— Deve ser o sangue Rosewood — disse Genevieve Trow, tomando um gole da bebida. — É fascinante ver uma exibição de força assim.

— Então é um cinco? — perguntou Gains, ávido.

— Da escala *rudimentar* que me foi fornecida — apontou o avaliador —, sim. Essa é a coisa mais próxima de um cinco que vimos hoje.

Era um feitiço para medir a magia dela? Briony analisou os homens e mulheres na sala, tranquilos e fumando charutos. Orion Hearst ainda estava focando ela, calculista.

O avaliador pigarreou.

— O lance inicial para a srta. Rosewood não deve ser menor do que sete mil e quinhentos em ouro, considerando seu sistema classificatório. — Ele tirou os óculos do rosto. — Mas ouvi dizer que a srta. Hardstark e as srtas. Rosewood terão lances iniciais de dez mil, independentemente de qualquer coisa.

Briony o encarou. Dez mil. Aquela era a quantia que um mago receberia depois do serviço de um ano inteiro no exército do rei em Etérnia.

— Perdão — continuou o avaliador, relendo os números. — Com a virgindade, começarão aos quinze mil.

Briony inspirou silenciosamente, os dentes trincados.

— E qual é sua estimativa? — perguntou Gains, ganancioso.

O avaliador esfregou o indicador e o dedo no dorso do nariz antes de se virar para a sala dos bomardinos. Ele falou alto, possivelmente impulsionado por magia.

— Briony Rosewood. Estimada em trinta mil.

Briony sentiu como se estivesse engolindo areia. Era o bastante para comprar uma fazenda com uma área que alimentaria uma família de quatro pessoas. Era o bastante para as mensalidades de Heatherly, a escola estrangeira que tinha o melhor curso de magia curativa.

Ela não seria assassinada. Ninguém seria idiota para comprá-la e então matá-la em seguida. Não, teria uma morte lenta. Talvez esperasse anos.

Como Reighven ainda pensava que poderia pagar aquele valor?

Os bomardinos riram, sem se surpreender com a estimativa, e ela ouviu Genevieve Trow perguntar:

— Reighven tem esse ouro todo?

— Ele sem dúvida pensa que tem — disse Quill. Ele ergueu a voz para Gains. — Está prestes a ser um homem rico, Hap!

Gains parecia mais animado ao guiar Briony de volta. Conforme desciam as escadarias, voltando para as entranhas da masmorra, um guarda apareceu levando um homem de cabelo escuro.

— Briony! Briony!

Era Didion. Ela não tinha forças para se debater como o amigo fazia e não pôde fazer nada além de observar, entorpecida, enquanto ele se sacudia nos braços do guarda, chamando o nome dela ao ser arrastado para cima.

— Vai ficar tudo bem! Eu prometo!

Briony escutou a voz dele chamar por ela durante toda a descida. Quase conseguia ouvir o eco de Didion nas paredes à medida que era conduzida de volta para a cela com as outras mulheres.

Só demorou poucas horas até que todas estivessem limpas e vestidas para o que aconteceria de noite. Receberam novas coleiras, mas ao menos não as algemaram outra vez. Briony não podia ter certeza na escuridão da sala, mas pensou que as coleiras eram de um metal brilhante. Algumas receberam vestidos brancos no estilo bomardino, apertados no torso e com saias fluidas até o chão. Outras receberam vestidos pretos. Ela podia supor o que o branco significava. Então, os bomardinos vieram reivindicar suas capturas.

Quando o primeiro homem entrou na cela, pegou duas mulheres, colocando a palma da mão sobre a marca nos braços delas e então criou um portal para passarem, arrastando as mulheres consigo.

Briony notou a importância do contato na pele.

Alguns plebeus apareceram para levar três ou quatro mulheres e avisaram que também levariam alguns homens. Eram caçadores, que lucravam ao capturar e vender o máximo de etérneros possível.

Quando entrou, Reighven pegou Cordelia e três outras mulheres, quase todas usando branco. E Briony começou a entender como ele achava que teria o ouro para pagar por ela.

Logo as mulheres diminuíram, só restando Briony, Larissa e o pai dela.

Briony observou, prendendo o fôlego, Hap Gains ordenar que Larissa se juntasse a eles no centro da sala.

Larissa ficou em pé, suas pernas tremendo sob o vestido preto. Na verdade, o corpo inteiro tremia.

— Venha aqui — repetiu Gains.

— Papai…

Briony assistiu horrorizada a Larissa começar a chorar, o corpo sacudindo com os soluços.

— Papai, por favor, não faz isso.

Gains ajustou os punhos da camisa, ignorando-a.

— Eu sou sua única filha…

De modo brusco, ele virou a cabeça para olhar diretamente para Larissa, a primeira vez que Briony o vira fazer isso durante toda a última semana.

— Eu não tenho uma filha — rosnou ele. — Não mais.

Briony arregalou os olhos, e Larissa pareceu puxar o ar de um lugar muito fundo dentro de si, tentando acalmar os soluços em uma última tentativa, antes de dar um passo à frente para se juntar a eles e passar pelo portal.

Gains se virou para Briony. Com um revirar de dedos, o vestido dela ficou mais apertado no corpo. Ela arfou sem som algum quando o tecido tremulou sobre ela, transformando-se em ouro.

Gains sorriu.

— Nossa realeza de sangue dourado.

Briony o encarou feio. Ele pegou o braço de Larissa, depois o dela, e arrastou as duas pela escuridão.

Capítulo 11

A sensação de passar por um portal era sempre como se a pessoa tivesse sido achatada e despedaçada ao mesmo tempo. Enquanto Gains a puxava atrás dele, tocando a marca, Briony se perguntou o que aconteceria se ele a soltasse no meio do portal. Para onde o corpo dela iria?

Quando chegaram ao destino, Briony teve dois segundos para os olhos se ajustarem à escuridão antes de ser forçada a sentar em uma cadeira e seus braços serem puxados para trás. Dois guardas em uniformes azuis bomardinos prenderam as mãos dela às costas com um feitiço simples, mas que funcionava como cola.

Gains prendeu Larissa em uma cadeira à esquerda, instruindo os guardas em voz baixa. Briony viu cadeiras com prisioneiros preenchendo todo o espaço.

Era uma sala? Ela ergueu a cabeça, olhando para o teto, de talvez três andares, espantosamente alto. Havia passarelas e cordas, mas também outras coisas estranhas penduradas em roldanas. A sala era um círculo.

E o zumbido de centenas de vozes de um lugar acima escorria até embaixo.

Briony sabia para onde foram levadas. Era o Circo Bomardino. O pai levara os gêmeos até lá quando eram pequenos, e os apresentadores deram rosas púrpuras para enfeitar seu cabelo.

Agora ela estava naquela fossa, como um dos animais que dançavam em troca de aplausos.

Briony olhou para a direita e encontrou Cordelia sentada a algumas cadeiras de distância, os olhos marejados e baixos.

Examinando os arredores, ela viu que as cadeiras com prisioneiros formavam um círculo largo e se sobressaltou quando encontrou Didion a encarando.

Ambos os olhos estavam roxos, e o lábio exibia um corte. À esquerda, mais homens tinham aparência semelhante. Muitos eram parte do exército de Rory. Ela encontrou Sammy e, quando o amigo a cumprimentou com um aceno de cabeça do outro lado do círculo, lágrimas escorreram dos olhos da princesa.

Briony virou a cabeça, tentando assimilar o máximo que conseguia. Buscando saídas, esconderijos, armas.

Havia cerca de setenta prisioneiros, de acordo com a informação de Gains no dia anterior. Ela contou catorze bomardinos com eles, e pelas conversas soube que metade planejava dar lances. Mas não poderiam fazer isso dali. Um guarda estava parado diretamente na frente de Briony, de costas para ela. O homem avaliava a sala em busca de ameaças.

Ele era bem jovem, no entanto. Não deveria ter mais que 20 anos. A pele pálida e sobrancelhas escuras o faziam parecer mais ameaçador do que o corpo esguio sugeria.

— Parsons, certo? — perguntou Larissa, à esquerda. O olhar dela estava fixo na nuca do guarda. Em resposta, ele se virou levemente. — Cascalhos, você cresceu. Como está seu pai?

Briony apertou os olhos para ela. *Aquela* era realmente a hora para ficar de papo-furado?

— Bem — disse Parsons, em tom seco.

— Fiquei triste quando ouvi que os Trow não perdoariam as dívidas de jogo dele. É uma pena.

Larissa parecia demonstrar empatia, mas Briony não conseguia acreditar que ela tinha a coragem de tocar em um assunto delicado enquanto estava amarrada a uma cadeira.

Antes que Parsons pudesse responder, um homem entrou pela porta do palco, seguido por Cohle. Briony o reconheceu de imediato, mas não sabia o nome dele. Era um dos mais famosos mestres de cerimônias bomardinos. Nas cidades, desenhavam o rosto dele na lateral dos prédios, fazendo propaganda de seus shows. Talvez tivesse começado a carreira, ainda jovem, no circo que ela comparecera com Rory e o pai.

Os olhos azuis penetrantes do homem percorreram as cadeiras e pararam brevemente no rosto dela. Ele a reconheceu. Então seus olhos se desviaram para os próprios sapatos enquanto mexia nos papéis que tinha em mãos.

— Bomard agradece seus serviços, sr. Vein — sibilou Cohle, dando um tapinha no ombro do homem.

— Sim, Cohle. Fico... feliz em ajudar.

Vein mexia nervoso nos papéis, e Briony reconheceu que eram as anotações que o avaliador fizera antes.

Ela queria gritar. Vein podia impedir aquilo. Podia tentar. Não era como os outros.

Vein olhou uma das páginas e se virou para Cohle.

— Isto é um erro? Este número?

Cohle sorriu e indicou Cordelia com a cabeça.

— Não é um erro. A futura rainha de Etérnia. Se pensa que isso é bom, dê uma olhadinha nas informações da princesa etérnera.

Vein folheou a próxima página e empalideceu.

Briony franziu o cenho. Os Hearst não tinham entrado na cela para coletar nenhum etérnero. Orion dissera que não compraria nenhum cardiariz, mas isso significava que ele não tinha nenhum para vender? Será que algum dos Hearst estaria presente naquela noite?

Ela olhou para Larissa. Toven viria. Briony não conseguia imaginar um mundo em que Toven Hearst não aparecesse para reivindicar Larissa Gains. Os dois eram próximos na escola e, em dado momento, um noivado parecera iminente. Briony só poderia presumir que o único motivo de ainda não terem se casado nos últimos anos era que a incerteza da guerra impedia os jovens bomardinos de criarem uniões, da mesma forma que Rory e Cordelia adiaram o próprio casamento.

— Precisamos ir para nossos lugares, sr. Vein — anunciou Cohle, chamando a atenção dos outros bomardinos. Ele ofereceu a mão, em cumprimento, e foi aceito. — O circo é seu.

Briony observou enquanto Gains e os outros seguiam Cohle para fora do recinto. Reighven certificou-se de passar por ela, roçar as pontas dos dedos em um dos ombros, deslizando embaixo da clavícula e despontando do outro lado. Quando conseguiu erguer os olhos do chão, ela viu que Parsons desviava o rosto.

— É verdade, *ela* foi o centro das atenções a semana inteira — disse Larissa para Parsons. — Todo mundo está de olho nela. — De repente, Larissa se inclinou para a frente, o máximo que os braços atados permitiam. — Você ouviu falar qual o preço estimado do leilão dela? — continuou, em um sussurro mais alto, como se ela e Parsons dividissem um segredo. — Trinta mil em ouro.

Aquilo chamou a atenção do guarda. Briony não sabia como Larissa ouvira falar do preço estimado, mas não importava. Parsons virou-se para olhar por cima do ombro, boquiaberto com a soma.

Um sino tocou. Vein pigarreou e foi ao centro do recinto. Ele parecia concentrado em ignorar a presença das pessoas cuja venda estava prestes a mediar. Um círculo no teto se abriu, e uma plataforma elevou-se com o apresentador, levando-o até a plateia.

Um holofote o iluminou, acendendo seu sorriso e a postura animada. O teatro rugiu, e Briony deu um salto com a pressão. Pareciam que milhares de pessoas estavam presentes.

A plataforma completou a elevação, e o teto se fechou de novo.

— Bem-vindos! — A voz ampliada de Vein se estendeu sobre a multidão, chegando em alto e bom som embaixo do palco. — Bem-vindos. Dirijam-se a seus lugares, senhoras e senhores!

Briony sentiu o coração retumbar com os aplausos.

Uma das mulheres a algumas cadeiras de distância começou a hiperventilar. Ela abaixou a cabeça até ficar entre os joelhos, lágrimas escorriam pelo rosto, e a boca estava escancarada. Um dos guardas foi verificar o que estava acontecendo, levantando-a com força.

Vein deu início à cerimônia.

— Temos a honra de receber esta noite a presença da Mestra Mallow. Que ela reine eternamente.

Briony estremeceu. Mallow estava lá em cima. Enquanto escutava os gritos e aplausos, a princesa imaginou os túneis dos olhos escuros da mulher conforme assistia a um bomardino vendê-la para quem pagasse o maior preço.

Vein começou a anunciar os dias que viriam, destacando o poder de Mallow e o direito de Bomard de governar o continente inteiro de Terrérnia.

Dois dos guardas ergueram a cabeça, escutando-o. Os outros estavam próximos dos homens do outro lado da sala, como se esperassem problemas.

— Ela também é virgem — disse Larissa. Briony lançou um olhar feio, questionando o motivo de a outra ainda insistir nisso. Larissa relaxou na cadeira, devolvendo o olhar. — Eu não consigo imaginar por que alguém ia querer *isso* no próprio quarto, mas quanto ao sangue...? — Larissa deu um assobio.

Parsons ainda a escutava, atento.

— Só pediram mais cinco mil pelas virgens, mas eu teria pedido mais. Imagine drenar o sangue dela uma vez por semana... Não o bastante para matá-la, claro, mas uma quantidade suficiente. Imagine quanto isso vale no mercado clandestino? Quinhentos em ouro? — Larissa sorriu. — Nunca fui muito boa com matemática, mas fazer isso uma vez por semana, durante um ano? Dois anos?

Briony ainda a encarava. Qual era o plano dela?

Acima, Vein prosseguia:

— Temos setenta e quatro lotes para o leilão esta noite — anunciou, magnânimo.

A multidão rugiu. Do outro lado da sala, Didion se sacudiu na cadeira, lutando contra o feitiço que grudara as mãos dele no móvel.

— Senhoras e senhores, vamos trazer cada lote individualmente ao palco. Eu tenho a medida da força mágica, indo de um a cinco. Todos os lotes serão vendidos conforme apresentados. Os arrematantes acertarão as contas com Gains no final do leilão. Vamos começar a noite com o pé direito — incentivou Vein. — Com um Meers.

Dois guardas avançaram para o centro, levando Sammy para onde a plataforma o elevaria. Um alçapão se abriu no teto.

O coração de Briony acelerou. Estava começando.

Larissa parecia despreocupada.

— Então, Parsons — disse ela. — Você não vai dar nenhum lance, né? Acabou preso aqui embaixo com a gente... — Ela fez um *hmm*. — Isso não parece certo.

Sammy tinha as mãos atadas às costas, mancava e exibia um olho roxo. Foi empurrado ao centro do círculo, e o palco se elevou com ele na plataforma.

— Ao menos pagaram você pelo serviço que está prestando à Mestra Mallow? — perguntou Larissa.

— Pare de falar — vociferou Parsons, virando-se para encará-las. — Ou vou precisar fazer você se calar.

Briony olhou entre os dois, e Larissa abriu um sorriso.

— Acho que é uma pena. Só isso — disse Larissa.

Lá em cima, Vein leu a catalogação de Sammy.

— Ele tem 31 anos de idade. Filho do general Meers, de Etérnia.

A multidão vaiou.

Parsons encarou Briony, os lábios apertados como se parecesse tomar uma decisão. Ela sentiu o batimento cardíaco acelerar ao ver a forma que era observada. Como se fosse um diamante em uma caixa de vidro.

— Especializado em combate e estratégia na escola, esse cardiariz seria perfeito para alguém no exército de Bomard. A força da magia foi medida em 4 de 5. Muito impressionante.

Parsons observou a posição dos outros guardas. Quase todos olhavam para cima, escutando o leilão. Ele avançou rapidamente.

— O lance inicial é de dois mil em ouro.

Com um estremecer dos dedos de Parsons, as mãos de Briony foram liberadas da cadeira de madeira. Antes que pudesse lutar contra ele, Parsons segurou o braço dela, puxando-a para cima.

Larissa se inclinou para a frente com as pontas dos pés, e a cadeira foi erguida no ar atrás dela. Com um rosnado, ela se atirou em Parsons. Os três foram ao chão, a cadeira se partiu ao redor deles. A cabeça de Briony bateu no chão.

Parsons deu um grito.

Apesar do latejar no crânio, Briony abriu os olhos. As mãos de Larissa estavam erguidas e seguravam lascas de madeira da cadeira quebrada, ainda presas entre elas. A mulher gritou, fincando as estacas com força no pescoço e no peito do guarda.

Briony encarou horrorizada enquanto Parsons se engasgava com o sangue borbulhante. Larissa arreganhou os dentes para ela.

— Vai logo, sua idiota!

Apressando-se para ficar em pé, Briony correu.

Sons despertaram por toda a sala. Grunhidos e gritos.

Os guardas praguejaram e correram ao perceberem o que estava acontecendo. Briony partiu pela beirada externa do círculo, a cabeça parecendo girar depois que caíra no chão. Buscou uma saída enquanto todas as cadeiras pelas quais passava se moviam e despedaçavam no chão.

Os prisioneiros seguiram o exemplo de Larissa Gains, e só havia um punhado de guardas para impedi-los.

Enquanto passava por Cordelia, Briony viu lascas de madeira nos punhos da amiga, que batia em um dos guardas. Jellica Reeve, que ainda estava com a cadeira quase inteira, girou o assento na cabeça de um guarda, derrubando-o e então subindo em cima dele, batendo a madeira que sobrou com força no oponente. Os guardas restantes se mexeram rapidamente para conter os homens primeiro.

A voz de Vein flutuava lá de cima.

— Parece haver alguma... comoção. Mas não há motivo para preocupações...

Os feitiços começaram a surgir. Um deles acertou Briony, e ela voou na parede externa, o ombro deslocando com um baque doentio. Ela soltou um gemido sem som.

Alguém a puxou pelo braço deslocado, e ela se desvencilhou do aperto. O sangue escorria pelos olhos dela de um corte na cabeça, e a dor no ombro a deixou cega.

— Briony!

Era Didion. Ele a puxou na direção do que talvez fosse uma saída.

Passos firmes retumbaram no palco acima, e então mais bomardinos estavam lá, lançando feitiços e chutando prisioneiros para conter a bagunça. Briony reconheceu o rosnado raivoso de Reighven.

O cheiro de magia deixava o ar espesso. A queimação ardia nas narinas. Só tinham dado meia dúzia de passos antes de Didion gritar, caindo de joelhos ao seu lado. Alguém se chocou nela, e os dois foram separados.

Cohle gritou ordens e Gains organizou os corpos amarrados, gritando para que os outros contivessem Briony.

Um par de braços a pegou pela cintura por trás, puxando-a. Ela chutou, e a pessoa a derrubou, mas na queda o cotovelo dela bateu no chão. Surgiram braços ao redor do seu corpo outra vez, mas já não tinha certeza se eram os mesmos.

Briony foi puxada para cima, bem segura no peito de um homem, um dos braços ao redor do ombro dela e o outro envolto na cintura. Ela gritou silenciosamente, chutando o ar. Ele a arrastou para longe.

Estava a roubando ou a levando de volta?

O ar cheirava a sangue e pinheiros, e a cabeça de Briony latejava.

Estava sendo arrastada para longe, na direção da porta.

— Bom trabalho, Hearst.

Era a voz de Gains ali perto, e o homem que a segurava se virou.

Ela só teve tempo de se perguntar se eram os braços de Toven ou de Orion que a seguravam antes de Gains apagá-la.

* * *

A cabeça explodia, e ela ofegou em silêncio contra a dor.

Um trovão ressoou, sacudindo o crânio. Briony piscou e encontrou-se em uma sala circular escura. Um martelo foi batido, e ela sabia exatamente onde estava.

Dois guardas, um de cada lado de Briony, erguiam-na para que ela conseguisse ficar em pé por conta própria. Um deles tinha feito com que recuperasse a consciência. Ela se virou para ver quem mais estava ali, mas tudo o que encontrou foram cadeiras quebradas e sangue derramado.

Quando tentou virar-se para olhar mais, sentiu um puxão no ombro, que fora recolocado no lugar. Ela encontrou um espelho de bastidores, rachado ao meio, e notou que limparam o sangue no seu rosto. Não tinha como saber se a concussão fora curada também. A cabeça girava e ela sentia náuseas, mas poderiam ser sintomas de um punhado de outras coisas.

Briony virou a cabeça e olhou para o lugar onde ficava o palco, mais acima. Gritos arrebatados ressoaram.

— Locklin, todos sabemos que você não tem esse ouro todo! — A voz de Vein rompeu a palpitação nos ouvidos. O público riu. — Vamos aceitar apenas lances sérios para a srta. Hardstark, senhoras e senhores!

Os joelhos de Briony oscilaram, mas os guardas a seguraram. Ela ia vomitar. Cordelia estava sendo leiloada. Depois, seria a vez dela.

Briony não assistira aos outros. Perdera o leilão inteiro. Nunca saberia para onde tinham ido. Para onde Phoebe foi mandada, ou Katrina, Didion ou Sammy. Precisaria ir atrás das informações da melhor forma que conseguisse e torcer para que os visse ainda naquela vida.

Ela ergueu o olhar para a plataforma elevada quando o martelo enfim foi batido.

— Vendida! — O público rugiu. — Cordelia Hardstark, a prometida do falecido Rory Rosewood, vendida para Riann Cohle por vinte oito mil e quinhentos!

Ela sentiu um aperto na barriga.

Era tanto ouro. Uma quantia insana. Será que na sua vez realmente chegariam ao preço avaliado, mais de trinta mil em ouro?

O som da multidão a deixou momentaneamente surda, e foi assim que soube que a concussão não tinha sido curada.

Um círculo se abriu no teto, e ali estava Cordelia, descendo outra vez. O vestido branco estava manchado de vermelho, e o rosto iluminado pelo holofote estava impassível.

Pelo buraco no teto, Briony viu Cohle dar um passo à frente, exibindo um sorrisinho para os presentes. Vein entregou um pergaminho, e os gritos intensificaram enquanto o comprador assinava com a pena oferecida.

Já descendo, Cordelia sacudiu o braço, dando um gemido depois que Cohle assinou o nome no pergaminho. A marca no antebraço dela mudou para refletir a posse. Onde antes estava a assinatura de Reighven, agora deveria estar a de Cohle.

A cabeça de Briony latejava conforme Cordelia se aproximava. Ela se perguntou se tinha deixado passar algo. Se podia ter feito alguma coisa diferente.

Talvez devesse ter obedecido quando Anna disse para elas se esconderem. Talvez devesse ter deixado Katrina morrer na masmorra.

Talvez não devesse ter feito todos depositarem a fé em Rory. Ou ainda não devesse ter deixado que o irmão sequer fosse para a batalha.

Talvez devesse ter estado ao lado dele.

O lábio inferior de Cordelia, manchado com o sangue seco de outra pessoa, estremeceu quando ela viu a amiga ali, esperando. E Briony decidiu que seu único erro tinha sido não matar Reighven no corredor da masmorra.

Briony devia ter matado Reighven, e depois Gains, e então reunido todos que ainda estavam vivos e fugido. Devia ter deixado Katrina morrer. Talvez tivesse sido melhor.

Cordelia correu até os braços de Briony, desviando dos guardas.

— Vou encontrar você, Briony. Ainda não acabou.

Os guardas a puxaram para trás, e Briony olhou para o rosto de Cordelia pela última vez.

Briony, apesar de não poder falar, respondeu: *Não estamos sós.*

Os guardas puxaram os braços da amiga e ela desapareceu pela porta.

— E agora... para fechar com chave de ouro!

Briony piscou, tentando focar. Ela precisava estar atenta. Talvez, quando esse dia acabasse, ela cairia no sono induzido pela concussão para nunca mais acordar.

Os guardas a empurraram para a plataforma. O palco começou a se elevar, e o rugido da multidão parecia uma coisa viva. Vein estava gritando, incitando-os. E quando foi iluminada ela só conseguiu espremer os olhos contra as luzes.

Briony olhou para os pés conforme o palco completava a elevação. O vestido dourado cintilava.

O circo estava cheio. Todos os camarotes. Ela se virou para enxergar o círculo completo do público. Mais de dez mil pessoas deveriam estar presentes, e Briony se desesperou ao pensar que Mallow tinha tantos seguidores fiéis assim. Quantas dessas pessoas estiveram à espreita, aguardando até que a guerra chegasse ao fim? E agora, estavam ali.

O ruído pareceu continuar por séculos. Ela encarou os bomardinos no andar térreo, enchendo a maioria dos assentos das primeiras fileiras. Alguns estavam em pé, vaiando. Outros estavam sentados, sussurrando uns para os outros, apontando para o palco.

Ela observou a multidão. Mallow estava sentada no camarote reservado à Sede de Bomard. A mulher olhava Briony como se ela não fosse nada além de um elefante que se equilibraria em uma bola. Gains estava na frente, Reighven ao lado. Cohle e Quill também. Briony não encontrou o cabelo cinzento de Orion Hearst.

— Certo! Certo! — Vein riu, parecendo mais à vontade, um verdadeiro apresentador. — Sei que estamos todos empolgados. Alguns de nós estão ansiosos para testar a nova fonte de poder.

Briony voltou os olhos para o mediador enquanto os bomardinos gargalhavam. Ele fora seduzido por tudo aquilo. Infectado. Seus olhos encontraram os dela, e ele rapidamente desviou o rosto.

— Nosso último lote esta noite — anunciou, teatral. Ele leu as notas feitas na avaliação. — Briony Rosewood. — Uivos. — Nascida etérnera. — Vaias. — Princesa do sangue dourado de Etérnia. — Zombarias. — Irmã de Rory, o Imolado, e inimiga da Mestre Mallow.

A multidão ficou de pé outra vez, gritando o nome da Alta-Sede.

Briony deixou que tudo a atravessasse, como a água de um banho frio.

Apenas uma pessoa continuou sentada, perfeitamente imóvel, durante toda a agitação. Quatro fileiras para trás no primeiro andar, ao lado esquerdo. As luzes do palco impediam que ela enxergasse o rosto.

— Senhoras, senhores — disse Vein, e ergueu as mãos para pedir silêncio. — Ainda não comecei os lances.

Os holofotes estavam quentes.

Ela focou aquela única pessoa, que ainda não participava da comoção. Talvez já tivesse dado o lance e agora só aproveitava o resto da noite no circo.

Vein leu o resto das anotações.

— Como sabem, assim como a srta. Phoebe Rosewood, o sangue dourado corre nas veias dessa cardiariz. A linhagem Rosewood possui uma afinidade para magia de escudos e feitiços protetivos. Acho que posso deduzir que quem se unir a essa cardiariz de ouro receberá mais magia protetiva do que qualquer outro em Bomard já teve acesso ou sequer consegue usar.

Briony o observou. Ela não sabia se isso era verdade ou se era só parte da performance. Será que o bomardino que a comprasse também receberia sua força mágica?

A tom da voz de Vein ficou grave antes de informar:

— A srta. Rosewood foi avaliada com o mais próximo de uma nota 5 que já tivemos na nossa escala de medidas de poderio mágico.

Um murmúrio intrigado percorreu o cômodo. Mallow inclinou a cabeça.

— E caso estejam curiosos... — A voz ficou ainda mais grave. — Essa aqui custa cinco mil a mais.

A acústica reverberou com o zumbido do interesse cochichado. O bomardino solitário não fez nada a não ser cruzar a perna.

— Mestra Mallow — chamou Vein, acima da multidão. — Temos sua permissão para começar o lance inicial em quinze mil em ouro?

Mallow ainda analisava Briony quando fez um gesto magnânimo com a mão.

Cinquenta mãos dispararam ao ar, e labaredas alaranjadas estouravam na ponta dos dedos, chamando a atenção de Vein.

Briony engoliu em seco e olhou para baixo ao perceber que Reighven levantava uma mão de um jeito relaxado.

Só havia mãos erguidas no térreo, percebeu ela. Talvez tivessem vendido ingressos nos camarotes apenas para espectadores.

— Vamos descartar alguns de vocês, que tal? — brincou Vein. — Dezesseis mil.

Apenas cerca de cinco mãos abaixaram.

— Lance de dezesseis mil e quinhentos. Mudando para dezesseis mil e quinhentos, senhoras e senhores — incentivou Vein.

Ela observou as mãos lentamente se abaixarem, Reighven e Cohle mantinham o ritmo um do outro, rindo daquele joguinho.

Briony sentia os joelhos falharem, e se perguntou se comeria em algum momento.

— Dezoito mil. Estou ouvindo... sim, senhor, dezoito mil. Que tal dezoito e quinhentos? — Ele apontou para Reighven. — Reighven lidera com dezoito mil e quinhentos. Outros ainda estão na jogada. Dezenove?

Ela sentiu a vista turva e passou a observar o bomardino impassível. Ele estava sentado sem se mexer, tinha uma mão na coxa, a cabeça apoiada na outra. Parecia jovem. Tinha ombros largos. Era alto. Briony estremeceu quando o reconheceu. Conhecia intimamente aquela postura preguiçosa e dedos compridos.

— Ouvi dezenove e quinhentos? Sim, dezenove mil e quinhentos para Quill. Temos...?

— Vinte e cinco mil — anunciou uma voz, tensa.

Briony piscou no momento em que todos nas primeiras três fileiras se viravam para ver aquele homem solitário. Ele erguera a mão e produzira uma faísca na ponta dos dedos. Ela tinha invocado a voz dele só por encará-lo?

Sussurros e pessoas remexendo. Briony lembrou que Cordelia fora vendida por pouco mais do que isso.

— Er, está bem. Lance de vinte e cinco mil para...

— Vinte e seis — rosnou Reighven, lançando um olhar feio para o homem mais jovem.

— Vinte e seis e quinhentos — disse o homem na quarta fileira.

— Vinte e sete.

— Vinte e sete e quinhentos.

— Vinte e oito! — exclamou Reighven, irritado com o homem da quarta fileira.

— Vinte e oito e quinhentos — rebateu o homem com a uma voz preguiçosa, como se ouro não fosse um obstáculo.

O homem que tinha pontos azuis nos olhos a depender da luz. Cujos dedos compridos reviravam canetas na aula como reviravam as chamas agora, juntando o ar e produzindo faíscas.

Reighven hesitou, olhando para Vein.

— Vinte e nove.

— Vinte e nove mil e quinhentos.

Enquanto isso, o pensamento que atravessou a consciência dormente de Briony foi que um leilão acontecia, e, dentro de poucos minutos, ela logo pertenceria a outra pessoa.

E Toven Hearst estava tentando comprá-la.

O teatro estava zumbindo. A maior parte da multidão entendera que o jovem Hearst estava zombando de Lag Reighven com ouro.

— Trinta — constatou Reighven, com firmeza, como se tivesse acabado de encerrar um jogo de cartas.

— Trinta mil e quinhentos — cantarolou Toven.

Uma onda intensa de sussurros surgiu. Briony olhou para os próprios pés, percebendo que tinham esquecido de limpar algumas manchas de sangue no sapato.

— Estou ouvindo trinta e um mil? — perguntou Vein, falando mais alto de novo.

A mão de Reighven disparou no ar. A de Toven seguiu.

Reighven fora tão arrogante, tão firme na crença de que poderia pagar por Briony. Mas ele não tinha todo aquele ouro para sustentar. Ou tinha?

O sangue de Briony ficou gélido.

Cordelia. O preço de Cordelia foi vinte e oito mil em ouro, que passaram a pertencer a Reighven.

E Katrina. E as outras mulheres que ele capturara.

E, já que tivera diversas virgens, Reighven agora tinha muito ouro para gastar.

— Trinta e dois mil! — gritou um deles, mas Briony estava concentrada no batimento acelerado do coração, na dor nos ombros.

Enquanto os lances subiam, pensou em Toven Hearst. Como ele provara que era um homem perigoso da última vez que o vira.

— Trinta e três mil — disse Toven.

Ele a perseguira pela floresta, brincando com ela, conduzindo-a como presa.

— Trinta e três mil e quinhentos — sibilou Reighven.

— Trinta e quatro mil.

— Trinta e quatro mil e quinhentos.

Havia um ditado em Etérnia: *O demônio que apertou sua mão é melhor do que aquele que não o cumprimentou*. Briony não sabia qual dos demônios seria melhor. Reighven estava interessado em usar o corpo e a magia dela, mas Toven... O que dissera anos atrás, quando a tirara para dançar?

"Estou acostumado a ter as melhores coisas em qualquer lugar, afinal."

Será que podia acreditar que as ações dele eram apenas uma demonstração daquilo?

— Trinta e cinco mil — disse Toven, trocando a posição nas pernas cruzadas.

— Está ficando meio caro para você, moleque? — Reighven ficou em pé e encarou a quarta fileira. — Já está hesitando?

— Caro para mim? — Toven riu. — Fico surpreso que você saiba contar até esse número.

Reighven virou-se para o palco outra vez.

— Dou quarenta e cinco mil.

Briony engoliu em seco ao ouvir todos os sussurros. Ela olhou para Toven, ainda imóvel e em silêncio.

Reighven deu um sorriso convencido para ele.

— Quanto da herança o papai deu para você brincar um pouco, garoto?

Briony se perguntou a mesma coisa. Orion Hearst era o homem mais rico de Bomard, e as leis da herança determinavam que Toven tinha acesso a parte disso... Mas chegava perto dessa quantia?

Mallow se mexeu, o que chamou a atenção de Briony. Ela avaliava Toven com os olhos escuros.

Vein pigarreou.

— Tenho quarenta e cinco mil — disse ele. — Ouvi quarenta e seis?

— Posso continuar aqui a noite toda, Hearst — provocou Reighven, estendendo os braços bem abertos. — Eu estou fazendo minha fortuna há um tempo, e acabei de receber cinquenta e dois mil com meus lotes essa noite.

— Dou cinquenta e três mil — entoou Toven.

Reighven riu e se virou de novo para Vein.

— Cinquenta e cinco.

— Sessenta. — Mas a voz de Toven fraquejou.

— Sessenta e um.

Reighven sorriu, os dentes amarelos e tortos brilhando.

Briony não tinha certeza se era a concussão, as luzes do palco ou o futuro terrível que a aguardava, mas os pulmões imploravam por ar.

Ela sabia que isso aconteceria. Que iria embora com Reighven. Estivera se preparando mentalmente para isso durante uma semana inteira.

E não sabia se estaria em melhores mãos com Toven Hearst, mas naquele instante, quando ouviu sua hesitação antes de dar o lance de sessenta e dois mil, desejou que ele nunca tivesse entrado na briga. Agora Briony passaria o resto da vida se questionando como teria sido.

— Dou sessenta e cinco mil — disse Reighven, dando uma risadinha.

Vein estava branco ao lado dela enquanto aguardava.

— Ouvi sessenta e cinco mil — declarou ele, por fim. As pessoas começaram a se agitar, vibrando com cochichos. — Ouço um sessenta e seis?

Ela não ousou olhar para Toven. Não conseguia suportar a ideia de que, se olhasse, poderia ver a indecisão estampada no endireitar de seus ombros. Talvez pudesse adivinhar os pensamentos dele como fazia quando estavam na escola, quando Toven jogava os ombros para trás e endireitava a postura antes de mergulhar outra vez num problema.

— Sessenta e cinco mil, dou-lhe uma.

Ou a forma como encarava o quadro de giz na aula de elixires, inclinando a cabeça para o lado para de repente pegar a caneta, anotando os pensamentos como se fossem desaparecer se não fosse rápido o suficiente.

— Sessenta e cinco mil, dou-lhe duas.

Ou, no terceiro ano, quando Toven de repente parou de prestar qualquer atenção nela, nem que fosse para irritá-la. Quando simplesmente se afastara, e apenas as circunstâncias mais estranhas o faziam iniciar uma discussão com ela, ou até mesmo manter contato visual.

O martelo bateu.

O mundo se rachou, e um som violento entrou nos ouvidos dela como se fosse lava.

Briony fixou os olhos nos pés conforme Reighven corria até o palco e encontrava Vein no meio. O pergaminho. A queimação no braço esquerdo. E então um punho a segurando pelo cabelo, arrastando a cabeça para trás. Reighven estava ali, sorrindo para ela.

Ela o empurrou, e a multidão amou isso.

Mallow ficou em pé, aplaudindo com o resto deles, como se pedisse por um bis.

Briony não conseguia mais distinguir som algum. Havia demais.

Enquanto a plataforma era abaixada, levando-a para a área dos bastidores, Briony arriscou um último olhar para ver a multidão toda em pé, e um único assento vazio na quarta fileira.

PARTE II

Para o Mais Elevado Rei de Terrérnia,

Permaneço profundamente lisonjeado com o pedido para encontrar o familiar mais forte para unir-se a um mago. Os dragões, é claro, são muito desejados, mas são criaturas temperamentais. Detêm uma magia própria, e por ter sido gerada de um homem, é um desejo natural querê-los como familiar.

Tenho uma nova teoria que gostaria muito de apresentar à Vossa Majestade e à Corte. Tenho a intenção de encantá-los com a promessa de uma fonte de magia que não é drenada.

Eu irei até a Corte dentro de uma quinzena para apresentá-la, e espero com sinceridade que a recebam com a mente aberta.

Seu servo leal,
Gio Vindecci

— DAS CARTAS AO REI TOMAS DE TERRÉRNIA, POR VOLTA DO ANO 1514 DEPOIS DO REGISTRO, TAMBÉM CONHECIDO COMO O ANO 1 A.V. (ANTES DE VINDECCI)

Capítulo 12

Sete anos antes

O segundo ano na escola foi muito diferente, já que Rory e Cordelia trocavam olhares tímidos. E outras coisas mais.

Parecia que, em todos os lugares para onde Briony olhava, os dois estavam de mãos dadas, ou tomando sol sentados na companhia um do outro, ou até mesmo se beijando na suíte que dividia com o irmão. À certa altura ela precisou lembrá-los, em voz alta, de que a sala de estar era um lugar *compartilhado*.

Briony ficava cada vez mais sozinha, exceto quando Didion pedia para acompanhá-la de volta aos aposentos. Ela permitira que ele a beijasse depois das aulas um dia, e não foi ruim. As palavras de Toven ecoaram na cabeça dela — "Acha mesmo que as pessoas vão se comportar no segundo ano?" — quando Didion a beijou outra vez no dia seguinte e moveu delicadamente as mãos sobre a cintura dela, subindo de leve.

Didion tinha um sorriso envergonhado no rosto quando se afastou, e Briony supunha que, para ele, fora bom. No entanto, no dia seguinte, ela deu uma desculpa, falando que precisava voltar ao quarto rapidamente, e não saiu de lá por um bom tempo.

Na escola etérnera, o frio das montanhas bomardinas era apenas uma lembrança distante. A instituição ficava dentro de um lago e era feita de pedra calcária, assim como a construção vizinha, o castelo de Claremore. A propriedade se estendia para a horizontal, em vez de para a vertical, como era o caso da escola bomardina. Do quarto de Briony era possível ter a visão perfeita do lago, e ela sentia uma paz interna imensa ao olhar pela janela e ver toda aquela água.

Isto é, até a chegada do verão e do calor insuportável, quando os garotos bomardinos começaram a usar as docas abaixo da janela dela para ficarem só com a roupa de baixo e pular na água.

Uma tarde, Briony estava concentrada na tarefa de matemática quando ouviu o tom barítono familiar de uma voz elevando-se até a janela, acompanhado de diversos outros. Ela respirou fundo e tentou ignorá-los, assim como fizera em todas as tardes naquela semana.

Porém, quando a gargalhada animada de Toven Hearst ressoou até o quarto, Briony fechou o livro com força e foi até a janela, tomando cuidado de ficar de lado para que não fosse vista.

Finn Raquin e Collin Twindle já estavam no lago, brincando de espirrar água e boiando enquanto Liam Quill se atrapalhava para tirar as botas. Ao lado, Toven tirava a camisa, as costas ondulando com o gesto.

Briony suspirou, exasperada. Não poderia falar sobre o assunto, porque se soubessem que aquela era a janela *dela*, provavelmente encontrariam jeitos ainda mais criativos de distrai-la e irritá-la.

Depois de tirar a calça, Liam pulou no lago, desengonçado, mas as mãos de Toven foram para o cinto lentamente. Quando de fato tirou a peça, ele a dobrou cuidadosamente nas docas antes de mergulhar no lago como um nadador experiente.

O cabelo dele ficava mais escuro quando estava molhado.

Briony observou a luz do sol reluzir nas pele úmida de Toven por mais tempo do que gostaria de admitir.

Quando finalmente se afastou da janela, lançou um feitiço de abafamento para bloquear todos os sons do lado de fora do quarto.

Na semana seguinte, ela levou as tarefas para a área externa depois das aulas, caminhando pela vegetação densa que contornava o lago até chegar à sua árvore favorita. Havia um salgueiro solitário do lado oeste, com galhos compridos que estendiam as vinhas em toda a sua volta, quase envolvendo a árvore toda. Briony adorava ler ali quando o tempo estava abafado.

Mas naquele instante, ao se aproximar, viu que uma pessoa estava sentada na base da árvore dela, com o próprio livro.

Briony se escondeu atrás do tronco espesso de um carvalho e espiou por entre os galhos.

Toven Hearst. Claro.

Ele estava recostado no tronco do salgueiro, com o livro em mãos e o colarinho aberto. Tinha tirado os sapatos, e as meias que usava eram de cores diferentes.

Por algum motivo, foram as meias que deixaram Briony acordada naquela noite depois que voltara para o castelo e se resignara a ler dentro do quarto. Será que ele não sabia identificar cores e padrões? Ou simplesmente era preguiçoso com a escolha das roupas que ninguém veria? Briony não conseguia compreender, e ficou se revirando na cama a noite inteira.

Uma semana depois, veio o dia mais quente do verão. Briony amava o calor, mas estava mesmo excessivo. Ela suava e ofegava quando finalmente chegou à árvore e encontrou pés descalços, sem meias dessa vez.

Briony resmungou e empurrou os ramos do salgueiro.

Toven Hearst estava deitado de costas na grama, um livro cobrindo o rosto enquanto cochilava. Os pés não eram a única coisa descoberta.

A camisa estava pendurada em um dos nós dos troncos, e a extensão da barriga e do peitoral estava exposta para a inspeção de Briony.

— Não — disse ela. — Vá embora.

Ele esticou a mão e tirou o livro do rosto.

— Com licença.

— Esta é a minha árvore — falou Briony, ainda tentando recuperar o fôlego. — Vá embora.

Toven ergueu uma sobrancelha pálida.

— Sua árvore? Por acaso você entalhou seu nome nela, Rosewood? — Ele arregalou os olhos, com deboche. — Ah, é verdade. É seu *irmão* que tem uma habilidade para talhar o nome dele em árvores, não é?

Briony corou com o lembrete de que Toven sabia daquele segredo.

— Você vai contar a alguém que eu inflamo meu irmão, ou só vai ficar zombando de mim até nós nos formarmos?

— Talvez eu esteja esperando pela oportunidade perfeita para chantagear você.

Então, ele repousou o livro sobre o rosto e descansou a cabeça nos braços.

Briony bufou.

— Eu encontrei esta árvore na primeira semana de aula. Ela é minha. Você precisa ir embora.

Briony sabia que soava absurdamente petulante, mas não conseguia evitar.

— Eu não vou a lugar nenhum. Cheguei aqui primeiro — avisou Toven, a voz abafada pelas páginas.

E ao vê-lo deitado, com o peito nu e relaxado, ela percebeu que o garoto não pensava nela como uma ameaça de forma alguma. Briony queria muito fazê-lo mudar de ideia quanto a isso, mas sabia o que o pai diria.

Ela bateu o pé na margem úmida, olhando os arredores para encontrar um jeito de fazê-lo ir embora, mas não teve sucesso. E então notou as meias de pares diferentes na base do tronco. Briony estreitou os olhos, perguntando-se como alguém que parecia um pavão orgulhoso na escola, que olhava para o próprio reflexo em todos os espelhos e que dobrava a calça antes de pular em um lago poderia fracassar tanto em escolher meias idênticas para usar.

— Ainda está por aqui, Rosewood? — perguntou Toven, em um tom preguiçoso.

Ela bateu o pé com força e marchou para longe, determinada a chegar antes dele na árvore no dia seguinte.

E conseguiu. Quando o viu aproximando-se do salgueiro, lançou um feitiço de barreira na cortina de vinhas.

— Eu cheguei primeiro. Vai precisar ir embora desta vez, Hearst.

Ele a olhou feio e tentou passar pelas folhas. A princesa *adorou* o olhar no rosto dele ao perceber que ela o impedia com um feitiço.

No dia seguinte, Toven chegou primeiro.

No subsequente, Briony correu para lá na hora do almoço, pegando uma maçã e nada mais. Didion tentou detê-la, mas ela passou direto com um pedido de desculpa.

Briony foi rapidamente até o lago, cortando caminho pela margem para chegar até a árvore primeiro.

Ela ouviu passos na linha das árvores ao lado.

Briony redobrou o ritmo, apesar de o vestido enroscar nas raízes das árvores e rasgar enquanto passava pela vegetação rasteira ao redor do lago.

Toven apareceu para acompanhá-la.

— Essa árvore significa tanto assim para você?

— Ganhar de você significa muito para mim — respondeu, irritada pelo fato de a respiração dele não parecer tão afetada quanto a dela.

Toven soltou o que poderia ser uma risada, mas então começou a correr com aquelas pernas compridas, e de repente se virou para correr de costas, tudo isso muito mais rápido do que ela corria normalmente.

— Que tal isso, Rosewood: eu deixo sua árvore em paz se você me der o primeiro lugar na aula de elixires — disse Toven.

Ela tropeçou.

— Eu não estou no primeiro lugar…

Briony parou de falar enquanto ele abria um sorrisinho maroto. *Rory* era o primeiro lugar na aula de elixires.

— Mas claro, se preferir apostar corrida comigo todos os dias — continuou ele, olhando para o corpo dela com um sorriso convencido —, eu não me importo com a vista…

Com um arfar afiado, Toven de súbito desabou de costas depois de tropeçar em uma raiz.

Briony caiu na gargalhada, dobrando-se para apoiar o peso nos joelhos. Ela se esqueceu da corrida enquanto ria do rosto contorcido de Toven, que tinha perdido o fôlego.

Ele se sentou, respirando fundo e encarando feio a raiz que o derrubara.

— Ah, isso foi impagável — disse Briony, limpando lágrimas dos olhos. — Muito obrigada.

— Pedras, isso foi...

Então Toven esticou a mão atrás da cabeça e a tocou com cuidado. As pontas dos dedos retornaram vermelhas.

Briony empalideceu.

— Ah! Está tudo bem com você?

Ela se ajoelhou ao lado dele.

— Tudo ótimo.

Toven tentou se desvencilhar dela, mas, ao tocar a cabeça de novo, trouxe mais sangue na mão.

— Deixa eu ver...

— Não precisa.

— Sério, Toven, posso cuidar bem rápido disso.

Briony esticou a mão para o ombro dele.

— Rosewood, saia de cima de mim — disse ele, sem nenhuma maldade. — Como se eu fosse confiar em um etérnero para me curar.

Ela o olhou feio.

— Magia de mente funciona muito bem para curar. Posso cuidar de um arranhão com tranquilidade. — Ela arregalou os olhos de forma inocente, teatral. — A não ser que você acredite que precisa da equipe médica? Será que está tão machucado que deveríamos chamar todos os tutores para vir ao lago...

Toven suspirou.

— Só... vai logo com isso. E não deixe nenhuma cicatriz.

Briony bufou e engatinhou até ficar atrás dele, deixando o vestido cheio de lama.

O cabelo cinza-prateado estava inundado de vermelho. Ela fez uma careta e rapidamente afastou o sangue com um gesto de empurrar. Havia um corte na base do crânio, bem na linha capilar. Briony circundou o corte com os dedões e indicadores e se concentrou em diminuir o fluxo de sangue, encorajando a coagulação.

Uma brisa leve soprou, e o perfume dele a atingiu. Hortelã, talvez.

Ela passou os dedos sobre o ferimento, arrastando a pele para uni-la. Os pelos da nuca dele se arrepiaram.

— Não deixe uma cicatriz — repetiu ele.

— Não seja um bebêzão.

Briony fez movimentos pequenos de puxar e empurrar com os dedos no ar para que a lateral do corte se fechasse. O rosto dela estava muito próximo da nuca de Toven, e ela conseguia ver a própria respiração soprar sobre os pelos finos acima do colarinho.

E então, de repente, percebeu que estavam sozinhos em meio à paisagem densa das árvores, sem nenhuma supervisão.

O coração de Briony disparou com a intimidade daquela posição — ajoelhada atrás dele, com os quadris e a barriga quase tocando as costas dele.

A voz de Toven retornou em sua lembrança outra vez, a mesma fala do solstício de inverno: "Acha mesmo que as pessoas vão se comportar no segundo ano?".

Ela engoliu em seco e afastou os dedos.

— Vai precisar pedir aos médicos para terminar o restante — disse Briony, sabendo muito bem que ela poderia ter completado a sutura sem deixar nenhuma cicatriz. Então ficou em pé e pegou o livro e a maçã. — Eu fico com a árvore hoje. Você deveria ir resolver isso.

Toven estava começando a virar para olhar por cima do ombro quando Briony se afastou, com a pele corada e as costelas parecendo apertadas com alguma coisa.

No dia seguinte, Didion a encontrou sentada sob o salgueiro, e ela afastou a decepção que sentiu ao ver que não era outra pessoa. Quando ele a distraiu da leitura com um beijo leve, Briony permitiu. Deixou que Didion se curvasse sobre ela enquanto ficava encostada no tronco da árvore e manteve os olhos tão apertados que chegou a imaginar que o cabelo escuro do garoto era de uma cor mais clara. Ela guiou as mãos dele até os seios dela. Didion não conseguia desatar as fitas que seguravam o corpete, e reclamou de cãibras na mão o tempo todo, mas Briony estava desesperada para aliviar aquela ardência dentro de si, por isso o encorajou a continuar, a apertar mais forte, a pressionar o corpo dela.

Ninguém no segundo ano se comportava, de qualquer forma.

Capítulo 13

Briony foi empurrada e trancada em um armário escuro nos bastidores. Precisou de tempo para os olhos se ajustarem, mas encontrou uma vassoura, a qual quebrou ao meio, fazendo uma arma. Parecia que horas tinham se passado enquanto ela esperava. Briony pensou que seria dada a Reighven de imediato, mas talvez o processo de pagamento fosse mais complexo do que presumira.

Quando a porta finalmente foi escancarada e a luz atingiu os olhos, já tinha perdido toda a adrenalina. Mas logo o coração voltou a acelerar.

Só que não era Reighven. Gains a encarava feio, como se ela não tivesse acabado de torná-lo um homem muito rico.

— De pé.

Briony obedeceu, sem sequer se dar ao trabalho de esconder o pedaço de madeira afiado da vassoura. Com um tremular dos dedos, Gains atirou o cabo para o lado.

— Venha comigo.

Devagar, ela o seguiu para fora do armário. Foi levada por uma escadaria e pelos bastidores do circo. Ela não ouviu um único som por trás de nenhuma das portas fechadas e se perguntou se todos os outros etérneros já tinham ido embora.

Quando Gains parou diante de uma porta fechada que dizia ACROBATAS, ele empurrou a maçaneta e deu um passo para o lado para que Briony entrasse. Ela esperava encontrar Reighven. Talvez uma cama ou uma cadeira, onde ele a forçaria para baixo e depois empurraria o vestido para cima.

Não esperava encontrar Larissa Gains. Não esperava encontrá-la nunca mais.

Larissa parecia sentir o mesmo ao se endireitar no balcão onde estivera apoiada, os olhos ávidos e famintos. Estavam em um camarim com espelhos nas paredes, onde velas grandes bruxuleavam.

Gains fechou a porta sem olhar para a filha uma única vez, prendendo as duas ali.

Antes que Larissa pudesse dizer uma única palavra, uma queimação intensa irrompeu no braço esquerdo de Briony. Ela abriu a boca em um sibilo silencioso de dor. E olhou para o local onde *Lag Reighven* fora escrito na pele. As letras chiaram. Ela apertou o punho e observou enquanto a marca era alterada, rearranjando-se até que uma assinatura diferente aparecesse.

Toven Hearst.

Ela piscou para as letras, a visão turva. Não podia ser...

Larissa estava ao lado dela, segurando o braço.

— Há!

O som assustou Briony.

Larissa se virou, passando as unhas pelo cabelo. Os espelhos permitiam que Briony visse como ela fechara os olhos com força, apertando os lábios.

— Incrível. — Ela se virou para encará-la. — Quanto foi?

A princesa balançou a cabeça, decidindo que Larissa não precisava dessa informação.

— Trinta mil? — questionou a outra, encarando, avaliando. — Trinta e cinco? — pressionou, quando não obteve resposta. — Vamos. Eu estou curiosa. Quarenta?

Briony desviou o rosto, mas não conseguiu encontrar uma parede na qual o rosto de Larissa não estivesse refletido. O próprio rosto era quase irreconhecível, marcado por grandes olheiras e pele seca. O queixo parecia destacado de uma forma desagradável.

— Me conta — sibilou Larissa, por cima do ombro dela.

Briony encontrou os olhos da outra. Algo atravessou a expressão de Larissa, como o relâmpago antes de o trovão retumbar. Enquanto observava, os olhos azuis da mulher se encheram de lágrimas e ela respirou lentamente antes de perguntar:

— Mais do que quarenta mil?

Briony desviou o olhar, estremecendo. Ela viu a marca no braço de Larissa — um *Toven Hearst* idêntico.

Antes que pudesse encaixar todas as peças, um sopro de vento furioso irrompeu pelo camarim. Ela ergueu as mãos para proteger o rosto, e Larissa fez o mesmo. Quando voltou a olhar, um enorme buraco tinha aparecido na sala. A entrada escura de um portal.

Larissa e Briony se entreolharam. Não sabia se tinham alguma escolha. Mas com certeza alguém apareceria para forçá-las a passar por ali.

Larissa tentou abrir a porta uma última vez, sem sucesso, e então pegou a mão de Briony e a puxou pelo portal.

A pressão dominou seu peito e, quando saíram do outro lado, Briony foi recebida com grossas gotas de chuva no rosto. Ela arfou em silêncio enquanto um relâmpago cortava o céu, iluminando um castelo escuro imenso diante delas. Os portões de ferro fundido estavam fechados.

Briony lera sobre Hearst Hall, mas nunca vira a mansão pessoalmente. Ficava na base das Montanhas Armitage, em um dos poucos planaltos em Bomard. Aquela era apenas uma entre as propriedades dos Hearst, mas era a mais valiosa, e, portanto, a que geralmente os membros da família escolhiam para morar.

Apesar da chuva, Larissa ergueu um olhar apreensivo, como se não soubesse se nem mesmo ela estaria segura ali.

Briony virou-se em um círculo e, com o auxílio de um relâmpago, viu a beirada da floresta, escura e impenetrável. Elas poderiam tentar fugir. Poderia pegar a mão de Larissa e correr pela vegetação até que o efeito do elixir gowarnus se dissipasse no sistema delas e pudessem fazer um portal para irem embora de fato.

Estava decidida a fazer isso quando de repente viu um movimento nas árvores. Briony deu um passo para trás, e Larissa se virou para ver o que tinha chamado a atenção dela.

Uma raposa grande saíra de trás do tronco de uma das árvores, observando as duas. Ou talvez fosse um lobo pequeno.

Um ruído atrás delas fez com que as duas se virassem, vendo que os portões pretos de metal foram destrancados. Ao fim de um longo caminho, a porta de Hearst Hall estava aberta.

Briony virou-se em todas as direções. Será que existia outra saída que não envolvia ir em direção à criatura ou entrar no castelo sombrio?

Ela segurou o braço de Larissa, apontando para a esquerda onde um caminho se dividia no canto de uma parede externa. A outra negou com a cabeça em um gesto mínimo, os olhos indo da criatura na floresta para a porta escancarada da casa. Uma bola de luz aproximava-se aos poucos pelo caminho da casa.

Briony soltou o braço da outra e começou a avançar em direção à rota nova. Ela poderia fazer isso sozinha.

Então, o barulho de um grunhido seguido por dentes se fechando surgiu, e Briony deu um pulo para trás, vendo que o animal de súbito estava na frente dela. Agora, ela via que era mesmo uma raposa, mas com um rosnado mais profundo.

Briony cambaleou e tropeçou na grama molhada, caindo de costas. Larissa a ajudou a se levantar enquanto a bola de luz se aproximava depressa, parando nos portões. Pairou ali, e Briony percebeu que era parecida com a chama de navegação que marinheiros costumavam usar para se localizarem no oceano escuro.

Olhou para a raposa, que lambia os beiços, e começou a seguir a luz, puxando Larissa consigo.

A raposa avançou e, em pânico, as duas se separaram. Larissa ficou do lado de fora e Briony caiu adiante, passando pelos portões. Uma dor afiada cortou o braço esquerdo dela, e, antes que pudesse ficar em pé, os portões pretos começaram a fechar, prendendo-a lá dentro.

Briony correu até os portões, segurando e puxando o metal enquanto Larissa fazia o mesmo do lado de fora. Um relâmpago cortou o céu, e o trovão seguiu apenas um segundo depois. Os olhos arregalados de Larissa estavam fixos na raposa, e Briony forçava o portão com toda a força que tinha, mas os dedos escorregavam com a chuva e o ombro que fora recolocado no lugar ardia.

A raposa se virou com um último olhar e voltou para as árvores. Um segundo depois, um portal obscuro se abriu na beirada da floresta. Um homem encapuzado saiu de lá, e Larissa se jogou em cima dos portões com um grito, implorando para que o abrissem para ela.

O homem estendeu a mão e gritou:

— Não! — Ele afastou o capuz, e então os olhos ansiosos de Finn Raquin repousaram sobre as duas. — Não atravesse a barreira, Larissa.

Larissa engasgou em um soluço e correu até os braços dele.

Briony observou em silêncio Larissa enterrar o rosto no peito do amigo. E se perguntou o que estava acontecendo com Cordelia naquele instante. Com Didion.

Sem olhar para Briony no portão, Finn segurou o braço de Larissa e tirou um frasco do bolso com a outra. Destampou-o com os dentes.

— Isso vai doer — avisou.

Larissa arregalou os olhos mais uma vez quando Finn derramou o elixir sobre o braço dela — por cima da marca que exibia o nome de Toven. Briony observou horrorizada a pele de Larissa queimar. A mulher gritou e tentou se afastar, mas Finn a segurou firme. Quando o frasco ficou vazio, ele o jogou no chão e no mesmo instante começou a fazer um feitiço sobre o braço da amiga.

Os relâmpagos iluminaram o céu, mas nem mesmo o retumbar dos trovões conseguia abafar os gritos chorosos de Larissa enquanto Finn puxava uma fumaça preta da pele dela, que se parecia muito com tinta molhada. A mulher oscilou e desmaiou, mas Finn a segurou no peito enquanto puxava até o fim, até que a fumaça começou a se transformar em sangue.

Ele invocou um emplastro de folha para colocar sobre a pele queimada e então a encaixou em seu corpo, carregando Larissa até o portal sem nem olhar para Briony.

O coração de Briony galopava. Ela bateu nas barras, desesperada para fazê-lo ouvir. Quando Finn se virou, Briony esticou o braço o máximo que conseguia, suplicando com os olhos.

Eu. Me leve.

Finn a encarou e respirou fundo.

— Este é o lugar mais seguro para você, Briony.

Ela arregalou os olhos, horrorizada, enquanto o via encarar Hearst Hall e depois entrar no portal, levando Larissa pendurada nos braços.

O portal se fechou com um estalo, e então Briony se viu sozinha na chuva, do lado errado dos portões de Hearst Hall.

Capítulo 14

Briony apertou as costas no ferro dos portões e encarou a mansão. Parecia que os três andares imensos eram feitos de pedra, e tinha um domo grandioso ao centro.

Então aquela seria sua prisão? Ela olhou para o braço outra vez. *Toven Hearst*. Quanto ele perdera para consegui-la? Era incapaz de imaginar Reighven cedendo por qualquer montante que não fosse uma quantia astronômica de ouro.

Os Hearst eram ricos; isso sempre esteve muito claro mesmo sem a evidência na sua frente. Mas por que Toven gastara tanto com ela?

Uma vez ele matara quatro pessoas só para chegar até Briony, então talvez gastar dezenas de milhares para tê-la para si não fosse uma surpresa tão grande. Um arrepio percorreu o corpo dela quando se lembrou da forma que fora perseguida, com ele correndo ao lado dela como se a provocasse, para mostrar que poderia alcançá-la sem dificuldade.

O único motivo pelo qual fracassara em capturá-la naquela noite, um ano antes, foi porque fora ganancioso com a própria magia. Ele julgara mal o custo de matar quatro pessoas de uma única vez. Foi a primeira vez que Briony vira qualquer pessoa tirar mais do que uma vida lançando um único *Rompe-coração* — uma habilidade inédita. Os etérneros sabiam que *Orion* conseguia. Os relatórios informavam que o patriarca dos Hearst poderia matar duas vezes com um só *Rompe-coração*, apesar de outros magos de coração mais talentosos só usarem o feitiço em uma pessoa de cada vez. Orion Hearst era uma exceção perigosa, mas o filho tinha o potencial para quebrar todas as regras que vieram antes dele.

Naquela noite, Briony correra por uma floresta escura, tropeçando em diversos cadáveres, quatro ao todo, até finalmente encontrá-lo, incapacitado com a agonia de rasgar o próprio coração quatro vezes em um único instante.

Na época, ao ver a carnificina normalmente impossível para um único mago, ela se perguntou se deveria matá-lo bem ali e poupar Etérnia do problema que Toven Hearst poderia ser no futuro.

Só que Briony não conseguiu. Não na época.

Um relâmpago cortou o céu, despertando-a daquelas lembranças.

A chama de navegação pareceu balançar, como se dissesse *vamos logo*, e começou a flutuar até a casa outra vez, para levá-la para dentro.

De jeito nenhum, pensou Briony. Olhou para os portões, notando o pedaço comprido da cerca de ferro fundido que subia em direção à noite escura. Em seguida, saiu correndo para a direita, acompanhando a cerca e torcendo para encontrar uma abertura.

Encarou a mansão outra vez, quase esperando encontrar alguém a observando da porta ou de trás de uma janela no andar de cima, mas tudo permaneceu escuro.

A chuva caía forte em seu rosto e encharcava ainda mais o vestido. Os sapatos dourados não foram feitos para a chuva ou para longas distâncias, muito menos para a grama lamacenta naquela área. Quando a cerca se transformou em um muro de pedra, ela já tinha perdido um deles na lama.

Briony ergueu o olhar para o muro no momento em que um relâmpago rasgou o céu. Media três metros de altura, no mínimo, e não tinha onde se apoiar para subir. Ela continuou andando, fazendo uma volta ao redor da mansão, de olho na porta onde a chama de navegação esperava alguém para guiar.

Quando virou do lado sudeste, o ombro queimava e a cabeça latejava. Cada respiração parecia uma facada nas costelas. Briony tentou se conectar à magia, de mente ou coração, mas não se surpreendeu ao não encontrar nada.

Ela pensou em Larissa. Será que Toven sabia que Finn a levara? Com certeza. Enquanto tremia com o vento soprando o vestido fino, Briony se viu quase lamentando a perda da companhia da outra mulher. Quando estavam juntas, ela se sentia um pouco mais segura. A ideia de ficar sozinha, sob o teto de Toven Hearst, impotente de tantas formas...

Nunca precisara aprender autodefesa corporal. Sempre tivera Anna ao seu lado. Briony sabia diversos feitiços para afastar agressores de todos os tipos, mas nunca precisara aprender a usar força bruta se não possuísse magia alguma.

Ao dar a volta para os fundos de Hearst Hall, Briony parou ao ver uma lagoa na propriedade. Quase um lago pequeno. As nuvens estavam refletidas na superfície, e a chuva formava ondas na água. Além dos rios que desciam das montanhas, Bomard não tinha corpos d'água. Os etérneros rezavam para as águas, que eram abundantes nas costas e em seus enormes lagos no interior, ao passo que os bomardinos invocavam as rochas.

Ela focou outra vez, encontrando o fim da parede de pedra diante de si. Deu a volta no muro e descobriu que estava no topo de um pequeno morro que dava para um campo. Conseguia ver o contorno das montanhas ao longe. A mente de Briony vibrou em um turbilhão com a possibilidade de se esconder por lá. Não sabia o que encontraria, mas tudo o que precisava fazer era aguentar até que o efeito do elixir gowarnus se esvaísse do corpo.

Ela só precisava descer o declive e correr na direção das montanhas.

Era um risco que valia a pena.

— Eu pararia aí, Rosewood.

Briony se virou. Toven Hearst estava a três metros dela, encarando-a com cautela.

O trovão sacudiu o céu, e ela estremeceu com a força da natureza. O coração pulsava com a adrenalina da fuga que quase conseguira completar e com o medo que tinha dele, desse Toven Hearst desconhecido.

Ele ainda usava as mesmas roupas do leilão, mas, de perto, ela via que o colete era bordado com fios prateados. A chuva escurecia seu cabelo, fazendo-a lembrar do verão nas docas da escola etérnera.

Ela piscou para afastar a chuva que caía em seus olhos. Toven deu um passo à frente, e Briony precisou de toda a sua força de vontade para não recuar.

— Que tal se deixarmos para conhecer a propriedade quando não estiver chovendo? — sugeriu ele, o humor ácido como sempre.

Briony olhou para Hearst Hall por cima do ombro dele, parecendo monstruosa na tempestade, e então para trás, para as montanhas. Para a liberdade.

Será que conseguiria correr mais rápido do que Toven?

— Antes que você corra para as montanhas para morrer ou de frio ou massacrada por alguma fera, saiba que a propriedade acaba aqui para você, considerando o efeito da marca em seu braço. Se atravessar o limite, você vai se machucar.

Briony olhou para a marca, o preto e dourado que brilhava com o nome dele. Aquilo era verdade? Ou ele só estava tentando assustá-la?

Toven estreitou os olhos. Briony se perguntou se sua falta de resposta o deixava inquieto. Mesmo se pudesse falar, não tinha certeza se teria coragem de respondê-lo mordaz como fazia antes. Ela costumava contra-atacar antes de descobrir que ele era um assassino.

— Vamos — chamou Toven, dando mais um passo na direção dela. — Você está sendo teimosa. Não me faça carregá-la até a casa.

Ela acordara em sua primeira prisão, fora arrastada pelo pescoço até a segunda e então levada contra a vontade para o armário escuro da terceira. Agora, pediam que caminhasse por vontade própria até a cela final.

A chuva estava diminuindo.

Uma brisa sacudiu os galhos das árvores acima, e o luar cintilou nos olhos dele.

Valia a pena tentar.

Se estivesse errada, acabaria em uma cela de qualquer forma, assim como Toven planejara.

Com uma agilidade que não sabia que ainda tinha, Briony se virou e pulou por cima da barreira invisível, correndo para o campo.

Uma faísca de fogo explodiu no braço dela, queimando, estalando, fritando todos os seus nervos. Ouviu a grama molhada sendo amassada embaixo dela, enquanto a rapidez do movimento e o ímpeto a levavam declive abaixo. O fogo se espalhou por todo o seu corpo, incendiando-a por dentro. Um grito ecoou atrás dela enquanto a dor cercou sua mente e a arrastou para uma escuridão rodopiante.

* * *

Balanço. Oscilação.

Briony sentia que estava boiando no lago da escola. A água era quente em contraste com o frio que sentia no corpo, as ondas gentis a embalavam.

A mente dela flutuou, pensamentos arraigados nas lembranças.

Ela estivera lá fora, na chuva. Queria rolar por um declive.

Toven Hearst a impedira.

As pálpebras tremeram, e Briony se lembrou da dor. O corpo estremeceu, e braços a puxaram para mais perto.

Alguém a segurava apoiada no peito, uma barreira quente e sólida de batimento cardíaco firme. Caminhando, oscilando, embalando-a até dormir.

A pele dela doía. Conseguia ouvir a chuva, mas não a sentia.

Dedos quentes afastaram o cabelo molhado dela da testa, e braços a apertaram com mais força.

Briony caiu na escuridão de novo, como em um piscar de olhos.

* * *

— O que aconteceu?

Uma voz pareceu invadir a mente dela, acordando-a. Era a voz de uma mulher.

As pálpebras relutavam contra o peso que as fechava.

— Ela atravessou o limite da propriedade — resmungou uma voz. Vinha da fornalha que estava próxima ao ouvido dela. — Essa droga de marca a eletrocutou.

— Ela está viva? — perguntou a mulher. Soava como a preocupação de uma mãe, mas a mãe dela estava morta. — Toven, ela está viva?

Ela ouviu próxima de si a respiração de alguém falhar.

— Eu... eu não... Ela não gritou.

A vibração baixa da voz dele a embalou. Briony ficou à deriva outra vez.

* * *

A primeira coisa da qual tomou consciência foi a cama. Briony abriu os olhos e encarou o teto baixo acima. Os braços e pernas formigavam, vivos, mas só estremeceram quando ela tentou movê-los.

Lágrimas encheram os olhos. Ela chamou pelo pai, mas não emitiu som algum.

Não conseguia mexer a cabeça. Os músculos estavam pesados; até as pálpebras pareciam duras demais.

Então, veio a dor. Briony gritou e gritou no silêncio para um quarto vazio até que a mente dela voltasse a apagar, e ela dormiu de novo.

* * *

Uma compressa fria na testa, e Briony sentiu os olhos piscarem, pesados, buscando o movimento no quarto. Um zumbido de vozes, mas não conseguia entender as palavras.

Ela chamou por Rory. Ele poderia curá-la. Briony o curara tantas vezes — tudo o que precisava fazer era empurrar a magia por aquela veia que compartilhavam. Rory consertaria as coisas.

Então Briony se lembrou. Como o irmão tentara se despedir, e ela não permitira. Como ele perguntara: "Você acredita que a profecia é sobre mim? De verdade? No seu coração, Briony?". E como deixara que Rory marchasse para a própria morte.

As lágrimas escorriam pelo rosto enquanto soluçava sem som. Tentou levantar a mão para limpá-las, mas os músculos não funcionavam mais.

— Ela está chorando — disse uma voz profunda. — Ela precisa de algo para a dor.

— Eu já dei...

— Então ela precisa de mais!

Briony chorou, sem conseguir abrir os olhos. Sem conseguir encarar um mundo onde Rory morrera. Acordara naquele mundo uma vez e eles a venderam, como se fosse um pedaço de terra para a colheita. Assim como fizeram com Cordelia e Didion.

Um pensamento terrível percorreu a coluna dela. *É assim que eu sei que ele realmente morreu*, pensou, na escuridão. *Ele não tentou impedir o leilão.*

Mesmo sem um plano ou um exército, Rory teria tentado.

A dor de saber isso fez com que uma agonia ainda maior irrompesse nela.

* * *

Quando acordou de novo, percebeu que era dia. Ela virou a cabeça na direção do sol, que entrava por baixo e pelas beiradas das cortinas pesadas.

Seu corpo ainda doía, mas Briony conseguiu se mexer um pouco. Ela virou a cabeça para avaliar o quarto onde estava, e estremeceu quando viu que não estava sozinha.

Serena Hearst estava mexendo uma xícara de chá na mesa de cabeceira. Briony observou a mulher alta olhá-la de cima, toda braços compridos e graciosos na escuridão.

— Olá, srta. Rosewood — cumprimentou, a voz indecifrável.

Briony encontrou os olhos dela, que cintilavam em um tom frio de azul.

— Como está a dor? — perguntou a sra. Hearst. Quando Briony não respondeu, ela prosseguiu: — Lembra do que aconteceu?

Briony se lembrava da chuva. Do olhar de Toven quando pediu para ela entrar. A explosão de eletricidade ao se lançar para além da barreira. “Essa droga de marca a eletrocutou”.

Ela assentiu.

Briony olhou para o resto do quarto. Era simples. Não tinha lareira ou artes na parede. Só a cama, as cortinas e a mesa de cabeceira.

A mãe de Toven a observou com cautela. Briony tentou acalmar o próprio coração que alertava em um sussurro que estava dentro da casa daquela mulher, cujo filho comprara Briony como se fosse um animal premiado. Aquela mulher, que se casara com o homem mais letal de toda Bomard.

— Você teve uma concussão e seu ombro deslocado não havia sido consertado direito. Nós afastamos os sintomas de hipotermia da chuva, mas, como sabe, foi uma eletrocussão severa. Pode demorar mais alguns dias até que seus músculos estejam sarados.

Mais alguns dias. Aquilo soava como se diversos dias já tivessem passado. Ela queria perguntar, mas se lembrou que não tinha mais voz.

A sra. Hearst inclinou a cabeça para ela.

— Tem mais alguma coisa errada, srta. Rosewood? Está sentindo dor em algum outro lugar?

Briony negou com a cabeça. Quando a mãe de Toven continuou a encará-la, ela levou a mão até o pescoço lentamente. Cada movimento fazia espasmos estremecerem nos músculos. Indicou a área, os dedos roçando na coleira de metal que ainda vestia, e balançou a cabeça devagar.

A sra. Hearst piscou, compreendendo. A mulher ergueu a mão e girou os dedos. O calor inundou a garganta de Briony, e ela testou a voz.

— Obrigada — sussurrou Briony.

As cordas vocais estavam roucas pela falta de uso.

Serena Hearst a encarou por mais um instante, e Briony sentiu como se a mulher estivesse memorizando e catalogando suas feições. Então, de repente, tirou a xícara da mesa de cabeceira e virou-se na direção da porta.

— Descanse.

Era uma ordem, e não uma sugestão.

A sra. Hearst foi embora. Briony tentou ver o que havia além da porta, perguntando-se em que parte de Hearst Hall estava, mas o esforço de esticar o pescoço era demais.

Ela ouviu vozes baixas do lado de fora da porta e tentou escutar as palavras, mas o corpo cansado voltou ao estado de repouso.

* * *

Rory gritava.

Briony correu por um labirinto de arbustos altos, procurando desesperada por ele. O irmão chamou por ela, implorando para que o encontrasse. A cada esquina que virava, ela entrava mais e mais no labirinto. O céu estava ficando mais escuro, e Briony conseguia ouvir que algo a perseguia. Algo a caçava.

Quando ergueu o olhar para o céu, a lua estava começando a apagar o sol.

— Briony! — gritou Rory.

Ela tropeçou, caindo na terra. Caindo, caindo.

* * *

Briony acordou em um sobressalto, com as lágrimas umedecendo o rosto. A lembrança do irmão aos gritos ecoava na cabeça como um sino. Estava ofegante. Ela ergueu a mão para limpar a bochecha, e os músculos protestaram, mas ao menos daquela vez obedeceram.

Enquanto se virava nos lençóis, percebeu que não estava sozinha.

Toven Hearst olhava pela janela com cortina, de costas para ela. O céu do crepúsculo o iluminava, trazendo tons de roxo e laranja para o cabelo claro.

A princesa olhou para a porta, depois para o quarto vazio. Só estavam os dois ali, e Briony não tinha ideia do que ele queria com ela.

Capítulo 15

Briony não tinha certeza se Toven sabia que ela estava acordada, mas supunha que isso não importava. Afinal, não conseguia mexer os músculos rápido o suficiente para correr. Mesmo assim, o coração palpitava com o desconhecido.

— Minha mãe disse que sua voz foi silenciada — comentou Toven, rompendo o silêncio. — O que não explica por que sua *audição* falhou quando eu falei que você se machucaria se atravessasse o limite da propriedade.

Ela lançou um olhar feio para ele.

— Ah, sim — sussurrou em resposta, mordaz, a voz saindo rouca. — Porque eu tinha muitos motivos para confiar em você.

Daquele ângulo, só conseguiu ver a mandíbula dele cerrar.

Briony percebeu que sua roupa fora trocada. Não usava mais o vestido do leilão, e sim uma camisola branca e macia. Torcia para que um criado tivesse feito a tarefa.

Ela gemeu entredentes ao tentar se sentar, odiando a forma como estava inerte diante de Toven, como uma boneca de pano.

— Por que a recuperação está sendo tão difícil?

Os olhos dele ainda estavam fixos em um ponto além da janela.

— Atravessar a barreira deveria dar um choque no indivíduo marcado e dar uma chance de se afastar do perímetro. *Você* pulou *através* da barreira, passando o corpo inteiro por ela. Então, conseguiu rolar pelo declive *e* ficou fora do limite da propriedade por quase um minuto inteiro.

Briony se perguntou se Toven ficaria de costas para ela durante todo o aprisionamento.

— Bom, então você demorou demais.

Aquilo surtiu efeito. Toven piscou lentamente e se virou para encará-la, furioso.

Por que todo o seu senso de autopreservação se esvaía quando aquele homem estava envolvido? Briony não vestia nada além de uma camisola e dependia de uma cama, na casa dele, para se recuperar. Ninguém viria acudi-la se gritasse. Por que provocá-lo lhe parecia tão natural?

Engoliu em seco e desviou o olhar. Um minuto inteiro sendo eletrocutada. Os músculos estremeceram com o lembrete.

— E para onde você me trouxe? — Ela indicou o quartinho sem decoração. — Esta é a minha cela?

— A localização mais próxima para te trazer foi o chalé do caseiro — respondeu Toven. — É temporário.

Briony olhou para as teias de aranha nos cantos.

— E onde está o caseiro?

— Não temos um. Hearst Hall não precisa de nenhum criado.

Briony piscou, aturdida. Uma mansão daquele tamanho sem nenhum criado? Já ouvira falar de famílias que despediam parte da criadagem quando as fofocas começavam a vazar pelas paredes. Seria aquilo uma precaução? Era sabido que os Hearst gostavam de segredos, mas aquela era uma medida extrema.

Ela queria fazer mais perguntas, mas Toven a encarou e uniu as mãos às costas, uma expressão azeda no rosto.

— Mestra Mallow deseja ver você.

O ar que Briony respirava congelou no pulmão. Ela encarou a porta, os músculos travaram como se esperasse que fosse aberta.

— Nós devemos visitá-la ainda hoje — esclareceu Toven.

Briony o encarou, em choque.

— Hoje? Eu mal consigo me mexer.

— Você vai precisar aguentar — retrucou ele. — Ela já está esperando há três dias.

Briony arregalou os olhos.

— Faz três dias que estou na cama?

— Seis, na verdade.

Ela abriu a boca e depois a fechou, sem saber como responder. Toven a encarou, esperando. Se preciso, ele a arrastaria para fora da cama?

Briony mexeu as pernas, esticando-as enquanto afastava os lençóis. Estavam nuas, já que a camisola estava amarrotada nas coxas.

Toven se virou outra vez para a janela, e ela imaginou que era a única privacidade a qual teria direito. Com movimentos trêmulos, Briony se ergueu do colchão, apoiando uma mão na parede para conseguir levantar. Um par de sapatilhas estava ao lado da cama, as quais calçou. Com a cama entre os dois, Toven voltou a encará-la, e Briony já ajeitava a camisola para cobrir os tornozelos. Era a única coisa que vestia. Não usava nenhuma roupa de baixo.

Os olhos indecifráveis a avaliaram mais uma vez antes de Toven levar o dedo indicador esquerdo à mão direita e magicamente cortar a parte macia do dedão. Briony reconheceu o feitiço de um portal. Em uma propriedade particular, era necessário usar o sangue de um dos habitantes para criar portais para entrada e saída. Sem isso, os visitantes precisavam abrir portais do lado de fora dos portões principais.

O abismo do portal se estendeu no quarto vazio, e Toven gesticulou para que ela se aproximasse.

Briony foi com pernas trêmulas, sabendo que estava prestes a navegar por águas desconhecidas sem nada além de uma camisola.

— Seu braço esquerdo — pediu Toven.

Briony olhou para baixo. A marca na parte interna do cotovelo brilhava. *Toven Hearst*.

Ele colocou a mão sobre o local. A pressão fria da mão na pele quente de Briony a fez questionar se estava com febre. Antes que pudesse desejar que aquela sensação se espalhasse pelo corpo, Toven a puxou pelo portal, e uma queimação rápida percorreu a marca no braço. Quando parou de sentir o vazio apertá-la, ela arfou.

Estavam na borda de uma grande montanha, com vista para largos picos e vales. Briony sentiu a cabeça girar com a vertigem e se afastou da beirada. Quando se virou, um castelo lúgubre estava entalhado na lateral da montanha.

— Venha.

Toven já tinha avançado nas escadarias íngremes em direção ao crepúsculo.

Briony o observou subir mais, o corpo já começando a gemer em protesto. Ela se apoiou na pedra à esquerda e o seguiu vagarosamente, um degrau de cada vez.

Ele a esperou no patamar seguinte, cerca de cinquenta degraus acima. Quando estava na metade do caminho, Briony precisou parar, ofegante. Toven não fez menção de ajudá-la, mas, por fim, ela o alcançou.

Antes de prosseguir, Toven a encarou.

— Mestra Mallow agora é a soberana suprema de toda Terrérnia. Você a tratará com a deferência necessária.

Briony tentou recuperar o fôlego.

— Ou o quê? Vocês vão me eletrocutar?

Toven levantou uma sobrancelha clara.

— Sei que esteve *dormindo* nos últimos seis dias, Rosewood, então talvez não tenha entendido ainda — disse, com voz sedosa —, mas cardiarizes não precisam de línguas. Não precisam de dedos. Nem sequer precisam de pernas. A desobediência pode ser punida da forma que Mallow achar melhor, desde que seu coração continue batendo.

Briony estremeceu, e não foi por causa do frio da montanha.

Toven se virou e continuou a subir as escadas enquanto ela assimilava as coisas.

Seis dias se passaram desde o leilão, e Briony era a cardiariz de Toven Hearst. Aquele era seu único propósito no mundo: fortalecer Toven Hearst.

Aos poucos, ela o seguiu pela encosta.

Entre as tochas ardentes dos patamares seguintes, havia duas portas de pedra grandiosas adornadas com o antigo selo bomardino da primeira guerra civil, e Briony percebeu onde estava. Mallow ocupava o lar original do primeiro Sede de Bomard, o Soberano do Dragão. O primeiro mago a tomar para si uma dragão como familiar — a mesma fera que se vinculara a Mallow.

Conforme as portas de pedra se abriam, a luz das tochas mostrou que a entrada estava protegida dos dois lados por homens em casacos azuis. Um deles assentiu para Toven e deu um passo para o lado, mas o outro homem percorreu o corpo de Briony com o olhar. Ela encarou os próprios pés.

Um segundo par de portas se abriu mais ao fundo dentro do castelo que mais parecia uma caverna, e Toven a guiou para dentro.

Eles entraram em um salão grandioso com um chão feito de pedra e um teto aberto, grande o suficiente para um dragão pousar lá dentro. Uma parede comprida era coberta por enormes janelas arqueadas com uma vista direta para a cordilheira, que sumia em uma enorme queda abaixo.

Veronika Mallow estava em pé no fundo do salão, encarando aqueles picos. Não havia uma cadeira ou "sede", como era o costume em Bomard, onde o líder se sentava para receber audiências. Mallow estava apenas em pé na sala vazia, usando uma calça justa, botas amarradas até a panturrilha, e uma blusa translúcida.

O assobio do vento que entrava pelos arcos abafou o som dos passos deles. Briony se sentia tonta.

Toven a levou até um ponto no salão, onde a pedra estava escurecida com sangue seco, e ficou de joelhos, puxando Briony para baixo ao seu lado. Ele abaixou a cabeça, mas Briony encarou as costas de Mallow, observando a mulher se virar lentamente na direção deles.

A pele pálida da maga brilhava sob o luar que se despontava no céu, e Briony se perguntou mais uma vez qual seria a idade dela. Os olhos tão pretos quanto o cabelo pousaram em Briony, atravessando-a.

— Briony Rosewood. — O nome dela deslizando pela língua de Mallow fez sua pele formigar. — Seja bem-vinda ao meu palácio.

Briony respirou fundo, o ar grudando na garganta. Quando não retribuiu o cumprimento, Mallow prosseguiu.

— Alcançou uma soma e tanto no leilão. — Os olhos de Mallow brilharam e as sobrancelhas se ergueram, como se ela e Briony compartilhassem um segredinho. — Todos esses homens bomardinos disputando por você. Tenho certeza de que ficou satisfeita.

Briony apertou os lábios, mas então um rimbombo profundo de risadas ecoou pelo salão. Ela observou os arcos e percebeu que não estavam sozinhos. Guardas bomardinos estavam escondidos nas sombras.

— De pé — ordenou Mallow, e então Toven a puxou outra vez para se levantar. — Toven.

— Mestra.

— Você perdeu o leilão, mas decidiu negociar com Reighven diretamente depois.

— Sim, Mestra.

— Por quê?

Briony aguardou, perguntando-se a mesma coisa.

— Sempre fui atraído pelas posses mais valiosas — respondeu Toven.

Mallow abriu um sorriso e começou a andar pela sala, continuando a conversa em tom casual:

— E ela é tudo que você pagou e muito mais? Completaram o elo de cardiariz?

— Ainda não, Mestra.

Os guardas bomardinos se remexeram, sussurrando. Briony sentiu uma dúzia de olhos voltarem-se para ela enquanto se perguntava como se completava o elo.

Mallow ergueu as sobrancelhas.

— Como sabe, ela se machucou na tentativa de fuga — replicou Toven, respondendo à pergunta que não foi feita. — Já aprendeu a lição, mas ficou enfraquecida.

— Complete logo — ordenou Mallow sem demora. — Qual é o motivo de ter uma cardiariz dourada se não for para minerar o ouro? — Ela sorriu. — Seu pai resolveu a questão da coleira dela, correto?

— Sim, Mestra — disse Toven. — Resta apenas concretizar o elo.

A mente de Briony estava em um turbilhão. Uma cardiariz dourada. Ela presumia que era só uma referência à lenda de que os Rosewood possuíam sangue dourado. Será que havia algo além disso?

E Orion resolvera a questão da coleira enquanto ela estava inconsciente? A coleira suprimiria qualquer magia independentemente de onde fosse puxada, de coração ou de mente? Briony estivera fraca demais para tentar antes, mas ela buscou a veia pulsante no peito, à procura da magia do coração. Depois, o fio vibrante entre os olhos, querendo a magia de mente. Nada.

Um pensamento terrível se materializou: *aquela coleira era permanente? Jamais conseguiria tirá-la?*

— Briony — cantarolou Mallow, interrompendo os pensamentos. Ela a encarava, com as mãos unidas às costas. — Onde está sua prima, Finola?

Briony piscou. Não conseguiu conter a surpresa antes de Mallow notá-la.

— Quê?

Toven virou a cabeça bruscamente para ela.

— Você deve chamá-la de Mestra — sibilou, ardente.

Briony quase o olhou feio. Ele avisara que devia ser obediente.

— Finola Rosewood — prosseguiu Mallow, dando um passo à frente. — Contava com abrigos próprios. Os parentes distantes pelo lado da mãe... os Nottingdale, se bem me recordo?

Conforme Mallow se aproximava, o ar nos pulmões de Briony pareceu ficar mais rarefeito. O coração vibrava enquanto ela encarava aqueles olhos brilhantes que a examinavam.

Ela tentou se lembrar da pergunta quando a mulher inclinou a cabeça para o lado como um tigre.

Finola. Finola, a irmã mais velha de Phoebe. Finola, a pessoa que ensinara a Briony magia de mente avançada depois do começo da guerra — ocultamento, camuflagem, evasivas. Sempre que voltava para casa depois de uma missão, focava toda a atenção em ensinar coisas a Briony. A prima trabalhava como uma conselheira-mor para a milícia etérnera e coordenara muitos dos ataques estratégicos a Bomard nos quatro anos desde a morte do rei.

Finola foi a primeira pessoa que mostrou a Briony que ela não precisava apenas ser um rostinho bonito esperando por um tratado nupcial. Briony poderia ser útil para a milícia, para o gabinete do rei — até para um gabinete *bomardino*, caso a guerra não tivesse começado.

Sentiu um nó entalando a garganta com a pergunta, mas algo estava muito claro.

Aquele era o motivo de Finola não estar presente na masmorra dos Trow. Ela nunca fora capturada.

E, por algum motivo, Mallow se sentia ameaçada.

Um fogo ardeu em seu âmago, algo que pensara estar extinto no momento em que sentiu a barreira de Rory ser derrubada.

— Finola era a estrategista-chefe do exército etérnero e a principal instrutora em ocultamento — respondeu. — Mesmo se eu tivesse alguma ideia de onde ela está, eu provavelmente estaria errada. — Um sorriso lento se esparramou pelos lábios de Briony. — Fico muito feliz em informá-la que, se Finola está solta por aí, não vai encontrá-la até que ela queira ser encontrada.

Os olhos pretos de Mallow estreitaram na direção dela e, tarde demais, Briony se lembrou que sua língua poderia ser arrancada por causa do comentário. Os dedos da mulher traçaram um gesto, e Briony se preparou para sentir um feitiço doloroso, uma punição...

Então algo bateu em sua bochecha, fazendo a pele arder e virando seu rosto por completo. Briony tropeçou, mas recuperou o equilíbrio a tempo e levou a mão à face. Os olhos pareciam sacudir nas órbitas.

Ela procurou pela fonte do ataque, preparando-se para outro golpe. Conseguiu focar de novo só quando Toven abaixava a mão, onde cintilava um anel de pedra afiado no dedo médio. O lábio dela estava molhado de sangue.

Ele tinha dado um tapa nela. Toven a golpeara e a fizera sangrar.

— Saiba seu lugar. Está falando com a Mestra do Reino.

Ela estremeceu com o tom de voz e desviou o rosto do olhar gélido.

Embora a cabeça latejasse, aquela era a menor das punições que poderia sofrer naquela noite.

Mallow parecia satisfeita com a resposta do súdito.

— A chama dentro dela ainda continua acesa, Toven. Estou ansiosa para vê-la ser apagada. — Mallow virou o rosto para Briony e continuou com o interrogatório: — Sabemos que Finola Rosewood tem contatos nos arredores de Kilwoven, na costa. Onde mais?

Briony a encarou, lambendo o sangue do lábio. Não fazia ideia de que tipo de resposta seria melhor para proteger Finola.

Mallow inclinou a cabeça.

— Eu mesma vou descobrir.

Ela se impeliu para a frente no instante em que Briony percebeu o que aconteceria e tentou dar um passo para trás, mas os músculos travaram. A garganta se fechou, apavorada, enquanto a presença de Mallow parecia dominá-la, ao colocar-se diante dela e inclinar a cabeça para aproximar os rostos. Briony encarou os túneis escuros do olhar de Mallow, sentindo-se arrastada por eles de maneira implacável.

E então havia adagas no seu cérebro, afundando nos olhos e revirando tudo. Ela não conseguiu respirar enquanto as lembranças flutuavam na sua mente, trazidas para a frente, empurradas para longe.

Com uma dor ardente, viu Finola, uma adolescente com dentes largos e uma trança no cabelo loiro cor de mel. Ela estava sentada na grama acompanhando uma Briony de 6 anos, soprando dentes-de-leão no campo atrás do castelo Claremore. As bochechas se enchiam de ar, e a princesa ria.

A mente de Briony pegou fogo enquanto Mallow escavava pensamentos e lembranças — usando magia que apenas os magos de mente mais avançados conheciam. Briony ouvira falar do poder que Mallow tinha de ler mentes — um benefício do vínculo com a dragão —, mas aquilo era muito parecido com magia de mente malfeita. Ela supunha que não existia um motivo para Mallow refinar sua técnica em algo menos invasivo e doloroso, como os magos de mente estudavam para fazer. A magia da mulher era como garras rasgando o crânio, abrindo as placas com força.

Como um elástico estalando dentro dela, Finola virou uma jovem mulher, parada ao lado de Phoebe no funeral do rei Jacquel.

Briony se sentia como uma passageira na própria mente, consciente de si mesma e da presença de Mallow a todo instante.

Ricochetearam para o palácio de Biltmore, e Finola ensinava a Rory como invocar o exército do rei — o exército de Rory naquele momento — enquanto Briony fazia anotações.

"Foi o próprio Vindecci que desenvolveu a técnica", disse a voz melódica de Finola. A prima desenrolou um mapa grande sobre a mesa de jantar. "Basta pairar a palma da mão sobre o castelo que deseja invocar."

Ela demonstrou abrindo a mão sobre a figura etiquetada como *Biltmore*. Briony, aos 21 anos, arfou quando as velas se acenderam, as chamas pulando para o teto e então diminuíram quando Finola afastou a mão.

Ela se virou para Rory e indicou o mapa.

"Os conselheiros estratégicos residem em Kilwoven. Eu levo você até lá amanhã..."

E, como um chicote estalando na própria mente, Briony se sobressaltou e viu a prima sentada na sua cama, no palácio de Biltmore, envolvendo-a, aos 18 anos, em um abraço.

"Não, não é mútuo." A Briony mais jovem riu em meio a lágrimas. "Eu sou só uma idiota."

A princesa sentiu o coração palpitar no peito mesmo enquanto a dor causada pela invasão de Mallow rasgava seus pensamentos, incendiando os nervos. O batimento cardíaco acelerou, e o corpo ficou mais tenso.

Não, não, não. Mallow não pode ver isso...

Houve um momento de imobilidade enquanto Mallow parecia pairar, percebendo a relutância de Briony para mostrar a lembrança. A consciência da mulher deslizou pela cena, retorcendo-se ao redor das duas na cama, examinando-as.

"Você não é uma idiota", disse Finola, prendendo o cabelo de Briony para trás. "Eu gostava de um menino bomardino quando tinha a sua idade."

Briony ergueu os olhos para a prima, surpresa.

"O que aconteceu?"

"Ele se casou um dia depois que a escola acabou, e eu implorei ao seu pai para me usar de qualquer forma que não fosse um tratado nupcial com um bomardino. Ele me deixou entrar para o conselho dos estrategistas em vez disso."

A princesa bufou.

"O *meu* pai? Isso nunca seria uma opção para mim."

"Você vai ver. Venha comigo para Camly do Sul nesse solstício. Eu tenho amigos por lá que podem ensinar... a você... ocultamento..."

Finola pareceu desacelerar, embora não tivesse feito isso sete anos atrás. Mallow estava voltando a lembrança, repassando a cena.

"Camly... do Sul..."

Apesar da dor em sua mente, Briony queria gritar por outros motivos. Tinha acabado de dar a Mallow um lugar onde começar a busca por Finola. O país de Camly do Sul, além-mar.

Ela esperou que a mulher libertasse sua mente, para ficar sozinha na própria cabeça outra vez e lidar com a dor a partir daí.

Só que Mallow ainda as encarava na cama com certa curiosidade. A lembrança se repetiu.

"Eu gostava de um garoto bomardino quando tinha a sua idade", repetiu Finola.

Briony sentiu seu corpo real estremecer de pavor, parada no salão do castelo. A mente gritava para que ela se fechasse, como o trancar de portas e o fechar de janelas antes de uma tempestade.

De súbito, atravessavam de novo as ondas de lembranças e imagens. A mente forçada a voltar mais e mais. Tentou lutar, tentou trazer outro momento à tona, mas a curiosidade de Mallow não parecia ser saciada.

Briony estava parada atrás de um carvalho, observando um garoto de meias descombinadas sentado no seu lugar favorito sob o salgueiro do lago.

Então, estava na aula de elixires, misturando ingredientes enquanto o mesmo garoto lia as instruções para a ela.

"As libélulas precisam ser cortadas em pedaços mais finos..."

"Não para esse aqui", retrucou Briony. "Quanto mais tortos os pedaços, melhor."

"Do que você está falando?", respondeu Toven. Ele se esticou para pegar a mão com a qual ela segurava a faca. "O corpo, sim, mas não as asas."

O olhar de Briony se ergueu para ele enquanto Toven demonstrava como cortar as asas de libélula. Ela observou o queixo, a boca, a forma como as maçãs do rosto pareciam cortar o ar.

Briony viu a si mesma, mais jovem, encarando Toven, com tudo o que sentia estampado no rosto.

A consciência de Mallow pairou ao lado dela. Sentia a bomardina ali, olhando não para a Briony mais nova, mas para aquela que via as próprias lembranças. Dentro da própria mente, ela se virou e encontrou Mallow com um sorrisinho calculista no rosto.

Na lembrança, Toven se voltou para encará-la, e a Briony mais jovem se afastou de supetão e a faca caiu no chão.

Como se houvesse um gancho ao redor da cintura, Briony foi puxada para mais longe das lembranças.

Aos 7 anos, no Circo Bomardino, na primeira vez que estivera em Bomard. Ela e Rory usavam túnicas verde-etérnero idênticas. O pai apertava a mão de Orion, e Serena Hearst estava atrás de um menino da mesma idade dos gêmeos que tinha cabelo cinza e o olhar frio.

"Vão entrar juntos na escola, acredito eu", dissera o rei em tom casual.

O menino de cabelo cinza revirou os olhos.

Mallow seguiu em frente, as luzes explodindo atrás da visão de Briony. Toven Hearst rodopiando os dedos e enviando uma brisa fria na direção dela. Ela estremecendo e o encarando feio.

Mallow as empurrou mais para a frente. Briony com o vestido que dava coceira, e a mão de Toven apoiada nas costas dela enquanto rodopiavam na pista de dança em Biltmore.

"Não?", perguntou Toven, procurando o olhar dela, aproximando o rosto dos dois. "Você não sabe o que estou pensando neste instante?"

Briony sentiu Mallow atrás dela, observando-a por cima do ombro. Dançando com eles.

Os olhos de Toven cintilaram, e Briony prendeu o fôlego.

"Eu nunca sei o que você está pensando."

Mallow conseguia ouvir o coração dela, sentiu o arrepio na pele.

Ela foi lançada para a frente. As costas bateram em uma parede de pedra em um corredor escuro e abandonado, e a mão de Toven segurava o queixo dela, encarando-a furioso.

"Não fale de coisas que você não compreende", sibilou ele.

"Eu sei *exatamente* do que estou falando."

"A cabeça do seu irmão vai parar em uma estaca um dia, e você vai ser arrastada pelas ruas assim que Mallow obtiver o que deseja." Toven olhou para ela. "Uma pena para esse corpo bonito."

Briony cuspiu no rosto dele. Toven a encarou, em choque. E então abriu um sorriso lento, curvando e se desenrolando. A respiração de Briony era quente na pele dele, mas a mão na bochecha dela era fria.

Toven apertou o corpo no dela, prendendo-a no lugar. Os olhos de Briony se expandiram enquanto sentia os músculos compridos que o delineavam junto a ela.

"Se você insistir em esquecer sua educação, Rosewood, então talvez eu fique tentado a esquecer a minha", sussurrou Toven na boca de Briony.

E, com uma brusquidão que mais parecia um inspirar depois de um afogamento, Briony voltou a ficar sozinha na própria cabeça. Voltaram para o salão, e Mallow estava parada diante de Briony ainda suspensa no ar. A mulher a examinava com minúcia, como se tivesse sido apresentada a um problema inusitado.

A ausência da presença de Mallow na mente era como quando se tomava algo gelado rápido demais, um congelamento no cérebro, algo frio que enchia as placas do crânio.

Ela foi solta e caiu no chão, as pernas dobradas em ângulos estranhos. Doía ficar de olhos abertos, mas ela encarou Mallow, vendo uma ideia lenta se formar. Uma descoberta.

Ela sabia que Briony já tivera sentimentos por Toven Hearst.

— Ah, rochas. — Mallow fez um muxoxo condescendente, sorrindo para Briony como se tivesse sido presenteada com algo grande.

De súbito, o rosto dela se contorceu e se virou para Toven, esticando a mão.

Briony escutou Toven arfar, o corpo ser trazido para a frente como uma marionete de cordas. O queixo foi de encontro à mão aberta de Mallow. As pernas balançavam em busca de um apoio.

Mallow encarou Toven, e, de repente, tudo ficou em silêncio enquanto ela também buscava as lembranças e pensamentos dele.

Procurava nos pensamentos dele por *Briony*. Tinha certeza.

Uma gota de suor escorreu da têmpora de Toven enquanto Mallow fazia uma busca completa.

Briony não sabia quanto tempo passara sendo examinada, mas essa busca parecia mais demorada.

Toven grunhiu, a respiração soando ofegante.

E, depois do que pareceram dez minutos, Mallow o soltou, largando-o no chão ao lado de Briony. Ele se apoiou nos joelhos, encarando a mulher.

Mallow sorriu, satisfeita.

Ela se voltou para o corpo fraco de Briony e deu uma risada condescendente. A princesa estremeceu com a reverberação do som pelo salão.

Briony tinha — no passado — *ansiado* pelo homem que a prenderia pelo resto da vida e que a drenaria da própria magia todos os dias. Uma ardência familiar no âmago voltou e a sufocou, o mesmo sentimento que costumava ter na escola sempre que precisava desviar os olhos dele. Era abominável, na verdade. Desejar alguém que tanto a desprezava.

Um pensamento passou pela consciência de Briony enquanto lutava para se manter firme: se tinha alguma dúvida sobre como Toven se sentia a seu respeito, ao menos Mallow agora dera motivos para saná-la. Não havia sentimento. Se Toven sentisse algo, a mulher teria descoberto.

Briony fechou os olhos com força.

— Divirta-se com ela, Toven — disse Mallow. Briony conseguia ouvir o sorriso na voz. — Estou ansiosa para ver como ficará poderoso assim que se unir a ela.

Uma voz trêmula à esquerda dela sussurrou:

— Assim como eu, Mestra.

— Camly do Sul — entoou Mallow, triunfante, lembrando a Briony que entregara mais do que os próprios segredos naquela noite. — Obrigada, Briony. Isso é tudo.

Toven fez uma reverência para Mallow e ergueu Briony pelo cotovelo, arrastando-a atrás de si.

Depois que passaram pelos guardas da porta, eles desceram a escada esculpida na lateral da montanha. Um puxão agudo através de um portal os levou outra vez para os jardins de Hearst Hall.

Com a mão de Toven sobre a marca, Briony sentiu uma onda de calor enquanto provavelmente era devolvida à sua prisão outra vez. Ela manteve a cabeça baixa como se Mallow ainda estivesse ali, atacando-a. E talvez estivesse, dentro da mente dela. Arrastando-se, alimentando-se dela. Talvez nunca mais fosse embora.

Toven não a soltou. Os olhos cinzentos procuraram os de Briony, passando frenéticos por suas feições.

— O que ela viu?

Briony balançou a cabeça.

— Nada importante.

— Seja lá o que foi, ela pensa que sou cúmplice — resmungou ele.

O vento passou pelos dois, esvoaçando a capa dele em padrões retorcidos, roçando nos ombros nus de Briony.

Talvez ela pudesse contar. Não era nada, afinal. *Eu tinha sentimentos por você*. Seria simples, e não teria mais importância alguma. Poderia dar de ombros e rir.

Só que estava naquele lugar, vestindo apenas uma camisola, na frente de um homem cujo poder sobre ela não tinha limites.

Briony estremeceu ao vento e se desvencilhou dele.

— Ela entrou na sua mente e viu que você era inocente, Toven. Então não há nada para contar. — Briony se voltou decidida para Hearst Hall, um pouco distante. — Estou com frio e cansada. Meu corpo dói e minha cabeça parece estar pegando fogo. E minha bochecha está ardendo por *algum* motivo...

— Eu avisei que não deveria ser mal-educada...

— E estou faminta...

— Uma vez uma pirralha mimada, sempre uma pirralha...

— Só me deixe ir dormir — implorou ela.

Briony não tinha ideia de onde ficava o chalé do caseiro, mas saiu marchando pela grama à direita. Toven dissera que ficava perto de onde se machucara.

— Rosewood. Por aqui.

Ela olhou para trás e o viu parado no caminho que levava a mansão.

— Está na hora de mostrar onde você vai ficar.

Toven gesticulou para que o seguisse pelo caminho até Hearst Hall.

Capítulo 16

As portas pareceram cada vez maiores conforme Briony acompanhava Toven pelo caminho. Ele não olhou para trás para verificar se era seguido.

Eles subiram os degraus de pedra adiante e ele quase segurou a porta para deixá-la passar, por hábito, antes de perceber o que fazia e acabar entrando primeiro.

O saguão de entrada era feito de elegantes paredes em mármore e ouro e tinha ao menos trinta metros de altura. As velas irradiavam uma luz baixa, e as escadas davam a volta no saguão, levando a um segundo e terceiro andar. Acima, um teto abobadado era a característica arquitetônica mais notável. Pinturas grandiosas da era de Vindecci adornavam as paredes com molduras douradas.

Briony olhou à esquerda, à direita e ao meio antes de se deparar com três arcos de mármore entalhado que levavam a alas escuras do castelo. Nunca vira tanto mármore em toda a sua vida. Não era uma pedra nativa de Terrérnia, então as pessoas que o adquiriam desembolsavam um valor considerável.

E Toven chamara *Briony* de mimada. Ela observou a entrada de Hearst Hall no mais completo choque com a *riqueza* de tudo. O chão de mármore era aquecido. Conseguia sentir o calor mesmo pela sola dos sapatos. Os candelabros não tinham teias de aranha; as janelas não eram empoeiradas. O lugar era muito bem cuidado... por quem?

Toven estalou os dedos para fechar as portas da frente. Briony percebeu que ansiava por poder usar esse tipo de magia simples outra vez. Ele se afastou, e ela sentiu um embrulho no estômago ao vê-lo começar a subir a escada.

Ela imaginara uma cela no porão ou um cantinho ao lado da cozinha. Conforme Toven subia a escada, Briony se perguntou se os aposentos dos criados estavam no terceiro andar. Talvez fosse ficar em um quartinho sem mobília assim, como o que ficara no chalé do caseiro.

Porém, ao acompanhá-lo, Toven se virou no segundo andar. Tradicionalmente, onde ficavam aposentos da família.

Briony segurou o corrimão de mármore e hesitou na plataforma. Ela se apoiou ali enquanto lembranças de conversas passadas zumbiam na mente.

Garotos bomardinos falando sobre o que fariam com suas cardiarizes assim que as tivessem.

Cinco mil em ouro adicionados a seu valor pela virgindade.

Magia sacra, algo ainda desconhecido para ela, mas ao menos compreendia que havia um poder a ser obtido por fazer sexo em uma união cardiariz.

— Para onde você está me levando? — perguntou Briony, em um tom mais seguro do que sentia estar.

Toven se virou, já a alguns passos de distância em um corredor escuro.

— Para o lugar onde você vai ficar.

— E onde será isso?

— No quarto — respondeu ele breve, parecendo frustrado.

Briony engoliu em seco.

— No quarto de quem?

Toven Hearst a encarou, e ela tentou se concentrar em todas as vezes em que lembrava de vê-lo sendo decente. Parecendo odiar quando os outros garotos eram grosseiros. Preferindo flertar a intimidar.

Toven piscou uma vez, apertando os lábios.

— No seu — falou, a voz suave.

Quando continuou a andar pelo corredor, Briony ainda sentia o ar preso no peito, mas aos poucos afrouxando. Ela o seguiu, deixando que o olhar repousasse sobre as tapeçarias e arandelas. Toven parou à direita, diante de uma porta no final do corredor, virou a maçaneta e deu um passo para o lado, permitindo que Briony entrasse primeiro. Quando se aproximou, ele se afastou ainda mais.

Era um quarto confortável, com o dobro do tamanho do quarto do caseiro. Na parede oposta, havia janelas cobertas por cortinas finas e uma poltrona simples. À direita, ficava uma cama com dossel e um armário. A mesa de cabeceira à direita da cama continha um candelabro e uma caixa decorativa para guardar joias. À esquerda estava uma porta que levava a uma sala de banho particular.

Ela adentrou o cômodo e viu que na parede à direita da porta tinha uma estante com apenas três livros nas prateleiras.

Era simples, mas agradável. Era o melhor que poderia desejar, na verdade.

Briony se virou para Toven, que a observava com atenção ainda na porta, fora do quarto. Por falta de coisa melhor a dizer, ela comentou:

— É bom.

Ele estreitou os olhos e bufou.

— Preferia dormir em um colchão dentro de um armário?

Briony deu de ombros.

— Não sei por que minha opinião importaria. Achei que cardiarizes não precisavam de línguas para falar, muito menos um lugar confortável para dormir.

Ela o observou enquanto absorvia o comentário.

— Quanto mais saudável o cardiariz, mais saudável é a magia.

— Ah, isso é bom. Para você. — Briony o encarou feio, e ele devolveu o olhar. — O que envolve a união cardiariz?

— Você não vai precisar se preocupar com isso — avisou Toven, virando-se para o corredor.

Ela fez uma careta. Claro que não precisaria se preocupar. Era só a magia dela em jogo, só isso.

— Se precisar de alguma coisa, dentro do razoável, pode pedir em voz alta — informou ele. — Refeições, cobertores, elixires de dor. A casa providenciará.

Toven esticou a mão para a maçaneta, e Briony sentiu um arroubo de medo de que estava prestes a ser trancada ali dentro sem acesso a nada ou ninguém pelo resto da sua vida.

— Gostaria de saber para onde as pessoas foram levadas — disse ela, as palavras saindo apressadas da boca. — Os etérneros.

Toven hesitou, e então se inclinou no batente.

— Achei que estava cansada, com frio e fome, que sua cabeça e seu corpo estavam doendo...

Ela revirou os olhos, suspirando com aquela petulância.

— Ah, pelas águas abençoadas...

— Mas, se quer conversar mais, talvez possa me contar o que Mallow descobriu na sua cabeça.

— Eu estou perguntando sobre a *vida* das pessoas, Toven. Pela segurança delas.

— Assim como eu — retrucou ele. — Pela segurança da minha família.

Toven estava falando muito sério, e ela não entendia o motivo. Briony semicerrou os olhos, cruzando os braços.

— O que você teme que ela tenha encontrado na minha cabeça? — perguntou Briony.

Ele endireitou a postura, afastando-se.

— Eu não vou ficar brincando de adivinhações com você. Durma bem, Vossa Graça.

Toven fechou a porta. Briony ouviu o estalar de uma tranca cuja sentença ecoou na mente dela. De súbito, as paredes pareciam apertadas demais. Sabia-se lá por quanto tempo ficaria trancada. A respiração oscilou, e ela foi até a janela para olhar para algo que não fossem as quatro paredes.

A cortina mal tampava a luz, mas ela julgava que não precisava se preocupar se teria um sono confortável. Briony afastou o tecido e tentou enxergar além da escuridão. O quarto tinha vista para a frente da propriedade, mas os portões não estavam à vista.

Ela virou em um círculo, examinando os arredores. Seguindo até a estante, viu os três livros disponíveis. Eram de não ficção, e um deles era um livro didático de medicina. O porta-joias na mesa de cabeceira estava vazio. Briony tentou girar a maçaneta, só para certificar-se de que escutara a tranca, e escutara mesmo.

Briony esticou a cabeça pela porta da sala de banho. Era pouco decorada com elementos em mármore e latão, e uma banheira no meio do cômodo. Ela se espantou ao olhar para o próprio reflexo. Estava pálida e magra, e o cabelo estava desbotado e sujo. A camisola de seda parecia grande demais nos ombros ossudos.

Tinha comido alguma coisa nos seis dias desde que chegara?

Examinou a coleira dourada no espelho, procurando por algo que não notara, mas não havia forma de abri-la.

Briony voltou para o quarto, prestes a pedir por um jantar. Antes que pudesse envergonhar a si mesma ao pedir comida para as paredes, encontrou uma mesinha que não estivera ali antes, ao lado da poltrona perto da janela. Um prato fumegante de carne, vegetais e pão a aguardava. A barriga dela roncou.

As batatas eram cozidas à moda etérnera, e ela reconheceu o cheiro dos temperos da terra natal na carne.

Briony pensou no que Toven dissera sobre manter os cardiarizes saudáveis. Não devia ter veneno na comida, mas ainda assim parecia errado comer.

O que será que Cordelia estava comendo? Será que Didion tinha uma cama e uma banheira?

O rosto de Rory apareceu na mente dela, e as lágrimas inundaram seus olhos.

Briony se jogou na poltrona, pegando apenas um pedaço de pão do prato para mordiscá-lo lentamente.

O que fariam sem Rory? Havia alguma esperança? Ela mastigou o pão e pensou em Finola. Seria o suficiente que a prima estivesse foragida e tivesse a possibilidade de conseguir contatar os outros países? Será que Camly do Sul ou algum dos outros países além-mar teriam algo a dizer sobre as ações de Mallow? Ela acabara com a linhagem Rosewood.

O coração de Briony doía. Tentou se conectar àquela veia que a ligava a Rory, mas não havia nada ali.

Por que ela não o abraçara para se despedir?

As lágrimas escorreram pelas bochechas, e Briony deixou o resto do pão no prato. Havia um vazio que a consumia mais e mais desde a morte do pai. Ajudar Rory e guiá-lo para o sucesso fora seu único objetivo nos últimos quatro anos, e agora o irmão se fora.

Onde estava o corpo dele? Mallow tinha mesmo o queimado?

Briony apertou os olhos com a dor. Não tinha nem sequer um lugar onde poderia prestar luto por ele. Ele não poderia ser colocado no mausoléu Rosewood, junto do pai e da mãe.

Uma respiração trêmula rompeu do peito dela, e Briony chorou até que a comida esfriasse.

Quando finalmente secou o rosto e fungou para afastar as lágrimas, se virou para o prato de comida, mas ele já tinha desaparecido.

No lugar estava um pedaço de papel, as palavras aparecendo lentamente enquanto a tinta parecia brotar do material. Ela observou as primeiras linhas serem preenchidas.

Riann Cohle – Cordelia Hardstark
Del Burkin – Didion Winchester, Velicity Punt
Aron Carvin – Phoebe Rosewood

Briony ofegou, segurando o papel antes que pudesse desaparecer tão rápido quanto aparecera. Ela devorou a informação, separando as emoções dos fatos.

Era a isso que Toven se referia quando disse que ela poderia pedir coisas à casa, se fossem solicitações razoáveis? Será que a casa tinha escutado seus questionamentos? Ela viu as palavras serem escritas, todas as perguntas sendo respondidas.

Liam Quill e o pai adquiriram Katrina e Simon, um jovem etérnero com quem tinham frequentado a escola. Ela se sentiu enjoada ao ler que Canning Trow comprara Jellica Reeve, a mulher que levara para testar seu elixir.

A lista não citava Larissa, mas ela sabia que a mulher estava com Finn Raquin.

Briony releu a página; havia algo faltando. Sammy e o general Meers não estavam na lista. Mas o amigo tinha sido leiloado. Ele fora o primeiro etérnero a ser chamado ao palco. O coração de Briony se apertou. Se o paradeiro dos Meers não estava no papel, significava que não estavam mais vivos?

Briony memorizou a relação dos nomes até que não aguentasse mais ficar acordada. Ela não sabia o que faria com aquela informação, mas ter uma ideia de onde os amigos estavam, mesmo que espalhados por aí, era uma coisa boa.

Briony se arrastou até a cama com o pedaço de papel amassado entre os dedos e caiu em um sono profundo, sem pesadelos.

* * *

Pela manhã, Briony acordou com o cheiro do desjejum na mesa de cabeceira. Bolinhos adocicados, salsichas temperadas e mais frutas do que conseguia comer em uma semana. Ela comeu um pouco e tomou um banho.

No armário, encontrou mais cabides vazios do que cheios. Dois vestidos de lã simples ao estilo bomardino, feitos para o frio, e duas camisolas limpas, como a que usara até aquela manhã, estavam pendurados. Havia um roupão, pares de meias, roupas de baixo simples e em tons neutros, e sapatos que serviriam para qualquer clima.

Briony pegou as roupas de baixo depressa como se o armário fosse mordê-la e tirou um vestido claro do cabide. Vestiu as peças, questionando se foram enfeitiçadas para caber nas medidas de quem os vestisse. Tecidos mágicos eram um luxo muito caro — mas talvez a riqueza dos Hearst significasse que jamais chegaram a considerar alternativas não mágicas.

O sol iluminava as cortinas finas desde o instante em que acordara, então ela finalmente as afastou. Quando a luz tocou sua pele, Briony percebeu que não via o sol desde o dia da morte de Rory.

Hearst Hall era uma propriedade extraordinária e magnífica. Onde havia sombras cinzentas durante a noite, pela manhã se tornava um verde brilhante. Era possível ver os portões da frente; à esquerda, a floresta de onde a raposa saíra. O quarto ficava quase ao fim da ala. Ela apertou o rosto no vidro frio e conseguiu enxergar o contorno do prédio à esquerda, como se houvesse apenas mais um quarto no canto. Briony deu as costas à janela e observou o cômodo, deixando que o sol aquecesse sua nuca.

Seria aquela a vida que levaria a partir de agora? Comeria, tomaria banho e dormiria tudo ali, no mesmo quarto. Toven Hearst a drenaria de longe e, de vez em quando, Mallow rasgaria sua mente em busca de informações.

Ela tentou pensar no que Finola faria. A prima procuraria por uma saída, mas Briony já sabia onde ficava o limite da propriedade.

Ela olhou para a marca no braço. Toven colocara a mão ali para transportá-la. Só poderia sair acompanhada dele.

A ideia de usar seus encantos femininos para tentar sair da propriedade outra vez a fez querer rir. Briony abaixou a cabeça e esfregou o rosto. Talvez devesse ter passado mais tempo aprendendo um truque ou outro com Larissa Gains.

Os dedos desceram das bochechas ao pescoço, parando no metal ali. A coleira a impedia de usar magia, e a marca a mantinha prisioneira na propriedade. Ela não sabia nada sobre nenhuma dessas magias.

O conhecimento limitado que tinha sobre cardiarizes provinha de rumores na escola. Ter um cardiariz não era uma prática comum em Etérnia, porque magos de mente não precisavam deles para reforçar seu poder — e mesmo o uso em Bomard não era muito falado até Mallow ascender. Como Katrina contara anos atrás, a magia dos cardiarizes, na verdade, era baseada no amor, pensada para matrimônios. O compartilhamento mágico feito por via dupla fortalecia ambos os parceiros. O que Bomard fazia era poluir esse propósito, criando uma via de mão única para *tirar* magia. Briony presumia que a coleira extraia sua magia e a fornecia para Toven, deixando-a sem acesso ao próprio poder. Já magia sacra era algo totalmente diferente — um incentivo extra de magia para dois cardiarizes que tinham se unido e queriam compartilhar os corpos um com o outro sexualmente. *Canning* também encontrara uma forma de poluir isso com o elixir que criara.

Quanto à marca nominal, Briony não tinha ideia por onde começar. Se estivesse com as bibliotecas etérneras a seu dispor, trabalharia dia e noite para descobrir que tipo de magia tinham usado ali.

De repente, ela se lembrou de alguém que contornara esse problema.

Larissa.

Finn Raquin removera a marca dela nos portões, mas Toven devia saber dos planos do amigo.

Briony se perguntou se conseguiria obter alguma informação de Toven.

Com um suspiro, ela foi até a estante do outro lado do quarto, pegou o livro sobre ervas e cataplasmas medicinais, o texto menos entediante entre as escassas opções, e se acomodou na poltrona pelo resto do dia.

Naquela noite, sonhou com Rory. O irmão usava uma vestimenta formal preta e branca, com uma rosa púrpura na lapela. Briony o observou através da névoa enquanto Cordelia ia ao encontro a ele em uma praia usando um vestido etérnero fluido, e ambos uniam coração e mente para se casarem sob o pôr do sol.

Ela acordou aos prantos, sem conseguir recuperar o fôlego. Enfiou o rosto no travesseiro e gritou.

No dia seguinte, repetiu o mesmo que fizera no anterior, dessa vez lendo o segundo livro na estante, uma história infantil que se passava no Bosque dos Freixos em Bomard.

E o terceiro livro subsequente era uma biografia do maior oponente de Vindecci, a quem Etérnia mal se dava ao trabalho de mencionar em textos históricos.

No quarto dia, Briony recomeçou o livro de ervas medicinais.

Todas as manhãs, ela testava a maçaneta. Todas as tardes, relia a lista de nomes que a casa lhe fornecera. Todas as noites, sonhava com Rory, Didion ou Cordelia. E acordava chorando. Então, testava a maçaneta outra vez.

Logo ela perdeu o desejo de tomar banho ou trocar a camisola, então simplesmente parou de fazer isso. Quando a comida aparecia, Briony a olhava de relance e voltava a encarar a página ou a janela.

Às vezes, batia na porta, gritando para que a soltassem, mas ninguém a respondia. Briony jogou o candelabro e porta-joias vazio na parede, mas ou estava muito enfraquecida, ou os objetos não podiam ser quebrados. Ela não recebeu atenção alguma. Tentou acertar a janela com a poltrona, mas o vidro não rachou.

Toven não foi incomodá-la.

O restante de sua existência seria daquele jeito?

Não tinha ideia do que envolvia o ritual de elo cardiariz, então era muito possível que Toven já tivesse o completado depois do comando de Mallow. Afinal, já usava a coleira. Ela sabia que a magia cardiariz era diferente do ato de inflamar. A inflamação era uma pulsão rápida de poder, mas a magia cardiariz era sustentada através do tempo e distância — um suprimento constante de energia, a não ser que fosse usado demais. De qualquer forma, ela não sentiu uma mudança na ausência da magia. Ainda não conseguia acessar nada na mente ou no coração.

No sexto dia, Briony não saiu da cama. Ela encarou a janela apenas virando a cabeça no travesseiro, as lágrimas deixavam rastros pelo nariz e pelos lençóis. Queria definhar. Talvez assim pudesse ver Rory de novo.

Ela estava fechando os olhos com a luz do sol quando uma batida áspera soou na porta.

Briony se sobressaltou, alerta. Limpou o rosto e saiu da cama. Antes que pudesse convidar o visitante para entrar, a porta se abriu.

Serena Hearst entrou com uma expressão desgostosa no rosto. Ela usava um vestido azul no mais puro estilo bomardino, com mangas compridas e um corpete apertado, e aparentava em cada detalhe a imponência da senhora da mansão.

Briony de repente ficou muito consciente da falta de banho.

— Você não está comendo — disse a sra. Hearst simplesmente. — E, ao que parece, também não está tomando banho.

Briony engoliu em seco, tomada pela vergonha.

— Você deve comer — ordenou a sra. Hearst. — Não tem permissão para morrer. Sua magia deve fortificar a de Toven. Quanto mais saudável o cardiariz, mais saudável a magia.

Briony franziu as sobrancelhas, mas, antes que pudesse protestar, a sra. Hearst tremulou os dedos e o guarda-roupa se abriu. O roupão saiu de lá e pousou sobre a cama, junto com um par de sapatos.

— Venha — chamou ela.

Briony vestiu o roupão e o amarrou ao redor da cintura.

— Para onde?

— Você vai comer e fazer exercício. Passearei com você como se fosse um cachorro, se necessário.

Serena Hearst saiu, deixando a porta aberta.

Briony sentiu o coração acelerar enquanto calçava os sapatos. Estavam deixando que saísse do cativeiro.

Capítulo 17

Briony avançou rapidamente, ávida por se afastar daquelas quatro paredes, mesmo que isso significasse passar tempo na companhia de Serena Hearst.

A mulher loira não disse nada depois que Briony se juntou a ela no corredor. Apenas deu as costas e foi devagar na direção das escadas. Briony a seguiu, olhando para as pinturas e tapeçarias que vira no escuro quando chegara. A sra. Hearst mantinha um ritmo lento, e Briony ficou grata por isso. Seis dias trancada em um quarto em Hearst Hall depois de seis dias se recuperando da eletrocussão depois de uma semana nas masmorras dos Trow... Fisicamente, ela ainda não estava de volta a si.

A sra. Hearst desceu a escadaria com graça, ao passo que Briony se apoiava no corrimão. Ela estava sem fôlego, e enfim ciente da fome que sentia.

As duas passaram por uma janela grande com vista para os fundos da propriedade, e o olhar de Briony foi capturado pelo lago grande que vira na primeira noite ali. Queria perguntar à sra. Hearst se era natural ou feito por magia, mas se conteve quando a mulher a olhou, parecendo frustrada.

— Venha.

Elas seguiram para a ala oposta ao quarto que estivera, e Briony notou uma nova série de portas, algumas entreabertas, outras bem fechadas. Ela identificou um salão de jantar formal, outro informal, um escritório e uma sala de estar — e aquelas eram apenas as portas *abertas*.

Por fim, elas chegaram à cozinha, e Briony quase riu ao ver aquele cômodo grandioso tão vazio. Havia muita comida, mas nenhum criado, e apenas três pessoas na casa para serem alimentadas. Quatro agora, pelo jeito. A sra. Hearst passou a mão pelos balcões, gesticulando para as frutas e queijos, bolinhos adocicados, carnes temperadas e legumes cozidos.

— Coma — ordenou.

O rosto era uma máscara de tédio, como se estivesse apenas começando uma longa lista de tarefas que precisaria fazer no dia.

Uma xícara de chá fumegava no balcão, e Briony tomou um gole, começando devagar. A barriga roncou quando se aproximou das frutas e queijos. A sra. Hearst ficou parada no canto do cômodo, com as mãos unidas diante dela, esperando que fosse obedecida. Briony mordiscou o queijo e uma maçã, mas a cesta de frutas a lembrava demais das masmorras dos Trow e das mulheres que estavam tão longe dela. Ela passou para os vegetais e a carne.

— Toven disse que não há criados em Hearst Hall — comentou Briony baixinho, testando as águas.

— Não. Não temos necessidade — disse a sra. Hearst de maneira casual. Briony pensou que ela só diria aquilo, mas a mulher prosseguiu: — A mansão foi construída com rochas de Starksen, antes de serem declaradas protegidas.

Briony se virou para ela, perplexa, parando os dedos a caminho de uma colher de servir. As rochas do país de Starksen eram magia primitiva, remontando a uma época anterior ao sistema de gestos mágicos que os magos aprendiam na escola. A existência daquelas rochas deixava estudiosos estarrecidos e eram a raiz de expressões como “Pelas rochas!” ou “Que as rochas o abençoem”. As pedras Starksen eram muito raras em Terrérnia, e em geral compunham estátuas de mármore honradas ou fortalezas poderosamente protegidas.

— A mansão inteira é feita de rochas de Starksen? — repetiu Briony.

O olhar frio da sra. Hearst recaiu sobre ela.

— Coma, srta. Rosewood.

Briony se concentrou na comida, preparando-se para pensar sobre o assunto depois. Enquanto se servia da carne, ergueu os olhos para a parede diante dela.

Nela estava pendurada uma página do *Diário*, a fonte de notícias do continente. A maior parte dos lares em Etérnia e Bomard tinha ao menos uma página do *Diário* que era atualizada diariamente. Na casa dela, os criados costumavam ter uma pendurada na cozinha, mas o que chocou Briony foi o que estava na página daquele dia.

O rosto de Sammy Meers a encarava, e o coração dela foi parar na boca.

Era uma caricatura grosseira, com olhos malignos e afundados e bochechas esqueléticas, mas era ele. Briony reconheceria aqueles cachos e o formato do queixo em qualquer lugar. A manchete dizia PROCURADO: MEERS, PERIGOSO. A mente dela entrou em um turbilhão. Sammy não morrera. Ele tinha fugido e, pelo jeito, estava causando confusão.

A mesma faísca que sentira no peito quando ouviu que Finola ainda estava viva voltou a se acender. Quantos outros segredos ela poderia descobrir lendo o *Diário*?

Ela olhou para a sra. Hearst e encontrou a mulher encarando a janela, desinteressada. Briony parou ao lado da linguiça apimentada, disposta a comer vinte delas se isso significasse que poderia só ficar ali e ler as notícias.

Acima do desenho de Sammy estava a data daquele dia, e abaixo da manchete estava um punhado de palavras que ela se apressou para devorar.

> Na última onda de massacres, um vilarejo a noroeste das cordilheiras Armitage foi brutalmente atacado na noite de ontem por Sammy Meers e sua gangue de insurgentes.

— Terminou?

Briony levou um susto. A sra. Hearst inclinou a cabeça para ela. Briony não sabia como prolongar aquele momento para ler mais da página do jornal.

— Sim — disse Briony.

Ela deu mais uma mordida na salsicha e mirou as palavras outra vez em busca de qualquer nome ou localização familiar. Leu descrições de pessoas, mas nada prendeu sua atenção.

A sra. Hearst gesticulou para que partissem. Ela não parecera notar a atenção de Briony na página do jornal. A jovem deu um último olhar no rosto de Sammy, determinada a encontrar um jeito de voltar ali e à fonte de informações.

Briony ainda estava cogitando a probabilidade da sra. Hearst a levar até a cozinha outra vez se decidisse fazer uma greve de fome, quando percebeu que estavam seguindo para uma direção que não tinham ido antes.

Ela absorveu mais de Hearst Hall, tentando identificar em que lado do castelo se encontravam.

— Para onde vamos? — perguntou por fim quando a sra. Hearst a guiou por uma sala de estar antes de começarem a voltar pelo mesmo caminho que fizeram antes.

— Estou andando com você — respondeu a sra. Hearst, com rigidez. — Já que você não se deu ao trabalho de caminhar por conta própria.

Briony apertou os lábios com a suposição de que ela *poderia* passear pela casa sozinha e então seguiu a mulher. Quando passaram por uma porta aberta, a sra. Hearst girou o punho, fechando-a com um clique. Briony sentiu o coração vacilar. Nenhuma outra porta chamara a atenção da sra. Hearst como aquela. Absorveu o máximo possível as características do corredor e memorizou onde estavam — perto da cozinha na ala noroeste, de frente para os fundos da casa, ao lado de uma tapeçaria do Bosque de Freixos.

Briony se manteve três passos atrás da sra. Hearst enquanto continuavam a caminhada, até enfim chegarem ao salão de entrada com as escadarias. Ela ergueu o olhar para o sol, a luz iluminando o teto abobadado, e sentiu o calor na pele e sob seus pés no mármore.

No entanto, em vez de guiá-la pelas escadas outra vez até seu quarto, a sra. Hearst a levou para outra ala da mansão. Briony sentia a cabeça girar com todas as novas tapeçarias e pinturas e portas que precisava memorizar. Estavam na mesma ala em que ficava o quarto de Briony, mas no andar debaixo. Portas duplas à esquerda estavam abertas, convidativas, e Briony perdeu o ar quando passou por elas.

Era uma biblioteca.

Tinha o tamanho de uma pequena livraria. Talvez uma livraria grande, já que Briony não conseguia ver a parede dos fundos. As paredes eram tão altas quanto as de um salão de baile, com prateleiras que iam até o teto, e havia uma escadaria que levava a um patamar que continha ainda mais prateleiras.

— Venha.

Briony se voltou para a sra. Hearst e percebeu que tinha parado de andar para admirar a biblioteca. A expressão da mulher era neutra, mas indicava impaciência. Briony lançou um último olhar antes de segui-la por um corredor e uma escadaria simples que levava ao segundo andar. Elas voltaram para o quarto em que estivera presa, e Briony ofegava quando a sra. Hearst a levou para dentro.

— Por favor, tome um banho, srta. Rosewood — disse a mulher em uma voz que não deixava espaço para discussões.

Briony assentiu, sentindo a vergonha inundá-la outra vez ao perceber que a sra. Hearst avaliava o cabelo e a pele oleosa dela. A mãe de Toven parou no batente da porta, e Briony se perguntou se ela esperaria até que a banheira começasse a ser enchida.

— Será preciso se acostumar a esse lugar — disse a sra. Hearst, de súbito. — Pode parecer uma prisão, mas não é tão ruim assim. É uma cela elegante, não concorda?

Briony sentiu um vazio acomodando-se nas costelas. Ela assentiu em concordância por não ter o que dizer. A mente dela estava distante, naquela página do *Diário*, bolando um plano para ser levada até a cozinha de novo.

A sra. Hearst suspirou, endireitando a postura.

— Sinto muito por todas as suas perdas, mas não posso oferecer mais do que a afirmação de que Hearst Hall é o lugar mais seguro para você.

Era a segunda vez que escutava aquelas palavras e ainda não as compreendia. O olhar da sra. Hearst era firme, mas, embora oferecesse certo conforto com as palavras, o tom de voz não transparecia o mesmo.

Briony precisava, de alguma forma, ganhar a confiança da mulher. Talvez fingir ser uma prisioneira grata fosse o melhor a fazer.

— Obrigada pelo almoço, sra. Hearst — disse Briony baixinho. — Acho que o passeio e a conversa me fizeram bem.

Estava prestes a sorrir e prometer que se banharia quando a sra. Hearst falou:

— Pode me chamar de Serena.

Briony ergueu as sobrancelhas, surpresa. No rosto da mulher, havia o indício de um sorriso pela primeira vez.

A sra. Hearst — Serena — saiu do quarto, fechando a porta com uma batida suave. Briony encarou o lugar em que a mulher estivera, esperando aquele momento fazer sentido. Ela se sentou na poltrona, pensando em como influenciar Serena a levá-la para "passear" outra vez, quando percebeu...

Briony não ouvira a tranca girar.

Ela se levantou com rapidez e foi até a porta. Com a mão trêmula, apertou a maçaneta.

Que virou, e a porta se abriu.

Briony sentia o coração acelerado quando espiou pela fresta.

Ela ouviu passos no mármore no fim do corredor e logo fechou a porta outra vez. Depois de cinco minutos de um silêncio tenso, testou a maçaneta de novo só para garantir. A maçaneta virou.

Serena ficara tão distraída assim pelas palavras de conforto que tinha se esquecido de trancar a porta? Ela se lembraria depois?

Briony foi à sala de banho e encheu a banheira com água quase em um transe. Tentaria outra vez à noite, quando os moradores estivessem dormindo.

Ela passaria a noite inteira na frente da página do *Diário*, absorvendo tudo ali em busca de informações. O peito dela se encheu com as possibilidades.

* * *

À meia-noite, Briony vestia um vestido limpo e estava descalça, girando os dedos e observando o relógio mover-se demasiadamente lento.

Ela esperou alguns minutos antes de abrir a porta e sair. Seguindo o mesmo caminho pelo qual Serena a levara, desceu a escadaria menor em vez da grandiosa no saguão de entrada. Passou pela biblioteca e se deteve só por um instante antes de decidir que a prioridade deveria ser descobrir o que estava acontecendo do lado de fora dos portões.

As sombras de Hearst Hall a atormentavam a cada passo, e as arandelas de luz fraca pareciam bruxulear sempre que se aproximava demais. Briony parou no saguão de entrada, que precisaria cruzar para chegar à outra ala. O domo de vidro no teto deixava o luar entrar, iluminando as paredes e estátuas em ângulos estranhos.

Com passos rápidos, Briony caminhou silenciosamente sobre o mármore. Foi fácil encontrar a cozinha. Ela se certificou que estava sozinha antes de pegar um candelabro esquecido em uma estante e acender o pavio da vela em uma das arandelas.

Briony se apressou até a página na parede e viu que ainda exibia a figura de Sammy. Fora Vindecci quem criara o *Diário* quase seiscentos anos antes para conectar todas as pessoas do continente ao enviar notícias e informações diretamente para a página de cada casa.

Levando a ponta do dedo à folha, Briony sussurrou ao pergaminho que mostrasse a ela as notícias do dia do eclipse. O dia em que Rory morrera. A tinta secou e voltou a se formar.

Ela leu páginas e mais páginas de propaganda pró-bomardinos, tentando encontrar detalhes esquecidos entre as celebrações de sucesso. Leu rapidamente passagens sobre a queima do corpo de Rory, sem condições de acompanhar tudo, e em vez disso se concentrou em encontrar três nomes: Sammy Meers, general Billium Meers e Finola Rosewood. O dia do leilão foi descrito com informações que correspondiam à lista que a casa fornecera para Briony. Ela notou que naquele dia o destino de Sammy também não fora mencionado no *Diário*, embora o leilão dele tenha sido o primeiro.

Briony se arrepiou ao perceber uma coisa. Sammy estava no palco quando Larissa atacou o primeiro guarda e começou a confusão nas coxias. Ele deve ter escapado em meio ao caos. Ela respirou fundo, agradecendo às águas por terem conseguido uma coisa boa apesar da tentativa fracassada.

A primeira menção ao nome do amigo aparecera oito dias depois do leilão. Briony fez as contas, lembrando-se que a data marcava dois dias depois da visita a Mallow.

Invasão na propriedade Burkin

Nesta manhã, Del Burkin foi encontrado morto depois da terrível tragédia em sua propriedade na noite de ontem. O massacre coordenado e impiedoso ocorreu no meio da noite e resultou no sequestro dos cardiarizes de Burkin.

Sammy Meers, prisioneiro etérnero fugitivo e conhecido desordeiro, apoiado por um agressor desconhecido com habilidades em "ocultamento" ou magia de controle de mentes, matou Del Burkin em sua cama e raptou dois cardiarizes.

Em desespero, Briony fechou os dedos na beirada do balcão. Ela releu as palavras de novo e de novo. Del Burkin estava na linha de sucessão, não? Briony acreditava que ele era o sucessor de alguém. O agressor desconhecido só podia ser Finola. Briony sabia que nenhum outro fugitivo tinha habilidade em ocultamento para ser digno de nota. Porém, um outro pensamento tomou sua mente: Burkin comprara Didion e Velicity Punt no leilão.

Sammy, Finola, Didion e Velicity... Briony sentiu a garganta fechar com a esperança repentina, mas ela a engoliu. Apesar disso, com as maquinações ardilosas de Sammy, as conexões e habilidades de Finola, a lealdade corajosa de Didion e a luta tenaz de Velicity, Briony apostaria naquela equipe sem pestanejar.

Os dedos dela tremiam conforme as possibilidades floresciam em seu peito. A rebelião estava crescendo.

Ela passou adiante nas notícias, encontrando outra menção a Sammy e uma descrição de Velicity: *pele marrom-escura, sem o antebraço esquerdo*. Briony fechou os olhos com força, sentindo a respiração falhar. A marca. Se cortasse o próprio braço fora, ela conseguiria contornar aquele problema.

Briony tentou se imaginar fazendo isso. Tentou pensar em Velicity parada nos limites de alguma outra propriedade lúgubre, encarando Sammy até permitir que a mutilasse. Mas eles devem ter matado Burkin primeiro, pensando que isso resolveria — que os cardiarizes estariam livres se o arrendador tivesse morrido. Outro pedaço de informação para guardar: a morte do arrendador não libertava o prisioneiro.

Será que Didion também cortara o próprio braço? Os olhos dela se encheram de lágrimas.

Será que eles voltaram a ter acesso à magia depois que Burkin morreu? Briony procurou por menções das coleiras de Sammy ou de Velicity nas descrições, mas não encontrou nada.

Ela considerou as próprias opções. Briony poderia roubar uma faca da cozinha naquele instante e serrar a carne e os ossos.

Mas para onde iria, sem um braço e sangrando, sem acesso à magia? Como encontraria Sammy e Finola? Devia existir outra maneira de contornar a situação da marca sem se colocar em uma posição tão vulnerável.

Briony respirou fundo.

— Próxima página, por favor — sussurrou para o *Diário*.

As arandelas ganharam força, iluminando a cozinha.

Ela se virou e encontrou Orion Hearst apoiado no batente, os olhos perspicazes fixos nela.

— Ah — disse ele. — É sempre tão decepcionante encontrar vermes na cozinha.

Capítulo 18

BRIONY SENTIU O CORAÇÃO oscilar e os músculos implorarem para que corresse.

Orion entrou na cozinha, indo na direção dela de braços cruzados. Ela deu um passo para trás, encolhendo-se em um canto. O homem a olhou de cima a baixo e depois se inclinou para ver a página do *Diário*. Cada um dos movimentos parecia exagerado, como se estivesse brincando com ela.

— Ah, sim. Sammy Meers — disse Orion, dando um cutucão na página. — Estive a sua procura. Alguma ideia de onde ele poderia estar, srta. Rosewood?

Ele virou a cabeça para encará-la, e Briony recuou, tentando se tornar tão pequena quanto possível.

— Não — respondeu baixinho, quando finalmente entendeu que Orion aguardava uma resposta.

Ele se virou e foi até o balcão, deslizando os dedos até o bloco onde ficavam as facas. Um anel com uma pedra escura reluziu em sua mão.

— E o que você está fazendo aqui, fora do seu quarto, a uma hora dessas? — questionou ele.

— Eu não consegui dormir — mentiu Briony.

— E encontrou uma boa leitura — continuou, erguendo o olhar para ela. — Estive fora em uma missão durante muitos dias, srta. Rosewood, então imagine minha surpresa ao ver como suas circunstâncias mudaram em tão pouco tempo.

Briony se perguntou qual missão seria, mas, antes que pudesse pensar demais no assunto, Orion prosseguiu:

— Foi meu filho ou minha esposa que permitiu que andasse pela minha casa sem nenhuma restrição?

Os joelhos de Briony enfraqueceram sob aquele olhar.

— Nenhum dos dois. A oportunidade surgiu com uma porta destrancada.

Os lábios dele formaram um sorriso condescendente.

— Que sorte a sua. — Ele endireitou os ombros. — Volte para o seu quarto, srta. Rosewood. Não queremos que você passe mais uma vez pelos limites da propriedade sem que Toven esteja presente para te *resgatar*.

Orion deu um passo para o lado e gesticulou para que ela fosse na frente.

Briony passou por ele e caminhou rápido pelo corredor, atravessando o saguão de entrada e subindo a escada. Ela espiou pelo patamar e viu que Orion Hearst a seguia devagar, como um predador que se preparava para aumentar a velocidade ao fim da caçada. Briony se fechou no próprio quarto, com a respiração ofegante, fazendo uma barricada com a poltrona, colocando-a atrás da porta.

A fechadura fez um clique.

Briony apertou os olhos com força, tentando se acalmar. O peito latejava enquanto a mente vibrava com tudo o que acabara de descobrir. Seu olhar foi até a janela.

Havia rebeldes etérneros lá fora. Talvez estivessem a caminho de resgatá-la naquele momento. A página do *Diário* que ela lera mais cedo naquele dia dizia que Sammy "atacara" um vilarejo no lado noroeste das montanhas Armitage. Era a cordilheira que ladeava Hearst Hall.

Briony foi até a janela e observou lá fora. Sentiu uma faísca no coração pegar fogo. Ela tentou se conectar à magia, e não se surpreendeu quando não obteve resposta. Tocando a coleira ao redor do pescoço, sabia que precisava dar um jeito de ir à biblioteca dos Hearst. A marca ou a coleira... uma ou as duas coisas poderiam ser resolvidas com o livro certo, tinha certeza.

Só precisava que um dos Hearst a libertasse outra vez.

* * *

Briony parou de comer de novo. Só que dessa vez sentia fome.

Todas as manhãs, ela salivava diante da bandeja de desjejum, às tardes se escondia da bandeja do almoço na sala de banho e à noite encarava a bandeja do jantar até que sentisse que desmaiaria.

Só precisou de três dias antes de uma batida ressoar na porta, mas foi Toven quem apareceu.

Ele abriu a porta enquanto Briony saía da cama com dificuldade, ao menos contente que estivera tomando banho e trocando a camisola. Toven inspecionou ela e depois a bandeja de almoço que a atraía havia mais de uma hora. Ele usava uma camisa azul-marinho e um colete azul-claro, e a combinação fez com que a barriga de Briony se embrulhasse e ela se questionasse que tipo de fome sentia de verdade.

Quando Toven a fitou insatisfeito e enfiou as mãos nos bolsos da calça, Briony se apoiou na coluna da cama e imitou a expressão dele.

— Está planejando definhar aqui dentro? — perguntou ele.

— Bem, não tenho mais nada para fazer.

Algo faiscou nos olhos dele. Toven desviou o rosto e adentrou mais o quarto, direto para a bandeja do almoço próxima da janela.

— Você precisa comer. Precisa continuar saudável por ser minha cardiariz.

Briony estreitou os olhos para ele.

— Preciso dizer que isso não é um argumento muito tentador para mim. Minha magia tem um *sabor* diferente quando estou fraca, Toven? O *gosto* não é o mesmo? A cardiariz dourada não é tão *suculenta*?

— Parece que alguém está com fome — murmurou ele, pegando uma tortinha e enfiando-a na boca.

Ela viu a boca dele se mexer, a mandíbula mastigando, a língua passando nos lábios para provar o açúcar. Briony desviou o olhar.

— Então, qual é seu plano, Rosewood? — perguntou Toven, pegando outra tortinha açucarada. Era a favorita de Briony, um doce grudento com açúcar cristalizado em cima. Ele mordeu e a encarou. — Está esperando que alguém leve você até a cozinha outra vez para poder ler a página do *Diário*?

Ela ergueu os olhos da comida e não se deu ao trabalho de parecer inocente.

Toven caminhou até ela com a mesma confiança que exibia na época da escola, antes de se tornar frio e indecifrável. O olhar dela ia da boca mastigando até a outra metade do doce que ele tinha em mãos.

— Está esperando que outra pessoa se esqueça de trancar a porta de novo? — insistiu ele, sem pressa, parando diante dela.

Briony precisou inclinar a cabeça para trás para encontrar os olhos dele.

— Bem, já que você se ofereceu — provocou ela.

Os lábios dele estremeceram, quase sorrindo. Toven ergueu a tortinha entre os dois, e ela se preparou para observá-lo terminar de comer, para tentar esconder o grunhido dolorido da fome que sentia. Mas então o doce foi levado aos lábios dela.

E Briony abriu a boca antes que pudesse se conter.

Ela fechou os olhos e Toven delicadamente enfiou o doce na boca dela, o dedão passando no lábio inferior ao se afastar. O açúcar explodiu na língua dela, e foi como se a barriga se apertasse e afrouxasse ao mesmo tempo. Quando abriu os olhos, percebeu que acabara de deixar Toven Hearst a alimentar. Durante uma greve de fome.

Ele a encarou, triunfante, lambendo o mel grudento do dedão antes de dar um passo para trás. Briony engoliu com dificuldade.

— Você precisa que eu dê comida na sua boca durante todas as refeições? Ou acha que vai conseguir fazer isso sozinha a partir de agora?

Ela sentiu as bochechas queimarem e endireitou a postura.

— Se você quer uma cardiariz saudável e feliz, então eu preciso ter mais o que fazer, Toven. Preciso ler outras coisas. — Briony respirou fundo e disse, audaciosa: — Eu quero acesso à biblioteca.

Toven riu, e ele era tão lindo que chegava a doer.

— A biblioteca — repetiu ele.

Ela o encarou, esperando que concordasse, sabendo que não iria.

— Se me contar o que tanto quer ler, posso trazer até seu quarto.

— Não.

Toven bufou.

— Não? Você não quer que eu saiba que livros você quer ler, Rosewood?

— Não. Porque meu plano é começar com *Como mutilar e torturar Toven Hearst*, e odiaria que você antecipasse os métodos com facilidade.

Ele deu um passo à frente.

— Você, uma prisioneira, quer ter acesso ilimitado a uma das bibliotecas mais vastas do mundo — disse ele. Briony engoliu em seco e sustentou o olhar. — E o que eu ganho com esse acordo, Rosewood? Você está planejando me dar algo em troca, certo?

Briony sentiu a pele esfriar e o coração acelerar. Não havia nada na expressão de Toven que a levava acreditar que ele a ameaçava. A hesitação dela, porém, fez com que ele reavaliasse as palavras. A expressão brincalhona desapareceu do rosto.

— O que você quer? — perguntou ela baixinho.

Toven piscou. Então, desdenhou dela com uma risada, recuando mais e se virando na direção da janela.

— Ora, ora. O que a família real diria disso? Negociando seu corpo assim tão cedo por um acordo. E tudo que precisei foi de um doce...

— Não estava oferecendo meu corpo — emendou Briony com pressa, erguendo o queixo. — Só estava perguntando o que você quer. Saber o que Mallow viu na minha cabeça? Saber a possível localização de Sammy Meers?

Toven se voltou para ela. Ele apertou os lábios e olhou para baixo.

— Não abra o jogo quando você está barganhando por informações, Rosewood — disse Toven, seco. — Aquilo que está na sua mente pode ser arrancado de você.

Ela juntou as sobrancelhas. *Por Mallow? Era dela que ele estava falando?* Antes que pudesse perguntar, Toven suspirou e indicou a bandeja.

— Se você comer, concedo cinco minutos na biblioteca.

Briony prendeu o fôlego.

— Quinze minutos.

— Dez.

— Feito.

Ela foi até a mesinha com as pernas trêmulas, torcendo para que não desmaiasse com a meia dúzia de passos que precisava dar para chegar lá. Briony devorou metade de um sanduíche e mais alguns legumes antes de pegar um pão doce e limpar a boca com o guardanapo de tecido. Tomou um gole de chá para a comida descer.

— Estou pronta — disse ela, mordendo o pãozinho.

Toven desviou o olhar da boca dela e saiu do quarto.

Briony o seguiu pelo corredor, descendo a escada enquanto mastigava, pensativa. Não fazia ideia de que tipo de livros deveria procurar. Marcas nominais mágicas, talvez? Quem sabe cruzar as referências de marcas e limites proprietários.

Toven abriu as portas duplas, e Briony cambaleou outra vez com aquela visão. Pensou que estava imaginando a imensidão da biblioteca, mas não.

Quando entrou, o cheiro de livros antigos dominou seus sentidos. Ela queria correr pelas prateleiras e tomar para si todas as informações que a biblioteca dos Hearst poderia oferecer. Uma mesa comprida para abrir livros de pesquisa estava à direita, e sofás e poltronas confortáveis no centro do cômodo.

Toven caminhou até um livro gigantesco no canto esquerdo.

— Este é o catálogo. Pode requisitar um assunto ou um livro específico, e os livros vão se reorganizar, seja indicando com uma luz de navegação ou trazendo eles diretamente até você.

Briony assentiu, mas passou longe do catálogo, sem querer deixar resquícios do que estava buscando. Ela subiu seis degraus até o patamar de cima e virou em uma estante, encontrando fileiras e mais fileiras de livros. Ela arfou, e o som saiu alto naquele silêncio.

— Dez minutos — reforçou Toven, perto da porta.

Briony foi até uma seção sobre proteção mágica, checando as lombadas para ler sobre limites e magia de propriedades. Estava procurando no quinto índice quando um pensamento terrível a ocorreu.

Sua *mente*.

As imagens que visse... as coisas que lesse...

Mallow poderia ver tudo isso se decidisse vasculhar a mente dela outra vez.

E Toven não acabara de dizer que aquilo que estava na mente dela poderia ser arrancado? Não eram só as lembranças importantes que Mallow conseguia acessar. Ela podia ver qualquer coisa que Briony fizesse, por mais banal que fosse o ato. Páginas, palavras, informações. Suas coisas favoritas.

Briony devolveu o livro com dedos trêmulos, sabendo que pesquisar sobre marcas nominais era o suficiente para incriminá-la. Nunca tinha sentido medo da própria mente antes.

Encarando as prateleiras daquela biblioteca tão sombria e poderosa que poderia derrotar Mallow e toda Bomard apenas com páginas manuseadas pela pessoa certa, Briony percebeu que não poderia aproveitar nada daquilo. Ela deu um passo para trás, respirando ofegante. Não havia nada que pudesse pesquisar. Nada era seguro. Briony piscou rapidamente para as estantes, focando a respiração, sentindo uma dor pontiaguda entre as costelas.

Sua mente não lhe pertencia mais. Ela ainda sentia o fantasma da presença de Mallow ali, escorregadia como óleo. Talvez ela não invadisse a consciência de Briony outra vez, mas isso era algo com que poderia contar?

Briony se inclinou nas estantes, fechando os olhos.

— Como posso impedir que ela leia minha mente? — sussurrou para si mesma, mal ousando levantar a voz.

O som de algo sendo movido à esquerda fez com que abrisse os olhos. Um livro saltou de uma estante ali perto e flutuou, como se tivesse sido invocado. Piscando rápido, Briony espiou entre as prateleiras para ver se Toven tinha pedido algo no catálogo lá embaixo.

O homem estava sentado em uma poltrona, uma perna cruzada em cima da outra. Não tinha sido ele.

Ainda assim, o livro flutuou. Briony seguiu pela prateleira, andando cuidadosamente na direção dele. Perto o bastante para segurá-lo, leu a lombada.

Barreiras mentais para iniciantes.

O coração de Briony bateu mais rápido no peito enquanto segurava o livro fino, que caiu nas mãos dela como uma maçã caindo da árvore. Ela encarou a capa por um instante, sem raciocinar, antes de abrir o índice com dedos trêmulos.

Era um livro sobre como proteger os pensamentos de um indivíduo. Briony franziu as sobrancelhas. A biblioteca a escutara? O catálogo providenciava ajuda sem que precisasse ser diretamente requisitado? Talvez fosse mais da magia misteriosa das pedras de Hearst Hall.

Barreiras mentais seriam a melhor proteção contra a sondagem de Mallow, mas era uma habilidade mágica. E Briony não tinha magia.

Ela leu os títulos dos capítulos.

Meditação.

Limpando a mente.

Paredes e portas.

Do pouco que sabia sobre barreiras mentais a partir dos próprios estudos, entendia que requeriam uma mente focada. Era algo extremamente avançado. Os alunos do quinto ano mal entravam nesse assunto antes de saírem da escola, mas os primeiros capítulos pareciam simples o suficiente, até mesmo para quem não tivesse magia.

Briony colocou o livro fino dentro da sobrecapa de um livro maior sobre agricultura e rapidamente se voltou para as prateleiras de ficção, pegando dois dos seus livros favoritos para disfarçar.

Quando desceu as escadas, Toven olhou para o relógio, surpreso.

— Gostaria de usar os últimos doze segundos ou já acabou?

Briony engoliu com dificuldade e abriu um sorriso.

— Já acabei.

Ela se sentia como uma criança que roubara algo da cozinha, esperando para ver se seria pega pelos cozinheiros. Toven leu as lombadas dos livros nos braços dela, vendo apenas os dois romances e a capa do livro de agricultura.

Ele a guiou para fora da biblioteca, e Briony lançou um último olhar adorador por cima do ombro. Subiram a escada em silêncio. Ao chegarem no quarto, Toven abriu a porta para ela e Briony segurou os livros no peito como se fossem um escudo.

— Vai começar a comer a partir de agora? — perguntou ele, com a mão na maçaneta.

— Até eu acabar as minhas leituras — respondeu Briony, com leveza.

Toven franziu a testa e fechou a porta. A fechadura trancou.

Briony correu até a cama, largando os livros lá e abrindo *Barreiras mentais para iniciantes.*

Ela ainda não sabia se conseguiria ir muito longe sem magia. Quando Finola a ensinou sobre o ocultamento, elas passaram *semanas* apenas meditando. A prima tinha um quarto inteiro dedicado à meditação. Briony estivera lá dentro uma vez, mas era tão vazio que a deixara tonta. Tinha paredes brancas e nenhuma janela, e a porta desaparecia quando era fechada. Briony sentira claustrofobia e precisou sair logo.

Briony olhou para o quarto, pela primeira vez grata que não havia nenhuma decoração ou mobília para distraí-la. Talvez pudesse criar seu próprio espaço de meditação.

Ela leu a noite inteira, devorando as técnicas do livro. No dia seguinte, começou a praticá-las, encontrando familiaridade nas mesmas meditações dos estudos em ocultamento. Tudo aquilo a lembrava de Finola, e ela acabou irrompendo em lágrimas depois de uma hora de concentração agressiva, sentindo-se totalmente exaurida.

Briony foi cedo para a cama e tentou esvaziar a mente antes de dormir, mas os sonhos foram tecidos em sua cabeça como teias de aranha.

* * *

A consciência de Briony voltou dos sonhos em ondas lentas, flutuando sem peso de volta à superfície. Toda vez que sonhava, Rory estava presente. Ela queria ficar lá, em um lugar onde o irmão ainda estava vivo, mas algo a puxava impiedosamente de volta à superfície.

Desatando os nós dos desejos e das lembranças, Briony sentiu um pinicar na pele, o corpo arrastando-a de volta para a cama em Hearst Hall, para um mundo onde Rory morrera. Ela sentiu calafrios nos braços, e a sensação familiar de alguém observando-a atentamente.

Briony sentiu um puxão leve no cabelo, cócegas no pescoço.

As pálpebras tremeram, e ela abriu os olhos no quarto escuro. Virou a cabeça na direção da porta, com a certeza que não estivera sozinha. Que uma mão passara pelo cabelo dela, um olhar a fitava sem restrições.

Que talvez alguém estivera ali para ver como ela estava. Briony piscou para afastar os pensamentos absurdos, enrolando as pernas nos lençóis, virando para se aconchegar.

Uma sombra se mexeu na escuridão.

E um grunhido baixo soprou ar quente no rosto dela.

Briony gritou quando a raposa cinza da floresta empurrou uma pata sobre o peito dela, prendendo-a na cama. Por um instante, o animal ficou sobre ela, expondo os caninos e soprando o hálito quente e com cheiro de carne sobre a pele fria dela. Então a raposa encaixou a mandíbula, e seus dentes afundaram no pescoço de Briony.

Capítulo 19

Era calor e dor, uma agonia quente e ofuscante, e o grito dela irrompeu em um choro ofegante. Briony chutou na cama e tentou empurrar a raposa, mas os músculos ainda estavam fracos por ter passado tempo demais sem comer direito.

O animal a soltou e rosnou para ela outra vez, os dentes cintilando em vermelho sob o luar. Recuou para atacar outra vez, e Briony ergueu os braços, protegendo o rosto.

Os dentes cortaram o antebraço.

— *Vesper*.

O quarto sacudiu com a palavra que mais parecia um comando. Briony olhou por entre os braços e viu Toven no meio do quarto, vestindo apenas a calça do pijama. O olhar parecia sobressaltado, mas concentrado na raposa que virara a cabeça por cima do ombro, rosnando para ele.

— Vesper — repetiu Toven. — Não.

Briony esqueceu as feridas no pescoço e a sensação quente da vida se esvaindo dela por um momento. Ela só conseguia assistir a Toven parado, perfeitamente imóvel, comandando o animal como se fosse seu mestre.

Ele *era* o mestre?

A raposa cinzenta bufou, e Briony viu o sangue respingar da bocarra, manchando os lençóis. O animal virou a cabeça para ela outra vez, arreganhando os dentes. Então ergueu a pata do peito dela, e Briony rolou para o lado o mais depressa que conseguia. O quarto girou quando caiu da cama e se encolheu na parede, observando com ansiedade a raposa virando-se para encarar Toven outra vez.

Toven mantinha as mãos tranquilas na lateral do corpo, como se não temesse pela própria segurança. Ele e a raposa se encararam, Toven parado e seminu no luar e o animal ensanguentado em cima da cama.

Sem saber o que aquele momento entre os dois significava, Briony viu a raposa saltar da cama e trotar porta afora.

A adrenalina se esvaiu do corpo dela, e a visão começou a escurecer. Ela tentou apertar a mordida no pescoço, mas a coleira dourada atrapalhava. Briony sentiu a parede atrás dela inclinando-se de lado e se preparou para colidir com o chão, mas o choque nunca aconteceu.

— Rosewood.

Ela abriu os olhos, vendo que estava na horizontal, encarando Toven Hearst.

A consciência dela oscilava, indo e voltando. Havia uma queimação no pescoço. Talvez não tanto uma queimação quanto uma vibração.

Ela voltou para a escuridão e, quando despertou outra vez, a boca de Toven estava apertada em uma linha tensa. Briony encarou os lábios dele, perguntando-se que tipo de veneno poderia respingar dali. Sentia o pescoço sendo costurado outra vez enquanto os dedos dele formavam padrões complexos, roçando gentilmente a pele dela, repuxando a ferida para unir a carne outra vez.

Fazia tanto tempo desde que Briony fora tocada de outra maneira que não à força ou por aprisionamento que ela tentou impedir o corpo de estremecer de prazer. Em sua mente, surgiu a lembrança de um dedo coberto de açúcar roçando os lábios dela, mas estava fraca demais para se demorar no pensamento.

Briony estava no colo de Toven, os braços e pernas em ângulos estranhos, a cabeça dela apoiada na coxa dele. O torso dele brilhava no luar. Ela ansiava por traçar o peitoral dele com os dedos, sentir a maciez da pele sobre os músculos firmes. Ela se imaginava elevando a mão, lentamente colocando a ponta dos dedos sobre o coração dele e sentindo os calafrios que seguiriam os movimentos dela — o arrepio que poderia incitar nele. Como aconteceu naquela corrida até o salgueiro anos antes.

Toven segurou a nuca dela com uma das mãos, e a pressão firme dos dedos provocou um suspiro suave dos lábios dela. Com a outra mão ele alcançou a de Briony que estava perto das costelas dele, e Toven virou o antebraço dela para suturar com magia as mordidas que ainda vertiam sangue até o cotovelo.

O pescoço de Briony estava grudento com o sangue seco, mas ela sentia a própria força voltando.

Tentou memorizar o rosto de Toven, a mandíbula travada, a pele pálida das clavículas que continham um pouco de rubor. Quando ergueu os olhos, viu que ele a encarava.

Briony estava vulnerável, apenas de camisola. Mantendo um braço apoiando-a, o outro descansando sobre o coração dela, Toven não fez menção de tirá-la dali, então Briony ainda estava deitada sobre as coxas dele.

O olhar dele desceu do pescoço até o peito de Briony, e ela se perguntou o quão encharcado de sangue o tecido estava.

Está vendo?, queria dizer. *Meu sangue não é dourado.*

O ar fresco sobre a pele e a atenção de Toven fez com que os mamilos de Briony enrijecessem, mas ela não tinha a energia para se cobrir. E viu o exato instante em que Toven identificou os bicos dos seios dela implorando por atenção sob a camisola.

— O sangramento parou — avisou ele, sucinto, o olhar voltando ao rosto dela. — Vou enviar elixires para a perda de sangue. Você deveria tomar um banho e descansar.

Mas Toven não se mexeu. Ela sentiu o calor da ponta dos dedos dele em sua clavícula, a palma pesada sobre o esterno, como se estivesse contando as batidas do coração.

— Dormir aqui? — questionou, rouca. — Depois do que aconteceu?

— Ela não vai voltar.

Briony fitou o rosto dele, aguardando uma explicação, e por fim, a mente confusa finalmente encontrou a resposta.

— Ela é sua familiar — sussurrou.

Toven pareceu olhar feio para a porta.

— Ainda estamos... nos entendendo.

Uma risada oca escapou do peito de Briony. Era uma frase tão casual. Algo que casais diriam. Ele voltou a encará-la.

— Os familiares não deveriam seguir as ordens do mago a que se uniram?

Toven apertou os lábios.

— Acho que eu nunca quis ninguém que me obedecesse facilmente.

O olhar que ele lançou para ela carregava significado, como se acabasse de perceber o que tinha dito. Briony sentiu outro arrepio a percorrer. E, com o movimento, Toven voltou a olhar os seios dela.

— Por que ela queria me matar? — perguntou Briony. — Ela não sabe que estou aqui porque você quer?

— Ela é... uma criatura ciumenta. Nós dois somos.

Briony observou o pomo no pescoço dele subir e descer. Ela não queria se mexer, não queria desviar a atenção dele de seu corpo. Já sentira o olhar de Toven sobre si antes, mas nunca quando estava tão exposta, tão despida.

A forma como Toven a segurava com os braços, como a mão estava apenas a centímetros da curva do seio dela, como os olhos se demoravam em todos os lugares em que sonhara que ele a beijasse...

Ele queria tocá-la? Toven iria tocá-la? Tudo o que precisava fazer era erguer um pouco a mão e estaria segurando o seio dela. Será que ele sabia que Briony ansiava por isso?

O olhar era suave e os braços, quentes, e ela não sabia como conciliar o homem que a caçara com aquele que a segurava com tanto cuidado.

— Do que ela tem ciúme? — sussurrou.

Toven se voltou para Briony.

— Ela entende que você é a nova fonte de magia.

A mente dela estava turva com a perda de sangue e a tortura do toque de Toven, mas ela tentou compreender as palavras.

— Mas magos de coração podem ter um familiar e um cardiariz, certo? Múltiplas fontes?

Toven assentiu.

— Podem, mas, por causa do seu poder, do sangue Rosewood, eu não precisaria de outras. — Ele engoliu em seco, os olhos descendo para as clavículas dela, e mais abaixo. — Ela se tornaria obsoleta se eu usasse você como cardiariz.

Se eu usasse...

Briony o examinou, questionando se ele percebera o que confessara.

Ele ainda não se unira a ela. Briony presumira que algo já fora feito sem seu conhecimento, mas Katrina *tinha* dito que era preciso uma cerimônia ou algo do tipo. Fosse lá o que a cerimônia de união envolvia, ainda não a completaram, e Mallow a requisitara havia mais de uma semana.

— Bem ciumenta, então — disse Briony, tentando pensar em qualquer coisa que pudesse mantê-lo ali, mas foi lenta demais.

Sentiu quando os músculos de Toven se mexeram, a mão saiu de cima do esterno dela, e, antes que Briony pudesse se sentar sozinha, ele se colocara em pé, carregando-a nos braços.

Instintivamente, Briony passou o braço pelo pescoço dele, enquanto era levada até a sala de banho. Ele tremulou os dedos, e água quente começou a encher a banheira.

Quando a deixou em pé, Briony ergueu o olhar para a boca dele, os olhos — mas a expressão de Toven ficara firme e fria outra vez. A admiração ao corpo dela desaparecera. Briony se afastou, mas deixou os dedos traçarem o peito dele uma última vez antes de Toven se endireitar.

— Limpe-se. Descanse.

Toven não a fitou outra vez ao sair.

Briony observou a banheira encher, perguntando-se como ele chegara tão depressa depois que gritou.

Questionando o calor que sentira nos olhos dele enquanto estava deitada em seu colo, vestindo uma camisola fina, ensopada de sangue.

* * *

Briony acordou na manhã seguinte sentindo-se completamente fatigada. Encarou o nada por horas, revivendo a sensação do hálito da raposa sobre o rosto, o som da pele rasgando. E então, costurando lembranças de Toven. Como ele apareceu praticamente do nada, imóvel como uma rocha, enquanto a familiar saía do quarto, e como segurou Briony, curando-a.

E a coisa que a deixava mais perplexa: Toven Hearst não a estava usando como cardiariz. A mente dela explorou todos os possíveis motivos, mas não conseguia chegar a uma conclusão clara.

Elixires apareceram junto ao desjejum, e ela não hesitou em tomá-los. A dor que sentia no pescoço e nos braços era insuportável.

Briony dormiu várias vezes durante o dia, deixando com que os sonhos alternassem entre dentes afiados pingando sangue e a pele nua e olhos desejosos.

* * *

Toven não voltou para verificar como ela estava. Briony estava exausta demais com as feridas para tentar fazer outra greve de fome, mas, mesmo com a porta trancada, ainda poderia ler *Barreiras mentais para iniciantes*.

Três dias depois do ataque, na sexta releitura, Briony estava achando difícil memorizar teorias e técnicas sem aplicação prática. Contudo, havia certas técnicas de meditação que poderiam ser praticadas sem magia, e essas eram bem interessantes.

Medite em um lago azul plácido com águas tranquilas, estendendo-se para além do horizonte. Existe profundidade abaixo, além da superfície imóvel e mansa. Briony imaginou o lago na escola etérnera e os galhos de salgueiro favorito beijando a água.

Às vezes, a tarefa era se concentrar em um alvo que se mexia, desfocando as bordas de todo o resto. Para isso, ela encontrou um grande pássaro marítimo que sobrevoava Hearst Hall em círculos preguiçosos, mas, mesmo enquanto tentava focar no albatroz e se desvencilhar do resto, sua mente vagava, questionando o motivo de um pássaro marítimo se encontrar perto das montanhas. Certo dia, um grande gavião se juntou ao pássaro branco, dançando e mergulhando no ar. Ela focara os pássaros durante horas antes de reconhecer o gavião: o familiar de Orion Hearst. O peito dela se apertou com ansiedade, sabendo que aquele homem devia estar na casa naquele exato segundo. Depois disso, Briony decidiu apenas refletir na imagem do lago de águas tranquilas.

As outras teorias iniciais eram conhecidas devido aos estudos que fizera em ocultamento e camuflagem, a habilidade de mudar de forma e se tornar invisível; mas, sem um fio de magia ao qual se apegar, Briony não sabia o que fazer com aquelas meditações. Levando a mão até o pescoço, ela percorreu com os dedos a mordida da raposa que ainda sarava e a coleira fria de metal. Precisava voltar à biblioteca e pesquisar como se libertar das coleiras, mas e se Mallow decidisse ler a mente dela outra vez? A mulher veria tudo o que pesquisara se não pudesse esconder isso dela.

Briony estava sentada na poltrona, encarando a propriedade através da janela e imaginando o lago etérnero diante dos portões da frente quando uma batida soou à porta. Ela piscou. A intrusão levou a mente de volta ao presente.

Briony ficou em pé e, quando ninguém apareceu, ela disse:

— Pode entrar.

Toven abriu a porta, e Briony sentiu o fôlego entalar na garganta. Em seguida, corou com a lembrança da última vez que o vira, quando ele não estivera usando quase nada.

Ele ficou parado no batente como se um feitiço o impedisse de entrar. Briony viu quando os olhos dele desceram até o pescoço dela.

— Está se recuperando bem?

Ela assentiu.

— Sim, obrigada.

Toven não disse mais nada, só entrou no quarto e avaliou a mobília. Briony o encarou, esperando que o propósito da visita fosse revelado.

Ele encarou as estantes, os dedos brincando com o anel na mão direita. Parecia ser feito de ônix, mas também havia um brilho verde sob determinada luz.

Orion tinha um anel parecido.

— É um anel da família Hearst? — perguntou ela, aproveitando a natureza lenta da conversa.

Toven olhou para baixo, espalmando a mão.

— Não. É um símbolo da linha.

Briony emitiu um ruído pensativo.

— Del Burkin morreu. Como isso vai afetar a linha?

Toven ergueu uma sobrancelha.

— Pelo visto, a leitura do *Diário* foi bastante informativa — disse ele. — Burkin era sucessor de Cohle, que agora vai precisar escolher outra pessoa.

Riann Cohle era o primeiro na linha de sucessão para a Sede, caso algo acontecesse com Mallow. Briony cruzou os braços.

— Isso é uma coisa que nunca entendi. Burkin não é parente sanguíneo de Cohle, mesmo assim foi escolhido para sucedê-lo?

— Sim. Nem todo mundo na linha escolhe o primogênito para ser seu sucessor. Alguns se aliam a outras famílias influentes, cedendo um lugar a elas. — Toven lançou um olhar significativo para Briony. — O *sangue* não importa para nós em Bomard.

Ela bufou.

— Diz o homem que vai *herdar* o lugar na linha...

— Meu pai e todos os Hearst antes dele escolheram passar seu lugar para o primogênito — interrompeu ele. — É predeterminado, claro, mas ainda assim *é* uma escolha. A mansão e o patrimônio dos Hearst seguem leis de herança semelhantes.

— Não é estranho, então? — perguntou ela. — Quando Cohle de fato nomear um sucessor, uma pessoa completamente aleatória vai estar à frente do seu pai na linha caso alguma coisa aconteça ao primeiro.

Toven curvou os lábios.

— Sim, mas a política da linha só importa para os membros da linha neste momento. A Mestra Mallow vai viver por muito, muito tempo devido ao vínculo que tem com a dragão, e não haverá necessidade de planejar a sucessão. A linha é só um símbolo agora.

Briony franziu a testa enquanto tentava desviar a conversa para algo útil. Quando ele não deu mais indícios de qual era o propósito da visita, decidiu ser mais direta.

— Eu estava me perguntando quando poderia visitar a biblioteca outra vez — disse ela.

Toven espremeu os lábios, a irritação clara no rosto.

— Jura?

Olhando com inocência para baixo, Briony argumentou:

— Descobri que preciso manter minha mente ocupada, depois de ter sido violentamente atacada no meu próprio quarto.

Ele suspirou e, quando Briony voltou a encará-lo, Toven passava a mão pelo rosto.

— E quanto aos seus outros livros?

— Eu já terminei de ler.

Ele a encarou, emitindo um "Hum".

— E você acha que aprendeu tudo o que tinha para aprender sobre... agricultura?

Briony sentiu o corpo tensionar, a barriga embrulhar.

Toven olhou para o livro sobre barreiras mentais na mesa lateral, bem ao lado do quadril dela. Ainda coberto pela sobrecapa de um livro de agricultura.

Briony tinha sido pega. Toven a puniria por esconder um livro dele? O coração dela estava na garganta quando recebeu a atenção dele de novo, mas, desta vez, com uma intensidade que fez Briony hesitar. Era como se ele estivesse fazendo uma pergunta completamente diferente.

Toven com certeza sabia que ela poderia fazer muito pouco sem acesso à magia de mente.

— Até que aprendi bastante sobre agricultura — disse ela, baixo, testando as águas. — Mas descobri que não tenho as ferramentas adequadas para aplicações práticas.

Os dois se encararam sem piscar. Por fim, Toven enfiou as mãos nos bolsos.

— Acha que está pronta para a aplicação prática?

O quarto pareceu ficar mais quente, as paredes se fecharam. Os dois dançavam sobre uma corda bamba.

— Sim. Na verdade, aprendi o básico anos atrás — respondeu Briony, e acrescentou: — sobre agricultura.

Os lábios dela estremeceram.

Toven assentiu lentamente. Então, deu as costas para ela.

— Venha comigo.

Briony ficou imóvel antes de se apressar para segui-lo. O batimento cardíaco era tão rápido quanto seus pensamentos. Praticamente pedira para ter acesso a magia outra vez, e aquela era a resposta?

Toven a guiou pelas escadas, e, em vez de se virarem para a biblioteca, atravessaram o saguão principal até a outra ala. Estavam indo até a cozinha? Para ver o *Diário*? A pergunta quase foi feita em voz alta, mas então ele parou diante de uma porta que pareceu familiar a Briony, ao lado da tapeçaria do Bosque de Freixos.

Toven estava impassível quando esticou a mão para a maçaneta, e ela percebeu que era a porta que Serena cuidadosamente fechara em seu passeio. Ele a deixou entrar, e o arfar surpreso de Briony ecoou pelas paredes vazias ali dentro.

Era pequeno e completamente vazio, exceto por uma cadeira branca simples. Não havia janelas ou outras portas. As paredes foram pintadas de um branco perolado, e um brilho espantoso parecia emanar do cômodo em si. Não havia lamparinas ou velas.

Era uma câmara de meditação. Só podia ser.

Briony deu um passo para trás, apavorada, e se chocou no peito de Toven, que ainda estava no batente.

— Não...

— Você disse que não tinha as ferramentas adequadas — lembrou ele.

Mãos seguraram os ombros dela, guiando-a adiante.

Ela se virou, assustada.

— Não quero usar este lugar.

O rosto dele era uma máscara, mas Toven ergueu as sobrancelhas, desdenhoso.

— Você *sabe* o que é isso, certo?

— Sim, mas... eu...

Ele bufou.

— O que estava esperando, Rosewood? Que é só você bater as pestanas para eu devolver a sua magia?

Toven ficou parado, impedindo a saída dela. Briony se virou para o quarto branco, avaliando-o e se perguntando se o cômodo de fato poderia ajudá-la a criar barreiras mentais.

Ela deu um passo em frente, devagar. A porta se fechou atrás dela, e a parede a engoliu. Não havia maçaneta, apenas uma parede vazia. Estava sozinha na câmara. O único som era o do coração, martelando nos ouvidos.

Ela se sentou na cadeira, tentando conjurar as instruções de Finola enquanto encarava a vastidão das paredes nuas.

As paredes brancas ajudam a esvaziar a sua mente. O mundo exterior desaparece. Seu corpo desaparece. Resta apenas sua mente.

Briony engoliu em seco, sentindo o mesmo aperto no peito de anos antes. O cômodo era ao mesmo tempo pequeno e largo demais. Ela se levantou da cadeira, com as pernas tremendo, e andou em círculos para encontrar a porta. Branco em todas as direções.

O coração acelerou enquanto apoiava as mãos pela parede, desesperada para encontrar a saída. As lágrimas inundaram seus olhos, e a respiração era curta nos pulmões.

— Por favor — disse, chorando, as unhas tentando encontrar alguma fresta. — Por favor!

Toven a deixara ali. Ela jamais sairia. Estava sendo punida por pegar o livro sobre barreiras mentais.

— Toven! Por favor!

A maçaneta apareceu com o pedido. Briony tropeçou, caindo em braços quentes. Com a respiração profundamente arrastada, ela apertou a testa no peito de Toven e abafou os soluços.

— Não me tranque, por favor — implorou, segurando-o com força.

Só teve um instante para sentir os braços dele a envolvendo antes de ser afastada. Ela respirou fundo, trêmula, e preparou um pedido de desculpas por querer aprender a fazer barreiras mentais — por achar que teria sua magia de volta para que pudesse aprender.

A voz dele ecoou primeiro.

— Existem outras técnicas. Câmaras de meditação não servem para todo mundo.

Toven abaixou as mãos de onde as fechara ao redor dos braços dela. Estavam tão próximos que Briony conseguia sentir a respiração dele na testa.

A tensão no ar parecia aumentar, vibrando como uma corda repuxada.

Toven se virou e a levou de volta por onde vieram, guiando-a para o quarto. Briony relaxava mais à medida que se afastava da câmara. A mente dela zunia com ideias que o pânico não a deixara considerar antes.

Alguém em Hearst Hall usava uma câmara de meditação. Alguém em Hearst Hall praticava magia de mente, embora tivesse sido banida em Bomard havia cinco anos.

As habilidades avançadas de magia de mente — ocultamento, camuflagem e leitura de mentes —, todas começavam com meditação e uma mente vazia. Toven demonstrara interesse em magia de mente na escola. Ela o pegara usando-a algumas vezes. Além disso, Orion também compreenderia os benefícios de magia de mentes, ainda mais por ser um dos soldados favoritos de Mallow. E o que Toven dissera? "Não abra o jogo quando você está barganhando por informações, Rosewood. Aquilo que está na sua mente pode ser arrancado de você."

Quando enfim chegaram ao quarto, Briony tinha mais perguntas do que quando saíra.

Ela passou pela porta e se virou para fazê-las.

Naquele instante, todas as chamas das velas do quarto dobraram de tamanho. Briony se assustou. O corredor atrás de Toven parecia pegar fogo, mas, assim como começou, acabou.

Ela conhecia aquele sistema, já que o pai usara um semelhante. A líder da nação exigia a presença imediata dos habitantes de Hearst Hall.

Toven ficou imóvel um instante, encarando as velas.

— Preciso ir.

O pulso de Briony acelerou quando se lembrou abruptamente que Toven também era um dos mais habilidosos soldados de Mallow. Por baixo do toque quente e os olhos mutáveis, ele podia ser tão impiedoso quanto o pai nas batalhas. Toven era um assassino. Ela testemunhara isso em primeira mão.

— Certo.

Ele a encarou uma última vez, como se quisesse dizer algo, mas se virou para ir embora. A porta foi trancada atrás dele.

Briony se jogou na poltrona, encarando o livro sobre barreiras mentais e repassando os últimos dez minutos com o coração acelerado.

* * *

Ela acordou tarde na manhã seguinte. Já passava das nove horas quando a barriga roncou, acostumada com uma bandeja de desjejum de prontidão.

Parecia que a casa estava atrasada.

Briony tomou banho e se vestiu, mas ainda não tinha bandeja alguma na mesa lateral. Em vez disso, havia um bilhete.

Srta. Rosewood,

Saí devido a uma emergência. Toven está ferido. Não sei quando voltaremos. A casa pode apresentar resistência, mas basta pedir o que deseja.

Serena

Briony sentiu os dedos que seguravam o papel estremecerem.

Toven estava ferido. E era sério o bastante para que Serena saísse da casa para cuidar dele.

Ela ponderou sobre a pequena gentileza de deixar um bilhete explicando. Serena poderia tê-la deixado sem aviso, mas não tinha feito isso.

Briony encarou a porta do quarto, perguntando-se o que aconteceria com ela se Toven morresse. A marca a alertaria de alguma forma?

Um pavor repentino e inexplicável apertou suas costelas, a pressão tão arrebatadora que Briony se viu lutando por ar. Ela fechou os olhos com força e focou a técnica de meditação que estivera praticando até que a dor fosse embora.

Se Toven morresse, ela seria devolvida a Reighven?

Ela se forçou a respirar.

Briony correu até a porta, torcendo contra todas as expectativas...

A maçaneta girou sob os dedos. Ela soltou um som de alívio, saindo às pressas do quarto que começara a se fechar ao redor dela.

Ficou parada no meio do corredor, cobrindo a boca com os dedos, segurando o bilhete de Serena na outra mão.

— Olá? — chamou, como uma criança.

Precisava se certificar que estava sozinha.

Não houve resposta.

Lentamente, Briony foi até a escada, juntando as informações que tinha. Mallow convocara Toven no dia anterior, e naquele momento ele estava ferido. Aquilo significava que houvera um confronto? Sammy, Finola, Velicity ou Didion fizeram algo com Toven?

Ela tentou e fracassou em encontrar um pouco de felicidade ao pensar que uma possível vitória contra Mallow acontecera.

Arfando, Briony se lembrou da página do *Diário* na cozinha. Correu pela escadaria e pelo corredor. Ao chegar na cozinha, derrapou até parar, a manchete entorpecendo tudo dentro de si.

**REBELIÃO SUFOCADA NO CASTELO JAVIS:
MAIS UM ROSEWOOD MORTO**

Ela sentiu gelo nas veias, um vento frio entre os ouvidos.

Finola tinha morrido.

CAPÍTULO 20

MESTRA MALLOW SAI VITORIOSA MAIS UMA VEZ!

Uma pequena rebelião ocorreu no castelo Javis na noite de ontem, liderada por insurgentes e simpatizantes de Etérnia. A praia pedregosa em Javis providenciou parca cobertura para os rebeldes conforme as forças de Mallow se reuniram e derrotaram o inimigo.

Houve poucas casualidades para Bomard no conflito, mas perdas consideráveis para os rebeldes, que precisaram fugir para o buraco de onde saíram com o rabo entre as pernas.

Devido à nova Proibição Internacional de Portais, os rebeldes tentaram atravessar a barreira do portal usando um barco, contornando a linha por meios não mágicos. Orion Hearst foi o primeiro a chegar no local, cortando impiedosamente o suprimento de barcos e dizimando vários rostos essenciais da rebelião no processo, incluindo a prima de Rory, o Imolado, Finola Rosewood.

BRIONY FECHOU OS OLHOS com força, esforçando-se para sorver o ar.

Finola estava morta.

Orion a matara.

A sensação era de que seu peito rachava ao meio. A respiração de Briony estremecia.

Quem mais morrera naquele dia? Sammy? Didion? Eles sequer teriam sido mencionados?

Briony apertou a mão na barriga e focou em respirar fundo, limpando as lágrimas que escorriam pelo rosto. Tentou reiniciar as meditações.

Pense em um lago de águas tranquilas.

Depois de vários minutos respirando fundo, com os olhos secos mais uma vez, Briony conseguiu conter a reação emocional e focar o que precisava avaliar.

Havia delimitações novas para os portais, que restringiam as viagens apenas ao continente de Terrérnia. Embora fosse raro fazer um portal para ir às outras nações e atravessar grandes corpos d'água, não era algo tão impossível. Magos poderosos e excepcionais eram capazes de fazer isso. Contudo, se Mallow tivesse reforçado as fronteiras, se de fato havia limites mágicos, seria mais difícil sair de Bomard.

O exílio era realmente o único plano para os etérneros restantes? Não havia como lutar?

O lago dentro da mente de Briony ondulou.

Orion Hearst matou Finola.

Ela se apoiou na parede, sentindo o ar perfurar os pulmões.

Quantos outros morreram? A notícia só mencionara Finola.

As palavras "poucas casualidades para Bomard" piscava em seus olhos de novo e de novo. Toven era uma dessas casualidades?

Briony sabia que o *Diário* provavelmente estava cheio de propaganda política, mas será que não comentaria sobre a morte de um dos sucessores dos Dez?

Ela respirou, trêmula, e colocou as mãos no rosto, tentando encontrar o lago de águas tranquilas em sua mente. Quando abriu os olhos alguns instantes depois, uma chama determinada enchia seu peito.

Briony marchou até a biblioteca. Não importava se Mallow pudesse ver o que estava na sua mente; não podia mais ficar sentada esperando.

As portas duplas se abriram com facilidade. Briony foi até o catálogo e pediu por livros sobre marcas mágicas. As prateleiras estremeceram, e livros de todos os tamanhos saltaram dos lugares, pairando nos corredores. Briony pegou todos e os depositou na mesa comprida.

Ela se sentou e mergulhou na leitura.

* * *

De pouco em pouco, a casa começou a responder aos pedidos dela. Era quase como se as paredes estivessem de luto: demoravam a responder, distraídas ao conceder os pedidos. Briony pediu o desjejum no dia seguinte e recebeu um pato assado. Estava delicioso, mas não era café da manhã.

A primeira coisa que fizera ao se levantar foi verificar a página do *Diário*. Depois de comer, foi à biblioteca fazer pesquisas e, quando os olhos já começavam a se embaralhar com as palavras, explorou Hearst Hall na parte da tarde. A caminhada e a meditação não expurgaram o pavor horrorizado que sentia, então Briony foi para o jardim e encontrou o limite da propriedade outra vez, estendendo o braço para testar a marca. Ela levou um choque — foi desagradável, mas não dolorido por inteiro. Caminhando pelo perímetro, continuou testando o braço em lugares diferentes até que os dedos ficassem entorpecidos e todos os pensamentos acelerados estivessem quase esquecidos. Procurou por Vesper na floresta, até se dar conta de que a raposa provavelmente acompanharia Toven durante a recuperação.

No terceiro dia de isolamento, Briony estava saindo da cozinha depois de um almoço rápido quando passou pela tapeçaria do Bosque de Freixos e a porta da câmara de meditação. Ela se questionou mais uma vez quem em Hearst Hall a usava.

Já que tinha sido Toven a levá-la até o cômodo, seria ele? E por que mostrara a Briony onde ficava? Com certeza era perigoso que ela soubesse da existência de um cômodo como aquele, ainda mais porque indicava que os Hearst usavam de modo ilegal magia de mente de alguma maneira. Especialmente se Mallow fosse vasculhar a mente dela outra vez.

Briony inclinou a cabeça enquanto olhava para a porta, pensativa. Ela esticou o braço para abri-la, mas não entrou. As paredes brancas a encararam de volta.

Toven correra um risco enorme ao mostrar o lugar... a não ser que a intenção fosse que ela de fato aprendesse como esconder em sua mente a existência do cômodo.

Briony pensou no dia em que o livro de barreiras mentais saíra da estante. A forma como aparecera como se tivesse sido invocado. E em como Toven Hearst estava sentado, inocente, esperando-a.

Se tinha dado a ela um livro sobre barreiras mentais e mostrado a câmara de meditação...

Ele *queria* que Briony aprendesse a fazer uma barreira mental. *Por quê?* Por que Toven não a estava usando como cardiariz? Será que existiam mais segredos em Hearst Hall do que ela imaginara?

Briony olhou para o quarto branco como se tivesse todas as respostas.

Um calafrio a percorreu quando lembrou da sensação de estar trancada ali dentro. A forma como arranhara a parede até o cômodo soltá-la. Briony entreabriu os lábios enquanto pensava. Ela acreditara que Toven estava a punindo por pegar o livro sobre barreiras mentais ao trancá-la na câmara, mas ele ficara do outro lado da porta, esperando, certo?

Aquilo a fez lembrar de súbito da noite que Vesper a atacara. Toven aparecera no quarto dentro de segundos. Briony nunca se perguntara onde ficava o quarto dele, mas, se estivesse se aprontando para dormir quando a ouviu gritar, o cômodo devia ser perto.

Briony subiu ao segundo andar. Verificou todos os quartos e não encontrou nada. Franzindo as sobrancelhas para a própria porta a alguns passos de distância, considerou a possibilidade de Toven só estar de passagem naquela noite. Talvez estivesse indo verificar como ela estava.

Com um suspiro, Briony se resignou a procurar nas outras alas do castelo na manhã seguinte e girou para ir até o quarto. Algo cintilou, refletindo a luz, e ela cambaleou, parando ao ver o entalhe de uma raposa com um olho de ônix piscando para ela de uma porta de madeira lindamente esculpida.

Briony piscou, aturdida. Aquela porta não estivera ali um minuto antes. Fora enfeitiçada para se camuflar no corredor.

Os dedos dela tocaram a maçaneta fria de latão, virando-a. A raposa entalhada pareceu encará-la conforme ela empurrava a porta para entrar.

Aquele, sem dúvida, era o quarto de Toven Hearst. Um mar de tons de cinza e prateado. O brasão de Bomard na parede à frente. Uma cama de madeira escura. Prateleiras lotadas de livros.

Briony se adiantou, identificando um aroma familiar. Ela se perguntou mais uma vez se Toven algum dia voltaria. Sentiu um aperto no peito e engoliu em seco.

O quarto ficava no canto do castelo, as janelas davam ao norte e leste. Tinha quase o dobro de tamanho do quarto dela, mas havia certa semelhança no projeto. Enquanto avaliava o cômodo, Briony percebeu que Toven Hearst a instalara em um quarto o mais próximo dele possível, e ainda assim, não a estava usando como cardiariz.

Por quê?

Briony se perguntou se a câmara de meditação no andar debaixo era apenas a ponta do iceberg nas formas que os Hearst se rebelavam contra as leis e os costumes de Bomard. Será que não apoiavam Mallow com a devoção que pensara?

Ela voltou o foco para as estantes, as quinquilharias ali, procurando por respostas.

Havia uma estatueta de uma raposa entalhada ao lado de um desenho emoldurado de Toven, Finn e Liam. Nenhuma das duas coisas fornecia informações novas.

Aproximando-se da cama, Briony cedeu ao impulso de passar os dedos sobre o tecido. Os lençóis de Toven a lembravam da vida que tinha antes, quando a contagem de fios sob os quais dormia era alta e havia prata e ouro em todos os bordados. A cama estava feita e, quando se lembrou como ele dobrara a calça nas docas, pensou que talvez não fosse a magia do castelo que cuidava da arrumação. Ela abriu as gavetas da mesa de cabeceira, encontrando apenas outras quinquilharias. A estante ao lado da cama estava cheia de títulos familiares, e Briony tocou as lombadas dos livros que Toven guardava perto de si.

Tinha uma sala de banho anexa semelhante à dela, com um balcão arrumado e um espelho que fez Briony imaginá-lo se encarando, penteando o cabelo para trás ou decidindo deixá-lo sem estilizar. Ela examinou os produtos, alguns com nomes que soavam caros. Conseguia imaginá-lo ali, saindo da banheira, enrolado em uma toalha macia, cuidando da pele alva com os cremes e produtos nas gavetas. Seu sorriso desapareceu no reflexo quando considerou mais uma vez se algum dia Toven voltaria a praticar esses rituais.

Briony saiu da sala de banho e abriu a porta dos armários, encontrando um espaço vasto para todas as vestimentas cinzas e cobalto de Toven Hearst. Vasculhou os bolsos à procura de alguma coisa interessante, uma pista sobre quem ele era, de fato, e não encontrou nada.

Embora bisbilhotar as gavetas fosse claramente uma invasão de privacidade, ela tinha preocupações maiores. Briony afastou a culpa e abriu a gaveta seguinte.

Sobre todas as roupas cinzas e pretas estava um suéter azul-claro que ela não tinha certeza se já o vira usar antes. O suéter a lembrava dos tecidos finos que ela mesma usava em Etérnia. Precisou resistir ao ímpeto de enterrar o rosto nele.

Briony abriu as gavetas perto da parede e corou ao encontrar cuecas. Pretas. Claro. A gaveta seguinte continha as meias — nenhuma delas com o par apropriado. Fez uma carranca para a gaveta de meias, como se fosse um problema a resolver.

A última gaveta tinha mais cobertores e uma caixa de sapato preta. Ela abriu a tampa e não encontrou nada além de uma fita de renda verde.

Briony encarou a fita por diversos instantes, tentando entendê-la, tentando descobrir o que fazia ali, no armário de Toven Hearst.

Porque essa fita parecia muito com uma usada para amarrar cabelo. Cabelo comprido.

E, enquanto a mente avaliava o objeto, trazendo pensamentos à tona e descartando outros, Briony não conseguia afastar a sensação de que conhecia aquela fita.

Com cuidado, colocou a tampa de volta na caixa, sentindo que fora pega fazendo algo horrivelmente invasivo. Depois de sair do quarto de Toven, Briony voltou para o seu, deixando que a mente explorasse as possibilidades enquanto se encostava na porta fechada.

Ela reorganizou ideias na mente, categorizando o que encontrara.

Havia uma gaveta no quarto de Toven Hearst que continha uma caixa de sapato. Dentro da caixa estava uma fita de cabelo.

E, por mais que tentasse racionalizar aquilo de qualquer outra forma, sabia que... aquela fita pertencia a ela.

Capítulo 21

Seis anos e meio antes

Briony nunca teve dificuldades para dormir em Etérnia. A brisa parecia cantar nas noites quentes, e ela nunca subestimava os benefícios de um banho frio em vez do quente.

Em Bomard, porém, o frio noturno a deixava com um formigamento horroroso nas pernas. Pensou que talvez estivesse tendo um rompante de crescimento, como os garotos, mas a enfermeira dissera que, aos 18 anos, ela já parara de crescer. A mulher a dispensara com um elixir para relaxar à noite, mas já era a terceira vez naquela semana que Briony se levantara da cama, vestira um robe para se aquecer e saíra para caminhar depois da meia-noite.

E a segunda vez que encontrava Toven e Larissa se pegando nos corredores.

Briony hesitou quando virou o corredor, a sensação de formigamento nas pernas cedendo a um sentimento mais pesado, como uma presa prestes a correr. Quando os encontrara três dias antes, em um estado passional semelhante, Toven estivera prendendo Larissa na parede de pedra perto do corredor, apertando-a com o corpo comprido, deslizando a coxa para a frente para ficar entre os joelhos dela, arrancando gemidos da garota. Na vez anterior, Briony recuara em silêncio e voltara a passos rápidos ao quarto que dividia com Rory, colocando as cobertas sobre a pele corada, apenas esperando que a sensação nas pernas diminuísse.

Só que, daquela vez, Larissa estava sentada no parapeito de uma janela, as pernas enroscadas ao redor da cintura de Toven e a cabeça estava jogada para trás, expondo o pescoço para a boca faminta dele. Um braço a envolvia de forma aconchegante; *caso contrário*, pensou Briony, *ela acabaria caindo da janela*. E a outra mão dele estava escondida embaixo do tecido da saia de Larissa.

Briony ainda estava congelada quando os músculos nas costas de Toven ondularam sob a camisa fina e, por algum motivo, a primeira coisa que pensou foi: *Como não estão sentindo frio?*.

Os lábios de Larissa se abriram em um suspiro silencioso.

Eles obviamente tinham reatado depois do jantar oficial onde estiveram implicando um com o outro, usando Briony como um joguete. Era quase certo que os dois se casariam depois que terminassem a escola.

Briony deveria só ir embora. Deveria ignorar o casalzinho e ficar caminhando nos seis metros entre o próprio quarto e o corredor oposto umas cem vezes até que as pernas parassem de incomodá-la.

Só que *aquele* era o andar do quarto dela. Dos aposentos de Briony e Rory. E, sim, claramente era um ótimo lugar para ficar se pegando com alguém porque o quarto do herdeiro era isolado, mas aquele era o andar *dela*.

Briony cruzou os braços e pigarreou.

Nada aconteceu. Toven apertou ainda mais a cintura de Larissa, que virou o rosto para beijá-lo. Briony observou a forma faminta como a boca de Toven se voltou para a dela, como se Larissa mal pudesse aguentar o ritmo.

Briony revirou os olhos.

— Dizem que além-mar, quando um senhor e uma senhora ficam íntimos, o vilarejo inteiro é informado. É isso que estão tentando replicar aqui?

Sem pressa, Larissa pareceu voltar ao presente, cerrando a boca e abrindo os olhos para olhar feio para Briony. Toven, por outro lado, desceu os lábios para o pescoço da garota, sem se deixar afetar.

— Viu algo interessante, princesa? — provocou Larissa, afastando Toven de leve.

Ele respirou fundo, de olhos fechados, e então se virou para Briony.

— Interessante? Nada mesmo — respondeu Briony. — *Descaradamente repulsivo* é a frase que eu usaria nesse caso.

Larissa abriu a boca para responder, mas Toven se adiantou.

— Deve ser difícil — disse ele, com um ar afetado — ser tão reprimida que precisa arruinar a diversão de todo mundo.

Ela estreitou os olhos.

— Eu não sou... reprimida. Só acho que vocês deveriam se pegar no andar de vocês.

Os olhos de Toven faiscaram.

— Você pega alguém aqui? Saiu para um encontro secreto? Ou você resolve suas questões sozinha?

O calor subiu às bochechas de Briony. Por que os bomardinos eram tão grosseiros?

Antes que pudesse reagir, Larissa se inclinou perto do ouvido dele e sussurrou alto demais:

— Talvez o irmão resolva *mesmo* as questões dela.

— Você passa tempo demais pensando sobre o que meu irmão e eu fazemos, Larissa — retrucou Briony.

— E você parece se importar muito com a nossa intimidade...

— Eu *não* me importo! — vociferou ela. — Eu só não quero ficar vendo.

— Talvez assim você aprenderia uma coisinha ou duas — sussurrou Toven.

Os olhos dele reluziram, poças escuras do desejo que ainda não tinha desaparecido dele. Ela o viu mover levemente o braço e Larissa ofegar. Briony corou, envergonhada. Ele ainda estava... tocando-a...

Ela girou e praticamente saiu correndo.

— Tenham uma ótima noite, vocês dois — disse Briony.

A voz de Toven a seguiu pelo corredor.

— Volte sempre que quiser esticar as pernas, Vossa Graça.

Foi só depois que estava na cama outra vez, com o coração disparado e lutando com a lembrança dos dois se devorando, dos ombros flexionados de Toven, da mão deslizando entre as coxas de Larissa, que percebeu que Toven Hearst sabia do desconforto que ela sentia sem que precisasse dizer em voz alta.

O que era um absurdo.

Porque apenas magos de mente extremamente avançados conseguiam ler os pensamentos de outra pessoa. Nem mesmo Briony aprendera essa habilidade ainda.

E Toven Hearst era um mago de *coração*.

CAPÍTULO 22

Presente

NA MANHÃ SEGUINTE, A porta do quarto de Toven estava trancada.

— Mas é claro — sussurrou Briony para si mesma, fazendo uma carranca para as paredes da casa.

Depois de não encontrar nenhuma novidade na página do *Diário*, Briony fora à biblioteca e encontrara outro livro sobre barreiras mentais, embora soubesse que era tolice pensar que algum dia poderia usar as técnicas relatadas ali. Seus pensamentos se voltaram a Mallow e como alguém poderia aprender a habilidade de leitura de mentes sem uma educação formal em magia da mente. A dragão era mesmo tão poderosa, a ponto de compensar anos de estudo?

Briony começou a pesquisar sobre a dragão naquela tarde. As lendas diziam que as primeiras criaturas foram feitas por magos. O mago mais poderoso do mundo, mil anos antes, em um lugar atualmente conhecido como Starksen, criara um par de dragões direto do éter. As criaturas fizeram um juramento de servi-lo e completaram o vínculo de familiar.

Briony leu sobre os avistamentos da dragão de Mallow nos últimos seiscentos anos, tentando descobrir o máximo que conseguia sobre onde estivera e o possível motivo de ter sido convocada para voltar. A pesquisa a deixara com muitas anotações, mas não uma tese principal.

Quando se cansara do tema, passou horas lendo e relendo os livros sobre barreiras mentais. Existiam vários truques para meditação, mas a imagem da água em particular era a mais eficiente. Pensar nos lagos de Etérnia ajudava Briony.

Pense em um lago de águas tranquilas.

Briony também começou a percorrer o terreno de Hearst Hall, passando algumas horas por dia perto do lago, sentada à margem do gramado, meditando. Do lado mais distante, próximo à floresta, havia uma árvore na beira da água que parecia muito perto de perder o equilíbrio e cair. Lembrava o salgueiro na escola etérnera.

Ela se sentou no gramado junto da árvore, deixando os livros ao lado. Encarando a superfície da água, Briony bloqueou os sons e os aromas ao redor, focando apenas no que estava vendo.

Pense em um lago de águas tranquilas.

Uma brisa beijou a superfície, fazendo a água ondular. Briony focou as profundezas abaixo, ainda invisíveis mesmo quando a água voltou a acalmar.

O sol baixou enquanto meditava, com as mãos unidas e os pensamentos distantes.

— Estou vendo que dominou a meditação.

Ela piscou para o lago, a voz invocando a presença da mente. Briony se virou e se deparou com Toven atrás da árvore. Ela se atrapalhou ao ficar de pé, o livro em seu colo caiu no chão. Embolou-se com os movimentos enquanto tentava recuperar o exemplar. Toven deu um passo à frente.

De pé outra vez, com o livro em segurança nas mãos, Briony encontrou o olhar dele.

— Você voltou.

— Sim. Vinte minutos atrás.

Briony o avaliou. Ele usava uma calça confortável e camisa de botão. Não havia um fio de cabelo fora do lugar. Nenhum arranhão, marca ou mancha ensanguentada. Porém, o braço esquerdo estava perpendicular à barriga, como se estivesse apoiado em uma tala.

Ela deu um passo na direção dele e parou, observando-o engolir em seco.

— Seu braço. O que aconteceu?

— Um ferimento — respondeu Toven depressa. — Não era minha intenção deixar você sozinha...

— Que tipo de ferimento?

Ele olhou para o ombro.

— Um *Ferve-sangue* que começou a subir na direção do coração, e um feitiço *Pulveriza-osso* que me acertou no ombro. Estou quase curado. Só não devo usar o braço por mais alguns dias.

Ferve-sangue e *Pulveriza-osso*. Briony engoliu em seco, visualizando a dor insuportável que deve ter sido sentir o sangue fervendo e os ossos sendo pulverizados. Magia de coração terrível.

E então ela se lembrou do castelo Javis. E as pessoas que o pai dele matara. Briony ignorou a preocupação que sentia e a alegria de vê-lo vivo.

— Aconteceu em Javis?

Toven ergueu o olhar do caminho que fazia entre as clavículas dela. Ele a examinou e então pareceu compreender.

— Esteve lendo a página do *Diário*.

— É verdade que minha prima Finola morreu?

Briony conseguia ouvir o sangue latejando nos ouvidos.

— Ela morreu.

A resposta foi rápida e impiedosa.

Um peso se acomodou sobre o peito de Briony.

— E seu pai a matou? *Minha* prima morreu por causa do seu pai?

— Estamos em guerra, Rosewood. — Ele deu um passo à frente, permitindo que visse a perna esquerda mancando. — Ou já se esqueceu disso?

— A guerra foi ganha — sibilou ela. — Vocês venceram. Mas é claro que não vão parar de nos caçar até que todos tenhamos morrido ou estejamos acorrentados.

— Pelas rochas, como é que isso é culpa minha? Foi meu pai que a matou...

— Só porque algumas pessoas estavam tentando escapar...

— Não. Ele matou a mulher que tentava matar o filho dele.

Briony abriu a boca, e depois a fechou.

Finola era a responsável pelas maldições de *Ferve-sangue* e *Pulveriza-osso*?

Ela engoliu em seco, sentindo a barriga embrulhar enquanto os dedos apertavam mais a lombada do livro. Briony sentiu uma enorme urgência de mudar de assunto.

— Mais alguma pergunta, Rosewood? — quis saber Toven, apenas um sussurro no espaço entre os dois.

Na verdade, milhares.

— O que teria acontecido comigo, se você tivesse morrido? — perguntou ela, baixo, observando as sobrancelhas dele franzirem, os olhos clarearem. — Eu teria sido leiloada mais uma vez?

Toven tremeu de forma violenta, a expressão como se tivesse levado um tapa. Ele deu um passo para se afastar dela, percorrendo-a com os olhos da cabeça aos pés, e exalou com força. Ao piscar, a máscara indiferente voltou ao lugar.

— Minha mãe teria cuidado de você...

Briony riu, pensando na mulher com quem mal interagira.

— Sua *mãe*? Por que sua mãe enlutada sequer desperdiçaria tempo pensando em mim?

Ele engoliu em seco.

— Ela não teria deixado você voltar ao leilão.

Mas Toven não parecia convencido. Ele fitou por cima do ombro dela em direção ao lago, e a confiança de Briony vacilou.

— Eu teria sido devolvida para Reighven?

Toven se voltou para ela, a expressão firme como pedra.

— Não. Ele não tem mais nenhum poder sobre você. — Briony sentiu um arrepio nos ombros, e algo sombrio parecia emanar de Toven. — Não precisa se preocupar mais com Reighven.

Ela encarou aqueles olhos escuros, procurando pela fonte daquilo tudo.

— O que você deu a ele, em troca de mim?

Toven engoliu em seco, e Briony esperou ouvir a verdade ou uma mentira.

— A única coisa que ele queria mais do que você — respondeu Toven.

O coração dela batia forte, e a respiração falhou enquanto a mente avaliava todas as possibilidades.

— E o que seria isso?

— Foi um acordo particular — disse ele, baixinho. — Não poderia dizer a você mesmo que quisesse.

Ela o encarou.

— Então por que me comprou, se nem vai me usar como cardiariz?

Toven respirou fundo, e ela se preparou para as variadas respostas que ele poderia fornecer. Pensou na fita de renda escondida na gaveta dele, nos quartos um ao lado do outro, na forma como ele a segurara enquanto sangrava. Briony pensou na estima que trazia para a família Hearst, na forma como Mallow sorrira quando Toven se gabara do ouro que gastara para obtê-la.

No entanto, o que ela mais pensava era na resposta que tinha esperança de ouvir, apesar de ser contra toda a lógica.

Que era mais do que uma cardiariz para ele. Que Briony era mais do que a princesa etérnera.

Toven voltou a encarar um ponto além do ombro dela, os lábios apertados.

— Que tipo de resposta prefere ouvir, Rosewood?

— Preferiria a verdade, mas não imagino que a obterei de você.

Ela se abaixou e pegou os livros que tinha trazido, marchando para longe, passando por Toven.

Briony fervia por dentro. Andara dez passos para longe da árvore antes de Toven se pronunciar.

— Não pode ser simplesmente a coisa certa a se fazer, Rosewood?

Ela girou na direção dela, dando uma risada seca.

— A coisa certa a se fazer? A coisa certa teria sido impedir o leilão por completo. A coisa certa teria sido não se juntar ao seu pai no dia em que a escola bomardina foi atacada. — A voz dela vacilou, e Briony engoliu em seco.

Ela não deveria ter mencionado aquele dia.

Toven ergueu uma sobrancelha, e a expressão presunçosa que exibiu fez com que os nervos dela fervilhassem, aquecendo o sangue.

— Mas, Rosewood, se eu tivesse abandonado meu posto — começou —, quem deixaria você em um quarto particular? — Toven foi até ela, o braço machucado bem seguro no peito. A pele de Briony vibrava. — Quem permitiria que você tivesse privacidade, e deixaria sua magia intocada...

— Não pedi por nada disso, Hearst...

— ... certamente não seria Reighven.

Briony mostrou os dentes para ele em um sorriso raivoso.

— É gratidão que você deseja? Quer que eu diga *muito obrigada*?

— Seria a porra de um começo.

A respiração de Toven era quente no rosto dela. Ele a fulminava com o olhar, a raiva faiscando. Briony sentia os dedos coçarem para acertá-lo, para empurrá-lo. Ela tremia com aquele desejo.

— Não vou agradecer por um ato baseado em motivos egoístas. Claramente nada do que você fez foi para o bem maior, considerando que precisa de validação por isso.

— "Motivos egoístas"? — Ele estudou os lábios dela, depois os ombros, os seios. — Foi você que procurou o *meu* quarto, Rosewood.

Toven abriu um sorrisinho, e a visão de Briony foi inundada de vermelho.

Ela vibrava com a necessidade de machucá-lo. Todos os músculos tremiam, até que fechou as mãos com a determinação de não erguê-las para seu captor, e a energia desceu até as pernas. Pronta para revidar em palavras, Briony bateu o pé com força no chão, libertando a eletricidade...

Toven foi empurrado para trás, voando pelo ar como se estivesse conectado a um fio, os lábios abertos em um arfar silencioso. Ele bateu no tronco da árvore com um baque e escorregou até o chão.

Briony travou, com a boca escancarada e os olhos arregalados, buscando pela fonte de magia. Procurando pelo motivo...

Os dedos tremiam, a vida faiscando ali.

A magia dela.

A coleira não estava funcionando. Quando isso tinha acontecido?

Briony se voltou para Toven, encurvado sobre si mesmo, ofegando.

Ele tinha concedido seu pedido? Devolvido a magia dela?

— Toven, eu... — balbuciou. — Eu não queria...

Ele arfou, o som parecia o de um chocalho. Os olhos estavam pálidos, e a pele, acinzentada. O braço ferido ainda estava próximo ao peito, e ele estava apoiado no tronco, mas o ombro esquerdo parecia completamente arrasado.

O osso fora transformado em pó havia pouco tempo, e Briony acabara de arremessá-lo em uma árvore.

Ela correu até Toven antes que pudesse ordenar seus pés a pararem. De joelhos, estendeu as mãos, parando no instante em que percebeu que não sabia onde deveria tocá-lo.

Toven se desviou de Briony, fechando os olhos com força. Uma lágrima escorreu. Ele ofegou.

— Toven, você consegue... — A voz e os dedos tremiam quando ela pegou a mão dele. — Consegue ficar em pé?

Ele tossiu, e sangue respingou dos lábios no vestido dela.

Briony virou a cabeça na direção de Hearst Hall.

— Socorro!

No entanto, os dois estavam longe demais, e a respiração dele soava aquosa. Ela não conseguiria correr e voltar a tempo.

Ela olhou para ele.

— Me diga o que fazer. Me diga como consertar isso.

Toven arfou, os olhos fixos no rosto de Briony. Ele parecia calmo. Quase resignado.

Ela não se deixaria vencer.

Briony abaixou a mão dele e ficou em pé. Virou-se para a floresta.

— Vesper! — Ela fitou a vegetação, vasculhando por movimento, o coração pulsando de medo. — Vesper! Venha aqui!

Fez-se o som de folhas esmagando à direita, e a raposa cinzenta astuta apareceu por trás de um arbusto. O animal deu um guincho e correu na direção dos dois. Um arroubo de alívio tomou conta de Briony ao se ajoelhar ao lado deles.

Vesper farejou Toven, que continuava sem respirar direito, e então rosnou na direção de Briony.

— Eu sei — disse Briony, erguendo as mãos. — Só conserte as coisas, e depois pode me morder de novo.

A raposa mordeu o colarinho da blusa de Toven — e então, com um sopro de vento, os dois desapareceram.

Briony arfou. Nunca vira a magia de um familiar assim tão de perto.

Ela ficou sozinha no lago. Estava sozinha, e o machucara.

Ofegando com lágrimas repentinas, Briony olhou para a janela do quarto dele — no canto no segundo andar.

As velas estavam acesas.

Ela pegou os livros que derrubara antes e correu. As pernas a levaram pelos jardins e pelas escadas da entrada. Então, subiu pela escadaria de mármore, os passos ecoando enquanto corria até a ala que compartilhavam, impelindo-se na direção da porta com o entalhe de raposa. A maçaneta da porta não girou. Briony precisava vê-lo.

De súbito, a porta foi escancarada e o rosto de Serena Hearst estava ali, olhando-a de cara feia.

— Senhorita Rosewood. Precisa permitir que consertemos isso, antes que cause danos maiores.

Briony soluçou.

— Eu não queria machucá-lo, por favor...

Toven gritou atrás da porta entreaberta e ela estremeceu, esticando o pescoço para tentar ver dentro do quarto. Serena bateu a porta e a trancou antes que Briony conseguisse piscar.

Ela encarou o entalhe da raposa, com a mão cobrindo a boca. Toven estivera se recuperando por uma semana, e Briony desfizera todo o trabalho.

Ela cambaleou para trás, ainda confusa de onde viera sua magia.

Sentiu alguém no corredor antes de escutar de fato. Erguendo o olhar, mal teve um segundo para absorver a expressão feroz de Orion Hearst antes de ser atirada na parede, ter o corpo pendurado por uma força invisível e o pescoço estrangulado com magia.

Os olhos de Briony se expandiram em pânico, os pés chutando o ar. Sentindo ao mesmo tempo choque e fúria ao se deparar com o assassino da prima em pessoa.

Orion Hearst rosnou para ela, uma mão esticada como se estivesse a esganando.

— Tem *alguma* ideia do quanto você dificulta minha vida, srta. Rosewood? — perguntou, a voz enganadoramente calma.

Briony tentou falar, gemendo:

— Foi um acidente...

— Seria muito fácil me livrar de você — disse Orion, ameaçador.

Os dedos estremeceram no ar, e o medo a sufocou enquanto ela se perguntava se ele quebraria seu pescoço e tentava se firmar na parede. Orion se aproximou mais e sussurrou:

— Você queria acesso à sua magia para aprender barreiras mentais? *Então aprenda barreiras mentais.*

Orion a soltou, e Briony caiu no chão como uma marionete. Ela ofegou em busca de ar, e o dono da casa lhe deu às costas, desaparecendo dentro do quarto de Toven.

Gemidos encheram o corredor, e Orion sibilou:

— Os médicos avisaram que era cedo demais, Toven.

A porta foi fechada, e Briony escutou o eco da batida ricochetear no corredor.

O coração estava acelerado. Orion Hearst sabia sobre a magia, e não planejava tirar isso dela.

Briony puxou as pernas para perto do corpo, tentando recuperar o fôlego até os ombros pararem de tremer e a imagem de Toven caído embaixo da árvore sumir atrás das pálpebras.

Ela ergueu a mão e lentamente girou os dedos...

O fio atrás dos olhos tão familiar vibrou.

Uma brisa percorreu o corredor, e Briony suspirou, aliviada.

Lágrimas escorreram pelas bochechas com o ataque repentino de emoções. O medo e a fúria que tinha de Orion Hearst, o luto vazio por perder Finola e a culpa que se assentava em seu peito devido à agonia que Toven sentia. Porém, quando puxou aquele fio de magia outra vez e sentiu seu corpo cantar em resposta, tudo aquilo ficou em segundo plano.

Briony ficou de vigília do lado de fora do quarto de Toven, com apenas uma combinação de pensamentos rodopiando pela mente. Recuperara sua magia. Ela pedira, e Toven a devolvera.

Os Hearst deveriam estar desesperados para que ela aprendesse barreiras mentais, e Briony não conseguia imaginar por quê.

CAPÍTULO 23

BRIONY ESTAVA PARADA NA porta, o ouvido encostado na madeira, escutando os passos de Serena se aproximarem.

Todos os dias, deixava a porta do quarto entreaberta para conseguir ouvir qualquer trecho de conversa enquanto a mãe de Toven entrava e saía do quarto ao lado e, mesmo assim, não escutava nada.

De alguma forma, esperar Toven se recuperar dos ferimentos era ainda mais angustiante uma vez que estavam separados apenas por uma parede. Briony suspeitava que a condição dele era grave, mas não crítica, já que Orion deixara Hearst Hall outra vez no dia seguinte após Briony machucar Toven.

Em alguns dias, depois que Serena saía do quarto do filho, Briony se esgueirava até a porta e girava a maçaneta. Os olhos escuros e zombeteiros da raposa entalhada a encaravam, recusando-se a ceder. Tentou abri-la com magia em diversas ocasiões, sem sucesso.

Naquele momento, depois que uma semana tinha se passado, Serena se aproximou e Briony prendeu a respiração, esperando a porta do quarto de Toven se abrir.

A batida na porta do próprio quarto chacoalhou dentro de sua cabeça, e ela se assustou.

Serena estava parada do outro lado, com um sorriso tenso e as mãos cruzadas.

— Olá, srta. Rosewood. Achei que já estava na hora de conversarmos.

— Eu sinto muito, Serena — disse Briony, as palavras jorrando dela. — Eu juro que não queria machucá-lo. Eu... eu não imaginava que tinha magia a meu dispor, e estava com raiva e... só aconteceu. Acredite em mim, queria não ter feito o que fiz.

Serena apenas piscou, os lábios estremecendo em um sorriso.

— Obrigada, mas creio que está pedindo desculpas à pessoa errada.

— Ele barrou minha entrada. — Briony fechou a boca com força, arrependida de começar a falar tão rápido. — O que eu quero dizer é que ele... obviamente não quer me ver. — Algo faiscou nos olhos de Serena, e Briony sentiu o rosto esquentar. — Ou ele está descansando, imagino.

— Sim, sem dúvida está descansando. Foram semanas difíceis para ele. Para toda a família, na verdade.

Briony anuiu, ainda olhando para os pés.

— Ele está se recuperando bem?

Serena hesitou.

— Posso entrar?

Briony assentiu, fazendo um gesto para que ela entrasse e ajeitando-se na beirada da cama, enquanto a mulher se sentava com elegância na poltrona.

Serena ofereceu um sorriso tenso.

— O ombro e metade da caixa torácica precisaram ser reconstruídos, mas, fora isso, Toven está em boas condições.

Briony sentiu a língua grudar no céu da boca. A visão embaçou, e ela piscou para afastar a lembrança do corpo dele na grama, a forma como o torso tinha batido no tronco da árvore...

Era a responsável por aquilo. Quebrara vários ossos no corpo dele, perfurando os pulmões. E então se atrapalhara perto dele pelo que pareciam horas, em vez de pedir por ajuda imediatamente.

Briony sentiu os lábios tremerem. Ela se voltou para Serena, encontrando a mulher a examinando, avaliando-a.

— Não se preocupe, querida. Ele está sarando enquanto conversamos — disse ela. — E, se conheço meu filho, sei que provavelmente merecia ao menos um tapa na boca.

Briony forçou os lábios em uma tentativa de sorrir. Fez mais algumas perguntas, tentando pescar informações sobre a saúde de Toven ou a batalha em Javis que o machucara primeiro. Serena nada revelou, exceto que ficaram em um chalé às margens dos destroços do castelo enquanto Toven se recuperava, e que, naquele momento, Orion tinha saído em uma missão a mando de Mallow.

Briony não tinha desejo de insistir em nenhum dos tópicos.

Quando Serena ficou em pé para sair, alertou:

— Esteja avisada, porém: Vesper está no quarto de Toven enquanto ele está se curando. Isso acelera o processo, como deve saber.

Briony assentiu, e irritação surgiu dentro dela brevemente antes de perceber que estava sentindo ciúme de uma raposa.

— Talvez possa se distrair com leituras — sugeriu Serena, pousando o olhar na coleção de livros sobre barreiras mentais que Briony não pensou em esconder.

O choque a percorreu. Toven, Orion e agora Serena estavam insistindo para que aprendesse barreiras mentais. Briony a encarou, cautelosa.

— Sim, farei isso — disse com cuidado.

A mulher foi até a porta.

— Tenha um bom dia, srta. Rosewood.

Briony ficou em pé.

— Pode me chamar de Briony.

Serena parou e, antes de fechar a porta, lançou a ela um sorriso indecifrável.

Sentada sozinha, pensou no fato de Toven não estar a utilizando como cardiariz. Por qual motivo? Aquela resistência seria digna de punição? Seria isso mais uma coisa que deveria esconder em sua mente? Os Hearst estavam preocupados que Mallow veria isso em seus pensamentos?

Briony ficou à deriva pelo resto da tarde, revirando a mente com centenas de possibilidades.

* * *

No dia seguinte, Briony testou um pouco mais sua liberdade recém-adquirida. Foi até a cozinha verificar a página do *Diário* em busca de informações. Não encontrou nenhum habitante de Hearst Hall e nenhuma resistência. Havia alguns confrontos nas notícias, mas não leu sobre avistamentos de Sammy, Didion ou Velicity.

A única coisa que chamou a atenção dela foi a data. Um peso se formou na barriga quando percebeu que Toven estava se recuperando no dia do próprio aniversário.

Quando subiu a escada, Briony passou direto por seu quarto e foi até a porta de Toven. Ela se esquecera de testar a maçaneta a caminho da cozinha, embora àquela altura fosse força do hábito...

A maçaneta girou. Briony abriu a porta e entrou no quarto antes que fosse barrada de novo.

Bater à porta nem sequer lhe ocorrera. Ela a fechou assim que a atravessou. Vesper estava sentada no pé da cama e ergueu a cabeça com um rosnado de aviso, mas Briony não se preocupou com a familiar.

Toven estava apoiado em travesseiros, parecendo mortalmente pálido. Quando a viu, começou a se mexer, tentando se sentar, possivelmente para salvar sua dignidade.

— Não faça isso — avisou ela, indo na direção da cama. — Não se machuque mais. Vou ser rápida. — Ela torceu as mãos. — Me desculpe. Eu sinto muito, muito mesmo, Toven.

Toven arregalou os olhos em espanto, e a cor retornou às bochechas dele quando Briony se aproximou.

— Eu não fazia ideia que tinha minha magia de volta... o que, na verdade, me fez ter mais perguntas, mas... não, vou deixar para outra hora.

Briony estava toda atrapalhada, e sentiu o rubor crescendo desde o peito. Toven afastou o cabelo desarrumado da testa, passando os dedos pelos fios.

— Eu nunca teria... eu nunca teria machucado ainda mais você, não de propósito. Prometo que essa não era a minha... — Ela engoliu em seco. — O que eu quero dizer é que eu só estava com muita raiva, e senti que não estava sob meu controle...

— Rosewood...

— Por favor, me deixe terminar. — Briony deu outro passo à frente e, em um momento de loucura, pensou em pegar a mão dele, sentar-se na beirada da cama. — Machucar você não foi intencional. Odeio seu pai pelo que fez com a minha prima, mas eu tenho consciência de que as coisas poderiam estar muito piores para mim, e eu sei que você está fazendo seu melhor...

— Rosewood, temos companhia.

Briony congelou, o coração parando. Ele não falava de Vesper.

Virando-se para o outro lado da sala, viu Finn Raquin reclinado confortavelmente na poltrona de encosto alto de Toven, bebendo contente de uma taça enquanto sorria.

— Briony — disse ele. — Muito gentil de sua parte visitar Toven.

Ela abriu e fechou a boca, encarando os olhos escuros de Finn à medida que ele lambia os lábios, bebendo outro gole do conhaque enquanto se deliciava com a cena.

— Finn — respondeu ela, o coração acelerado de pânico.

Ela acabara de admitir que tinha sua magia. Como pôde ser tão estúpida? Finn podia até ter libertado Larissa, mas, por certo, não tinha nenhuma lealdade ou preocupação para com ela.

Óbvio que Finn estava ali. Era aniversário de Toven, não? Ela se voltou para Toven e, quando encontrou uma expressão tensa nas feições pálidas, as bochechas de Briony ruborizaram, mortificada. A ansiedade de vê-lo outra vez tinha sido grande demais, e a necessidade de pedir desculpa tinha falado mais alto que toda a lógica.

Da poltrona, soou um gole barulhento, e Finn sorriu por cima da taça enquanto a atenção de Briony se voltava para ele.

— Rosewood, pegue uma cadeira. Me conte como anda a vida.

Finn cruzou uma perna por cima da outra, os olhos brilhando.

Ela o encarou e piscou com rapidez antes de neutralizar a expressão.

Enquanto tentava acalmar a mente acelerada, ocorreu a Briony que, se pensasse bem, Finn Raquin poderia ser o único bomardino com quem ela poderia cometer esse tipo de erro. Ele nunca se importara com as políticas de Bomard, já que a mãe era etérnera. Sempre permanecera quieto quando o restante dos garotos fazia estardalhaço sobre os planos que tinham para suas cardiarizes.

— Eu só vim... me esclarecer... sobre... uma coisa. — Ela fitou Toven por um instante, vendo ele já sentado na cama da melhor forma que conseguia, pendendo para a direita. — E... já fiz isso... então... aproveite a visita — completou, acenando com a cabeça para Finn.

Briony foi apressada até a porta, abrindo-a, e, antes de conseguir se conter, disse por cima do ombro:

— Feliz aniversário, Toven.

Ela fechou a porta atrás de si.

* * *

Briony ainda estava ruborizada quando saiu do banho uma hora depois, após imaginar todas as formas diferentes que Finn Raquin e Toven Hearst poderiam ter reagido àquela intrusão atrapalhada e as felicitações de aniversário repentinas. Suspirando, vestiu o robe e prendeu o cabelo molhado em um coque, saindo para o quarto.

Finn Raquin estava sentado na poltrona dela, folheando um dos livros de Briony — felizmente, não um dos livros sobre barreiras mentais. Ela os escondera no dia anterior. Ele sorriu do outro lado do quarto, tomando um gole de chá.

— A temperatura da água é incrível, não?

Briony puxou mais o robe, o coração pulsando sob a ponta dos dedos. Ela conhecia Finn um pouco, já que suas mães foram próximas. Depois que a rainha morrera no parto, Ember Raquin se tornara sua madrinha não oficial e visitava os gêmeos com frequência quando eram crianças, levando o filho consigo. Conforme ficaram mais velhos, as visitas se tornaram menos frequentes, talvez devido à tensão entre as duas nações, mas Ember sempre oferecera um cumprimento amigável ou um sorriso quando encontrava Briony em eventos oficiais. Do pouco que o encontrara quando criança e de sua posição apolítica na escola, sabia que Finn não era tão ruim quanto os outros bomardinos — mas, até aí, não fazia ideia de como era o novo mundo em que viviam.

— O que você quer? — A voz dela carregava uma força que não sentia.

Ele acenou.

— O quarto foi bem difícil de achar, na verdade. Por causa dos encantamentos e coisa do tipo. — Finn cruzou as pernas e deu um sorrisinho. — Mas eu sabia que estaria por perto.

Ela o encarou.

— Bem, obrigada pela visita, mas...

— Olha, isso não parece em nada com uma masmorra sexual. — Ele ficou em pé, endireitando a camisa sem vincos e avaliando o quarto. — Estou meio decepcionado.

Briony o fitou, incrédula.

— Uma masmorra sexual? — Bufou. — E de onde foi que tirou essa ideia?

Das janelas, ele se virou para olhar Briony depois de afastar as cortinas para examinar os jardins.

— Toven — respondeu.

Briony piscou, a mente se revirando com aquela declaração.

— Ele é tímido para dar os detalhes, claro — continuou Finn, despreocupado —, mas disse que depois que completou o elo com a cardiariz dele, a magia sacra se tornou irrecusável. Pelo que nós especulávamos, vocês dois já estariam como coelhos.

A menção do elo de cardiariz — que Briony compreendera que *não* estava sendo usado — e a magia sacra... Era possível ter um elo cardiariz sem experimentar a magia sacra, mas Toven estava contando uma história e tanto sobre o que andava acontecendo por trás dos portões de Hearst Hall.

— As cordas e correntes ficam no armário — zombou ela. — Quem é esse "nós", exatamente?

Finn foi na direção das estantes.

— Os caras. — Os dedos dele passaram pelos poucos títulos e então as estantes vazias que os rodeavam. — Nas nossas reuniões.

Ele a olhou, as feições não entregavam mais nada.

Briony considerou seu próximo passo com cautela.

— Como está sua mãe, no meio disso?

Finn piscou uma vez, sem expressão.

— Ela se foi. É uma traidora da Mestra Mallow.

Briony abriu os lábios, sentindo um aperto no peito.

— Ela se foi? O que isso significa?

Finn observou além da janela do quarto.

— Ela estava no castelo Javis com os etérneros. Ou ela morreu, ou não é mais preocupação minha. — Finn se voltou para Briony. — Ela... se foi.

O que Finn sentia sobre aquilo? Parecia tão controlado na forma como dizia aquela informação, da mesma forma que Toven às vezes parecia impassível. Ela tentou outra pergunta.

— Onde está Larissa?

Ele avaliou o rosto dela com os olhos escuros, fazendo uma pausa.

— Morta.

Briony sentiu o ar evaporar dos pulmões. Resistiu ao impulso de se apoiar em alguma coisa. Apertou mais o tecido do robe.

A mente dela acelerou. Da última vez que vira Larissa, a mulher correra para os braços de Finn, que a aguardavam... e ele a resgatara.

Briony fixou o olhar nele.

— Por quê?

— Por deslealdade à Mestra Mallow — respondeu ele, tranquilo.

Tranquilo demais.

— Você está mentindo.

Finn congelou por um momento, mas depois deu de ombros.

— Pergunte a Toven. — Finn seguiu andando, aproximando-se mais da cama. Os dedos dele correram pelo porta-joias decorativo, de um jeito quase carinhoso. — Ele ficaria muito feliz em dar mais informações a você.

— Maravilha. Mais alguma coisa? Ou posso me vestir agora? — perguntou, e quando Finn abriu a boca, ela adicionou: — Em particular.

Ele sorriu.

— Estava interessado em ver a masmorra, mas... — Finn deu um suspiro dramático. — Temo dizer que estou decepcionado.

— Sinto muito.

Briony foi até o guarda-roupa, dispensando-o.

— Me diverte bastante ver quanto você e Toven estão próximos.

Ela congelou no ato de pegar um vestido limpo. Finn se inclinou no poste da cama, observando-a com atenção.

— Não somos próximos.

— Ah, é? — Ele ergueu uma sobrancelha. — Quando é meu aniversário, Rosewood?

Briony apertou os lábios, lutando contra o rubor que subia pelo pescoço. Finn deu mais um sorrisinho e saiu do quarto.

* * *

Todas as notícias naquela semana que recebeu sobre Toven foram repassadas por Serena. Ele finalmente deixara o quarto pela primeira vez no dia seguinte ao aniversário. Caminhara pelos jardins da propriedade no outro, e na sexta-feira, enfim, deixara a mansão pela primeira vez.

Da janela, Briony procurara por Toven nas manhãs, esperando ter um vislumbre dele caminhando pelo gramado, testando as costelas remendadas, mas nunca o vira.

Ela começara a puxar sua magia outra vez. A resposta era lenta, como um músculo enfraquecido pela falta de uso, mas começou com coisas pequenas: virando a torneira da banheira, invocando livros da estante, aquecendo a xícara de chá. Mesmo assim, estava ávida para testar os próximos passos das barreiras mentais.

Na terça-feira, Briony foi meditar na biblioteca, escolhendo um livro sobre técnicas diferentes parar criar barreiras. Uma que parecia funcionar para ela era pensar em sua mente como uma estante, ou uma série de prateleiras. O livro introdutório que lera anos antes tinha um pequeno sumário sobre o assunto, e Briony experimentara um pouco da técnica antes de partir para a intuição. Agora, porém, tinha páginas de teoria e detalhes a seu dispor.

Ela encontrou ideias para tentar invocar outras lembranças — usando essa técnica, era como exibir uma lembrança em uma estante facilmente alcançável. Embora as ferramentas fossem incrivelmente avançadas, Briony tentava ao máximo absorver as informações, sempre seduzida por ideias mais desafiadoras.

Horas depois, estava sentada em uma das poltronas, encarando uma janela grande que tinha vista para o lago, enquanto focava a mente em águas tranquilas e estantes escondidas. Ela tentou invocar apenas lembranças do pai, mas ficou óbvio bem rápido que havia coisas demais na superfície de sua mente, fazendo-a estremecer enquanto as repassava de novo e de novo.

Os ombros nus de Toven enquanto ele suturava a ferida no pescoço dela.

O eco do grito de Didion, dizendo que tudo ficaria bem entre as paredes de pedra da prisão.

Um corpo voando para trás, batendo no tronco de uma árvore.

O sorriso fácil de Rory no dia em que marchou para a própria morte.

O sangue seco na têmpora de Cordelia enquanto se virava para Briony, a pele pálida translúcida sob o holofote no circo.

Ela pegou cada uma dessas lembranças, segurando-as como livros, e as colocou em estantes altas, ou enfiou suas lombadas finas dentro de luvas maiores, escondendo-as em estantes muito baixas. Era como arrumar as coisas que lhe custavam mais — tanto no amor, quanto na dor.

Briony invocou a lembrança do pai levando os gêmeos para o circo. O cheiro da loção pós-barba dele. A risada fácil de Rory com piadas sem graça. Uma prateleira inteira estava disponível em sua mente, uma vez que ela substituíra os outros pensamentos. Encheu-a de lembranças felizes da família.

— Rosewood.

Ela piscou. Estava na biblioteca sentada em uma poltrona confortável encarando o lago mental.

Os livros na mente de Briony estremeceram, vibrando com a energia necessária para contê-los — para mantê-los no lugar. Apenas lembranças felizes da família ficariam disponíveis aos curiosos.

— Rosewood — chamou alguém outra vez.

Ela voltou a si. Havia alguém ao seu lado. Porém, se olhasse para ele, os livros cairiam das estantes e restariam apenas ombros nus, gritos ecoantes, sangue seco...

— Está se sentindo melhor? — perguntou Briony, respirando fundo até encher os pulmões, preparando-se para desviar o olhar do lago e das águas tranquilas. — Como estão suas costelas?

Focou a mente e invocou a força para manter os escudos erguidos. O coração batia forte com a empolgação de erguer o olhar, de vê-lo outra vez, mas Briony fechou aquele livro, afastando-o.

— Melhor — respondeu a voz dele, rouca.

Respirando fundo, Briony se voltou para a figura, absorvendo a visão do corpo alto inclinando-se levemente à direita e do olhar curioso que a observava.

Apenas lembranças felizes da família.

O olhar dela se desviou, a energia focando as estantes em sua mente.

— Como foi seu aniversário? — Briony sabia que os próprios lábios tinham feito a pergunta, mas a voz lhe parecia pouco familiar. — Conseguiu aproveitar...

— Olhe para mim.

Ela sentiu o pedido ecoar nos ossos. Virando-se, encontrou os olhos cinzentos. Ele estremeceu com o que viu no rosto dela. Fitou o livro que ela segurava no colo e ergueu o olhar para seu rosto de novo.

Briony o enxergava através de uma névoa, reconhecendo-o, mas também fracassando em encaixá-lo em algum lugar. O corpo dela parecia cheio de algodão, a cabeça, preenchida de poeira.

Ela piscou, e foi como se estivesse voltando a si. Toven Hearst estava ao seu lado, encarando-a preocupado.

A estante dela rachou, e todos os livros caíram abertos aos seus pés.

Briony respirou fundo, e o peito nu de Toven, as costelas quebradas, o corpo caído, os olhos frios — todos aqueles livros catalogados com cuidado derrubados da estante mental.

Briony sentia os olhos arderem, como se estivesse encarando o sol. Ela os fechou com força e colocou a mão na testa, bloqueando a luz.

O livro sobre barreiras mentais avançadas foi puxado de seu calo.

— Você é expressiva demais para essa técnica específica — murmurou Toven. — Fica óbvio que tem algo de errado com você. — Briony o escutou folhear as páginas e fechar o livro com um baque. — Você pulou os estudos intermediários?

— É claro — respondeu, abrindo um sorrisinho cansado. A cabeça girava. A sensação era de que estava acordada havia dias. — Esperava menos de mim?

Briony abriu os olhos, encarando o lago real pela janela. Tentou se apegar à ideia das águas tranquilas, acalmar a mente acelerada, mas sua energia estava esgotada.

— Pode ser exaustivo — disse Toven, em pouco mais que um sussurro.

Ela assentiu, a sonolência dominando as veias. Queria fechar os olhos e dormir, mas tinha questões mais importantes agora que ele estava ali.

— Como está Larissa?

Briony viu os olhos dele endurecerem, como um fechar rápido de um livro.

— Ela morreu.

Apertou os lábios.

— Como?

— Ela foi morta por deslealdade à Mestra Mallow.

Briony franziu as sobrancelhas, observando-o de perto.

— Foram as exatas palavras de Finn. Que curioso.

Toven se voltou para ela.

— Quando você falou com Finn?

As palavras eram afiadas, e seu olhar era como gelo.

— Ele me visitou. Entrou no meu quarto e bebeu meu chá como se não tivesse nenhuma preocupação na vida. — Briony se remexeu no assento, erguendo uma sobrancelha para a expressão sombria de Toven. — Também mencionou algumas histórias fascinantes que você andou contando para "os caras". — Os dois se encararam. — A sua confiança é tão pequena que precisa descrever suas conquistas para seus amigos em tantos detalhes, Toven?

Ele engoliu em seco.

— Quando a "conquista" é a princesa de Etérnia, é necessário.

Briony curvou os lábios. Decidiu testar a sorte.

— O que exatamente envolve o elo de cardiariz?

Toven desviou o olhar.

— É uma troca de joias imbuídas com a gota de sangue daqueles que as usarão. É diferente da inflamar, porque as joias unem duas pessoas mesmo com distâncias maiores. Para se inflamar, é preciso estar fisicamente ao lado de alguém, mas cardiarizes não precisam nem sequer estar no mesmo país para compartilhar a magia um com o outro. — Ele trocou o peso de perna, deixando de se apoiar no lado mais fraco. — Quando os bomardinos adaptaram o elo cardiariz para seus próprios propósitos, para os cardiarizes etérneros, desenvolveram uma coleira para tirar a magia de alguém em via única. — Ele olhou para o pescoço dela. — A coleira desvia toda a magia, seja de coração, mente ou sacra, para outra joia ou localização, como a masmorra dos Trow.

— Mas você nunca se uniu a mim, embora Mallow tenha exigido isso — pontuou ela. — Isso significa que você nunca tirou minha magia?

Toven engoliu em seco e respondeu com cuidado:

— Magia de cardiariz não pode ser tomada se já foi concedida a outra pessoa.

Briony piscou, tentando compreender.

— *Você* começou a dar sua magia do coração para seu irmão anos atrás — relembrou Toven. — Para inflamá-lo. Meu pai não entende muito bem, mas, mesmo com a morte dele, você continua ligada a Rory. Achamos que tem algo a ver com vocês serem gêmeos. A gravidez criou um elo cardiariz sem um ritual ou joias. É por isso que a coleira não funciona para tirar sua magia do coração.

Toven traçou o círculo de ouro ao redor do pescoço dela com o dedo. Briony refletiu sobre tudo aquilo.

— Então minha magia de coração não pode ser tirada de mim porque eu já estava, sem saber... — Ela sentiu sua garganta fechar. — Unida a Rory. Como cardiariz dele?

Toven assentiu. Um arroubo de tristeza a inundou, pensando no irmão e no elo que tinham, um que Briony nunca compreendera. Era o elo cardiariz.

— Demos a você o elixir gowarnus para manter sua magia submissa. Estava misturado ao seu chá. Às vezes, na comida.

A irritação surgiu enquanto se lembrava de como Serena e Toven insistiram que ela comesse. Não era à toa; estavam drogando-a.

— Eu pedi para que parássemos de dar o elixir a você para que pudesse acessar a magia de mente e praticar barreiras mentais — informou Toven.

Briony sentiu o coração acelerar. Ela queria perguntar o porquê — o motivo de isso ser tão importante —, mas precisava descobrir todos os fatos antes. Ela fechou os olhos, sentindo a dor de cabeça piorar.

— Então, na masmorra dos Trow, a coleira tirou minha magia de mente, e não minha magia de coração... porque eu já estava unida a alguém. Então, depois que cheguei, precisei do elixir gowarnus. — Ela o encarou e tocou o peso no pescoço. — Essa coleira sequer serve para alguma coisa?

— A sua, não. Não neste instante. Sem estarmos unidos, é só para manter a aparência.

Os pensamentos dela ficaram confusos. Era coisa demais para assimilar naquele momento.

Briony se mexeu, tentando se levantar, e o sangue subiu à cabeça. A barreira mental a esgotara muito mais do que pensara, e ela cambaleou no braço da poltrona.

Uma mão a segurou pelo cotovelo. A cabeça dela latejava enquanto fechava os olhos com força, registrando o toque de Toven, o calor dos dedos dele em sua pele através do algodão fino da manga. Quando abriu os olhos e se endireitou, ele disse:

— Deveria tomar cuidado da próxima vez, pode ser algo muito exaustivo.

Briony piscou, percebendo que Toven a encarava, o corpo próximo, os dedos ainda segurando com delicadeza o braço dela. Ele oscilou, parecendo empalidecer.

— Você ainda está machucado — comentou ela. — Também deveria tomar cuidado.

Os olhos de Toven dançaram sobre o rosto dela, um indício de sorriso nos lábios.

— Somos um par e tanto, não?

Ela imaginou outra vida. Um outro motivo para a mão tocar o cotovelo dela. Outra razão para a proximidade do corpo de Toven.

Talvez as coisas pudessem ter sido diferentes. Talvez o filho dos Hearst teria sido o melhor candidato para receber a mão da filha de Rosewood. O sorriso de Toven desapareceu do rosto, mas ele continuou a sustentar o olhar dela.

As portas da biblioteca se abriram, e ele se afastou, soltando o cotovelo de Briony.

— Toven — chamou uma voz aguda da porta, e Briony virou a cabeça dolorida e encontrou Serena, com a boca cerrada em uma linha tensa. — Você tem convidados.

Toven ficou na frente de Briony enquanto ela focava o significado daquelas palavras.

— Devo mandá-los esperarem na sala de visitas? — questionou Serena, com firmeza, mas, antes que Toven pudesse responder, uma voz ruidosa ressoou no corredor.

— Uma olhadinha na biblioteca não seria tão ruim assim, seria, Can?

Liam Quill passou pela porta, Canning Trow e Finn Raquin logo atrás.

CAPÍTULO 24

— ORA, ORA, ORA! — disse Canning com um sorriso nojento. — Se não é a princesa de Etérnia.

Briony acompanhou com uma ansiedade tensa Finn, Canning e Liam entrarem na biblioteca, espalhando-se como uma barricada para obstruir a única saída.

— Cavalheiros — cumprimentou Toven, a voz fria. — A que devemos esse prazer?

— É seu aniversário, não é? — comentou Liam, folheando um livro aberto na mesa de pesquisa.

— Foi na semana passada, mas aprecio os votos — respondeu Toven.

Briony encontrou os olhos de Finn, ainda parado perto de Serena na porta. Ele parecia nervoso, e ela soube que aquilo não tinha sido ideia dele.

— Devo levá-la de volta ao alojamento? — perguntou Serena.

— Sim — disse Toven, virando para olhar para Briony. — Tinha ordenado que ela catalogasse os livros baseado em quantas vezes a palavra "as" aparecia.

Ele lhe lançou um sorriso frio.

— Ah, deixe ela ficar — pediu Canning, atirando-se em uma poltrona. — Ainda não tivemos a oportunidade de brincar.

— Você sabe que eu não divido minhas coisas — comentou Toven, seco. — Mãe?

Ele inclinou a cabeça na direção dela. Serena se adiantou, pronta para levar Briony.

— Deixe ela ficar — disse Canning, mais firme, sustentando o olhar de Toven.

Serena hesitou.

Todos observaram atentos Toven e Canning avaliarem um ao outro.

Além do jantar oficial onde todos tinham se empurrado para dançar com ela, Briony nunca presenciara a forma como a ordem da sucessão de Bomard se manifestava em interações casuais.

Se é que aquilo poderia ser chamado de casual; a atmosfera parecia carregada.

Toven assentiu.

— Ela fica, mãe.

Serena hesitou um instante antes de sorrir.

— Claro. Meninos, comportem-se.

— Nem sonharia com isso, Serena — disse Canning, virando a cabeça encostada na poltrona para observar a mãe de Toven sair da sala. Assim que a porta se fechou, ele se virou para Liam e disse: — Serena Hearst sempre teve aqueles peitos?

Toven inclinou a cabeça na direção dele, friamente, e Liam deu uma risadinha.

— Gostariam de uísque? — perguntou Toven. — Da coleção particular do meu pai.

A casa obedeceu, e uma bandeja com copos e um decantador de cristal apareceu na mesa ao lado de Finn, que começou a servir a bebida.

— Então, Toven — chamou Finn. — Como estão as costelas?

— Costelas? — perguntou Liam. — Achei que seu ombro tinha sido esfarelado.

— E foi — respondeu Toven, pegando um livro da prateleira, folheando e o entregando para Briony, distraído. Ela se atrapalhou por um instante antes de decidir que deveria recolocá-lo na prateleira para ele. — Mas aí fui jogar uma partida com Finn e ele me jogou para longe.

Finn deu de ombros, tímido.

— O que posso dizer? Sou um pouco competitivo.

— Por que você não traz a vadia para cá?

Todos pararam e se viraram para Canning. Ele chamou Briony com um dedo encurvado.

Ela congelou. Estava em perigo, mas não sabia o que Toven poderia fazer para salvá-la.

Ele virou-se de lado lentamente, permitindo que Briony desse um passo adiante. Ela foi para o centro da biblioteca com as pernas trêmulas, sentindo olhos indesejados a examinarem, e parou diante de Canning, que estava jogado de qualquer jeito na poltrona, encarando o corpo dela.

— Não parece que ela está com catapora para mim.

Briony piscou. A catapora era uma infecção que costumava ocorrer principalmente no clima úmido de Etérnia, resultando em furúnculos e bolhas se não fosse propriamente curada.

Os passos pesados de Toven se aproximaram.

— Ela está quase curada. Fez com que fosse bastante repulsivo tomá-la em alguns dias, mas a pulsão de magia sacra é boa demais para dispensar tão fácil.

Briony se lembrou do comentário de Finn sobre a masmorra sexual. Toven deixara implícito para aqueles homens que estavam transando.

Uma mão quente pousou na cintura dela, e Briony tentou não se sobressaltar. O perfume fresco de Toven a envolveu por completo.

Liam, que estava próximo ao catálogo, ergueu uma sobrancelha para Toven.

— Mas você *de fato* a tomou? Porque alguns boatos dizem que não fez isso.

— E quem poderia ser a origem desses boatos, Liam? — perguntou Toven, direto. — Poderia fazer a mesma pergunta a você, mas é claro que não conseguiu arrumar uma mulher. Só um etérnero como cardiariz.

Briony se lembrou da lista. Os Quill adquiriram Katrina e Simon, um jovem alguns anos mais velhos do que ela. A bile subiu pela garganta quando entendeu que Katrina devia pertencer ao pai de Liam. Quantos etérneros estavam sendo abusados em nome da magia sacra?

— Nem todo mundo gosta de gastar sessenta e cinco mil moedas em putas — rebateu Liam.

— Sim, apenas aqueles que gostam das melhores — retrucou Toven.

Finn entregou as taças de uísque para os outros.

— Bom, parabéns pelo seu aniversário, Tove — disse Canning.

Toven ergueu o copo, e os outros imitaram o gesto.

— À Mestra Mallow — ofereceu Toven. — Que ela reine na eternidade.

— Na eternidade — ecoaram, como se fosse um brinde comum.

Depois de virar o copo de bebida de uma vez e entregá-lo a Toven para buscar outro, Canning disse, sinalizando na direção de Briony:

— Então imagino que, agora que ela está bem, você vai começar a levá-la para as festas.

Fez-se um silêncio tenso por um instante antes da resposta de Toven, que voltava com o copo até onde estava o decantador.

— Estou planejando, sim. Desde que eu não seja chamado para servir.

Briony notou o olhar que ele trocou com Finn.

— É claro, você sempre pode emprestar ela a um amigo — disse Canning, a língua passando pelos dentes.

— Ah, você não escutou? — falou Liam, perto de outra estante que bisbilhotava. — Toven Hearst não divide ela com ninguém.

Canning abriu um sorriso.

— É mesmo?

— Sim — concordou Toven. — Paguei caro demais para deixar outra pessoa experimentar. — E então, mudando de assunto: — Liam, *será* que posso ajudar você a encontrar o livro que está procurando?

O homem se virou, escondendo o rosto ruborizado atrás do copo de uísque. Estalou os lábios e disse:

— Meu pai queria pegar um emprestado.

— Estranho — rebateu Toven, a voz gélida. — Não recebi nenhuma carta expressando interesse.

Liam deu um sorriso fraco.

— Ele me mandou perguntar.

— Então pergunte.

Briony tentou focar a conversa, mas Canning ficou em pé de repente, dando um passo na direção dela.

— Tem a ver com a linha limítrofe de portais. E o incidente em Ashmont na semana passada — disse Liam.

Briony sentiu a atenção ser atraída, apesar de manter os olhos fixos em Canning, tentando sutilmente dar um passo para trás. Da última vez que ela ouvira falar sobre a linha limítrofe de portais, estava relacionado ao castelo Javis, quando as pessoas estavam tentando fugir do continente.

— Estamos procurando por textos sobre proteções obscuras, que sejam menos prováveis de...

— Já experimentou meu elixir com ela? — interrompeu Canning, como se aquela conversa o entediasse. — Jellica falta vibrar quando está sob o efeito.

Ele ergueu a mão e roçou o nó do dedo na lateral do queixo dela, seguindo mais e mais para baixo. Briony se manteve firme, incerta do que poderia fazer, mas tremendo com medo e fúria enquanto os dedos de Canning desciam pelo pescoço dela até a clavícula e então acariciaram a lateral do seio e a curvatura embaixo. A garganta dela se apertou enquanto a bile subia.

— Não posso dizer que precisei — disse Toven.

A voz surgiu atrás dela, e então uma mão empurrou um copo nos dedos perambulantes de Canning, e a outra segurou mais um copo no esterno de Briony. Ela ergueu as mãos para segurá-lo, surpresa.

— Já estamos nos divertindo bastante sem isso — completou ele.

Toven passou um braço pela barriga dela, puxando-a alguns centímetros para longe de Canning, que tomou um gole, observando os dois enquanto

Toven acomodava os dedos bem abaixo do seio dela, puxando-a cada vez mais para perto.

Briony nunca estivera tão consciente de como suas circunstâncias eram privilegiadas até aquele instante. Não era só que suas amigas estavam sendo drenadas de sua magia, algumas estavam sendo abusadas sexualmente, se o elixir de Canning estava funcionando, e vivendo em condições que só as águas poderiam dizer. Algumas também estavam sendo expostas, compartilhadas? Talvez obrigadas a entreterem muitos?

Ela olhou para o copo que Toven lhe entregara, e Liam voltou a descrever o livro que precisava enquanto Canning parecia entediado. Briony levou o copo aos lábios, mas o objeto saltou da sua mão, acertando-a no peito, derramando uísque no vestido. Ela arfou e Canning rapidamente deu um passo para trás para fugir do desastre. Briony não tinha se atrapalhado.

Toven fez um ruído de reprovação.

— Tem alguma ideia de quanto custa esse uísque? — vociferou ele. — Suba e vá se limpar.

Briony se virou para olhá-lo. Tinha sido Toven. Ele derrubara a bebida nela de propósito, para lhe dar a chance de ir embora.

Briony fitou o chão e foi na direção da porta.

— Qual é, Toven — disse Canning em tom brincalhão, entrando no caminho dela. — Nós podemos limpá-la, não? — Ele a olhou com malícia, e então passou um dedo pelas clavículas dela, segurando gotas de uísque para levá-las à boca. — Mas tire esse vestido. Para não manchar — sugeriu ele, provocando.

Liam riu, e Briony viu Finn se remexer no canto.

Toven ficou imóvel, e o coração de Briony bateu mais forte.

— Eu não divido, Trow — disse Toven.

— Podemos olhar, sem tocar — argumentou Canning, fingindo inocência. — Não é mesmo, rapazes?

— Com certeza, Toven — garantiu Liam. — A não ser que você queira esperar até sexta-feira. Quando estaremos em maior número.

A máscara de tédio de Toven voltou ao lugar, e ele mirou Briony.

— Tire.

Briony abriu a boca, incrédula. Ela seria mesmo forçada a se despir na frente de Canning Trow e Liam Quill? Sem mencionar Toven e Finn. Hesitante, mas implorando com os olhos por uma intervenção, ela esticou a mão até a manga no ombro direito e a puxou para baixo. Então, a esquerda. A pele não parecia mais lhe pertencer, e sentiu o estômago embrulhado. Toven sustentou o olhar dela enquanto o tecido descia pelos braços, pelos seios, pela barriga. Ela o tirou pelos quadris, e então estava vestindo apenas a roupa de baixo.

Briony pensou em Reighven vendo-a tomar banho e fechou os olhos, horrorizada, envergonhada. Ao menos não era tão ruim.

Um dos homens assobiou.

— Sempre soube que ela tinha essas tetas — disse Canning, sugando os dentes.

Ela sentia cada centímetro da pele ser observado, e apenas um par de olhos fixos no rosto dela.

Toven se aproximou, esticou o braço e passou a palma da mão pela nuca de Briony, enfiando os dedos no cabelo dela, a segurando com firmeza. Ele a puxou para si lentamente, e Briony foi forçada a se aproximar.

Toven sustentou o olhar dela e sussurrou:

— Nunca mais derrube um copo que eu te der.

Briony se perguntou o quanto ele se arrependia de tentar o truque do uísque derramado.

— Você compreendeu? — perguntou Toven, baixo.

— Sim.

— Sim, o quê?

— Sim, Mestre Toven.

Na outra mão, ele segurava um copo de uísque.

— Abra a boca.

Briony não podia fazer nada além de obedecer. Ela abriu os lábios, e Toven segurou o cabelo dela, inclinando a cabeça para trás.

Ele derramou a bebida na boca dela, deixando que fluísse pelos lábios e pelo queixo dela, para então escorrer pelo peito.

Briony fechou os olhos, tentando não tossir com a queimação na garganta. Ouviu o copo de uísque estilhaçar quando foi lançado para longe, e então Toven pousou a mão na cintura dela, levando os dedos às costas enquanto a trazia para mais perto.

Ela se segurou nos ombros dele enquanto sua cabeça era puxada ainda mais para trás, expondo os seios e o pescoço a Toven.

Briony só conseguia ver o teto da posição que estava, mas quase deu um pulo quando sentiu o toque elétrico da boca quente de Toven no peito. A língua deslizou da linha coberta pela roupa de baixo até a veia que pulsava no pescoço. Ele estava lambendo o uísque. Um som escapou da garganta dela, e as costas reclamavam com aquela posição mesmo enquanto o calor se acumulava sob a pele.

Briony conseguia sentir os dentes dele no pescoço, e então Toven seguiu cobrindo a parte de cima dos seios dela com beijos e sugadinhas, lambendo quaisquer gotas que poderiam ter sobrado. Ela arfava e, logo antes de ser puxada para que se endireitasse, sentiu Toven soltar sua cintura e rapidamente voltar para dar um tapa em uma das nádegas.

Briony soltou um gemido, e Toven deslizou a língua pelo pescoço dela enquanto a erguia, subindo pelo queixo, parando logo antes da boca.

Quando estava de pé outra vez, não conseguiu encontrar os olhos dele.

— Vá — disse Toven, com a voz rouca. — Leve o vestido e o lave.

Briony assentiu, com o coração palpitando. Ela pegou o vestido e foi rápido até a porta, sem ousar olhar para nenhum dos homens naquela sala.

* * *

Briony deixou a água em temperatura escaldante para o banho. A pele parecia eletrizada em cada canto que a boca e a língua de Toven tocaram, e foi com horror que percebeu que, em qualquer outra situação, ela se deliciaria com aquilo. Agora, porém, ela queria que a água queimasse tanto que apagasse aquela lembrança.

Ser lembrada que era uma *posse* no mesmo instante em que sentiu a boca de Toven Hearst em sua pele era... complicado. Briony estremeceu ao pensar que sem dúvida isso era uma gota em comparação ao que as outras etérneras estavam passando.

Assim que esfregou cada centímetro do corpo duas vezes, ela conseguiu focar melhor e, depois de esquentar a água outra vez, uma coisa chamou sua atenção.

Liam precisava de um livro sobre linhas limítrofes. Na verdade, o pai dele precisava disso. Quill mencionara Ashmont também, um vilarejo abandonado a oeste do outro lado da floresta de árvores mortas de Bomard. O que estariam fazendo no oeste? Seria mais uma tentativa de deixar Terrérnia?

Não era a primeira vez que Briony se perguntava como as nações além-mar se sentiam a respeito da conquista de Mallow sobre Etérnia.

Quando concluiu que queimara a sensação da língua de Toven e dos nós dos dedos de Canning o suficiente, Briony se embrulhou em uma camisola e parou ao lado da janela.

Uma batida à porta quase silenciosa ressoou. Embora soubesse exatamente quem estava ali, e embora estivesse só vestindo um robe com o cabelo molhado sem pentear, ela o convidou a entrar.

A porta abriu silenciosamente, e Briony continuou a olhar através da janela. Quando não ouviu nada, enfim se virou para encará-lo.

Toven estava parado no batente, como se não ousasse entrar. Ele se inclinou, tentando parecer casual, mas os dedos giravam seu anel bomardino.

Ela não sabia o que dizer, então foi direto ao assunto.

— Por que eu estava com catapora? — perguntou Briony, cansada.

Toven apertou os lábios, formando uma linha fina.

— Tem uma festa todo final de semana. Você esteve com catapora durante quatro semanas, doente demais para comparecer. E agora não está mais doente. Claramente.

— Que tipo de festa? — A voz dela vacilou. — É parecido com aquilo? — questionou ela, fazendo um gesto para indicar o que acontecera no andar de baixo.

Ele olhou para um lugar acima do ombro dela, através janela.

— É uma oportunidade para Bomard se encontrar e se gabar de suas vitórias. Nada como aquilo acontece em público, mas atrás de portas fechadas... de muitas formas, é pior.

Tentando manter a respiração regular sob o peso nas costelas, Briony lembrou de uma coisa.

— Outros etérneros comparecem? Cardiarizes?

Quando Toven assentiu, o coração de Briony pareceu falhar, a mente correndo com todas as oportunidades...

— Cordelia Hardstark não comparece mais — informou ele, claramente seguindo a linha de pensamento dela. Um silêncio pesado seguiu. — Ela não se dá bem com os outros.

Briony o encarou, sentindo uma irritação familiar tomar conta de si.

— E será esperado que eu me "dê bem"?

Os olhos de Toven faiscaram, e ele falou:

— Você é inteligente demais para não fazer isso.

Toven estava certo. Ela estivera procurando por uma forma de sair de Hearst Hall. E, agora que se apresentava diante dela, Briony não poderia estragar a oportunidade.

— Então nós iremos, nesta sexta-feira — anunciou ele.

Ela se voltou para a janela. Briony sentiu que Toven estava indo embora e disse:

— Foi uma boa tentativa. A ideia do uísque. — Toven parou, mas ela continuou sem olhar pra ele: — É uma pena que Canning pense que é dono da linha. — Briony sentia a mente se retorcer, com a mesma sensação de quando ela e Rory costumavam ficar acordados a noite toda, preparando-se para qualquer eventualidade no campo de batalha. — Você precisa ganhar alguma vantagem sobre ele. — A voz dela soava fria. — Ninguém deveria mandar em um Hearst daquele jeito.

Toven não respondeu. Alguns instantes depois, a porta se fechou.

* * *

A noite de sexta-feira chegou e, com ela, um novo vestido no guarda-roupa. Briony encarou a seda verde que oscilava inocente no cabide — o tecido mais luxuoso que lhe fora oferecido até então. O corte era como o dos vestidos etérneros, com alças finas e uma abertura nas costas, mas a seda ficaria grudada no corpo. Ela observou a barra; cobriria além dos tornozelos. Um par de salto alto preto estava acomodado na base do guarda-roupa. Não havia uma roupa de baixo apropriada para vestir com a roupa; aquilo era, claro, o objetivo.

Ela deveria ser exibida. O que Toven dissera? Uma chance de Bomard se gabar de suas vitórias? Ela era a vitória dele?

Quinze minutos depois das dez, Toven bateu na porta dela. Ele a olhou uma vez, sem se demorar por tempo demais em lugar nenhum, e entrou no quarto para abrir um portal. Usava roupas bomardinas mais informais — calça e um colete, com as mangas da camisa preta desabotoadas.

O portal se abriu no meio do quarto dela, e Toven esticou a mão para tocar a marca.

Briony hesitou, querendo fazer um milhão de perguntas antes de seguir para o desconhecido.

— Mallow estará presente?

— Não. Meu pai está com ela em outro lugar.

Briony agora tinha dois milhões de perguntas.

Ela deu um passo à frente, sentindo a seda percorrer seu corpo como água. As costas estavam completamente nuas, e queria perguntar se tinha colocado certo o vestido, mas Toven ainda não a olhara de verdade. Por mais que tenha sido assediada no outro dia, o mesmo também não acontecera com ele? Tendo sido forçado a fazer algo que não queria?

— Aquilo vai acontecer de novo esta noite? — perguntou Briony, sem elaborar.

Os dois sabiam do que ela estava falando.

Os olhos de Toven eram frios e opacos ao encará-la.

— Não. Você ficará perto de mim, e vamos deixar que todos a vejam, para não precisarmos voltar por várias semanas. Só isso.

Briony engoliu em seco, sentindo um calafrio.

— Haverá um pouco de contato — continuou ele, esclarecendo a pergunta. — Entre nós dois. Mais ninguém.

Toven encarava fixamente o portal, e ela se perguntou o quanto de contato qualquer um dos dois poderia suportar.

Estava prestes a perguntar em que propriedade seria a festa quando ele esticou a mão outra vez, segurou o braço dela e os dois entraram no portal.

Briony queria ter perguntado. Queria ter se preparado.

O vento esvoaçou o vestido e o cabelo, e ela ouviu a maré ao fundo.

Estavam no palácio de Biltmore. Estavam na casa de família dela.

Capítulo 25

Seis anos antes

Briony sempre passava os solstícios de verão no palácio de Biltmore, no morro que dava vista para os principais portos de Etérnia. O período dividia o ano escolar ao meio, permitindo um respiro de uma semana das aulas — e dos alunos bomardinos.

Briony em geral escolhia convidar Cordelia para passar a semana com ela em Biltmore, mas o pai dela decidira que a amiga e Rory não poderiam mais dividir o mesmo teto enquanto estavam se cortejando.

Então, em vez disso...

— Rochas, é sempre tão quente assim no solstício? — questionou uma voz ruidosa ao lado de Briony.

Ela respirou fundo de onde estava deitada no gramado, canalizando a paciência, antes de abrir as pálpebras. Katrina estava sentada, abanando a si mesma, parecendo nada relaxada sob a luz do sol.

— Você prefere se retirar para o pátio? Tem mais sombra por lá — disse Briony, do jeito mais educado que conseguia.

Katrina bebeu o vinho feérico e balançou a cabeça.

— Não. Se isso é o que você faz no recesso, eu também vou fazer. — A garota torceu o cabelo cor de palha para cima e se deitou na grama outra vez. — Era de se pensar que, por ser uma princesa, teria alguém abanando você com uma folha grande de palmeira o tempo todo.

Briony franziu o rosto com a insinuação de que detinha criados dedicados exclusivamente ao seu conforto. Ela mordeu a língua no instante em que a explosão de um canhão fez o jardim inteiro tremer.

Katrina deu um berro, e Briony continuou a tomar seu banho de sol, despreocupada.

A garota se levantou com uma mão no peito.

— Que porra foi essa?

— É o Canhão Veranil — respondeu Briony, preguiçosamente. — Ele soa todos os dias ao meio-dia em Biltmore.

— *Por quê?*

— Para avisar a hora aos navios que estão longe do porto — disse ela. — É uma tradição.

Katrina se deitou devagar na grama, com respirações profundas, de uma maneira que Briony achou que soava dramática demais. Depois de alguns minutos abençoados de silêncio, a garota voltou a falar.

— Você ouviu os boatos de que Toven Hearst e Larissa Gains estarão formalmente noivos quando voltarmos para a escola?

Briony se virou rápido para Katrina.

— Quê?

Katrina emitiu um *uhuum* em confirmação, fechando os olhos para o sol.

— Ela está passando o solstício em Hearst Hall. Dizem que estarão noivos até o fim da semana.

Briony sentiu algo rasgando o peito. Não confiava em si mesma para falar.

Não deveria ter sido pega de surpresa. Ela encontrara os dois nos corredores escuros várias vezes durante a primavera, sempre agarrados um ao outro. Era presumido que estivessem fazendo a corte durante a maior parte do período escolar, então aquilo era apenas o passo seguinte mais óbvio.

Mesmo assim, Briony notou a forma como as costelas pareceram se contrair ao pensar em Toven noivo.

Eles foram designados como parceiros na aula de elixires durante toda a primavera, e ela teve o prazer agonizante de observar, todos os dias durante dois meses, as mãos dele trabalharem nos ingredientes. Cortando raízes, arrancando folhas das plantas, cortando asas de inseto de forma grosseira. Não soubera para onde mais olhar além das veias saltadas nos antebraços enquanto Toven trabalhava.

E não era somente a aparência dele que a distraía. O perfume fresco que se entranhava nas roupas dela mesmo quando estavam longe. A voz baixa e provocativa de Toven, que a cutucava por ela saber todas as respostas certas e se recusar a dá-las para o tutor. A pele quente que roçava na dela sempre que tentavam pegar o pilão ao mesmo tempo.

Briony encarou o céu, deixando que o sol queimasse seus olhos. Ela não compreendera até aquele instante como tudo aquilo era inapropriado. Se Toven estivera cortejando Larissa com intenção de casamento, então a pouca atenção que cedia a Briony era apenas uma brincadeira boba. A raiva fervilhou dentro dela de repente, e cada sorrisinho travesso que lhe fora concedido, cada sussurro nos ouvidos, cada vez que Toven roubara a faca de corte de Briony no fim da aula "sem querer" e a fizera correr atrás dele no corredor para recuperá-la — tudo aquilo parecia corrompido.

— É esquisito, né? Eu sei que as pessoas ficam noivas durante a escola o tempo todo, mas não esperava que acontecesse com alguém que eu *conheço*. — Katrina se virou de lado para encarar Briony. — Você e Didion serão os próximos?

Ela estreitou os olhos para a garota.

— Quê? Didion e eu?

Katrina sorriu.

— Sim. Ele é muito bonito. E também gentil.

— Talvez *você* devesse se casar com ele então — disse Briony, voltando a olhar as nuvens.

Katrina bufou em resposta.

Fez-se o estalo de um portal se abrindo no canto do jardim, que tinha vista para o mar. Era o único lugar onde um portal poderia ser criado, se seu cargo fosse alto o suficiente para a autorização ser concedida.

Briony se sentou e viu o general Meers e a prima marchando rapidamente em direção ao palácio, com passos determinados. Finola nem sequer olhou para ela.

— Vá encontrar uma sombra — pediu Briony para Katrina. — Eu já volto.

Ela ficou em pé e os seguiu para dentro do saguão.

O general Meers estava gritando ordens como se fosse o próprio rei, e Finola estava falando depressa com o mordomo. Briony ficou encostada na parede, escondendo-se atrás dos pilares que sustentavam os arcos escalpados.

— Preciso falar com o rei *agora* — exigiu o general Meers.

Rory e Didion apareceram de um corredor mais distante, observando a comoção.

— Ele está no escritório — disse o mordomo, gesticulando para que subissem a escada.

O general seguiu adiante às pressas, subindo dois degraus de cada vez, com Finola logo atrás.

Briony correu até a escada, ganhando de Rory por pouco, e os gêmeos subiram juntos para o segundo andar, seguindo os novos visitantes através de um arco aberto.

O escritório do pai tinha vista para um jardim isolado e era rodeado de janelas de treliças que deixavam o ar entrar, mas afastava olhos curiosos.

O general Meers já estava falando quando Rory e Briony chegaram à porta.

— Alta-Sede Pulvey morreu.

Briony parou no batente, vendo o pai largar a caneta, unindo os dedos sobre a mesa.

— Mallow? — perguntou ele.

Briony se lembrava daquele nome. A mulher de olhos astuciosos e cabelo liso, que falara sobre usar alunos como garantias.

O general Meers assentiu.

— Os nossos informantes declararam que Veronika Mallow agora se senta na Sede de Bomard.

Briony arfou, e a sala inteira se virou para ela e Rory no batente de arco. Finola ofereceu um sorriso tenso como cumprimento.

— Crianças, precisam nos dar licença — disse o general Meers.

Briony fez cara feia.

— Eu tenho 19 anos — rebateu Rory. — E gostaria de saber sobre os acontecimentos políticos do meu futuro reino.

O rei Jacquel assentiu e gesticulou para que o filho se sentasse na cadeira do canto. Rory acenou a mão para conjurar uma segunda cadeira, idêntica à primeira. Ele sustentou os olhos do pai enquanto puxava a cadeira para Briony se sentar.

— Majestade — começou o general. — Eu de fato preciso advertir contra tantos ouvidos em uma reunião confidencial...

— Você é um tolo se pensa que os ouvidos de Briony são os menos úteis entre nós cinco — disse Rory, e o peito da garota se inflou com o elogio inesperado.

Rory encontrou o olhar da irmã com um sorriso de apoio.

O rei pigarreou.

— Prossiga, general.

Briony e Rory não se mexeram, e o general Meers espremeu os lábios, desgostoso.

— Como ela desbancou a linha de sucessão? — perguntou Rory.

— Ela ascendeu de acordo com as leis bomardinas — explicou Finola. — Na hora do falecimento de Gin Pulvey, Veronika Mallow já tinha a posição de primeira na linha.

— Como?

— Riann Cohle matou o próprio pai ontem à noite — disse Finola. — Então ascendeu para primeiro da linha, nomeou Mallow como sucessora e imediatamente abdicou. Antes de matar Gin Pulvey, ela nomeou Riann Cohle como sucessor *dela*. Eles ascenderam juntos com a morte de Pulvey. Ela, à Sede, ele, a primeiro da linha. Então não haverá mudanças abaixo deles. Riann Cohle precisa apenas escolher um sucessor.

Briony abriu a boca, chocada com aquela manobra política.

O general Meers se adiantou até a escrivaninha.

— Acreditamos que ela seduziu Riann Cohle...

— Não temos evidências disso — protestou Finola.

Ele revirou os olhos.

— Independentemente disso, Mallow convenceu Cohle dessa conspiração e agora está sentada na Sede.

— Ela já fez algum manifesto? — perguntou o rei Jacquel, encarando as janelas de treliças, pensativo.

— Ainda não, majestade — esclareceu o general Meers. — Bomard despertou com essa notícia, e minhas fontes estão atentas para quaisquer objeções que os membros da linha possam fazer.

— Não haverá nenhuma — disse o pai, esfregando o queixo. — Ela conseguiu convencer a todos, tenho certeza.

— Tem mais uma coisa — acrescentou Finola, hesitante, e todos a encararam. — Existe um rumor de que Mallow vai decretar o fim da magia de mente em Bomard.

O rosto de Briony se retorceu.

— Como ela faria isso? Estamos no meio de um ano escolar na escola bomardina. Como é que os alunos etérneros vão praticar magia de mente?

Finola assentiu para ela, como se Briony tivesse respondido à própria pergunta.

Todos ficaram imóveis por um instante, e então Rory disse, baixo:

— Bom. Estou muito interessado em ver como os bomardinos vão voltar para a escola depois do solstício.

Capítulo 26

Presente

O olhar de Briony subiu pelos penhascos altos nos quais o palácio de Biltmore fora construído. Ela os conhecia intimamente; os escalara quando criança, escondendo-se de guardas, apressando-se para alcançar Rory e Sammy.

Depois que o sol se punha, era lindo, iluminado por dentro como uma jarra com vaga-lumes. Naquela noite não era muito diferente, embora a bandeira de Etérnia tivesse sido substituída pelo brasão bomardino. Ela poderia imaginar por um momento que estava acompanhada do pai, chegando para uma semana em que receberia dignitários e decidiria importantes questões globais.

Então Toven a segurou pelo cotovelo e a impeliu para a frente, e a lembrança que se impusera sobre a realidade desapareceu.

O palácio de Biltmore estava monstruoso.

Briony cambaleou pelo caminho de subida ao lado de Toven, encarando a luz intensa que ardia lá dentro; iluminava as paredes como se um incêndio devorasse a encosta. Virando a cabeça por cima do ombro, ela olhou para o porto — ou melhor, o que restara dele.

Mallow dizimara as docas havia um ano em um esforço de impedir o acesso de Rory e outros etérneros aos países além-mar. Apenas um navio conseguira escapar antes de o exército bomardino começar a queimar todas as embarcações, então a frota bomardina o caçara antes que pudesse atravessar o mar para pedir ajuda.

O pai de Finola e Phoebe estava naquele navio.

Agora, Mallow parecia estar reconstruindo as docas. Briony conseguia ver o clarão da magia sob o luar.

— Foco — sussurrou Toven, a voz baixa ao vento.

Ela se virou novamente para o caminho que levava aos portões. O que Briony viu por cima da grade corrediça a fez ofegar. Um lobo cinzento e um urso-negro perambulavam por cima do arco, encarando-os. Dentro dos portões, dois homens vestindo casacos azul-bomardino conversavam, tranquilos. Quando o lobo rosnou, o homem à esquerda olhou para eles do outro lado do portão.

Eram familiares dos guardas.

O mestre do lobo se endireitou e cumprimentou, jovial:

— Toven Hearst. O que trouxe para nós essa noite?

— Ah, ela é demais para você, Roth — disse Toven, casual, e os homens riram.

Ele desceu a mão para tocar na marca do braço de Briony e então a puxou pelos portões. Briony sentiu uma queimação sob a pele. Era uma barreira mágica, assim como aquela em Hearst Hall.

Um dos homens assobiou para ela quando passaram, e Briony tentou manter o equilíbrio com os saltos. O caminho era feito de terra e sedimento, e por fim se transformava em pedra no topo do morro.

Os dois seguiram pelo caminho sinuoso e, quando estavam longe do alcance dos guardas, Briony perguntou:

— Estou presa aqui agora?

— Não fale a não ser que se dirijam diretamente a você. — A voz de Toven era áspera e profunda. — Não até chegarmos lá em cima.

Briony o encarou e viu que a expressão em seu rosto era impassível, mas o músculo acima do olho direito tremia de tensão. O caminho se abriu para os jardins, onde ela e Rory às vezes esperavam o pai terminar de discutir questões estatais com o general Meers, ansiosos para ir até as docas e brincar com os filhos dos marinheiros. Uma trilha de pedras atravessava a grama, cruzando sobre a água que escoava por todo o palácio através de afluentes.

Havia algumas pessoas no jardim tendo conversas particulares, e Toven diminuiu o passo quando passaram embaixo de um poste. Ele se virou para encará-la sob a pretensão de verificar a aparência dela.

— Não deixe seus olhos se demorarem demais em ninguém. Não tente interagir com seus amigos. — Os dedos dele seguraram a alça do vestido no ombro, e ela sentiu o sussurro do toque nas clavículas. O olhar de Toven acompanhava os dedos. — Seja inteligente. Seja obediente. Vai acabar rápido.

Briony teve a impressão distinta de que ele dissera a última frase para si mesmo.

Quando Toven não falou mais nada, Briony percebeu que eram observados. As pessoas no jardim se viraram para encarar, falando rapidamente umas com as outras.

Antes que pudesse se perguntar se Toven aguardava uma resposta, ele os virou na direção da entrada e encaixou a mão de Briony no cotovelo dele. Como se estivessem cortejando. Ela ergueu o rosto para Toven, encontrando os olhos cinzentos fixos no horizonte, os postes iluminando o cabelo dele em tons de amarelo e laranja.

Conforme se aproximavam, a música ficava mais alta. Ela se perguntou que tipo de horror encontraria lá dentro. As amigas acorrentadas? Ou feridas e ensanguentadas?

As portas se abriram, e uma jovem mulher, parada na frente de cortinas pesadas com um vestido escarlate, deu um sorriso reservado para os dois.

— Mestre Hearst. Bem-vindo. — A voz era sedosa, e os olhos dela dançaram sobre Briony por tempo demais. — Senhorita Rosewood. É um prazer.

Briony piscou para a mulher. Seu cabelo era castanho e exuberante e a pele era marrom-clara, mas Briony se concentrou na coleira que ela vestia ao redor do pescoço, parecida com a que usava, exceto por ser prateada.

— Ilana — disse Toven, como cumprimento. — Encantadora como sempre.

A mulher pegou duas taças de espumante de uma mesa lateral, e Briony ficou chocada quando uma lhe foi entregue. Ela a segurou com firmeza, perto do peito.

— O general Tremelo está presente esta noite — informou Ilana, entregando um pedaço de papel para Toven. Briony teve um vislumbre do desenho de um homem e alguns parágrafos de texto quando Toven o leu. — Já foram apresentados?

— Sim, meu pai já negociou com ele antes. — Toven entregou o papel de volta. — Mais alguém?

— Só a corja de sempre — afirmou Ilana, em tom brincalhão. Ela avaliou Briony, rápida como mercúrio. — Mestra Mallow não planeja comparecer.

— Obrigado, Ilana — disse Toven. Ele passou uma mão pelo cabelo, num gesto casual. — Posso perguntar se Lag Reighven já fez uma aparição?

Briony sentiu a garganta se fechar.

— Não, o mestre Reighven não está na minha lista.

A mulher sorriu e esticou a mão para a cortina.

O som atingiu Briony como se ela tivesse se chocado em uma parede.

Além das cortinas, o grande saguão de entrada abrigava, no mínimo, cem pessoas. A conversa, as risadas e o som de taças sendo brindadas — o som surgiu de uma só vez.

A atenção de Briony foi atraída para várias direções enquanto Toven a guiava para dentro. O saguão estava cheio de pessoas a quem ela um dia recebera naquele mesmo local, ao lado do pai e de Rory. À direita, viu Caspar Quill animado, conversando com um grupo e derramando espumante enquanto gesticulava. Katrina estava pendurada no braço dele, usando um vestido justo, uma coleira dourada e um olhar vazio. Briony deu um passo na direção dela sem pensar, mas Toven a levou para longe.

Ela viu uma mulher com quem estudara tomando um gole de espumante e rindo animada de tudo que seu acompanhante dizia. Briony se sobressaltou quando viu alguém de cabelo preto e pele bronzeada de sol. Phoebe estava a menos de três metros dela pela primeira vez desde as masmorras dos Trow. Briony a encarou, implorando para que a prima a olhasse de volta, mas Phoebe sorria para um homem baixo de rosto vermelho, Aron Carvin, o segundo na linha de sucessão da Sede. A coleira dourada de Phoebe cintilava sob a luz de velas, e as unhas foram pintadas de vermelho, fazendo contraste na taça de espumante.

— Não encare — sibilou Toven.

Briony desviou o rosto no instante em que dois jovens se colocaram no caminho deles, um magro de pele marrom quase dourada, e o outro gordo branco de bochechas rosadas. Lorne Vult e Collin Twindle, que fizeram parte do grupinho de Toven na escola. A mãe de Collin era a sétima da linha, e a tia de Lorne estava em algum lugar atrás do pai de Finn Raquin, mas Lorne era persistente em tentativas de negociar uma posição melhor na linha.

— Toven — cumprimentou Lorne. — Até que enfim, hein? Quase se atrasou.

Toven apertou a mão dos dois.

— Quase, mas não atrasei.

Briony virou o rosto para outro lugar enquanto eles a examinavam. Lorne Vult tinha sido um amigo próximo de Canning Trow e era conhecido por deixar garotas desconfortáveis na época da escola. Collin fora tímido quando mais novo, mas se tornara mais grosseiro e obcecado por status ao longo dos anos escolares. Ele fora um dos primeiros a se juntar à caça a alunos etérneros no dia em que a escola bomardina foi atacada — o dia em que o pai de Briony foi assassinado.

Ela sentiu os olhos cor de âmbar de Collin percorrerem sua pele exposta.

— Então, você trouxe ela — disse ele.

— Sim. — Toven tomou um gole do espumante. — Ela finalmente se recuperou da catapora.

— Vai dividi-la? — perguntou Lorne, a voz fazendo uma cadência empolgada.

Briony se voltou para ele, e Lorne sorriu.

— Infelizmente não, cavalheiros. Se quisessem uma cardiariz dourada, deveriam ter comprado uma.

— Não a usaria como cardiariz — zombou Collin, e Lorne riu.

Briony encarou o homem mais corpulento.

Toven verificou o relógio.

— Está quase na hora, senhores. Encontrem suas cardiarizes, vejo vocês na suíte.

Antes que qualquer um dos dois pudesse dizer mais uma palavra, Toven a guiou para a esquerda, afastando-se. A mente dela focou a palavra "suíte", e ela se perguntou o que a esperava.

Toven deu uma volta grande pela sala e, cada vez que se aproximavam de uma porta, Briony achava que eles passariam por ela. Ele apertava mãos de pessoas, mas não parava no mesmo lugar. Quando voltaram para onde começaram, Briony percebeu que ele a estava exibindo — garantindo que o máximo de pessoas a visse.

Briony procurou por pessoas que conhecia, encontrando rostos familiares das masmorras dos Trow. Ela tentou fazer uma nota mental sobre a elite bomardina que reconheceu, mas havia gente demais. Katrina desaparecera, mas ela encontrou as costas de Phoebe duas vezes. Ou a prima estava certificando-se de evitar contato visual, ou de fato não fazia ideia da presença de Briony.

Quando Toven finalmente direcionou Briony para uma escadaria que levava ao segundo andar, ela se perguntou se os sussurros que os seguiam acabariam quando fossem para o próximo cômodo.

Na base das escadarias, Hap Gains estava fumando um charuto e falando com o homem da ilustração que Ilana mostrara a Toven. Briony se preparou para estar na presença de Gains depois de tanto tempo e sentiu uma leve hesitação no passo de Toven antes de ele impeli-la para a frente.

— Hap, bom ver você — disse Toven, estendendo a mão para Gains, depois para o homem ao lado. — E general Tremelo, que honra recebê-lo esta noite.

O general aceitou a mão de Toven com um sorriso.

— O garoto de Orion. Seu pai está me devendo um jogo de cartas! — lembrou o general, com um sotaque diferente do que existia no continente.

Briony tentou entender o significado daquilo. Bomard estava recebendo um general além-mar? A influência de Mallow estava se espalhando?

— Por favor, aceite o pedido de desculpa do meu pai por não poder acompanhá-lo pessoalmente hoje — disse Toven, olhando rápido para Gains, que estreitou os olhos. — Eu sei o quanto ele aprecia os negócios com Daward.

Daward era um dos oito países mágicos a leste. Também praticavam magia de coração, mas fazia séculos desde que começaram a violar os elos de cardiariz como Bomard fazia atualmente. Briony não fazia ideia do tipo de "negócios" que Orion Hearst tinha com Daward e seu general, mas imaginava que seria algo que nem mesmo o pai dela apoiaria.

— Por favor envie minhas saudações a Orion. — General Tremelo tinha um sorriso gentil, mas quando se virou para Briony, ela se preparou para receber mais um olhar lascivo. — E quem é essa?

— Briony Rosewood — apresentou Toven com um tom arrogante. O braço dele envolvia a cintura dela levemente, a mão apoiada no quadril. — Minha cardiariz.

Tremelo piscou duas vezes, rápido demais.

— Ah. A filha de Jacquel.

O que significava aquele tom? Será que tivera uma relação amigável com o antigo rei? Será que talvez estivesse aborrecido em encontrar a filha do rei Jacquel sendo tratada como um objeto por Bomard? Briony não conseguia decifrar.

— O jovem Hearst foi pouco generoso com ela — brincou Gains, o sorrisinho voltando enquanto tragava o charuto. — Esta é a primeira visita da srta. Rosewood a Biltmore.

Briony mordeu a própria língua, resistindo ao impulso de corrigi-lo.

— Longe disso — disse Tremelo, com leveza. — Esse era o lar do pai dela há pouco tempo, não?

As palavras dele pareceram roubar o ar da sala. Gains soprou a fumaça do charuto, e os lábios de Toven se abriram em um sorriso tenso. Briony encarou o general, tentando entender qual era a intenção dele ao mencionar os fatos da situação.

— É verdade — concordou Gains, recuperando-se. — Eu só estava falando do fato de Toven ter evitado trazê-la para nossos encontros semanais.

Toven apertou a cintura de Briony, inquieto.

— Bem, depois do que aconteceu com a cardiariz de Cohle no mês passado, não estava com tanta pressa de trazê-la.

Toven mirou Gains, e os olhos do outro homem endureceram.

A ansiedade ferveu no sangue de Briony. O que acontecera a Cordelia?

— Mas sem dúvida não haveria perigo de exibir um pouco uma cardiariz dourada — disse Gains.

— Ah, sim. Ouvi muito sobre as cardiarizes douradas — comentou Tremelo, cordialmente. — Ainda assim, não entendi o que as torna tão especiais.

Briony ficou mais atenta.

Gains deu uma batida nas cinzas do charuto.

— O sangue Rosewood, em tese dourado, cria um elo cardiariz mais poderoso. As duas cardiarizes douradas tiveram medidas bastante altas em habilidades mágicas na escala que usamos. — Ele indicou Aron Carvin e Phoebe do outro lado da sala, e então abriu um sorriso para Toven. — E é por isso que estamos tão ansiosos para ver Aron e Toven na arena juntos.

Briony sentia a cabeça dando voltas com as novas informações. Arena?

Toven manteve a expressão plácida.

— Prefiro poupar minha magia para quando Mestra Mallow requisitar.

Tremelo riu.

— Isso que é lealdade. Ora, aposto que tem poder saindo até pelos ouvidos. Mas é bom ver a srta. Rosewood parecendo bem de saúde a despeito disso.

Havia algo na forma que Tremelo falava — na forma que Gains o encarou, ou como Toven apertou mais a cintura dela — que fez Briony se perguntar o que havia por trás daquelas palavras.

Daward não praticava magia de mente, então ela não encontrou resistência quando, com cuidado, estendeu o dedo indicador em um gesto penetrante e segurou o fio entre seus olhos. A mente de Tremelo era um labirinto de estratégia e táticas, mas ao centro, ela se viu como ele a via: saudável e sem ferimentos.

Briony se esgueirou para fora dos pensamentos do general e se perguntou qual era a verdadeira motivação para a presença dele naquela noite. A quem ele deveria relatar o que via? E por que importava que a filha do reino inimigo de Mallow estivesse segura, embora fosse uma prisioneira?

Se Bomard estava tentando estender sua influência, Daward estava se preocupando com o próprio futuro?

— Bastante poder, sim — concordou Toven. — Deixarei vocês dois aproveitarem a noite.

Ele apertou a mão dos dois e então deu a volta.

— Não precisa agarrar tanto a mulher, Toven. Ela já é sua — disse Gains, às costas deles.

A bile se enredou no estômago dela. Aquela era uma insinuação na qual não precisava pensar muito.

Ela aprendera muitas coisas em pouco tempo: algo acontecera com Cordelia, havia algum tipo de arena mágica e o general Tremelo, de Daward, não concordava completamente com a Bomard de Veronika Mallow.

Toven a guiou pela escada ladeada por águas sagradas. O corrimão ficava molhado por causa dos respingos de fios de água. Briony queria perguntar o que aconteceria na "suíte", mas, antes que pudesse abrir a boca, eles chegaram ao patamar e encontraram um jovem guarda com o uniforme azul.

— Toven. — Ele assentiu para os dois. — Já estão todos lá dentro.

— Maravilha — respondeu Toven, erguendo a mão para apresentar o anel preto para a inspeção. — Sempre gostei de fazer uma entrada triunfal.

O guarda destrancou a porta atrás dele, uma que levava à antiga sala de jantar ao ar livre.

Quando entraram, risadas ruidosas atingiram seus tímpanos, e Briony encontrou uma mesa posta para oito pessoas. Sete homens jovens estavam sentados, bebendo e fumando, e sete mulheres jovens usando coleiras estavam em pé próximas à parede com olhos voltados para baixo.

A conversa parou de súbito, e Briony finalmente focou aqueles que estavam na mesa enquanto todos se voltavam para os recém-chegados.

Finn Raquin, Liam Quill, Lorne, Collin e dois outros que ela não reconhecia.

Canning Trow estava em pé na ponta da mesa. O sorriso dele era largo, e os olhos estavam famintos quando ergueu o copo.

— Senhorita Rosewood. É uma honra recebê-la aqui.

Em uma demonstração perturbadora de cavalheirismo, os outros seis homens ficaram em pé, e Briony percebeu no mesmo momento que não fazia ideia de quais eram as regras nesse novo mundo.

Canning Trow sorriu para ela, percorrendo o corpo de Briony com o olhar.

— Senhores, a cardiariz dourada chegou.

Capítulo 27

— Desculpem-me por deixar vocês esperando — disse Toven, dando um passo à frente e apertando a mão de Canning. — O general Tremelo demonstrou um interesse especial na minha cardiariz.

Atrás dela, a porta se fechou, e o guarda a trancou.

Briony olhou rapidamente para cada mulher do cômodo, em pé atrás de cada cadeira ocupada como se fossem criadas pessoais. Todos os olhares estavam voltados para baixo, mas ela reconheceu várias delas.

Atrás da cadeira de Canning estava Jellica Reeve, de quem dias atrás o homem se gabara por usar o elixir. Uma mulher chamada Octavia, que sempre fora tímida e gentil na época da escola, estava ao lado de Jellica, atrás da cadeira de Lorne. Quando estudavam, ela tinha um corpo mais curvilíneo, agora só restavam pele e ossos. Do outro lado da mesa, Cecily Weape, filha de um nobre etérnero, estava atrás da cadeira de Collin. Algo dentro de Briony se partiu quando lembrou que Collin enviava recadinhos apaixonados para Cecily na escola.

Outros rostos apareceram e desapareceram nas lembranças dela, sem encontrar os nomes correspondentes.

Na mesa havia garrafas de vinho abertas, legumes com ervas e um porco assado, com uma maçã na boca.

Briony compreendeu rapidamente que era um jantar e ergueu os olhos para os homens na sala.

— Bem, sempre disseram que o general tinha um gosto impecável — frisou Canning, encarando Briony.

Sem demorar, Toven foi até a cadeira vazia, de frente para Canning na outra ponta da mesa. Percebendo que ele era um dos dois líderes naquela sala, Briony o seguiu e também tomou seu lugar em pé atrás da cadeira dele, perto da parede.

Toven ergueu uma taça de vinho vazia e a estendeu à lateral, aguardando. Briony apenas encarou o copo.

— Tente ser mais esperta, Rosewood — disse ele, desdenhoso.

Os homens riram, observando-a.

Então, uma mulher de cabelo loiro-avermelhado deu um passo à frente, afastando-se da parede atrás de Liam, pegou uma garrafa de vinho e, encontrando os olhos da princesa, encheu a taça dele.

Briony avançou, seguindo o exemplo, e encheu a taça de Toven. O olhar dos homens parecia faiscar na direção dela, enquanto Toven manteve o rosto virado para a frente, sem nem sequer olhar para ela.

Assim que a taça foi enchida, Briony deixou a garrafa na mesa e deu um passo para trás, lançando um olhar agradecido para a loira. Quando a mulher respondeu com um sorriso, Briony sentiu a mente se reorganizar, como uma chave encaixando na fechadura.

Era a criada do castelo Claremore. Aquela que salvara dos homens no dia do ataque, no dia em que Rory morrera, que guiara Briony e Cordelia pelas escadarias e que fugira quando Cordelia ficara para trás, tentando encontrar Briony.

Ela oscilou sobre os próprios pés, torcendo levemente os tornozelos nos saltos.

A mulher voltou a olhar para o chão.

Briony supunha que era de algum conforto saber que não houvera nenhuma vencedora naquele dia. Que se tivesse se escondido, como Anna mandou, também teria sido encontrada. Que, se tivesse sido mais rápida ao descer a escada e escapasse do desabamento, ainda assim teria sido capturada como aquela jovem.

Briony a analisou mais um pouco e viu uma coleira prateada ao redor do pescoço, em vez de dourada. Havia uma diferença evidente nas cores, mas o que significava?

Toven ergueu a taça.

— À Mestra Mallow. Que ela reine na eternidade.

— Na eternidade — repetiram.

— E que seus inimigos — continuou Toven, e se virou de lado para que Briony o visse de perfil — sejam eternamente nada.

Os homens riram e beberam o vinho.

E tudo o que Briony ouviu foi o eco do nome de sua nação nas duas declarações. Ela se inclinou no parapeito de uma janela atrás de si, deixando que a brisa percorresse seus ombros, tirando o peso daqueles saltos altos demais.

As conversas começaram logo depois do brinde.

— Seu pai já voltou da viagem além-mar?

— Lorne, você está com aquela pintura que mencionei?

— ... nova remessa de elixir logo?

— Ela estava *engasgando* de tanta vontade, e vou te falar...

Briony tentou acompanhar as conversas com os olhos, mas os homens a encaravam de vez em quando. Do outro lado da mesa, Jellica Reeve cambaleou nos próprios pés, lançando-se para a frente como se o corpo estivesse amarrado por uma fita à cadeira de Canning. As pupilas estavam dilatadas, o olhar intenso fixo na nuca do homem.

Briony franziu as sobrancelhas.

— A catapora sumiu perfeitamente, Toven. — A voz de Lorne ecoou por cima da mesa, um sorriso cintilante no rosto enquanto avaliava Briony. — Mal parece que ela esteve doente.

— Bom, claro — concordou Toven. — Não permitiria que uma posse minha ficasse manchada, mas eu garanto, as bolhas e o pus eram repugnantes. — Ele olhou para Briony por cima do ombro, cheio de desgosto. — Já cansou? Não consegue se endireitar?

Todos se voltaram para ela. Briony se afastou do parapeito, percebendo que nenhuma outra mulher se recostava em nada.

— Não, senhor. Só não estou acostumada aos meus sapatos, senhor — murmurou.

Os olhar de Toven faiscou enquanto o resto da mesa caiu na gargalhada.

— Ah, Rosewood — disse Liam, abrindo um sorriso. — Você pode descansar um pouco dos sapatos. Venha se sentar no meu colo.

Os homens riram mais. Toven tomou um gole de vinho, deixou a taça na mesa e pigarreou.

— Ela não vai fazer nada isso.

As risadas se dissiparam com o tom de voz dele.

Liam revirou os olhos.

— Rochas, por que trazer ela até aqui se a gente não pode nem se divertir um pouco?

Toven tamborilou os dedos na toalha da mesa.

— *Eu* estou me divertindo, e isso é tudo o que importa. Lorne? Pode nos dar a honra? — Ele indicou com a cabeça o porco no meio da mesa. — Estou com fome.

Lorne ficou em pé, abrindo outro sorrisinho, e pegou uma faca de corte. Briony escutou os homens voltarem a conversar enquanto as mulheres se aproximavam de Lorne, uma de cada vez, para levar o prato a seu acompanhante. Cecily Weape pegou duas porções para Collin, e ele a agradeceu com um beliscão na bunda. Jellica Reeve quase derrubou o prato de Canning — as mãos dela tremiam muito, mas Briony notou que não parecia ser por medo. Quando deixou o prato de comida diante de Canning, Jellica parou um instante, os dedos se curvando, quase o tocando. Ele abriu um sorriso convencido para a mulher.

— Pode ir — disse Canning.

Ela deu um gemidinho e cambaleou de volta para seu lugar atrás da cadeira dele.

Briony deu a volta na mesa até onde Lorne estava quando foi a vez dela. Conseguia senti-lo a encarando enquanto a conversa continuava, observando Briony de cima a baixo.

— Ela parece mimada, Toven — apontou Lorne, gesticulando com a faca. Briony sentiu o coração disparar quando ele começou a girar a lâmina com o dedão. — Minha cardiariz fica tão fraca depois de eu drená-la que a pele fica seca e os olhos, cansados. — O olhar de Lorne recaiu sobre o pescoço e o colo de Briony. — E também não vejo outras marcas. Você não deve estar se divertindo *tanto* assim.

Todos riram. Briony fitou Octavia, parada como um fantasma atrás da cadeira de Lorne, descascando uma laranja para ele com os olhos grudados na faca que girava nas mãos do homem.

— Você sabe quanto paguei por ela — comentou Toven, entediado. — É claro que eu a banho com leite e lavanda todas as noites.

Canning riu, mas Lorne ainda examinava a pele de Briony. Ela respirou lentamente, desejando poder voltar para o lado da sala em que Toven estava.

Rápido como um relâmpago, o vislumbre do metal entrou no campo de visão dela, e então Lorne estava perto demais, segurando a faca entre a pele de Briony e a alça verde do vestido. Ele cutucou o tecido.

— Ela é uma etérnera, Toven. Tudo o que precisa fazer é abrir as pernas. — Os dentes brancos alinhados se abriram em um sorriso, a respiração quente no rosto dela. — Além do mais, sempre curo elas depois.

Ela congelou horrorizada quando a faca cortou a alça do vestido, o coração palpitava loucamente, os olhos se expandiram — e o vestido começou a escorregar pelo torso...

A faca foi lançada para longe de Briony, girando no ar, e se fincou na parede de pedra. Lorne deu um pulo para trás.

A alça do vestido de Briony foi recosturada, e ela se virou, vendo a mão de Toven esticada, com uma fúria intensa ardendo por trás da fachada fria.

— Não sei quantas vezes mais preciso dizer isso — sussurrou ele, e a sala mal ousou respirar. — Essa cardiariz é minha. A boca dela é minha, a magia dela é minha, a pele dela é minha. — Os dentes cerravam a cada palavra, e Toven encontrou o olhar de cada pessoa na mesa antes de dizer: — Vocês não a tocarão, sob circunstância alguma. Eu a comprei. Faço o que bem quiser com ela.

Briony sentia a pele formigar com o eco da faca de Lorne. A respiração ficara curta, e ela observou Toven encarar feio todos, imóvel como uma estátua, até se sentir satisfeito por ter sido escutado.

— Agora me traga um prato. Eu disse que estava com fome.

Briony pegou a comida e se apressou para o outro lado da sala. Depois de deixar o prato diante de Toven, esticou o braço para encher a taça dele também. No instante em que pousou a garrafa na mesa, um braço a enlaçou pela cintura e, de repente, Briony foi puxada para o colo de Toven. Ela abafou um suspiro e se endireitou, sentando de lado sobre as coxas dele. Ele passou o braço esquerdo pelas costas dela, firmando-a com a mão no quadril esquerdo.

Toven pegou o garfo com a mão livre e se virou para a mesa.

— Agora, sobre o que estávamos conversando mesmo?

Briony tentou se concentrar em qualquer coisa que não fosse a firmeza das coxas de Toven. Nunca se sentara no colo de um homem antes. Não era apropriado para qualquer jovem solteira fazer isso em público, muito menos a filha do rei. Ela já estivera perto do corpo de um homem antes, quando estava sozinha com Didion, mas o que fazia naquele instante era muito mais íntimo.

Não era só a sensação das coxas dele através da seda do vestido, mas a mão que a segurava ali. O ar que eriçava a pele nua das costas.

A conversa voltou a fluir lentamente, a tensão no ar palpável após a explosão de Toven. Depois que Cecily encheu o prato de Collin de novo, ele a puxou para seu colo também, aconchegando o rosto no pescoço dela. Quando Briony ergueu o olhar outra vez, Octavia estava sentada no colo de Lorne, os dedos dele enrolando distraidamente o cabelo dela enquanto falava sobre apostas com Canning. A culpa ferveu na barriga de Briony ao pensar que ela e Toven tinham mudado a atmosfera do jantar naquela noite.

Briony voltou a olhar Jellica. Embora Canning não fizesse menção de puxá-la para o colo, ela estava a um passo da cadeira dele, o corpo se remexia inquieto, o lábio inferior preso entre os dentes de uma maneira que Briony atribuiria ao desejo. Ela esticou a mão para tocar o ombro de Canning e depois a abaixou, como se lembrasse de que não deveria fazer isso.

Finn foi o primeiro a oferecer um pedaço de queijo à sua cardiariz. Então, de repente, a mulher de cabelo loiro-avermelhado tinha uma taça de vinho em mãos e ria de tudo o que Liam Quill dizia enquanto se sentava no colo dele.

À direita de Toven estava um bomardino musculoso com uma pele cor de bronze que Briony acreditava se chamar Kleve. Ele estivera quase se formando quando ela e Rory ingressaram na escola, e era gentil pelo que Briony se lembrava. O homem parecia um tanto descontente com toda aquela situação, bebendo em silêncio da taça de vinho. Já sua cardiariz, uma mulher de pele escura que Briony não reconheceu, estava imóvel como uma estátua, mantendo os olhos a quilômetros de distância.

Depois dele estava Collin, que Briony mal conseguia olhar sem se sentir enjoada enquanto forçava Cecily a beijá-lo na frente de todos. Entre Collin e Canning estava um homem que Briony acreditava ser o sucessor de Gains na linha, mas não lembrava do seu nome.

Um movimento à esquerda chamou a atenção dela. Finn esticava a mão para pegar a taça de vinho, e um anel de pedra preta refletiu a luz. Como um relâmpago cortando os céus, Briony percebeu por que todos aqueles homens tinham o privilégio de um jantar exclusivo.

Não eram apenas velhos amigos da escola. Eram os sucessores.

Cohle, Carvin, Trow, Gains, Locklin, Quill, Twindle, Hearst, Kleve e Gidrey — aqueles que tinham um lugar na linha para a Sede ou que, caso escolhessem, poderiam passar a posição quando morressem ou abdicassem.

Briony olhou para as mãos direitas dos presentes. Pedras preciosas escuras como a de Toven cintilaram entre dedos médios. Até mesmo Finn, que antes tinha sido o sucessor do pai em décimo-quarto lugar, usava um anel que simbolizava os Dez. Devia ter ascendido na linha. O anel de Lorne não tinha uma pedra preciosa. Ela estava ansiosa para perguntar a Toven o que aquilo significava.

Aqueles oito homens, de alguma forma, estavam todos na linha. Na verdade, se atribuísse a cada sucessor ali uma posição da linha, apostaria que os outros dois sucessores que não estavam presentes eram mulheres. Briony teria bufado se pudesse, sabendo o quanto Bomard desprezava Etérnia por favorecer a primogenitura de herdeiros homens. Bastava olhar para eles. Algumas das mães ou tias até poderiam estar na linha, mas a segunda geração era certamente só masculina.

— Toven — chamou Canning do outro lado da mesa, as bochechas coradas com o vinho. — Já que não vamos experimentar, nos conte um pouco sobre como a princesa é no quarto.

Uma gargalhada explodiu vinda de alguém, e então tudo ficou em silêncio. O rosto de Briony esquentou, e a garganta de Toven fez um ruído quando ele engoliu.

— O que querem saber?

Toven ergueu a taça de vinho, virando o líquido de uma vez. Briony sentia o coração retumbar nas costelas.

Atrás de Canning, Jellica tinha lágrimas descendo pelo rosto, e Briony não conseguia entender por quê. As mãos da mulher estavam fechadas em punho, e o peito e pescoço estavam corados.

— Se me lembro, ela era sempre impassível em público, mas fogosa em particular. — Canning deu um sorrisinho para Briony, e ela se lembrava de como Trow a roubara para dançar durante um jantar oficial. — Ela também pega fogo na cama?

As risadas tilintaram como os talheres. Briony ergueu a cabeça e encontrou todos os olhos fixos nela, famintos de luxúria ou diversão cruel.

— No começo — disse Toven, por fim, a voz dele vibrando às costas dela. — Agora, ela sabe como relaxar.

Briony sentiu um arrepio na clavícula, espalhando-se para fora, afundando na pele.

— Qual o gosto da boceta dela? — perguntou Lorne, mordendo o lábio.

— Deliciosa.

Tudo ficou imóvel, e Briony pensou que Toven talvez tivesse dito a coisa errada. Porque não seria necessário fazer... não seria algo que ele deveria... que os dois...

— Você chupa ela? — quis saber Collin, dizendo em voz alta o que Briony estava evitando pensar.

— Bom, quando ela está se comportando mal, não me dou ao trabalho — respondeu Toven, como se estivessem conversando sobre o clima.

— É para isso que serve o elixir, Toven — disse Canning, dando uma risada.

Atrás dele, Jellica soltou um gemido. Trow a chamou para mais perto e a sentou no colo dele. Briony sentiu um embrulho no estômago quando viu que a mulher pareceu finalmente se acalmar ao tocá-lo. Canning a silenciou e sussurrou:

— Só mais um pouco.

Briony escondeu o nojo que sentia ao ver Jellica colocar o rosto no pescoço de Canning e começar a beijar a pele dele desesperadamente. Ela estava sob o efeito do elixir naquele instante. Aquele era seu efeito, percebeu Briony.

— Nós nos damos bem sem o elixir — retrucou Toven. — É muito mais satisfatório deixar elas gemendo e implorando por mais sem isso, não concorda? — Toven tirou a mão da cintura dela e pegou um dos cachos de Briony, torcendo-o levemente. — A onda de magia sacra é muito mais doce dessa forma. Sem ofensas, Canning.

Os lábios do outro homem se contraíram sem sorrir. Jellica estava se contorcendo no colo dele, esfregando-se mais, beijando-o e tentando deslizar os dedos por baixo da roupa. De forma quase preguiçosa, Canning tirou as mãos da mulher dos botões da camisa e as empurrou para o colo dela.

— Então você *usou* o elixir? — perguntou Canning.

Havia um desafio na expressão dele.

Briony sentiu todos os observando, tanto os homens quanto as mulheres. Todos exceto Jellica, que choramingava no pescoço de Canning, como se fosse morrer se Trow não permitisse que ela o tocasse.

— Não. Rosewood não precisa disso — falou Toven, em tom casual.

Liam pegou a própria taça e disse com grandiosidade e olhos faiscando:

— Ah, que todos nós sejamos abençoados com a mesma proeza sexual de Toven Hearst.

Toven respirou fundo, perto das costelas de Briony.

— As rochas abençoam todos nós com habilidades diferentes — declarou ele, seco. — Tenho certeza de que você e seu cardiariz vão acertar as coisas no seu próprio tempo, Liam.

A mesa deu uma risada leve, e Liam fitou Toven, irritado. Liam tinha um cardiariz homem. Na escola, Briony ouvira boatos de que Liam preferia homens, mas ele sempre negou tudo com firmeza e se irritava diante da menções.

Toven bebeu o vinho e Liam abria a boca para retrucar...

— Ficaríamos honrados se a srta. Rosewood utilizasse o elixir na próxima semana — disse Canning. A sala ficou silenciosa. — Já que não vai dividi-la, nós adoraríamos ter uma amostra de como ela é. — Canning passou a língua pelos dentes. — Não cobrarei nada, óbvio.

Fez-se uma pausa tensa. Todos olharam de um para o outro. Toven inclinou a cabeça, e ela conseguiu senti-lo tomar fôlego antes de responder.

— Gentileza sua, mas seria um desperdício. Como eu disse, nós nos damos bem sem isso.

Toven soltou o cabelo dela e deixou a mão subir pela cintura de Briony e passar pelas costelas. Briony congelou diante da sensação antes que pudesse disfarçar. Ela olhou para Canning, que tinha um sorriso convencido lento se espalhando pelo rosto.

— Não precisa ser tão tímido, Toven. Você sabe que o que acontece nesta sala fica nesta sala. Quero ver ela se engasgando de tanta vontade, como você descreveu em detalhes para nós — disse Canning. A declaração tinha um ar definitivo. Ele estalou os dedos de súbito, com uma ideia. — E não precisa ser um desperdício. Você poderia se inscrever para a arena na semana que vem!

Briony não fazia ideia do que aquilo significava.

Toven deixou a taça na mesa.

— Presumo que esse é o motivo de a srta. Reeve estar mordiscando seu pescoço no momento?

Com uma risada, Canning instruiu Jellica com gentileza a deixar o colo dele e voltar para a parede atrás dele. Ela gemeu, aproximando-se mais de Canning. Ele deu um beijo na bochecha dela e depois a empurrou.

— Sim, estarei na arena hoje à noite — respondeu Canning. — Jellica vai me dar um pouco mais de força, não vai, querida?

Ele soprou um beijo para ela.

A mulher estremeceu, alisando a própria pele.

Os homens começaram a trocar histórias sobre as mulheres sentadas no colo deles ou experiências passadas, como se estivessem reunidos outra vez no dormitório da escola. As risadas foram retomadas. O homem à esquerda de Canning, o sucessor de Gains, contou uma história bem nojenta, e balançou a mulher em seu colo em uma imitação grosseira do ato, sacudindo-a até que derramasse o conteúdo da taça.

Briony tentou focar as mulheres, as saídas, os talheres afiados — qualquer coisa menos aquele horror que acontecia dentro do antigo salão de jantar do pai dela. Ou a forma como Toven voltou a mexer nos cachos dela, passando os dedos pelos fios, enrolando-os suavemente.

Uma das mulheres que distribuía frutas e doces sorria, recatada, cada vez que uma mão apertava a bunda dela ou subia pela parte interna da coxa. Mas Cecily parecia prestes a vomitar quando Collin a virou para que montasse nele ainda na cadeira.

Briony sentiu acidez subir pela garganta, incendiando os pulmões. Toven dissera que as coisas eram ruins por trás de portas fechadas. Ela se preparou para que a noite ficasse ainda pior. Nem mesmo o leve roçar do dedo de Toven atrás da orelha conseguiu distraí-la do aperto que sentia no peito.

Os homens falavam por cima uns dos outros, cada vez mais alto. Ela sentiu a risada de Toven quando Liam fez uma piada, a gargalhada dele quando Finn desafiou Canning a virar o resto da garrafa, a risadinha quando Kleve saiu para pegar mais vinho da adega ao lado. E ao acompanhá-lo para fora, acabou observando Collin, empurrando os ombros de Cecily, forçando-a a ficar de joelhos.

Briony ofegou, sufocando no ar. Ninguém nem sequer piscou. Ao olhar outra vez, viu que Cecily desafivelava a calça de Collin com dedos trêmulos. O rosto dela estava pálido e resignado, como se não visse outra opção.

Briony não conseguia mais respirar.

— Quem é que vai enfrentar você na arena hoje, Canning? Espero que não seja Carvin — disse Finn.

— Não, Carvin está descansando essa semana — respondeu Canning.

— Depois do que aconteceu com Hardstark mês passado, eu pensaria duas vezes antes de testar Carvin — comentou Liam.

Briony ficou atenta à menção a Cordelia. Ela desviou o rosto quando Cecily tirou o membro de Collin da calça, sentindo o vômito subindo do fundo da garganta.

— Cohle foi ambicioso demais — ponderou Canning. — Ele devia saber que Hardstark ficaria depletada.

Briony sentiu o olho tremer. A respiração superficial pareceu se transformar em gelo nos pulmões.

Depletada. Cordelia fora depletada — toda a sua magia tinha sido roubada, usada, sem a promessa de retornar.

Briony cerrou as mãos em punhos.

Uma taça se estilhaçou — uma chuva de fragmentos de cristal jorrando na mesa de jantar, frutas e queijos explodiram para longe, quicando em diferentes direções. Os homens ficaram em pé de imediato, e a pressão cedeu no peito dela quando Toven se levantou, puxando-a junto de si, afastando-a, com as mãos estendidas para lançar feitiços de proteção.

O punho de Collin estava ensanguentado onde a taça estivera um segundo atrás. Olhando para a mão, espantado, ele flexionou os dedos. Cecily engatinhou para longe da mesa.

Briony respirou fundo.

A magia dela.

Ela acabara de deixar a magia escapar na frente dos sucessores da Sede.

Capítulo 28

TOVEN RECUPEROU-SE RÁPIDO.

— Rochas, Collin! Se empolgou demais?

E deu uma risada, colocando Briony atrás de si de maneira sutil.

Aos poucos, os outros compreenderam. Collin apertara a taça de vidro com força demais. Fora só isso.

— Dá para pensar que nunca chuparam o pau dele antes! — gargalhou Canning, e Lorne deu uma risadinha.

Collin sorriu para a própria mão, meio confuso.

O medo se esvaiu de Briony, e as palavras terríveis retornaram a ela.

Cordelia fora depletada. Completamente drenada da magia, o coração incapaz de produzir mais. Estava viva, mas só isso.

As lágrimas encheram os olhos de Briony, e ela virou o rosto para longe para deixá-las cair. Não podia ficar de luto pela amiga ali, não naquele momento.

Kleve voltou da outra sala, com os braços carregados de garrafas, e avaliou a cena.

— Que vidro todo é esse?

— Excelente pergunta, Kleve. — Então Canning virou o olhar malicioso para as mulheres. — Senhoritas, de quatro! Quero todos os pedaços de vidro recolhidos e todas as botas beijadas.

Ele uniu os dedos atrás da cabeça e sorriu especificamente para Toven.

Toven apertou a cintura de Briony enquanto as mulheres imediatamente se ajoelhavam no chão.

Briony ainda estava tentando acalmar o próprio coração, tentando guardar todos os pensamentos sobre Cordelia em um livro na estante mais baixa dentro de sua mente.

Mesmo assim, ela começou a se abaixar na direção do chão, mas a mão de Toven no pulso dela a conteve.

— O que foi, Tove? — perguntou Lorne. — Você acha que sua cardiariz é boa demais para limpar nossa bagunça?

— Na verdade, acho — disse ele. — Não costumo deixar sessenta e cinco mil cair no chão.

Briony encarou os dois. Todas as outras mulheres estavam ajoelhadas.

— É estranho que você ainda a deixe agir como uma princesa de sangue dourado — comentou Liam, examinando o próprio reflexo em uma colher.

A sala ficou em silêncio, prendendo o fôlego. O único som era o tilintar de vidro que era recolhido embaixo da mesa.

Toven soltou o pulso dela com um olhar desdenhoso. Briony ficou de joelhos no mesmo instante e engatinhou para baixo da mesa, sentindo pequenas lascas de cristal se enterrarem na palma da mão e nos joelhos. Ela respirou fundo e se concentrou, desfrutando da sensação de não ser observada.

Quando ergueu os olhos, as mulheres estavam trabalhando com rapidez para recolher a comida e os pedaços de vidro, mas Cecily estava congelada. Ela estava encurvada sobre os joelhos, com uma mão na boca e um grito silencioso a engasgando. Briony observou uma mulher de pele escura e coleira prateada surgir entre elas, abraçar Cecily e a segurar mais forte a cada soluço trêmulo.

Jellica Reeve estava de frente para Briony, tinha o olhar vazio e a boca entreaberta, parecendo tomar mais ar do que talvez precisasse a cada fôlego. A mão dela estava cheia de cacos.

A conversa voltou a ressoar, e Briony começou a coletar com mãos trêmulas qualquer estilhaço que via no chão.

A visão ficara borrada ao ouvir a respiração ofegante de Cecily.

De súbito, Briony se recordou da risada da mulher, irrompendo no salão de jantar da escola. Era um som impetuoso e chocante vindo de um corpo tão pequeno.

Ela esticou a mão para pegar uma uva perdida, e os dedos roçaram com os de outra pessoa. Antes que pudesse retirar a mão, dedos pálidos sardentos a seguraram com firmeza. Quando ergueu o rosto, a mulher loira, antes criada no palácio, se concentrara nela, apertando a mão de Briony, ancorando-a àquele instante.

Ela queria fazer mil perguntas sobre a vida daquela jovem mulher antes dos palácios etérneros, saber onde o irmãozinho dela estava e como tinha *quase* conseguido escapar.

Outra pessoa segurou a mão livre de Briony e a apertou. Ela olhou à direita. A mulher que ainda protegia e ajudava Cecily a se acalmar também oferecera a apoio, conectando-se a Briony.

Ao olhar em volta, Briony viu que todas as mulheres lentamente apertavam os ombros, a mão, o pulso das outras, o apoio mútulo entrelaçando-as. Octavia, Jellica e cinco outras mulheres que ela não conhecia se seguravam com força umas às outras, como se pudessem todas imbuir em Cecily a força que precisaria para se levantar e sentar outra vez no colo de Collin. Quase parecia mágica — aquela conexão, aquele contato. As lágrimas inundaram de Briony ao pensar nisso.

E, tão rápido como começou, se rompeu. Briony encontrou as mãos vazias exceto pelo vidro e a uva, sentindo falta da corrente. Quando ficou de pé, descartou o lixo e puxou as lascas da palma da mão com uma sensação vazia no peito.

Antes que pudesse entender se deveria sentar outra vez no colo de Toven ou não, um sino fraco ressoou no pátio abaixo.

Canning bateu uma palma.

— É a nossa deixa.

Jellica cambaleou para a frente, segurando-se nele, aliviada.

Todos os homens exceto Canning se levantaram das cadeiras, e Briony torceu para que tudo estivesse chegando ao fim. Os olhos estavam cansados de segurar lágrimas que não caíram, mas ela fungou para contê-las um pouco mais.

— Boa sorte na arena — disse Lorne, puxando Octavia pela cintura. — Toven, você vai se sentar conosco, é claro.

Toven passou uma mão pelo cabelo.

— Infelizmente, não — respondeu. — Meu pai vai voltar para casa esta noite, e preciso estar lá para recebê-lo.

Ele desceu a mão para a base das costas de Briony, pronto para guiá-la para longe.

— Eu sabia que ele não iria — falou Lorne para Liam, a fala arrastada.

— Ah, vamos, Toven! — Canning gesticulou de forma dramática. Jellica caíra outra vez no colo dele, só que, dessa vez, ela o montava. — Eu já ganhei dez em ouro de Kleve. Ele apostou que você nunca a traria para o jantar. — Canning sorriu e apontou com o dedão para Lorne. — Esse aqui disse que não a levaríamos para a arena, mas eu sei que um dia você vai.

A forma como eles agiam fez o estômago de Briony se embrulhar. Toven forçou um sorriso e virou o anel no dedo médio.

— Talvez outra hora.

Os homens trocaram olhares entre si. Canning sorriu por cima do ombro de Jellica enquanto ela o enchia de beijos no pescoço, ofegante de desejo.

— Que horas seu pai chega em casa? — perguntou Liam, o tom falaciosamente casual.

Toven hesitou, e Briony se questionou se ele estava tentando descobrir que horas eram.

— Depois da meia-noite. Então nós...

— Tem bastante tempo! — Lorne deu um tapa no ombro de Toven, como se o problema estivesse resolvido. — Vai ver Canning no primeiro round, sim!

Toven a apertava nas costas, fazendo com que ela sentisse a tensão na coluna.

— Acho que temos vinte minutos.

— E, falando nisso... — comentou Canning, deixando a frase morrer sugestivamente.

Briony percebeu que Jellica estava desabotoando a calça de Canning com avidez.

Ela engoliu o vômito e desviou o olhar. Canning transaria com Jellica antes de entrar na arena, porque isso o energizaria com magia sacra. Briony já entendera como funcionava.

Lorne bateu na porta, e o guarda a abriu pelo lado de fora. Briony avaliou as precauções extras que tomavam para esses jantares privativos.

Todos saíram, os homens rindo por causa de Canning e Jellica, e as mulheres se esquivando da cena. Voltaram pela escada para o saguão principal. Os convidados diminuíram, mas ainda havia olhos o suficiente sobre eles à medida que passavam como se fossem a cavalaria real. Vários convidados estavam no jardim, tendo conversas discretas enquanto bebiam.

Ao atravessarem o jardim em que Briony costumava se deitar para ler nas noites quentes de verão, ela ouviu o burburinho das pessoas por cima do barulho da água que escorria das fontes. Eles passaram pela antiga galeria de arte do pai dela, um prédio ornamentado no topo dos penhascos que continha diversas pinturas, esculturas e projetos de armas feitas pelo próprio Vindecci.

Briony reuniu o que restara do autocontrole. *Pense em um lago de águas tranquilas.*

Estavam indo na direção do anfiteatro, onde palestras, peças de teatro e grandes discursos foram realizados durante séculos em Etérnia. *Nem sequer é uma arena!* Ela queria gritar. *É um palácio para a arte, filosofia e ciência.*

Ao se aproximarem da entrada em arco, a mulher que encontraram no começo da noite, Ilana, recebia todos com uma bandeja de espumante e uísque.

— Cavalheiros — cumprimentou ela com um largo sorriso.

Os lábios ainda estavam tingidos com o vermelho vivo, e o cabelo caía em ondas perfeitas.

Lorne pegou um uísque da bandeja.

— Ilana, querida — murmurou ele. — Você está encantadora. Quando finalmente vai para casa comigo?

Lorne acariciou o braço dela.

— Os elogios o levarão longe, Mestre Vult. — Ilana deu uma piscadela e se virou para oferecer a bandeja a Toven. — Mas sabe muito bem que os Barlowe não permitiriam isso.

Briony a encarou, guardando aquela informação, e Toven colocou outra taça de espumante em suas mãos. Os olhos dela pousaram na coleira prateada de Ilana enquanto a bela mulher piscava os cílios para Toven, depois Finn, e continuou seguindo a fileira com a bandeja.

Toven guiou Briony por uma passagem embaixo dos vários assentos que circundavam o anfiteatro. A areia demarcava o palco onde ao menos duzentas pessoas estavam bebendo e socializando antes de se sentarem. Quanto mais se aproximava do centro, mais vontade Briony tinha de vomitar.

Eles seguiram para uma área aparentemente reservada. Havia bancos elevados onde sentar, mas os homens ficaram de pé, socializando. O general Tremelo estava sentado mais à frente, com Gains e a mãe de Canning, Genevieve Trow. Briony percorreu o anfiteatro com o olhar, encontrando, no braço de Caspar Quill, Katrina com uma expressão vazia. Em frente, do outro lado de Briony e Toven, Phoebe se balançava nos sapatos de salto, ao lado de Carvin. A prima parecia exausta, mas Briony sentiu um pavor gélido quando Phoebe riu de algo que Carvin dissera.

O homem sorriu, pousando um beijo nos lábios dela, que foi retribuído.

Briony sentiu a respiração congelar. Phoebe tinha tomado o elixir de Canning? Seu comportamento não era nada parecido com o de Jellica Reeve, mas como era possível que parecesse tão à vontade nos braços de Carvin?

Briony encarou o outro lado da arena, implorando à prima para que lhe avistasse, para provar que ela ainda existia por trás do sorriso tímido e do piscar de olhos.

Phoebe não olhou para ela uma única vez.

Depois de quase dez minutos, o sr. Vein, o mesmo homem que narrara o leilão, entrou na arena ao som de aplausos estrondosos.

— Senhoras e senhores de Bomard — cumprimentou ele, a voz ampliada. — Como devem se lembrar da semana passada, o sr. Carvin é nosso atual campeão.

A multidão foi aos gritos, e Carvin acenou, passando o braço pela cintura de Phoebe, que tomou um gole do espumante e sorriu para o público.

— Ele e a cardiariz dourada descansarão esta semana, como sabem, mas... quem será o próximo a enfrentá-lo?

Briony sentia a cabeça latejar com os gritos. Era como se estivesse de volta ao leilão, com a voz alegre do sr. Vein atiçando a multidão.

Canning Trow entrou no círculo com Jellica o seguindo. A multidão aplaudiu, e Genevieve Trow assoviou para o filho. O olhar de Jellica estava voltado para o chão, e o vestido estava amassado onde talvez tivesse sido empurrado para a cintura.

Então, uma mulher de pele clara com cabelo preto curto entrou no palco. Um homem magro de rosto pálido e coleira prateada a seguiu.

Briony não compreendia bem o que aconteceria, mas sabia que foi assim que Cordelia fora depletada. Canning e a mulher pararam de lados opostos da arena, com os cardiarizes em pé atrás deles.

Quando começou, Briony não entendeu de primeira. Eles estavam duelando. A mulher e Canning lutavam um com o outro quase como uma brincadeira. Canning ria enquanto se protegia de uma investida, e a oponente desviou de um corte com um sorriso. Os dois andaram em círculos, e a plateia gritava à medida que os ataques ficavam cada vez mais elaborados, e as faíscas disparavam de cada finta e contra-ataque iluminando os céus em cores vívidas.

Toven passou uma mão pela cintura de Briony e assistiu a tudo desinteressado. Um homem se aproximou para recolher as apostas, e Toven, cheio de tédio, apostou cinquenta moedas de ouro na mulher.

Pouco menos de cinco minutos depois, Briony viu uma mudança. O cardiariz da mulher primeiro vacilou e, depois, caiu de joelhos, como se fosse desmaiar. A plateia gritou, mas Jellica não estava muito melhor. Logo, os dois cardiarizes precisaram se sentar no chão, incapazes de se sustentar.

— Qual... qual é o objetivo? — sussurrou ela para Toven. — Eles lutam até um deles ser depletado?

Ele se inclinou para Briony e apontou para o limite da arena, feito com areia preta.

— Se algum deles pisar fora, o outro ganha. Os lutadores precisam decidir se vale a pena levar seus cardiarizes à depleção no combate.

As lágrimas encheram os olhos de Briony enquanto imaginava Cordelia sendo drenada diante de uma plateia. Não havia como saber se ela teria acesso à magia de novo. Algumas pessoas jamais se recuperavam.

Jellica Reeve começou a chorar, e Briony podia vê-la murmurando o nome de Canning, implorando. Era tudo um teatro. Com as coleiras, os cardiarizes não precisavam estar fisicamente próximos dos bomardinos durante lutas. Jellica e o homem estavam na arena só para que Bomard pudesse se deliciar com a visão dos dois sendo drenados.

Canning e a mulher estavam imóveis, a postos, um tentando empurrar o outro para a beirada do círculo. Canning estava com as mãos esticadas e os dedos curvados. A mulher rosnava.

Os lutadores começaram a deslizar para trás na areia, empurrados pelo poder um do outro para a beirada da arena. O cardiariz da mulher desmaiou e, de súbito, a mulher abaixou as mãos, derrotada, deslizando para trás e saindo do palco.

A plateia rugiu, e Canning ergueu as mãos no ar. Jellica estava pálida, derrubada, mas não fora depletada. O homem também não. A mulher parara a tempo, mas os cardiarizes precisariam descansar, possivelmente durante vários dias.

Os espectadores se levantaram e se espremeram para sair, batendo nos ombros de Briony enquanto as lágrimas escorriam por seu rosto.

Tudo aquilo por diversão. Uma demonstração de poder que não significava nada. Nenhuma guerra estava sendo travada naquela noite. Nenhum cardiariz servia seu mestre para um propósito maior.

Ela estremeceu. Tudo que eram para essa gente eram corações a serem drenados.

Briony viu Ilana passando pela multidão com uma bandeja de frutas e aperitivos, e outra mulher a seguia com bebidas. O sr. Vein chamou outros competidores.

Em algum lugar da mente de Briony, havia um lago. Um lago límpido, com a água imóvel e calma.

Briony sentiu um aperto na barriga, e o vômito subiu até a garganta. Ela o engoliu e encarou Phoebe, que, do outro lado da arena, sorria com ternura para tudo o que Carvin dizia para o homem ao lado dele.

Toven sussurrou para ela que logo iriam embora, e Briony piscou lentamente para o chão arenoso do lugar em que vinha para se sentir conectada à cultura do seu povo.

Um par de saltos rosados acompanhados de pernas bronzeadas tomaram a visão dela. Era Ilana com a bandeja. A mulher se ofereceu para buscar uma bebida para Toven, que recusou, dizendo que partiriam em breve.

Briony mal os ouviu, oscilando levemente nos pés. Uma exaustão arrebatadora dominava suas pálpebras. Como conseguiria seguir em frente depois de tudo o que presenciara? Como algum deles poderia seguir em frente depois daquilo?

— Senhorita Rosewood?

Erguendo o olhar, viu Ilana ainda parada ali, e a visão ficou mais clara quando piscou. Briony franziu as sobrancelhas, confusa por ter sido endereçada diretamente. Toven se virara, em resposta a um cumprimento de um amigo que passava.

— Gostaria de algo para comer? — perguntou Ilana, os cílios compridos piscando lentamente, o braço inclinando a cesta de frutas. — Uvas, talvez?

Briony olhou para baixo, encontrando um cacho robusto de uvas roxas que a invocavam de outra vida. Algo que significava alguma coisa quando escrito no chão da masmorra.

A mente clareou como se tivesse levado um choque. Ela ergueu os olhos surpresos. Ilana pegou uma única uva e estendeu para ela com um sorriso tenro.

Briony aceitou a fruta, escondendo-a depressa na mão como se a tivesse roubado. O coração martelava nas costelas.

Ela procurou por Ilana outra vez, mas a mulher se afastara.

Será que Ilana sabia de alguma forma o que as uvas significavam para Briony? Sabia do que acontecera na masmorra, quando, sem voz, ela precisara dizer através de frutas às outras mulheres que não estavam sozinhas? Que resistiriam juntas?

Ilana sabia daquilo?

No centro do palco, outro par de lutadores se preparava para o combate. Outro par de cardiarizes aguardava para ser drenado.

Briony buscou Phoebe do outro lado da arena e se sobressaltou ao encontrar o olhar da prima pela primeira vez desde as masmorras. Os braços dela estavam ao redor dos ombros de Carvin enquanto ele beijava seu pescoço, mas a mulher não sorria mais em contentamento.

Parecendo encarar o coração de Briony, Phoebe soltou uma mão do pescoço de Carvin e abriu a palma, revelando uma uva redonda e madura. Ela a empurrou entre os lábios pintados, os olhos ardendo com o fogo da revolução.

Capítulo 29

Cinco anos antes

No ano seguinte ao assassinato de Gin Pulvey e à ascensão de Veronika Mallow à Sede de Bomard, a tensão entre os estudantes bomardinos e etérneros aumentou dez vezes mais.

Collin Twindle começou a cuspir nos etérneros que passavam por ele, chamando-os de "aberrações mentais"; Lorne Vult encurralava as meninas de Etérnia nos corredores, exigindo que lessem sua mente para descobrirem o que gostaria de fazer com elas. Liam Quill provocava brigas; e Larissa Gains começou a interromper e sabotar quaisquer lições de tutores que faziam referência à magia de mente.

E Toven Hearst se transformara em uma escultura de gelo. Se antes ele provocava e dava sorrisinhos, e até lançava olhares calorosos a Briony para deixá-la desconfortável, naquele ano Toven se recusava a olhar para ela.

Não havia anel algum no dedo de Larissa quando voltaram do recesso de verão, e Briony observou o cortejo dos dois ter uma morte agonizante durante aquele ano.

No inverno, ao final do ano letivo na escola bomardina, Mallow anunciara que o uso de magia de mente em Bomard estava banido e sujeito a punições.

— Pelas águas, como ela vai controlar isso? — questionou Cordelia ao ir jantar com Katrina e Briony certa noite.

— Eles já não estudam magia de mente — disse Briony. — Tenho certeza de que todos vão ficar mais do que contentes em ter uma desculpa para não expandir o próprio conhecimento. A maioria dos bomardinos para de aprender qualquer coisa sobre magia de mente quando escolhe sua especialidade no quarto ano. Ou seja, depois do próximo solstício, provavelmente nada disso vai importar.

Katrina bufou.

— Provavelmente. Mas é bem difícil se concentrar nas aulas considerando que metade dos bomardinos fica discutindo com os tutores.

Algumas semanas depois, um bomardino em uma cidade fronteiriça foi executado por ter usado magia de mente.

No solstício de inverno, Finola passou horas ensinando a Briony técnicas avançadas de magia de mente como ocultamento e camuflagem, ao passo que Rory foi convidado a acompanhar o pai em reuniões com o general Meers. Havia algo na tensão dos ombros da prima durante aquelas lições que a fazia ficar muito consciente do péssimo estado da relação entre os dois reinos.

Quando retornaram para o quarto ano de ensino, na escola de Etérnia, Toven Hearst estava mais pálido do que o normal. Já não demonstrava o mesmo prazer por atividades sociais como antes. O único dos amigos que ainda estava grudado feito cola ao lado dele era Finn Raquin, que também parara de flertar com qualquer um que se mexesse.

Em uma noite de verão, depois do toque de recolher, Briony estava se esgueirando de volta para a suíte que dividia com Rory quando viu uma luz refletindo em uma parede distante, no final de um corredor comprido.

Depois de procurar por qualquer sinal de um tutor à espreita, ela seguiu em silêncio na direção da luz.

Quando dobrou a esquina, encontrou Toven Hearst em um corredor pouco usado, iluminado por uma chama conjurada. Ele segurava uma página em mãos, e Briony se perguntou o que estava lendo antes de perceber...

Toven estava *escrevendo*. A caneta corria sozinha pelo papel. Os dedos da mão direita estavam esticados, lançando um feitiço complexo para enviar as palavras que pensava diretamente para a página.

Ele estava usando magia de mente.

Briony arfou e, tarde demais, cobriu a boca com a mão.

Toven deu um pulo, os olhos arregalados por um instante antes de se virarem gélidos para ela.

— Você não viu nada.

Briony o encarou, e então observou a página marcada pelo caos truncado de cada pensamento que tivera.

— Você precisa meditar primeiro — disse ela. — Vai eliminar as tangentes dos pensamentos.

Ela acabara de aprender aquelas técnicas com Finola, e Briony ansiava muito por dividi-las com *qualquer um*.

Algo faiscou nos olhos de Toven, e um sorriso lento se esparramou no rosto dele.

— Isso seria de muita ajuda, se não fosse proibido praticar magia de mente.

— Em Bomard — disse Briony, completando a frase dele. — É proibido em Bomard. Mas você está em Etérnia.

— Bom, isso explica o fedor.

Ela estreitou os olhos.

— Você vai melhorar. É uma pena que não possa praticar em nenhum lugar...

— Não tenho ideia do que você está falando, Rosewood.

A expressão de Toven era fria.

Briony espremeu os lábios, assentindo.

— Entendi. Sabe, Toven, eu pensava que você era diferente. Mas agora vejo que é exatamente igual a todo o resto deles.

Ele sorriu, dando um passo à frente.

— Igual como?

— Ignorante.

O ar escapou da boca do garoto em uma risada, e ela sentiu o som a centímetros de distância.

— Essa *realmente* é sua melhor ofensa, né? Etérneros são todos iluminados, e os bomardinos são primitivos? Entendi direito, Rosewood?

— Essas são suas palavras, não minhas.

— Bem, essa magia "primitiva" tem funcionado muito bem para nós. Magia de coração tem mais poder bruto do que qualquer magia de mente pode ter. Por que nós precisaríamos "evoluir"?

Briony sentiu o peso da atenção de Toven sobre si pela primeira vez em um ano, e isso a deixou mais imprudente.

— É você quem precisa me dizer. É você que está transcrevendo com a mente coisas sem sentido em uma página tarde da noite.

— Você se enganou — disse ele, em um tom casual.

— Ah, é? — Briony ergueu a voz, provocando Toven. — Então eu não vi TOVEN HEARST PRATICANDO MAGIA DE MENTE? — gritou, deixando a voz ecoar pelo corredor para atiçá-lo.

Toven a segurou, a mão dele cobrindo a boca de Briony enquanto as costas dela se chocavam na parede de pedra. Depois de olhar para os dois lados do corredor em busca de qualquer sinal de que Briony fora ouvida, ele mudou a posição da mão — o dedão e o indicador segurando o rosto dela pelo queixo. Toven poderia esganá-la com pouco menos que um deslizar de mão.

Briony se assustara, mas o rosto furioso dele a deixara irada.

— Não fale de coisas que você não compreende — sibilou ele.

— Eu sei *exatamente* do que estou falando.

O hálito dele soprou seu rosto, e Briony sentia o cheiro da hortelã da pele do garoto. Toven apertou mais os dedos, e ela arfou.

— A cabeça do seu irmão vai parar em uma estaca um dia, e você vai ser arrastada pelas ruas assim que Mallow obtiver o que deseja — disse ele baixinho.

Os músculos de Briony congelaram de medo. Toven desceu o olhar pelo pescoço dela antes de acrescentar:

— Uma pena para esse corpo bonito.

Ele era desprezível, e Briony odiava o entusiasmo que sentia ao vê-lo examiná-la — como se a visse como uma *mulher*, em vez de uma etérnera. Tinha nojo de si mesma, então botou o ódio para fora.

Briony cuspiu no rosto de Toven.

Ele a encarou, em choque. E então um sorriso apareceu nas feições dele, desdobrando-se devagar. A respiração de Briony era quente, mas a mão de Toven era fria na bochecha dela. Ele apertou o corpo no dela, prendendo-a no lugar. Ela arregalou os olhos ao sentir os músculos dele a tocando.

— Se você insistir em esquecer sua educação, Rosewood, então talvez eu fique tentado a esquecer a minha — sussurrou Toven na boca dela.

Não havia palavras restantes na cabeça de Briony conforme Toven Hearst aproximava os lábios dos dela.

— Que educação? — perguntou ela, fraca. — Você não é nenhum cavalheiro, Toven Hearst.

Ele fez um ruído de concordância.

— Se você quisesse um cavalheiro, já estaria noiva do Winchester.

Briony sentiu o fôlego prender na garganta. Os olhos dele pareciam cintilar enquanto empurrava o queixo dela para cima.

— Me conte, princesa — disse Toven, deslizando o joelho entre as pernas dela, assim como o vira fazer com Larissa quando estavam trocando carícias nos corredores.

Ela arfou, o choque e a euforia e o desejo fervendo no sangue.

Briony encontrou apoio na cintura de Toven, pronta para afastá-lo ou puxá-lo mais para perto — ela não conseguia decidir qual dos dois.

Toven sorriu, e embora fosse cruel, Briony memorizou todas as linhas dos lábios dele.

— Você quer um cavalheiro? — perguntou Toven, a voz uma vibração baixa que fazia ondas a percorrerem.

Ela prendeu o fôlego, arrebatada pelo desejo, tentando descobrir desesperadamente se aquela era a sensação de também ser desejada. Questionando se aquela *coisa* que seu corpo tanto procurava quando estava com Didion sob o salgueiro finalmente se revelaria. Questionando se conseguiria manter a atenção de Toven por tempo o bastante para encontrar esse sentimento.

A resposta escapou dos lábios dela espontaneamente:

— Não.

Algo faiscou nos olhos de Toven, que se suavizaram enquanto desciam até a boca dela.

— Briony?

Ela virou rápido a cabeça na direção do final do corredor. Cordelia estava parada ali de camisola com as mãos espalmadas, pronta para lutar.

Toven deu um passo para trás, e Briony sentiu o ar frio onde ele a deixou. Ela tentou recuperar o ar.

— O que está acontecendo? — perguntou Cordelia, a voz áspera.

Toven deu um sorrisinho em resposta.

Briony não se demorou para ir até Cordelia, as pernas instáveis.

— Nada — disse ela, enganchando o braço no de Cordelia. E começou a voltar para o dormitório com a amiga, acrescentando em voz alta: — Toven Hearst simplesmente se esqueceu da educação dele.

Briony lançou um olhar seco a ele e o encontrou a encarando de volta, sombrio, enquanto ela se afastava.

— Que educação? — questionou Toven em voz alta, ecoando as palavras dela. — Me disseram que não sou nenhum cavalheiro.

Ela o ignorou, puxando Cordelia mais para perto.

Às vezes Briony se perguntava se sonhara com aquele encontro, especialmente quando Toven Hearst se recusou a colocar os olhos nela durante todo o restante do ano escolar.

CAPÍTULO 30

Presente

O FOGO CORRIA PELAS VEIAS dela quando Toven finalmente pediu licença para saírem da arena. Os pés de Briony vacilaram, e ela sentia um zumbido nos ouvidos.

Briony comeu a uva que lhe fora dada antes de saírem, como se fosse algo proibido que precisava ser destruído. O suco doce da fruta desceu pela garganta, e ela buscou por Phoebe outra vez, mas a prima já não a olhava.

Toven envolveu o cotovelo dela enquanto a levava para a pequena seção do jardim que tinha vista para o mar, onde era permitida a abertura de portais durante o reinado de Jacquel. A mente de Briony estava em outro lugar quando ele cortou a ponta do dedo e abriu a mão para fazer o portal. O corpo foi espremido e apertado, e, de repente, os dois estavam na sala de estar dos Hearst.

Ofegante, Briony ainda sentia a atmosfera daquela arena pesando sobre o corpo como um vestido pesado. Ainda ouvia a plateia, sentia o gosto da fumaça no ar. E os olhos de Toven sobre si, esperando.

Briony deu as costas para ele, sentindo-se ao mesmo tempo exausta e energizada. Ela guardou Phoebe, Ilana e as uvas em um livro em sua mente e pensou em perguntas para as quais poderia obter respostas.

Começaria por onde precisava de mais esclarecimentos.

— Magia sacra — disse lentamente. — Estou certa em pensar que tem a ver com sexo?

Briony conseguiu ouvi-lo engolir em seco do outro lado da sala.

— A magia cardiariz é feita para uniões amorosas — começou Toven. Ela assentiu, já sabendo disso. — Quando cardiarizes são usados do jeito certo, o ato de... fazer amor fortalece a união.

— Vocês, magos do coração, amam suas metáforas. Nem *todos* os relacionamentos românticos incluem sexo. — Briony suspirou. — Então está me dizendo que, quando Canning transa com Jellica, mesmo contra a vontade dela, ela o fortalece.

As palavras estavam carregadas de acidez.

— Não — disse ele. — Magia sacra ainda é reservada aos pares que consentem... mas...

Ela se voltou para Toven pela primeira vez desde que voltaram para a mansão. Os lábios dele estavam retorcidos, como se tivesse sentido o gosto de algo azedo.

— Mas o elixir de Canning deixou as coisas mais interessantes — completou Briony por ele, lembrando da explicação de Katrina.

Toven assentiu.

— Que amigos adoráveis você tem, Toven — murmurou ela. — Fico tão feliz em saber que não é só estupro. É estupro para receber inflamação mágica. — Briony trincou os dentes e não recebeu nenhuma resposta. — Quem eram todos aqueles cardiarizes?

Ele enfiou as mãos nos bolsos.

— A maioria é de famílias etérneras que ainda eram leais a Etérnia depois que Bomard tomou suas terras. Alguns eram parte da sua corte no dia do triunfo de Bomard, como sabe — explicou Toven, e ela assentiu. — Outros foram descobertos ajudando Sammy Meers.

Briony piscou, surpresa, mas prosseguiu:

— E quem são os Barlowe?

— Uma família etérnera que morava próxima da fronteira, que decidiu apoiar Bomard no instante em que seu irmão morreu. Receberam o palácio de Biltmore em troca. — A voz dele era impessoal. Briony vacilou ao ouvir a menção a Rory.

— E todos os cardiarizes de coleira prateada são propriedade dos Barlowe?

Toven a encarou.

— Você deveria ir dormir.

— Depois. As coleiras? Douradas e prateadas.

— Coleiras douradas são para cardiarizes que são propriedade particular. Quer dizer, aqueles que foram leiloados. — Ele baixou o olhar. — E, sim, aqueles com coleiras prateadas são propriedade dos Barlowe. E podem ser...

emprestados nas noites de sexta, mas moram em Biltmore. Alguns também não são magos e são alugados apenas como companhia.

Briony se lembrou da mulher de cabelo loiro-arruivado e assentiu. Ela cruzou os braços, odiando ainda estar naquele vestido estúpido.

— O jantar particular. Eram todos os sucessores da linha, menos as mulheres — disse ela. Toven ergueu as sobrancelhas, concordando. — Então todos os homens naquela mesa de jantar têm uma cardiariz?

— Canning tem Jellica Reeve, Lorne, a menina...

— Octavia — interrompeu Briony, com raiva. — O nome dela é Octavia.

Toven abaixou a cabeça, assentindo.

— Octavia. E Collin tem uma cardiariz em casa, mas, como acho que você se lembra, ele gostava de Cecily na escola. Já gastou muito ouro alugando ela dos Barlowe às sextas-feiras.

— Alugando — murmurou ela para si mesma, balançando a cabeça.

A bile subiu até a garganta outra vez e, sempre que fechava os olhos, Briony via as mãos de Cecily tremendo ao desabotoar a calça de Collin. Um calafrio tomou conta dos ombros dela, como se um cubo de gelo descesse pela coluna, mas Briony continuou:

— E quanto a Finn? Ele foi nomeado como sucessor?

— A filha de Cal Gidrey desertou mês passado, deixando-o sem um sucessor como décimo na linha. Finn ajudou muito Gidrey durante os últimos meses. Como recompensa, a posição de décimo sucessor foi oferecida a ele, superando o próprio pai em décimo quarto.

— O que ele fez? — perguntou Briony.

Toven inclinou a cabeça para ela.

— Vai precisar perguntar a ele.

Briony bufou.

— Pelo que eu sabia, Lorne Vult ainda não tinha uma posição de sucessor. Parece que obteve.

— Ele vai substituir Burkin como sucessor de Cohle.

Briony ainda se revirava tentando lembrar de todos os nomes e posições na linha. Ela precisava escrever uma lista para acompanhar.

— Mas ainda não foi oficializado? É por isso que Lorne não tem uma pedra preciosa no anel?

Toven piscou, erguendo um pouco as sobrancelhas.

— Sim. Bem notado.

Diante da expressão impressionada, Briony sentiu o peito se aquecer sem permissão. Ela precisava focar, embora os pensamentos parecessem tangenciar.

— O que precisam fazer para ser oficializado? — perguntou.

— Um juramento à Sede, assinado em sangue.

Ela começou a se afastar dele, desesperada para tirar os saltos.

— E aquele é geralmente o *tom* desses jantares? — questionou, pensando na forma que Jellica foi humilhada, e Cecily foi forçada por Collin.

— As coisas talvez tenham ficado um pouco mais intensas por causa da sua presença, mas, geralmente, sim. Canning leva o elixir dele para reuniões pequenas desse tipo.

Briony lançou um olhar fulminante para ele, sentindo o calor da raiva se desdobrar no peito. Os homens agiram pior do que o normal apenas porque ela estava lá? E antes, quando Briony era mantida escondida, Toven tinha a companhia de outra mulher?

De repente, o sangue dela ficou incandescente.

— E como você fazia, quando sua cardiariz estava com catapora?

— Vesper vinha comigo. A catapora deixou você "fraca demais para conseguir tirar poder", então foi uma desculpa fácil...

— Não, não estou falando de magia — disse ela. — Presumo que você ainda apareceu acompanhado.

Toven engoliu em seco, e os olhos tremeram, quase infinitesimamente.

— Usava uma garota dos Barlowe — respondeu ele. — Ou pegava emprestado de alguém.

Briony queria cuspir fogo.

— "Pegava emprestado"? Como se fosse uma xícara de açúcar? — sibilou.

Ela observou aquele comentário atingi-lo, como uma flecha acertando o centro do alvo.

— Está tarde, Rosewood. Vou mandar um elixir para seu...

— Eu não preciso de um elixir...

— ... e podemos conversar mais de manhã.

— Eu quero saber quem foi que se sentou no seu colo e foi apalpada por você enquanto eu estava com catapora...

Os olhos de Toven faiscaram.

— Quer uma lista em ordem alfabética? De que isso importa?

— Importa porque você está me dizendo que minha presença esta noite foi o suficiente para tornar as coisas piores para aquelas mulheres. Importa porque enquanto eu estive trancada em Hearst Hall, outras mulheres precisaram sofrer com... com aquela exibição abominável...

Briony engasgou, a garganta se fechando conforme uma única lágrima a traía escorrendo pela bochecha. Ela limpou o rosto com força, furiosa consigo mesma.

Fez-se silêncio por alguns instantes e Toven a examinou, cuidadoso. Ela sustentou o olhar, erguendo o queixo.

— Suas experiências esta noite foram traumáticas — afirmou Toven, casualmente. — Você deveria dormir e organizar seus pensamentos.

Analisando o rosto impassível dele, Briony se perguntou se ele usava barreiras mentais. O rosto era como uma máscara. Era ele que utilizava a câmara de meditação de Hearst Hall? Ela apertou os lábios.

— Eu tenho mais perguntas.

— Isso pode esperar.

— Você vai responder qualquer pergunta que eu tiver amanhã?

Toven a encarou sem pestanejar e disse:

— Sim.

— Às oito da manhã — exigiu ela.

— Ao meio-dia.

— Às nove.

— Rosewood, já passa de uma da manhã. Você vai passar as próximas duas horas acordada escrevendo uma lista de perguntas e a manhã meditando — argumentou ele, os olhos cinzentos e vazios. — Você precisa dormir.

Briony semicerrou os olhos, sentindo o coração palpitar com a raiva daquelas suposições, e irritação aflorar porque estavam corretas.

— Isso é uma ordem do "Mestre Toven"? — rosnou ela.

Toven não reagiu. Alguma alavanca fora acionada dentro dele. Não se deixaria mais provocar.

— Pode ser, se for necessário — respondeu Toven com calma.

Briony queria gritar.

— É melhor deixar a tarde toda livre, Hearst — sibilou ela, e saiu marchando em direção à escada.

* * *

No dia seguinte, quando o relógio quase marcava doze horas, Briony tinha certeza de que Toven a evitaria. Porém, precisamente ao meio-dia, uma batida soou na porta do quarto. Ela se levantou da poltrona diante da janela e disse:

— Entre.

Toven caminhou, vestindo um suéter cinza-claro. Briony se preparava para fazer as perguntas quando percebeu que Toven conseguira fortalecer a máscara que usava durante a noite. Ele a encarou, com a cabeça levemente inclinada, os olhos frios e cinzentos.

Ótimo. Eu também fortaleci a minha.

— A presença do general Tremelo ontem à noite — disse Briony, disparando a pergunta sem nem cumprimentá-lo. — O que significa para as relações entre Bomard e Daward?

Toven revirou o anel no dedo médio, e Briony se demorou ao olhar para as mãos dele, antes de se lembrar de focar.

— Biltmore tem recebido muitos oficiais de além-mar. Eu só posso dizer que Mallow está "cortejando" eles, de certa maneira. Alguns países são veementemente contra ela, temendo que atravesse o mar, mas ela tem seu jeito de mantê-los na linha.

Briony virou a cabeça para olhar pela janela, pensativa, anotando aquelas informações em uma lista em sua cabeça, guardando-as em um canto escondido na biblioteca mental.

— Você tocou a marca no meu braço enquanto atravessávamos o portal de Biltmore, assim como faz aqui na sua casa. É o mesmo tipo de magia?

— Que eu saiba, sim. A barreira afasta pessoas indesejáveis e... confina cardiarizes.

Ela guardou o fato para caso precisasse em um futuro plano de fuga. Respirando fundo e se concentrando, Briony se preparou para fazer a única pergunta cuja resposta sabia que não queria ouvir.

— E Cordelia? — perguntou, e as palavras flutuaram até Toven com a leveza de uma pena. — Me conte.

Briony o observou engolir em seco e manter os olhos fixos acima do ombro dela.

— Algumas semanas atrás, ela quebrou uma taça de espumante e cortou o pescoço de um guarda, matando ele imediatamente.

Briony mal respirou, as palavras caindo como um balde de água fria sobre a cabeça.

— Cohle decidiu entrar na arena. Ele e Carvin duelaram, e Cohle não parou até Cordelia estar depletada.

— Então como ela está agora?

— Ela está viva, mas... não é mais cardiariz.

Briony compreendeu as palavras nas entrelinhas:

— Agora ela é só uma mulher, prisioneira na propriedade de um homem.

Toven a fitou.

— Pode ser verdade.

Ela deu as costas para ele, piscando forte até os olhos pararem de arder e a visão não estar mais borrada.

— Ela voltará a ter magia algum dia? — A voz de Briony vacilou com as palavras.

— Depende. A magia do coração dela se foi, mas é possível usar magia de mente... se essa opção fosse devolvida a ela.

Briony assentiu, limpando as lágrimas. Processaria o que acontecera com Cordelia em outro momento. Por enquanto, tinha um papel a cumprir. Ela convencera Toven de que podia lidar com a verdade, e era exatamente o que tinha a intenção de fazer. Ignorando a vibração nos ouvidos e o aperto no peito, forçou os ombros a relaxarem.

Briony recebeu sinais esperançosos de mulheres que nem sequer deveriam ter esperança. Uma uva. Uma corrente de apoio feita por sete mulheres embaixo da mesa, apesar de terem vidro em seus joelhos.

E Phoebe estava esperando por ela. Briony *precisava* falar com a prima.

— Agora que eu sei o que esperar — disse ela, a voz límpida e forte —, vou poder cumprir melhor meu papel. Da próxima vez que comparecermos, vou estar mais preparada para...

— Nós não vamos de novo.

Briony precisou de um instante para compreender. Ela se virou para Toven, surpresa.

— Como assim?

Ele estava parado com as mãos nos bolsos, os olhos mortos e vazios.

— Nós já fizemos uma aparição. Você foi vista. — Toven engoliu em seco. — Você não irá outra vez. Não por muito tempo, ao menos.

O coração de Briony palpitou. Aquelas festas eram a única chance que tinha de se comunicar com aqueles que conhecia — sua única conexão com o que estava acontecendo do lado de fora de Hearst Hall.

— Então vou pegar catapora outra vez? — questionou ela, irritada.

— Vou falar com meu pai, e vamos inventar outra coisa...

— Eles verão que é um truque no mesmo instante. Será suspeito demais se...

— Escute — disse ele, silenciosamente. — Se nós voltarmos, Canning vai obrigar você a tomar o elixir.

Briony revirou os olhos, sentindo o fogo arder na barriga outra vez.

— A quem eu pertenço? A você ou ao Canning?

— Nós não podemos voltar para Biltmore e não participar daqueles jantares particulares. Se eu me recusar, vão suspeitar que existe algo estranho no nosso relacionamento. — Toven a encarou. — Canning já desconfia.

— E quem é o culpado disso? — indagou Briony. — Se não tivesse contado a todos os seus amigos sobre a quantidade fantástica de sexo consensual que nós fazemos, nós não estaríamos nessa posição, Toven, mas contou...

— Você subestima o quanto todos aqueles homens na escola a queriam — disse Toven, baixo. Algo na voz dele fez Briony se calar. As bochechas dela coraram enquanto ele prosseguia: — Se eu não tivesse deixado implícito que nosso relacionamento tinha progredido e, portanto, tirado você de circulação, por assim dizer, o interesse deles seria dez vezes maior. O único erro que cometi foi dançar com você naquele jantar oficial depois do primeiro ano da escola. A partir dali, você se tornou um alvo.

Briony estreitou os olhos para Toven. Queria discutir, mas também se lembrava da forma que Liam e Canning os interromperam. Todos se exibindo, tentando ganhar uns dos outros.

Mas ela não trocaria a lembrança de valsar com Toven Hearst por nada no mundo.

Briony balançou a cabeça, tentando focar o problema atual. O elixir de Canning.

Pensou em Jellica, a forma como se atirara em Canning em todas as oportunidades. A forma como o corpo buscava o dele.

— Eu já vi o elixir em ação. O comportamento de Jellica é o padrão?

Toven soltou a respiração com força pelo nariz.

— Rosewood, se sua intenção é imitar aquele elixir...

— Nós podemos contornar a parte de beber o elixir de fato — disse ela, começando a andar em círculos. — Talvez possamos dizer aos outros que você me fez beber antes.

— Eu já falei que nós não vamos voltar!

— Toven, eu não sei como você acha que vai me manter escondida pelo resto de nossas vidas. Alguma coisa drástica vai precisar acontecer comigo para impedir você de me levar.

Ele travou a mandíbula, o olhar se demorando no rosto dela antes de desviar.

— Quanto mais aparecer em Biltmore, mais olhos estarão sobre você. Não só Lorne, Canning e os outros. E não é só no palácio. Existem outras reuniões, mais secretas, onde se é mais encorajado a... desfrutar de cardiarizes.

Briony curvou os lábios, enojada, mas voltou a focar.

— Entendi — falou, a voz carregada de desdém. — Então vocês todos fazem sexo na frente dos outros com frequência?

Toven revirou os olhos.

— Não querem assistir a nós dois transando, Rosewood. Querem ver você sendo humilhada.

Briony engoliu em seco, escutando o barulho ecoar muito alto naquele quarto pequeno. As bochechas estavam quentes, e os dedos tremiam enquanto unia as mãos.

— Este é um sacrifício que estou disposta a fazer, desde que eu e você saibamos os limites — disse ela, mais confiante do que se sentia.

Ele a fitou.

— Você só pode estar brincando.

— Eu observei Jellica ontem à noite. Eu entendo o básico...

— O básico — repetiu Toven, rindo.

Ele foi até a janela, e Briony o acompanhou com a cabeça, a indignação ardendo no âmago.

— Está sugerindo que, porque sou virgem, nunca senti desejo por alguém? Que nunca compreendi esses impulsos?

Ele inclinou a cabeça, torcendo o pescoço, sem se virar.

— Tenho certeza de que tem uma vaga ideia, mas esse elixir não é brincadeira, Rosewood.

Briony o encarou com ódio. Ela se recordou dos sorrisos afetados que Phoebe mostrava para Carvin. Da risada atrevida de Ilana para Canning. Aquelas mulheres eram capazes de atuar muito bem sem precisar de um elixir para confundir seus sentidos. Briony precisava provar a Toven que conseguia fazer aquilo também, ou ele não a levaria de volta.

Briony dissipou a tensão da discussão no corpo e pensou em um tipo diferente de tensão. Com o olhar, percorreu as costas de Toven, lembrando-se de como o vira na noite que Vesper a atacara. Os lábios se abriram, imaginando como seria ter Toven só para si, sem um motivo para se manter afastada.

Ele se voltou para Briony, pronto para lançar outro argumento.

Briony mordeu o lábio inferior, percorrendo o corpo dele com o olhar, lembrando de como Jellica parecia apertar as coxas uma na outra, desesperada por algum alívio.

As palavras pareceram ficar presas na garganta dele ao encontrar o olhar acalorado de Briony. Ela deu um passo à frente.

— Toven...

Ele abriu a boca, compreendendo, e então fechou os olhos.

— Você enlouqueceu, Rosewood, se pensa que...

— Por favor, me toque — implorou ela, com a voz rouca.

Briony esticou a mão para ele.

Toven a segurou graças a seus reflexos rápidos, as mãos a apoiando na altura dos cotovelos. Ela imaginou a sensação inebriante da pele dele na dela depois de *horas* implorando e soltou um gemido baixo, encostando a testa no peito dele.

— Rosewood — advertiu Toven, a voz firme.

Briony não conseguia ouvi-lo acima do pulsar de desejo no próprio corpo. Colocou a boca no esterno de Toven, beijando o peito dele por cima da roupa.

Ele a segurou pelos ombros e a empurrou para trás. Seu olhar era exasperado e intenso, quase assustado.

— O que você está fazendo?

Briony arfou, o olhar desfocando.

— Toven, por favor. Não me faça esperar mais.

Toven se sobressaltou, e ela viu um vislumbre das pupilas negras antes de ele se afastar. Briony cambaleou para a frente, esticando a mão para puxar a cabeça dele para ela, mas, antes que pudesse encostar os lábios nos dele, Toven a empurrou outra vez.

— Já chega...

— Preciso de você. Por favor, Toven. — Briony enlaçou as mãos no cabelo dele, e ela se ergueu na ponta dos pés, tentando encontrar os lábios dele e murmurando: — Me toque.

Tão rápido como um relâmpago, as mãos de Briony foram afastadas e ela foi empurrada na janela. Em três passos, Toven atravessara o quarto, seguindo na direção da porta.

— E então? — perguntou, finalmente cedendo e deixando o olhar lascivo desaparecer da expressão do rosto. — Fui convincente?

Os olhos de Toven endureceram e ele saiu do quarto, deixando-a sozinha, sentindo os lábios formigarem com a sensação da pele dele.

* * *

Toven a ignorou com veemência durante os seis dias que se seguiram. Nos primeiros dias, Briony disse a si mesma que era uma coisa boa, mas, na quarta-feira à noite, começou a ficar nervosa. Ela precisava voltar para Biltmore. Independentemente de como os dois se sentissem quanto ao outro no momento.

Por fim, Briony foi atrás dele na manhã de sexta-feira, encontrando-o na cozinha pegando uma maçã da cesta de frutas.

Ela colocou as mãos na cintura e disse:

— Presumo que vamos sair às dez?

Toven se virou, avaliando-a antes de responder:

— Não. Não vai ter festa hoje à noite.

Briony levantou a sobrancelha, desconfiada.

— Por quê?

— Foi adiada.

Ele jogou a maçã de uma mão para a outra, sem encará-la.

— Você não pode me evitar para sempre, Hearst. Estamos juntos nessa quer queira ou não, e quanto mais cedo...

— Ouviu alguma palavra do que eu disse? Não vai acontecer nada esta noite.

Toven passou por ela sem dizer outra palavra.

Briony bufou, olhando a cozinha vazia, com os punhos cerrados. Ele claramente estava mentindo.

Então, às dez da noite daquela sexta-feira, ela abriu a porta do quarto, esperando ouvir algum som de Toven no corredor. Depois de meia hora observando a porta, foi até a janela e tentou procurar alguma luz vinda do quarto dele.

Estava escuro.

Ela fez uma cara feia e marchou até a sala de banho, decidindo se banhar enquanto o esperava voltar. Conforme relaxava na água quente e nas bolhas, tentou pensar em formas de convencê-lo a levá-la outra vez para Biltmore. Toven não achava que Briony conseguiria enfrentar os desafios que encontrariam lá, mas ela poderia convencê-lo. Precisava fazer disso.

Tinha que se encontrar com Phoebe. Precisava descobrir quem era Ilana, e se aquela uva significara o que ela pensava que significava. Estava trancafiada em Hearst Hall havia mais de seis semanas, e Biltmore era o mais próximo que chegara do seu povo.

Briony precisava provar a Toven que sabia se virar. Não importava o que acontecesse.

Depois da meia-noite, ela arrastou a poltrona até a janela e ficou lendo um livro, atenta às janelas do quarto ao lado, esperando por um sinal de vida.

Quinze minutos depois das duas da manhã, quando os olhos cansados se ergueram da página, viu que uma luz fora acesa dentro do quarto. Briony deu um pulo, desperta, o livro caindo no tapete. Sem nem considerar que estava de pijama, marchou até o quarto dele.

Bateu na porta e esperou, a raiva se desdobrando na barriga.

Quando não houve resposta, bateu com mais força, mais insistência.

Briony estava prestes a erguer o punho e bater mais uma vez quando a porta se abriu. Toven a encarou, inclinando-se para a frente do batente, uma mão ainda na maçaneta.

— Por que ainda está acordada? — questionou, exigente.

Briony o encarou feio, erguendo o queixo.

— Pois eu deveria perguntar o mesmo. Por acaso você não saiu de casa, certo, Hearst?

Ele engoliu em seco e respondeu:

— Saí, mas não fui a Biltmore.

— Então por que você está fedendo a charuto e uísque? — sibilou ela.

— Eu estava em uma festa particular, se precisa saber. Convenci os caras a jogar cartas esta noite.

Algo na postura dele fez Briony duvidar. Quem ele puxara para se sentar em seu colo aquela noite? Que pobre mulher precisara testemunhar o jantar odioso naquela semana? Ela descobriria a resposta, e exigiria que Toven a levasse na semana seguinte.

Briony deu um passo à frente, querendo se forçar para dentro do cômodo, mas ele permaneceu no caminho, impedindo-a. Ela fez uma carreta. Depois de mentir descaradamente, o mínimo que poderia fazer era deixá-la entrar na porcaria do quarto.

Briony deu um passo para o lado e Toven acompanhou o movimento, escondendo a visão. Ela o encarou, sentindo um pavor terrível congelar a pele.

Ele estava com uma convidada.

A mente dela conjurou uma sequência rápida de imagens de uma mulher Barlowe esparramada nos lençóis dele e das atividades que acabara de interromper.

— Tem alguém aí dentro? — sussurrou Briony.

Toven a encarou, balançando a cabeça uma vez.

— Não — respondeu ele. — Só estou ocupado.

— *Minha nossa.* — Uma voz feminina familiar ressoou de dentro do quarto. — Ela sempre visita seu quarto às duas da manhã? Que fascinante e desesperado da parte dela.

Briony travou, tentando encontrar a quem pertencia aquela voz que soava como... exatamente como...

Toven fechou os olhos, resignado.

E então a porta foi escancarada por uma mão com unhas feitas que Briony conhecia muito bem — a mesma que ela se acostumara a ver alisando o cabelo de Toven, traçando caminhos pelas costelas dele, e apertando com destreza a bunda dele.

A respiração dela congelou quando a mulher apareceu.

Larissa Gains se juntou a Toven no batente, o sorrisinho satisfeito firme no lugar, os olhos percorrendo o corpo de Briony como uma predadora.

Capítulo 31

Larissa Gains estava diante dela, e Briony sentiu um impulso repentino e inexplicável de segurá-la para garantir que ela era real. Porém, antes que o corpo de fato tentasse *abraçar* Larissa, o cérebro o conteve.

Eram duas da manhã, e Larissa Gains estava no quarto de Toven.

Briony se voltou para Toven, buscando qualquer indício de roupas amassadas, íris escuras ou batom no pescoço — as coisas que via nos corredores da escola depois que Larissa tinha tocado nele. Nada indicava que estavam ocupados quando ela batera na porta. Porém, como se lesse a mente de Briony, Larissa escolheu aquele momento para enganchar o braço ao redor do cotovelo de Toven, passando a mão pelo bíceps esquerdo.

— Briony. O cativeiro fez bem para você.

Larissa abriu um sorriso.

— A morte fez ainda melhor para você — respondeu Briony.

A outra riu e jogou o cabelo por cima do ombro. Toven pigarreou e se desvencilhou dela.

— Eu ia falar com você pela manhã — disse Toven —, mas, já que está aqui...

Ele deu um passo para o lado e indicou que entrasse.

Briony virou o rosto para Larissa, que a encarava com uma expressão calculista, e então passou por entre os dois para entrar no quarto de Toven.

Assim que entrou, observou a cama dele, encontrando-a perfeitamente arrumada, sem nenhum vinco ou amassado. Parando ao lado da escrivaninha, Briony se virou para encarar os dois. Larissa caminhou até a lareira e se deixou cair na poltrona de costas altas, cruzando as pernas com sensualidade e pegando na mesa uma taça de vinho que já continha o batom dela na borda.

Toven passou a mão pelo cabelo e pareceu voltar a si. Ele ficou perto da porta, e se parecesse outra coisa que não nervoso, Briony teria pensado que estava bloqueando a saída.

— Larissa tem uma proposta para você.

Briony se voltou para a loira, que abriu um sorriso para ela.

— Ouvi de várias fontes diferentes que você parecia um desastre espetacular em Biltmore — disse Larissa, tomando um gole da taça, e recebeu como resposta os olhos semicerrados de Briony. — Você estava terrível, e não enganou ninguém com a ideia de que Toven Hearst andou fazendo o que bem quis com você.

Briony cruzou os braços.

— *Isso* não é nem de longe minha culpa. — Ela apontou para Toven. — *Ele* que não me preparou nada. Muito menos demonstrou interesse em... se *aconchegar* em mim.

Toven lançou um olhar feio para Briony. Larissa abanou a mão no ar como se espantasse uma mosca.

— Irrelevante. Precisa melhorar, Rosewood — rebateu ela. — Sorte sua que está falando com alguém que sabe bem como é foder Toven Hearst.

Um nó surgiu na garganta de Briony, e ela tentou não recuar diante das palavras.

— Larissa — avisou Toven. — Já chega.

A mulher examinou as unhas.

— Perdão. Foder *qualquer um*. Pronto.

Larissa abriu um sorriso provocante para Briony.

Por mais que estivesse tentando implicar com ela, Briony não conseguia não lembrar que Larissa fora uma das mulheres levadas para experimentar o elixir de Canning Trow. Além disso, estava certa. Ela *conhecia* Toven intimamente. Conhecia o coração dele melhor do que Briony. Além disso, Larissa não dissera na masmorra dos Trow que tinha inveja de como a vida dela seria? Será que sabia que Toven não a estava usando como cardiariz também?

Assim, Briony ficou muito mais interessada em seja lá o que Larissa tivesse a oferecer, se isso a concedesse acesso ao que sabia sobre Toven, e por que ser dono de uma "cardiariz dourada" era tão importante para ele.

— Tudo bem — disse ela. — Você quer me ajudar de algum jeito com a farsa. Mas o que quer em troca?

Larissa hesitou. Briony olhou para Toven. Os três estavam em um triângulo perfeito, equidistantes um do outro como jogadores em uma partida prestes a começar.

Toven engoliu em seco.

— Larissa gostaria de receber lições sobre ocultamento de mente.

Briony franziu as sobrancelhas.

Ela encarou Larissa. Ocultamento de mente era uma técnica praticada apenas por magos de mente muito experientes. Os tutores mencionaram o tópico na escola, mas Briony precisara de muitos anos treinando sob as instruções de Finola para aprender a se ocultar.

— Ocultamento de mente. Quer praticar transparência e invisibilidade? — questionou ela.

Larissa espremeu os lábios.

— Sim, e também transmogrificação.

A habilidade de alterar a aparência de alguém, desde esconder uma manchinha até transformar-se em outra pessoa. Tinha menos a ver com alterar a própria aparência e mais com manipular a mente de todos que o enxergavam. Briony teve a sensação de que Larissa não estava interessada em esconder algumas poucas espinhas.

— Você gostaria de mudar a sua aparência — concluiu ela. — Para se esconder em outro lugar?

Larissa ergueu as sobrancelhas.

— O oposto, na verdade. Gostaria de me esconder à plena vista.

Briony olhou para Toven, que a observava, astucioso, esperando a resposta dela. Queria que ela concordasse.

— É um trabalho bem difícil — disse Briony. — Ainda mais para alguém que não aprendeu o básico de magia de mente na escola.

Larissa deu um sorriso pesaroso.

— Bem, por sorte, tenho muito tempo à disposição hoje em dia. Podemos começar amanhã.

Briony inclinou a cabeça.

— Cedo assim? Está com pressa?

Ela olhou para Toven, que a fitava, sem se mexer.

Larissa observou os dois e então chupou o ar entre os dentes.

— Preciso começar a comparecer às festas de Biltmore, e obviamente não posso aparecer como eu mesma.

Briony sentiu um vinco se formar na testa.

— Por que quer ir às festas?

— Preciso ter acesso a uma coisa lá — comentou Larissa, em um tom casual.

Briony sabia que não obteria mais nada dela. De um modo estranho, pensou por um momento em como seria bom ter Larissa como aliada naquelas festas, uma cuidando da outra.

Toven se remexeu, e ela o encarou.

— Posso encontrar um espaço para vocês praticarem amanhã. Às nove?

Havia certa tensão na postura dele. Briony continuou a observá-lo, perguntando-se outra vez se ele protegia a própria mente usando barreiras e se conseguiria se esgueirar pelas proteções dele sem Toven saber.

— Quando você quer começar a comparecer transmogrificada a festas?

— Semana que vem — respondeu Larissa.

Briony deu uma gargalhada.

— Em sete dias! Você acha que pode se tornar proficiente em uma magia de mente complexa em sete dias? As pessoas dedicam anos de estudo a esse assunto em algumas universidades!

— E daí? Você tem algum compromisso esta semana, Rosewood? — questionou Larissa, a voz seca. — Nós duas temos muito tempo livre.

Briony olhou para Toven, esperando que ele — a outra pessoa no quarto que tinha alguma experiência com técnicas de magia de mente — opinasse sobre como aquela ideia era ridícula.

Toven ainda a encarava.

Aquela ideia era importante para ele, pelo jeito.

Briony sustentou o olhar, sentindo uma sensação embrulhando no âmago.

Sem desviar a atenção de Toven, Briony perguntou:

— E em quem você está planejando se transformar, Larissa?

— Existem muitas opções — disse Toven. — Pessoas que não deveriam estar em Biltmore e a quem Larissa pode poupar.

Briony sentiu um calafrio na pele e desejou ter colocado um robe antes de ir até o quarto. Ela sentia raiva e nojo fervilhando na barriga.

— Você quer levar Larissa para Biltmore. Se passando por mim.

Ouviu Toven engolir em seco de onde estava.

— Existem outras pessoas também...

— Rochas, ela é *tão* inteligente — afirmou Larissa.

Briony conseguia perceber o riso na voz dela, embora não tirasse os olhos de Toven.

— ... como a filha da presidente de Camly do Sul — Toven começou a falar, rapidamente. — A filha dela foi capturada por Bomard na semana passada. Ela tem 18 anos. E foi dada como presente a Finn, para ser a cardiariz dele, mas, se Larissa pudesse substituí-la, a garota nunca precisaria visitar Biltmore.

A vontade de vomitar subia pela garganta de Briony, mesmo ao guardar a informação dos crimes de guerra que Bomard cometia. As mãos se fecharam em punhos.

— Você não vai nem negar? — perguntou ela. — Que você preferia forçar Larissa a tomar meu lugar?

— Ninguém está forçando ninguém — afirmou Larissa. Briony voltou a atenção para ela, o olhar fervendo. — Eu estou me voluntariando para qualquer coisa que impeça vocês dois de serem mortos.

Briony se virou outra vez para Toven. Ele enfiou as mãos nos bolsos.

— Será a opção mais simples.

Briony bufou, caminhando até ele.

— Mais simples — desdenhou ela.

— Sim, a mais simples — repetiu ele, a voz áspera. — Para nós dois. Larissa experimentou em primeira mão os efeitos do elixir de Canning. Ela sabe o que faz, então pode imitar os efeitos.

A raiva engasgava Briony, a respiração cada vez mais agitada enquanto pensava no próprio corpo nas mãos de Larissa Gains, em uma cintura que parecia mas não era a dela envolvendo o colo de Toven, em lábios que pareciam mas não eram os dela cobrindo a boca dele. Briony parou diante dele, a presença da outra já esquecida.

— Quantas vezes preciso falar que eu *quero* voltar para Biltmore? Eu *quero* ver minhas amigas e ficar informada sobre o que acontece com elas.

— Isso é para o seu próprio bem, Rosewood.

— Você quer violar meu corpo...

— Seu corpo vai ser violado de qualquer forma — rosnou ele, sem se intimidar. — Dessa forma, você não precisa estar nele.

Briony mexeu o braço rapidamente, cortando o ar e dando um tapa no rosto de Toven. A cabeça dele mal virou, embora uma marca vermelha intensa aparecesse na bochecha dele.

Os olhos de Toven estavam escuros, o cinza desaparecendo entre as pupilas dilatadas. Briony sentiu a respiração dele quente na testa, e o calor do peitoral apenas a centímetros do dela. O nódulo no pescoço dele subia e descia enquanto a encarava, algo quase incontido sob a superfície da máscara.

— Eu vou ensinar Larissa a se ocultar — disse Briony, devagar. — E ela vai me ensinar a encenar um papel. E você nunca mais vai me impedir de tomar decisões sobre o meu corpo.

Briony ergueu o queixo e observou o olhar de Toven abaixar até a boca dela e de volta aos olhos.

O silêncio fez um calafrio percorrer a coluna dela. Ela reuniu toda a confiança que lhe restava e perguntou:

— Fui clara?

Briony examinou a expressão dele, encontrando as bochechas ruborizadas, mas não era só por causa da marca rosada que a mão dela deixara.

— Bem — disse uma voz atrás de Briony, fazendo-a quase dar um pulo quando se lembrou que Larissa estava presente. — Vou deixar vocês dois se resolverem. — Ela deu uma risadinha.

Briony se recusou a desviar primeiro do olhar de Toven, recusou-se a admitir derrota.

— Vejo você amanhã às nove — lembrou Larissa, e saiu.

A porta se fechou com um clique, e os dois ficaram a sós.

Capítulo 32

O silêncio era ensurdecedor.

Briony engoliu em seco e observou Toven acompanhar o movimento. Ele deu um passo para longe, como se estivesse se fortalecendo.

— Está claro para mim que você ainda não compreende o perigo que estamos correndo.

Ela ergueu as sobrancelhas, irônica.

— Explique para mim, Mestre Toven.

Toven semicerrou os olhos antes de continuar:

— Consegui manter o controle da situação no jantar da semana passada, mas considero que foi por sorte — informou ele. — Você pode pensar que eu tinha algum controle sobre aqueles caras na escola, mas precisa se lembrar que meu pai é apenas o oitavo na linha.

Briony pensou na forma como Toven impedira as coisas de irem longe demais antes que Lorne cortasse o vestido dela, como os outros homens roçavam as mãos em cada bunda que passava por eles — todas, menos a dela.

— Não se trata apenas do que acontece dentro do grupo de sucessores — disse ele. — Sugeri a festa particular esta noite como uma forma de impedir você de comparecer por mais uma semana. E, com isso, Canning convidou Carvin e Reighven.

Briony estremeceu ao ouvir o nome, mas recuperou-se em seguida. Toven se deteve, estreitando mais os olhos antes de continuar.

— Canning compreendeu o que eu queria fazer com a sugestão do jogo de cartas hoje, é claro — prosseguiu Toven. — Então se certificou de dizer a todos que, na semana que vem, a cardiariz dourada vai beber o elixir dele em Biltmore.

Briony cruzou os braços.

— Então você está planejando transar com Larissa Gains enquanto ela finge ser eu. Na frente de toda a elite de Bomard.

Balançando a cabeça, Toven respondeu:

— Eu jamais transaria em público, e eles sabem disso. — Briony o encarou com curiosidade, mas, antes que pudesse questionar, ele seguiu adiante: — Se ensinar Larissa a se ocultar esta semana e deixá-la ir no seu lugar na sexta-feira, dou minha palavra que ela irá a Biltmore como a filha da presidente em todas as festas seguintes.

Briony encarou aquele rosto sem expressão. Queria tanto, quase com desespero, encontrar o que havia na máscara por trás daqueles olhos, forçá-lo a abrir a mente para ela.

— Não é possível que você acredite que Larissa consiga aprender ocultamento em uma semana.

— Talvez não — admitiu Toven. — Mas eu vou lidar com esse problema quando chegar a hora.

— Nós — corrigiu ela. — *Nós* vamos lidar com esse problema. Nós três, juntos.

O olhar de Toven faiscou, e Briony deu de ombros.

— Se você tem tanta certeza de que consegue evitar sexo em público, então não entendo o motivo de estar tão inflexível a eu não comparecer pessoalmente.

Toven a analisou como se estivesse decidindo se ela estava fazendo piada ou não. Então bufou, erguendo a mão para esfregar os olhos. Briony cerrou os lábios, agitada.

— Existem... outros aspectos de sexo, Rosewood...

— É claro que existem.

— ... e, em tese, você está me servindo deles com frequência — disse Toven, encontrando os olhos dela mais uma vez.

— Ah. — Briony abriu um sorriso para ele. — Então você acha que eu não seria boa usando minha boca em você. Seria uma vergonha para Toven Hearst ter uma puta tão incompetente. É isso?

Ela se afastou dele, inclinando-se na beirada da escrivaninha e cruzou os braços.

— Sabe — disse Briony —, aquele feitiço para detectar minha pureza serviu para informar que eu sou virgem, mas você está presumindo sem provas que eu não tenho conhecimento algum sobre esses "outros aspectos".

Ela inclinou a cabeça para Toven, fingindo confiança.

Ele permaneceu do outro lado do quarto, o corpo todo imóvel.

— Estou mesmo — confirmou, brusco. — Não é o caso?

— Eu sei como usar minha boca em homens, Toven — disse, a voz ardendo, ácida.

Ela não sabia. O mais perto que já chegara com alguém fora permitir que Didion guiasse sua mão até o membro dele no ano anterior. Ele parecia ter gostado da experiência, mas Briony não tinha muita certeza se tinha sido por algo que ela fizera.

No entanto, estava farta daquela condescendência.

Algo faiscou no rosto de Toven, um sentimento que não sabia interpretar.

— Verdade? — perguntou ele. — E o pau de quem esteve na sua boca, Rosewood?

A vulgaridade a deixou mais agitada, mas, antes que pudesse pedir por mais educação e que ele falasse como um cavalheiro com ela, Toven deu um passo à frente, caminhando na direção dela com um andar predatório, que a lembrava muito da sua familiar.

Briony engoliu em seco.

— Quer nomes? Vou precisar pensar um pouco para me lembrar de todos eles.

Toven curvou os lábios enquanto se aproximava e, apesar de achar que ele não acreditava em suas palavras, Briony se recusou a dar o braço a torcer.

Ele parou diante dela. E ela se inclinou mais para trás na escrivaninha, sentindo a presença dele, muito mais alto, forçando-a a inclinar a cabeça para trás.

— Acho que isso é um blefe. Acho que você nunca abriu essa boca para ninguém.

Ela sorriu.

— Acredite no que quiser. Quer me testar? Para eu mostrar exatamente o quanto eu aprendi como a princesa Rosewood? Eu sempre andei com muitos guardas, sabe...

De repente, Toven se inclinou para baixo, apoiando um punho de cada lado do quadril dela, fazendo com que seus olhos estivessem na mesma altura.

— Guardas — repetiu ele, ácido.

Briony assentiu, o coração palpitando com a proximidade. E sentiu o corpo ficar leve como se estivesse se atirando de um penhasco ao dizer:

— Guardas e amigos. Você deve se lembrar de Didion, é claro.

Toven sorriu para ela, os lábios partindo para revelar os caninos afiados. A língua dele passou pelos dentes.

— Didion Winchester, claro. Você sempre foi tão próxima dele — sussurrou —, apesar da incapacidade dele de desamarrar o seu corpete.

Briony sentiu o rosto empalidecer. Ela se forçou a ficar imóvel.

Não havia como Toven saber que Didion fracassara em desamarrar o corpete dela debaixo do salgueiro na escola. Nem saber que os dois riram um pouco antes de desistirem. Que ela sentira decepção quando pararam bem no instante em que Briony começara a se esquecer do cabelo preto e dos olhos castanhos de Didion, imaginando cinza em seu lugar.

Como é que Toven poderia saber daquilo?

— Bem, ele sem dúvida aprendeu depois — disse ela, trêmula.

Toven crispou os lábios, e a expressão exalava divertimento.

— Mostre — sussurrou ele.

E, antes que Briony pudesse se permitir pensar no que ele estava falando, se queria que ela ficasse de joelhos, se queria que o tocasse, se ela iria desfalecer na hora se também fosse tocada, Toven prosseguiu:

— Mostre a lembrança.

Briony piscou, aturdida. Ao encarar aqueles olhos cinzentos, ela sentiu o pinicar de uma mente, pedindo permissão para entrar na dela.

Ela entreabriu os lábios, ofegando em surpresa.

Toven queria usar magia de mente para ver dentro da cabeça dela. E estava batendo à porta.

Briony engoliu em seco. Não era possível que tivesse tão avançado nos estudos a ponto de ler a mente dela.

— Uma dama jamais conta seus segredos, Hearst.

— Ah, mas você não está tentando me dizer que seu comportamento não é como o de uma dama? — murmurou Toven, a respiração quente em sua bochecha. — Invoque a lembrança dos seus lábios engolindo o pau de Winchester. Quero ver se você é boa mesmo com essa boca, Rosewood.

Ela sentiu a sensação dentro da cabeça outra vez. O pedido de permissão para entrar.

A confiança de Briony estava abalada, mas ela não ousava admitir a derrota.

— Odiaria que você ficasse envergonhado — devolveu ela. — Considerando o tamanho dele. Vai ser muito difícil se comparar.

Os lábios de Toven se curvaram nos cantos.

— Gentileza sua, mas eu adoraria ver essa proeza por mim mesmo. — Ele se inclinou ainda mais perto, e ela se perguntou se acabariam se tocando. — Abra.

A mente dele deu outra cutucada na mente dela.

Briony fitou Toven.

— Abra você — respondeu ela, e Toven piscou uma vez. — É óbvio que você acha que preciso aprender algumas coisas. Por que não me mostra?

Ele olhou para os lábios dela antes de voltar para as íris, pedindo entrada na mente dela mais uma vez.

— Quer que eu mostre a você como deve me chupar, Rosewood?

— Quero — respondeu, ofegante.

Briony impeliu a própria mente adiante, espalmando os dedos na escrivaninha para usar magia e bateu de frente com ele. Era como se visse uma porta feita de espelhos, emoldurada em bronze. Ela encarou o próprio reflexo quando bateu e, pela primeira vez, sentiu as barricadas que suspeitava que ele trabalhava com afinco para manter.

Era uma barreira impenetrável.

A mente de Toven a guiou para trás, afundando-a de volta em si como se estivesse a deitando em um colchão de plumas.

— Por que você não começa? — sussurrou na boca de Briony. — E eu vou ensinando a você.

E, então, ele estava dentro dela.

Briony ofegou, segurando o fio que o representava, guiando-o para longe das coisas que não desejava que ele visse.

As estantes na mente dela estremeceram. Toven navegou com facilidade pelo lago de águas tranquilas, deixando os dedos roçarem a superfície, criando ondas.

Ela não tinha certeza se ele mesmo encontrara a lembrança de Didion sob o salgueiro, ou se ela a providenciara já que estava em evidência em seus pensamentos, mas, de repente, Briony sentiu as costas no tronco da árvore, lábios beijando seu pescoço e mãos esculpindo sua pele.

Dentro da própria lembrança, ela abriu os olhos e encontrou Toven Hearst parado na beirada do lago, observando um jovem beijando sem jeito as clavículas dela e começando a puxar as fitas do corpete.

— Quero beijar você aqui — disse o jovem, e a sombra se solidificou como Didion.

Briony desviou de Toven dentro da mente dela e abriu um sorriso para o outro enquanto ele se atrapalhava com os laços.

— Vamos precisar fazer isso com mais privacidade, não acha? — perguntou ela, com a voz trêmula.

Uma sombra recaiu por cima do ombro de Didion, e Briony ergueu o olhar, encontrando Toven abaixando-se ao lado dela.

— Me mostre a sua boca no pau dele, Rosewood. Me mostre você de joelhos para os guardas do seu irmão.

Ela encarou os olhos escuros dele mesmo enquanto Didion começava a beijar o pescoço dela outra vez e encurvava a mão sobre os seios dela.

Briony queria construir a lembrança. Mostrar a si mesma se desdobrando para empurrar Didion de costas. Mostrar a si mesma desabotoando a calça dele.

Briony queria enfrentar o blefe de Toven Hearst, assim como ele enfrentava o dela.

Dentro do quarto em Hearst Hall, Toven estava inclinado sobre ela, com os punhos cerrados sobre a mesa, o olhar fixo no de Briony.

Ela desdobrou os braços conforme uma versão de si em sua mente passava os dedos pelo cabelo de Didion — e, no presente, ela esticou a mão e segurou o queixo de Toven entre os dedos.

Briony pressionou a mente dele, fez um gesto para adentrar e sussurrou:

— *Abra.*

Estava no quarto dele, tanto dentro quanto fora da mente de Toven. As cortinas sopravam uma brisa veranil sobre a pele dela, e ela se ajoelhava na cama, deixando uma trilha de beijos no peito nu de Toven.

O corpo de Briony vibrava ao tocar os lábios na pele dele. Toven cobria o rosto com um braço e segurava o pau com a outra mão, acariciando levemente.

No presente, apoiada na escrivaninha de Toven, ela sentiu um suspiro surpreso soprar em seu rosto.

Com força, ela segurou o fio da magia e observou a si mesma o beijar mais e mais para baixo, e, por fim, substituir a mão dele com a sua.

Na lembrança, Toven deitado nu na cama descobriu o rosto e finalmente a encarou.

Briony percebeu que também estava nua. O cabelo estava solto e livre, os seios eram rosados, e os quadris formavam a curva perfeita depois da cintura. Aquela Briony moveu a mão no pau dele cheia de confiança, mas também com leveza. Toven a fitava atento.

Ela se inclinou para baixo com os lábios levemente abertos. A cabeça do pau dele era rosada e gotejava ao desaparecer dentro da sua boca. A Briony que observava quase conseguia sentir o gosto.

Toven jogou a cabeça para trás e fechou os olhos. E Briony da lembrança relaxou a boca, descendo cada vez mais fundo, até o pau dele estar completamente dentro dela, impossivelmente dentro dela. Briony observou a outra sugar e manter o olhar fixo em Toven enquanto ele gemia.

Aquela Briony subiu a boca, e ele esticou a mão, os dedos se curvando ao redor da cabeça dela, empurrando-a para baixo outra vez, com carinho.

Os olhos de Toven abriram e a observaram enquanto ela o tomava outra vez — os mesmos olhos fixos nela no presente, na escrivaninha, pretos e insuflados de luxúria —, a cabeça de Briony subindo e descendo.

As mãos dela na lembrança passavam pela cintura, pela barriga, pelas coxas dele. E Toven ficou olhando ela o lamber, chupar e beijar.

Briony se sentia incendiada com aquele poder. Com os movimentos pequenos e o impacto que provocavam nele, com a forma como ele segurava o cabelo dela sem machucar.

Os músculos da barriga dele retesaram, e Briony se observou tomar o pau dele outra vez, os lábios escorregando ao descer, chupando ao subir.

Ele jogou a cabeça para trás, abrindo a boca.

— Briony...

E, de repente, Toven estava sozinho na cama, nu, segurando o próprio pau, com os quadris começando a estremecer...

A sala ficou fria. A brisa desapareceu.

E Toven Hearst estava do outro lado do quarto, de costas para ela, com os ombros retesados e o corpo inteiro tenso.

Então Briony sentiu a consciência de Toven sendo arrancada da sua mente — como se o fio entre os dois tivesse sido cortado.

Ela estava no presente, e não na lembrança — ou na fantasia, como parecera.

Briony sorveu o ar com força, como se não respirasse havia dias.

Ela ainda estava apoiada na escrivaninha, mas sua atenção se voltou para a cama onde estavam havia pouco, nus e magníficos.

Toven criara uma lembrança para ela? Quisera mostrar o que fazer? Parecia algo terrivelmente lento e suave em vez do que seria esperado nos jantares.

Toven esticou a mão para apoiar na parede, como se estivesse se recuperando.

Briony sentia o próprio corpo apertado demais. Mas também vazio, dolorosamente vazio, desejando poder viver naquela invenção só por mais um tempo.

— Bom, isso foi bastante instrutivo — disse Briony, a voz rouca. — É isso que está esperando na semana que vem?

Evitando-a, Toven escancarou a porta e a atravessou o mais rápido que pôde, fechando-a com força atrás de si, deixando Briony sozinha no quarto dele.

Capítulo 33

— Se você não vai nem tentar, então talvez seja melhor pararmos.

— Ah, me poupe, Rosewood. — Larissa se atirou na cadeira com uma expressão irritada. — Talvez você seja uma péssima instrutora.

Briony cruzou os braços. Não conseguia acreditar que já estivera *preocupada* com a ausência de Larissa — que chegou a *querer* vê-la em dado momento.

Tinham passado duas horas treinando. Mais cedo, Briony fora acordada de um sonho agitado, marcado por lençóis brancos, musculosas coxas compridas e mãos quentes.

Toven ainda não aparecera, e ela se perguntou se isso aconteceria.

Considerara a câmara de meditação perto da cozinha para fazerem as lições, mas Larissa não estava nem perto de conseguir encarar paredes brancas o dia inteiro, e Briony não estava com pressa de voltar para lá.

Larissa deixou a cabeça recostar na cadeira da sala de estar e respirou fundo.

— Precisamos ir mais rápido — reclamou ela. — Isso está demorando demais.

— Se você não compreende o básico, então como espera dominar o avançado?

Briony se levantou da cadeira e foi até a janela.

As duas estiveram frente a frente em poltronas de lados opostos da mesa de centro, meditando por horas. Como alguém que jamais praticara antes, Larissa precisava entender de onde era retirada a magia de mente. Briony não podia só dizer a ela para puxar *aquele fio* se Larissa não sabia qual era.

E, claro, era bem possível que a própria Briony estivesse distraída.

Sempre que deixava sua mente divagar, ela via seus lábios, rosados e cheios, fechando sobre a cabeça do pau de Toven.

A propósito, ele devia ter um domínio muito melhor da magia de mente do que ela pensara para conjurar uma imagem de si próprio que certamente era... aumentada. Exagerada, talvez. A versão de Toven criada para propósitos educacionais era bastante impressionante. Era verdade que nunca vira um pênis antes, mas não imaginava que era assim tão... imponente.

— Estou tentada a aprender magia de mente só para saber o que está deixando você tão agitada, Rosewood.

Briony se virou para Larissa, encontrando-a com as pernas cruzadas, os cotovelos apoiados nos braços da poltrona e um sorriso largo no rosto. Ela percebeu que estivera passando os dedos pelos lábios, encarando as terras dos Hearst com o rosto corado.

Afastando os pensamentos, respondeu:

— Nada. Está pronta para recomeçar?

Briony voltou para a poltrona, mas Larissa manteve o sorrisinho.

— Então... com que frequência você e Toven discutem daquele jeito? — perguntou Larissa. — Preciso admitir que fiquei surpresa ao ver como ele te deixou dar aquele tapa, e ainda mais falar daquele jeito, já que supostamente você é a prisioneira dele.

— E você supostamente está morta — devolveu Briony, dando de ombros. — Estamos todos cumprindo papéis, não é?

Larissa lançou para ela um sorriso felino, e Briony inclinou a cabeça.

— Por que você quer tanto frequentar as festas em Biltmore, Larissa?

Sustentando o olhar, Larissa respondeu:

— Por vingança.

Briony não desviou o olhar. Por mais que não soubesse o que fizera Larissa ser colocada à leilão como as mulheres etérneras, com certeza a vira implorar ao pai pela própria vida. Além disso, testemunhara Hap Gains declarar que não tinha mais uma filha. Assentindo com a resposta, Briony respirou fundo.

— Pronta para recomeçar?

— Ainda estou curiosa para saber como essa coisa funciona — comentou Larissa, sorrateira.

— Que coisa? — perguntou Briony, apesar de presumir que ela estivesse falando de magia de mente.

— Toven Hearst e sua cardiariz dourada. — Larissa a examinou. Briony esperou, deixando que a outra falasse mais. — Sabe, ele claramente não está interessado em... — Ela arqueou as sobrancelhas. — Aproveitar tudo o que você tem a oferecer.

Briony não sabia se ela se referia a ser uma cardiariz ou mulher, e não estava ávida por um esclarecimento.

— Então o que Toven faz com você o dia todo? — prosseguiu Larissa, gesticulando com os ombros.

— Em geral, ele me ignora — respondeu Briony.

— É mesmo? — Algo faiscou nos olhos azuis. — E ainda assim você se sente confortável para bater na porta dele às duas da manhã? Vocês fazem muitas visitas ao quarto um do outro à noite, Rosewood?

Briony lembrou de Toven parado no meio do quarto dela usando só a calça do pijama, percorrendo com os olhos a camisola ensopada de sangue.

— Não — disse ela. — Eu estava olhando pela janela, esperando ele voltar para casa ontem à noite. Só isso.

Larissa inclinou a cabeça.

— Pela janela?

— Sim, eu estou no quarto vizinho ao dele.

Larissa ficou imóvel e, por um instante, Briony se questionou se deveria estar mentindo sobre dormir em uma masmorra. Só que então o canto da boca dela se elevou, e a loira deu uma risada.

— Entendi — concluiu Larissa, baixinho, virando a cabeça para olhar através da janela.

Briony estava começando a se perguntar se dissera alguma coisa errada quando uma batida à porta ecoou na sala, e Toven entrou. Vê-lo depois da noite anterior foi como se um relâmpago percorresse o corpo dela.

Ele ficou parado ao lado da porta, como se não ousasse se aproximar mais. Vestia calça e camisa pretas, e os olhos eram pétreos.

— Veio verificar nosso progresso? — perguntou Larissa, quando ficou claro que ele não iria cumprimentá-las.

— Trago notícias.

Briony o encarou, pensando que era estranho ele se manter tão longe. Toven não estava olhando diretamente para ela ou Larissa quando falou outra vez.

— O elixir de Canning Trow foi banido do palácio de Biltmore, por ordem da Mestra Mallow — avisou ele, e Briony se esforçou para ouvi-lo, de tão baixa a voz. — Também não é mais permitido que o utilizem em cardiarizes que são garantias políticas.

Briony e Larissa trocaram um olhar.

— O que aconteceu? — quis saber Briony.

Toven começou a revirar o anel no dedo médio.

— Finn e eu acabamos de voltar de uma audiência com Mallow requisitada por mim, para poder confessar um peso na consciência por algo que ocorreu na noite passada.

O tom de voz era gélido, e o volume baixo. Briony observou os olhos dele — que não piscavam. Larissa estava atenta, se agarrando em cada palavra dita.

— Eu disse a ela que, por mais que tivesse sido ideia minha fazer uma reunião menor e longe de Biltmore na noite de ontem, não era minha intenção expor a filha da presidente de Camly do Sul a comemorações tão vulgares. Além disso, disse que sabia que não era a estratégia de Mallow incutir tanto medo em uma jovem que seria devolvida algum dia.

Briony ergueu as sobrancelhas, e Larissa se recostou na cadeira, soltando um suspiro profundo e satisfeito.

— É claro — comentou ela, com a voz melódica. — Não foi *sua* intenção de jeito algum.

Havia algo na maneira que Larissa enfatizou a palavra "sua". Algo na maneira que Toven enunciara as palavras tão cuidadosamente para elas. Porque, se a intenção não era de Toven nem Finn, então a culpa estava em outro lugar.

Briony entreabriu os lábios e quase sorriu.

Toven encontrara uma maneira de ganhar vantagem sobre Canning. Assim como Briony dissera que deveria fazer.

Também encontrara uma forma de impedi-la de beber o elixir. Ela ficou aliviada: não havia mais motivos para impedi-la de voltar a Biltmore.

Briony pigarreou.

— Você ou Finn foram punidos?

— Não — disse Toven. — Mestra Mallow ficou muito grata pela informação e apreciou o reconhecimento da nossa culpa. — Ele indicou Larissa com a cabeça. — Finn tem permissão de continuar levando Juliana a Biltmore, apenas como convidada.

Isso significava que Larissa ainda poderia ir ao castelo no lugar de Juliana *e* que não seria forçada a passar por experiências degradantes no processo.

Garantia política. Foi assim que Toven se referiu à filha da presidente. Briony pensou por um instante. Era assim que os Hearst a viam? Era assim que o general Tremelo, de Daward, a via também? Uma pessoa a ser mantida saudável e ilesa até que fosse devolvida em segurança?

Ela tentou focar de novo, porque outra coisa ainda a incomodava.

— É possível confiar tanto assim em Finn? — perguntou Briony.

Tanto Larissa quanto Toven a olharam como se tivesse duas cabeças. Diante da reação, ela se apressou em explicar.

— É só uma reflexão, já que ele sabe de muita coisa, como o verdadeiro paradeiro de Larissa e esse plano com a filha da presidente. Mallow não poderia encontrar essas coisas na cabeça dele?

Toven olhou para Larissa antes de responder.

— Finn não é importante o bastante para Mallow para um interrogatório como esse.

Briony estreitou os olhos.

— Ele teve uma audiência com ela pela manhã — argumentou. — E agora está na linha de sucessão, então é possível que mais oportunidades surjam...

— A mente de Finn é segura — disse Toven, pondo fim na discussão. — Suas preocupações são fundadas, mas você vai precisar confiar em mim.

Briony olhou para Larissa, que examinava as unhas. Ela deixaria o assunto quieto por enquanto.

Toven deu os primeiros passos para dentro da sala e algo em ver o corpo dele se mexer fez Briony pensar no peito nu, nas coxas musculosas, na cabeça jogada para trás, suspirando.

— Algum progresso? — perguntou Toven a ambas, mas manteve o olhar fixo em Larissa.

— Não — afirmou Briony.

— Claro — respondeu Larissa, ao mesmo tempo.

As duas se encararam, os olhos estreitando.

— Rosewood está sendo desnecessariamente minuciosa — retrucou Larissa, jogando o cabelo para trás para atrair o olhar dele.

— Ótimo — disse Toven.

Briony ergueu o olhar, mas ele encarava Larissa, e somente ela.

— Você precisa se preparar para horas de manipulação. Pode não encontrar privacidade em Biltmore para descansar — continuou Toven e puxou uma cadeira para se sentar entre as duas. — Não vou permitir que você compareça até ser proficiente.

Larissa bufou.

— “Permitir”.

— Sim — respondeu ele, sem gentileza. — Você só vai quando estiver pronta. A pessoa que decidirá isso será Briony.

Briony piscou, surpresa. O raro som do nome dela na boca de Toven conjurou os sons que ouvira na noite anterior, na forma como ele gemera o nome dela quando chegou ao clímax, como os lábios formaram as vogais, como a garganta subira e descera com o som profundo.

Briony o encarou, esperando que tivesse a mesma percepção. Mas Toven manteve o olhar na outra, como se estivessem travados em uma competição.

Larissa estalou a língua, e Briony se voltou para ela.

— Bem — disse Larissa. — Então é melhor continuar.

Briony olhou de soslaio para Toven, que parecia estar se acomodando na cadeira, levantando a panturrilha para descansar no outro joelho.

— Certo. — Ela pigarreou. — Vamos seguir, limpando a sua mente.

— Podemos pular isso? — questionou Larissa.

— Não. — Briony deixou as mãos pousarem nos joelhos, ajustando a postura. — Primeiro precisamos estar em uma posição neutra e encontrar um ponto onde seus olhos vão descansar.

No instante em que tirou o foco de Larissa, Briony viu, pelo canto do olho, Toven descruzando as pernas, imitando a postura dela.

O coração acelerou. Ele não estava apenas observando; estava ali para aprender.

Aprender com Briony.

Ela engoliu o nervosismo e prosseguiu:

— Distrações vão acontecer a todo momento na vida real, então agora é a hora de absorver tudo, com todos os sentidos. O que você escuta? Que movimentos vê? Que cheiros sente?

Briony sentia o cheiro do pós-barba de Toven, mas, àquela altura, já era uma distração familiar.

— Sinta a cadeira sob você — pediu ela. — Sinta seus pés no chão.

Havia uma harmonia ali que não estivera presente antes. Briony não tinha certeza se Larissa estava levando o exercício mais a sério agora que Toven estava na sala, mas sentiu, de repente, com uma clareza perfeita, três pessoas respirando em uníssono.

— Mexa seus dedos dentro dos sapatos. Preste atenção nos tornozelos e panturrilhas. Que músculos se mexem? — A voz de Briony ficou mais baixa, estável. — Sinta onde se conecta aos joelhos, e seus joelhos às coxas...

Espontaneamente, as coxas de Toven apareceram na mente dela. A imagem de si mesma apoiando o peso nelas enquanto usava a boca para dar prazer a ele. Briony respirou fundo.

— Distrações são normais — disse para os dois, mas, principalmente, para si própria. — Foque seu ser. Os quadris, cintura e peito. Sinta o sangue fluir, a veia que se desperta quando usa magia de coração. Encontre-a no seu peito.

Antes de Toven chegar, ela precisara verificar Larissa a cada poucos segundos para garantir que a mulher estava prestando atenção, mas agora conseguia sentir, com as três camadas de respiração na sala, que estavam todos prontos. A parte seguinte era crucial para diferenciar magia de coração de magia de mente, e a primeira coisa que aprendiam nos estudos de magia de mente.

— Já que o sangue percorre todos os lugares no corpo, imagine um fio que percorre suas veias, que conecta seu sangue a todas as intenções. Sinta esse fio subir, percorrendo os ombros e pescoço, cercando a parte de trás da cabeça, e por fim, conectando à sua testa. Bem entre os olhos. Esse fio, fincado no meio da sua testa... imagine que tem mais poder do que qualquer outro lugar do corpo. Ele conecta sua mente ao sangue. Permita-se encontrar esse fio. Familiarize-se com ele. Se o perder, comece outra vez no coração e o enrosque pelo pescoço, ombros e pelo crânio, e por fim, ao lugar entre os olhos.

Briony permitiu que a instrução chegasse ao fim. Era a área que mágicos de mente gastavam mais tempo estudando antes de irem para a escola — entrar em comunhão com aquele fio. Ela sabia que era importante deixar que Larissa só ficasse em silêncio.

Devagar, ergueu os olhos do ponto fixo no chão. Larissa estava sentada, perfeitamente imóvel, os olhos desfocados e a respiração lenta. Briony tomou cuidado para não fazer nenhum movimento brusco que pudesse afetar o foco de Larissa.

Ela desviou o olhar para Toven e estremeceu — ele a observava. Briony desviou o olhar, verificando Larissa outra vez. Ainda estava focada.

Então se perguntou se Toven teria preferido a magia de mente como fonte raiz se tivesse aprendido ainda jovem, como ela. Era óbvio que ele tinha alguma experiência com leitura de mentes e barreiras, mas não usava magia de mente para feitiços normais. Ainda dependia de um familiar no cotidiano, como a maior parte dos magos de coração.

Briony deixou Larissa meditar por mais meia hora antes de finalmente chamar a atenção dela, por meio de instruções murmuradas. Quando a mulher por fim ergueu os olhos e encontrou os dela, parecia exausta.

— Conseguiu se conectar ao fio?

Larissa assentiu.

— Mas muitas vezes acaba escapando do meu foco.

— É comum — concordou Briony. — Existem duas partes nesse exercício. Precisa meditar para encontrar o fio e mantê-lo focado durante horas. E então, para ocultar, é preciso puxá-lo quando fizer o feitiço. Apenas uma mente limpa, por meio de meditação, consegue fazer isso. Peço desculpa pelo começo ser tão entediante.

Toven pigarreou, e Briony o olhou.

— Apenas uma mente limpa, por meio de meditação... — repetiu ele. Estava com as sobrancelhas franzidas. — Contradiz as barreiras mentais, não é?

— Sim — confirmou Briony. Quando ele não pareceu entender, ela completou: — Não existe nenhum mago de mente que conseguiu ocultar ao mesmo tempo que manteve barreiras mentais. Nem o próprio Vindecci conseguia.

Toven apertou os lábios.

— Então se estiver na presença de um leitor de mentes, como Mallow...

— Você tem que escolher entre ocultar sua mente ou protegê-la com uma barreira — disse ela. — Nos textos históricos, muitos espiões foram sentenciados a execução por transmogrificação, já que seus pensamentos foram descobertos quando as defesas mentais estavam baixas.

— A invisibilidade então é o único poder real — concluiu Larissa, astuta. — Se não souberem que está presente, então não podem ler sua mente.

Briony deu de ombros.

— Possivelmente. Suponho que dependa das suas intenções.

Larissa a encarou de volta, a expressão vazia. Quando Briony olhou para Toven, ele olhava pela janela, parecendo insatisfeito.

* * *

Eles continuaram a treinar por mais uma hora antes de Larissa sentir uma terrível dor de cabeça. Briony sabia que não era fingimento; também tivera enxaquecas quanto começara a praticar.

Porém, quando a dispensou pelo dia, Larissa comentou:

— Eu vou me deitar. Talvez eu tente de novo hoje à tarde.

Então Briony percebeu uma coisa.

— Você... — Ela olhou para Toven, e depois para Larissa, que esfregava as têmporas. — Vai ficar por aqui?

— Só esta semana — interveio ele, rápido. — Enquanto estiver sob sua tutela.

Briony sentiu a garganta seca.

— Ah. Bom, isso ajuda.

Era como se enguias nadassem no seu âmago apenas ao pensar em Larissa existindo em Hearst Hall. Larissa com acesso a Toven. Até mesmo Larissa fazendo refeições com ele.

Briony ficou em pé e ajustou a poltrona em que estivera sentada.

— Não se preocupe, Rosewood — disse Larissa com a voz leve da porta. — Você ainda vai ser a única com privilégio de visita às duas da manhã.

Briony se virou para ela, mas a mulher só deu um sorrisinho e foi embora. Ao olhar para Toven, notou que ele tinha se levantado e estava virado de perfil, revirando o anel no dedo, os ombros tensos.

— Falando na noite passada — murmurou ele, e o peito de Briony se apertou. — Peço que me perdoe. Nada como aquilo vai acontecer de novo.

Toven manteve o olhar fixo no anel. Ela sentiu um vazio na barriga.

— Está tudo bem — garantiu Briony, soando distante. — No fim, eu de fato pedi que me mostrasse o que seria esperado de mim sob o efeito do elixir. E você... providenciou um exemplo.

Toven ergueu o olhar.

— "Um exemplo" — repetiu ele.

— Sim — concordou, remexendo a xícara de chá que esfriara na mesa lateral. — Você conjurou um cenário e, embora tenha sido bastante detalhado... — Ela tossiu, sentindo as bochechas esquentarem. — Foi muito mais... brando do que eu esperava, apesar de saber que você suavizou as coisas para o meu bem.

Briony sentiu que deveria parar de falar, então bebeu o chá frio para se calar. Quando a xícara tilintou de volta no pires, ela se virou para Toven.

Ele a encarava, os lábios tentando formar palavras. Então, a mandíbula travou com um som audível, e Toven pigarreou.

— Certo. Foi... mais leve. Se alguma coisa do tipo fosse acontecer em Biltmore, seria muito diferente. — Ele respirou fundo e deu um passo para trás para encará-la de frente. — Mas foi uma brincadeira perigosa. Eu nunca deveria ter entrado na sua mente.

Ela bufou.

— Ah, por favor. Você entra na minha mente há anos sem permissão, Toven.

Ele franziu as sobrancelhas, surpreso, mas ficou calado.

— Como você saberia sobre o que aconteceu entre mim e Didion no lago? E sobre o *corpete*? — argumentou Briony, cruzando os braços em uma postura indigna de uma princesa. — Sem mencionar as dores que eu sentia na perna no terceiro ano. Você sabia de tudo isso sem que eu fornecesse essas informações.

Toven a encarou do outro lado da sala.

— Ah — disse ele, lentamente. — Sim, suponho que eu sabia sobre tudo isso.

Briony estreitou os olhos.

— Mas tudo bem. Aceito seu pedido de desculpa e não entraremos mais na mente um do outro sem permissão.

Toven assentiu.

— De acordo.

Mudando o peso de pé, Briony anunciou:

— Não acho que Larissa estará pronta para realizar ocultamento na sexta-feira a não ser que dê total atenção a isso esta semana. Por isso, queria saber o que você esperava que Larissa pudesse me "ensinar" até sexta à noite?

Toven desviou o olhar, mirando em um ponto acima do ombro dela.

— Agora que o elixir de Canning foi eliminado, podemos nos preocupar com isso depois.

Ela ergueu uma sobrancelha.

— Por favor, não me diga que tem a intenção de me mandar para uma cova de leões sem mais informações do que da última vez.

Toven suspirou.

— O que você quer saber?

Briony atirou as mãos para o alto.

— Você é tão frustrante. Diz que preciso de ajuda de Larissa, mas, quando pergunto diretamente o que é para ela fazer, você se recusa a me dizer.

— Talvez seja porque é *desconfortável* falar...

— Essa situação inteira é *desconfortável*, Toven. Só *confie* que eu posso ser uma adulta — pediu ela. — Já vi diversos exemplos do comportamento das cardiarizes em Biltmore. Só me diga se eu devo agir mais como Cecily Weape ou como Phoebe.

Ele passou a mão pelo cabelo.

— Não é tão simples assim...

— Então me diga o que é tão complicado...

— Você precisa se ajustar, mas não ficar confortável — retrucou ele, elevando a voz. — Não pode ser sensual demais nem sofrer demais. Se for sensual será mais atraente para eles, mas se for tímida e sofrer a noite inteira, como Cecily, vai atrair atenção de uma maneira diferente. — Toven andou em círculos, afastando-se dela. — Se precisamos deixá-los com a impressão de que estou comendo você com frequência, seja diariamente, duas vezes por dia, tanto faz — disse, gesticulando com a mão a cada exemplo, e se virou na direção dela, aproximando-se, e continuou: —, então precisamos de um entendimento ao menos superficial do corpo um do outro.

Ele parou diante dela.

— E você... você acha que *Larissa* é a pessoa que vai me ensinar um conhecimento superficial do seu corpo? — indagou Briony, ácida.

Toven a encarou como se dissesse "Óbvio".

Ela colocou as mãos na cintura.

— E com qual frequência que você *está* me comendo, Toven?

Os olhos de Toven pareceram se incendiar antes de voltarem a ser cinzas.

— Quê?

— Você não deveria saber? — retrucou ela. — Você sem dúvida tinha uma imaginação fértil no jantar da semana passada. Afinal, sabia muito bem como me fazer implorar e como usar a língua em mim. Então quantas vezes isso acontece? Diariamente? Duas vezes por dia? Quantas vezes você me fode só para sua satisfação e quantas vezes você me faz tremer pelo seu toque?

A mandíbula dele cerrou enquanto lhe fazia uma carranca.

— Está vendo? — pontuou Briony, dando um passo mais para perto até que precisasse pender a cabeça para trás para vê-lo. — Não me parece que sou a única que precisa acertar os detalhes. Talvez devêssemos trabalhar nisso juntos.

Toven bufou, e o ar soprou sobre o rosto dela.

— E como, cascalhos, você sugere que façamos isso?

Ela deu de ombros.

— Me diga você. Mas, sendo sincera, não sei como enfiar a sua *ex-namorada* nessa bagunça facilita as coisas.

Respirando fundo, como se preparando para o que viria a seguir, Toven disse:

— Ela pode informar... coisas com as quais você tem menos experiência...

— Por que *você* não me informa? — argumentou Briony, soando mais corajosa do que se sentia. — Vamos, Toven — continuou ela, provocando. — Me conte quantas vezes fico de joelhos para você, e quantas vezes você se ajoelha para mim.

O olhar de Toven dançou sobre o rosto dela, as pupilas se afundando na escuridão, mas ela ainda não acabara.

— Você prefere as velas acesas ou apagadas? — questionou, repetindo coisas que ouvira as criadas do castelo dizerem. — Você se dá ao trabalho de tirar os sapatos...?

— Onde você ouve essas coisas? — sussurrou ele, o som chegando num sopro até ela. — Que tipo de conversa perversa andou escutando, Rosewood?

— Você sempre me chama de Briony quando goza? — perguntou ela, a voz sedosa, o peito apertado. — Como fez ontem à noite?

Toven pareceu congelar em um quase sorriso. Ela sentia o calor do corpo dele apenas a centímetros. Ele inspirou profundamente, como se memorizasse um aroma e, de súbito, Toven parecia mais alto, forçando Briony a inclinar ainda mais a cabeça para trás.

— No geral — começou ele —, gosto de tomar você pelas manhãs. Subo na sua cama para te acordar. Você costuma ser mais tranquila nesse horário.

A voz era rouca, e os olhos estavam escurecidos. Briony o encarou, sem piscar.

— Deixo você de bruços, ou me encaixo a seu lado, e começo devagar, suavemente. Assim, você pode fingir que sou seu amante. Você sempre goza pela manhã.

Briony engoliu em seco, imaginando a cena. O coração acelerou.

— Eu só uso a calça do pijama, e você usa uma camisola de seda macia que escorrega fácil pelos seus seios. Se eu te toco e descubro que está usando roupa de baixo além da camisola, não deixo você gozar.

Ela sentiu o ribombo daquelas palavras bem em seu âmago. A voz era firme, e os olhos constantes.

— Às vezes, à tarde, se te encontro na biblioteca — comentou ele, com a voz melodiosa —, e eu relembro a você que isso é proibido, mas permito que continue ali e que termine a leitura se tirar a roupa.

Ela se recordou da vez que Canning e Liam estavam lá, quando derrubara o uísque no vestido. Porém, as palavras dele descreviam um cenário diferente.

— Depois disso, eu deito você em cima da mesa, ou em uma poltrona, ou só coloco você na janela que tem vista para o lago, e digo para continuar lendo enquanto eu penetro você. Eu me certifico de que vai terminar o capítulo que está lendo antes de gozar dentro de você, e então dou um tapa na sua bunda e elogio seu esforço. Você pega o seu vestido e vai embora.

O estômago de Briony revirava com sensações que sentia apenas raramente. Mas, em todas, o homem diante dela estava envolvido. Mirando Toven, ela deixou as imagens e sensações tomarem conta de si.

— Mas à noite... — continuou ele, com um sorriso agraciando os lábios. — A noite é quando eu beijo o local entre suas pernas durante horas. Não importa se você tenha sido feroz durante o dia, eu quero seu orgasmo na minha língua, três ou quatro vezes. E, quando eu consigo isso, deito de costas na cama e assisto a sua boca engolir o meu pau. E sim. Quando gozo, eu digo o seu nome. E você *adora*.

Ela estremeceu, e sabia que Toven viu. Briony sentiu os mamilos enrijecerem, e a respiração ficar presa na garganta.

Será que Toven pensava mesmo assim? Será que descrevia mais do que uma cena? Talvez um desejo?

Toven abaixou a cabeça, e ela pensou que seria beijada. Briony pensou que não o impediria.

— Está claro para você, Rosewood? — sussurrou ele, com o rosto a um sopro de distância.

Briony não sabia qual era a expressão do seu rosto, quais emoções estavam sendo exibidas. Não tinha escudo nenhum que pudesse protegê-la da sedução de Toven Hearst.

— Cristalino — garantiu ela, apesar da garganta apertada, da pele vibrando.

Briony deu um passo para trás e desviou dele, seguindo para a porta com as pernas trêmulas.

Capítulo 34

LARISSA PROGREDIU RAPIDAMENTE. NA segunda-feira à tarde, já conseguia deixar o cabelo castanho, embora o fizesse apenas por dois minutos a cada vez que tentava.

Ela praticava mesmo quando não estava com Briony. Seja lá o que a motivava a ir para Biltmore, era um sentimento forte.

Toven não compareceu na lição do dia anterior, mas, quando entrou na sala de estar na segunda-feira e viu Larissa com cabelo castanho, parou de imediato.

— Olha! — exclamou ela, saltitando para dar uma voltinha e se exibir, mas, assim que começou a girar, perdeu o fio da mente e o cabelo voltou ao tom normal. — Ah, maldição.

Toven deslizou as mãos nos bolsos e foi na direção delas enquanto Larissa fechava os olhos e tentava encontrar a concentração necessária.

— É impressionante, mesmo que precise melhorar — disse ele, baixinho.

— Quieto — ralhou Larissa, fechando os olhos com força.

Briony o observou, notando que ele nunca desviava o olhar de Larissa enquanto todos ficavam em silêncio.

Lentamente, o cabelo da mulher ficou castanho nas raízes. Com o rosto ainda em uma careta concentrada, ela perguntou:

— Estou conseguindo?

— Um pouco.

Larissa bufou e sacudiu os braços, deixando a concentração escapar mais uma vez.

Toven pigarreou.

— Minha mãe gostaria que jantássemos todos juntos esta noite.

Briony ficou boquiaberta. Ah, seria um tão jantar harmonioso.

A expressão de Larissa ficou cautelosa por um instante.

— Não posso — disse ela. — Eu realmente preciso praticar de noite.

Briony ergueu as sobrancelhas. Não conseguia imaginar estar na casa de alguém e recusar um convite para o jantar.

— Temo que essa não seja uma opção — alertou Toven, olhando para os sapatos.

Larissa o encarou, mordendo o lábio inferior, um gesto que Briony nunca a vira fazer em todos aqueles anos. Ela balançou a cabeça e resmungou:

— Que horas?

— Às seis.

A outra assentiu, e Toven saiu da sala sem esperar uma resposta de Briony. Ela cruzou os braços quando Larissa desmoronou outra vez na cadeira.

— Você não aprecia a companhia de Serena Hearst?

Larissa bufou.

— Muito pelo contrário. — Ela esfregou o dedão nos lábios, a mente distante. — Tentei por anos conseguir a aprovação daquela mulher. Tenho certeza de que você já notou como a sra. Hearst é. Uma refeição com ela é só uma chance de ser avaliada e dispensada. Você vai ver.

Mais tarde, Larissa aproveitou a ocasião para praticar e tentou manter uma pinta na bochecha durante toda a noite.

Briony se sentou ao lado dela e de frente para Toven, que estava junto da mãe. O lugar de Orion, na cabeceira da mesa, estava vazio.

— Obrigada por nos receber para o jantar esta noite, sra. Hearst — disse Larissa, com a mesma voz que usava com os tutores na escola. — Já faz muito tempo desde que saboreei a comida da sua cozinha.

Serena curvou os lábios em um sorriso que não alcançava os olhos.

— Sim, pensei que já estava na hora de ter uma refeição com *todas* as pessoas sob meu teto.

Briony congelou em meio ao gesto de colocar o guardanapo sobre o colo quando Toven e a mãe trocaram um olhar. Ele apertou os lábios.

— Larissa ficará aqui apenas por uma semana, talvez um pouco mais. Ela precisa aprender habilidades valiosas com a srta. Rosewood.

— Ah — falou Serena, erguendo a taça de vinho. — Presumo que esse seja o motivo de eu ver uma pinta aparecer e desaparecer na bochecha da srta. Gains.

Larissa empalideceu totalmente antes de corar.

— É, sim, sra. Hearst.

Briony piscou. Era tão estranho ouvir Larissa dizer "sra. Hearst" quando ela recebera a permissão de chamá-la de Serena.

— Se me lembro bem, você sempre se preocupou muito com cosmetologia — comentou Serena. — Precisa de mais mudanças na sua aparência?

— Tudo é necessário, mãe — garantiu Toven, ajustando o guardanapo. — Eu prometo.

Briony pigarreou.

— Obrigada pelo convite para jantar, sra. Hearst — disse ela, levantando o garfo.

— Já disse para me chamar de Serena, Briony.

Briony hesitou, sentindo o corpo inteiro corar, constrangida por Larissa, que ficou imóvel como uma pedra ao seu lado.

Durante o restante do jantar, Briony tentou manter uma conversa tranquila apesar de Serena ignorar Larissa, Toven ignorar Briony e Larissa se encolher, ignorando todo mundo.

* * *

— Vamos tentar outra vez — disse Larissa, bebendo todo o chá.

Era sexta-feira de manhã, e a mulher já conseguia deixar os olhos verdes por vinte minutos. Era mesmo impressionante, mas, infelizmente, não era o suficiente. Ela precisaria se transmogrificar como outra pessoa por mais tempo que aquilo.

No entanto, Larissa ainda não aceitara que não compareceria à festa em Biltmore naquela noite.

Ela deu tapinhas nas bochechas para se animar, tendo quase desmaiado de exaustão depois da última sessão.

— Larissa... — começou Briony.

— Não. Vamos de novo.

Briony a encarou.

— Você pode tentar quantas vezes quiser hoje. Não vai mudar o fato de que ainda não está pronta para esta noite.

Larissa estreitou os olhos.

— Não me diga o que eu consigo ou não fazer, Rosewood.

— É precisamente o que ela pode dizer — disse uma voz, vinda da porta.

As duas mulheres se viraram e encontraram Toven ali, observando em silêncio.

— Toven...

— Não vai ser hoje, Larissa — declarou ele, baixinho. — Esteja ainda mais preparada para a próxima sexta feira.

Briony observou o fogo arder por trás dos olhos de Larissa enquanto a mulher apertava os lábios.

— Finn vai dar uma desculpa para não comparecer, e vocês dois podem ir na próxima semana — avisou Toven.

Com a petulância de uma criança birrenta, Larissa ficou em pé e marchou na direção da porta. Enquanto passava por ele, Toven comentou:

— Além disso, presumo que você vai cumprir sua parte do acordo com Rosewood esta noite, já que ela passou seis dias trabalhando com você.

As palavras dele não obtiveram resposta, já que os passos pesados de Larissa ecoaram cada vez mais longe.

Sem olhar uma única vez para Briony, Toven se retirou.

À noite, Briony estava saindo da banheira e vestindo o robe quando Larissa irrompeu pela porta do quarto.

Briony espiou pela porta da sala de banho e balbuciou:

— Costuma ser educado bater, sabia?

Larissa a dispensou com um aceno e seguiu direto até a mesinha perto da janela para abrir a bolsa que trouxera consigo. Ela começou a tirar pincéis e pós de lá.

Briony piscou, lembrando o que Larissa dissera na semana passada. *Ouvi de várias fontes diferentes que você parecia um desastre espetacular em Biltmore. Você estava terrível.*

Respirando fundo, Briony questionou:

— Você está aqui para me deixar bonita?

Larissa abriu um sorriso condescendente.

— Mas é claro. Ser bonita é meu *único* talento — disse ela, como se repetisse algo que ouviu.

Larissa deu um tapinha na cadeira e acenou para a outra se sentar. Enquanto ela começava a organizar os pós e maquiagens, Briony franziu as sobrancelhas para Larissa no espelho, que a outra trouxera.

— Nem todas as mulheres lá estão arrumadas e bem-vestidas.

Com uma força surpreendente, Larissa arrastou a poltrona para ficar de frente para Briony.

— Nem todas as mulheres foram compradas por sessenta e cinco mil em ouro — afirmou ela, inclinando-se para que ficassem no mesmo nível. Briony congelou ao perceber que Larissa finalmente descobrira o quanto Toven pagara por ela. — Nem todas as mulheres estão nos braços do herdeiro mais rico da linha. Confie em mim quando eu digo que você precisa cumprir um papel, assim como *estar* à altura do papel. Se não conseguir manter a farsa, Rosewood — pontuou Larissa, a voz ficando afiada —, vai colocar todos os Hearst em perigo.

Briony apertou os lábios.

— Sei muito bem disso, obrigada.

Larissa se endireitou, um sorriso brilhante surgiu em seu rosto. Ela empurrou o tubo de alguma coisa nas mãos de Briony.

— Ótimo. Agora hidrate-se.

Passando creme na pele, Briony voltou os olhos para o antebraço esquerdo de Larissa. A pele tinha ficado retorcida e com linhas prateadas por causa do ácido que Finn usara. Briony percebeu que, com Larissa ali, tinha acesso a alguém que talvez pudesse elucidar mais coisas sobre as marcas nominais.

— Doeu? — perguntou Briony, baixinho.

— Não seja idiota, Rosewood. Você ouviu os meus gritos. Agora vai, faça a pergunta que de fato quer fazer.

No mesmo momento, Larissa se aproximou com um pincel grande, prontamente cobrindo o rubor de Briony com uma mistura bege.

— O que você sabe sobre as marcas? — indagou, depois que o pincel afastara da boca.

— Nada. — Larissa molhou o pincel no líquido outra vez. — Tudo o que eu sei é que eu posso entrar e sair de onde eu quiser.

— Porque você "morreu".

Larissa conteve um sorriso.

— Bem, sim. Isso ajuda bastante.

— Eu acordei com a marca já no meu braço. Você se lembra o feitiço que usaram?

— Eu não lembro de um feitiço específico — disse Larissa. — Só do elixir.

Briony sentiu os pelos nos braços arrepiarem.

— Que tipo de elixir?

— Ah, bem, Rosewood, quando eu tive permissão de examinar, minhas descobertas foram inconclusivas...

— Você bebeu um elixir? — Ela pegou o pulso dela, forçando Larissa a afastar o pincel. — Tem certeza?

A mulher fez uma carranca.

— Absoluta. Eu me lembro de abrirem minha boca à força.

Briony sentiu a mente acelerar a uma velocidade inacreditável. Ela pensava que a marca era um feitiço, um encantamento externo. Será que também bebera o elixir enquanto estava inconsciente?

Todos os elixires tinham antídotos. Ela guardou a nova informação, empolgada para examiná-la depois na biblioteca dos Hearst.

E deixou Larissa prosseguir em concentração silenciosa, pincelando o rosto dela e passando pó nas bochechas. Briony não se dera ao trabalho de usar cosméticos depois da morte do pai. Se havia um evento oficial, o palácio contratava uma equipe para aprontá-la, mas era tudo o que sabia além de como deixar as bochechas rosadas. Larissa, por outro lado, já aperfeiçoara um rosto com maquiagem completa aos 16 anos. A única vez que Briony a vira de rosto limpo foi quando estavam em cativeiro juntas.

— Você disse que me invejava na masmorra dos Trow.

A voz de Briony era cuidadosa, como se estivesse falando com um gato arisco. Larissa não ergueu os olhos da paleta.

— Você disse que tinha inveja de "como minha vida seria" — continuou Briony. — Do que você estava falando?

Larissa riu, um arroubo alegre que assustou Briony. A mulher olhou em volta do quarto, indicando tudo aquilo com o pincel.

— Você já sabia que Toven me compraria.

A mulher enfiou com força um pincel novo em um pó e confirmou com um ruído na garganta.

Briony respirou fundo, o coração martelando.

— Você sabe por quê?

Larissa se virou para ela, o cabelo balançando de leve. Examinando Briony, estudando-a, antes de estreitar os olhos como um predador faria.

— Eu sei — respondeu, retorcendo os lábios. — Feche os olhos, Rosewood.

Briony abriu a boca para protestar, mas Larissa já aproximava o pincel. Então fechou os olhos, soltando o fôlego, derrotada.

Ela continuou imóvel e em silêncio enquanto Larissa terminava de passar a maquiagem. Depois, sentiu Larissa enrolando os dedos em seu cabelo, deixando a magia tocar os cachos, apertando e os moldando. Quando finalmente terminou, a mulher segurou as costas da cadeira e a virou na direção do espelho para que Briony pudesse ver seu reflexo.

Briony era uma sombra. Parte da imaginação de alguém. As bochechas brilhavam e os olhos estavam enormes. As sobrancelhas estavam penteadas e a mandíbula, afiada — como a de Larissa. Os cachos dançavam ao redor do rosto como a juba de um leão.

— Você odiou, eu sei — disse a outra, guardando as coisas com um aceno dos dedos. — Mas vai ter que aguentar.

Larissa começou a limpar o pó da mesa e os pincéis, e Briony sentiu a hora se aproximando das dez.

— Tem mais alguma coisa que eu precise saber? — perguntou ela, o estômago se revirando em nós.

— Certifique-se de tirar toda a maquiagem e lavar o rosto antes de dormir.

— Não, eu estava falando... — Briony hesitou. — Algum conselho sobre como devo agir?

Larissa encontrou os olhos dela no espelho e reprimiu um sorriso.

— O que você gostaria de saber?

Ela observou a loira organizar a mesa.

— Do que Toven gosta?

Larissa riu.

— Bem, o que Toven gosta e o que é adequado em Biltmore são duas coisas bem diferentes.

Briony franziu as sobrancelhas.

— Você quer dizer que Toven não gosta de afeição convencional?

— Não, não é isso. É só que... — Larissa sorriu. — Bom, fazer o que ele *gosta* enquanto você está atuando? É pedir por encrenca, não acha?

Briony não entendeu. *Encrenca para quem?*

Larissa balançou a cabeça.

— Quer saber? Por que não?

Ela se inclinou sobre a cadeira de Briony e passou os dedos pelos cachos grossos. A princesa imediatamente pensou na dama da noite que Larissa mencionara antes.

— Toven gosta de toques leves na nuca.

Larissa demonstrou, deixando os dedos fazerem cócegas na parte de trás do pescoço de Briony. Ela deu leves puxões nos fios na base da cabeça.

Briony pensou que a sensação era boa, mas não era algo que a excitava.

— Especialmente quando seus dedos estão frios — disse Larissa, afastando a mão.

— Meus dedos estão sempre frios — comentou Briony.

Larissa bufou.

— É mesmo — concordou ela, com um sorrisinho. — Você ainda sente tanto frio em Bomard? Mesmo depois de todos esses anos?

Briony assentiu.

Larissa a encarou.

— Pelo amor das rochas, estamos no verão, Rosewood.

Ela deu de ombros.

Em seguida, as duas foram pegar o vestido e os sapatos de salto no guarda-roupa. Larissa lançou um feitiço nas sandálias para deixá-las mais confortáveis e impedir que Briony torcesse o pé, o que a fez sentir que sua vida tinha mudado para sempre.

— Tenha uma boa noite — desejou Larissa. — Meu objetivo é conseguir ficar transmogrificada por uma hora até a segunda-feira.

Ela saiu pela porta com um passo alegre. Era provável que fosse passar a noite acordada se dedicando aos estudos.

— Descanse um pouco, Larissa. Desmaiar durante as lições não ajuda em nada.

Na porta, Larissa se virou e abriu um sorriso.

— Ah, por favor, não se apegue a mim, Rosewood. Vai ser muito mais difícil detestar você assim.

Ela desapareceu, e a porta se fechou atrás dela.

* * *

O vestido daquela noite era de renda preta e tinha um decote cavado. Era apertado no corpo e deixava pouco à imaginação.

Depois de se olhar uma última vez no espelho, Briony seguiu para o corredor. Ela conseguira encontrar um ritmo confortável com os sapatos quando terminou de descer as escadas, mas ver Toven a observando do térreo quase a fez tropeçar de novo. Os olhos dele percorreram o rosto, o vestido e as pernas antes de se desviarem para o mármore do chão.

Era a primeira vez que ele a encarava diretamente desde sábado, quando descrevera em detalhes todas as formas que a tomava. Toven também se recusara a olhar para ela durante o jantar com Serena. Briony sentiu o coração acelerar, a pele se arrepiar.

Ela desceu a escadaria, escutando com desconforto o som de cada passo do salto ecoar até chegar ao térreo.

Toven não abriu o portal imediatamente, então Briony perguntou.

— É a mesma entrada todas as vezes? Pelos portões principais?

Depois de um segundo, Toven assentiu, quase como se saísse de um transe.

— Sim. — Ele pigarreou, e a surpreendeu quando disse: — O jantar vai ser infinitamente mais inofensivo esta noite.

Toven cortou o dedo e fez o portal.

— A presidente de Camly do Sul não apoia Mallow, certo? — questionou Briony antes de lhe oferecer o braço. — Foi por isso que Juliana foi capturada e feita de cardiariz. Para coagi-la a mudar de ideia.

— É um resumo da situação.

Toven segurou o cotovelo dela, puxando-a pelo vazio até o caminho externo em Biltmore.

Briony aproveitou a caminhada longa até os portões para concentrar a mente, para que a brisa tranquilizasse as emoções e que os sons dos passos confirmassem que aquilo de fato estava acontecendo de novo.

Lobos uivaram, e os guardas estalaram os lábios, e os bomardinos no pátio assoviaram. Ela ignorou tudo aquilo, mal registrando os comentários maliciosos enquanto focava o lago de águas tranquilas.

Toven também fingia estar um tanto tranquilo. Durante a primeira caminhada em Biltmore, ele fora apressado e ansioso. Dessa vez, ele gritava de volta para a multidão aos risos, parando para conversar com alguém no topo das escadas e tirando sarro de outra pessoa que se engasgava com a fumaça do charuto. Porém, quando os espectadores desapareceram e os dois ficaram a sós, seu rosto desmoronou e uma expressão vazia o tomou.

Toven a guiou pelas portas até o salão principal, e Briony prendeu o fôlego ao ver Ilana se virando para cumprimentá-los com uma bandeja de espumante.

— Mestre Hearst — cumprimentou ela, com um sorriso sedutor. — Boa noite. O ministro Bagis está de volta.

Toven recusou o papel com informações, e Ilana olhou brevemente para Briony antes de oferecer o espumante.

— Senhorita Rosewood, seja bem-vinda.

Briony pegou a própria taça dessa vez, na esperança de atrair a atenção de Ilana, mas a mulher já empurrava a cortina e os introduzia ao salão.

A música e a conversa a atingiram como uma muralha, invocando lembranças de duas semanas antes. Ela foi inundada de pavor por um momento horripilante antes de sentir as mãos quentes e firmes de Toven nas suas costas.

Ele decidiu conversar com pessoas enquanto bebiam o espumante. Briony tentou catalogar os convidados e as conversas com mais dedicação do que antes. Na ocasião anterior, estava muito mais focada nas mulheres. Desta vez, precisava escutar as piadas sussurradas e dicas tácitas.

Toven cumprimentou Carvin, que não estava acompanhado de Phoebe. Briony procurou pela prima disfarçadamente, mas não a encontrou.

— Toven — chamou uma voz viscosa atrás deles.

Ambos se viraram e se depararam com Caspar Quill, pai de Liam, que se aproximava com a mão na bengala. Estava acompanhado de um homem gordo.

— Eu estava comentando com o ministro Bagis sobre as proteções nas nossas cardiarizes — disse Quill.

Toven apertou a mão dos dois, e Briony finalmente conectou o nome com o rosto do ministro. Era um dos líderes do governo de Starksen, que de maneira conveniente ignorara a carta urgente da princesa pedindo apoio enquanto Mallow dizimava os exércitos de Rory. Era um homem imponente, com olhos reumáticos e pele cheia de manchas rosadas.

Quill prosseguiu, deixando um pouco de bebida derramar enquanto falava.

— Eu garanto que as proteções que temos são infalíveis. As marcas? Indestrutíveis.

Os ouvidos de Briony se atentaram.

— Ah — disse Toven. — Então as "marcas nominais" são indestrutíveis, mas os portais não?

Seus olhos faiscaram, cruéis, enquanto observava a ofensa ser registrada por Quill.

— Precisamente — rosnou Quill em resposta. — A magia é impenetrável. Chegamos mais longe do que qualquer um na história para assegurar nossas cardiarizes! — Quill gesticulou para a sala, derramando mais bebida. — Os antigos Daward, os clãs de Starksen... nem mesmo os Durling triunfaram como nós!

O homem estava chamando atenção. Diversas cabeças se viraram com o tom dele.

E tudo se encaixou. Quill criara as marcas.

Briony olhou para baixo, a mente a mil.

Os Durling.

Ela já ouvira o nome antes. Não sabia onde, mas o grupo já aparecera em algum lugar de suas leituras.

— Você está certo, Caspar — concordou Toven, a voz sedosa. — E espero que a biblioteca do meu pai tenha sido útil nos seus esforços para estabilizar a linha limítrofe dos portais. Ficaremos felizes de apontar você na direção certa, caso volte a se perder.

As sobrancelhas de Briony se elevaram antes que pudesse controlar a expressão. Quill parecia prestes a cometer um assassinato.

— Agora, se nos derem licença, nós precisamos mesmo ir.

Toven fechou os dedos na cintura dela, fazendo-a perder o equilíbrio a ponto de precisar dar um passo para trás para segui-lo na direção das escadas.

Briony vasculhava tanto o cérebro com voracidade para se lembrar quem eram os Durling que quase se esqueceu que subia as escadas para um ninho de serpentes.

— De saída, Hearst? — Uma voz grave soou à direita. — Não tive nem a chance de dizer um olá.

Toven congelou. O peito de Briony sacudiu, os pelos se arrepiando com a lembrança de olhos em seu corpo nu, de uma mão entre as pernas dela, de uma voz arranhada sussurrando coisas nojentas.

Um homem alto com um nariz torto e sorriso maligno se colocou no caminho deles, e Briony ficou cara a cara com Lag Reighven pela primeira vez desde que ele a arrematara no leilão.

Capítulo 35

Toven apertou ainda mais a cintura dela, e Briony se lembrou de respirar.

— Lag — cumprimentou Toven, a voz tensa. — Voltou cedo assim de Camly do Sul?

— Hoje mesmo. — O olhar dele percorreu os seios, a cintura e pernas de Briony. — Ouvi falar que você estava a deixando sair da gaiola. Precisei vir para ver com meus próprios olhos.

Havia uma vibração no sangue dela, mas Briony focou em manter a cabeça erguida e sustentar o olhar daquele homem.

— E agora já viu — respondeu Toven, seco. — Se nos der licença...

— Também ouvi falar que não está dividindo ela com ninguém — comentou Reighven, dando um passo sutil à esquerda, bloqueando o caminho estreito. — É uma pena. — Ele deu um pequeno passo à frente, inclinando a cabeça. Sem deixar de olhar Briony nem uma única vez. — Comigo, você teria sido tratada como a princesa de Biltmore outra vez. O maior prêmio, polido para ser exibido a todos.

Ela sentiu um calafrio, mas não mexeu um músculo. Toven se empertigou, o ombro atravessando a visão dela enquanto se colocava à sua frente.

— Acho que ela saiu ganhando, Lag — zombou Toven, e o sorriso cruel na voz dele, aquele familiar da juventude deles, era perceptível.

Reighven fez uma careta e se aproximou mais, para ficar cara a cara com Toven.

— Seu papai não está aqui, Hearst. Eu tomaria cuidado com o que diz para mim.

— Ah, eu não tenho nada para dizer a você. Nós temos um acordo vinculativo — disse Toven, a voz baixa. — Agora faça a gentileza de se afastar de mim e da minha cardiariz. Só vou pedir uma vez.

— Você a manteve trancafiada por tempo demais. Cuidado — avisou ele —, ou alguém talvez descubra como arrombar a fechadura.

O braço esquerdo de Toven estava atrás dele, e ele apertava o pulso de Briony com tanta força que ela sabia que deixaria uma marca. Toven deu uma risada seca e deu um tapinha no braço de Reighven.

— Bom ver você, Lag. Vou repassar seus cumprimentos ao meu pai.

Puxando-a com força, ele a segurou perto do peito, passando por Reighven à direita com um empurrão no ombro. Briony não olhou para trás, concentrada apenas em colocar um pé na frente do outro.

Ela tentou encontrar o lago de águas tranquilas na sua mente, mas ver Reighven mais uma vez a abalara. Depois que subiram a escada, ela cutucou Toven de leve, pedindo que parasse sem dizer uma palavra.

Ele passou o olhar pelo local enquanto Briony respirava fundo duas vezes. Ela assentiu, e os dois prosseguiram.

Toven a levou para a sala onde o jantar aconteceu da última vez. O mesmo guarda bomardino estava na porta e verificou o anel de Toven para permitir a entrada.

Risadas animadas e gritos agrediram os ouvidos de Briony. Quando entraram, a sala irrompeu em aplausos, os homens de pé em uma imitação de cavalheirismo. Toven a levou até a ponta da mesa e Briony tomou a posição atrás da cadeira dele. Cecily estava atrás de Collin, Octavia atrás de Lorne e Jellica atrás de Canning. E, quando a mulher de cabelo loiro-avermelhado tomou seu lugar atrás de Liam, Briony percebeu que a cadeira à esquerda de Toven estava vazia.

Finn não estava ali, conforme o planejado. Ela se perguntou qual fora a desculpa para sua ausência.

Assim que os homens estavam sentados, as mulheres deram um passo à frente para pegar as garrafas de vinho. Briony acompanhou, esticando o braço por cima do ombro de Toven e servindo a taça de vinho.

Eles repetiram o brinde — *à Mestra Mallow, que ela reine na eternidade* —, e Briony observou os sete beberem goles generosos em honra à Sede de Bomard. Havia menos comida na mesa do que da outra vez. Nenhum porco assado opulento ou acompanhamentos exuberantes. Enquanto a conversa recomeçava, a loira e duas outras mulheres começaram a percorrer a sala com bandejas, servindo queijos e outros aperitivos.

Sem o jantar pela frente, não demorou muito até que a primeira mulher caísse em um colo — uma garota pequena e risonha, que usava uma coleira prateada, se jogou sobre Kleve sem fazer alarde. Como se estivesse aguardando a deixa a noite inteira, Collin direcionou Cecily para o colo dele, envolvendo o torso dela com os braços, inalando profundamente o pescoço dela enquanto a mulher fazia uma careta.

Briony escutava a conversa e os observava atenta, então viu o momento exato que Canning tirou uma caixinha de dentro da roupa.

— O que dizem, cavalheiros? — propôs ele, falando mais alto que o resto. — Vamos perder um pouco de ouro esta noite?

Todos riram e zombaram, provocando uns aos outros sobre quem ganhara ou perdera da última vez. Canning abriu a caixa com os dedos compridos e tirou um baralho de cartas e três dados. Ele começou a embaralhar as cartas enquanto alguns grunhiam sobre ouro perdido e outros esfregavam as mãos com uma alegria gananciosa.

Briony vira os guardas em Biltmore jogarem esse jogo antes. Até concordaram em ensinar a Rory, mas hesitaram na ideia de a princesa jogar carteado com eles. Do pouco que entendia, sabia que era semelhante ao pôquer, mas sem as cartas numeradas.

Lorne começou a dividir as fichas, e as cartas deslizaram pela mesa com um empurrãozinho mágico de Canning, que as distribuía. Briony ergueu o olhar e percebeu que mais da metade das mulheres estavam ocupadas. Algumas estavam sentadas no colo ou apoiadas nos ombros dos seus "pares". A outra metade enchia taças de vinho ou oferecia comida. Somente Briony estava parada, atenta.

Ela deu um passo à frente enquanto Toven pegava as cartas. Pegando o decantador de vinho, encheu a taça dele quase até a borda para parecer ocupada e, conforme ele organizava a mão, Briony roçou os dedos na nuca dele, puxando de leve a raiz do cabelo, como Larissa a ensinara.

— Tem boas cartas na mão? — murmurou ela, fazendo seu melhor para imitar o tom ronronado de Larissa.

Toven ficou imóvel.

— Excelente — respondeu ele, erguendo um olhar confiante para encontrar o de Canning.

O homem deu um sorrisinho e se voltou para Briony.

— Como estão os saltos esta noite, Rosewood? — O olhar percorreu o corpo dela. — Se precisar se sentar, meu colo está sempre livre.

Antes que pudesse pensar em responder, Toven envolveu a cintura dela, puxando-a para se sentar em seu colo sem desviar o olhar das cartas. Os outros riram.

Briony repousou sobre as pernas dele, o lado direito do seu peito apertado ao esquerdo dele. Considerando o vestido curto e justo, foi forçada a se ajeitar até ficar de pernas cruzadas, com o braço atrás do ombro de Toven, que não a ajudou nenhum pouco.

Lorne começou a rolar os dados, abrindo um sorriso para o resultado. Os glifos esculpidos eram diferentes dos que ela vira nos dados dos guardas, então desistiu de tentar se recordar o pouco que lembrava.

Canning chamou as apostas.

— Vamos deixar as coisas interessantes, cavalheiros. — Ele assentiu para Kleve. — Você primeiro.

— Tenho o nome de dois desertores.

O primeiro na linha da sucessão revirou os olhos.

— Que entediante, Kleve.

— Bem, é o que eu tenho — resmungou o outro.

— Então pense em algo melhor. Eu não vou arriscar uma informação por alguma coisa que até minha avó poderia me contar.

Ele voltou os olhos para Lorne, que pigarreou.

— Tenho notícias sobre Starksen.

— Eu aceito — disse Canning. — E eu cubro a aposta com um avistamento de Punt.

Briony sentiu a boca ficar seca, e ela resistiu ao impulso de se inclinar para a frente. Estavam apostando segredos em vez de ouro — informações sensíveis sobre a guerra e o mundo lá fora.

Ela arriscou observar a mesa e viu uma troca rápida de olhares entre a mulher de cabelo loiro-avermelhado e outra garota de Barlowe, antes de a última desviar a atenção e pegar outro pedaço de queijo no prato de Liam.

— Interessante, Canning. Quem é sua fonte? — disse Toven.

— Bom, você vai precisar ganhar de mim para descobrir, não é?

— Collin? — perguntou Lorne. — Está dentro?

Mas Collin estava esfregando o rosto no pescoço de Cecily, contente em ficar de fora.

— Tenho notícias sobre a dragão de Mallow. Foi vista perto das Montanhas Tampet ontem — disse o homem cujo nome Briony desconhecia.

Toven bufou.

— O que a localização da dragão de Mallow teria de interessante?

— Você vai precisar ganhar de mim para descobrir.

— Toven? — perguntou Canning. — Está dentro?

Briony sentiu todos os pares de olhos se voltarem para eles. Ela olhou para as cartas, sem saber se a mão era o suficiente para ganhar. Toven tirou uma carta do meio e a colocou no final.

— Estou dentro. — Toven virou a cabeça, e Briony sentiu o cabelo dele fazer cócegas no pescoço. — Alguém está interessado em saber quem foi que atravessou o perímetro em Javis no mês passado?

Uma pulsação elétrica percorreu a mesa. Canning ergueu a sobrancelha e Lorne se inclinou mais. Alguém pousou a taça na mesa com um baque. Liam, por outro lado, enrijeceu.

— Isso é confidencial — sibilou Liam, à esquerda. — Você não pode apostar esse tipo de informação.

— Eu não vou apostar nada — rebateu Toven. — Estou planejando ganhar a rodada, muito obrigado. — Ele tomou um gole demorado do vinho. — E você, Liam? Tem alguma coisa de valor?

O outro se endireitou na cadeira, afastando-se dos braços da loira pendurada nos ombros dele.

— Posso dizer quais oficiais importantes do governo estão planejando fazer uma visita a Biltmore no próximo mês.

— Tremelo já disse que voltaria...

— Não — interrompeu Liam, desdenhando da interrupção. — Não falo de Tremelo.

Uma pausa enquanto todos consideravam.

— Bom, você despertou meu interesse — disse Canning com um sorriso. — Vamos jogar, meus caros?

Canning sussurrou algo no ouvido de Jellica e, com certa relutância, ela se inclinou para a frente e escolheu uma carta da pilha diante dele.

— O naipe alto é... — Canning virou a carta que Jellica escolhera, e o rosto irrompeu em um sorriso. O olhar dele encontrou o de Briony. — Rosas.

Risadinhas ecoaram pelo cômodo conforme Canning virava a carta para cima na mesa. Uma rosa ornamentada era exibida no centro.

— E o curinga é... — Ele pegou a próxima carta da mão de Jellica e soltou uma gargalhada. — A Rosa Acorrentada. — Os olhos dele brilharam ao encarar Briony e Toven do outro lado da mesa. — Vejam só se não é perfeito.[1]

Toven ficou imóvel como pedra e os outros riram, fazendo piadas sobre como não conseguiriam ganhar dele naquela rodada porque a sorte estava ao seu lado.

---

1 Canning está fazendo uma referência ao sobrenome de Briony, *Rose*wood (rose: rosa, em inglês). Além disso, o símbolo da casa dela são rosas púrpuras. [N.E.]

Briony mal compreendia o jogo, mas entendeu a insinuação.

Então começaram. As cartas trocaram de mão, os dados rolaram, movimentações rápidas enquanto os homens riam e bebiam. Briony ainda não conseguia entender as regras do jogo, estava mais investida na conversa. Um por um, os homens perderam, contando segredos e, depois, perdendo ouro. Quando estavam nas últimas garrafas de vinho, apenas Toven, Canning e Liam ainda tinham as cartas.

As notícias de Lorne sobre Starksen — que Mallow perdera algumas centenas de novos recrutas por lá — ajudaram Briony a entender que, apesar da presença do ministro Bagis naquela noite, nem toda Starksen apoiava Mallow.

Mais duas outras rodadas e ela descobriu o nome de um suposto traidor no exército do general Tremelo.

Canning finalmente perdeu a rodada com vaias.

— Tudo bem — aceitou ele, bebendo o resto da taça. — Aquela vaca que perdeu um braço. Como chama mesmo a fulana?

— Velicity Punt — disse Jellica baixinho, e então no mesmo instante corou e encarou o próprio colo.

Canning pareceu mais divertido do que bravo.

— Sim, *obrigado*, Jellica — continuou ele, de forma condescendente. — Velicity Punt foi vista ao norte na semana passada, em um apotecário fechado.

Briony sentiu a mente ir para um milhão de direções. Como sabia que a marca fora criada com um elixir, era possível que Velicity, como alguém que escapou, estivesse determinada a encontrar ingredientes para um antídoto. Só que isso poderia ser qualquer coisa. Se a mulher estava fugindo com Sammy, como vira nos jornais, precisariam de muitos suprimentos.

Liam perdeu em seguida, mas não pareceu tão irritado quando anunciou confiante que Biltmore receberia o restante do gabinete do ministro Bagis.

Toven não perdeu, por isso guardou o segredo de quem escapara em Javis. Briony ignorou a irritação que sentiu por não ter sido informada antes. Ela discutiria isso depois. Aquele não era o momento certo.

Quando terminaram a rodada seguinte, Lorne, tendo perdido o ouro e o segredo muitas rodadas antes, começou a beijar o pescoço de Octavia enquanto escutava o jogo, comentando só de vez em quando. Collin fazia algo parecido, com a diferença que ignorava o jogo e as conversas para focar em dar beijos babados na boca de Cecily.

Era a vez de Kleve jogar os dados. A garota de Barlowe no colo dele deu uma risadinha quando o baralho lhe foi oferecido.

Briony desviou o olhar da cena enquanto Liam anunciava o resultado da rodada. Jogaram a primeira mão, trocando fichas e cartas. E, quando foi a hora de apostar informações, Liam ofereceu outro nome de visitante à Biltmore no mês seguinte.

— Nem perca nosso tempo com isso — comentou Toven. — Quero saber o que você estava pesquisando para o seu pai na minha biblioteca. E não adianta falar qualquer merda sobre as linhas limítrofes de portais — continuou Toven, interrompendo-o antes mesmo que o outro que começasse a falar. — Vi você bisbilhotando as outras seções.

A imobilidade tomou conta da mesa. Liam corou ao ser o centro das atenções, e claramente não de uma maneira que gostava.

— Eu aceito a aposta — disse Canning, com um brilho no olhar. — Ainda mais porque Liam está entrando em pânico.

Todos riram. A loira murmurou algo no ouvido de Liam e massageou seus ombros enquanto ele fazia uma carranca. Briony sentiu o coração acelerar, alimentando-se com a intriga, e ela olhou depressa para a mesa para esconder sua avidez. Liam tamborilou os dedos na mesa.

— Bom, só estou dentro se Toven nos contar onde papai Hearst esteve.

O peito de Toven inflou atrás dela, e Briony viu o canto da boca dele se erguer. Ele fez um gesto teatral ao olhar para as cartas, como se avaliasse as opções.

— O que você acha, Rosewood? — perguntou. — Acha que minhas cartas são boas o bastante?

Briony piscou, observando as cartas, sem saber como responder, mas sabendo que não importava. Ele só estava ganhando tempo. Briony passou os dedos pelo cabelo fino na nuca dele, bem onde costurara a pele uma vez, e o viu se arrepiar.

Briony tirou uma carta do meio e a colocou ao final. Ela se aproximou mais de Toven e sussurrou, porém em tom audível para toda mesa:

— Acho que Liam está prestes a contar tudo.

Os homens irromperam em risadas — mais explosivas do que o comentário valia. Não foi tão sagaz, mas talvez se divertissem com o fato de que foi dito por ela. De Briony estar aceitando a dinâmica.

— Agora sim o jogo começa! — gritou Canning por cima do barulho. — Estava me perguntando quando você apareceria, Rosewood!

Liam ganhou a mão, e ficou com seus segredos por mais um tempo. Toven esparramou as cartas na mesa e, pela Rosa em sua mão, Briony inferiu que também ganhara.

O coração martelava no peito dela quando se decidiu a tentar alguma coisa para celebrar a vitória. Colocando a testa na têmpora de Toven e dando um sorrisinho doce, Briony virou o rosto para cima, tentando alcançar a boca dele com a sua.

O mais leve roçar do lábio inferior no canto da boca dele...

E Toven afastou a cabeça, em sobressalto, um movimento pequeno do pescoço, como se tivesse evitado um golpe de espada.

Ela congelou, sentindo o corpo inteiro dele retesar, o torso afastado dela.

A vergonha inundou o peito e pescoço de Briony, o rubor subindo até as bochechas. Ela tentara beijá-lo, e ele a rejeitara — e, mais importante ainda, tinha se retraído diante de olhos vigilantes. Briony não ousou encará-lo, preferindo observar o colo enquanto o rosto ardia. Toven continuou embaralhando a nova mão de cartas como se nada tivesse acontecido.

Logo, a vergonha foi substituída por uma fúria fervilhante. Toven iria colocá-los em risco. Se não conseguia aceitar um beijo da mulher com quem supostamente era íntimo, o que isso significava?

Será que mais alguém tinha visto?

Aos poucos, ela voltou a prestar atenção no som do ambiente, e Briony ergueu a cabeça. Os homens conversavam e passavam cartas. Ninguém estava os observando, mas havia algo malicioso na forma que Canning Trow sorria para os colegas, os dentes fincando nos lábios.

Toven voltou a se mexer, e ele engoliu audivelmente. Briony enrijeceu com o lembrete de sua presença.

Eles precisavam conversar. Discutir qual era o comportamento adequado. Toven fora condescendente com a habilidade de atuação de Briony da última vez, apenas para sabotá-la assim que tentou de verdade. Ela respirou fundo; não poderia demonstrar como de fato se sentia com tantos olhos atentos na sala.

— Sua vez, Hearst.

Kleve deslizou as cartas para Toven, que estendeu o braço para pegá-las.

— Vai deixar que ela lhe deseje sorte? — provocou Lorne.

Toven estendeu o baralho diante de Briony, que engoliu a vergonha que sentia e pegou uma carta do monte, virando-a para a mesa.

— A Virgem e o Lobo — leu Liam.

Ah, *essa* ela conhecia. Era um antigo conto juvenil, sobre um lobo que sentia o cheiro do sangue de uma virgem.

Os homens estavam oferecendo os segredos, dando a ela a chance de relaxar outra vez.

— Eu tenho uma informação com muito potencial agora que estamos na última rodada — disse Canning, com um sorrisinho. Os olhos dele encontraram os de Briony. — Acontece que eu sei a localização de uma certa Cordelia Hardstark.

Uma onda de pavor percorreu o corpo de Briony, que soube imediatamente que não controlara sua expressão. Os olhos de Canning faiscaram. Sentiu a mão nas costas dela tensionarem também.

— E como é que você sabe disso? — questionou Liam.

Canning deu de ombros.

— Meu elixir não está mais disponível em Biltmore. É uma pena que alguém tenha dedurado — disse ele, e os olhos pareceram estreitar para Toven antes de desviar. — Mas agora eu faço visitas domiciliares.

O coração de Briony bateu mais rápido. Cordelia não estava mais na casa de Cohle? E Canning sabia onde ela estava aprisionada?

— Mas é um segredo enorme, sabe — continuou ele, fazendo um biquinho. — Acho que deveríamos aumentar as apostas para eu revelar uma coisa dessas.

Canning olhou diretamente para Toven, que respondeu, com uma voz firme:

— Temo que não possa revelar nada além do país em que meu pai está.

— Eu não me importo com isso. De verdade. — Canning deu de ombros, os olhos pousando sobre Briony, causando-lhe a sensação terrível de que ele estava brincando, como um gato dando tapinhas em um rato. — Mas aposto esse segredo contra um beijo da cardiariz dourada.

Briony prendeu o fôlego. Toven retesou a mandíbula, e o peso na barriga dela pareceu sumir. Ele recusaria. E então ela não saberia o que acontecera com Cordelia.

Antes que Toven conseguisse respirar, Briony interveio.

— Só um beijinho? — Ela ergueu a sobrancelha, imitando o homem na frente dela e completou: — É uma aposta fácil de aceitar. Mas não é muito justa com você.

Canning deu uma piscadela.

— Você se subestima, Rosewood. Talvez eu só deseje você loucamente.

Toven ficou tenso, prestes a interromper, prestes a acabar com tudo.

— Você acha que Mestre Toven recusaria? — respondeu ela, com rapidez. — Não custa nada a ele se perder.

A mão nas costas dela foi erguida, e Briony ouviu o braço da cadeira ranger sob a força que a apertava.

Os homens ficaram em silêncio, observando o duelo tácito na ponta da mesa. Mas a disputa estava ganha, e Toven sabia disso. A raiva irradiava dele quando disse:

— É claro. Uma aposta excelente.

Todos se voltaram para as cartas enquanto Toven e Canning jogavam, pegando novas cartas e rolando os dados. Ela julgava o sucesso do primeiro por meio do outro, que não sabia esconder suas expressões. Quanto mais decepcionado parecia, melhor Toven estava indo no jogo.

Quando os dois finalmente colocaram as cartas na mesa, os homens soltaram o fôlego coletivamente. Briony esperou.

— Porra — sussurrou Lorne, passando uma mão pelo cabelo.

— É um empate, docinho — informou Canning para ela, os lábios retorcidos em um sorriso arrogante. — É uma pena. Eu gostaria de ter experimentado o seu gosto, só uma vez.

Ele lambeu os lábios para Briony, e os outros riram. Toven apenas limpou as cartas, indiferente. Canning se inclinou para a mesa, moldando a expressão para fazer um biquinho zombeteiro.

— E tenho certeza de que você estava desesperada para saber o que aconteceu com sua amada amiga. É uma pena... — Canning tamborilou os dedos no queixo, como se perdido em pensamentos. — Vou propor o seguinte — disse, tirando Jellica de seu colo. — Ainda revelo o segredo se você me der esse beijo. Um beijo de verdade.

Ela sentiu o batimento cardíaco até na ponta dos dedos. Então, Toven bufou e pegou a taça de vinho, drenando o conteúdo e preparando-se para tirá-los da sala.

Briony pensou em Cordelia, definhando em algum castelo sombrio. Com os olhos azuis apagados, sem magia alguma.

Rápida como um raio, ela estava de pé. A sala ficou imóvel. Eles a observaram ir até Canning, que sorria com olhos famintos. Briony não dispensou nem um único olhar para Toven ao se sentar no colo de Canning e puxar a cabeça dele para beijá-la diretamente na boca.

A mesa irrompeu em aplausos e grunhidos. Ela sentiu Canning sorrir em seus lábios antes de devolver o beijo com ferocidade, a boca fria e dura na dela. Briony estava prestes a afastar quando a mão dele se embrenhou no cabelo dela, e a outra foi até a coxa, alisando a pele. Os lábios se mexeram sob os dela, a mão segurou firme os cachos para impedi-la de se afastar e então a língua estava na boca dela, fazendo pressão para entrar.

Canning mal conseguira o que queria quando ela o empurrou com toda força, livrando-se dele e cambaleando para ficar em pé. O som pareceu voltar para a sala conforme ele abria um sorriso para Briony, passando o polegar pelos lábios. Os homens bateram os punhos na mesa e uivaram.

— Seu segredo, Trow? — sibilou Briony sob o ruído, encarando-o, resistindo ao impulso de esfregar os resquícios da boca dele na sua.

Canning ergueu a mão para silenciar a sala, os dentes cintilando orgulhosos.

— Cordelia é realocada com frequência. Estava na propriedade dos Locklin na semana passada, e no castelo da Sede antes disso. Ela pode não ter mais magia, mas *certamente* ainda sabe resistir.

Briony sentiu o rosto empalidecer. Havia barulho na sala, mas não era possível compreender os sons.

O castelo da Sede e a propriedade Locklin. Moira Locklin era a quinta na linha para a Sede, mas Briony não fazia ideia de onde ela morava.

Tentou encontrar a voz para perguntar, mas foi puxada pelo pulso, um braço a envolvendo, enquanto Toven a levava para fora da sala. Quase a empurrava, na verdade. O jogo acabara. Os outros os seguiram, passando pelo guarda, descendo a escada.

Toven estava em silêncio. A mão na cintura dela era rígida ao guiá-la à porta, mas ela não conseguia nem sequer pensar sobre o humor dele. A mente rodopiava com as informações recentes e as imagens que conjurara de Cordelia se sustentando por um fio, sangrando no chão de algum castelo. Ela caminhou pelo corredor como se estivesse hipnotizada, guardando as lembranças da amiga em um livro na estante, onde pertenciam.

Os lábios pareciam estranhos e secos depois de Canning, e o vestido, apertado demais.

Toven a levou para fora, na direção do som dos convidados. No canto, Ilana aguardava com uma bandeja de bebidas. Briony despertou do entorpecimento. Estavam indo para a arena mais uma vez. Precisava estar atenta.

Naquela semana, ficaram nas arquibancadas. Briony e Toven sentaram em um banco, e a mulher de cabelo loiro-arruivado ficou do lado dele, com Liam do outro lado. Briony a encarou enquanto a loira sorria para eles.

Toven descansou o braço no banco atrás da cintura de Briony, e ela fez seu melhor para cruzar as pernas com o vestido curto. Estava prestes a dissociar dos eventos da noite quando ouviu uma voz usando vogais carregadas à direita.

— É verdade que sua cardiariz costumava ser uma princesa?

Briony e Toven olharam juntos para a loira. Era a mesma mulher que morara em Claremore durante alguns meses com ela, cuidando da limpeza do castelo.

— Não é para você dirigir a palavra a ela — ralhou Liam preguiçosamente do outro lado, bebendo um gole de uísque.

— Desculpe — emendou a mulher, os olhos ainda ávidos no rosto de Briony. — Nunca vi uma princesa antes.

Briony apenas a encarou enquanto Toven murmurava algo sobre ela não ser mais uma princesa. Não era a mesma jovem? Só poderia ser.

A mulher se apoiou nos joelhos, sem desviar a atenção deles.

— Você deve ser muito rico para ter comprado um prêmio desses — comentou, em tom de flerte.

— Ele é. Só perguntar que ele fala — disse Liam.

A loira riu e jogou o cabelo para trás.

— Ela é tão linda, Mestre Toven. — A mulher inclinou um ombro e, como em um passe de mágica, uma das alças do vestido caiu. — E a forma como você falou dela na outra semana… sobre ela ser deliciosa…

Toven levou a bebida aos lábios, virando a cabeça para engolir tudo.

E a mulher aproveitou a oportunidade para umedecer os lábios, inclinar-se mais para segurar o pescoço de Briony e encostar a boca na dela.

Briony ergueu as sobrancelhas, mantendo os olhos arregalados. A jovem cobriu a boca dela e deslizou a mão para a nuca de Briony enquanto aproximava seus corpos por cima do colo de Toven.

Briony não se mexeu de tão chocada. Aquilo era… O que era aquilo?

A mulher passou os dedos pelo pescoço de Briony e deixou a língua deslizar para fora, sentindo o gosto de seus lábios.

Então se afastou com um sorriso brilhante.

— Deliciosa. Adoraria experimentar mais dela alguma hora, Mestre Toven.

Briony sentia as bochechas coradas conforme o resto do ambiente entrou em foco. Liam congelara com a bebida a caminho dos lábios.

E Toven estava contraído como uma rocha entre as duas, os olhos endurecendo.

A mulher deu uma risadinha e então voltou a se sentar no colo de Liam como se nunca nem tivesse falado com eles.

Briony levou os dedos à boca, na tentativa de entender o que acabara de acontecer.

— Acho que você deveria deixar as duas provarem uma à outra, Toven — comentou Lorne, de um assento mais distante. — O que você acha?

Toven deu um sorriso seco e passou a mão pelas coxas de Briony.

— Eu diria que estou inspirado a fazer minha própria "degustação". — Ele se levantou do banco e a arrastou junto. — Cavalheiros — disse, em tom de despedida.

Briony cambaleou atrás dele, virando-se para observar a mulher que costumava ser sua criada beijando o pescoço de Liam, sem nem sequer se voltar para ela.

— Que porra foi aquela?

Briony se virou e encarou um Toven de cara feia para ela enquanto marchavam até a saída.

Briony abriu a boca e depois a fechou.

— Ela foi... muito amigável — afirmou, por fim.

Toven a guiou pelo jardim e, antes que ela pudesse registrar que estavam no lugar do portal, ele cortou o dedão e fez um portal para casa.

— Gostaria de fazer mais alguma amizade hoje, Rosewood? — perguntou, sarcástico.

Ele a puxou pelo portal no momento em que Briony começava a protestar.

Quando chegaram à sala de estar dos Hearst, Toven soltou o braço dela e saiu do cômodo, com passos pesados até a escada. Briony piscou aturdida antes de encontrar a própria raiva.

— Por que nós viemos embora? — exigiu ela, correndo atrás dele. — Nós não tínhamos acabado!

— Acho que você já se divertiu bastante por uma noite — sibilou Toven, subindo os degraus.

Boquiaberta, Briony ficou encarando as costas dele.

— Você ficou bravo porque eu beijei Canning? Acha que foi divertido para mim?

Toven se virou, diversos degraus acima dela.

— Estou bravo porque você me fez parecer fraco.

Ela o encarou, surpresa.

— Você só pode estar brincando! Canning só fez essa aposta porque você se recusou a me beijar! Você fez nós dois de idiotas!

Toven travou a mandíbula com força e começou a subir a escada de novo, antes de murmurar entredentes:

— Beijar é um ato íntimo demais.

A raiva de Briony fervilhou ainda mais, chegando à ebulição. Correu atrás deles na escadaria.

— Íntimo demais? — berrou. — Todo mundo estava se beijando! Você me mostrou coisas *bem* mais íntimas que em tese estamos fazendo!

— Então esta noite foi por vingança? Por eu invadir a sua mente? — Toven riu, sem humor. — Você vai flertar com o máximo de pessoas possível só para me dar uma lição?

— Não se iluda — retrucou Briony. — Aquela mulher era... estranha. — Ela nem sabia se deveria mencionar a mentira sobre conhecer Briony. — Mas Canning foi uma estratégia calculada. Ele tinha informações sobre Cordelia...

— Ah, sim — rosnou Toven, virando-se para ela com o rosto vermelho. — Eu de fato me pergunto o que seus antigos amigos diriam sobre seus métodos de angariar informações, Rosewood.

Ela lhe lançou um olhar fulminante.

— Eu não precisaria beijar seus amigos nojentos se você me contasse que porra está acontecendo!

As narinas de Toven inflaram, e ele se virou mais uma vez para subir depressa o resto da escada.

— Eu respondo cada porra de pergunta que você me faz, Rosewood...

— Que as águas proíbam você de fazer qualquer outra coisa! — Briony correu atrás dele, o barulho dos saltos ecoando. — Como comentar qualquer estratégia para esse tipo de noite. Ou ter a decência de me contar sobre essa sua regra idiota de "Não vamos nos beijar"!

Ela o seguiu pelo corredor até o quarto dele.

— Você quer uma regra, Rosewood? — berrou Toven no corredor, escancarando a porta do quarto com um empurrão. — Não se atire em cima dos meus amigos!

— Vai se foder, Toven!

Ele lançou um olhar feio para ela e desapareceu quarto adentro, batendo a porta atrás de si. Briony imitou o gesto, marchando até o próprio quarto, fumegando com fogo nas veias.

Arrancou os saltos, atirando os sapatos na parede que conectava o quarto dos dois, torcendo para que Toven escutasse.

Briony esticou a mão para a coleira, odiando o objeto e tudo que representava. Sem mencionar o fato de que ainda *coçava*. Ela soltou um grito que surgiu do fundo da garganta enquanto puxava o metal...

Até os dedos encontrarem alguma coisa.

Ela afastou as mãos, chocada ao encontrar um pedaço de papel fino flutuando do pescoço.

Briony o encarou, o corpo inteiro congelando.

Um pedaço de papel, rasgado de alguma coisa. Não era maior do que o dedo mindinho.

Ela se abaixou lentamente, pensando na forma que a mulher loira a tinha puxado pelo pescoço — causando uma distração e tanto.

Para deslizar aquele pedaço de papel sob a coleira.

Os dedos trêmulos de Briony seguraram o papel, virando-o. A respiração cessou.

sem dragão, não se enRole

O coração disparou dentro de si.

A caligrafia era familiar, mas a palavra que de fato roubou o fôlego dela foi o "enRole". Role, com um R maiúsculo.

Era assim que ela chamava Rory quando criança, quando não conseguia pronunciar o nome dele.

Havia apenas quatro pessoas vivas que conheciam o apelido.

Ela própria, Cordelia, Didion e Sammy.

E um deles escrevera esse bilhete para ela.

Capítulo 36

Ela passou a noite inteira acordada, com a mente acelerada pensando em probabilidades e possibilidades.

Briony examinou a caligrafia durante horas, tentando se lembrar do formato do "R" de Cordelia, tentando recordar alguns dos bilhetes de Didion que ela jogara fora, questionando se algum dia já vira a escrita de Sammy.

Porém, as letras eram apertadas e trêmulas, como se fazer aquelas cinco palavras caberem no papel minúsculo tivesse alterado completamente sua forma.

Então passou a considerar a maneira como o bilhete chegara ela. A mulher de cabelo loiro-arruivado deveria ter uma interação limitada com o mundo fora de Biltmore, mas Briony se lembrou de como Ilana lhe entregara uma uva duas semanas antes. Ilana tinha acesso a todos que entravam pelas portas do palácio.

Então, quem poderia ter passado aquele bilhete para Ilana? Sammy e Didion estavam foragidos. Qualquer um dos dois poderia ter se lembrado do apelido que dera para Rory. Cordelia era realocada com frequência, se as palavras de Canning fossem verdadeiras, mas a amiga tinha um conhecimento íntimo das festas de Biltmore. Será que saberia como coordenar tudo com Ilana?

Briony se sentou na cama, observando os primeiros raios de sol pousarem no gramado, segurando o pedaço de papel entre a ponta dos dedos. Ainda estava com o vestido preto. Sabia que Larissa ficaria aborrecida se ela não lavasse o rosto e tirasse a maquiagem. Depois de guardar o bilhete na caixinha de joias na mesa de cabeceira, Briony se levantou e foi à sala de banho.

Com o rosto lavado, ela se sentou na banheira, pensando em outra questão.

sem dragão, não se enRole

Que sequência fascinante de palavras. "Sem dragão" poderia significar muitas coisas. Briony se perguntou qual fora a última vez que escutara sobre a dragão. Um dos homens comentara na noite anterior que a dragão fora avistada nas Montanhas Tampet, onde a escola bomardina ficava localizada, e também a propriedade dos Quill.

Porém, quanto tempo havia passado desde aquele avistamento?

Será que a mensagem queria avisar sobre a morte da dragão?

Não se enrole pensando na dragão, ela morreu.

Poderia ser o caso?

Mas quem saberia dessa informação?

Briony saiu da banheira, vestiu um robe e voltou a se sentar perto da janela.

Precisava saber mais. Precisava responder à mensagem, mostrar que estava aberta à comunicação.

Uma coisa estava clara: precisava voltar a Biltmore. E isso só aconteceria se ela e Toven evitassem tentar matar um ao outro.

Briony tomou um longo gole de chá, raciocinando. Três coisas pareceram incomodá-lo na noite anterior: tentar interpretar um papel na sala de jantar, beijar Canning e deixar a mulher loira se aproximar dela. Briony conseguia entender o problema com o que aconteceu com Canning, mas ela faria de novo em um piscar de olhos. Toven com certeza entendia o motivo.

O restante da raiva não fazia sentido.

Briony fechou os olhos, lutando contra a irritação que o enigma impossível que era Toven Hearst despertava nela. Talvez entender a causa da raiva não fosse tão importante quanto garantir que não acontecesse de novo. Ela precisava saber o que poderia ou não fazer. De outra forma, Toven tentaria levar Larissa no corpo dela.

Briony franziu as sobrancelhas para a xícara de chá.

Aquilo não poderia acontecer. Ela precisava consertar as coisas.

Embora fosse ele que estivesse errado.

* * *

Depois de reunir seus pensamentos, Briony o procurou pela mansão. Acabou por encontrá-lo em uma sala de estudos no primeiro andar, que tinha a porta entreaberta. Não houve resposta depois de algumas batidas, então apenas empurrou mais a porta com a ponta dos dedos, prendendo o fôlego quando foi afastada. Toven estava inclinado sobre uma escrivaninha, selando um envelope com cera marcada pelo brasão dos Hearst, a expressão impassível.

Briony engoliu em seco, erguendo o queixo.

— Podemos ter uma conversa?

— Uma conversa.

Toven suspirou e se recostou na cadeira.

A raiva que somente ele conseguia provocar começou a fervilhar no sangue antes de Briony focar outra vez.

Sem sair do lugar, praticamente bloqueando a possibilidade de saída, ela começou:

— Eu gostaria de falar sobre o fato de que não tivemos uma noite bem-sucedida em Biltmore ainda.

Toven voltou os olhos para ela.

— Uma noite bem-sucedida. — Briony assentiu, e o canto da boca dele estremeceu. — E como seria isso?

— É você que deve me dizer — respondeu ela, baixinho. — Eu estive lá duas vezes e, em ambas as ocasiões, senti que estava me afogando.

O vislumbre de uma expressão atravessou o rosto dele. Culpa, talvez. Ela insistiu, sustentando o olhar:

— Quero continuar indo às festas em Biltmore. Eu não quero que você leve outra pessoa se passando por mim.

Toven respirou fundo.

— Rosewood...

— Por mais que seja assustador e repugnante, aquele é o único lugar onde posso ver minhas antigas amigas e me sentir menos sozinha — prosseguiu, interrompendo-o. — Onde posso escutar notícias do mundo lá fora.

Ela hesitou, mordendo o lábio. Não contaria sobre o bilhete ou sobre os canais de comunicação. Embora tivesse uma suspeita sobre onde estava a lealdade dos Hearst — e a frase "garantia política" ecoasse em seus ouvidos —, ainda não tinha motivos para confiar em Toven com aquela informação.

— Precisamos estar de acordo com relação às festas — acrescentou.

— E como propõe que façamos isso?

— Bem, para começar, se eu precisar evitar beijar Canning Trow no futuro, suponho que possa fazer o sacrifício — disse ela, seca.

Toven revirou os olhos.

— Quão grandioso da sua parte.

— Acho que precisamos ficar mais confortáveis um com o outro — argumentou Briony, indo direto ao ponto.

Ele a encarou, indecifrável.

— Eu sou rígida demais, você é... arisco demais. — Toven abriu a boca como se fosse discutir. — No quesito "intimidade", como preferir — completou, com um gesto de dispensa. Toven se silenciou e ela desviou daqueles olhos intensos. — Eu gosto de estar preparada para as situações com as informações necessárias. Não sabia que você tinha uma aversão a beijos. — Briony voltou-se para ele, que mirava algum ponto acima do ombro dela. Ela engoliu em seco. — Acredito que Canning notou meu desconforto.

— E se aproveitou dele — completou Toven.

Briony assentiu. Respirando fundo e lembrando do bilhete, finalmente fez o pedido que a levara até ali:

— Jante comigo hoje à noite — convidou ela. — Só nós dois.

Toven olhou espantado para o rosto dela. Ele estava imóvel, exceto pelo músculo na mandíbula retesada.

— Jantar...

— Comigo. — Ela anuiu. — Quero entender como seria uma boa noite em Biltmore para você. O que eu precisaria fazer para convencer os seus amigos do tipo de relacionamento que supostamente temos.

Toven esfregou o pescoço, permitindo-a ver pontinhos corados sob o colarinho.

— Vou sair hoje à noite.

A resposta foi rápida demais, e Briony estreitou os olhos.

— Amanhã, então — disse ela. Toven se remexeu, e, antes que a desculpa que sabia que viria fosse enunciada, ela o interrompeu: — Ou qualquer dia da semana. Minha agenda está bem livre.

Ele encarou a escrivaninha como se quisesse fazer um buraco nela enquanto respondia:

— Amanhã.

— Maravilha. Só nós dois. — Briony parou. — Larissa não está mais aqui, certo?

Toven assentiu.

Queria muito perguntar onde a mulher ficava quando estava "morta", mas decidiu prosseguir:

— Vou organizar as coisas com a cozinha.

Ele ergueu a sobrancelha, e com certa relutância, falou:

— Encontro marcado, então.

Briony sentiu o coração acelerar, as bochechas esquentarem. Ela murmurou uma afirmativa antes de desaparecer pela porta e correr pela escada de volta até o quarto.

* * *

A palavra "encontro" grudou na cabeça de Briony como uma cola, deixando-a atrapalhada nas tentativas de se preparar para a noite seguinte. Ela trocou de vestido várias vezes, ficando em dúvida entre uma opção e outra, encontrando defeitos em ambas. Quando olhou para os pós e cremes que a casa conjurou na mesa, Briony se ocupou fazendo uma trança para deixar por cima do ombro, ralhando consigo mesma por considerar fazer uma coisa tão boba como se arrumar para Toven Hearst.

Aquilo não era um "encontro". Era um treinamento para outra ida a Biltmore. Ela precisava responder Cordelia, Sammy ou Didion, e Toven precisava se afastar de toda a desconfiança.

Às quinze para as oito, Briony desceu para a sala de jantar para verificar os preparativos. A casa tinha disposto dois lugares, exatamente como pedira — um na cabeceira da mesa, e outro à esquerda. Havia uma garrafa de vinho tinto decantada, e os pratos estavam cheios de legumes e rosbife.

Ela se sentou na cadeira na lateral da mesa, um pouco constrangida, e só precisou esperar cinco minutos até passos chamarem sua atenção na direção da porta. Briony ficou em pé depressa quando Toven entrou, o olhar se demorando na camisa de botões azul-marinho. Ele analisou o vinho e a comida na mesa antes de voltar para ela, rapidamente notando o cabelo trançado.

— Rosewood — cumprimentou, antes de se sentar na cadeira na ponta da mesa, com a confiança de alguém cuja rotina sempre envolvia jantar com sua prisioneira.

Apesar da tensão que sentia, ela conseguiu assentir. Voltando a sentar, demorou-se ao ajeitar o guardanapo sobre o colo, antes de perguntar:

— Como foi seu dia?

Toven pigarreou.

— Bom. E o seu?

— Adorável, obrigada.

Briony pegou a taça de vinho e tomou um gole grande, tentando pensar em alguma coisa para romper o silêncio, mas sem sucesso. Ele colocou a comida no prato antes de empurrar a travessa na direção dela, com os lábios apertados. Briony remexeu nos talheres, sentindo o pescoço esquentar.

Eles comeram em silêncio por alguns segundos antes de se tornar insuportável para ela.

— Claramente nenhum de nós dois gosta de conversa fiada, mas não quero ficar sentada aqui em silêncio por duas horas.

Toven ergueu uma sobrancelha, e Briony sentiu o rubor espalhar até as bochechas.

— Eu tenho mais perguntas — disse ela. — Mas eu sei que você odeia isso...

— Não odeio perguntas...

— Deixam você "mal-humorado"...

— Não deixam. *Você* me deixa mal-humorado.

Ela fez uma carranca para Toven e garfou os legumes com força demais.

Ele tomou um gole de vinho, examinando-a. Briony deu uma mordida grande e desafiadora na comida, sustentando o olhar.

— Quais são suas perguntas, Rosewood?

Ela engoliu com dificuldade.

— Quem é Ilana?

— A mãe dela era bomardina, mas foi deserdada por se casar com um etérnero. Ela foi criada além-mar e morou lá até a queda de Etérnia, quando o pai começou a se organizar contra Mallow. Então foi capturada e dada aos Barlowe.

Briony refletiu sobre tudo aquilo.

— E por que recebeu tanto poder em Biltmore? Ela parece ter mais liberdade do que qualquer outra garota de Barlowe.

— Não sei dizer, na verdade. — Ele cortou o rosbife com um movimento pequeno e preciso. — Mas suponho que seja porque... é muito boa no que faz.

Uma desconfiança gélida tomou conta de Briony.

— E o que exatamente ela faz?

O garfo de Toven parou a caminho da boca.

— Recebe pessoas. Com um sorriso. Flerta e faz piadas. É vista quando precisa ser vista e se torna invisível quando precisa ser invisível.

Briony apertou os lábios enquanto cortava a carne. A arrogância dos bomardinos era assombrosa. Parecia um deslize terrível dar livre acesso a uma mulher com o histórico de Ilana, permitindo que entrasse em todas as salas de Biltmore por conta própria.

— As marcas. Como você e Finn encontraram um jeito de tirar a de Larissa?

— Não encontramos. — Ela estreitou os olhos, e Toven deu de ombros. — Foi um feitiço de purificar o sangue e sorte pura. Não tínhamos certeza se iria funcionar. Imagino que, se Larissa tivesse atravessado o limite da propriedade, teria sido praticamente impossível removê-la.

— Então, você não tem ideia de como contornar as marcas de verdade.

— Não é exatamente o tipo de pergunta que eu posso sair fazendo aos outros bomardinos — retrucou ele, seco. Um músculo na mandíbula estremeceu. — Planejando sua grande fuga, Rosewood?

— Hum — murmurou, inocentemente, ignorando a pergunta. — Você estava disposto a divulgar informações sobre quem escapou do castelo Javis durante o jogo. Se importa de compartilhar comigo?

Briony o observou mastigar, os lábios apertados enquanto dava mordidinhas, exatamente como a mãe, o queixo com maneirismos aristocráticos se mexendo com rapidez.

— Billium Meers conseguiu escapar.

Ela piscou, desviando o olhar dos lábios de Toven.

— Ele está vivo? Pensei que tinha morrido na batalha.

— Ele está vivo, pelo jeito, e saiu de Javis por meio de um portal. O *Diário* não teria divulgado essa informação. Não publicariam uma falha dessas para todos verem.

Briony apertou o guardanapo nas mãos, soltando um suspiro trêmulo e aliviado. Ela nunca se dera bem com o pai de Sammy, mas o homem tinha sido o general leal do seu pai. Aquela fuga era uma terrível perda para Mallow.

— Sabe para onde ele foi?

— Starksen. — Ele bebeu o vinho, e ela o observou engolir. — Aquele país está causando problemas para Mallow.

Briony deu um sorrisinho escondido no guardanapo. *Ótimo*. Quando olhou de volta para Toven, com o sorriso ainda desaparecendo dos lábios, percebeu que ele ainda não tinha olhado para ela.

Briony respirou fundo e se preparou para a segunda metade dos planos da noite. Depois de pegar a taça de vinho e tomar dois goles generosos, levantou-se.

Toven se virou para ela de imediato.

— O que está fazendo?

— Acho... — disse Briony, odiando o som da própria voz vacilando — que nós deveríamos praticar.

O garfo e faca pairaram acima do prato dele. Um olho tremeu de leve.

— Praticar.

— Para ficarmos mais confortáveis um com o outro.

Ela foi até o lado contrário ao de Toven, pegando a garrafa de vinho. Ele não se mexeu nenhum centímetro enquanto a taça era enchida, como era esperado que ela fizesse em Biltmore. Parada ao lado dele, Briony apertou os lábios ao perceber que não atraíra o olhar dele, que ainda parecia congelado no lugar.

— Acho que você deveria me puxar para o seu colo agora.

Toven deixou os utensílios na mesa e prendeu o fôlego.

— Esse é o seu plano grandioso, Rosewood?

— Sim. Precisamos estar mais confortáveis para fazer uma atuação convincente. — Ela segurou as próprias mãos. — Nós dois precisamos de um pouco de prática...

— Isso não será necessário.

— Eu discordo. Você viu o truque que Canning usou, e ele vai tentar outra vez se continuarmos dando motivos para...

— Essa ideia é infantil.

— O que é infantil é o fato de que você não suporta me tocar!

— Eu já toco em você o suficiente, é absurdo que esteja pedindo por mais...

— ... e por mais que seja óbvio que eu sou fisicamente repugnante para você...

Uma risada seca irrompeu da boca dele.

Briony inflou as narinas de raiva.

— Eu não sei como você costuma se comportar com as mulheres que leva para cama, Hearst, mas se o que fazemos é a sua ideia de intimidade, então claramente precisa de mais ajuda do que eu poderia oferecer...

Toven esticou a mão e a pegou pela cintura, puxando-a para seu colo. Briony engoliu um pequeno grito de surpresa e se apoiou na mesa, com o coração batendo rápido. Em uma tentativa de preservar sua dignidade, ela ergueu o queixo, mexendo-se até conseguir se sentar de um jeito adequado. Parecia que era tão difícil achar uma posição no vestido de lã comprido quanto usar saltos e seda.

— E agora, Rosewood? — perguntou ele, com a voz rouca, fazendo ela sentir o som vibrar nas costelas.

As pontas das orelhas ardiam.

— Só... se comporte normalmente. Como se isso fosse... normal. — Ela pigarreou e esticou a mão até o lugar da mesa que se sentava antes para pegar a taça de vinho. — Continue a comer como se eu nem estivesse aqui.

Toven pareceu respirar bem fundo antes de pegar o garfo de novo. Ele ficou revirando os legumes, empenhado no ato de encarar as ervilhas.

Briony tinha algumas opções para onde deixar o olhar pousar. Poderia encarar o rosto dele, o que seria constrangedor. Poderia observá-lo brincar com a comida. Ou a opção mais segura: poderia analisar o pescoço de Toven, examinando a forma como o rubor se espalhava.

— O jogo de cartas no jantar é algo frequente? — quis saber, baixinho, e observou o pescoço dele se mexer ao engolir.

— Jogam uma semana sim, uma não, mais ou menos. Não existe um cronograma.

— E não é perigoso? Ter as mulheres como testemunhas?

— Bastante.

Briony franziu as sobrancelhas. Ela pensou na loira de olhos atentos durante o jogo, escutando cada detalhe. As garotas de Barlowe até podiam viver sob rédea curta, mas tinham acesso a uma abundância de informações.

— Me dê um livro que ensine como jogar o jogo. Posso usar magia de mente para ver as cartas de todo mundo.

— Como acha que eu continuo ganhando, Rosewood?

Ela virou a cabeça para ele, deixando seus rostos muito próximos. Enquanto ele tomava um gole do vinho, Briony percebeu que Toven Hearst era um cofre infinito de segredos.

— Ah, como eu fui me esquecer? — disse, por fim. — Você tem mesmo o hábito de entrar na mente das pessoas.

Briony balançou a cabeça, suspirando ao beber mais um gole.

Toven tamborilou os dedos na toalha.

— Ao contrário do que pensa, Rosewood, nunca entrei na sua mente até semana passada.

Ela estreitou o olhar. Aquilo não era possível. Os formigamentos na perna no terceiro ano. O conhecimento de que Didion se atrapalhara com as fitas do corpete. Toven só podia estar mentindo.

Deixando aquilo de lado, fez a pergunta que tanto temia:

— Então o que eu faço? — perguntou. — Como ficamos... confortáveis?

Ele deu um suspiro grande e exasperado.

— Seu comportamento na sexta-feira foi bom. Podemos continuar fazendo aquilo...

— Tudo bem então.

Briony esticou a mão e a passou pelo cabelo na nuca dele. Deslizando os dedos pelas raízes, deixando os fios macios passarem entre os nós dos dedos.

Toven afastou a cabeça.

— O que você está fazendo...?

— Ah, agora você tem uma regra de "proibido tocar no cabelo" também? — Ela revirou os olhos. — Relaxe.

Toven soltou uma respiração irregular conforme os dedos dela passavam pelo cabelo ao lado da orelha. Ele pegou o garfo outra vez, mas não fez nada com o utensílio. Mexendo o cabelo dele como se fosse seda, Briony colocou algumas mechas atrás da orelha, deixando a ponta dos dedos fazerem carícias na área.

Ela já sonhara em fazer exatamente aquilo. Durante tantas noites.

Lembrando-se do conselho de Larissa, levou os dedos até a nuca com leveza.

Sentindo Toven estremecer, Briony pensou na forma que Collin e Lorne abraçavam as mulheres e só observaram o jogo de cartas. A maneira como a loira massageara o pescoço de Liam e dera um beijo de boa sorte na bochecha. A maneira como vira as outras garotas de Barlowe sorrindo e sussurrando nos ouvidos dos homens, ou aconchegadas no pescoço deles.

— Relaxe — repetiu baixinho.

Ela colocou o cabelo outra vez atrás da orelha e continuou a descer os dedos e dando a volta no pescoço, corado pelo vinho. Briony se inclinou e deu um beijo bem abaixo da orelha dele.

A terra parou de girar no instante em que ele a apertou mais na cintura com o braço e espalmou a mão na altura das costelas. Ela entreabriu os lábios e o beijou outra vez. A pele era limpa e mentolada, e Briony sentiu o pulsar da garganta sob a boca quando ele engoliu.

E então, com um movimento rápido, foi colocada de pé, e Toven tinha saído da cadeira.

— Que porra você está fazendo? — sibilou ele.

Briony se apoiou na mesa em busca de equilíbrio no mesmo instante que Toven tocou o próprio pescoço onde os lábios dela estiveram. A boca dele se mexeu sem palavras e a encarou. Talvez estivesse pensando que estava contaminado por alguma doença.

— Estou fazendo o que é para eu fazer — rosnou ela. — Se você só se acalmar um pouco...

— Você não pode se sentar no colo de um homem e beijar o pescoço dele do nada, Rosewood!

Briony piscou, aturdida, com a respiração acelerada, vendo ele correr uma mão pelo cabelo.

— E por que não? É isso o que acontece em Biltmore...

— Em *Biltmore*! — retrucou Toven. — Nós estamos *aqui*, na minha casa!

Briony arregalou os olhos, observando-o ir até a saída.

— Qual é o seu problema? Nós estamos praticando...!

— Não é possível que você seja assim tão burra — murmurou ele, saindo da sala de jantar.

Ela o seguiu e parou na porta.

— Nós não acabamos, Hearst! Vou esperar por você no jantar amanhã!

Toven desapareceu por um corredor, e Briony praguejou baixinho. Ela marchou outra vez até a mesa, virou a taça do vinho e terminou de comer a própria refeição — e a dele também, caso Toven planejasse comer o que restara depois.

* * *

Depois de enviar um convite formal de jantar para Toven, Briony passou o resto da segunda-feira criando barreiras mentais.

Estava mais do que pronta para passar outra refeição no colo dele e trabalharia com mais afinco para convencê-lo daquela necessidade. Afastando os pensamentos sobre o perfume de Toven e como o peito era quente comparado ao dela, Briony se concentrou em se manter atenta.

Às quinze para as oito, desceu a escada. Sentou-se em uma poltrona no canto da sala e se perguntou se também deveria praticar ficar confortável longe da mesa de jantar. No mesmo instante imagens de Toven Hearst e da *versatilidade* da poltrona dominaram sua mente, por isso dispensou a ideia.

Ainda estava aguardando Toven cinco minutos depois das oito, olhando feio para a taça de vinho apesar de ter se prometido que seria menos reativa dessa vez. Depois que mais sete minutos tinham se passado, Briony finalmente escutou os passos ressoando na pedra. Quando se virou para erguer uma sobrancelha para Toven, viu que ele parecia muito com uma criança arrastada para um jantar formal com os adultos, fazendo uma carranca e mantendo os olhos entediados, resignado a odiar cada segundo.

— Boa noite — disse ela.

Toven se sentou na mesa sem uma única palavra. Assim que o fez, ela ficou em pé, serviu o vinho e se sentou de uma vez em seu colo, como se o desafiasse a protestar. A expressão dele não mudou nem mesmo quando Briony puxou o prato de comida para perto, tomou um gole de vinho e devorou os aperitivos que a cozinha mandara como primeira parte do jantar.

— Tenho outra pergunta — comentou ela, empertigando-se e rompendo o silêncio.

Toven não respondeu, ignorando o olhar que o atravessava enquanto bebia com afinco a própria taça de vinho.

— Onde está seu pai?

Toven fez uma cara ainda mais feia e depositou a taça na mesa.

— Você sabe que não posso lhe contar isso.

— Estava prestes a apostar essa informação na sexta-feira.

— Eu sabia que ia ganhar.

— Você empatou. Não dá para chamar aquilo de vitória. — Ela sentiu as costelas dele expandirem com uma respiração profunda. — Você só ia falar o país — continuou, em um tom mais gentil. — Não pode nem me falar isso?

A expressão que apareceu nos olhos de Toven a deixou aturdida por um momento. Uma suavidade que dizia que talvez pudesse lhe pedir qualquer coisa. Briony piscou por cima da taça de vinho e, em meio segundo, aquilo desapareceu.

Talvez só estivesse imaginando.

— Camly do Sul. — Os dedos compridos cutucavam a toalha branca. — É tudo o que eu sei.

Juliana era filha da presidente de Camly do Sul. Também era onde Finola treinara estratégia e espionagem — onde muitos dos contatos e conhecidos da prima moravam.

— Ele está lá por tempo indefinido?

Toven assentiu.

— Não deve ser perturbado a não ser que seja estritamente necessário.

Ela franziu a sobrancelha, sabendo que não tinha nada a não ser pura especulação.

Sem querer forçar demais depois da noite anterior, Briony se conteve e não fez mais perguntas. Apenas ficou sentada em silêncio no colo dele enquanto eles terminavam o vinho e comiam a refeição, deixando a mente organizar tudo que aprendera.

Sentia-se decepcionada com o quanto Toven não sabia — com o quanto *ela própria* não sabia —, mas ao menos era um começo. Não tinha a sensação de que ele mentira ou escondera informações. Mais importante que isso, pareciam estar fazendo algum progresso. Apesar do começo conturbado da noite, os dois não tinham brigado, o que era uma melhoria considerável.

Na noite seguinte, Briony comeu antes e terminou o vinho com rapidez, o que lhe forneceu a coragem necessária para dar o próximo passo. Então, passou a refeição enroscada nele, deslizando os dedos pelo cabelo de Toven, vendo ele remexer a comida. Briony notou que seu olhar passou a ser sustentado por mais tempo que antes e tentou fazer seu melhor para ignorar a palpitação no peito cada vez que isso acontecia.

— Você acha que as coisas vão sair do controle nos jantares particulares outra vez? — perguntou ela. — Eu sei que atmosfera parecia mais tranquila, mas...

— Isso é adequado — interrompeu Toven. — Isso... — Fez um gesto entre os dois. — Vai ser o suficiente para a sexta-feira.

Briony ergueu uma sobrancelha, mas guardou as dúvidas para si. Enfrentariam aquele problema depois. Por enquanto, não queria atrapalhar o progresso. Ainda era frágil demais.

Conforme a semana passava, Briony se distraía com pensamentos sobre Toven ainda mais do que o normal. Ela acordava pela manhã com a lembrança da sensação de estar aconchegada no corpo dele, do cheiro dele. Por essa razão, precisou aumentar a quantidade de tempo que passava meditando pelas manhãs para que pudesse focar o restante do dia enquanto examinava as notícias e continuava suas pesquisas.

Porém, à noite, quando estavam a sós, Briony invocava a estante com os livros sobre ele na mente, deixando que os volumes se abrissem, em uma mistura de cores e padrões vibrantes.

Ela sabia que era perigoso, considerando o histórico de sentimentos que tinha por Toven, mas não conseguia ver outra maneira de contornar a necessidade de criar uma relação de confiança. Uma conexão sólida, se não uma amizade. Ignorou a voz na cabeça que dizia que ela só não queria encontrar outro jeito.

Na quarta-feira, Briony decidiu pegar um pouco da comida no prato de Toven enquanto estava sentada no colo dele. Ele brigou pela última batata, deixando o garfo quase fincar nos dedos dela quando Briony pegou a comida. O coração palpitava, mas ela sorria e tentou oferecer-lhe a batata, levando-a até a boca dele. Toven revirou os olhos, desviando o rosto. Foi assim que Serena Hearst os encontrou — Toven com um braço na cintura dela, e Briony em seu colo, tentando dar comida na boca dele em meio a uma recusa dramática, na qual ele virava a cabeça de um lado para outro.

— Opa — disse Serena.

Briony arfou, saindo do colo de Toven, que se apressou para ficar em pé, derrubando a taça de vinho.

— Nós não estávamos...

— Isso não é o que parece...

— É só que...

— Não poderia ter batido na porta, mãe?

— Ora — falou Serena, e Briony sentiu o rosto ficar da cor de uma beterraba com o sorrisinho nada discreto no rosto da outra mulher. — Não quero interromper.

— Não está interrompendo nada! — respondeu Toven rapidamente, quase berrando as palavras.

Ele começou a ajeitar a cadeira, empurrando-a com tanta força em direção à mesa que fez um ruído tremendo no chão.

— Não, não. — Serena abanou a mão. — Por favor, terminem a refeição. Eu insisto.

Briony encarou os próprios sapatos, sentindo o coração pulsar nos ouvidos. A pele coçava em todos os lugares que estivera em contato com o corpo de Toven, cheia de culpa e vergonha.

— Aproveitem o restante do jantar.

Serena saiu da sala, e Briony pensou ter ouvido uma risada leve ecoar no corredor.

Ela colocou a cabeça nas mãos assim que Serena se afastou.

— Ah, *águas* — resmungou Briony.

Ele trocou o peso de perna antes de pedir licença com um murmúrio inteligível, deixando-a sozinha na sala de jantar, com a pele ardendo e um peso na consciência.

Capítulo 37

Na sexta-feira, Briony e Toven seguiram o caminho já familiar pelo pátio, embora, dessa vez, ela tenha o acompanhado com facilidade. Briony se impediu de ficar ajustando a coleira o máximo que conseguia, mas sentiu o bilhete ardendo na pele.

Naquele dia, depois de muitas tentativas e erros ao tentar encaixar as palavras em um papel tão minúsculo, escolheu algo que era ao menos uma abertura para a comunicação.

segura, Biney

Apenas Sammy, Didion ou Cordelia saberiam que "Biney" era como Rory a chamava quando criança. Ela prometeu a si mesma que, da próxima vez que tivesse oportunidade de entregar um bilhete, teria alguma descoberta relevante para passar adiante.

Caspar Quill mencionara os Durling, e, por mais que tentasse, Briony não encontrara nada sobre eles na biblioteca dos Hearst.

Os dois passaram pelos portões com os espelhos d'água e seguiram na direção do salão de entrada.

Ela usava um vestido apertado de renda azul naquela noite, algo que quase estaria à moda bomardina se não fosse tão curto.

Larissa aparecera para arrumá-la outra vez e se transmogrificara em Juliana, a filha da presidente, durante uma hora inteira. Por isso, Briony e Toven concordaram que ela poderia comparecer à festa naquela noite.

Enquanto mãos marrom-claras espalharam pó no seu rosto, Briony perguntou:

— Toven também não gostava de toque físico antes de ficar confortável com você?

Larissa, com o rosto de Juliana, parou o que fazia e ergueu uma sobrancelha.

— Quê?

— Ele não gosta quando acaricio a nuca dele. Tentei beijar o pescoço dele e fui empurrada.

Larissa a encarou com os olhos de outra pessoa, mas o mesmo olhar de incredulidade de antes estava presente.

— Então acho que eu estava me perguntando se ele só não gosta de toque físico ou...

— Não. Não aguento isso.

Larissa atirara o pincel na mesa e deixara Briony para se virar sozinha.

Os dois chegaram às portas, mas Ilana não estava lá para cumprimentá-los. Uma ruiva com seios fartos sorriu para Toven e nem sequer a olhou.

Ela os entregou espumante e só. Abriu as cortinas sem oferecer a lista de convidados para Toven.

Briony encontrou Phoebe pendurada no braço de Carvin do outro lado do salão, sorrindo enquanto a mão dele descia para a base das costas dela. Porém, Briony estava interessada em outra coisa, matinha os olhos despertos e atentos procurando sinais da mulher de cabelo loiro-avermelhado. Antes que pudesse observar a sala, Toven a levava pela escadaria sinuosa, passando pela verificação do guarda e salão de jantar adentro. Briony engoliu a decepção, questionando se cometera um erro ao não contar sobre o bilhete que precisava entregar.

A primeira coisa que notou de diferente foi Finn Raquin rindo, jovial, de algo que Liam dissera, e Larissa, disfarçada de Juliana, parada na parede atrás dele. Briony disparou o olhar para Liam e encontrou uma garota de Barlowe diferente atrás da cadeira dele, esperando em silêncio para servir o vinho. Briony procurou, mas não havia sinal da loira na sala. A decepção no estômago se retorceu ainda mais.

— Aguenta, meu coração — enunciou uma voz assim que a porta se fechou atrás deles e, ao se virarem, viram Canning Trow fazendo uma reverência dramática. — Minha senhora se aproxima.

Briony voltou os olhos para o chão, pronta para atuar.

— Ah, meu amor — chamou Canning. — Toven deu uma boa surra em você depois da semana passada? Nosso garoto nunca gostou muito de dividir. Por que você não vem se sentar no meu colo para eu beijar você até sarar?

Os homens riram, e Toven apenas se sentou, com a mandíbula tensionando de leve antes de abrir um sorriso. Ao assumir sua posição na frente da janela, Briony virou à esquerda para olhar Larissa atrás da cadeira de Finn.

A mulher que Larissa estava fingindo ser era tão pequena e jovem. Os olhos encaravam os sapatos, e os pulsos finos estavam cruzados em submissão na frente da barriga. Briony não sabia quanto daquilo era atuação e o quanto era pura concentração na magia por parte de Larissa.

Ela desviou os olhos, determinada a não levantar suspeitas.

As oito mulheres deram um passo à frente, servindo vinho em taças de cristal, e, antes que Briony pudesse voltar para a parede, Toven envolveu a cintura dela com o braço, guiando-a até seu colo. Fora Finn levantando uma sobrancelha de maneira dramática, ninguém mais deu muita importância. Briony estava muito satisfeita que a "prática" surtira efeito, mas sentiu um pouco de culpa pelos minutos a mais que Cecily passaria perto de Collin quando ele imitou o gesto de Toven.

Ela cruzou as pernas, virando os joelhos na direção da cintura de Toven. Ele passou o braço esquerdo pelo quadril dela, segurando-a próximo a si em vez de apertar os braços da cadeira. Quando se ajeitou no colo dele, aconchegando-se no pescoço dele e deixando os dedos acariciarem a nuca, Toven não recuou. Briony se sentiu eufórica com o sucesso. O tempo que passaram juntos tinha valido a pena, como previra.

Nada notável chamara a atenção dela durante a primeira meia hora, mas então a voz de Liam ecoou acima das outras:

— Um Canhão Veranil vai soar essa noite — disse ele, preguiçosamente revirando o garfo no ar.

Um murmúrio coletivo de interesse percorreu a mesa. Briony estreitou os olhos para o homem, perguntando-se o que estava acontecendo. Antes o Canhão Veranil soava ao meio-dia.

As coxas de Toven ficaram tensas sob ela. Briony arrastou os dedos pelo cabelo dele, fazendo carícias em círculo.

— Adoro um jantar e um espetáculo — comentou Canning, e a mesa irrompeu em risadas.

Toven apertou a cintura dela, fazendo um arrepio agradável atravessá-la. Briony se ajeitou, focando outra vez. Tinha preocupações maiores — como o fato de que aquele evento talvez reduzisse o tempo que tinha para encontrar a mulher loira.

Foi uma noite rotineira na sala de jantar, apesar de todas as horas que passaram conversando e rindo.

Então, um sino tocou, ampliado pelo salão de jantar, interrompendo a música e silenciando as vozes, surpreendendo-os. Briony ergueu o olhar, procurando a fonte. O relógio dizia que faltavam quinze minutos para a meia-noite.

Os homens comemoraram, pegando suas bebidas e puxando as mulheres para perto, esfregando as mãos em antecipação.

Toven a afastou, toda a tensão de volta ao corpo. Finn compartilhou um olhar com sua companheira — Larissa.

— O que foi? — sussurrou Briony para Toven.

Ele balançou a cabeça como aviso e seguiu os outros que desciam a escada até o salão de entrada. Briony ficou em alerta, buscando a loira entre as pessoas enquanto saíam até o pátio.

Quase esticou a mão para reajustar a coleira, mas se impediu.

— Vou buscar bebidas — anunciou Toven para Finn e Larissa. — Vejo vocês lá fora.

Briony se virou para Toven, que os guiava pelo corredor. Ela abriu a boca para perguntar...

— Não — sibilou ele. — Confie em mim.

O coração pulsava nas orelhas ao contornarem as pessoas, de repente voltando para os jardins onde podiam fazer um portal.

— Está de saída, Toven?

Briony sentiu o sangue gelar. Toven ficou imóvel ao seu lado. Quando ele os virou, já sabia quem encontraria.

Veronika Mallow vestia um traje roxo-escuro e fluido. O cabelo estava preso em um coque apertado, elevando as feições dela de modo surpreendentemente jovial. Estava acompanhada de dois guardas bomardinos.

Toven se abaixou para fazer uma mesura profunda e Briony o acompanhou, aproveitando o instante para começar a meditar.

Em sua mente, guardou o bilhete que recebera e o que estava na coleira entre as páginas de um livro gasto. Também aproveitou para escrever o nome de Larissa em uma página em branco e o fechou, enfiando-o em uma estante no fundo, trancafiando-o com força.

Quando se ergueu, encontrou os olhos escuros de Mallow.

— Perdão, Mestra — disse Toven. Então, abaixou a voz, sedutor: — Estava distraído na minha tentativa de... ir a um lugar particular.

Mallow sorriu, os olhos ainda em Briony.

— Não pode ir ainda — falou ela, com firmeza. — Precisa me acompanhar até o espetáculo.

Toven inclinou a cabeça.

— Será uma honra, Mestra.

Mallow sussurrou algo para o guarda ao se virar, sem sequer se dar ao trabalho de verificar se a acompanhavam.

Briony sentia a mente rodopiar e lutava contra todas as coisas que não poderia deixar que Mallow visse dentro de sua mente.

Toven passou um braço pela cintura dela, puxando-a adiante.

Os dois voltaram para o pátio gélido, e ela arriscou encarar Toven — o rosto estava pétreo e impassível. Um pavor frio começou a crescer dentro do peito dela ao voltarem para perto das pessoas reunidas na base do morro. O pátio dava vista para o horizonte, cheio de casacos azuis e cardiarizes trêmulas.

Toven seguiu atrás de Mallow e dos guardas, e os convidados abriram espaço para eles, observando-os passar com reverência. Briony verificou os céus, pensando na parte do bilhete que dizia "sem dragão". Não havia sinal da fera. O papel sob a coleira coçava, e ela considerou abandonar o plano. Seria perigoso demais trocar bilhetes embaixo do nariz de Mallow?

O manto roxo do vestido da Alta-Sede de Bomard a seguiu subindo três degraus em uma plataforma, e Toven e Briony fizeram o mesmo. Cohle, Gains e Quill estavam lá. Fizeram uma mesura profunda para Mallow, mas os olhos acompanharam Briony, ávidos.

Ela era a única cardiariz na plataforma.

Porém, depois que estavam elevados, percebeu que a plataforma não era a atração principal. À esquerda de Briony, uma luz estava direcionada à frente da plateia no ressalto pálido.

O coração dela foi à garganta. A mulher de cabelo loiro-avermelhado estava diante de todos, próxima ao parapeito que dava vista para a cidade.

Briony arfou, sem fôlego e em silêncio. O som desapareceu em um vácuo.

A mulher estava em uma camisola puída, as mãos atadas com mágica diante dela. O queixo estava levantado e ela murmurava alguma coisa, os lábios se mexendo com rapidez. À esquerda, um garoto com cachos da mesma cor tremia. Não devia ter mais do que 18 anos — o irmão dela. Ele se juntara ao exército de Rory. A única pessoa que não tinha magia em todo batalhão.

Briony pensou no bilhete preso que carregava consigo. Será que a outra fora pega? Alguém sabia que estava passando mensagens? Briony ficou tensa — alguém também a descobriria? —, e então estremeceu sob a mão de Toven, que a apertava com força, como aviso.

Um homem apareceu, e os aplausos a alcançaram com força completa. Era o sr. Vein, o apresentador. Com um sorriso cheio de dentes, ele ampliou a voz, cumprimentando a plateia.

— À Mestra Mallow — anunciou, erguendo a mão para a plataforma.

— Que ela reine na eternidade — respondeu a plateia em uníssono.

A soberana ficou parada, indiferente, mantendo as mãos diante de si.

— Uma traidora ao reinado da Mestra Mallow está diante de vocês. Ela e o irmão, dois criados *sem* magia... — disse Vein, e foi interrompido pelo som de desdém da multidão antes de continuar: — foram encontrados sendo ingratos a tudo que demos a eles aqui, no coração do poder de nossa mestra.

As vaias e zombarias ecoaram nos ouvidos de Briony. Toven estava atrás dela, com uma mão fixa no cotovelo.

Ela sabia o que viria a seguir. A mulher e o irmão seriam executados, na frente de todos, para servir de exemplo. Briony procurou por alguém na plateia, qualquer um. Os joelhos cederam quando tentou se virar, e Toven a apertou de novo.

Os olhos enfim encontraram Ilana, com uma bandeja de bebidas, sorrindo de forma tensa. A mulher olhou para ela, com uma tristeza que não pôde ser disfarçada rápido o bastante. Briony levou os dedos à coleira outra vez, sem pensar, e, quando se virou para a loira no palco, a mulher encontrou os olhos dela.

Briony abaixou a mão no mesmo instante, o coração se desfazendo em mil pedaços.

— Essa escória não mágica — continuou Vein — não demonstrou apreciação pelo que lhes oferecemos. Permitimos que ela e o irmão transitassem em nosso mundo. Permitimos que nos servissem. E como fomos pagos?

Briony prendeu o fôlego, observando o olhar da mulher alternar entre ela e Ilana. Sentia a presença de Mallow ao lado, viscosa como óleo.

— Ela estava se comunicando com os rebeldes!

A plateia sibilou. Briony observou Mallow rapidamente, que curvava os lábios em um sorriso satisfeito.

— Foi pega nos portões! Não apenas falando com o inimigo, mas também arranjando a fuga do irmão!

O mar de pessoas zombou. O bilhete que Briony escondera parecia arder na pele. Aqueles dois morreriam, tudo porque a mulher ajudara os rebeldes a se comunicar. Briony seria a próxima? Ela estava na plataforma ao lado de Mallow para que sua morte também tivesse destaque?

— Mestra Mallow! — chamou Vein. — Como sentencia essa vadia e o irmão?

A pele pálida de Mallow cintilava sob o luar. Briony a observou mexer a mandíbula afiada.

— À morte. À morte dolorosa.

Os bomardinos gritaram e aplaudiram.

Briony sentiu seu mundo pender do eixo, e ela precisou de vários segundos para notar que Toven a segurava, mantendo-a em pé.

Mesmo com o sangue pulsando forte, um pensamento se solidificou: se Mallow suspeitasse que tinha um bilhete na coleira — se qualquer um soubesse que estavam servindo a aquela função —, todas as cardiarizes seriam revistadas ao entrar. Ou as festas em Biltmore acabariam.

A sentença da mulher não tivera nada a ver com o bilhete na outra noite. Olhando outra vez para ela, Briony observou como ela ainda alternava a atenção entre Briony e Ilana, com uma intensidade ardente apesar do choro do irmão ao lado.

Ilana foi para a base da plataforma onde Briony estava.

A loira se virou para o irmão, falando rápido e baixo demais para que ouvissem. Ele assentiu, solene, os olhos brilhantes nunca a deixando.

Eram pessoas vindas de além-mar. Sem magia. Não tinham motivos para estarem envolvidas naquele horror. E, ainda assim, a mulher segurara a mão de Briony embaixo da mesa mesmo quando estilhaços de vidro cortavam seus joelhos. A mulher arriscara tudo para lhe entregar um bilhete. Assim como arriscara tudo para proteger o irmão mais novo.

Briony desviou o olhar, piscando rapidamente para impedir as lágrimas de caírem. Por toda a plateia, mulheres de coleiras prateadas estavam congeladas no lugar, muitas com lágrimas silenciosas escorrendo pelas bochechas.

Aplausos desvairados chamaram a atenção de volta para a frente. Um canhão estava sendo trazido.

O pavor tomou conta do corpo de Briony conforme o velho canhão de guerra, que antes anunciava a hora no verão, lentamente foi virado na direção dos irmãos.

— Não! — exclamou ela, engasgada, mas o barulho era alto demais em todo lugar... dentro e fora da sua mente.

Um par de mãos pousou na cintura dela. Um peito firme nas escápulas.

Vein ergueu a voz mais uma vez.

— Provaremos a tolice que é qualquer um resistir à vontade da Mestra Mallow. Nós executaremos o garoto primeiro, para que a irmã veja.

Briony estava congelada, ofegando por ar, e Mallow passara a observá-la entrar em pânico. Briony desviou o olhar, e uma mão soltou a cintura dela para virar seu queixo adiante, a forçando a encarar o canhão ser mirado.

Uma mandíbula afiada foi apoiada na têmpora dela. Uma respiração quente em suas bochechas.

— Há um lago de águas tranquilas — sussurrou Toven. — Uma cordilheira de montanhas o cerca. As águas são profundas, com segredos escondidos, mas a superfície é inabalável.

Ela piscou, com as pernas oscilando, sentindo a respiração estabilizar ao se permitir absorver as palavras de Toven. A mão dele se enroscou ao redor dela, trazendo-a para mais perto.

Acenderam o canhão, e Briony sentiu o pânico esvair, voando como uma folha em um lago.

O pátio gritou e bateu os pés, uma contagem regressiva começou.

— Pense em uma biblioteca mental. Com estantes e mais estantes, com literatura, diários e biografias — continuou ele, embalando-a com a voz. — Encontre uma vazia para este momento.

Briony puxou um livro, desassociando a mente do que acontecia diante dela.

Um ruído explosivo sacudiu as pedras sob ela. Briony observou boquiaberta o lugar onde o garoto estivera antes, desmoronando e fumegando, deixando a irmã salpicada de sangue. O canhão foi recarregado.

— Com um livro vazio nas mãos. As páginas em branco entre seus dedos. Escreva este momento. Dê um título a ele.

A mulher de cabelo loiro-avermelhado, nomeou na mente dela.

— Preencha as páginas e depois feche o livro.

O canhão foi mirado na mulher. Lágrimas escorriam lentamente pelo seu rosto, misturadas ao sangue do irmão, pingando rosadas pelo pescoço.

— Então, o enfie em um canto. Perca o livro em meio às pilhas e pilhas de textos.

O livro se fechou na mente dela. Trancafiado. Briony respirava fundo, esticando-se nas pontas dos pés para colocá-lo em uma estante alta demais para ser alcançada. Imaginou uma mão com dedos longos a ajudando a guardá-lo. O canhão foi aceso.

Uma mulher chorava.

A plateia ria e contava os segundos.

A mulher levantou a cabeça para o céu e gritou.

Então desapareceu em uma explosão de fumaça, sangue e fúria.

Havia mãos na cintura de Briony, levando-a para trás, puxando-a para descer os degraus da plataforma.

Uma mulher linda com uma coleira de prata segurando uma bandeja de taças de espumante estava no último degrau. A mente de Briony era toda vazio. A mulher era anônima para ela.

— Mestre Hearst, posso oferecer alguma coisa?

— Obrigada, Ilana. Estamos de saída.

Ilana. O nome era familiar, mas havia livros na mente de Briony que se recusavam a se abrir.

De repente, Briony foi impelida para a frente, o estômago se embrulhou, e o chão pareceu vir ao encontro do rosto dela.

— Ah! — A mulher, Ilana, a segurou antes que caísse. — Senhorita Rosewood, por favor tenha cuidado.

Dois dedos deslizaram pelo pescoço de Briony. Um pedaço de papel foi removido.

Como fora parar ali?

— Tenha uma boa noite, Mestre Hearst.

Braços ao redor dela outra vez, a conduzindo com pressa pelos fanáticos aos gritos, depois por lobos e outros monstros. Puxando-a para descer um morro arenoso.

A realidade se rompeu quando o portal se abriu, e um homem de cabelo claro a puxou para o vazio.

Ela deu um passo adiante e se viu em um quarto decorado com cinza e prata, no centro uma cama de madeira escura e quinquilharias cuidadosamente organizadas em prateleiras.

Briony se virou, sentindo as estantes oscilando e cedendo, e Toven Hearst estava em sua frente, no quarto dele.

Mãos encontraram o queixo dela, Toven examinou seus olhos.

— Olhe para mim.

Ela piscou, e a estante desmoronou. Livre.

Briony sentiu calafrios pela pele, a busca ofegante por ar, a inundação de lágrimas na bochecha. Ela soluçou, segurando-se nos cotovelos dele, mantendo-o perto.

E, sem saber como, aconchegou-se no peito dele, a testa indo de encontro ao esterno. O pranto dominou seu corpo trêmulo. Toven fechou os braços ao redor dela.

Havia um buraco em sua barriga do tamanho de uma bola de canhão, cheia de luto, fúria e desespero.

Toven não disse uma palavra, apenas a segurou.

Briony se afastou quando tinha se exaurido. Sabia que estava vermelha, inchada e molhada pelas lágrimas, mas Toven a encarou com uma emoção tão crua que ela não se sentiu exposta.

— Eles vão pagar pelo que fizeram — jurou ela, com a voz vazia e deformada.

Olhos cinzentos a encararam. Ele colocou um cacho atrás da orelha dela. Então assentiu.

Parte III

Meu amado,

A corte ficou encantada com sua apresentação. Já consigo ouvir o nome "Vindecci" sendo proferido em todas as línguas em uma questão de tempo — mas espero que a minha seja a primeira...

Acredito que entendo o conceito, embora alguns membros da corte tenham perguntas sobre os termos usados. "É a mente do próprio mago que pode ser um familiar". Palavras animadoras, mas talvez pense em outra maneira de dizer. Alguns já começaram a se perguntar sobre o esforço que precisarão para aprender magia vinda da mente e se dizem com preguiça. Barden Trow já se questiona sobre humanizar o "familiar". Não apresente a eles a mente humana como um "familiar", meu querido. Barden e os outros o interpretam mal. Perguntam se o coração humano também pode ser um familiar... e eu sei que não é essa a sua intenção. Quando expor sua teoria outra vez, certifique-se de excluir os familiares da sua apresentação como um todo.

Volte rápido. Eu temo quando a corte vibra dessa forma.

— Carta, sem assinatura, encontrada nos pertences de Vindecci, cerca ano 1515 depois do Registro, também conhecido como ano 0 a.V. (Antes de Vindecci)

Capítulo 38

Quatro anos antes

— Houve uma batalha em Barta. Um aldeão morreu.

Briony ergueu o olhar para Rory, que lia a página do *Diário*.

— Barta? — Ela franziu as sobrancelhas. Tratava-se de um vilarejo montanhoso, na fronteira das duas nações. — Foi um etérnero ou bomardino que morreu?

— Etérnero — respondeu ele.

Briony se recostou na cadeira, deixando o desjejum de lado. Estavam na suíte da escola bomardina, poucos dias antes do recesso do solstício de verão. Foram meses penosos desde o começo do ano escolar, na primavera, já que os tutores bomardinos não podiam ensinar magia de mente para os alunos etérneros, sob pena de morte.

Rory olhou para a irmã.

— Foi um bomardino que o matou.

Briony tamborilou os dedos na mesa, pensativa.

— Você acha que isso vai mudar as coisas? — perguntou ele.

A princesa sorriu para o irmão.

— Não. Tenho certeza de que papai vai mandar um emissário e todos vão se entender.

Ela olhou para o relógio. Era hora de ir à aula, e, apesar de as salas dos alunos do quinto ano serem em um andar mais alto do que os anos interiores, ainda havia certo congestionamento para descer a escada e chegar lá.

Os gêmeos chegaram à sala de aula faltando dois minutos.

— Sua milícia está ficando desleixada, Vossa Alteza — disse Liam Quill enquanto se sentava. — Ouvi falar que um soldado etérnero matou um civil bomardino hoje.

Briony se virou na cadeira para encará-lo.

— Foi um etérnero que morreu, na verdade. Um dos *seus* o matou.

— Pouco provável — interveio Toven Hearst, sentando ao lado de Liam e com os olhos fixos nela. — Você sabe como a magia de mente é instável, Liam. Um etérnero provavelmente estava tentando aquecer o chá e botou fogo no vilarejo.

— Que exagero ridículo — comentou Briony, virando-se para a frente.

O tutor entrou na sala e estava prestes a iniciar a lição quando um som arranhado veio da janela que dava vista para a cordilheira.

Todos os olhos se voltaram, encontrando um grande falcão passando as unhas no vidro, batendo as asas com força e grasnando.

A cadeira fez um ruído quando Toven se levantou, empurrando-a.

— É o familiar do seu pai? — perguntou Larissa.

Toven deu dois passos na direção da janela, e então a montanha estremeceu e sacudiu. O vidro se partiu no momento em que o chão tremeu sob os pés.

Gritos encheram a sala, e Briony levou a mão ao rosto para se proteger contra os estilhaços.

As pessoas começaram a correr. Rory cobriu Cordelia, mergulhando com ela para fora da sala.

Briony empurrou as mãos para formar um escudo de proteção assim que rochas começaram a cair do teto — e a sala do quinto ano desmoronou.

Ela se achatou na parede, o escudo mantendo longe a poeira e os destroços. Alunos gritavam, aterrorizados e com dor. O coração dela batia forte ao tentar decifrar exatamente o que estava acontecendo. Era algo natural, como um terremoto? Ou algo mais sinistro?

Não podia ficar ali. Briony partiu para o corredor e o teto continuou a desabar.

Precisava encontrar Rory. O pai nunca a perdoaria se algo acontecesse com o irmão.

Ela seguiu pelo corredor, mas parou quase de imediato. Homens e mulheres com casacos bomardinos estavam prontos para o combate. Para lutar contra os alunos.

Um homem — Riann Cohle, ela pensou ser esse o nome dele — pegou um dos meninos etérneros pelo pescoço e o levou por um portal.

Briony cambaleou para trás, horrorizada, e caiu em alguém. Ela se virou e encontrou um homem com nariz torto e sobrancelhas grossas e espessas, sorrindo com malícia.

— Ora, ora, se não é a princesa. — A voz era como cascalho.

Ele esticou a mão para puxar Briony até si, mas ela o bloqueou com um empurrão. O homem deslizou cinco centímetros para trás, e então lançou um feitiço de aprisionamento. O braço esquerdo dela grudou na lateral do corpo, mas o braço direito o cortou.

Ele a soltou e deu um pulo para trás. Um corte abrira o ombro dele. O sorriso aumentou.

— Ah, gostei de você.

Briony girou a mão da forma mais violenta que conseguia, jogando-o para trás e depois se virou e correu, tropeçando em destroços e corpos. Onde estava Rory?

Saiu pelo corredor, desviando de diversos homens conhecidos enquanto tentavam puxá-la na direção de um portal. Collin Twindle arrancou uma etérnera de um armário pelo cabelo e a atirou para o pai. Liam Quill estava no chão, em um canto, balançando-se aos prantos. Briony não conseguiu registrar tudo.

Ela chegou às escadas e subiu, tentando descobrir como aqueles portais estavam se abrindo. Portais não se abriam em qualquer lugar. Era preciso o sangue do dono da propriedade para abrir em um território particular, como era o caso da escola.

Ao cambalear pelos degraus, entendeu. É claro: a família Trow era dona do território da escola.

Briony encarou as mãos arranhadas e com sangue. Será que todos os bomardinos receberam sangue Trow para aquilo? Era um ataque coordenado?

Ela se lembrou de Veronika Mallow falando dos alunos como reféns...

Precisava encontrar Rory.

No próximo patamar, Briony se atirou na parede quando uma mulher de cabelo ruivo vívido gritou:

— É a princesa!

Briony a empurrou e a mulher caiu para trás, rolando escada abaixo. Ela puxou o fio em sua mente, fazendo com que sua forma se tornasse invisível. Finola a ensinara os princípios de ocultamento depois que Mallow assassinara Gin Pulvey, mas sua magia não aguentaria todas aquelas distrações.

Correu até o oitavo andar e começou a abrir todas as portas. Alunos se escondiam, tanto bomardinos quanto etérneros. Ela buscou Rory, Cordelia e Didion em cada rosto antes de fechar as portas e deixar que continuassem escondidos. Eles não viam quem abria as portas.

Briony chegou ao final do corredor e ouviu uma voz profunda cantarolando da base da escadaria.

— Priiiinceeeeesaaa...

Ela parou. O homem com sobrancelhas espessas subia a escada para alcançá-la.

Briony correu para o outro lado e então se deteve. O pai de Liam Quill estava arrancando portas dos batentes e separando os alunos bomardinos dos etérneros.

Ela correu por outro corredor, sentindo que estava perdendo a concentração na invisibilidade. Conseguia ver os próprios pés enquanto corria. Precisou dar voltas ao se deparar com escadarias desmoronadas com o estremecer da montanha.

O que aconteceria se esses homens encontrassem Rory? Matariam mesmo o herdeiro de Etérnia? O que estavam fazendo com os etérneros que capturavam? Só os enviando portais afora? Para onde?

Passos soaram no corredor na direção dela. Briony arregalou os olhos; estava encurralada. Antes do seu perseguidor se virar e encontrá-la no meio de um corredor sem ter para onde ir, uma mão saiu pela porta de um escritório e a arrastou para dentro.

Ela respirou fundo para gritar, mas as costas dela bateram na porta e Toven Hearst apareceu diante dela, cobrindo a boca de Briony com a mão.

Os dois se encararam, e os passos partiram dali. Assim que o som desapareceu, ele ergueu a mão.

— O que está acontecendo? — sussurrou ela, a voz trêmula.

— Não sei. Seu irmão ainda está aqui?

A garganta de Briony se apertou quando ecoou as palavras de Toven:

— Não sei.

A montanha tremeu outra vez, e a escola sacudiu sob os pés deles.

O garoto segurou a mão dela e a guiou até uma abertura em arco na parede entre a sala que estavam e a seguinte. Ambos se apoiaram, e ele fez uma barreira de proteção ao redor deles.

Briony tentou conceber um plano. Como poderiam abrir um portal se não tinham sangue Trow consigo? E para onde ela iria? Precisava da aprovação do rei para voltar a Etérnia quando estava em Bomard. Todas as pessoas que cruzavam os reinos precisavam abrir um portal para uma cidade na fronteira e receber permissão para atravessar, até mesmo ela e Rory.

Quando o chão se estabilizou, Briony abriu os olhos que fechara com força.

— Preciso encontrar o meu irmão e ir para a fronteira. Preciso voltar para Etérnia.

— Essa situação parece planejada — disse Toven. — Eles terão guardas em todas as fronteiras. Bomard vai impedir vocês de voltarem para casa.

— Você quer dizer que *vocês* terão guardas nas fronteiras — sibilou Briony. — "Bomard vai impedir" — repetiu ela —, e você por acaso não é bomardino?

Toven lançou um olhar feio em resposta.

— Você quer brigar comigo, ou quer brigar com eles? — perguntou ele, indicando com a cabeça os homens no corredor.

Briony devolveu o olhar, com raiva.

— Os dois.

Toven não pareceu achar graça.

— Vamos encontrar seu irmão e nos preocupar com a fronteira depois — argumentou, e se virou para guiá-la até a sala seguinte.

O coração de Briony sentiu o "vamos" ecoar pelo sangue. Ela seguiu Toven no instante que a porta do escritório voou da dobradiça.

Escondida atrás do arco, Toven ficou diante dela, espremendo-se em Briony para esconder os dois.

Prenderam a respiração, esperando para ver se alguém entraria na sala e os encontraria ali.

— Toven — chamou uma voz firme que Briony reconheceu.

O garoto arqueou as sobrancelhas e deu um passo para o lado, revelando-se para a pessoa na sala.

— Pai? — perguntou Toven. — O que está acontecendo?

Briony levou a ponta dos dedos aos lábios, tentando manter a respiração estável. Orion Hearst não podia descobrir que ela estava ali.

— Mandei meu falcão para você, mas ele não chegou a tempo — disse Orion. — Precisamos partir.

Os passos de Orion ecoaram na outra sala. Ele parecia aliviado por ter encontrado o filho.

— O que aconteceu? — insistiu Toven.

— Mallow atacou Jacquel. Ele foi... incapacitado.

Todos os músculos no corpo de Briony retesaram, como se o próprio coração tivesse parado e depois voltado a bater. O pai. *Incapacitado*. Toven parecia tenso, a menos de um metro dela, parado ao lado do arco em que ela se escondia.

— Os outros estão capturando as alunos etérneros para pedir resgate a Etérnia — continuou Orion, mas os ouvidos de Briony pareciam cheios de algodão. Ele dizia outras coisas, mas ela só ouviu o final. — ... vim buscar você, mas preciso voltar para a fronteira. — Ele parou, e então, parecendo surpreso, disse: — Toven? Venha.

Briony conseguia imaginá-lo estendendo a mão para o filho. E o garoto, parado, imóvel no arco.

— Quem está com você? — questionou Orion baixinho.

— Ninguém.

Briony endireitou os ombros, focou a mente e então segurou o fio entre os olhos. Ela pensou em cabelo loiro descendo até a cintura, um nariz perfeito e unhas feitas. Deu um passo para aparecer no arco e ficou ao lado de Toven, projetando a imagem de Larissa Gains para os dois.

— Senhor Hearst — disse ela, na voz de Larissa. — Isso é assustador. Já pegaram Rory Rosewood?

Orion piscou, avaliando-a da cabeça aos pés antes de se afastar um pouco.

— Larissa. Fico feliz em ver que não está machucada — afirmou ele. Orion apertou os lábios e olhou para Toven, e depois para ela. — O general Meers foi visto saindo com o herdeiro da linhagem de Etérnia e a garota Hardstark há pouco mais de dez minutos.

A expressão congelou no rosto dela. Eles a abandonaram. Eles fugiram com o general Meers e a deixaram para trás. Será que Rory tentara impedir, ao menos? Cordelia sequer mencionara o nome dela?

Ela assentiu para Orion Hearst, engolindo a pontada de dor. Briony estivera procurando pelo irmão enquanto o castelo desmoronava sob os pés dela, e ninguém estava procurando por ela.

— Larissa, você deveria encontrar o seu pai — orientou Orion lenta e deliberadamente. — Ele e os outros estão reunidos no primeiro andar, vão procurar Briony Rosewood em todos os andares. — Ele a encarou, sem piscar. — É provável que demorem mais meia hora até chegarem aqui.

Briony o encarou de volta.

Ele sabia que ela não era Larissa. E estava lhe dando tempo para sua fuga.

— Obrigada, sr. Hearst — disse Briony, cautelosa. — Vou me certificar de descer.

— Venha, Toven — chamou Orion, indo até a porta.

— Larissa não deveria vir conosco?

Tanto Orion quanto Briony se viraram para encarar Toven.

— Certamente a escola não é um lugar seguro. Podemos levá-la conosco até Hearst Hall...

— Não, Toven — avisou Orion, e algo aconteceu entre eles. — Larissa precisa ficar.

Briony engoliu em seco. Eles precisavam ir, e ela precisava subir até o último andar, torcendo para que alguém — *qualquer um* — pensasse em voltar para buscá-la. Torcendo para que alguém pensasse na segurança dela com pelo menos metade do afinco que Toven Hearst parecia ter naquele momento.

O garoto estava congelado ao lado dela. E, bem devagar, com um pé na frente do outro, ele deu um passo adiante, seguindo o pai.

Briony soltou o fôlego, e Orion escoltou Toven até o corredor. O homem parou na porta, e ela sustentou a aparência de Larissa por mais um momento.

— Senhorita Gains? — chamou Orion. Briony ergueu o queixo. — Informe ao seu pai que a srta. Rosewood provavelmente já deixou as montanhas. — Ele fez uma pausa, o olhar fixo nela. — Ela deve ter descoberto que as fronteiras estão abertas... já que Etérnia não tem um rei no momento.

Briony piscou. A alma estremeceu no peito.

Incapacitado.

O pai dela morreu.

Orion Hearst tinha sido delicado ao comunicar.

O homem colocou a mão no bolso e jogou algo para ela. Era um frasquinho com sangue.

— Pertence a Genevieve Trow. Caso não encontre seu pai, precisa fazer um portal para ir embora.

Briony prendeu o fôlego. Orion assentiu e fechou a porta.

Ela ficou sozinha no escritório abandonado, deixando que o disfarce de Larissa Gains desaparecesse do corpo.

O pai dela tinha morrido, e Rory logo seria coroado. Briony tinha poucos minutos antes de Etérnia ter um novo rei e as barreiras na fronteira voltarem a existir.

Ela encarou os destroços do lugar em que disseram que estaria segura, e então virou a gota de sangue Trow na mão. Briony cortou o dedão, esticando a mão para conjurar um portal para Biltmore com o próprio sangue, se é que seria permitido.

Quando o portal se abriu ao comando dela, foi tudo o que precisara para ter certeza: Orion não mentira para ela.

As fronteiras estavam abertas. O rei morreu.

E, aparentemente, ela era descartável.

Briony deu um passo para o vazio e desapareceu.

Capítulo 39

Presente

Acordar no sábado de manhã foi como atravessar um arbusto espesso e espinhento que se acomodara sobre ela durante a noite. Lutando para recuperar a consciência, Briony teve dificuldade ao sentir os músculos doloridos e a pulsação atrás do olho esquerdo.

Ela virou de lado e se impulsionou para sair da cama, mas não conseguia se mexer.

Então, Briony se lembrou.

O canhão.

O grito da mulher de cabelo loiro-avermelhado.

Os olhos de Mallow.

E a voz de Toven nos ouvidos dela, equilibrando-a, guiando-a através dos terrores daquela noite.

Ele a deixara soluçar, apoiar-se nele, e não a afastara. E, depois, aquiescera. Concordava com ela?

Toven a levara de volta para o quarto com um elixir para dormir, e a mente de Briony desaparecera no instante em que o corpo deslizara entre os lençóis.

Ela abriu os olhos ao sentir a consciência voltar à tona, lembrando-se de todas as coisas que precisava fazer. Porém, as fortes barreiras mentais que precisou criar devido à proximidade de Mallow provocaram exaustão no corpo e na mente. Apesar das intenções, Briony se viu à deriva no mar.

* * *

Quando finalmente conseguiu se sentar na cama, viu que o relógio indicava quatro da tarde. Briony grunhiu. Não podia perder mais um único minuto. Precisava aumentar a concentração na barreira mental caso a desconfiança sobre ela tivesse aumentado. Precisava criar um despertador a partir daquele momento. Precisava que a casa jogasse um balde d'água fria nela se não se mexesse antes das nove.

Briony focou os pensamentos, fechando na mente os livros que guardavam os horrores do canhão e o luto pela mulher de quem ela não sabia o nome e por seu irmão.

Uma nova lembrança voltou à superfície. Braços que a seguraram, dedos compridos traçando com delicadeza sua orelha. Olhos cinzentos presos nos seus quando ele assentiu.

Toven. Ele a ajudara na noite anterior. E talvez a ajudasse outra vez. O coração palpitava com as possibilidades.

Briony decidiu retomar as pesquisas sobre os Durling. Caspar Quill, em sua embriaguez, deixara implícito que também usavam marcas mágicas — que talvez tivesse se inspirado neles.

Ela seguiu até a biblioteca e abriu as portas, parando de imediato. Papéis estavam espalhados pelas cadeiras, chão e mesas. Uma dúzia de livros flutuava em frente às estantes, esperando para serem retirados por fosse lá quem os invocara. Briony ficou boquiaberta ao ouvir o som de páginas virando rapidamente em meio às estantes.

— Ainda não estou com fome, mãe.

Ela piscou e virou-se para ver se Serena estava parada ali com uma bandeja. Quando ela se voltou para as estantes, Toven espiou pelo canto da estante, de cara feia. Ao ver que se tratava de Briony, a carranca desapareceu, e ele fechou o livro com força. Tirou uma caneta de trás da orelha e a virou entre os dedos.

— Rosewood. Achei que fosse minha mãe.

Os olhos dele percorreram a sala como se avaliassem a bagunça que ela encontrara. Briony prendeu o fôlego ao examiná-lo, observando o rubor que subia pelo pescoço dele. Toven abaixou o braço que segurava o livro e o posicionou às costas. Os olhos dela acompanharam o movimento.

— O que você está pesquisando?

— Só procurando a solução para um problema — respondeu Toven, engolindo em seco e passando as mãos pelo cabelo.

Ela assentiu devagar, olhando de soslaio para o catálogo. Queria pedir que ele apresentasse mais informações sobre os Durling, mas não tinha certeza se Toven deveria escutar qual era o tópico de busca.

Quando assentira na noite anterior, com o que concordava?

Briony se aproximou.

— Queria agradecer a sua gentileza ontem à noite.

Ele a encarou, rígido, e Briony levantou o rosto para encontrar olhos diferentes dos tenros que encontraram os dela na noite anterior, no quarto dele.

— Não há de quê.

Ela esperou, mas nada foi acrescentado.

— E eu queria...

— Rosewood, eu estou ocupado. Isso pode esperar?

Briony se assustou com a acidez no tom de voz. Havia tensão na postura dele, a mesma postura que reconhecia da época de escola. Determinação.

De súbito, sentiu-se muito tola. Por agradecer Toven por cuidar dela enquanto chorava. Por pensar que algo tinha mudado. Seus olhos arderam, e Briony fechou a boca com força.

O rosto de Toven imediatamente se suavizou.

— Como você está se sentindo?

— Bem — respondeu, e ele relaxou os ombros. A ardência atrás dos olhos dela se transformou em uma pulsação lenta. Briony estava rodeada por todos os livros, anotações e bagunça dele. — Exausta. Esse "problema" é algo com que eu possa ajudar?

Ela foi na direção da mesa cheia de anotações, espiando um livro aberto na beirada. Toven surgiu na frente dela em um piscar de olhos, fechando-o com força. Briony conseguiu ter um vislumbre de traduções antigas anotadas em um pergaminho antes da visão ser bloqueada.

Briony ergueu os olhos para ele, tão perto que era preciso inclinar a cabeça para trás. Estiveram próximos assim na noite anterior, quando Toven a abraçara enquanto ela chorava. Ele colocara um cacho atrás da orelha dela e encarara os olhos chorosos como se estivesse em um transe.

Briony guardou aquela lembrança.

— Sou muito boa com pesquisa, como deve se lembrar.

Ela sorriu, esperando que ele não perdesse a chance de provocá-la. De deixá-la entrar.

Em vez disso, Toven apenas se afastou.

— Não precisa. Estou quase lá. — Ele engoliu em seco. — Mas obrigado.

Briony piscou rapidamente, assentindo com decepção, encarando os próprios sapatos. Talvez, quando acabasse com aquele "problema", os dois enfim pudessem conversar.

Ela ergueu o queixo, respirando fundo.

— Eu descobri que, na maior parte dos casos, a resposta está bem na sua frente — comentou Briony, respirando fundo.

Toven entreabriu os lábios, respirando fundo em silêncio, como se o comentário irreverente o perturbasse. Um rubor apareceu nas bochechas dele enquanto os olhos percorreram o corpo de Briony antes de se voltarem para o rosto dela.

— Obrigado, Rosewood. Vou pensar nisso — murmurou.

Assentindo uma última vez, ela pediu licença, indo até a saída. Ao se virar para fechar as portas da biblioteca, Briony o viu se sentando à mesa, começando a organizar a pesquisa.

Ela jantou sozinha no quarto aquela noite, examinando um livro grosso que continha referências esparsas a marcas mágicas. Conseguiu ler três capítulos antes de uma exaustão arrebatadora dominá-la, atraindo-a para o sono.

* * *

— Rosewood, acorde.

Ela abriu os olhos, despertando com a presença de mais alguém no quarto. Estava escuro como breu.

Uma vela foi acesa ao seu lado, revelando Serena debruçada sobre a mesa de cabeceira, sacudindo um fósforo.

— Está tudo bem, querida — sussurrou a mãe de Toven, mas havia um tremor na voz, e ela não fazia contato visual. — Está tudo bem — repetiu, talvez mais para si mesma.

— O quê...

Briony se calou, os lábios entreabertos ao ver Toven do outro lado da cama com outra vela. Os dedos tremiam ao tirar um fósforo da caixinha, derrubando-o perto da vela sem acendê-lo.

— O que aconteceu? — perguntou Briony, apressando-se para sentar.

— Venha. — Serena afastou os lençóis, esticando a mão para ela. — Venha comigo.

Ela saiu da cama, o coração palpitando nos ouvidos. Serena a levou à sala de banho enquanto Toven ia ao centro do quarto, a mão se mexendo em um círculo: abrindo um portal.

Serena fechou a porta atrás delas e Briony piscou, examinando a elegante Serena Hearst, de roupão, sem maquiagem nem roupas finas. Uma camisola de seda branca estava pendurada frouxa no cotovelo, e a expressão pálida da mulher era da mesma cor do tecido.

— Retire a sua roupa sussurrou Serena.

Briony engoliu em seco, quase implorando por respostas, mas algo dizia para obedecer.

— Vamos a algum lugar? — perguntou ela, assustada.

— Não, querida. Tem… alguém vem…

Observou Serena ter dificuldade para encontrar as palavras. Briony arregalou os olhos em pavor, a respiração mais acelerada. Mallow?

— Vamos receber visitas logo pela manhã — informou Serena por fim. — Não sei o motivo. Só nos informaram que fariam um exame médico.

Briony tirou a camisola de algodão simples com dedos trêmulos, o medo sobrepujando sua modéstia, e Serena se aproximou com a seda branca e a passou por cima da cabeça de Briony.

— Certo — disse Briony.

Ela sentiu calafrios na pele enquanto a seda a cobria. Por que trocar algodão por seda?

— E o que vamos fazer? — questionou.

— Existe um feitiço antigo. Algo que costumavam usar nas filhas… um ritual.

Briony congelou, apavorada enquanto deixava Serena ajustar o tecido sobre suas pernas. Dedos empurraram o cabelo dela de lado. Uma corrente fria perpassou seus ombros, e Serena colocou um colar de cristal no pescoço dela.

— Que tipo de ritual?

Briony não reconhecia a própria voz.

O cristal zumbia na pele. Mágico. A seda também era parte do ritual?

Os olhos azuis de Serena encontraram os dela, examinando-a.

— Vão confirmar que sua virgindade continua intacta — explicou Serena baixinho. — Então nós vamos removê-la.

Briony sentiu a pele formigar, e o peso da camisola de seda nos ombros. Esperando as palavras fazerem sentido.

Uma batida forte ressoou na porta da sala de banho.

— São uma e cinquenta e oito. — A voz retesada de Toven ecoou, anunciando a hora.

Briony tremeu, e Serena segurou os braços dela para guiá-la.

Toven deu um passo para o lado para deixá-las passar, os olhos encarando firmemente o relógio. O portal era um buraco no meio do quarto. Serena a levou até a cama, fazendo Briony se sentar.

A mente dela finalmente entendeu as circunstâncias conforme a mulher se ajoelhou diante dela, pegando uma tigela de água, encharcando os dedos e então passando a água sobre os olhos e lábios de Briony.

Havia um ritual.

Um ritual para enganar o feitiço de virgindade. O mesmo feitiço que lançaram nela para decidir o lance inicial no leilão.

Serena sussurrou algo na tigela de água — em outra língua — antes de levá-la aos lábios e engolir metade. Briony olhou para Toven. Ele estava enraizado no tapete, os músculos retesados na mandíbula.

Era isso que estava pesquisando. O ritual. E não a deixara ajudar.

O relógio bateu duas da manhã, e Toven se afastou do portal e a encarou com olhos cinzentos.

Serena pegou a tigela de água, levando-a até a boca de Briony, que bebeu o resto da água, sem deixar de observar Toven por cima da borda da tigela. Ele a encarou enquanto engolia.

Toven sabia desde o dia anterior que estavam vindo. Sabia que a encontrariam intocada e vasculhara a biblioteca para encontrar a solução do problema.

A respiração de Briony falhou ao perceber que ele pulara a solução mais fácil.

Serena colocou a tigela na mesa de cabeceira e subiu na cama, os braços e pernas compridos se dobrando com elegância. Ela guiou Briony para se sentar diante de si, as duas encarando o portal. Toven foi até o outro lado da cama, apoiando a mão na haste da cama, observando o relógio.

Briony abriu a boca para quebrar o silêncio, para perguntar sobre o feitiço e questionar a pesquisa, mas as palavras morreram na sua garganta quando o portal estalou e Orion Hearst entrou por ele.

Capítulo 40

Briony sentiu o coração palpitar no peito.

Orion olhou para ela, vestida em seda branca, esperando em uma cama.

Toven deu um passo à frente, pegando um livro do bolso que ele guardava consigo e o abrindo.

— Traduzido do stárkico — avisou Toven. — Verifiquei a tradução. É precisa. — E foi ao encontro do pai assim que o portal se fechou atrás de Orion com um sibilo. — Já determinei as etapas. A vela, o sangue, a encantação...

Orion Hearst ergueu uma mão, calando o filho.

— Deixe-me ver, Toven.

Ele pegou o livro e o analisou, virando as páginas. O ar em volta de Toven parecia vibrar com uma energia distorcida.

Depois de virar uma página, Orion se deteve, arqueando uma sobrancelha. Briony observou os olhos lerem rapidamente uma mesma passagem até erguê-los na direção dela.

O livro foi fechado. Orion a avaliou e disse:

— E se não funcionar?

— Vai funcionar.

A boca de Toven era uma linha reta.

— E se não funcionar?

— Então vou pensar em outra coisa.

Só que Orion não estava olhando para o filho; estava olhando para Briony. Ela piscou, sentindo a pergunta vibrar sob a pele.

Se não funcionar, você fará isso da maneira fácil?

Briony engoliu em seco e inclinou a cabeça com o menor dos acenos.

Orion voltou os olhos ao texto, estudando as palavras com casualidade, como se estivesse examinando uma vitrine. Em tese, deveria estar em Camly do Sul. Sairia de lá apenas por emergências. Eles o chamaram para um ritual sombrio ilícito, e o homem tinha a audácia de agir como se tivessem todo o tempo do mundo.

Como se a vida de todos eles não estivesse em risco.

Toven cerrou o punho. A respiração de Serena era quente no cabelo de Briony.

Orion fechou o livro e o entregou para o filho. Ele olhou para o relógio na parede e se virou para Briony.

— Pronto.

— Me deixe ver o livro — pediu Briony, a voz alta demais no quarto silencioso. — Me deixe ler primeiro...

— Não há tempo, srta. Rosewood — avisou Orion, e ela conseguia ouvir a finalidade na voz quando ele caminhou até a vela apagada ao lado da cama dela.

— O que faz o ritual? — perguntou Briony, e se virou para Serena, depois para Toven ao lado das janelas, observando em silêncio.

— Não há motivo para se preocupar, querida — sussurrou Serena no ouvido dela.

Orion acendeu um fósforo e a chama sibilou depois que ele acendeu o pavio. A única luz no quarto vinha das duas velas, lançando sombras sobre seus rostos.

Serena cruzou as pernas e guiou Briony para descansar a cabeça no colo dela, fazendo com que ela encarasse o topo do dossel enquanto a mente corria a mil.

Quem seria o visitante? Por que verificariam a virgindade dela? Por que agora?

E então todos os pensamentos desapareceram da sua mente quando Orion Hearst subiu na cama.

Briony sacudiu as pernas, quase dando um chute nele ao ver o homem de membros compridos engatinhar como uma pantera para se sentar ao lado dela. Serena segurou os braços dela para acalmá-la, para deixá-la imóvel.

— O que esse feitiço envolve? — perguntou ela, sentindo a voz rachar com a garganta seca.

As feições calmas de Orion se transformaram em um sorriso malicioso.

— Ora. Não se inquiete, srta. Rosewood. Apenas se deite e pense em Etérnia.

— Orion — avisou Serena.

Briony sentia o coração nos dedos de Serena, pulsando como se quisesse sair do aperto. E, antes que pudesse fazer outra pergunta, Orion tirou uma faca de dentro da calça, o rosto impassível mais uma vez. Ela encarou o brilho da lâmina no momento em que ele colocava uma mão firme na clavícula dela. A faca fez um corte rápido e superficial em cima do coração, rápido demais para Briony sequer estremecer. Orion começou a fazer uma prece silenciosa, o som da língua stárkica roçando rouco na testa dela.

Briony olhou para Toven, iluminado pelo luar perto da janela, observando com a mão cobrindo a boca. Os olhos dos dois se encontraram.

E as velas se apagaram.

A escuridão foi como um mergulho na água fria. Se não estivesse sentindo a pressão dos dedos de Serena nos pulsos, Briony teria gritado.

Orion entoava palavras antigas acima do rosto dela, a voz fria. Ele se afastou, pairando acima da barriga dela, sem deixar de murmurar.

Com o conhecimento limitado de stárkico que detinha, compreendeu palavras como "lobo" e "proteção". Ela virou a cabeça para onde Toven estava no canto, e a mente atordoada imaginou que conseguia ver o branco dos olhos dele refletindo a escuridão de volta para si.

Então sentiu um puxão afiado na barriga, como uma cólica terrível. Briony arfou, se sobressaltando. Serena a segurou, e Orion elevou a voz ainda entoando o feitiço.

Parecia que os intestinos de Briony lutavam para fugir em direções opostas. Ela se debateu, tentando esticar o corpo em posições que aliviariam a cólica, mas só sentia um puxão forte na barriga.

Briony grunhiu, e o chão rangeu perto das janelas.

Um estampido rápido, como se algo dentro de si tivesse se deslocado. Ela fechou os olhos para afastar a dor, bloqueando a escuridão.

E então, uma sensação de alívio. Como a luz do sol. A barriga relaxou.

Briony abriu os olhos, rezando para que tivesse funcionado, e encontrou o rosto de Orion Hearst acima dela sob a luz de velas.

Não. Não eram velas. Uma bola do tamanho de um punho pairava acima da barriga dela. Muito parecida com a do feitiço que as enfermeiras fizeram meses atrás, brilhando tão branca que quase parecia azul e lançando sombras pelo breu, aquecendo o olhar cinzento de Orion.

Serena penteava o cabelo de Briony com gentileza, e todos os olhos encaravam aquela bola de energia, simbolizando o que ainda não fora tirado dela. Ela observou a luz flutuar como se asas de fada a segurassem ali.

Uma jarra de vidro foi trazida, passando por baixo do orbe, capturando-o e fechando a tampa por cima. Toven a selou com força, observando a luz tremeluzir. Os olhos dançavam com o brilho, e os lábios dele se entreabriram em fascínio.

Ele segurou a jarra com uma mão e colocou um ramo de flores brancas em cima da barriga dela com outra. Orion fez o feitiço de detecção de virgindade sobre ela. A avaliação pareceu percorrê-la da cabeça aos pés, se encontrando no centro. Quando a magia chegou ao abdome de Briony, os quatro observaram, segurando o fôlego.

As flores não pegaram fogo como da primeira vez que testou positivo para castidade.

Não sabia o que deveria acontecer se não fosse virgem. Ela não vira.

Ninguém se mexeu. Briony ouviu Toven engolir em seco.

— Funcionou? — sussurrou ela.

Uma pausa, e então:

— Parece que sim — murmurou Serena no cabelo de Briony.

Orion lançou o feitiço outra vez, e eles observaram os mesmos resultados.

O homem saiu abruptamente da cama, olhando para ela, e então voltou-se para Toven.

— Se houver um problema, não vão poder me contatar até amanhã à tarde.

A luz na jarra de vidro na palma de Toven lançava sombras sinistras no rosto de Orion. Ele se virou, cortando a mão e abrindo um portal com o sangue, então adentrou o vazio sem nem sequer olhar para trás.

Com um aceno da mão, Serena acendeu as arandelas em uma luz baixa. Ela saiu da cama e pegou as velas ritualísticas.

— Peço perdão pelo tumulto, Briony, querida — disse ela, ainda sem encará-la. — Descanse um pouco. Vamos conversar pela manhã.

Serena lançou um olhar severo para Toven antes de partir, fechando a porta com um clique suave.

Briony respirou fundo algumas vezes antes de se endireitar. Ao se sentar, ajustou a camisola branca manchada com o sangue que ainda escorria nos lençóis, e encarou Toven Hearst, que segurava sua virgindade nas mãos.

O alívio no rosto dele dissipou, e sua face empalideceu ao encará-la. Toven colocou o jarro com delicadeza na mesa de cabeceira.

— Isso deveria ficar aqui. — Ele engoliu em seco. — Proteja-a. Poderia... pode ser vendido por um bom preço em algum mercado ilegal, então é melhor se ficar escondido no seu quarto.

Ela piscou para a luz, ainda a fonte de maior luminosidade no quarto, mesmo com as arandelas. Briony se perguntou se deveria se sentir diferente agora.

— Peço desculpas por ter sido tão abrupto — falou Toven, alternando o peso entre uma perna e outra. — Só fui notificado ontem à tarde. E o feitiço requeria a presença do meu pai, eu nem sabia se eu conseguiria...

— Por que importaria para Mallow que eu ainda sou virgem? — questionou.

Toven apertou os lábios.

— Liam me avisou que Canning requisitou uma audiência com Mallow. Suspeito que tenha sido para se vingar pelo banimento do elixir dele.

Briony encarou os pés descalços.

— Mesmo assim... Por que Mallow se importaria? A pressão de ser íntimo comigo vinha dos seus amigos, mas certamente não dela.

Toven fechou os olhos e pareceu respirar fundo para tomar coragem.

— Mallow deixou claro que apoia qualquer forma de colher o máximo de poder de você — respondeu ele, cuidadoso.

Briony sentiu o coração apertar. Magia sacra.

De súbito, lembrou de quando fora levada à presença de Mallow pela primeira vez.

"Divirta-se com ela, Toven. Estou ansiosa para ver como ficará poderoso assim que se unir a ela."

Aquilo foi momentos depois de Mallow descobrir que Briony nutria sentimentos por Toven — momentos depois de descobrir que Toven talvez nem sequer precisaria seduzi-la...

Briony se sentiu enojada. Não conseguia acreditar que havia uma mulher no mundo que desejaria algo assim para outra mulher.

Porém, ela voltou a focar o problema atual.

— Quero ver a sua pesquisa — disse Briony. — Quero ler sobre o feitiço.

Ele assentiu, os olhos distantes, ainda fixos no jarro.

— Claro. Amanhã, depois que...

Briony fez uma carranca.

— Agora. Eu estou acordada. Você está acordado.

Ela saiu da cama, tropeçando, a camisola de seda comprida toda embolada nas pernas em uma constrição estranha. Desfazer a confusão com o tecido fez com que se aproximasse dele.

Toven olhou rapidamente para o corte no peito dela. Briony se perguntou se ele estava pensando na última vez em que ela estivera com uma camisola ensanguentada.

Toven engoliu em seco.

— Você deveria descansar.

— Me dê o livro — exigiu Briony.

Ele sempre ocultava informações dela, ainda mais quando eram diretamente relacionadas a Briony. A irritação fervilhava no peito.

No entanto, dessa vez, algo devia estar diferente. Toven estendeu o livro, observando enquanto ela o pegava, folheava e lia as páginas marcadas.

Estava tudo em stárkico.

Briony fez um feitiço de tradução e respirou fundo, focando as palavras enquanto elas se organizavam. Estava feito. Não havia nada que pudesse fazer para mudar o que acontecera ou como acontecera. Só queria saber as especificidades.

Era um diário. As anotações de um mago de mil anos antes, anterior ao tempo de Vindecci. Detalhava um ritual para salvar a "pureza" de sua filha do "lobo".

Duas velas. Dois progenitores. A mãe purifica, o pai faz sangrar.

Briony fechou o livro com força, as bochechas ardendo em raiva e vergonha. Ela se virou para Toven, pronta para descontar a raiva nele.

Então uma mão acolhedora pousou sobre seu ombro. Ele encarava o sangue que escorria do corte acima do coração. Toven ergueu a mão e fez um feitiço para costurar a pele. Os olhos não desviaram do que fazia, e Briony sentiu o corte curar.

— E se não tivesse funcionado? — perguntou ela, a voz fraca.

Ele se afastou, passando a mão pelo cabelo.

— Então eu teria pensado em outra coisa. Um feitiço diferente.

Briony se perguntou em que ponto Toven teria entrado no quarto dela, segurando-a na cama e então a penetrado.

Minutos antes dos "visitantes" chegarem? Ou talvez preferisse deixar que todos morressem?

— E se não tivesse encontrado um feitiço? Quando você teria me consultado ou pedido minha opinião?

Ele piscou um instante antes de desviar o olhar para as prateleiras.

— Eu esperava encontrar algo como uma ilusão. Algo para enganar o feitiço de detecção. — Ele engoliu em seco. — Eu esperava...

— Você esperava que eu jamais precisasse saber — completou ela. A pele vibrava de raiva. — Esperava fazer um feitiço e varrer o assunto para debaixo do tapete.

Toven apertou os lábios com força.

— Você não entende que podemos estar todos sob investigação? Por ordens de Mallow, você será examinada amanhã de manhã, e não fazemos ideia do motivo...

— Eu entendo perfeitamente, obrigada — respondeu ela com rispidez. — Eu também entendo que você teve doze horas em que poderia ter me contato o que estava acontecendo — Toven inspirou para interrompê-la —, para me informar dos problemas para que pudéssemos encontrar uma solução *juntos*, mas em vez disso escolheu me surpreender...

— Minha família está em perigo, Rosewood...

— E você está me culpando por isso?

— Às vezes eu preciso agir sem a sua aprovação para fazer o que é melhor para a minha família! Para nós quatro!

Briony abriu a boca, arfando em silêncio.

Toven arregalou os olhos ao se dar conta do que acabara de dizer. Ele fechou a boca, o horror tomando conta das feições. Antes que ela pudesse insistir mais, ele deu a volta e saiu rapidamente do quarto.

Briony encarou o local por vários minutos antes de se sentar na beirada da cama. Ela encarou a luz flutuando no jarro na mesa de cabeceira, escutando o eco de Toven dizendo que Briony fazia parte de sua família.

* * *

Às sete horas da manhã seguinte, Toven bateu na porta do quarto dela.

— Eles chegaram — anunciou com a voz neutra e os olhos frios.

Briony estivera vestida havia horas, sem conseguir dormir. Parecia que o mesmo ocorrera com ele. Ambos resignados com qualquer que fosse o destino que os aguardava. Fechando a porta do quarto atrás de si, Briony o seguiu pela escada até a sala de estar.

Ao abrir a porta, Toven segurou o cotovelo dela com um aperto firme, puxando-a junto dele.

Briony avaliou a sala no mesmo instante. Serena. Um homem e uma mulher desconhecidos, uniformizados como enfermeiros. Cohle. E, virando-se para cumprimentá-los com um sorrisinho desdenhoso no rosto, estava Reighven.

Briony cambaleou, sentindo um nó na barriga, antes de voltar o olhar para o chão.

Os passos de Toven desaceleraram, mas ele não demonstrou outra reação.

— Cohle — cumprimentou. — Reighven.

— Perdão por vir tão cedo, Hearst — disse Cohle, sem nenhum indício de remorso. — Mas sua mãe me falou que acordam cedo aqui em Hearst Hall.

Ele deu um sorrisinho para os dois.

— Sim. Obrigado pela hospitalidade, Serena — disse Reighven, dando uma piscadela.

Serena deu um passo à frente.

— Claro, Lag. — Um sorriso fino estava colado no rosto dela. — E preferiria que me chamasse de sra. Hearst.

Briony mantinha os olhos no chão. A pele estava fria, a respiração, curta.

— Qual a razão da visita? — perguntou Toven.

Ele cruzou os braços, adiantando-se para ficar à frente de Briony.

— Reighven e eu recebemos a incumbência de verificar as cardiarizes — explicou Cohle, com uma voz que provocava arrepios pela espinha. — Tivemos alguns problemas, e Mallow pediu para averiguarmos.

O enfermeiro conjurou uma mesa de examinação e fez um gesto silencioso naquela direção. *Aquelas pessoas tinham sido silenciadas*, percebeu ela.

Briony foi até a mesa de exame, e todos os olhares estavam sobre ela quando acatou a ordem com obediência.

— Parece que você aprendeu a se comportar afinal, princesa — elogiou Reighven.

— Vou pedir que não dirija a palavra à minha cardiariz — disse Toven, frio. — Você pode falar comigo se tiver uma ordem direta para ela.

Briony se deitou, a mente entorpecida. Respirou fundo, puxando ar nos pulmões vazios. *Um lago com águas tranquilas.*

— Que tipo de problemas? — perguntou Serena. — O que tem de errado com as outras cardiarizes?

Os enfermeiros ficaram ao redor dela, fazendo diversas avaliações em silêncio.

— Uma delas não foi devidamente esterilizada — informou Reighven.

E Briony sentiu a sala sacudir, estremecer diante dos olhos dela.

Um silêncio tenso se seguiu enquanto os enfermeiros a testavam.

A única outra mulher que Briony sabia que deveria ser esterilizada era Phoebe, a outra Rosewood sobrevivente. Será que Phoebe engravidara?

O peito de Briony estremeceu.

A fertilidade seria arrancada dela outra vez. Aquela possibilidade. A pequena chance de um futuro.

O enfermeiro tocou o lado esquerdo do quadril dela. Uma luz vermelha fraca apareceu. Ele foi para o outro lado de Briony, e com o gesto, uma luz verde iluminou o rosto do homem.

Uma pausa, como o pulo de um degrau na escadaria. Ela sentiu todos os olhos da sala fixarem no quadril dela. Ela não ousou olhar para Toven.

— Há! — exclamou Reighven, afiado. Ele riu, e a sala estremeceu com a gargalhada. — Dois meses com uma puta fértil e você não meteu nada dela? Já olhou se seus garotos nadam, Hearst? Comigo, teriam sido trigêmeos a essa altura...

— Basta, Lag — sibilou Serena. — Por favor, lembre-se dos seus modos enquanto estiver na minha casa.

Reighven bufou. E respirou como se fosse dizer mais alguma coisa, mas então se conteve e virou para o enfermeiro.

— Verifique a virgindade dela.

A sala ficou tensa. Cohle riu.

— Toven, é claro que você fodeu ela — comentou Cohle.

— *Cavalheiros* — avisou Serena.

— Quero provas — exigiu Reighven. — Ande com isso.

A enfermeira conjurou um ramo de flores brancas. Briony prendeu a respiração enquanto a verificação familiar a percorreu e se concentrou na barriga, então parou. Não encontrou nada. Ela quase chorou de alívio.

— Viu só, Lag? Rochas... — Cohle suspirou. — Muito bem, prossigam. Terminem a esterilização.

A sala ficou em silêncio.

O enfermeiro deu um passo à frente.

Briony se preparou para a dor excruciante que sentira da última vez que a trompa foi cortada. Ela olhou para o teto por cima do braço do enfermeiro e respirou fundo, trêmula, focando qualquer coisa que não fosse a imagem de crianças com os cachos dela e olhos cinzentos...

— Não... — Um pigarro de garganta. — Ela é minha propriedade. Não tenho o direito de opinar?

Briony engoliu em seco, piscando aliviada. Um silêncio espesso caiu como uma camada de neve.

— Por quê, Hearst? Quer filhotes?

Reighven soltou uma risada.

Cohle fez um ruído de acordo.

— Esta Rosewood e todos os ligados à linhagem dela devem ser esterilizados. Você sabe o motivo para isso, claro.

— A de Carvin também não foi feita corretamente, e cuidamos disso ontem.

Phoebe. Briony sentiu o coração palpitar.

Toven pareceu não ter mais como argumentar.

Briony viu a luz verde leve no quadril desaparecendo, sumindo da existência.

Os braços e pernas pesavam. Ela se sentiu fria e inútil. A dor ardia por trás das pálpebras.

Logo, tudo acabaria.

O enfermeiro ergueu as mãos e as posicionou sobre o quadril dela. Briony fechou os olhos enquanto ele se preparava para fazer o feitiço...

Um sopro de vento passou por cima dela como um chicote. Houve um arfar repentino sem voz e um silvo de ar.

Briony abriu os olhos ao ouvir um grunhido soar à direita, seguido de um baque.

— Mãe!

Briony deu um pulo, saindo da mesa. Toven estava ao lado dela em um instante.

O enfermeiro estava no chão a diversos metros de distância, atordoado, como se não tivesse entendido muito bem como fora parar ali.

Reighven estava desmoronado na parede mais distante, a cabeça pendente e inconsciente.

As mãos de Serena Hearst estavam estendidas, a magia estalando entre os dedos enquanto encarava Cohle, que parecia tão chocado quanto todos na sala.

— Temo que não posso permitir que façam isso — disse Serena, a voz baixa e sombria, os olhos fixos em Cohle. — A srta. Rosewood está sob minha proteção.

Capítulo 41

— Rochas, o que você fez? — sussurrou Cohle.

Briony sentia o coração batendo forte. Ela olhou entre as pessoas da sala, avaliando a cena.

Toven estava ao lado dela, com a respiração ofegante no ouvido de Briony. A enfermeira estava congelada do outro lado da mesa, sem nenhuma indicação de que ergueria a mão para fazer magia. O enfermeiro estava imóvel, sem saber se deveria se levantar. Reighven estava inconsciente.

E Cohle e Serena Hearst encaravam um ao outro, a magia fervilhando.

— Fique de olho nos enfermeiros, Toven — disse Serena.

E então as mãos fizeram um arco grande.

Cohle foi rápido em erguer um escudo e cortou o golpe no ar.

Briony observou com espanto os dois dançarem pela sala. Serena se mexia com fluidez, capturando a magia de Cohle e disparando de volta para ele. Os movimentos do outro eram brutos e grosseiros.

Toven segurou o canto da mesa e a virou de lado, arrastando Briony para que se ajoelhasse atrás da barricada improvisada.

— Fique aqui.

E então se levantou com os braços abertos e estendeu as mãos na direção dos enfermeiros. A mulher deslizou até ele com uma arfada, mas o homem bloqueou o feitiço e ficou de pé. Toven lançou mais feitiços, mas todos foram impedidos.

A enfermeira caiu de joelhos perto de Briony, e Toven a manteve no chão com uma mão enquanto a outra fazia círculos grandes para tentar capturar o homem.

Uma claraboia estilhaçou acima, e Briony protegeu a cabeça dos cacos. O pássaro marinho de plumagem branca que às vezes via no terreno dos Hearst entrou, voando baixo para bicar Cohle no momento que tentou alcançar o coração de Serena. O albatroz rodopiou pelo ar, se juntando à Serena na dança mortal.

Toven tropeçou em uma cadeira caída e, antes que pudesse se endireitar, a enfermeira fugiu, atravessando a sala e correndo pela porta.

Briony ficou de pé, em pânico, mas Toven se colocou em seu caminho.

— Mantenha-o aqui — disse ele, indicando o enfermeiro, e então correu pela porta também.

Briony olhou para Serena e Cohle, ambos desviando golpe por golpe e explodindo a mobília, e então para o enfermeiro no chão, que estava se recompondo outra vez.

Ela se abaixou atrás da mesa e bateu no chão com as mãos. O homem caiu e, com uma espiada por trás da mesa, Briony o viu puxar as pernas, confuso. Ela grudara os sapatos dele no chão. Era um feitiço básico, mas estava enferrujada, e, além disso, não deveria *ter* magia.

Engatinhando até o outro lado da mesa virada, viu Reighven, ainda apagado.

O enfermeiro estava começando a desgrudar as botas quando Briony girou na direção dele. Ela empurrou as mãos e ele cambaleou para a frente. Não era criativo, mas precisava ganhar tempo.

Serena gritou, e Briony tentou focar — tentou se lembrar de tudo que aprendera sobre batalhas de proximidade.

Ela ergueu o olhar para os retratos dos antepassados da família Hearst na parede e puxou um da parede com magia. Enviou na direção de Cohle, que estava acima de Serena enquanto a mulher se contorcia e o albatroz o bicava.

O retrato voou para a lateral do corpo dele, o canto o acertando embaixo das costelas exatamente onde Briony queria.

Serena cambaleou para ficar em pé e avaliou a cena, procurando por Toven. Ela arregalou os olhos, alarmada, e Briony se virou bem a tempo de ver o uniforme do enfermeiro desaparecer pela porta.

Briony correu. Ela precisava confiar que Serena conseguiria lidar com Cohle. Precisava acreditar que Reighven não acordaria. Cada passo dos pés no chão de mármore sustentava um novo desejo em que precisava acreditar.

Ela parou aos tropeços fora da sala de estar e olhou para a esquerda e para a direita, encontrando o homem correndo na direção das portas da frente. Briony esticou os braços e os trouxe rápido de volta para o peito: o homem puxou e puxou as portas para abri-las, mas não conseguiu.

Ela se escondeu em um canto assim que o enfermeiro se virou e partiu para outro corredor, desesperado para encontrar uma saída.

Estava claro desde a luta com Toven que ele não era um médico treinado em combate. Provavelmente nunca vira uma batalha. Briony se sentiria mal por ele se a vida de todos não dependesse de sua fuga.

Se o homem fugisse e revelasse o que Serena fizera...

Se contasse a alguém que ela não fora esterilizada...

Briony usou uma passagem, conhecendo os atalhos. Correndo, apareceu no corredor oposto só a alguns passos diante do homem. O enfermeiro parou tão abruptamente que cambaleou e caiu de costas, olhando-a horrorizado.

— Não quero lhe fazer mal — disse Briony, ofegante. — Você não morrerá. Só não pode ir embora.

O coração dela batia em acelerado no peito. Esperava que estivesse dizendo a verdade a ele.

O homem engatinhou para longe, abrindo a boca inutilmente com as palavras que não podia dizer. Briony levou os dedos ao próprio pescoço, fazendo a mesma coisa que Serena fizera quando ela chegara a Hearst Hall. Briony devolveu a voz a ele.

O homem colocou as mãos no pescoço, chocado. Ele a olhou de cima a baixo.

— Você tem magia.

A voz estava rouca, como se não fosse usada havia meses.

— Você é um prisioneiro? — perguntou Briony, caindo de joelhos para não ficar muito acima dele. — Estão prendendo você?

Ele assentiu.

— Minha irmã... estão com ela. — Os olhos estavam arregalados. — Já a viu? Ela está no palácio de Biltmore.

Briony ergueu as sobrancelhas. Não havia tempo para aquilo, mas era impossível ignorar a angústia dele.

— Qual é o nome dela?

— Maggie. Tem cabelo escuro como eu.

— Vou procurar por ela, mas não a conheço. — Ela esticou a mão. — Sinto muito, mas você precisa voltar comigo...

— Nós dois servimos na unidade médica do seu pai! — As palavras saíram ofegantes. — N-nós dois servimos à senhorita!

Briony piscou.

— Você é etérnero?

Ele balançou a cabeça, com lágrimas nos olhos.

— E isso ainda existe?

Briony pensou rápido. Aquele homem era um prisioneiro, assim como ela. A princesa etérnera o enviaria de volta a seus captores? Antes mesmo que soubesse o que diria, as palavras escaparam dela.

— Se eu deixá-lo ir, você não pode contar a ninguém o que viu aqui hoje.

Ele sacudiu a cabeça, de olhos arregalados.

— Mas não posso ir embora. Vão matar Maggie...

— Vamos dizer a eles que você morreu — disse Briony, rápido. — Seja lá o que acontecer hoje... precisaremos limpar muita coisa. Mas, para todos os efeitos, você morreu. Eu juro.

Briony estendeu a mão, oferecendo um acordo.

Os dedos dele tremeram quando aceitou.

— O que quer em troca?

— Nada. Encontre os rebeldes. Sammy Meers. Uma mulher chamada Velicity Punt viaja com ele. Ela tem um braço só. Foram vistos pela última vez ao norte.

Ele franziu as sobrancelhas.

— Por causa da marca?

Briony assentiu. O coração galopava com esperança enquanto ela segurava a mão do homem com força.

— Diga a Sammy... — Ela fez uma pausa. Havia tanta coisa. Briony não estava nem perto de descobrir as respostas para as marcas. — Diga a Sammy que estarei esperando o sinal dele.

De pé, ainda de mãos dadas, o homem a acompanhou. Briony abriu a boca para dizer aonde ele deveria ir.

— Cordelia Hardstark está no castelo da Sede. O que fica nas montanhas — avisou ele, as palavras saindo rapidamente.

Briony apertou a mão dele.

— Tem certeza?

Ele assentiu.

— Ela é a favorita de Mallow. Ela... não tenho certeza do que faz com Cordelia, mas eu já a curei uma vez.

O sangue gelou nas veias de Briony, que anuiu, tensa.

— Vá por ali — indicou Briony, apontando. — Corra até o final da linha das árvores e abra um portal.

Quando o enfermeiro afastou a mão, o calor se esvaiu e todas as decisões de Briony pareceram destinadas ao fracasso.

E se ele fosse capturado? E se estivesse mentindo?

O homem começou a correr e Briony se virou na direção oposta, para a passagem, os passos firmando a crença em seus ossos.

— Senhorita Rosewood?

Ela se virou. Não era chamada assim por ninguém sem uma boa dose de sarcasmo, a não ser por Serena, desde que fora oficialmente uma princesa. A esperança se intensificou, iluminada.

— Tem alguma coisa errada com ela — revelou o enfermeiro.

Briony sentiu o medo apertar o peito.

— Com Cordelia?

— Mallow — corrigiu, e Briony franziu as sobrancelhas. — Ela... ela ficou furiosa ao descobrir que Phoebe Rosewood estava grávida. Eu mesmo tirei o feto, mas...

Briony sentiu arrepios percorrerem a coluna, pensando no que Phoebe passara.

— Ela quer alguma coisa. Ela acha que existe um herdeiro homem em algum lugar.

O homem olhou firme para a barriga de Briony.

— Não sou eu — sussurrou ela. — Ele não... Toven e eu...

O enfermeiro deu de ombros.

— Se ela descobrir que a senhorita pode conceber, vai matar todos nesta casa.

Briony o encarou. Um entendimento recaiu sobre ela, poderoso como a luz do sol.

Ainda poderia ser mãe do Duas Vezes Herdeiro.

Ela era uma Rosewood.

A linhagem Rosewood não acabara com Rory.

Um estrondo ressoou pelo corredor e os dois deram um pulo.

— Vá!

Briony se virou e correu, ouvindo os passos dele fazerem o mesmo.

Foi só depois que estava longe que percebeu que nunca perguntara o nome dele. Assim como não sabia o nome da mulher de cabelo loiro-avermelhado.

Briony voou pelas portas da sala de estar onde Serena tinha os braços esticados, o corpo de Reighven no chão e o da enfermeira ao lado.

— O que aconteceu? — perguntou ela, ofegante.

Serena virou a cabeça.

— Onde ele está?

Não havia tempo para discutir a decisão colossalmente impulsiva.

— Ele foi neutralizado. — Briony olhou em volta. — Onde está Toven?

— Reighven acordou — respondeu Serena. — Precisei lutar contra ele. Toven trouxe a mulher de volta — Serena indicou a enfermeira —, e Cohle fugiu. Eu preciso manter os dois aqui.

Briony assentiu e começou a correr outra vez antes que Serena pudesse pedir.

Ela irrompeu pelas portas da frente e parou, decidindo para que lado teriam ido.

Um uivo estridente ressoou nos fundos da propriedade.

Vesper.

Briony correu, seguindo para o caminho ladeado de árvores que levava ao fim da propriedade.

Havia um amontoado de pelo cinza no caminho, e Briony se agachou ao lado de Vesper.

Estava viva, mas apenas os olhos se mexiam. Havia sangue na mandíbula, como se tivesse mordido alguém. Briony a avaliou com um feitiço e descobriu que a espinha estava quebrada. Ela sibilou, sentindo a dor por empatia.

— Vamos curar você. Aguente firme.

Briony passou a mão pela pelagem de Vesper.

A raposa parecia que arrancaria os dedos dela, se ao menos pudesse se mexer.

Briony seguiu em frente, virando na esquina e parando de imediato.

Duas figuras estavam paradas, as silhuetas escuras sob o sol da manhã. Uma estava no chão, e a outra acima, e o coração de Briony implorava para que fosse Toven de pé.

Ela respirou fundo, puxando o fio no centro da mente. Seu corpo desapareceu, tornando-se invisível, e Briony se apressou.

Correu até os dois, sem precisar se esgueirar.

Quando identificou que era Toven no chão, graças ao cabelo cinzento pálido na luz matinal, forçou as pernas a correrem mais rápido. O corpo dele convulsionava, estremecendo de dor.

— Você tem alguma ideia do tipo de problemas que tem, garoto? — A voz maliciosa de Cohle a alcançou enquanto Briony se aproximava. — Não. Você não tem *nenhuma* ideia do que seu pai está fazendo em Camly do Sul, caso contrário a esposa e o filho dele jamais teriam sido tão imprudentes!

Briony parou a seis metros deles e empurrou com toda força. Cohle voou, lançado pelo ar e caindo na grama.

Ela percebeu o erro tarde demais.

Cohle parara a menos de dois metros da fronteira, onde ele poderia atravessar e fazer um portal para ir embora.

Toven inspirou o ar, ávido e urgente, e ficou em pé enquanto o outro fazia o mesmo.

Briony se aproximou, o pânico forçando o ocultamento a ceder. Ela percebeu as mãos visíveis quando as ergueu para arrastar Cohle de volta para si, para longe da fronteira.

Cohle a bloqueou, observando-a. Ele sorriu.

— Ah, já entendi. Você não é um imbecil, Toven Hearst — disse, olhando entre os dois. — É um traidor de Bomard e da Mestra Mallow. Sua vadia tem magia!

Briony esticou a mão, arrancando uma árvore das raízes e jogando-a em cima de Cohle. Ele se abaixou e correu para a frente para evitá-la, deixando o tronco caído entre ele próprio e a fronteira.

Toven tremia com exaustão quando ergueu as mãos, e Briony sabia que o ferimento de Vesper deveria ter lhe custado muito nas reservas de magia.

Briony se colocou diante dele e cortou os braços na direção de Cohle.

Mas o homem desviou e riu.

— Ela vai lutar por você, Toven?

Cohle ergueu as mãos e, antes que Briony pudesse se defender, uma dor a explodiu como se milhares de facas cortassem sua pele de dentro para fora. Briony gritou até que a sensação parasse, e então caiu na grama, encarando o sol.

Toven caiu de joelhos ao lado dela. Briony se virou. Ele mal conseguia continuar de pé.

Ela se levantou. Cohle estava diante dos dois, com um corte no rosto, como se uma espada tivesse o acertado. Toven deveria ter usado o pouco que restava da magia do coração.

Cohle os encarou.

— Aproveite seus últimos momentos com a sua vadia etérnera, Toven. Quando Mallow descobrir o que estava acontecendo em Hearst Hall, vai ser o fim da sua linhagem.

Cohle se virou, seguindo confiante para subir no tronco e ir até o limite da propriedade.

Ele não pode fazer um portal. Ele não pode chegar a Mallow.

Foi tudo que Briony escutou enquanto ficava em pé, a magia irrompendo pelo sangue.

E as palavras do enfermeiro ecoaram na sua mente, altas e claras: "se ela descobrir que a senhorita pode conceber, vai matar todos nesta casa."

Briony esticou a mão, repetindo o feitiço que fora incapaz de completar apenas dois meses antes nas masmorras dos Trow. Ela imaginou o coração de Cohle no centro da palma da mão.

E então Briony o apertou.

Cohle estava a dois passos do limite da propriedade quando congelou, segurando o peito.

Um arroubo de poder a inundou conforme ele caía de joelhos, ofegante — e então a sensação a deixou, levando parte dela consigo.

Briony tinha a mão fechada em punho, e Cohle morrera na grama, o corpo caindo além do limite da propriedade.

E, dentro dela, havia apenas escuridão e morte.

Capítulo 42

Um ano antes

Depois da coroação apressada de Rory no dia da morte do pai deles, as fronteiras de Etérnia voltaram a ser protegidas, mas a milícia e espiões bomardinos já tinham entrado no país durante aquela hora que Etérnia passou sem um rei. Entre os ataques internos e as perdas diárias nas fronteiras, o tamanho da população de Etérnia foi ficando cada vez menor.

Briony estivera confinada no palácio de Biltmore durante três anos enquanto a nação estava sitiada e, embora fosse seu lugar favorito no mundo, ela quase suspirou de alívio quando Anna disse que era hora de arrumar as malas e ir para o castelo de Claremore, perto do lago.

Era uma viagem de duas semanas a cavalo entre os dois palácios. Briony se recusou a ir de carruagem com toda a pompa da realeza enquanto quinhentas pessoas que os seguiriam viajariam a pé, e a decisão se solidificou quando Rory escolheu ir a cavalo para cumprimentar os aldeões por onde passassem na estrada. O general Meers queria que a corte usasse um portal e deixasse que as pessoas nos arredores de Biltmore caminhassem até Claremore, mas Rory negou a sugestão. Fazer um portal para todos estava fora de questão, não apenas porque requereria que Rory sangrasse para fazer centenas de portais, mas porque tantos rasgos na fronteira perto de Claremore enfraqueceria as proteções. As fortificações do castelo estariam derrubadas antes mesmo de entrarem pelas portas.

Finola desacelerou o cavalo para acompanhar a égua de Briony em uma tarde durante a segunda semana de viagem.

— Temos cerca de mais dois dias de cavalgada — informou ela, amarrando o cabelo loiro em um coque bagunçado para aliviar o pescoço suado. — O general e seu irmão seguiram na frente através de um portal.

Briony ficou boquiaberta.

— Quê? Quando?

— Duas horas atrás. Rory está fortalecendo a linha de fronteira para nossa chegada.

— Por que não fui informada disso? — disse Briony. — Eu deveria estar com ele.

O pânico tomou conta dela. Será que Rory conseguiria fazer as proteções necessárias se ela não estivesse inflamando a magia dele?

— Precisou ser discreto — explicou Finola. — Há desertores se escondendo por todos os cantos. E etérneros que pensam que conseguem trocar informações por liberdade em Bomard.

— E acham que *eu* apresento risco?

Briony bufou, endireitando o broche na clavícula.

— Ah, você sabe como é o general. — Finola suspirou. — Informação privilegiada.

A princesa bufou outra vez. O general Billium Meers fazia todo o possível para impedi-la de comparecer às reuniões de estratégia. Em mais de uma ocasião durante a jornada, ela fora barrada de entrar na tenda que abrigava o conselho de estrategistas. Durante os últimos três anos, Briony insistira que o general negociasse o retorno em segurança de quatro jovens etérneros capturados na escola no dia do ataque, mas fora ignorada. Rory ficava hesitante de dar um passo em falso quando se tratava dos prisioneiros, então dependia do conselho de Meers.

— Quando isso acabar — comentou Briony —, me leve para Camly do Sul, como você disse que faria. Quero aprender como ser útil para a corte e o conselho. Estou cansada de não ser nada mais do que uma ferramenta de barganha neste reino.

Finola deu uma risada.

— Cuidado, você está falando como uma bomardina.

— Estou falando sério.

Briony se virou para a prima. Finola mordiscou a parte interna da bochecha antes de responder.

— Acho que já passou da hora para isso — revelou Finola, baixinho. — Quando essa coisa toda acabar, vão assinar um novo tratado de paz. Os países vão precisar seguir em frente sob acordos semelhantes...

— E eu não serei nada além de um garantia em um noivado — terminou Briony por ela. — Entendo.

Ela olhou para a frente, apertando a mandíbula.

— Não vai ser só você. Phoebe, minha irmã, também vai. O restante da corte, incluindo alguns dos homens, também vão precisar cumprir seus deveres para manter a paz.

Briony pousou os olhos sobre Cordelia, que cavalgava ao lado de Katrina e Didion, quinze metros adiante.

— Cordelia não vai — disse Briony, sentindo a inveja fervilhar no sangue antes que pudesse contê-la.

— Bem, se seu irmão fosse esperto, ele se manteria disponível para alguém da linha, mas já perdemos essa batalha. — Finola encarou a prima. — Existe outra opção para você.

Ela esperou que o óbvio fosse dito em voz alta, mantendo os olhos fixos nas costas de Didion.

— E qual é?

— Didion Winchester se casaria com você sem nem hesitar — disse Finola. — E não finja que não está alimentando essa chama.

Briony encarou a prima, inquieta.

— O que você quer dizer com isso?

Finola ergueu uma sobrancelha.

— Anna me disse que você desaparece nas docas todo final de semana.

A princesa ofegou e lançou um olhar feio para Anna, que vinha montada logo atrás. A guarda deu de ombros.

As bochechas de Briony ficaram muito vermelhas.

— Não são *todas* as semanas. E "docas" faz parecer vulgar. Nós caminhamos juntos, só isso.

— Depois da meia-noite? — cutucou Finola. — Poxa, que ótima hora para *caminhar*...

— Tenho 24 anos, sabe — retrucou Briony. — Não sou uma criança para ficar sendo vigiada e dedurada.

— Eu não disse isso.

— Você também é uma mulher da linhagem Rosewood que não se casou — argumentou Briony, em tom acusatório. — Vai me dizer que foi virtuosa esse tempo todo? Que nunca procurou conforto em Camly do Sul?

Finola abriu um sorriso suave para ela.

— Só estou dizendo que existe um caminho fácil com o qual seu irmão ficaria muito feliz em concordar. — Ela abaixou a voz para que só Briony ouvisse. — A não ser que ainda esteja torcendo por outra coisa?

— Não — respondeu Briony rapidamente, e mesmo assim olhos cinzentos apareceram em sua mente, como sempre. — Não. Esse fascínio já terminou.

— Que bom. — Finola respirou fundo, mudando de assunto. — Você e eu vamos fazer as proteções do abrigo hoje à noite na ausência do seu irmão. Teremos que ser discretas para que ninguém suspeite que Rory se foi.

Briony assentiu para ela. Os Rosewood eram conhecidos pela magia de proteção, e Rory fizera os escudos todas as noites da jornada, com ajuda de Briony, mesmo sem que ele soubesse.

Finola bateu os calcanhares no alazão e o impeliu para a frente, deixando que Briony contemplasse a mentira que acabara de contar.

O sobrenome sussurrado em reuniões do conselho de estrategistas era sempre *Hearst*. Orion conseguia fazer o *Rompe-coração* em dois corações ao mesmo tempo — uma habilidade inédita até então — e os rumores diziam que o filho detinha o mesmo talento. O nome de Toven aparecia ao lado do pai em todos os relatórios das linhas de frente, embora sua habilidade com *Rompe-coração* não tivesse sido relatada em nenhum. Briony se perguntou o que acontecera com o garoto que tentara ajudá-la a escapar da escola bomardina — o garoto que hesitara quando o pai disse para deixá-la lá. Ela não via Toven desde aquele dia, mas escutara histórias sobre sua letalidade no campo de batalha.

Quando a caravana parou para acampar durante a noite, Briony dividiu uma tenda com Cordelia, como normalmente fazia. E, enquanto os cozinheiros preparavam o jantar e os soldados acendiam as fogueiras, ela e Finola se encontraram no centro do acampamento e caminharam afastando-se uma da outra, expandindo um muro ao redor das quinhentas pessoas presentes. Briony andou por entre as tendas, estendendo o escudo até o final.

Didion a encontrou nos limites do acampamento.

— Você ficou com a tarefa de fazer os escudos de Rory enquanto ele está fora? — perguntou.

Engolindo a irritação por Didion ter recebido as informações sobre os movimentos do rei, Briony assentiu.

— Eu e Finola.

Didion pigarreou e chegou mais perto quando ela terminou o feitiço.

— Queria saber se nós dois poderíamos desaparecer por um tempinho — sugeriu ele, em voz baixa.

Briony se forçou a devolver o sorriso tímido.

Ela tentara se apaixonar por Didion. A cada duas semanas, no último ano, Briony o encontrava perto das docas à meia-noite, para conversar e, às vezes, fazer algo a mais.

Porém, mesmo naquele momento, ao sorrir para ele, não conseguia afastar a sensação de que aquele não era seu futuro marido, por mais que Finola tentasse fazer aquela opção soar óbvia.

— Eu estava pensando — começou Briony, lentamente —, que talvez nós devêssemos pausar nossos encontros até a guerra acabar.

A expressão de Didion desmoronou, mas felizmente para ele, recuperou-se logo.

— Ah, sim. — Ele pigarreou. — Eu entendo. A retirada para Claremore deve ser muito estressante.

— É, sim — confirmou ela, aproveitando-se da sugestão. — As coisas estão frágeis demais para ficar... alimentando frivolidades.

Briony estremeceu com as palavras assim que saíram da boca, mas não melhoraria o que disse, mesmo ao ver Didion engolindo em seco e encarando o chão.

De fato era frívolo. Talvez fosse algo mais importante para ele, mas, para Briony, era uma indulgência desnecessária.

— O eclipse é daqui a um ano — comentou Didion, com um sorriso triste. — Seu irmão vai se provar Duas Vezes Herdeiro quando o "sol brilhar à noite", então podemos revisitar esse assunto quando acontecer.

— Didion, você não precisa... esperar por mim. — Briony mordeu o lábio. — Não espero que faça isso, quer dizer...

— Eu esperaria milênios por você, Briony Rosewood.

Os olhos dele estavam brilhantes, e a voz, suave. E, embora fosse a coisa mais romântica que alguém já dissera para ela, Briony não sentiu nada.

Didion beijou sua bochecha e a deixou encarando as árvores. Ela ficou parada por um longo momento, perguntando-se por que só não aceitava aquela afeição e vivia confortavelmente com ele.

Briony estremeceu com o frio do crepúsculo. Virou-se para retomar o longo caminho até o acampamento e a tenda que dividia com Cordelia quando uma luz nas árvores chamou sua atenção.

Oscilava como uma fada, movendo-se lentamente na direção dela. Uma chama de navegação.

Briony estendeu as mãos, se protegendo com um escudo. Estaria indetectável para qualquer um fora dele.

Conforme a chama se aproximava, reconheceu a jovem mulher atrás dela. Era uma mercadora que ficava do lado de fora do palácio de Biltmore. A mãe era dona da peixaria e sempre tecia comentários sobre o cabelo tingido de azul-escuro da filha. Briony amava a rebeldia da jovem.

Ela estava sozinha na floresta, parecendo perdida e preocupada.

Briony deu um passo à frente para que a mulher de cabelo azul a visse.

— Você se separou dos outros?

A mulher deu um pulo, levando a mão ao peito surpresa.

— Ah! Senhorita Rosewood! — Os olhos estavam arregalados e assustados. — Meu irmão foi buscar lenha e não voltou. Minha família e eu fomos procurar por ele, mas não encontramos o caminho de volta.

Briony olhou atrás da mulher, notando que o brilho da chama navegadora não revelava mais ninguém.

— Você o encontrou?

A mulher sacudiu a cabeça, em lágrimas.

— Não sei onde está mais ninguém. Perdi todos.

Briony fez um escudo ao redor das duas. Não as deixaria indetectáveis como o escudo do acampamento, mas impediria ataques mágicos.

— A floresta deixa qualquer um perdido. Vou ajudar você a encontrar os outros.

A mulher chorou em gratidão.

— Obrigada, srta. Rosewood.

— Pode me chamar de Briony.

— Meu nome é Delilah — disse ela, voltando pelo mesmo caminho por onde tinha aparecido.

A jovem avançava com rapidez, mesmo tropeçando na escuridão além do escudo, olhando as árvores.

— É seu irmão e quem mais? Sua mãe?

Briony acelerou o passo, tentando manter as duas sob a bolha de proteção.

— Minha mãe, meu pai e meu tio. Nós nos dividimos.

Briony estava prestes a dizer a ela que deveriam fazer um grupo de busca se a família estava espalhada em direções diferentes, mas o grasnado de um pássaro acima da cabeça a impediu.

Ela se voltou para cima, encontrando os olhos cintilante de um pássaro escuro as observando.

A magia ferveu no ar, e Briony sentiu algo bater no escudo. Ela estremeceu e se virou.

O mesmo homem do ataque à escola bomardina estava a dez passos de distância, com um sorriso de dentes amarelos sob o nariz torto.

Reighven.

Briony sentiu o coração acelerar. Nos anos seguintes, desde que ela o vira pela última vez, seu nome se tornara sinônimo de terror e de magia sombria nos campos de batalha, e o rosto dele assumira residência permanente em seus piores pesadelos.

— Rochas, que sorte demos esta noite — disse Reighven, a voz áspera como cascalho. — A princesa em pessoa.

Briony ouviu o farfalhar nas árvores. Ela tentou segurar o pulso de Delilah para puxá-la para dentro do escudo de proteção, mas, antes que conseguisse, Reighven rasgou o ar com o braço. E o sangue jorrou do peito da jovem.

Briony ofegou e estendeu o escudo para mais longe para proteger as duas no momento em que Reighven e seja lá mais quem estivesse nas árvores golpeavam. Ela colocou Delilah no chão, levando os dedos no corte no peito, tentando costurar a pele de volta mesmo com a magia ricocheteando ao redor delas. Os olhos da jovem estavam arregalados, em pânico.

Briony segurou o fio em sua mente e empurrou com toda a força. Reighven e outro homem cambalearam, o ataque cessando por um instante. Ela esticou a mão para uma árvore e a derrubou sobre eles, o estrondo do tronco ressoando alto na noite escura. Enquanto Reighven e o outro homem mergulhavam para longe, Briony lançou faíscas roxas pelo céu como fogos de artifício. Um chamado de ajuda para Finola.

Ela se voltou para Reighven, que se endireitava, e conseguiu enxergar o outro homem pela primeira vez: Toven Hearst.

O mundo desacelerou e ao mesmo tempo acelerou outra vez quando aqueles olhos frios encontraram os dela.

Briony focou o escudo ao ver que eles partiam em direção a elas, esperando que tivesse que aguentar apenas alguns segundos até os etérneros aparecerem para ajudar. Ela voltou sua atenção para Delilah enquanto galhos cediam sob passos apressados. A cor estava voltando para as bochechas da moça uma vez que os ferimentos estavam costurados.

Uma mão atravessou a parede do escudo de Briony e segurou pela parte da frente do vestido. Ela ofegou, com olhos arregalados, enquanto Reighven a jogava em uma árvore próxima.

Não pensara em violência física, apenas mágica. O escudo era inútil diante das mãos dele.

— Princesa, vamos ter uma conversinha. Quem sabe não conseguimos fazer seu irmão sair daquele acampamento?

Reighven abriu um sorriso para ela e fez um portal a menos de dois metros à esquerda.

Briony entrou em pânico, a mente um vazio estático, o corpo tremendo. Os olhos dela encontraram os de Toven quando Reighven a puxava pelo vestido em direção ao portal. Os lábios de Toven estavam apertados em uma linha fina, mas ele não fez menção de impedi-lo.

Briony chutou e esperneou, gritando para que o acampamento a ouvisse.

— Ei! — chamou uma voz por entre as árvores.

Reighven parou.

Um mercador etérnero estava parado na clareira. A mulher da peixaria estava ao lado dele, além de mais dois homens musculosos que se pareciam entre si. A família de Delilah. Briony agradeceu às águas pela chegada.

— Não pode simplesmente levar ela! — gritou o homem. — Ela vem conosco!

Briony teve só meio segundo para avaliar a escolha de palavras antes de Delilah se levantar, erguendo as mãos para fazer magia.

Antes que pudesse atacar, a jovem voou no tronco de uma árvore, a cabeça batendo durante a queda. Ela desmoronou.

Atrás dela, Toven Hearst abaixou a mão, os olhos ainda frios.

— Ela não vai a lugar nenhum com vocês — disse ele.

A mãe de Delilah gritou, e Briony mal teve tempo de erguer um escudo antes de a magia ferver ao redor dela, como se estivesse no centro de uma fogueira.

Ela se abaixou quando Reighven a soltou para fazer um feitiço. Dando a volta na árvore, Briony tentou avaliar qual era o caminho de volta para o acampamento enquanto os gritos e grunhidos da batalha irrompiam ao redor dela. Não poderia voltar para o acampamento etérnero ainda. Não os levaria até lá, com ou sem os escudos.

Uma mão pálida e forte pegou o pulso dela e deu um puxão, fazendo-a cair para a frente, no peito de Toven. Briony o empurrou enquanto ele começava a fazer um portal.

— Não — aconselhou Toven, a voz mortal.

Um feitiço brilhou atrás do ombro dele e Toven uivou, encurvado de dor, soltando Briony. Um dos parentes de Delilah estava a vinte passos de distância, as mãos estendidas.

— Obrigada! Fuja! — gritou Briony para ele.

Ela correu na direção norte, em meio às árvores, pulando por cima de raízes e galhos caídos.

O sibilo de um feitiço voou ao lado dela e acertou a árvore à sua frente, e Briony se encolheu, dando uma guinada para a direita.

Deveria haver um rio cerca de oitocentos metros adiante. Se pudesse chegar até lá, poderia canalizar a magia da água para fazer um escudo mais forte.

Um feitiço acertou as costas dela e Briony caiu, batendo o queixo no chão. Ela viu estrelas e tentou se levantar no instante em que um joelho empurrou as costas dela e uma respiração quente surgiu no pescoço.

— Isso é divertido, não acha? — grunhiu Reighven, segurando os pulsos de Briony e a puxando para trás. — Acho que você vai ser meu novo bichinho de estimação. Podemos brincar de pega-pega por horas.

Ela focou a mente na terra abaixo. O medo e a adrenalina alimentavam sua magia. O chão da floresta começou a rachar.

Reighven rolou para o lado, levando-a consigo. Briony se debateu até que ele estivesse em cima dela, segurando seus pulsos.

Então Reighven gritou. Ele segurou a própria cabeça, os dedos descendo pelo crânio, depois segurou o peito enquanto gritava como se sentisse uma dor excruciante.

Briony não esperou para ver o que aconteceria. Saiu de baixo dele e voltou a correr, torcendo para que logo ouvisse o rio para seguir na direção certa.

Ela recebeu a resposta quando um dos mercadores apareceu no caminho dela, fazendo-a parar.

— Senhorita Rosewood! — disse ele. — O acampamento é por aqui!

Briony recuperou o fôlego, encarando a direção apontada. Ela realmente tinha ficado tão confusa? Se tivesse quatro chances para adivinhar que lado ficava o leste, aquela teria sido a última.

Um feitiço fervilhou perto do ouvido dela, e o homem foi jogado para trás. Briony correu até a árvore mais próxima para se proteger. Quando conseguiu se virar, Toven Hearst avançava em sua direção.

Ela friccionou as palmas das mãos uma na outra e duas árvores altas foram arrancadas das raízes, desmoronando na frente dele. Toven deu um pulo para trás, e Briony correu na direção que o mercador apontara — para o acampamento.

Naquela altura, não importava mais quem soubesse de sua localização. Precisava que Finola e o exército encontrassem ela e aquela família etérnera. Então começou a colocar fogo nas árvores conforme passava por elas.

Um arbusto pegou fogo à esquerda, mas ela não o incendiara. Briony desviou dele, escutando pares de botas pesadas a perseguirem. Uma árvore caiu na frente dela e a forçou a virar à direita.

Toven estava correndo em paralelo a ela em meio às árvores, a uns seis metros de distância, e Briony sentiu-se enjoada ao lembrar como costumavam disputar corrida até o salgueiro. Como ele sempre fora mais rápido. Como correr com ele a deixava eufórica. Ela direcionou a magia nele para mantê-lo afastado.

Toven derrubou outra árvore à frente, e ela precisou se virar para evitar o choque.

Ele estava brincando. Guiando-a. Forçando-a ir na direção que queria.

Briony olhou para Toven, que mantinha o ritmo, e, antes de fazer um feitiço em sua direção, outro o atingiu no ombro, fazendo-o tropeçar e rolar.

Os sons de uma luta de feitiços sibilaram atrás dela, que seguia correndo. Briony ouviu a mercadora gritar outra vez, o mesmo grito que dera quando Delilah caíra na floresta.

Briony queria voltar para ajudá-los — a família lutava sozinha contra Toven e Reighven, quando poderiam ter fugido —, mas precisava que Finola e o exército os encontrassem primeiro.

Um tronco grande e retorcido de árvore estava diante dela. Na verdade, eram duas árvores que tinham se entroncado e tinham um buraco na base. Briony deslizou para dentro e recuperou o fôlego, avaliando quem a perseguia e onde ela estava.

As árvores em que botara fogo começaram a iluminar a área. Ela via que o fogo estava a quase quinze metros de distância.

Briony observou pela vegetação baixa os feitiços sendo disparados pelo ar. Havia cinco figuras espalhadas pelas árvores, mexendo-se e usando magia.

E então, de súbito, tudo ficou quieto, sem um único grito.

Briony piscou diante da luz mais intensa da floresta, esperando por movimento. Quando nada apareceu, ela se levantou, dessa vez fazendo um escudo para se proteger contra qualquer tipo de violência, e se esgueirou até a beirada de uma clareira.

Um dos mercadores estava caído de costas, a poucos metros dela. Os olhos estavam abertos e vidrados, e a mão segurava o próprio peito. *Rompe-coração.*

Briony avaliou a área antes de seguir adiante. Três metros adiante, encontrou a mãe de Delilah e os outros dois homens no chão, em posição semelhante. Ela sentiu lágrimas nos olhos, e o estômago revirando, odiando a própria covardia em se esconder e esperar enquanto os outros morriam.

Levou a mão à boca ao se ajoelhar ao lado do corpo da mãe de Delilah, lembrando como a mulher sempre se preocupava com o cabelo azul da filha.

Briony olhou entre as árvores. Precisava sair da floresta.

Um brilho de faíscas roxas iluminou o céu à esquerda. Finola tentava guiá-la. Ela arfou ao ver como estava próxima do acampamento, perguntando-se como encontrara a direção em meio ao caos.

Briony começou a seguir o caminho por entre as árvores, mas parou quando viu outro corpo na vegetação.

Um com cabelo cinza-claro e membros compridos.

Os pés a levaram até lá antes que seu cérebro pudesse impedir.

Toven Hearst estava caído de lado, imóvel. As costelas se contraíam, e Briony ofegou.

Ele a caçara, brincara com ela, e ainda assim Briony tremia ao se aproximar, implorando às águas para o coração dele estar batendo.

Dando a volta no corpo, viu que Toven estava de olhos abertos, olhando à frente, para além dela.

Quando uma respiração emergiu vinda da garganta dele e uma lágrima escapou do olho, Briony quase chorou de alívio.

— Briony! — chamou uma voz ao longe.

Etérneros estavam indo buscá-la, mesmo assim Briony ficou de joelhos ao lado de Toven.

Ele estava exposto demais. Era a única coisa que conseguia pensar enquanto levitava alguns galhos caídos para cobri-lo, escondendo-o do exército dela.

Toven não parecia notar que era escondido. Ele lutava por ar, sentindo o que parecia ser uma dor intensa.

Ela ouviu seu nome sendo chamado outra vez.

Demorou mais um segundo para segurar a mão dele, mas parou quando olhou para baixo.

As mãos estavam fechadas em punhos. Os braços caídos na direção da qual ela viera. Na direção dos quatro corpos na grama.

Rompe-coração.

E não apenas *Rompe-coração*. Um feitiço dividido, como o pai dele. Não. Pior do que o pai. Briony se afastou e ficou de pé. Toven matara quatro pessoas inocentes porque estavam em seu caminho — porque estavam entre ele e Briony.

Quatro vidas, com um só feitiço? Ele tremia e se esforçava para engolir o ar porque *Rompe-coração* rasgara o coração de Toven quatro vezes. E Briony se *compadecera* por isso. Matar quatro pessoas com as mãos era inédito. Nem mesmo Orion tinha um talento como aquele.

Briony tremia enquanto encarava o que possivelmente era o homem mais perigoso de toda Bomard.

Um dia, Toven conseguiria fazer aquilo sem piscar. Sem ofegar por ar.

Ela se perguntou se deveria matá-lo agora, antes que ele tivesse a chance de fazer isso de novo. Antes que aprendesse a tomar seis vidas. Oito. Toven Hearst estremeceu no chão, começando a piscar.

Briony endureceu o próprio coração e correu na escuridão, torcendo para que Toven Hearst apodrecesse embaixo daqueles galhos.

Capítulo 43

Presente

Havia um corpo na grama, e Briony estava com a mão fechada em um punho.

Ela sentiu um frio invadir o peito, rastejando até a mente. A respiração tremia, o ar arrepiava ao entrar nos pulmões, chiava ao sair. Havia um corpo na grama...

— Briony.

Um homem sussurrou o nome dela.

Sua mente era uma biblioteca de livros. Ela buscou um livro vazio e escreveu *Cohle* na lombada. Ela descreveu o corpo na grama e a mão em punho e então o alocou em uma prateleira baixa onde ninguém o veria.

— Briony.

Mãos em seu rosto, virando a cabeça dela para encontrar olhos cinzentos. Toven estava diante dela, com os olhos arregalados em busca de algo.

Ela colocou as mãos sobre o pulso dele.

— Não há tempo para isso — disse Briony, sem reconhecer a própria voz. — Arraste o corpo dele até os limites da propriedade para eu ajudar você a levantá-lo.

A mente dela despertou, ao passo que o coração continuou devastado.

* * *

Os dois levitaram o corpo de Cohle pelo caminho. Quando encontraram Vesper, ela parecia muito pequena.

Toven se ajoelhou e sussurrou palavras sobre ela. A raposa ainda piscava.

Briony observou, de olhos vazios, Toven erguer o olhar para ela.

— Eu não... não tenho força para...

Com um baque, Briony deixou o corpo de Cohle cair na terra — *havia um corpo na grama* — e foi até a raposa.

Ela fez um feitiço de avaliação na coluna de Vesper, encontrando ossos quebrados e nervos rompidos. Nunca se especializara em cura, mas sabia que Toven tinha conhecimento básico.

Ele apontou para os nervos.

— Vai precisar unir esses. É melhor que ela esteja desacordada.

Briony passou a mão pelos olhos de Vesper, e a raposa adormeceu.

Era tudo muito simples quando não havia mais nada no que pensar. Ela seguiu as instruções, realinhando ossos e limpando os caminhos dos nervos. À certa altura, quando Vesper já não estava mais à beira da morte e sua magia voltou a fluir outra vez para Toven, ele assumiu o processo.

Briony ficou ao lado dele, sentindo-se vazia enquanto ele realinhava os ossos da raposa, costurando os nervos no lugar.

Dentro da própria mente, Briony via prateleiras e mais prateleiras de livros que imploravam para serem abertos e lidos — mas aquele não era o momento. Se ela se dispusesse a ler qualquer um deles, *Cohle* seria o primeiro na lista. E então precisaria sentir seu coração sendo rasgado ao meio outra vez. Briony precisaria compreender o que acontecia quando matava uma pessoa. O que sentiam os assassinos. Porque era isso que ela era.

Os livros estremeceram, e Briony os silenciou.

Toven ergueu Vesper nos braços. A raposa ainda dormia.

Sem mais uma palavra, Briony levitou o corpo na grama, e os dois seguiram para dentro de casa.

* * *

Serena vigiava Reighven e a enfermeira. Ela arregalou os olhos ao ver os dois entrarem na sala de estar.

— Vocês o pegaram. Bom.

— Eu o matei.

Briony testou aquelas palavras na boca. Não pareciam tão diferentes de outras palavras.

Serena entreabriu os lábios em choque, e a cor sumiu do rosto.

Toven deixou Vesper no sofá e olhou em volta da sala.

— Onde está o outro enfermeiro?

— Eu o deixei ir.

Os dois se viraram para ela, que estava no centro da sala, apenas uma casca vazia do que costumava ser.

— Ele era um etérnero. Vamos dizer que ele morreu e arrumar um corpo. Prometi isso a ele.

Serena a encarou, cuidadosa.

— Entendo. E ele não contará a ninguém o que viu aqui?

Ela balançou a cabeça.

— A irmã dele é prisioneira em Biltmore. Ela é uma garota de Barlowe. O nome dela é Maggie. — Briony revelava os detalhes como se respondesse a uma prova oral.

— Certo. — Serena começou a pensar. — Mandei o meu albatroz encontrar seu pai. Nós lidaremos com... — Ela gesticulou para Cohle e torceu as mãos, encarando o relógio e os corpos. — Cohle nos atacou. Tinha intenção de roubar a cardiariz dourada. Reighven foi incapacitado cedo, assim como os enfermeiros. O enfermeiro foi uma vítima do fogo cruzado, e eu matei Cohle enquanto ele torturava o meu filho.

— Não — disse Toven. — Eu o matei. Ele iria levá-la embora...

— Você não pode matar por ela, Toven — cortou Serena, rápido, os olhos cheios de um sentimento que Briony não entendia. — Eu posso matar pelo meu filho. Você não pode matar por ela.

Briony pensou que Toven discutiria, mas ele pareceu apenas prender o fôlego.

— Então essa é a história — concordou Briony —, mas não foi isso que Reighven viu. Ele contará a verdade para Mallow.

Serena engoliu em seco, andando em círculos.

— Vamos alterar as lembranças dele. A dele e a da enfermeira.

— Mas isso é magia de mente muito avançada — apontou Briony.

Ela olhou entre Toven e Serena.

Então lembrou-se da câmara de meditação perto da cozinha. A maneira como Toven entrara em sua mente, infiltrando-se nas lembranças. Como apenas um olhar de Orion Hearst parecia inspecioná-la como um livro.

Através do borrão das próprias barreiras mentais, que impediam as emoções de interagirem com seu cérebro, Briony sentiu uma faísca de horror quando pensou em quantas vezes a própria mente fora invadida por Orion e Toven Hearst. Porém, antes que pudesse ser tomada pelo pânico, Toven falou:

— Do que você precisa? — perguntou à mãe, como se esperasse instruções.

Briony se virou para Serena, sentindo a desconfiança fervilhar no peito.

Serena não desviou o olhar do relógio.

— Se Mallow reconhecer as técnicas da minha própria mente, e se minha assinatura estiver aparente... todos nós morreremos ao anoitecer — revelou Serena, com a voz fria. — Ela visita minha mente com muita frequência para arriscarmos. Preciso de um segundo par de olhos, então iremos esperar o seu pai.

As coisas se encaixaram na mente de Briony como peças de um quebra-cabeça.

Serena Hearst era a maga avançada em magia de mente em Hearst Hall. Por algum motivo, Mallow vasculhava a mente de Serena Hearst, e com regularidade. Serena usava magia de mente para impedi-la. Não, não exatamente impedi-la. Para alterar as próprias lembranças.

Briony encarou, pensamentos sem emoção surgindo em alta velocidade. Não havia criados em Hearst Hall. Eles não recebiam nenhum convidado. Não davam festas. Havia segredos entre aquelas paredes, e Briony só tinha começado a desvendá-los.

— Me deixe fazer isso — disse Briony.

Mãe e filho a encararam.

— Me deixe fazer isso — repetiu. — Toven acabou de me guiar em técnicas avançadas de cura. Posso ser instruída a alterar lembranças.

Serena balançou a cabeça, ainda de olho no relógio.

— Eles já deveriam ter partido a essa altura — argumentou Briony, sabendo que falava os pensamentos de Serena em voz alta. — Já deveriam ter relatado a visita a Mallow. Orion pode levar horas até voltar.

Toven deu um passo à frente.

— Começaremos com a enfermeira — declarou ele. — Vamos, mãe. Nós três, juntos, conseguimos fazer do jeito certo.

Serena lançou um último olhar para o relógio e então se juntou a eles, perto dos pés da enfermeira.

Briony se ajoelhou ao lado da mulher.

— Como é a técnica?

— Precisamos tirar ela do transe e mantê-la calma e imóvel. — Serena olhou para o filho. — Você cuidará disso.

Toven assentiu.

Briony sentiu o ponteiro do relógio ressoar dentro do próprio peito. A mente estava focada e vazia. Era essa a sensação na cabeça de Toven o tempo todo — ausência de pânico, ausência de dor?

— Vou instruir você com a enfermeira, e vamos torcer para que Orion esteja de volta para alterar a mente de Reighven — disse Serena.

As águas do lago de Briony ondularam. Havia um livro na mente dela que estremeceu para se abrir, e os olhos escuros e hálito azedo de Reighven inundaram seus sentidos antes que ela o fechasse.

Briony fechou os olhos e respirou fundo.

As prateleiras se reorganizaram e, antes que pudesse sequer olhar para um que tinha *Cohle* escrito na lombada, o livro sumiu em uma prateleira distante.

— Siga meu fio — comandou Serena e assentiu para Toven.

Toven arrastou as mãos para cima, despertando a mulher do estado inconsciente. As pálpebras estremeceram, e Toven fez um gesto para baixo, firmando-a. Uma mão impedia os músculos de se mexerem, a outra flutuava para cima e para baixo em ritmo lento sobre o torso dela — determinando a batida do coração.

Serena segurou o rosto da mulher entre as mãos, e Briony se aproximou do ombro dela. Focou a energia emanando da mente de Serena. O fio de magia que irradiava da testa da outra mulher.

Quando o encontrou, era uma corda firme prateada e cintilante, que ia da mente de Serena para a da enfermeira. Esticada, brilhava marcando a conexão e pulsava como aço com energia. Briony dançou sobre o fio como uma equilibrista e então desceu, mais e mais, até entrar na mente da mulher.

Ela cambaleou para dentro, encontrando pessoas desconhecidas e preocupações que lhes eram estranhas. Um pai que se preocupava com a filha trabalhando para a equipe médica de Mallow. Uma irmã que fugira muito antes, escapando por pouco do saqueamento do vilarejo.

Uma mão acolhedora pareceu pousar no ombro de Briony, que virou o rosto para encontrar a lembrança daquela manhã.

Serena estava ao lado dela e, juntas, as duas encararam a cena. Briony estava na mesa de exame. O enfermeiro estava perto dela, erguendo as mãos para seguir o procedimento.

"Não...", protestou Toven. "Ela é minha propriedade. Não tenho direito de opinar?"

Briony observou os olhos se voltarem para ele.

"Por quê, Hearst?", indagou Reighven. "Quer filhotes?"

Cohle uniu as mãos na frente do corpo, lançando um olhar condescendente para Toven.

"Esta Rosewood e todos os ligados à linhagem dela devem ser esterilizados. Você sabe o motivo para isso, claro."

Reighven ajustou o cinto, dando um sorriso.

"A de Carvin também não foi feita corretamente, e cuidamos disso ontem."

A tristeza pulsava dentro da mente de Briony, por Phoebe e as perdas que a prima sofrera.

Ela focou outra vez quando o enfermeiro começou a seguir as ordens e notou quando a Serena daquela manhã reagiu de repente e jogou o homem para longe, depois atirou Reighven na parede. Serena se virou para enfrentar Cohle assim que Toven correu até a mesa de exame, cobrindo Briony com o próprio corpo.

Dentro do seu coração, algo palpitou, mas não havia uma conexão entre o cérebro e o coração. Ela continuava vazia.

A cena desacelerou dentro da mente da enfermeira, e a Serena ao lado dela deu um passo para trás, retornando aos acontecimentos anteriores. Reighven voltou a se endireitar. O enfermeiro estava com as mãos estendidas.

"Não...", protestou Toven.

Serena virou-se para Briony quando o momento congelou.

— Nós começamos aqui — sussurrou a voz dela, embora a boca não se mexesse.

A cena foi reorganizada. O enfermeiro estava com as mãos estendidas.

E um fio pareceu passear pela cena, costurando buracos, tricotando os momentos para se unirem.

O enfermeiro deu um puxão com as mãos, e a Briony da cena estremeceu quando sua trompa foi cortada.

Serena a mostrou como fazer, e então Briony tomou conta do fio.

Briony se concentrou pelo que pareciam ser horas naqueles movimentos. Ela primeiro focou o enfermeiro e seus braços. A forma como puxaram. O fio passou sobre eles até que os movimentos estivessem harmoniosos. Serena a instruiu como fazer Briony, a que estava na mesa, tremer com a dor.

Então levaram o fio para costurar a reação de Toven, que estava parado, indiferente. Não protestou. Ficou apenas observando a chance de Briony de ter filhos ser retirada dela.

Passaram menos tempo nas reações da Serena do passado do que Briony pensou que passariam, mas aquela imagem da mulher apenas estremeceu quando o enfermeiro fez o procedimento.

Assim que terminaram, Serena guiou o fio para que fechasse o ponto, costurando os novos momentos para existirem na lembrança. Briony a seguiu.

* * *

"Não foi tão difícil, foi?", comentou Reighven, dando um sorrisinho.

Cohle deu um passo à frente, sorrindo.

"Agora que isso foi resolvido, sinto dizer que tenho más notícias. Mallow decretou que a cardiariz dourada pertencesse ao seu servo mais leal. O segundo no comando."

Toven franziu as sobrancelhas.

Serena levou os dedos aos lábios.

* * *

E então as coisas começaram a se mover com rapidez, algumas emprestadas da realidade.

Toven fora a pessoa atirada na parede em vez de Reighven, e Cohle foi quem começou a confusão.

Os enfermeiros estavam assustados. Briony se escondeu embaixo da mesa. Reighven hesitou por um instante e depois entrou no combate.

Serena fez Reighven desmaiar.

Um feitiço errôneo atingiu o enfermeiro.

Cohle torturou Toven.

E então Serena matou Cohle.

Aconteceu rápido demais. Mesmo assim, as duas repassaram a cena de novo e de novo até estar tudo perfeito. Serena instruiu Briony a tecer as reações de todos. Ela fechou um ponto ali; soltou o fio em outro lugar.

No fim, a Serena daquela manhã virou-se e fez a enfermeira desmaiar, e a cena ficou escura.

Briony sentiu o fio da mente de Serena puxando o dela, chamando-a de volta.

Estavam na sala de estar. Ajoelhadas sobre a enfermeira.

Toven mantinha as mãos esticadas sobre a mulher, mas já tremia.

— Faça-a dormir outra vez — disse Serena.

Toven virou as mãos e a enfermeira fechou os olhos, voltando a adormecer.

Serena mirou o relógio, e Briony seguiu o olhar. Meia hora se passara desde que estiveram dentro da mente da mulher e Orion ainda não voltara para casa.

Serena esfregou as mãos e esticou o pescoço, invocando mais energia. Ela estava pálida.

— Está pronta? — perguntou Serena.

Briony assentiu, sentindo-se nada pronta para entrar na mente de Reighven.

Toven se moveu sobre o corpo do homem. Ele movimentou as mãos para cima, e, assim que as pálpebras de Reighven estremeceram, Toven as abaixou de novo.

Olhos pretos como poças de piche encaravam Briony. Embora o homem não estivesse realmente ali, embora não a olhasse com malícia, ela ainda sentia os olhos sobre seu corpo nu, a mão entre as coxas.

— Estou com você. Comece — instruiu Serena, com gentileza.

Briony tomou o fio no meio dos olhos da mulher e o conectou a Reighven. Descendo e entrando na profundidade dos olhos dele.

A consciência dele era viscosa e sufocante. Briony queria sair dali e perguntar se poderiam apenas matá-lo também.

Imagens apareceram, momentos que ela reconheceu.

O próprio corpo nu.

O leilão — Briony de camisola, sob o holofote.

Uma mão pousou sobre seu ombro, e Serena a puxou para perto, levando-a para longe das lembranças mais antigas de Reighven e de volta para a cena que precisavam ajustar.

Aquela manhã se desdobrou em um ângulo diferente e Briony precisou de um segundo para entender.

"Não..." protestou Toven. "Ela é minha propriedade. Não tenho direito de opinar?"

Do ponto de vista de Reighven, Briony viu Toven engolir em seco.

"Por quê, Hearst? Quer filhotes?"

Reighven deu risada bem ao lado dela.

Sem perder mais tempo, ela começou o trabalho.

Briony costurou a cena. Desfez os momentos que precisavam ser apagados. E, quando se descuidava, Serena estava ao lado dela, atenta, apontando onde fazer um ponto extra.

Briony agradeceu ao próprio coração partido por ficar distante da cabeça. Não sabia se teria conseguido trabalhar com calma se não tivesse enterrado nos livros de suas estantes tudo o que acontecera depois que se deitou naquela mesa.

Serena a fez repassar a cena outra vez, examinando-a de todos os ângulos.

Algo estremeceu fora da sua consciência. Serena a incentivou para que focasse outra vez, mas Briony já estava terminando.

Elas seguraram por aquele fio, subindo, subindo. A viscosidade da mente de Reighven escorrendo dela.

Quando Briony voltou à própria consciência outra vez, encarou Reighven, que tinha os olhos abertos, focados nela. Toven o fez adormecer outra vez.

— Bem — disse uma voz ardilosa atrás deles. — Parece que minha família esteve bastante ocupada esta manhã.

Briony se virou lentamente. Orion Hearst estava no centro da sala de estar, encarando-a, parecendo furioso.

Capítulo 44

Orion analisava a cena de cima: três corpos estendidos na sala de estar, dois entes queridos exaustos pelo uso de magia de coração e um problema chamado Briony Rosewood.

Serena se colocou de pé, esticando o braço para o albatroz, que voltara com Orion. O pássaro pousou no braço dela, aconchegando-se na bochecha.

— Está quase terminado — informou Serena.

Orion olhou de Reighven para Cohle.

— Conte tudo.

— Cohle morreu. — Serena soava cansada, mas firme.

O marido dela ergueu uma sobrancelha, parecendo avaliar diversos cenários de uma vez.

— Presumo que ele tentou raptar a srta. Rosewood — concluiu Orion, e Briony ficou chocada ao ver o quão rápido ele escolhera o mesmo caminho que Serena.

— Também torturou Toven — disse Serena. — E eu o matei.

Orion ainda encarava o corpo de Cohle enquanto assentia lentamente.

Briony ergueu o olhar para Toven, que estava oscilando em pé. Era óbvio que precisava descansar. Ele estivera usando magia de coração para subjugar Reighven e a enfermeira, diminuindo ainda mais sua energia.

— Reighven? — perguntou Orion, voltando sua atenção ao outro homem.

— Foi nocauteado cedo — explicou Serena.

— A enfermeira?

Viu tudo, e então foi nocauteada.

Orion se abaixou ao lado de Reighven.

— Devia ter esperado por mim. Se ela reconhecer sua agulha...

— Foi Briony — afirmou Serena. — Eu a guiei.

Orion fechou os olhos, exasperado, e então os abriu, focando Briony. A boca era uma linha firme.

— Muito bem, srta. Rosewood — disse Orion, a voz sedosa. — Mostre-me seu trabalho.

Como se ele fosse um dos tutores da escola.

Briony engoliu em seco e então fez um gesto para Toven despertar Reighven do estado inconsciente.

Voltar para a mente de Reighven foi ainda mais desagradável da segunda vez. Ela tropeçou em diversas imagens terríveis e lembranças que não desejava ver antes de Orion guiá-la com firmeza para o acontecimento da manhã — de maneira bem menos gentil do que Serena.

Orion ficou parado por cima do ombro dela enquanto assistiam à cena. Ele a fez repassar cada segundo, posicionando-os em partes diferentes da sala. A técnica dele não se parecia com uma agulha e um fio, mas com uma caneta, que reescrevia os momentos em vez de costurá-los. Se Serena era uma agulha deslizando pelos minúsculos buracos no tecido, Orion era uma caneta-tinteiro, percorrendo a folha sem encontrar resistência.

Quando os retirou da mente do homem, ele encarou Briony com um quê de desagrado.

— Desleixado, mas utilizável. Leve-a para cima, Toven.

Briony estreitou os olhos para ele. As estantes estremeceram com a primeira emoção que ameaçou irromper suas paredes: irritação.

— Vamos precisar de um corpo também — avisou ela. — Deixei o segundo enfermeiro ir embora.

Briony ficou em pé e virou de costas para Orion Hearst, afastando-se antes que ele pudesse dizer outra palavra que não fosse *obrigado*.

* * *

Passos a seguiram pela escada.

Briony não disse nada para até chegarem ao quarto. Quando Toven a seguiu cômodo adentro, ela se virou para encará-lo. Ele fechou a porta em silêncio atrás de si, os olhos cuidadosamente fixos nela o tempo todo.

— Eu estou bem — afirmou ela.

Ele deslizou a mão para dentro dos bolsos, balançando-se sobre os calcanhares. Toven a observava, esperando por alguma coisa.

— Não vou abaixar as minhas barreiras mentais antes de Mallow aparecer e ir embora, se é com isso que está preocupado.

Seria demais, súbito demais. Levaria tempo demais para erguê-las outra vez, e não havia como saber quanto tempo tinham até a mulher chegar.

— Estou preocupado com o oposto, na verdade — comentou Toven. Ela o encarou, sem entender. — Deveria deixá-las de lado. Você está contendo muitas emoções. Manter barreiras desse nível para esse tipo de circunstância não será de muita ajuda a longo prazo.

Ele falava como se entendesse do assunto. Falava como se conhecesse intimamente o que uma barreira exigia.

— Como... — Briony gaguejou. — Há quanto tempo pratica barreiras mentais?

Toven ficou impassível quando respondeu:

— Há muito tempo.

Briony assentiu lentamente. Explicava tanta coisa do que ela já desconfiava.

— E seus pais? Todos os três Hearst são magos de mente talentosos?

Toven não deixou nada transparecer. Mas deu um passo na direção dela.

— Você precisa abaixá-las, descansar e reabastecer.

— Mallow pode aparecer a qualquer instante...

— Você já fez escudos em circunstâncias estressantes antes. Vai conseguir outra vez. — Toven parou diante dela. — Precisa lidar com Cohle, para que ele possa morar na biblioteca da sua mente sem ser perturbado.

O livro intitulado *Cohle* apareceu na estante. Briony engoliu com dificuldade.

— Eu não quero.

— Briony — murmurou Toven, e ela oscilou na direção dele como a maré. — Seu coração foi rasgado hoje. Deixe que sua mente o cure.

Um tremor sussurrou na pele dela. Ele mantinha os olhos fixos nela, sem nenhuma defesa, e Briony se forçou a encontrá-los. Havia um corpo na grama. E sua mão estava fechada em punho.

O livro intitulado *Cohle* foi ao chão, e um sopro de vento abriu as páginas.

O vazio gélido apareceu, o uivo da morte a cercou, e o pedaço do coração que fora arrancado grasnou como um corvo.

Briony abriu os lábios, e o último suspiro de inocência se esvaiu dela.

Toven se tornou borrado em sua visão.

— Eu matei alguém — afirmou ela, a voz estremecendo de uma forma que não se permitira havia horas.

Toven assentiu.

— Você tirou uma vida. Foi sua primeira?

O peito dela tremia, e Briony levou a palma da mão até a boca.

— O que foi que eu fiz?

Ela arregalou os olhos cheios de lágrimas não derramadas.

Toven deu um passo à frente e colocou as mãos nos braços dela.

— Você fez o que era necessário para se proteger.

Ela se apoiou nele e, enfim, as lágrimas começaram a cair, escorrendo pelas bochechas.

— Para proteger você. — A garganta teve dificuldade para produzir som quando ela se apressou a acrescentar: — E a sua mãe. Todos nós.

Havia um corpo na grama, e sua mão estava fechada em punho.

Ela espremera a vida de dentro de um coração quando a pessoa ainda estava de costas. Cohle não percebeu o que aconteceria.

Briony ofegou sem som, soluçando, tentando puxar o ar para dentro dos pulmões e fracassando.

Estava nos braços de Toven, apoiando a testa no seu pescoço. A camisa dele encharcada com a evidência do luto dela.

— Meu coração nunca mais vai ser o mesmo — sussurrou Briony, a voz fraca.

— Você fez o que foi preciso — respondeu Toven, rouco, palavras que Briony sentiu tanto quanto ouviu. — Você fez o que eu não tive poder para fazer.

Ela deixou que a voz dele a embalasse. Briony se lembrou daquele dia na masmorra dos Trow — como tivera o coração de Reighven na palma de sua mão por um instante. Ela poderia ter acabado com ele ali e talvez escapado com Katrina, mas não tivera força naquele dia. O que aconteceu mais cedo foi diferente, e Briony não conseguia evitar pensar que a vida de Toven na equação foi a diferença necessária.

As pernas dela cederam conforme o coração batia em um mesmo ritmo, de novo e de novo — entoando: *assassina*, *assassina*, *assassina*.

Toven a ergueu nos braços e, ao soluçar e tentar respirar, Briony desejou não ser tão fraca para lidar com isso. Desejou nunca ter deixado as emoções emergirem nem escaparem de sua mente. Desejou que ele não a visse daquele jeito.

Toven a colocou na cama, e Briony se curvou em posição fetal, chorando de dor.

O coração partido doía.

E não apenas pelo ato de matar Cohle.

Também pela viscosidade remanescente em sua pele da mente de Reighven, das lembranças que ele tinha do seu corpo nu.

Pelo enfermeiro sem nome, a quem dera a chance que ela própria jamais teria — que levava em seu coração a esperança de encontrar Sammy.

Por Phoebe, sabendo que a prima perdera, em um único dia, uma criança que não poderia querer e a chance de ter uma que queria.

Por Cordelia, depletada. Pelo bilhete sobre a dragão que Briony gostaria que fosse dela, que avisava que a amiga ainda seguia viva e lutando.

E por Rory. O irmão de quem não se despedira porque tivera tanta confiança em uma profecia que não passava de uma rima infantil. Rory, que marchara para as batalhas de novo e de novo porque Briony acreditou que era o correto. Ela acreditou que ele era o escolhido. E Rory acreditou nela, tolo.

A garganta de Briony estava seca, e ela percebeu que estivera gritando com a dor dentro do coração. O rosto estava quente por causa das lágrimas, e os músculos doloridos de tanto tremer.

E braços ainda estavam ao redor dela.

Briony inspirou trêmula conforme retornou ao próprio corpo. Toven a abraçava, as costas dela estavam apoiadas no seu peito. As coxas encaixadas nas dela, e Briony finalmente conseguiu reconhecer a respiração em seu pescoço, soprando o cabelo.

Ela abaixou o olhar e encontrou uma mão musculosa segurando o punho dela, a pedra preciosa preta cintilando para Briony.

Enquanto o luto, o pânico e a tristeza se esvaíam a cada respiração trêmula, ela se firmou com a sensação do peito de Toven apoiado em suas costas. O coração dele batia na coluna dela, lento e firme. Briony respirou fundo, encontrando conforto na pressão das suas costelas nas dele.

E quando as lágrimas secaram e a respiração voltou ao normal, ela esperou que Toven se afastasse — que encontrasse uma desculpa para sair, que desse como finalizado aquele dever.

Isso não aconteceu.

Briony observou o sol descer mais no céu e traçou as veias nas mãos de Toven com o olhar.

Se ele não estava preocupado com o que poderia estar acontecendo lá embaixo, então ela também não se preocuparia. Mallow em pessoa poderia invadir aquele quarto, a dragão poderia cuspir fogo sobre Hearst Hall, e Briony ainda tentaria se segurar àquele momento por mais um segundo.

Bem baixinho, quase esperando que Toven estivesse dormindo, perguntou:

— Foi essa a sensação, depois que você matou pela primeira vez?

Por um instante, Briony se perguntou se ele não responderia, mas então a voz ribombou nas costas dela, o ar soprando pela lateral do seu pescoço.

— Sim.

Briony costumava trancafiá-lo em uma caixinha separada dentro do seu coração depois que o vira matar aquela família etérnea. Toven era um *assassino*, então o que lhe dava o direito de ocupar o peito dela, onde guardava todo o seu carinho e desejo? A partir daquele momento no gramado, ela pertencia àquela mesma caixinha.

— Alguém segurou você assim quando seu coração se partiu?

O batimento cardíaco parecia pairar em um penhasco, esperando.

— Alguém ajudou, sim. — A voz dele estava distante.

Briony sentiu uma pontada intensa de ciúme. Gostaria de ter sido aquela pessoa.

Ela se remexeu, virando-se dentro do abraço, e Toven reajustou os braços ao redor dela no mesmo instante que ela entrelaçou os joelhos nos dele.

Os olhos de Toven eram de um cinza-claro. Briony queria correr os dedos pela pele dele, pelo cabelo, por baixo da camisa. Até segurou os punhos próximos ao próprio peito, mas não conseguiu se conter. Esticou a mão e roçou nos fios de cabelo finos que haviam caído sobre os olhos. Desceu os dedos pela maçã do rosto, fazendo um caminho até o queixo.

— Por que você me comprou, Toven? — sussurrou, de frente para ele.

Toven encontrou os olhos dela.

— Não posso responder a isso.

Briony piscou e, embora ele estivesse estabelecendo um limite, ela não o sentiu se afastar. Na verdade, era como se ele se aproximasse mais, aos poucos, os olhos suaves, a mente aberta.

Briony passou os dedos pelos lábios dele e então se aproximou.

Toven moveu a cabeça para trás, levemente fora de alcance. E fechou os olhos, franzindo as sobrancelhas.

Briony percorreu o queixo dele com os dedos.

— Ah, sim — murmurou. — Sua regra de "proibido beijar".

Toven abriu os olhos, erguendo uma sobrancelha.

— Eu não tenho uma regra que proíbe beijos.

Os cantos da boca dela se curvaram em um sorriso. Briony desceu os dedos pelo pescoço dele, e Toven engoliu em seco.

— Uma regra de "proibido me beijar", então — provocou ela.

Toven abriu os lábios, umedecendo-os no mesmo instante com a língua.

— Exatamente.

Briony encontrou os olhos dele, e então, Toven a beijou.

Ela perdeu o fôlego. Ele o roubara, prendendo-o dentro do próprio peito. A boca se suavizou na dele, e Briony fechou os olhos.

Toven movia os lábios com lentidão, com luxúria, com tanta gentileza que Briony pensou que fosse se afastar a qualquer segundo, mas ele só continuou a beijando.

Ela buscou por ar nos lábios dele e fechou as mãos no colarinho da camisa. Uma das mãos de Toven alisou as costas dela, puxando-a para mais perto até que os seios dela estivessem espremidos no peitoral quente dele, mas, ainda assim, a boca continuava macia e sem pressa.

Briony sentia o coração bater rápido, pulsando com vida e *desejo* em cada centímetro do corpo. Queria as mãos dele em sua pele. Queria a língua dele. Queria os quadris encaixados nos dele.

Só que Toven Hearst levava todo o tempo do mundo. Ela já o vira beijar Larissa Gains muitas vezes. Já vira como as mãos dele passeavam pela loira.

Briony nunca o vira daquela forma. Nunca sentira *nada* como aquilo.

Quando Toven finalmente abriu os lábios, e ela sentiu a carícia aveludada da língua, um gemido escapou do fundo da garganta dela. Briony espremeu as coxas e se aproximou do quadril dele.

Então Toven a girou, para ficar sobre ela, encaixando o corpo nas pernas abertas de Briony.

Ela passou os braços ao redor do pescoço dele, puxando-o para mais perto, subindo o joelho direito para enroscar na cintura dele.

Os lábios dele seguiram lentos e lânguidos, como se ela fosse algo a ser manuseado com cuidado. Mas, conforme a língua deles se tocava, e conforme Briony aprendia a abrir a boca da forma como Toven desejava, ela não queria ser tocada como se fosse de vidro.

Briony queria sentir o peso dele. Queria o suor dele. Queria que gemesse por ela.

Ele se remexeu, empurrando os quadris nos dela. Briony conseguiu sentir *tudo*.

Briony abriu a boca em um suspiro, os olhos trêmulos de prazer.

— Toven, por favor — murmurou na boca dele.

Os lábios de Toven eram firmes ao recomeçar o beijo. Briony arqueou as costas para ele, tentando sentir ainda mais.

E, enquanto a beijava mais profundamente, a língua ficando mais ousada, os lábios mais diretos, Briony deslizou os dedos pelo pescoço dele, acariciando o cabelo fino na base da nuca. Os movimentos eram suaves, encontrando a cicatriz onde ela costurara a pele dele tantos anos antes.

O peito dele fez um ruído — *enfim* — e um gemido escapou para a boca de Briony. Toven se impeliu para a frente, prendendo-a no colchão, e uma mão foi até a outra perna dela, puxando o joelho para cima para que o abraçasse pela cintura.

Ela ofegou com a sensação de tê-lo próximo de si. E abriu os olhos ao sentir o atrito de cada movimento. Ela conseguia senti-lo bem onde queria.

Toven estava indescritivelmente duro na maciez dela. Com a boca, ele atacou o queixo, o pescoço, sentindo a pulsação dela enquanto gemia na pele dela. Briony continuou passando os dedos leves pelo cabelo dele, mesmo quando o ritmo de Toven ficou mais acelerado.

Ela memorizou cada arfada, cada gemido, cada suspiro. Briony rezava para que ele estivesse deixando marcas na pele dela onde a boca a chupava.

Parecia profano. Indulgente. Havia um oceano dentro dela, as ondas tempestuando.

De repente, Toven deslizou os quadris um pouco mais para baixo, e através dos tecidos, Briony sentiu a ereção em seu centro...

Ela perdeu o fôlego, e a mente ficou vazia. Briony gemeu baixo, sentindo-se mais próxima de algo que jamais sentira antes.

Toven levou os lábios até o ouvido dela e fez movimentos de vaivém abaixo, gemendo seu nome.

— Briony.

Os olhos dela reviraram, perdidos em prazer.

Soava exatamente como antes. Dentro da mente dele. Na fantasia em que o tocara com a boca.

Se pudesse escutar um único som pelo resto da vida, Briony queria que fosse o de Toven Hearst gemendo o nome dela.

Uma batida ressoou na porta, fazendo um choque reverberar o sistema dela.

Eles congelaram. O prazer se esvaiu rápido do corpo de Briony.

Toven tinha olhos escuros quando ele se afastou para encará-la. As bochechas estavam rosadas, o cabelo caindo para a frente, bagunçados, e os lábios estavam vermelhos com os beijos. Ele se afastou, e Briony sentiu a ausência do corpo dele como um fogo apagado na lareira.

Ela mordeu o lábio, desejando que a batida tivesse vindo dois minutos antes, ou vinte minutos depois.

Briony se sentou e observou Toven passar uma mão pelo cabelo, ajustar a calça e respirar fundo.

Como uma piscada reptiliana, ele estava composto outra vez. As barreiras mentais estavam de volta ao lugar.

Quando abriu a porta, a voz de Serena sussurrou:

— Como ela está?

— Melhor.

Briony saiu da cama e rapidamente puxou os lençóis para arrumá-los.

— Reighven e a enfermeira partiram. O falcão de seu pai já voltou com um recado de Mallow. Ela estará aqui depois do anoitecer.

Uma sensação gélida percorreu a coluna de Briony, que olhou pela janela. O sol ia se pôr dali a algumas horas. Ao menos tinha tempo para reconstruir as barreiras.

— E tudo está correndo bem? — perguntou Toven.

— Até onde sabemos, sim — disse Serena. — Nós não teremos certeza até ela chegar. Seu pai gostaria de falar com você.

Toven assentiu. Ele olhou de relance para Briony, que encontrou nele a frieza familiar, como se não estivesse momentos antes aconchegado aos quadris dela, ou gemendo na boca dela.

Toven saiu, deixando a porta aberta.

Briony respirou fundo.

— Entre, Serena.

A mulher passou pela porta e a fechou atrás de si, dobrando as mãos na sua frente. Briony se afastou da cama, pegando as lembranças das mãos, da língua e dos lábios de Toven e as guardando na estante enquanto se voltava para a mãe dele.

— Obrigada pelo que fez hoje — afirmou Briony.

Serena inclinou a cabeça e olhou para baixo.

— Estava prestes a dizer o mesmo. As últimas vinte e quatro horas foram muito difíceis para você, e sei que tirar uma vida parte o coração, mas quero que saiba que, para mim, você nunca foi tão corajosa quanto está sendo agora.

Briony assentiu, forçando-se a acreditar.

— Por favor, saiba que eu não estava escondendo minha fertilidade de vocês.

— Eu entendo. Não deveria ser da minha conta — respondeu Serena, casualmente.

Briony se preparou, entrando no tópico que estava em destaque na sua mente.

— Você disse que Mallow vasculha sua mente com frequência. Por quê?

Serena ergueu o queixo, encarando algo além do ombro de Briony, que por um momento pensou que a mulher não responderia nada, até ouvir:

— Recebi o dom da visão. Já tive três grandes visões, e uma série de imagens pequenas que se tornaram realidade — falou Serena.

Briony piscou, aturdida.

— Eu costumava relatar meus sonhos semanalmente para ela, mas Mallow se tornou desconfiada de todos ao seu redor e duvida que eu compreenda meu próprio inconsciente. Agora, eu me apresento todos os dias a ela para que minha mente seja inspecionada.

Briony franziu as sobrancelhas, procurando entender.

— Você é uma vidente.

— É um traço geracional da minha família. Aparece a cada cem anos — comentou Serena.

O dom da clarividência era cada vez mais raro nos últimos tempos. Os únicos videntes que Briony conhecia datavam de mais de meio milênio atrás, aqueles que haviam previsto a chegada do Duas Vezes Herdeiro. A maioria não exibia seus dons. Era fácil demais se tornar um alvo.

Briony trocou o peso de perna, pensando.

— Por que Mallow sabe sobre esse poder?

Serena a encarou.

— Eu a vi chegando — respondeu, em um tom brando. — Eu a vi, sentada na Sede. Então eu e Orion agimos logo para nos tornarmos... favorecidos.

Briony se lembrou como foram os Hearst que apresentaram Mallow à sociedade na primeira vez que a conhecera.

— Precisa me perdoar se pareci ausente. Ou fria — disse Serena, abrindo um raro sorriso. — Até que você começasse a aprender barreiras mentais, eu não pude arriscar conversas longas. E já há tanta coisa que repico e apago das minhas próprias lembranças.

Briony tentou imaginar Mallow em sua mente todos os dias, vasculhando sonhos sobre os quais o inconsciente não detinha nenhum controle.

— A câmara de meditação no andar de baixo — indagou Briony. — É sua?

Serena assentiu, breve.

— Conforme progredir com as barreiras mentais, está convidada a utilizá-la.

Briony queria perguntar à Serena sobre as visões. Queria tanto saber sobre o futuro. Queria saber as coisas que ela vira e que dissera para Mallow. Só que também sabia que esse conhecimento não lhe pertencia. A maioria dos videntes vivia em isolamento para evitar esse tipo de conversa com amigos e família.

— Não vou perguntar sobre seus sonhos, mas hoje, quando você os impediu... — Briony hesitou e mudou a frase, encontrando as palavras que ecoaram na própria mente desde que deixara o enfermeiro escapar. — Eu tenho motivos para acreditar que Mallow acha que o Duas Vezes Herdeiro ainda possa existir. Quando salvou a linhagem Rosewood hoje... — Briony suspirou, soltando tudo de uma vez: — Você tem razões para acreditar que seu filho será pai desse herdeiro algum dia?

As sobrancelhas de Serena elevaram-se tanto que quase desapareceram.

— Ah. Ah, entendo. — Ela tamborilou o pulso com o dedão. — Não. Minha intenção hoje era apenas dar a você uma escolha no futuro.

Briony sentiu o peso daquelas palavras jorrando como uma cascata sobre ela.

— Você é uma vidente — disse Briony, com um pequeno sorriso. — E fala como se todos os futuros fossem possíveis, apesar de já conhecer os desfechos.

Serena assentiu.

— Ainda não vi o futuro que mais desejo ver, mas tenho esperança. Acredito que um mundo onde nós duas tenhamos escolhas outra vez é possível.

Briony engoliu o nó que sentiu na garganta. O coração batia rápido, mas, só de saber que Serena Hearst estava sob o mesmo teto que ela, de súbito sentiu-se menos sozinha.

Serena inclinou a cabeça em despedida.

— Cuide-se, Briony. Sinto muito por dar a você mais uma conversa para esconder enquanto prepara sua mente.

Então pediu licença, e Briony voltou o foco para a própria mente.

Capítulo 45

Mallow não apareceu ao anoitecer.

Briony ficou ao lado da janela que dava para os portões da frente, observando o horizonte em busca do estalo de um portal, que nunca surgiu.

Os Hearst tampouco foram verificar seu estado.

Briony focou a energia nas barreiras mentais, reunindo tudo o que precisava esconder de Mallow e encontrando um lugar para cada coisa nas estantes de sua mente. Repassou tudo com uma agulha e um fio, como Serena fizera, até que ela mesma não tivesse mais certeza de que Cohle *não* tentara tomá-la para si naquela manhã. Briony reescreveu a lembrança do punho se fechando, costurando-a com a de um pulso mais pálido e delicado, até que fosse a mão de Serena contraída no *Rompe-coração*.

Se Briony se concentrasse, conseguiria encontrar a verdade na própria mente, mas também era fácil pensar naquela manhã e deixar que o cenário inventado tomasse lugar.

Às quatro da manhã, ouviram o trovão de asas no céu.

Briony ergueu o olhar bem a tempo de ver a barriga da última dragão do mundo sobrevoar Hearst Hall, com as asas compridas e delgadas.

Estreitou os olhos para a fera. Então a dragão não tinha morrido.

sem dragão, não se enRole

Ela estudou as palavras outra vez enquanto a dragão batia as asas — quase com elegância — sobre a floresta em que Vesper morava, acomodando-se com cuidado ao lado das árvores. No nascer do sol, Briony conseguia distinguir a silhueta de uma pessoa deslizando pela asa, o cabelo escuro cintilando pelas costas.

Dentro da própria mente, embaixo dos escudos e atrás das estantes, Briony se perguntou qual era a necessidade de trazer a dragão, e ainda de montá-la. Sem dúvida um portal era mais rápido.

A figura passou pelos portões e seguiu pelo caminho. Assim que Mallow desaparecera pela porta da frente, Briony voltou à poltrona para esperar. Ou o plano funcionaria, ou não funcionaria.

Vinte minutos depois, a porta do quarto se abriu e Toven entrou.

— Mestra Mallow deseja ver você.

O rosto dele não entregava nenhuma emoção. Qualquer coisa poderia aguardá-la.

Briony o seguiu pela escadaria até a sala de estar. As lembranças estremeceram nas estantes em sua mente, mas ficou satisfeita ao notar que eram apenas as que foram alteradas.

Mallow estava ao lado da lareira, com a silhueta iluminada, e Orion e Serena estavam ao lado dela. Embora Briony a tivesse visto apenas duas noites antes, no palácio de Biltmore, parecia que tinham se passado meses. Quando a mulher se virou, Briony notou que Mallow parecia exausta. Mais uma vez, ela se perguntou qual seria a idade verdadeira daquela que ocupava a Sede de Bomard.

O corpo de Cohle estava estirado entre os sofás como se fosse uma mesa de centro.

— Briony — cumprimentou Mallow, com um leve sorriso. — Ouvi dizer que fez um pequeno procedimento na manhã de ontem.

Ela não respondeu. Toven estava parado à sua esquerda.

Mallow andou para a frente, o vestido comprido movendo-se no corpo dela como se fosse feito de óleo.

— Você sabia, esse tempo todo, que ainda poderia ter filhos? — perguntou Mallow.

Briony não preparara a lembrança das enfermeiras que cortaram uma de suas trompas, então não havia motivos para mentir.

— Eu suspeitava.

— Você a chamará de Mestra — avisou Orion, o tom firme.

Briony olhou para ele.

— Mestra — adicionou ela.

Mallow sorriu de leve.

— O que mais anda escondendo, Briony?

O coração dela deu um salto, mas a mente permaneceu focada.

— Como assim, Mestra?

Mallow ficou diante dela, o olhar escuro, a mente friccionando a de Briony.

— Sua nação foi condenada à morte eterna — pontuou Mallow. — Seu povo perdeu, mas você ainda assim encontra formas de se rebelar contra minha autoridade, não é mesmo?

Briony estremeceu, cada livro que ela escondera na mente ameaçando se atirar ao chão. Coleiras, bilhetes e uvas. Ela focou o olhar de Mallow.

— Você deve me contar o que sabe, Briony — exigiu.

E então Briony sentiu as adagas em sua mente.

Ela arfou no momento em que suas lembranças eram esfoladas. A técnica de Mallow era grosseira. Enquanto Serena buscava entrar e sair sem se deixar notar, parecia que a outra mulher queria ser sentida, até dias depois.

Ela se preparou para lutar contra as facas, mas Mallow partiu para uma cena familiar.

O general Meers estava de pé no escritório do pai.

"Eu de fato preciso advertir contra tantos ouvidos em uma reunião confidencial..."

"Você é um tolo se pensa que os ouvidos de Briony são os menos úteis entre nós cinco" disse Rory.

Briony aguardou Mallow sair da cena como uma lâmina serrilhada, deixando sua marca em todos os lugares.

Ela não podia agir para esconder informações. Não tinha ideia do *que* deveria esconder.

Mallow voou pela mente dela, rondando lembranças de Rory como uma serpente. Passou eras em reuniões familiares de quinze anos antes com tias e tios que morreram antes da guerra. Deslizou por qualquer lembrança que ela tinha do pai, enroscando-se em exercícios complicados que passava para ela fazer e os pedidos que fazia para que Briony fosse menos para que Rory fosse mais.

O corpo dela tremia, os joelhos fracos. Mas Mallow a sustentou em pé, no centro da sala. A mente mal reconhecia a cena que era examinada — a forma da mulher diante dela tinha olhos escuros selvagens, que contrastavam com os olhos cinza-claro de Orion, fora de foco, a alguns metros.

Briony não fazia ideia do que Mallow buscava. Estava hiperventilando mesmo através da dor, sabendo que precisava que os segredos continuassem secretos. Em momentos estranhos, sentiu outra presença nas próprias lembranças. Onde Mallow cortava e abria com golpes terríveis, algo deslizava com tranquilidade, como uma caneta. Tomando cuidado para permanecer escondido.

Depois do que pareceram horas, Briony apenas seguiu Mallow pela própria mente como se fosse uma convidada.

A mulher estava determinada, com um foco feroz na busca, deixando Briony desconfiar do que era procurado. A dor a exauria, deixando-a imprudente. Uma ideia invadiu sua mente assim que Mallow se ocupou em outro lugar. Se ao menos soubesse o que ela queria...

As facas na mente dela estavam atreladas ao fio da mente de Mallow.

E, assim como deslizara pelo fio da mente de Toven semanas atrás...

Assim como se juntara a Serena em um único fio naquela manhã ao visitar a mente da enfermeira...

Briony esperou até a mulher estar observando uma lembrança de Rory e Sammy Meers e então percorreu o fio como uma aranha, deslizando para baixo e mais baixo, até entrar na mente de Veronika Mallow.

Ela se equilibrou em uma agulha, como Serena ensinara, tomando cuidado para não perturbar nada.

Mas não precisou procurar muito. Havia uma pergunta estampada nas pálpebras de Mallow, deixando-a em destaque em sua mente, sem nenhuma barreira que a protegesse.

Onde ele está?

Briony sentiu a própria consciência flutuar. O coração pairava, suspenso. E, antes que pudesse pensar no que encontrara, subiu pelo fio mais uma vez, saindo da mente da mulher.

Uma mente que Mallow não se dava ao trabalho de proteger. Arrogância? Ou estupidez?

Conforme Briony voltava ao caminho feito pelas lembranças dilaceradas dela, se concentrou em manter o coração estável, obrigando-se a não sentir nada além de confusão e dor.

Porque havia apenas um "ele" que Mallow poderia estar buscando em sua mente.

"Tem alguma coisa errada com ela."

O enfermeiro dissera que Briony seria morta se pudesse conceber.

E a única coisa em que conseguia pensar enquanto sua mente era esfolada era na dragão do lado de fora dos portões. As demonstrações desnecessárias de poder. A exaustão no rosto de Mallow.

sem dragão, não se enRole

A mesma fera que se recusara a formar um vínculo com qualquer mago durantes seiscentos anos até a chegada de Mallow.

Um mago que tivesse um dragão como seu familiar não se importaria com problemas mortais. Seria poderoso demais.

A não ser que o dragão não fosse um familiar.

sem dragão

Briony sentiu como se estivesse fora do corpo. Conseguia ver a cena inteira na sala de estar.

Orion e Serena perto da lareira, preparados para serem interrogados sobre o corpo de Cohle.

Toven, à esquerda dela, esperando que sua cardiariz fosse devolvida.

E Mallow — que não se importava com a dinâmica dos Dez ou a morte do seu segundo em comando. Sem se preocupar com a maneira como as coisas aconteceram no dia anterior, apenas ocupada em vasculhar a mente de Briony por algo que não encontrara ainda — *mais uma vez*.

Talvez o enfermeiro estivesse próximo da verdade, mas não por inteiro.

Mallow *estava* preocupada com um herdeiro da linhagem Rosewood que poderia derrotá-la, o Duas Vezes Herdeiro.

Que era apenas o mesmo com quem ela batalhara durante quatro anos, desde a morte do rei de Etérnia.

não se enRole

Briony pensou que era estranho não ter sentido o momento da morte do irmão.

E talvez fosse porque Rory não tivesse morrido.

A coleira não funcionava nela porque sua magia de coração fora concedida ao irmão. E se ela ainda estivesse o inflamando?

Magia cedida livremente não poderia ser retirada.

A sala estava silenciosa exceto pelos arquejos de dor dela, mas Briony estava separada de si mesma, em um mundo onde Rory ainda poderia estar vivo.

Estava em outro canto enquanto Mallow revirava suas lembranças.

O sol tinha nascido.

E Briony tinha um trabalho a fazer.

Ela procurou dentro de si, encontrando um momento e o alterando com rapidez. Costurando por cima como Serena faria e então repassando os detalhes como a caneta de Orion fazia.

Briony e Rory sentados nos rochedos em Biltmore. Ela perguntava o que o irmão faria se não fosse herdeiro do pai.

“Não sei”, disse Rory. “Talvez eu virasse um marinheiro. Sempre amei os portos em Daward.”

Briony pegou aquele momento — aquela invenção — e o colocou em uma caixinha em sua mente.

Quando Mallow estava pronta para passar de uma reunião de solstício de anos atrás, Briony a deixou cair no caminho, como um broche que caíra das dobras do vestido.

Mallow foi rápida para pegá-la. A caixa se abriu para a inspeção.

E, antes do esperado, Briony estava a sós em sua mente, o corpo caído no chão da sala de estar dos Hearst.

Ela mal estava consciente, mas viu Mallow se virar e andar até a janela que dava vista para o terreno. Aquela que mostrava a dragão no gramado.

Briony se esforçou para se ater ao presente, ofegando no chão.

Orion deu um passo à frente. Os movimentos eram harmoniosos... como uma caneta fluída.

— Mestra, como posso lhe servir?

Mallow parecia observar a criatura pela janela.

— Serena — convocou ela. — Sinto dizer que vai precisar ficar sem seu marido outra vez nesse futuro próximo.

Serena pigarreou.

— Qualquer coisa por Bomard.

Mallow virou a cabeça por cima do ombro e indicou Briony com a cabeça.

— Isso é tudo. Deem licença a mim e a Orion.

Toven começou a erguer Briony do chão. Serena rapidamente apareceu ao lado dela, ajudando.

No entanto, Briony tentava ouvir a conversa na janela.

— Aprecio sua discrição, como sempre, Orion.

— É claro, Mestra.

Ela observou Mallow tirar o anel de Cohle.

— Parece que a posição de primeiro na linha à Sede está vaga, já que Cohle não nomeou um sucessor após a morte de Burkin. E, apesar da sucessão decretar outra ordem, eu ficarei feliz em oferecer isso a você, Orion.

Serena e Toven congelaram. A cabeça de Briony pendia no ombro dele. As pálpebras estremeceram, observando Orion.

Orion precisou apenas de um instante para considerar.

— É bondade sua, Mestra. Porém, os Dez significam muito para mim. Sempre significaram. Não desejo desequilibrar a ordem natural das coisas. Eu ficarei feliz em aceitar o avanço para sétimo na linha, com a morte de Riann Cohle.

A sala pareceu prender a respiração. Mallow o avaliou.

— Aprecio os homens que compreendem o poder, mas não o cobiçam.

Orion assentiu com a cabeça.

Briony sentiu o corpo mexer quando Serena e Toven a levaram para longe outra vez.

— Toven?

Eles pararam diante da voz de Mallow. Briony estava jogada em Toven, toda a energia voltada para continuar acordada para escutar.

Toven deu um passo em frente.

— Sim, Mestra Mallow?

— Foi sugerido a mim que não tem usado a srta. Rosewood como cardiariz. Você me disse semanas atrás que o elo estava firmado e estava colhendo os benefícios.

A sala ficou em silêncio, e Briony se perguntou se desmaiara quando não ouviu nada.

— Perdão, Mestra. Recentemente rompi o elo. A conexão era muito poderosa. Aparentemente, é verdade o que dizem: o sangue dourado torna a cardiariz muito mais potente. — Ele deu uma leve risada. — Descobri que ficava sobrecarregado pela magia. Precisava desviar boa parte dela em outras funções.

Mallow continuava na janela, com os olhos fixos na dragão.

— Poder demais? Bem, se esse é o caso... — disse ela — talvez precisemos encontrar mais tarefas para você, Toven.

O braço de Serena ficou tenso ao redor do corpo de Briony. Orion apertou os lábios. E a nuca de Toven ficou rígida.

— Eu apreciaria qualquer oportunidade de avançar sua causa, Mestra — concordou Toven.

O coração de Briony disparou, e ela finalmente cedeu à escuridão.

* * *

Briony acordou no dia seguinte. A mente ainda parecia lenta.

Um bule de chá a esperava na mesa lateral, e Briony se arrastou para se servir.

Havia tanto a fazer.

Ela esticou a mão para o porta-joias na mesa e pegou o bilhete.

sem dragão, não se enRole

Briony traçou o formato do *a*. A curva dos *r*.

Poderia ter vindo de Rory?

O peito doía com a certeza que sentia. O irmão, um pedaço de si própria, não estava perdido afinal. Seus olhos se encheram de lágrimas.

A explicação mais simples era a mais provável de estar correta. Mallow realmente acreditava que Rory estava vivo — isso, Briony compreendeu.

Então, de algum jeito, o irmão encontrara uma maneira de se comunicar com ela pelas garotas de Barlowe em Biltmore.

Briony passou os dedos pelo bilhete. Rory tocara nele. Estava mais perto do irmão do que estivera nos últimos dois meses, mas ainda tão distante.

Percorrendo o quarto com o olhar, ela sentiu o peso de tudo. Era uma gaiola confortável, mas ainda era uma gaiola. Briony precisava encontrar uma forma de tirar a marca, não apenas só para si, mas por Cordelia, Phoebe e Katrina.

E depois... ela supunha que era hora de descobrir como matar Mallow.

Agora que Briony se questionava se a dragão teria se vinculado por inteiro à mulher, Mallow não parecia mais tão poderosa. Era só uma mentirosa, ainda que enigmática e astuta.

Briony riu consigo mesma quando se lembrou como aquela que se assentava na Sede de Bomard era temida porque o vínculo da dragão lhe dava a habilidade de ler mentes. Não era um dragão; e sim uma prática mal aprimorada de magia de mente, desleixada e dolorosa.

Briony pensou em Finola, em como Mallow procurara por ela em sua mente. Talvez a busca não tivesse nada a ver com estratégias e conexões da prima. Talvez fosse porque Finola era uma mulher Rosewood não esterilizada.

Uma batida ressoou na porta do quarto.

— Entre — disse ela.

Toven entrou no quarto, e o coração de Briony palpitou ao vê-lo. O rosto dele estava firme e distante.

— O que foi?

— Queria ver como você estava. — A voz dele soava contida.

— Bem. Por que parece tão estranho?

— Estranho?

— Frio. Você parece frio.

Toven apertou os lábios.

— Assim que você estiver curada, vamos fazer a cerimônia de elo. Vou me certificar que a coleira não retire a sua habilidade de praticar magia.

— Mas você terá acesso a ela — afirmou Briony.

Ele assentiu. A respiração dela estava tensa, ao pensar em ceder parte de si para Toven sem receber nada em troca. Briony não sabia que outras opções restavam. Eles contornaram o elo cardiariz por tanto tempo.

Os dois ficaram em silêncio por um momento. Toven mexeu no anel preto enquanto ele corria os olhos pelo quarto.

— Suspeito que Canning tenha sugerido a Mallow que não estávamos unidos, em retaliação pelo banimento do elixir dele. Ela vai querer que eu corrija isso logo.

Briony assentiu.

— E seu pai? Foi embora outra vez?

— Amanhã. Não sei para onde.

Briony sabia. Primeiro para o porto de Daward, e então iria de casa em casa em busca de todos os marujos da cidade.

— Mas quando estivermos unidos — disse Toven lentamente, sem encará-la. Ele pareceu repensar a frase. — Preciso explicar sobre a magia sacra... e seus efeitos.

Briony ergueu as sobrancelhas, sentindo as bochechas corarem.

— Certo...

— Então nada do que aconteceu na outra noite voltará a acontecer. — Ele olhou significativamente para a cama dela. — Não deveria ter acontecido, para começo de conversa. Foi inapropriado.

— Inapropriado — repetiu Briony, estreitando os olhos.

— Você estava fragilizada, com emoções à flor da pele — argumentou ele. — Nunca teria acontecido se você estivesse em posse de si.

Briony sentiu uma pontada afiada, como se tivesse levado um tapa. Então ele definia o que acontecera como culpa dela? Toven não se lembrava de ter se aproximado primeiro?

— Você tem costume de cuidar de mulheres fragilizadas, à flor da pele como disse, deitando-se na cama com elas? — retrucou Briony.

Toven contraiu a mandíbula.

— Só estou aqui para informar que nada do tipo vai voltar a acontecer.

— Já fui informada. — O tom de voz era ácido. — Mais alguma coisa?

A fachada dele rachou.

— O que foi que deu em você, Rosewood? — sibilou Toven. — Eu já pedi desculpas...

— *Pediu?* — Ela riu. — Eu não ouvi!

— Sim! Me *desculpe*. Não vai acontecer de novo!

— E por que isso? — Briony deu um passo na direção dele, cruzando os braços. — Enquanto muitos bomardinos ficam contentes em violentar o que consideram sua posse, que tipo de *superioridade moral* tem Toven Hearst?

Ele a encarou, boquiaberto.

— Eu ouvi direito? Você está perguntando por que eu não violei você?

— Sim — respondeu Briony, casual. — Por que eu estou aqui? Por que eu sou tão bem cuidada em Hearst Hall? Por que posso manter minha virgindade *e* minha fertilidade? Minha nossa, quanta hospitalidade!

Toven fechou os olhos, afastando-se dela.

— Você é tão... tão irritante.

— Eu sei, eu estava naquele palco, Toven. Eu estava lá quando você deu seu lance para me comprar. Eu não apenas *caí* no seu colo. Você deu a Reighven alguma coisa para ficar comigo, e eu quero saber o que é.

Ele se virou para Briony, caminhando até onde Briony estava.

— Isso não é da sua *conta*, Rosewood! Você não tem *direito* de saber essas coisas, ao contrário do que você pensa!

Ela estendeu os braços.

— Ah, até que *enfim*! Até que enfim sou tratada como uma cidadã de segunda classe nesta casa!

— É isso que você quer? — perguntou Toven, erguendo uma sobrancelha, a voz baixando uma oitava. — É isso mesmo que você quer? Está tão sedenta por uma indignação justa que você gostaria que eu tirasse sua magia, seus livros, sua privacidade?

— Eu quero saber por que eu tenho essas coisas — disse Briony. Os rostos estavam tão próximos que ela conseguia sentir o hálito quente dele. — Quero saber qual é o objetivo dos Hearst. É porque eu sou a princesa de Etérnia?

Os olhos dele faiscaram. Ele prendeu o fôlego, como se palavras estivessem prestes a escapar da boca dele. Então Toven apenas disse:

— Sim.

Briony observou o rosto dele endurecer. Sentiu o momento em seu coração, quando ele não disse o que ansiava ouvir — que ela não era especial, mas que era especial para *ele*. Mas, em vez disso, Briony era apenas uma ferramenta política de sangue dourado para ele e a família.

Ela assentiu, engolindo toda a sua emoção.

— Faz sentido — falou ela, fraca. — Sua família está mesmo preparada para manipular todos a seu favor.

Ele não disse nada, apenas a observou.

Briony ergueu o queixo, preparando-se para também começar a manipular o que conseguia.

— Você está pronto para jogar contra Mallow, Toven? Ou está feliz em ficar às margens enquanto seu pai faz todo o trabalho?

Toven estreitou os olhos.

— O que você quer dizer com isso?

Briony umedeceu os lábios e, quando Toven olhou para a boca dela, ela afastou qualquer esperança de ser beijada por ele outra vez.

Aquela não era uma história de amor.

— Quer dizer — explicou Briony — que estou a cada dia mais certa de que meu irmão está vivo. — Ela observou os olhos dele se arregalarem aos poucos. — E quero saber se você vai me ajudar, ou se vai ficar no meu caminho.

Epílogo

A DRAGÃO POUSOU NA TORRE do castelo que pertencera a seu primeiro humano. A mulher que morava ali desceu por sua asa e entrou pela janela, e a fera resistiu ao impulso de sacudi-la para longe.

O espírito ruim de cabelo preto se virou para ela.

— Quando eu chamo, você vem. É assim que funciona.

A dragão virou o focinho na direção da maga que lhe fizera promessas a perder de vista. Ela soprou o ar quente no rosto da mulher, que não se afastou.

A mulher, Mallow, virou a cabeça na direção da criatura e sustentou seu olhar.

— Você duvida de mim, mas eu logo me livrarei dessa profecia. Estou perto demais de eliminar o herdeiro. Então, você *completará* seu vínculo comigo.

Talvez, pensou a fera. *Talvez eu apenas não goste de você*. Mallow estreitou os olhos pretos.

— Só posso completar minha promessa a você se vincular-se a mim. É *você* que impede tal coisa.

A criatura bufou outra vez, fazendo um vento áspero percorrer o salão de Mallow, esvoaçando papéis e arrancando retratos das paredes.

A mulher apenas a encarou.

A dragão se afastou da torre, voando para longe. Como odiava humanos.

Ela bateu as asas no ar e voou pelas montanhas até o terreno pedregoso do outro lado do penhasco, para o ninho onde aquele espírito ruim a encontrara pela primeira vez.

Durante quinhentos anos, ela vivera em paz, a não ser que fosse perturbada por um humano. Humanos tinham um hábito de atrapalhar suas coisas.

Como era o caso...

A dragão pousou com leveza no parapeito da caverna, sentindo o cheiro de mais humanos por perto do que ela gostaria.

O homem com cabelo de ferrugem e a mulher com apenas um braço estavam de volta. Ela rosnou.

O homem se virou e ergueu as mãos em um gesto de paz, fazendo uma reverência profunda. A mulher o imitou.

— Só precisamos de um momento. Mas, se não nos permitir mais nada, vamos embora.

Os humanos tinham um hábito detestável de se multiplicar. Ela guardou as asas e se acomodou no parapeito, encarando-os.

O homem de cabelo cor de ferrugem assentiu, agradecendo. Ao menos ele era mais agradável que o pai.

Dos fundos da caverna, o garoto dela apareceu. Ele abraçou os outros dois, e a dragão escutou o homem de cabelo enferrujado mostrar um pedaço de papel pequeno demais para enxergar.

— Então conseguiu fazer contato? — perguntou o garoto dela.

Ele soava empolgado. A dragão sabia o que viria a seguir. Ela suspirou, encarando a montanha solitária. Sabia que não poderia ficar para sempre com ele. O garoto não a pertencia, não da forma como um filhote dragão pertenceria. Porém, algo nele clamava por ela, implorando que o salvasse.

Só que salvá-lo significava lidar com seus... *amigos*. Ela rosnou ao pensar na palavra.

— Dragão — chamou seu garoto, ansioso. — Chegou a hora. Se me permitir ir embora, eu preciso ir.

Ela bufou, recusando-se a olhar para ele.

Quando aqueles dois apareceram da última vez, todos decidiram que era mais seguro para seu garoto ficar ali. Tola, ela pensara que fora escolhida naquele dia. Que ele preferia ficar.

A dragão desejou que nunca o tivesse levado consigo, dois meses antes. Aquele dia perto do lago enquanto a poeira subia em uma nuvem e a batalha fervilhava embaixo de suas garras.

Ela se apegara. E agora ele queria partir.

— Obrigado por me curar e por me manter seguro — disse ele. — Mas preciso encontrar minha irmã. Eu sei que você já teve um antes. E espero que se lembre do que significa esse vínculo.

Vínculo, pensou a dragão, com desdém. Ela achou que teria um vínculo outra vez. Quando a mulher de espírito ruim subiu nas montanhas e lhe prometeu um companheiro, ela concordara em formar um vínculo. Porém, desde o momento em que abrira sua magia para o espírito ruim, soubera que não era certo. Ela sentira o poder de Mallow e se enganara ao pensar que era a parceira correta. Porém, o garoto tinha mais do que a dragão desejava apenas em seu sangue do que Mallow poderia sonhar em toda vida.

E, agora, ele queria ir embora. Tudo bem.

A criatura virou o focinho para ele, colocando-o na lateral do corpo dele, e retirou a cauda do caminho.

— Obrigado. Espero que nos encontremos de novo — disse o garoto. — Quero apresentar você à minha irmã. Se alguém consegue descobrir como um mago pode fazer um companheiro para um dragão, é ela.

A dragão revirou os olhos, exausta de ouvir tanto sobre aquela tal irmã.

— Vamos, Rory — chamou a mulher com um braço só. — Vamos atualizar você de tudo.

Rory estendeu a mão para o focinho da dragão, e ela bufou, afastando-o.

E levantou voo para o céu, determinada a esquecer o príncipe de rosas e a ânsia que tinha de pertencer a ele.

AGRADECIMENTOS

SE EU APROVEITASSE DE verdade o espaço para listar todas as pessoas que tiveram um impacto significativo na jornada deste livro, os agradecimentos seriam tão longos quanto o próprio o livro (e olha que ele é grosso). Se eu pudesse, listaria todos os usuários do AO3 que deixaram comentários e *kudos*, todas as pessoas no grupo do Discord e do Facebook que interagiram comigo enquanto eu escrevia, e todos os artistas e encadernadores de livros que fizeram das minhas palavras algo belo sem fins lucrativos.

Para Mar e Cat — que foram minhas rochas durante dezoito meses, entrando no projeto comigo antes e durante a pandemia —, obrigada, meus amores, por me levarem até onde estou hoje. Ainda são as meninas cujas mãos eu seguraria embaixo de uma mesa quando o mundo está difícil demais.

Para minha *coach*, Anna, que me faz vencer qualquer coisa e fala sobre todo o tipo de ideias absurdas, obrigada por me incentivar. Claire, você leu esta história primeiro, e tagarelou sobre a ambientação e a construção do mundo e o contexto histórico, e eu provavelmente ignorei tudo o que disse enquanto olhava com carinho para você. Obrigada por ter um rosto tão lindo.

Gaia Banks, você é a melhor agente do mundo, e tenho muita sorte de ter você comigo. Obrigada pelo que (parece ser) ligações intermináveis e apoio infinito à minha saúde mental.

Obrigada às editoras que trabalharam incansavelmente neste livro e me encorajaram a me desafiar com ele. Junessa Viloria na Forever, e Martha Ashby e Rachel Winterbottom na HarperCollins UK — vocês três são incríveis e apostaram muito nessa história. Obrigada a toda a equipe da Forever, especialmente Mama Estelle, Cousin Dan, Caroline Green, Leah Hultenschmidt e Sabrina Flemming. Obrigada à equipe inteira na HarperCollins UK.

Quero agradecer minhas editoras estrangeiras, que, no dia que escrevo isso, incluem: Maria Runge na Goldmann, Elena Paganelli na Newton Compton, Sonia Mennour na Bragelonne, Julia Barreto na HarperCollins Brasil, e a todo o time da Crossbooks/Planeta na Espanha, especialmente Paula Hernández.

Obrigada aos meus pais, que mal me viram por onze meses. Obrigada ao meu cachorro, Charlie — por que não?

Aos meus amigos escritores, meu clã de vampiros, meus grupos de mensagens — obrigada. Sobretudo a Christina e Lauren, Susan Lee, Rosie Danan e Ali Hazelwood, que passaram por toda a alegria deste livro comigo *joga glitter*. Obrigada a Kate Goldbeck, Kate Golden, Margaret Wiggins, Amanda Jewell e Thea Guanzon. Obrigada Lauren Goldgrub, Shaye Lefkowitz e Tatyana por seu entusiasmo e apoio emocional infinito. Obrigada a Nikita Jobson por toda a arte que me concedeu ao longo dos anos. Eu não mereço a "Garota dourada" e continuo não merecendo a sua maravilhosa capa.

E mais importante de tudo, obrigada aos meus leitores que me seguiram por gêneros diferentes. Aos meus antigos e novos leitores, aos criadores de conteúdo e resenhistas de livros, aqueles que fazem memes e aos entusiastas de meias: vocês são a razão pela qual eu faço isso.

Nascida em Sacramento, Julie Soto passou anos entre Nova York e Califórnia antes de decidir morar na costa californiana. Fã de teatro e fandoms, Julie consegue nomear qualquer episódio das temporadas de Buffy. Ao lado de seu cachorrinho, Charlie, ela escreve comédias românticas, fantasias adultas e thrillers para jovens adultos durante o dia, já à noite ela dorme ao som de *Orgulho e preconceito*. No Brasil, já publicou o livro *Não me esqueça*.

Encontre ela em:
juliesotowrites.com
X: @JulieSotoWrites
Facebook.com/JulieSotoWrites
Instagram: @juliesotowrites
Pinterest.com/juliesotowrites
TikTok: @juliesotowrites

Este livro foi impresso pela Geografica, em 2025, para a Harlequin.
O papel do miolo é Pólen Natural 70g/m² e o da capa é Couchê Fosco 150g/m².